Katharina von der Lane

Haribo – So schmeckt das Glück

GOLDMANN

Buch

Bonn 1920: Hans Riegel wusste schon immer, dass er nicht in die Fußstapfen seines Vaters treten und den elterlichen Hof übernehmen will. Stattdessen macht er eine Ausbildung zum Bonbonkocher und träumt davon, eines Tages seine eigenen Süßwaren herzustellen. Während Hans von vielen belächelt wird, ist Gertrud Vianden beeindruckt von diesem jungen Mann und seiner großen Vision. Sie unterstützt ihn bei der Produktion und Auslieferung der ersten eigenen Bonbons, und schon bald kommen die beiden sich näher. Nach der Hochzeit bauen Hans und Gertrud gemeinsam die Firma Haribo auf. Noch können sie nicht ahnen, dass damit der Grundstein einer unvergleichlichen Erfolgsgeschichte gelegt ist und ihre süßen Produkte noch hundert Jahre später überall auf der Welt ein Lächeln ins Gesicht der Menschen zaubern werden …

Autorin

Hinter dem Pseudonym Katharina von der Lane verbergen sich die beiden Autorinnen Christiane Omasreiter und Kathrin Scheck. Beide wurden 1974 in Garmisch-Partenkirchen geboren, haben Betriebswirtschaft studiert und gemeinsam bereits eine Krimiserie geschrieben. Christiane Omasreiter lebt heute mit ihrer Familie in Südtirol, Kathrin Scheck in Garmisch-Partenkirchen.

KATHARINA VON DER LANE

Haribo

SO SCHMECKT DAS GLÜCK

Roman

GOLDMANN

MIX
Papier | Fördert gute Waldnutzung
FSC® C014496

Penguin Random House Verlagsgruppe FSC® N001967

5. Auflage
Originalausgabe Oktober 2024

in der Penguin Random House Verlagsgruppe GmbH,
Neumarkter Str. 28, 81673 München
produktsicherheit@penguinrandomhouse.de
(Vorstehende Angaben sind zugleich Pflichtinformationen nach GPSR)

Dieses Werk wurde vermittelt durch die
Montasser Medienagentur, München.
Umschlaggestaltung: UNO Werbeagentur GmbH
Umschlagmotive: arcangel/Joanna Czogala; Vintage Germany;
© FinePic®, München
Redaktion: Eva Wagner
LS · Herstellung: ik
Satz: Uhl + Massopust, Aalen
Druck und Bindung: GGP Media GmbH, Pößneck
Printed in Germany
ISBN: 978-3-442-49465-1

www.goldmann-verlag.de

Dies ist ein historischer Roman. Er basiert auf der Unternehmensgeschichte von Haribo. Zahlreiche tatsächliche Abläufe und handelnde Personen sind jedoch so verändert und ergänzt, dass Fakten und Fiktion eine untrennbare künstlerische Einheit bilden. Eine Zusammenarbeit mit Haribo gab es nicht, insbesondere besteht keine wie auch immer geartete Lizenzbeziehung. Die Verwendung des Firmennamens erfolgt also ausschließlich aus beschreibenden und nicht aus markenmäßig-kennzeichnenden Gründen.

*Für unsere Eltern,
die uns Wurzeln und Flügel
mitgegeben haben.*

Prolog

DOTTENDORF, OKTOBER 1920

»Herrlich!«, schwärmte die junge Frau, als sie die Lichtung erreicht hatten und wärmende Sonnenstrahlen den moosgrünen Waldboden küssten. Sie drehte sich mit ausgebreiteten Armen um die eigene Achse und richtete den Blick in den tiefblauen, wolkenlosen Herbsthimmel. Immer schneller und wilder, bis sie fast das Gleichgewicht verlor. Hans sprang zu ihr und hielt sie für einen Moment fest, bis sie sich wieder gefangen hatte.

Sie lachte übermütig. »Die Tage im Herbst, wenn der Sommer noch mal kurz zurückkehrt, bevor der lange, kalte Winter kommt, sind die schönsten.«

Hans hätte sie am liebsten nicht mehr losgelassen, so gerne hielt er sie im Arm. Er konnte sich nicht an ihr sattsehen. Das Mädchen strahlte eine solche Fröhlichkeit aus, dass es einem leicht ums Herz wurde. Am Anfang war er unsicher gewesen, ob sie die Richtige war, aber mittlerweile war er davon überzeugt. Eine Frau zum Pferdestehlen. Fleißig und verlässlich. Mit ihr an seiner Seite wäre das Leben leichter.

Seit er das erkannt hatte, warb er intensiv um sie, doch bis jetzt hatte sie nur zögerlich auf seine Avancen reagiert. Sie machte es ihm nicht leicht, was ihm jedoch gefiel und seinen Jagdinstinkt weckte. Vorigen Sonntag, nach einer ausgiebigen Radtour mit

Picknick, hatte er sich mit einem Kuss von ihr verabschieden wollen. Im letzten Moment jedoch hatte sie den Kopf zur Seite gedreht, sodass seine Lippen nur zart ihre Wange gestreift hatten.

Abgeneigt war sie nicht, sie mochte ihn – das spürte er. Zwischen ihnen war mehr als Freundschaft. Aber was konnte er als selbstständiger Bonbonkocher schon vorweisen? Sein Leben bestand aus harter Arbeit, und finanziell sah es auch nicht rosig aus. Er konnte ihr nur seine Liebe bieten.

Heute wollte er alles auf eine Karte setzen. Er hatte sie zu einem Spaziergang eingeladen, und in seiner Hosentasche warteten ein Ring und ein paar dunkelrote Bonbons. Es hatte Tage gedauert, bis ihm deren Herzform perfekt gelungen war. Sie sollten perfekt sein, wenn er seiner Angebeteten einen Antrag machte. Sie war von seiner Arbeit angetan und schätzte seine Süßigkeiten.

Doch jetzt, als er hier neben ihr ging, zögerte er: Was, wenn sie ablehnte? Sie mochte ihn, aber liebte sie ihn auch?

Schweigend schlenderten sie nebeneinanderher und hingen beide ihren Gedanken nach. Nur das trockene Laub, das den Waldboden bedeckte, raschelte unüberhörbar. Anders als bei anderen jungen Frauen empfand Hans das Schweigen mit ihr nicht als unangenehm. Die Stille musste nicht auf Teufel komm raus mit Worten gefüllt werden.

Als er ein Stück weiter vorn einen Jägerhochsitz sah, wusste er: Das war der richtige Platz, um ihr seine Liebe zu gestehen und ihr zu sagen, dass er sich seine Zukunft mit ihr zusammen vorstellte. Auf einmal hatte er keinen Zweifel mehr daran, was zu tun war. Er nahm sie an der Hand und lief mit ihr dorthin.

»Komm mit, lass uns da hinaufsteigen!«, schlug er vor.

»Meinst du, die Leiter trägt unser Gewicht noch?«, fragte sie skeptisch. »Die wirkt ziemlich morsch.«

»Ich geh voran. Wenn sie mich aushält, dann dich erst recht.«

Hans kletterte die alte Holzleiter hinauf und reichte ihr galant die Hand, um ihr das letzte Stück auf die überdachte Holzplattform zu helfen, die normalerweise einem Jäger Platz bot. Gemeinsam blickten sie hinunter auf die Wiese, auf der Unmengen von rosafarbenen Herbstzeitlosen blühten.

Sie standen dicht nebeneinander. Hans konnte die Wärme ihres Körpers spüren, und sein Herz begann wild zu pochen. Jetzt oder nie, dachte er entschlossen und zog eine Papiertüte aus der Jackentasche. Zärtlich ergriff er ihre Hand und legte ihr die roten Herzbonbons hinein. Neugierig nahm sie eines und steckte es sich in den Mund.

»Hm, die schmecken nach Kirsche! Und die Herzform ist dir wirklich gelungen.«

»Die habe ich extra für dich gemacht.«

»Nur für mich? Diese schönen roten Herzen mit meinem Lieblingsgeschmack? Du hast dir für mich so viel Mühe gemacht?«, fragte sie verwundert. In ihren Augen konnte er lesen, dass sie sich geschmeichelt fühlte.

»Ja, und es war jede Minute wert. Die einzigen Dinge, die ich dir geben kann, sind mein Herz, meine Zeit und meine Bonbons. Ich kann dir keine finanziellen Sicherheiten bieten. Ich habe kein eigenes Haus, und wir beide werden hart arbeiten müssen, aber ich verspreche dir, alles zu tun, um dich glücklich zu machen. Ich möchte mein Leben mit dir verbringen.« Er sah ihren überraschten Blick, als er sich vor ihr hinkniete. »Meine Liebste«, begann er erneut, und seine Stimme klang tief und fest, »willst du meine Frau werden?«

1. Kapitel

FRIESDORF, JUNI 1908

»Tschö zusammen!«

Hans winkte seinen Kameraden. Obwohl er nicht sonderlich gerne zur Schule gegangen war, fiel ihm der Abschied schwer. Heute hatten sie das Abschlusszeugnis von der Volksschule bekommen. Danach hatten sie noch eine Zeit lang im Pausenhof gestanden und über ihre Zukunftspläne gesprochen. Jeder schien ganz genau zu wissen, wohin es ihn in den nächsten Jahren zog. Die meisten seiner Freunde hatten einen Lehrvertrag in der Tasche oder würden auf dem elterlichen Hof mitarbeiten, um ihn eines Tages zu übernehmen. Nur Hans hatte geschwiegen. Seine Zukunft lag noch in völliger Dunkelheit.

Missmutig kickte er einen Fichtenzapfen vor sich her. Es war nicht, dass er nicht wüsste, was er wollte. Im Gegenteil: Er wusste es ganz genau. Nur deckten sich seine Wünsche nicht mit den Vorstellungen seines Vaters. Und im Hause Riegel war das, was Peter Riegel für richtig hielt, Gesetz.

In der Schule war Hans immer derjenige gewesen, der gemeinsame Unternehmungen organisierte, die Kasse für Ausflüge verwaltete und als einer der Ersten in die Sportmannschaft gewählt wurde. Seine Klassenkameraden hatten ihn respektiert, und seine Meinung hatte Gewicht gehabt. Doch mit jedem Schritt, dem er dem Bauernhof seiner Familie näher kam, verwandelte er sich zurück in einen unbeholfenen Jungen, dessen Wort nichts zählte. Es war, als würde er immer ahnungsloser und unselbstständiger werden, je näher er dem Elternhaus kam.

Im warmen Schein der Nachmittagssonne lag der Hof friedlich inmitten von Feldern von Möschebohnen, die strahlend weiß blühten. Hans liebte die Suppe, die seine Mutter im Herbst und im Winter aus diesen Stangenbohnen zubereitete. Außerdem baute sein Vater noch Maiwirsing und Weißkohl an. Doch für Hans stand diese Idylle, die sich vor seinen Augen ausbreitete, vor allem für Enge und Stillstand. Er wollte hinaus in die Welt! Etwas sehen, etwas erleben, etwas schaffen, etwas Eigenes aufbauen. Nichts schien ihm fader, als den ausgetretenen Fußstapfen seines Vaters zu folgen, der neben seiner Arbeit auf dem Bau diesen kleinen Hof bewirtschaftete.

Er schob das Gartentor auf und ging auf das Haus zu, vorbei an den Apfel- und Birnbäumen, die dank des milden Klimas im Rheinland reiche Frucht trugen.

»Hans, Hans, hast du ein gutes Zeugnis gekriegt?«, hörte er eine aufgeregte Kinderstimme hinter sich.

Sein Bruder, der fünfjährige Paul, lugte hinter einem Holunderbusch hervor. Eigentlich hieß er ja – benannt nach dem deutschen Kaiser – Wilhelm Paulus, aber so wurde er nur gerufen, wenn jemand zornig mit ihm war. Was gar nicht so selten vorkam, denn er war ein richtiger Lauser. Der dreijährige Martin spielte neben dem Weg im Gras mit Bauklötzen und war darin so vertieft, dass er die Ankunft des ältesten Bruders gar nicht bemerkte.

»Es ist überraschend gut«, antwortete Hans zufrieden.

Er war in der Schule immer nur mittelmäßig gewesen, weil ihn der Unterricht gelangweilt hatte. In seiner Klasse mit achtundvierzig Kindern aus vier Jahrgangsstufen hatte er meist seinen eigenen Gedanken nachgehangen. Da er sich dabei still verhielt, hatten ihn die Lehrer in Ruhe gelassen, und er hatte nur selten den Rohrstock zu spüren bekommen. Das Wenige, was er trotz seiner Unaufmerksamkeit mitbekommen hatte, reichte oft nur knapp, um versetzt zu werden.

Doch im letzten Jahr hatte er Fleiß an den Tag gelegt. Ihm war klar, dass er für eine Bewerbung ein gutes Zeugnis brauchte. Zu seiner Überraschung – und der seiner Lehrer – hatte er sich mit dem Lernen leichtgetan. Erst in den vergangenen Monaten hatte er erkannt, dass er ein Verständnis für Zahlen hatte. Seine Aufsätze, in die er mehr Zeit investiert hatte als zuvor, waren fantasievoll und spannend, wie seine Deutschlehrerin mit unverhohlener Verwunderung bemerkte, auch wenn sie seine Rechtschreibung bemängelte. Daher war das Zeugnis, das er nun in seinem Ranzen hatte, deutlich besser als die früheren.

»Das wird Vater freuen«, meinte Paul.

Hans zuckte nonchalant mit den Schultern. Doch auch er hoffte, dass sein Vater stolz auf ihn sein würde. In einer guten Stimmung wäre es einfacher, das schwierige Gespräch zu führen, das ihm bevorstand.

Als er die Haustür öffnete, schlug ihm der Duft von Füllwammes entgegen, dem Linseneintopf seiner Mutter, und ließ ihm das Wasser im Mund zusammenlaufen. Seine neunjährige Schwester Aga deckte gerade den großen Holztisch.

»Tach, Hans! Wasch dir die Hände. Gibt gleich zu essen«, sagte Agnes Riegel, die am Herd beschäftigt war, ohne sich umzudrehen.

Hans musste lächeln. Früher hatte er geglaubt, seine Mutter habe Zauberkräfte. Sie wusste immer, ohne hinzuschauen, wer hereinkam und ob es Wasser und Seife bedurfte. Inzwischen erklärte er sich ihre Allwissenheit damit, dass sie die Schritte ihres

Mannes und ihrer fünf Kinder auseinanderhalten konnte und dass sie außerdem davon ausging, dass ihr Nachwuchs immer dreckige Hände hatte.

Agnes Riegel war das Herz der Familie. Obwohl sie stets irgendetwas zu tun hatte, hatte sie jederzeit ein offenes Ohr für jeden. Sie war eine kleine, resolute Frau, die den harten Alltag auf dem Hof mit Gelassenheit und Humor nahm. Wie gewöhnlich trug sie auch heute ein schlichtes Baumwollkleid mit einer Schürze darüber und hatte ihr dunkelblondes Haar mit den grauen Strähnen zu einem einfachen Knoten festgesteckt.

Hans' Schwester verteilte den zähen braunen Eintopf, in den Möhren und Kartoffeln aus dem eigenen Garten hineingeschnippelt waren, auf die Teller. Nur mit dem Kassler hatte die Mutter gespart, wie Hans enttäuscht feststellte.

Als alle am Tisch saßen, ging es wie immer hoch her. Martin zog Aga an den Haaren, der zehnjährige Peter, nach Hans der zweitälteste Riegel-Spross, versuchte unauffällig, ein Stück Schweinefleisch aus dem Topf zu stibitzen, bis ihn der drohende Blick seiner Mutter traf, und Paul wollte unbedingt sein Spielzeugauto aus dem Garten holen. Doch auf einmal wurden alle still. Sogar Paul hörte schlagartig auf zu quengeln. Der Vater war nach Hause gekommen.

Hans kam äußerlich nach ihm. Beide waren sie über einen Meter achtzig groß, hatten dickes braunes Haar und eine hohe Stirn. Doch damit endeten die Ähnlichkeiten auch schon. Wo Peter Riegel sein Leinenhemd mit breiten Schultern und muskulösen Armen ausfüllte, war Hans beinahe mager.

Der Hausherr setzte sich auf seinen Platz am Tischende, nickte kurz in die Runde und griff nach dem Löffel. Das war das Zeichen, dass alle mit dem Abendessen beginnen konnten. Außer dem Geklapper von Besteck war nichts mehr zu hören.

Nachdem Peter Riegel seinen Teller geleert hatte, wandte er sich an Hans: »Wie ist dein Zeugnis ausgefallen?«

»Nicht schlecht.« Hans zuckte mit den Schultern, als wäre es keine große Sache.

»Gut«, brummte der Vater.

»Willst du es sehen?«

»Ist nicht so wichtig. In Zukunft zählt nur, dass du anpacken kannst. Und das hast du bei uns auf dem Hof gelernt.«

Hans nickte.

»Ich habe mit Herrn Röhrig geredet. Du kannst dich dort morgen vorstellen.«

»Aber …«

»Keine Sorge, das ist reine Formsache. Er hat mir schon zugesagt, dass er dich nimmt.« Man konnte dem Vater anhören, wie stolz er darauf war, dass sein Sohn ohne Zögern eingestellt werden würde, weil sein Chef mit Peter Riegels Arbeit so zufrieden war.

»Aber Vater, ich will überhaupt nicht auf den Bau«, sagte Hans, wie schon viele Male zuvor.

»Wie? Du willst nicht auf den Bau?«

Der überraschte Tonfall ärgerte Hans. Denn das sagte er seinem Vater seit einem Jahr fast täglich, doch der wollte es einfach nicht hören.

»Was willst du denn dann machen?«

»Ich würde gerne …« Er brach unsicher ab, als er den Zorn in den Augen seines Vaters sah.

»Keine Ahnung, was du machen willst, aber was ich mache, ist dir nicht gut genug?« Tiefe Enttäuschung schwang in Vaters Stimme mit.

»Natürlich ist es mir gut genug. Aber ich bin anders als du.«

»Was meinst du mit *anders*?«

Hans glaubte etwas Lauerndes im Blick seines Vaters wahrzunehmen. Jetzt durfte er nichts Falsches sagen.

»Du bist glücklich auf dem Bau und auf dem Hof. Du willst hier nicht weg. Mich aber zieht es hinaus in die Welt. Ich will einmal in einer Stadt leben, neue Menschen kennenlernen, raus aus Friesdorf.« Er hielt die Luft an, bang, wie sein Vater reagieren würde.

»Das sind doch Flausen! Raus in die Welt? Und dann? Wovon willst du leben?«

»Ich weiß schon, was ich machen will«, sagte Hans mit dem Mut der Verzweiflung. »Ich würde gern in einer großen Fabrik arbeiten. Am liebsten in der Lakritzherstellung.«

»Du hast doch nur Kappes im Kopf! Was willst du denn in einer Fabrik? Da bist du nur ein kleines Lichtlein. Mit der Maurerkelle in der Hand siehst du jeden Abend, was dein Tagwerk war. Du hilfst mit, Dinge zu erschaffen. Das schätzen die Leut'.«

»Martin will Maurer«, meldete sich der Kleinste zu Wort und sah sich suchend nach seinen Bauklötzen um.

Hans ließ sich nicht ablenken. »Der Bau interessiert mich nicht. Ich will lernen, wie man Lakritze und Bonbons herstellt. Ich habe schon bei der pharmazeutischen Fabrik in Godesberg nachgefragt …«

»Du hast *was*?«, brüllte der Vater so laut, dass Paul den Kopf einzog und Aga sich erschrocken an die Mutter schmiegte. »Ohne meine Zustimmung?«

Dieses Mal würde Hans sich nicht einschüchtern lassen. »Du hättest sie mir ja doch nicht gegeben. Bei *Kleutgen & Meier* könnte ich als Arbeitsjunge anfangen.«

»Arbeitsjunge?« Die Stimme von Peter Riegel troff vor Verachtung. »Da bist du ein niedriger Handlanger! Mach besser eine ordentliche Ausbildung. Auf dem Bau werden immer Leute gebraucht. Lerne zu zeichnen, dann hast du sichere Aussichten.«

»Mich zieht es aber in die Fabrik. Ich weiß, dass es dir nicht gefällt. Aber der Meister hat mich durch die Hallen geführt, und da habe ich genau gespürt: Das will ich machen. Ich finde es spannend, etwas herzustellen, was den Leuten hilft und schmeckt. Ich glaube, darin könnte ich gut sein, und es würde mir Spaß machen.«

»Spaß machen!«, spie der Vater regelrecht aus. »Bei Zukunftsentscheidungen geht es nicht um Spaß. Da geht es darum, dass man seine Familie ernähren kann und dass man Sicherheiten hat.«

»Warte nur ab, Vater! Ich bin mir sicher, dass ich ordentlich verdienen werde. Meiner Familie wird es einmal an nichts mangeln«, sagte Hans mit einer Sicherheit, die er tief im Inneren verspürte.

»Du bist doch größenwahnsinnig! In so einer Fabrik bleibt jemand wie du, der nur die Volksschule geschafft hat, immer der Hilfsjunge. Da bringst du es nie zu etwas.«

Hans' Blick fiel auf das gerahmte Bild von Kaiser Wilhelm II. an der gegenüberliegenden Wand. Ihm schien, dass auch der Monarch, den Schnurrbart stolz nach oben gezwirbelt, enttäuscht auf ihn herunterblickte. Wie er diese Untertanen-Gesinnung hasste, die sein Vater ihm vorlebte. Nur weil er selbst ein einfacher Arbeiter war, war es für Peter Riegel ausgeschlossen, dass es sein Sohn weiterbringen könnte. Daran änderte auch Vaters Mitgliedschaft in der Sozialdemokratischen Partei nichts.

»Weil du es so ja weit gebracht hast? Meinst du wirklich, es ist mein Traum, so zu enden wie du? Immer nur ein kleiner Ackerer auf dem Hof? Kaputt gearbeitet vom Schinden auf dem Bau? Jeden Pfennig dreimal umdrehen?«

Er konnte gar nicht so schnell schauen, wie ihn eine kräftige Ohrfeige traf.

Obwohl seine Wange brannte, hielt Hans dem Blick des Vaters trotzig stand. Es tat ihm leid, dass er dessen Lebenswerk beleidigt hatte. Doch er hatte es satt, immerzu gedemütigt zu werden. Nie hatte sein Vater ein offenes Ohr für seine Träume und Ideen.

Zum ersten Mal mischte sich nun seine Mutter ein. Ihre Stimme war ruhig und fest, als sie sagte: »Hans, du entschuldigst dich sofort bei deinem Vater. Er schuftet den lieben langen Tag für uns und hat deine respektlosen Äußerungen nicht verdient.« Für einen flüchtigen Moment legte sie ihre Hand auf die ihres Mannes.

»Entschuldige, Vater«, sagte Hans mit gesenktem Blick.

Agnes nickte ihm zu und wandte sich dann an ihren Gatten: »Peter, ihr führt diese Diskussion jetzt schon ein ganzes Jahr lang. Vielleicht muss unser störrischer Hans selber draufkommen, dass es in der großen weiten Welt nicht so aufregend ist, wie er sich das vorstellt. Dass das Leben eines Arbeitsjungen hart ist und nichts mit Spaß und Freude zu tun hat.«

»Was soll ich denn meinem Chef sagen? Dass mein Sohn lieber in die Fabrik geht, als bei ihm zu lernen? Das ist doch zum Schämen.« Der Vater klang immer noch verärgert, gleichwohl ruhiger als zuvor.

»Er wird's verkraften«, meinte die Mutter trocken.

»Ich sorge mich um den Buben. Wenn er seinen Fehler einsieht, steht er mit nichts da. Ich kann doch nicht meinen ältesten Sohn sehenden Auges in sein Unglück laufen lassen.«

Jetzt, wo sein Vater nicht mehr brüllte und polterte, verstand Hans zum ersten Mal, dass aufrichtige Besorgnis hinter seiner Sturheit steckte.

»Ich könnte doch an den Abenden trotzdem zu Andreas Köppich gehen und Pläne zeichnen lernen, so wie du das wolltest«, sagte Hans eilig.

Er wusste, dass Peter Riegel immer die Hoffnung gehabt hatte, dass aus seinem Sohn einmal ein Bauzeichner würde. Damit er es besser hätte als er selbst. Kürzlich hatte er mit einem Arbeitskollegen vereinbart, dass dieser Hans gegen ein kleines Entgelt unterrichtete.

»Mhm«, brummte der Vater.

Das ist zwar kein Ja, aber auch nicht mehr das klare Nein des ganzen vergangenen Jahres, dachte Hans optimistisch.

»Das klingt doch sehr vernünftig.« Agnes zwinkerte ihrem Sohn zu. »Dann kann er sich ein zweites Standbein aufbauen, und wenn er merkt, dass die Fabrik nichts für ihn ist, steht er nicht mit leeren Händen da.«

»Ich muss darüber schlafen«, sagte Peter und stand auf.

Der breitschultrige Mann wirkte kleiner als gewöhnlich, als er mit hängenden Schultern das Zimmer verließ. Hans sah, dass sein Vater den zweiten Teller Suppe nur halb geleert hatte. Da er sonst die letzten Reste des Eintopfes mit Brot auswischte, um ja nichts zu vergeuden, musste ihn die Diskussion wirklich mitgenommen haben. Auch wenn sein Sieg in greifbarer Nähe lag, fühlte Hans sich plötzlich beklommen. Er hatte heute seinen Vater verletzt.

»Wird schon, Hans. Lass ihm ein bisschen Zeit, dann findet er sich mit deinen Zukunftsplänen ab. Es ist ein besonderes Band zwischen Vätern und ihren ältesten Söhnen. Sie übertragen all ihre Hoffnungen und ihre eigenen verlorenen Träume auf sie. Das ist manchmal nicht leicht.« Seine Mutter strich ihm über die dicken braunen Haare und begann, den Tisch abzuräumen.

2. Kapitel

GODESBERG, JANUAR 1909

Müde lehnte sich Hans an die steinerne rotbraune Fassade der Fabrik. Seit einer knappen Stunde wartete er jetzt schon auf zwei Pferdefuhrwerke, die sich wegen des Winterwetters verspätet hatten. Ein eiskalter Wind pfiff ihm ins Gesicht, und er schmiegte sich noch enger an die Mauer, die wenigstens ein bisschen Schutz bot. Von drinnen konnte er nicht sehen, wann die Fuhrwerke kamen, daher musste er in der Kälte ausharren. Die Waren sollten in ein neues Lager gebracht werden. Keinesfalls wollte er die Lieferanten verpassen und sie falsch abbiegen lassen, denn das hätte ein aufwendiges Umkehrmanöver bedeutet.

Heute würde er es nicht mehr rechtzeitig zu Andreas Köppich schaffen. Nicht einmal absagen hatte er dem Bauzeichner gekonnt. Er konnte nur hoffen, dass dieser sich nicht bei seinem Vater beschwerte, sondern ihn die Stunde ein anderes Mal nachholen ließ. Hans hatte sich nicht getraut, Meister Willibald zu sagen, dass er nach Feierabend noch etwas vorhatte, als dieser ihn gebeten hatte, zusammen mit Meier junior länger zu bleiben, um den Fuhrleuten beim Abladen der Lieferung zu helfen. Er wollte nicht, dass der Meister von seinem »zweiten Standbein« – wie seine Mutter es ausgedrückt hatte – erfuhr. Am Ende glaubte er dann noch, dass Hans etwas anderes wichtiger sei als seine Arbeit hier in der Fabrik.

Seit einigen Monaten war er als Arbeitsjunge bei der pharmazeutischen Fabrik *Kleutgen & Meier* in Godesberg angestellt. Meister Willibald hatte ihn damals nach dem Rundgang durch die Produktionshalle mit einem derben Klopfen auf seine hageren Schultern und den Worten »Man sieht, dass du ordentlich zupacken kannst. So jemanden können wir hier immer gebrauchen« ohne zu zögern eingestellt.

Hans war froh, dass er bei dem Streit mit seinem Vater nicht eingeknickt war. Eisern hielt er sich an die Vereinbarung, die er mit ihm getroffen hatte, und erlernte abends das Bauzeichnen. Auch wenn es bedeutete, dass seine Tage schier endlos waren und sich sein ganzes Leben zwischen der Fabrik, dem Zeichnen und der Mithilfe auf dem Bauernhof abspielte. Für anderes blieb keine Zeit.

Seine Freunde aus der Schule hatte er, seit er bei *Kleutgen & Meier* angefangen hatte, nicht mehr gesehen. Manchmal vermisste er die freien Nachmittage, die er zusammen mit den Nachbarsjungen verbracht hatte. Natürlich hatten sie alle auf den Höfen ihrer Familien helfen müssen, aber trotzdem war reichlich Zeit geblieben, um gemeinsam etwas zu unternehmen. Im Sommer waren sie zum Schwimmen an den See geradelt, und im Winter hatten sie sich Schneeballschlachten geliefert. Wie viele Stunden hatten sie damit verbracht, Streiche auszuhecken und die Erwachsenen damit zur Weißglut zu bringen? Ernsthaft zu Schaden gekommen war dabei niemand, doch rückblickend war manche Backpfeife von der Mutter verdient gewesen. Hans lächelte, wenn er an diese unbeschwerte Zeit zurückdachte, die er damals zu wenig zu schätzen gewusst hatte.

Jetzt hatte er nur noch sonntags frei. Zumindest manchmal. Denn gelegentlich wurde er in der Fabrik für Sonderschichten eingeteilt, oder er fertigte nach dem morgendlichen Kirchgang in die St.-Servatius-Kirche mit der Familie Skizzen an, die ihm Andreas Köppich unter der Woche als Hausaufgabe gestellt hatte.

Die Arbeit bei *Kleutgen & Meier* war hart, die Tage lang und die Aufgaben oft eintönig, aber Hans würde durchhalten. Zum einen, weil er fest entschlossen war, es in der Fabrik zu etwas zu bringen. Zum anderen, weil sein Vater damit rechnete, dass er aufgab und sich reumütig auf das Bauhandwerk konzentrierte. Und diese Genugtuung gönnte er ihm nicht.

Peter Riegel hielt die Pläne seines Sohnes nach wie vor für großspurig, und doch war seit einigen Wochen zu Hause Ruhe eingekehrt. Nur noch selten verlieh der Vater seinen Zweifeln Ausdruck. Er verstand nicht, dass sich die Zeiten geändert hatten. Immer mehr Menschen zog es in die Städte, um dort in den Fabriken zu arbeiten. Allerorts ragten neue, riesige graue Schlote in den Himmel. Die Landwirtschaft hingegen verlor an Bedeutung, was den passionierten Bauern schmerzte.

Hans hatte keine Angst vor harter Arbeit, aber er wollte selbst bestimmen, was er machte. Doch so weit war er noch nicht. In der Fabrik war er das kleinste Rädchen im Getriebe. Ihm war bewusst, dass er, der aus einfachen Verhältnissen stammte, sich alles mühsam würde erkämpfen müssen. Seine Schicht als Arbeitsjunge begann morgens um sechs Uhr und endete erst nach zwölf Stunden. Er musste fegen, Kisten schleppen und den anderen Arbeitern, die in der Produktion tätig waren, Material und Zutaten aus dem Lager holen.

Anfangs hatte er manchmal etwas Falsches gebracht, dann wurde er angeschrien und musste erneut laufen. Doch mittlerweile wusste er genau, wo Lakritze gekocht oder Salmiakpastillen hergestellt wurden und was an jedem Arbeitsplatz gebraucht wurde. Er brachte Nachschub, sobald er sah, dass etwas zur Neige ging, und die Arbeiter konnten ohne Unterbrechung weitermachen. Wenn er einige Minuten Zeit hatte, versuchte er, den Bonbonkochern zuzuschauen und sich die einzelnen Arbeitsschritte einzuprägen. Am liebsten hätte er ihnen ein Loch in den Bauch gefragt. Bei welcher Temperatur musste die Masse gekocht werden, und wie lange? Welche Zutaten wurden verarbeitet, und in welcher Menge?

Er war fasziniert von der Arbeit der Bonbonkocher, und vor allem von Meister Willibald. Der grobschlächtig wirkende, glatzköpfige Mann mit den wachen grünen Augen schien alles auswendig im Kopf zu haben, zumindest hatte Hans ihn noch nie mit einem Rezeptbuch gesehen.

Als er jetzt frierend im Dunkeln stand, wanderten Hans' Gedanken zu einem Zeitungsartikel, den er in der Mittagspause im Bonner *General-Anzeiger* gelesen hatte. Im Pausenraum lagen ab und an Tageszeitungen herum, und Hans versuchte immer, eine zu ergattern. Wissbegierig hatte er den Artikel über den Polarforscher Robert Peary und seinen Begleiter Matthew Henson verschlungen, die sich auf den Weg gemacht hatten, als Erste den Nordpol zu erreichen. Auch er selbst träumte davon, hinaus in die Welt zu ziehen und aus seinem Leben etwas Besonderes zu machen. Doch als ihm jetzt der eisige Nordwind ins Gesicht blies, kamen ihm Zweifel, ob er wirklich so ein großer Abenteurer war. Der Nordpol kam für ihn jedenfalls nicht infrage, dachte er bibbernd vor Kälte.

Endlich tauchten die Pferdefuhrwerke am Ende der Straße auf. Hans trat in die Mitte der Einfahrt und winkte mit beiden Armen, um auf sich aufmerksam zu machen. Hoffentlich halfen ihm wenigstens die Fuhrleute beim Entladen. Eduard Meier, der Sohn des Chefs, hatte sich nämlich, kaum dass Meister Willibald gegangen war, mit den Worten »Du schaffst das schon allein. Und wehe, du verpetzt mich beim Meister!« nach Hause verzogen. Wenn er dageblieben wäre, hätten sie sich wenigstens abwechselnd drinnen aufwärmen können, und Hans hätte nicht die ganze Zeit allein draußen in der Kälte stehen müssen.

Er konnte diesen arroganten Pinkel nicht ausstehen. Meier junior war in seinem Alter, trat aber schon jetzt auf wie der Chef in spe. Seine dichten hellblonden Haare kämmte er stets akkurat zurück. Seine Hände hatten keinerlei Schwielen von harter Arbeit. Im Gegensatz zu den anderen Jungen in der Fabrik trug er stets saubere und frisch gebügelte Arbeitshosen. Es war der Wunsch seines Vaters, dass er den Beruf von der Pike auf erlernte und wie Hans als Arbeitsjunge anfing. Doch außer dem alten, erfahrenen Meister Willibald traute sich keiner, ihm eine Anweisung zu geben, und Eduard Meier wusste diese Sonderstellung auszunutzen.

Völlig erschöpft, nachdem er gemeinsam mit den Lieferanten Dutzende schwere Kisten ins Lager geschleppt hatte, machte Hans sich eine Stunde später auf den Weg nach Hause. Trotz der Kälte war er bisher immer mit dem Rad gefahren. Doch heute Morgen hatte es geschneit, deshalb musste er jetzt zu allem Überfluss auch noch zu Fuß gehen. Müde setzte er einen Fuß vor den anderen, in Gedanken schon bei der heißen Suppe, die ihn erwartete.

Als er sich dem Hof näherte, sah er, dass der Stall hell erleuchtet war. Ein unruhiges Muhen drang nach draußen. Ungewöhnlich um diese Zeit, dachte Hans und öffnete die Stalltür.

»Wo bleibst du denn? Der Köppich lässt dich wohl gar nicht mehr nach Hause gehen? Gut, dass du endlich kommst.«

Hans wollte seine Mutter nicht anlügen, ihr aber auch nicht beichten, dass er die Zeichenstunde notgedrungen geschwänzt hatte. Deshalb schwieg er und nahm die zweite Mistgabel in die Hand, um ihr zu helfen.

»Geht es dir gut? Heute Vormittag hatten Peter und Paul Fieber, seit dem Mittag liegt auch Vater flach«, erklärte Agnes. »Die haben sich eine massive Erkältung eingefangen und konnten sich nicht um die Tiere kümmern. Ich konnte mit dem Stall erst so spät anfangen, weil Martin und Aga ewig nicht eingeschlafen sind.«

»Jetzt bin ich ja da. Ich miste und füttere, dann kannst du die Kühe melken«, sagte Hans.

Wie gerne hätte er sich in die warme Stube gesetzt, sich aufgewärmt und etwas gegessen. Er war hungrig und todmüde. Doch die Mutter mit der Stallarbeit allein zu lassen, wäre ihm nie in den Sinn gekommen.

Sie nickte und stellte die Mistgabel zur Seite. »Bin eh schon zwei Stunden zu spät damit dran«, sagte sie, während sie sich den Melkschemel mit einem Lederriemen umband.

Sie nahm einen der Blecheimer, die an einer Leiste an der Wand hingen. Liebevoll klopfte sie dem ersten Tier auf das Hinterteil, bevor sie das prall gefüllte Euter reinigte und zu melken begann.

Hans hörte, wie die Milch in regelmäßigen Abständen in den Eimer spritzte. Mutter und Sohn arbeiteten schweigend nebeneinanderher.

Als er den letzten Schubkarren mit Mist hinausgefahren hatte und mit duftendem Heu zurückkehrte, fragte Agnes: »Wie läuft es denn in der Fabrik? Ist es so, wie du es dir vorgestellt hast?«

Sie hatte ihn nur an seinem ersten Arbeitstag gefragt, wie es gewesen war. Sonst war nie Zeit, über die Befindlichkeiten des Ältesten zu reden. Die kleineren Geschwister forderten immer die ganze Aufmerksamkeit ihrer Mutter. Hans stellte den Schubkarren ab und begann, frisches Heu in die Raufe zu schaufeln.

»Mittlerweile kenne ich mich schon gut aus und weiß genau, wo was produziert wird. Welche Rohstoffe ich aus dem Lager holen muss, damit die Bonbonkocher weitermachen können, ohne auch nur eine Sekunde Zeit zu verlieren. Den Meister Willibald, Mutter, den müsstest du mal kennenlernen. Der weiß genau, was er machen muss. Der braucht kein Rezept und keine Mengenangabe. Der macht alles auswendig. So, wie wenn du deinen Apfelkuchen backst.«

»Du klingst nach wie vor begeistert.«

»Na ja, schade ist nur, dass mir niemand etwas erklärt. Ich wüsste so gern mehr über das Handwerk der Bonbonkocher. Aber ich bekomme nur das mit, was ich zufällig aufschnappe.«

»Als Arbeitsjunge ist das halt so.« Sie zuckte müde mit den Schultern. »Da bist du immer einer von den Ungelernten. Bist und bleibst ganz unten. Vielleicht solltest du dir das mit der Maurerlehre doch noch mal überlegen. Auf dem Bau würden sie sich Zeit nehmen für dich. Du bist ein kluger Kopf, Hans. Du könntest bald so weit sein, dass die anderen dich etwas fragen müssen. Du könntest in ein paar Jahren sogar deinen Meister machen. Und Vater wäre auch glücklich.«

Hans schüttelte energisch den Kopf. »Nein, Mutter, mir gefällt es in der Fabrik. Wenn ich durch die Halle laufe und den Bonbonkochern bei ihrer Arbeit zusehe, weiß ich genau, dass es das ist, was ich machen will. Schon allein der Geruch dort. Dieser süßliche Duft der Lakritze liegt überall in der Luft. Ich wünschte nur, Meister Willibald würde sich für mich genauso viel Zeit nehmen wie für den Sohn des Chefs.«

»Du arbeitest mit dem Juniorchef zusammen?«, fragte Agnes erstaunt.

»Ja, leider. Eduard Meier sollte auch als Arbeitsjunge anfangen, die Fabrik von Grund auf kennenlernen. Aber in Wirklichkeit macht er natürlich nicht das, was wir anderen machen müssen. Meister Willibald nimmt sich viel Zeit, um ihm die Produktionsvorgänge zu erklären. Doch ihn interessiert es gar nicht. Er schaut nur, dass er sich vor der Arbeit drücken kann. Das ist ein ganz fauler Sack! Heute zum Beispiel hätten wir nach Feierabend noch gemeinsam etwas abladen sollen, aber er hat sich verdrückt und mich gewarnt, ihn nur ja nicht zu verpetzen. Dieser feine Wichtigtuer.« Hans bemerkte selbst, dass er sich in Rage redete.

»Er ist der Sohn vom Chef, und du bist nur ein Arbeitsjunge. Unsereins kommt nicht nach oben. Wir sind das Bestimmen nicht gewohnt, mein Junge. Eduard Meier schon. Wir müssen tun, was uns gesagt wird. Versprich mir, dass du nicht frech zu Meier bist. Das würde dir nur schaden.«

»Du brauchst dir keine Sorgen machen, Mutter. Wenn der Meister mir etwas aufträgt, mach ich das ohne Widerrede. Aber bei Eduard fällt es mir schwer. Er hätte es verdient, dass ich ihn verpetze.«

»Sei vorsichtig! Eines Tages wird er dein Chef sein, und da ist es besser, sich jetzt schon mit ihm gutzustellen.«

Hans wusste, dass die Mutter recht hatte. In seiner Position konnte er nichts unternehmen, denn Eduard saß am längeren Hebel. Doch ihm graute jetzt schon, wenn er sich vorstellte, irgendwann einmal die Anweisungen dieses arroganten Schnösels befolgen zu müssen.

»Es ist nur … Ich habe so viele Ideen im Kopf. Heute habe ich das Lager umgeräumt, sodass man alles leichter findet. So können sich auch neue Arbeitsjungen schneller orientieren. Ich bin gespannt, was der Meister davon hält. Und da gäbe es noch so viel anderes, das ich gern mit ihm besprechen würde. Wenn er doch nur mehr Zeit für mich hätte und mir ein bisschen mehr erklären würde.«

»Denk dran: Lehrjahre sind nun mal keine Herrenjahre. Warum soll der Meister ausgerechnet dir zuhören, Hans? Es ist nicht deine Aufgabe, ihm irgendwelche Ideen vorzuschlagen oder das Lager nach deinen Vorstellungen umzugestalten. Dein Vater hat schon recht: Du hast deinen Kopf in den Wolken. Hoffentlich ist Meister Willibald dir nicht böse, dass du so eigenmächtig gehandelt hast. Es gibt Dinge, die kannst du nicht überblicken. Die sind zu groß für unsereins. So, jetzt aber genug. Lass uns reingehen und nach den Kranken sehen. Der Stall ist fertig.«

In der warmen Stube aß Hans schnell einen Teller Kartoffelsuppe, die die letzte Kälte aus seinem Körper vertrieb. Ob die Mutter recht hatte? Hatte er zu eigenmächtig gehandelt? Auf einmal kamen ihm Zweifel, ob er nicht doch vorher den Meister hätte fragen müssen.

****

Als Hans am nächsten Morgen in die Fabrik kam, nahm er zuallererst den Besen zur Hand und begann, die Halle mit den großen Kesseln zu fegen.

Dabei hörte er, wie sich Meister Willibald bei Meier junior für die Überstunden bedankte. Er lobte ihn dafür, wie klug er das Lager einsortiert hatte – genau nach den jeweiligen Produktionsabläufen – und wie ordentlich die Kisten gestapelt waren. Man sähe, dass Eduard in den letzten Tagen gut aufgepasst hätte, wenn er ihm etwas erklärte. Er werde das bei seinem Vater lobend erwähnen.

Hans schluckte. Hoffentlich würde Eduard das richtigstellen. Er müsste nicht einmal zugeben, dass er nicht dabei gewesen war. Es würde reichen, wenn er sagte, dass es Hans' Vorschlag gewesen war, das Lager umzuräumen. Doch Eduard heimste das Lob, ohne zu zögern, ein. Als er sich umdrehte, grinste er Hans an und zuckte mit den Schultern.

Hans wäre fast der Kragen geplatzt. Am liebsten hätte er diesem eingebildeten Kerl eine reingehauen, wäre zum Meister gerannt und hätte die Sache richtiggestellt. Doch die Worte seiner Mutter kamen ihm in den Sinn. Auch wenn es ihn innerlich fast zerriss, fegte er schweigend weiter.

»Riegel, komm mal her!«, rief Meister Willibald.

Hans stellte den Besen zur Seite. »Ja?«

»Kannst du mir heute nach Feierabend zur Hand gehen? Ich habe Meier gefragt, weil er als Juniorchef mehr Ahnung von den Produktionsabläufen hat. Aber die Meiers haben eine Familienfeier, daher kann er nicht länger bleiben. Wir haben in der Nachtschicht acht Kranke – alle haben diese verdammte Grippe. Aber wir müssen unbedingt neue Rohlakritzblöcke kochen, sonst geht uns in ein paar Tagen das Material aus.«

Das war Hans' Chance, Meister Willibald zu zeigen, dass er mehr wollte, als immer nur der Arbeitsjunge zu sein. »Klar. Kein Problem. Ich kann dableiben«, beeilte er sich zuzusagen.

Der Meister nickte ihm wohlwollend zu. »Gut«, sagte er knapp.

Den ganzen Tag fieberte Hans dem Feierabend entgegen. Als die anderen Arbeiter sich verabschiedeten, ging er rasch in den Pausenraum, trank einen Schluck Tee und aß den Rest seines Schmalzbrotes, das er sich am Mittag aufgehoben hatte, um sich vor seiner Extraschicht noch einmal zu stärken. Er hatte bereits zwölf Stunden gearbeitet, doch er war so aufgeregt, dass er weder geistige noch körperliche Müdigkeit spürte. Vielleicht durfte er heute endlich an die großen Kessel und nicht nur das Material heranbringen?

»Riegel, komm, wir legen los!«

Hans schob sich den letzten Bissen seines Brotes in den Mund und trat zu Meister Willibald.

»Zuerst brauchen wir die Späne. Hol die mal aus dem Lager.«

Hans nickte. Mittlerweile wusste er genau, was gebraucht wurde. Einige Arbeiter waren in den letzten Tagen damit beschäftigt gewesen, die kürzlich gelieferten Süßholzwurzeln zu zerkleinern und in große Säcke abzufüllen. Stück für Stück holte Hans diese Säcke, von denen jeder fünfundzwanzig Kilo wog, aus dem Lager und stellte sie neben dem Kessel ab. Als er damit fertig war, öffnete Meister Willibald einen davon, nahm eine Handvoll Späne heraus und zeigte sie Hans.

»Das ist der Grundstoff für Lakritz. Der Süßholzstrauch wächst unter anderem am Mittelmeer und in Asien. Er bildet ein riesiges Wurzelgeflecht, das nach drei Jahren geerntet und mit dem Schiff zu den Häfen im Norden Deutschlands gebracht wird. Schon im alten Ägypten wusste man um die heilende Wirkung der Süßholzwurzel.«

Der Meister warf die Späne zurück in den Sack. »Ich habe schon Wasser eingefüllt«, fuhr er fort. »Wenn wir Rohlakritzblöcke kochen, muss der Kessel immer bis zu dieser Kerbe mit Wasser gefüllt sein.« Hans trat neben ihn und ließ sich die Markierung zeigen. »Dann geben wir die Süßholzwurzelspäne hinein. Du kannst dir merken, dass zehn Kilo Späne später ungefähr ein Kilo Rohlakritz ergeben.«

Hans hob einen Sack nach dem anderen an und ließ den Inhalt vorsichtig in den Kessel gleiten, damit kein Wasser herausspritzte.

»Du musst immer darauf achten, dass die Masse nur simmert. Sie darf keinesfalls kochen. Das sogenannte Auskochen dauert einige Tage. Dann füllen wir die Flüssigkeit in Formen und lassen sie fest werden.«

Hans schaute aufmerksam zu, wie der Meister rührte. Er kannte die harte, quaderförmige Rohlakritze, die in einem eigenen Lager aufbewahrt wurde. Er hatte sie den Bonbonkochern schon öfter bringen müssen.

»Wie schwer ist denn so ein Quader genau? Vier Kilo?«, fragte er interessiert nach.

Der Meister schüttelte den Kopf. »Nein, jeder Block wiegt genau fünf Kilo.«

Hans nutzte die Gelegenheit und stellte Willibald noch einige Fragen. Der Meister beantwortete sie alle geduldig.

Nachdem die Flüssigkeit die richtige Temperatur erreicht hatte, durfte Hans nach Hause gehen. Beim Abschied sagte der Meister zu ihm: »Danke, dass du heute eingesprungen bist, Riegel! Bist ein tüchtiger Junge. Dein Vater kann stolz auf dich sein.«

Hans nickte glücklich. Das war das erste Lob, das er von dem strengen Meister erhalten hatte. Doch dann platzte es aus ihm heraus: »Mein Vater ist nicht stolz. Er versteht nicht, dass ich etwas anderes machen möchte. Nicht so wie er auf dem Bau arbeiten und zusätzlich den Hof bewirtschaften. Aber ich sehe die Zukunft in der Industrie. Schon beim ersten Rundgang durch die Fabrik war mir klar, dass ich hier richtig bin. Die Lakritzproduktion interessiert mich. Das ist das, was ich gerne tun möchte.«

Erschrocken hielt Hans inne. Die Worte waren ihm einfach herausgerutscht. War es anmaßend, sich dem Meister anzuvertrauen? Würde er ihn, den kleinen Arbeitsjungen, nun für größenwahnsinnig oder unverfroren halten? Seine Mutter hätte mit ihm geschimpft. Wahrscheinlich würde Willibald ihn gleich auf seinen Platz in der Firma verweisen, und Hans würde seine Offenheit bereuen.

Doch der ältere Mann schaute ihn durchdringend an und begann in ruhigem Ton zu sprechen: »Wenn ich deine leuchtenden

Augen sehe, kaum dass du am Kessel stehst, dann erinnerst du mich an mich selbst. Lakritze ist Leidenschaft – wenn sie einen einmal gepackt hat, mein Junge, dann lässt sie einen ein Leben lang nicht mehr los. Ich werde dir in den nächsten Tagen immer wieder einzelne Arbeitsschritte zeigen, und falls es gut läuft, rede ich mit dem alten Kleutgen, ob er dich als Lehrling nimmt.«

»Danke, Meister Willibald. Danke! Sie wissen gar nicht, was mir das bedeutet. Nichts würde ich lieber werden als Bonbonkocher.«

Hans sah, dass seine Worte dem Meister unangenehm waren.

»Ist schon gut. Jetzt schau, dass du nach Hause kommst. Es ist schon spät.«

Er rannte überglücklich hinaus, wo ihn eine eisige Winterkälte umfing. Er fröstelte und ging automatisch schneller. Seine Gedanken kreisten um Willibalds Vorschlag.

Zum ersten Mal fühlte er sich wirklich verstanden. Er schwor sich, alles zu tun, um den Meister stolz zu machen. Er würde ihn nicht enttäuschen und sich in den nächsten Wochen noch mehr anstrengen, um ihm zu beweisen, dass er das Zeug zum Bonbonkocher hatte.

3. Kapitel

GODESBERG, MÄRZ 1913

So ein Idiot, dachte Hans voller Inbrunst. Eduard Meier stand in seinem doppelreihigen Sakko mit albernem Karomuster, das hellblonde Haar aus der hohen Stirn gegelt, auf der obersten Stufe der Treppe, die zur Produktionshalle hinunterführte, und ließ seinen Blick prüfend über die Arbeiter gleiten. An sich keine schlechte Idee. Allerdings war es elf Uhr, und die Männer arbeiteten schon seit fünf Stunden, wohingegen der feine Herr gerade erst aufgetaucht war. Während Hans inzwischen durch die harte körperliche Arbeit breite Schultern und kräftige Oberarme bekommen hatte, war der Juniorchef recht schmalbrüstig, was er mit Schulterpolstern in der Jacke zu kaschieren versuchte.

Energisch ging er jetzt die Treppe hinunter und schritt die Halle ab. Blieb stehen, kostete von der Lakritzmasse, trieb einen Arbeiter, der einen Zentnersack Zucker trug, zur Eile an.

Als er an Hans vorbeikam, der gerade damit beschäftigt war, Bonbons in Dosen zu verpacken, trafen sich ihre Blicke für einen Moment. Hans fand seine eigene Abneigung in den Augen des gleichaltrigen Firmenchefs gespiegelt. Meier ging so dicht an ihm vorbei, dass er dessen Fahne riechen konnte. Es war kein Geheimnis, dass Meier junior ein ausschweifendes Gesellschaftsleben führte, immer mit einer anderen schönen Frau am Arm, die er mit seinem Benz Doppelphaeton beeindruckte.

Seit der alte Meier vor zwei Jahren einen Schlaganfall gehabt hatte und kurz darauf gestorben war, führte Eduard neben Ernst Kleutgen die Firma. Aber was hieß schon »führen«? Er schaute in unregelmäßigen Abständen vorbei und ließ dabei jeden spüren, dass er der Chef war. Seine mangelnden Kenntnisse, was Arbeitsabläufe und Rezepturen betraf, verbarg er hinter einem scharfen Befehlston, mit dem er die Arbeiter antrieb. Gerne kam er kurz vor Feierabend, bemängelte die Sauberkeit der geputzten Kessel oder die Ordnung im Lager und ließ die Männer wegen Schlamperei unbezahlte Überstunden machen.

Wehmütig dachte Hans an Eduards Vater, der die Produktion mit Weitsicht und Vernunft geführt hatte. Für ihn hatten harte Arbeit und Fleiß gezählt. Er hatte den Namen eines jeden der knapp hundert Mitarbeiter gekannt. Sein Plan war gewesen, dass sein Sohn sich von unten nach oben arbeitete, eine fundierte Ausbildung erhielt und alle Arbeitsschritte kennenlernte. Er hatte Meister Willibald angewiesen, streng zu Eduard zu sein und ihm keine bevorzugte Behandlung zuteilwerden zu lassen.

Einen Tag nach der Beerdigung des Vaters war Eduard in feinem Zwirn in der Firma aufgetaucht und hatte seitdem nie wieder eine Arbeitshose getragen. Meister Willibald hatte ein paarmal versucht, Eduard für Arbeiten einzuteilen. Doch dieser hatte unmissverständlich klargemacht, dass er sich ab sofort nichts mehr vom Meister sagen lassen würde.

Hans war noch immer damit beschäftigt, Veilchenbonbons in rote Blechdosen zu packen. Eine wenig anstrengende, aber eintönige Aufgabe. Seine Lieblingsarbeit war das Ziehen der Bonbons. Nachdem die Zuckermasse abgekühlt war, musste man sie kneten, knoten, dehnen und formen. Manche Sorten wurden anschließend mit Haken in lange Stränge gezogen. Eine kräftezehrende Arbeit, mit der man erreichte, dass Luft in die Masse eingearbeitet wurde. So entstand der Glanz, der die Bonbons so köstlich und verlockend aussehen ließ. Dafür brauchte es Kraft und Geschick. Man konnte den Karamellen genau ansehen, wie viel Hingabe und Muskelkraft der Arbeiter eingebracht hatte.

Hans zählte die letzten fünf Bonbons ab und schloss den Deckel. Diese Blechdosen hatte Kleutgen eingeführt. Sie waren mit Blumen verziert, und auf der Unterseite war der Firmenname eingeprägt. Eine ausgezeichnete Idee, fand Hans. Denn weil die Dosen so hübsch waren, wurden sie nach dem Verzehr der Bonbons nicht einfach weggeworfen. Vielleicht wurden Knöpfe, Münzen oder Nadeln darin aufbewahrt, sodass der Name *Kleutgen & Meier* dem Kunden stets vor Augen und in Erinnerung blieb.

Auch Hans hätte viele Ideen gehabt, wie sich die Abläufe in der Firma und die Vermarktung der Produkte verbessern ließen. Doch im letzten Jahr hatte er nur immer wieder die gleichen Aufgaben ausgeführt, oft wie automatisiert. Er würde nächste Woche zwanzig werden, doch seit er die Lehre abgeschlossen hatte, ging es für ihn nicht mehr vorwärts. Neues gab es für ihn nicht mehr zu lernen. Was er nie für möglich gehalten hätte, war eingetreten: Seine Arbeit hatte begonnen, ihn zu langweilen.

Früher hatte Meister Willibald ihm stets geduldig zugehört und Hans' beste Ideen in die Tat umgesetzt. Doch nun wurden sie beide von Eduard Meier daran gehindert. Wann immer Willibald Meier einen Vorschlag unterbreitete, lehnte dieser ab. Hans vermutete, dass er sich von seinem ehemaligen Meister nichts mehr sagen lassen wollte. Aus Prinzip. Der von Hans so geachtete Lehrmeister wirkte immer bedrückter und frustrierter. Zum Glück tauchte Eduard nur sporadisch auf, sodass Willibald in seiner Abwesenheit die Produktion nach den Standards des alten Meier leiten konnte.

Kleutgen, für den Vertrieb zuständig, war viel unterwegs. Wenn er im Haus war, hielt sich Eduard zurück. Er erschien nüchtern und pünktlich zur Arbeit und berichtete ihm von Produktionssteigerungen und Einsparungen, erreicht dank der zuverlässigen, unverbrüchlichen Pflichterfüllung von Meister Willibald. Doch Lob erhielt dieser nie, weil der Juniorchef es für sich beanspruchte.

»Das ginge aber auch schneller, Riegel«, hörte Hans Eduards Stimme hinter sich.

Ohne sich umzudrehen, nickte er. Es fiel ihm täglich schwerer, von einem Mann, der sich stets um jegliche Arbeit drückte, Kritik anzunehmen. Mit Zorn dachte er daran zurück, wie oft Eduard damals, als sie beide noch Arbeitsjungen gewesen waren, salopp an der Wand gelehnt und eine Zigarette geraucht hatte, während Hans Waren ein- und ausgeladen oder Zutaten durchs Lager geschleppt hatte. Nur wenn Meister Willibald in der Nähe war, hatte er scheinheilig mit angepackt.

Hans griff eilig nach der nächsten Dose und füllte sie mit Bonbons, konzentriert, um sich nicht zu verzählen.

»Schneller!«, hörte er Eduard.

Er konnte die säuerlichen Ausdünstungen riechen, als dieser noch einen Schritt näher an ihn herantrat. Und plötzlich sah Hans rot. Blitzschnell drehte er sich um und baute sich bedrohlich vor Eduard auf.

»Meinst du wirklich, dass es schneller geht?«, zischte er. »Wenn ich mich richtig erinnere, warst du, als du noch Bonbons abgezählt hast, wesentlich langsamer als ich.«

»Was fällt dir ein, Riegel?« Die Augen des Juniorchefs funkelten vor Zorn.

Hans sagte nichts, hielt seinem Blick aber stand.

Eduard lief rot an. »Geh an deine Arbeit, sonst lass ich dir das Rumstehen vom Lohn abziehen.«

Hans biss die Zähne zusammen, zuckte dann mit den Schultern und setzte seine Arbeit fort. Innerlich kochte er vor Wut. Wieder hatte er den Kürzeren gezogen. Obwohl Eduard nichts konnte und stinkfaul war, stand es ihm zu, über ihn und alle anderen Arbeiter zu bestimmen. Wie immer hatte Meier die Oberhand.

Hans war auf seinen Lohn angewiesen, außerdem hätte er sich vor dem Vater nie die Blöße gegeben, eine Entlassung zu beichten. Aber in seinen Fingern zuckte es. Beinahe hätte er gegen Eduard mit seiner überheblich grinsenden Fresse die Faust erhoben. Wie er es hasste, ihm aufgrund seiner Stellung zwangsläufig unterlegen zu sein!

Auf dem Heimweg kaufte Hans sich den *General-Anzeiger für Bonn und Umgegend* und die *Rhein und Düssel*. Er hatte genug. Zum einen lernte er schon länger nichts Neues mehr, zum anderen war er heute kurz davor gewesen, Eduard gegenüber die Kontrolle zu verlieren. Die Arbeit war die richtige, davon war er nach wie vor überzeugt. Nur die Firma war die falsche.

Nach dem Abendessen zog er sich mit den Zeitungen in sein Zimmer zurück, das er sich mit dem vier Jahre jüngeren Peter teilte, der inzwischen auf dem Bau arbeitete. Sein Bruder war ein ruhiger Bursche, der mit stiller Zufriedenheit auf dem Hof half und mit dem Vater unkompliziert zusammenarbeitete.

In der näheren Umgebung fand Hans nichts. Aber in Neuss wurde in einer Bonbonfabrik ein Facharbeiter gesucht.

Wenn Hans dort anfing, würde er zu Hause ausziehen müssen. Dem Vater würde das gar nicht gefallen, denn dann könnte

Hans nach Feierabend nicht mehr auf dem Hof mithelfen. Aber ihn selbst erfüllte diese Vorstellung mit Vorfreude. Endlich raus aus Friesdorf und aus der Enge des Elternhauses. Es war höchste Zeit.

Sofort machte er sich daran, eine Bewerbung zu schreiben. Am darauffolgenden Samstag fuhr er mit dem Zug nach Neuss, um sich persönlich beim Vorarbeiter vorzustellen.

Als er zwei Wochen später die Zusage mit der Post erhielt, stieß er einen Freudenschrei aus, der Peter von seinem Buch aufschauen ließ.

»Was ist denn passiert?«

»Ich habe eine Stelle als Facharbeiter bekommen. In Neuss«, jubelte Hans.

»Aber das ist ja so weit weg.« Peter schien wenig begeistert.

»Sind bloß achtzig Kilometer. Da kann ich am Wochenende oft heimkommen. Wirst sehen. Dafür hast du dann das Zimmer für dich.«

Peter grinste. »Werd dich aber trotzdem vermissen.«

»Ich dich auch.«

Am nächsten Tag ging Hans zu Meister Willibald, um zu kündigen. Dessen offensichtliche Enttäuschung tat ihm leid.

»Ich kann dich verstehen«, sagte der Meister und fuhr sich mit der Hand über die Glatze. »Du hast alles gelernt, was ich dir beibringen kann. Deinen Gesellenbrief hast du in der Tasche. Weiter geht es für dich hier nicht. Die Zeiten haben sich geändert. Wenn der alte Meier noch da wäre, hättest du vielleicht ...« Er brach ab. Nie hätte der treue Meister auch nur ein schlechtes Wort über seinen jungen Chef verloren.

Hans nickte. Dann schüttelte er Willibald die Hand. »Ich werde Ihnen nie vergessen, dass Sie es waren, der mir eine

Chance gegeben hat. Wenn Sie mir nicht geholfen hätten, wäre ich immer noch ein Arbeitsjunge.«

»Schon gut«, sagte der grobschlächtige Mann schroff. »Dank es mir mit harter Arbeit im neuen Betrieb. Die Leute sollen nicht sagen, dass der Meister Willibald Faulenzer ausbildet.«

»Mach ich.« Noch einmal griff Hans nach der Hand des Meisters, der es trotz aller Strenge immer gut mit ihm gemeint hatte. »Danke für alles«, sagte er ernst.

Als er am Abend die Temperatur am Siedekessel der Süßholzwurzelspäne überprüfte, trat Eduard an ihn heran.

»Ich habe gehört, du willst uns verlassen.«

»Ja. Zum nächsten Ersten fange ich in Neuss an.«

»Das ist ein Fehler!«

»Warum?« Herausfordernd sah er den Juniorchef an.

»Aus dir wird nie etwas. Wenn Meister Willibald nicht mehr seine schützende Hand über dich hält, werden alle merken, dass du nichts taugst.«

Hans lachte spöttisch. »Du solltest nicht von dir auf andere schließen. Ich habe alles gelernt, was es hier zu lernen gibt. Ich habe mich nicht um jede Arbeit gedrückt und meine Ohren verschlossen, wann immer mir jemand etwas erklären wollte. Die können froh sein, dass sie mich kriegen.«

Es tat gut, nicht mehr kuschen zu müssen. Eduard hatte heute keine Macht über ihn. Wenn er ihn entließ, war es egal, da er die neue Anstellung schon in der Tasche hatte.

Eine steile Zornesfalte bildete sich zwischen den Augen des Juniorchefs. Mit arroganter Stimme zischte er: »Denk an meine Worte, Riegel! Du wirst es nie zu etwas bringen. Irgendwann wirst du uns wieder um Arbeit anbetteln, wenn du mit eingezogenem Schwanz aus der Fremde zurückkehrst.«

»Wir werden sehen«, sagte Hans betont gleichgültig und grinste Eduard an.

Mit diebischer Freude beobachtete er, dass dieser rot anlief, bevor er sich abrupt abwandte und die Halle verließ.

4. Kapitel

NEUSS, MAI 1913

Süßwaren Franke war kleiner als *Kleutgen & Meier*, und die Abläufe waren anders organisiert. Hans war für Hustenbonbons eingeteilt und als Facharbeiter für alle Arbeitsschritte vom Kochen der Bonbongrundmasse aus Zucker, Glukosesirup und Wasser über das Abkühlen, das Zugeben der Kräuterextrakte, das Ziehen, das Walzen und das Formen zuständig. Der Chef, Helmut Franke persönlich, kam jeden Abend in die Produktionshalle und überprüfte den Glanz und die Substanz der Bonbons, die über den Tag hergestellt worden waren. Ausnahmslos alles, was seinen Ansprüchen nicht genügte, wurde als B-Ware verbilligt verkauft.

Franke war ein großer, schlanker Mann, der nur wenige Worte verlor. Was ihn in Hans' Augen auszeichnete, war, dass er die Arbeit kannte und verstand. Wann immer jemand krank oder ein Auftrag in Verzug war, legte er selbst Hand mit an.

»Kommst du noch mit? Wir wollen in den *Bunten Ochsen*«, sagte Achim, ein Bonbonkocher, der bei den Zuckerstangen eingeteilt war, als er an diesem Abend an Hans vorbeiging.

»Gern«, antwortete Hans freudig überrascht.

Er war seit fünf Wochen in Neuss, aber bis jetzt hatte er kaum Anschluss gefunden. So hatte er die Abende in seinem schäbigen Pensionszimmer im Sebastianusviertel verbracht, wo er sich das

Bad mit vier anderen Arbeitern teilte. Doch er war froh, in der Innenstadt eine Bleibe gefunden zu haben und nicht in einer der großen Mietskasernen außerhalb. Hier gab es wenigstens Frau Nolte, die rundliche Wirtin, die abends »für ihre Männer«, wie sie ihre Untermieter nannte, kochte.

Um halb neun verließ Hans das schmale Haus in der Oberstraße, frisch rasiert, gewaschen und herausgeputzt. Er trug seine gute Sonntagshose mit weißem Hemd und Schiebermütze. Der *Bunte Ochse* lag in der Brandgasse. Hans musste vorbei an der *Schrammschen Puddingfabrik* und sog genüsslich den Duft nach Süße und Kindheit ein, der aus den Fensterritzen strömte.

In der großen Vorhalle des Gasthauses warteten Achim und Gerd, der ebenfalls bei *Franke* arbeitete, auf ihn. Die drei jungen Männer suchten sich einen Platz an der Theke und bestellten sich ein Bier. Der Gastraum war gut gefüllt mit Arbeitern, Soldaten in preußischer Uniform und auch einigen bürgerlichen Herren in Dreiteiler und Hut.

Anfänglich kam Hans nur holprig mit den beiden anderen ins Gespräch. Sie arbeiteten schon viele Jahre zusammen und sprachen von Freunden und Erlebnissen, die er nicht mit ihnen teilte. Doch nach dem zweiten Pils fühlte er sich entspannter und begann, von seiner Zeit bei *Kleutgen & Meier* zu erzählen. Er versuchte, seine Begeisterung für Süßwaren und seine Erfahrungen in der Produktion lebhaft zu schildern, ohne dabei zu prahlen. Gerd taute ebenfalls immer mehr auf und begann, von Annemarie – seinem »Schätzeken«, wie er sie nannte – zu erzählen. Er hatte vor, sich demnächst mit ihr zu verloben. Achim gab einige Anekdoten über Franke zum Besten, die Hans zum Lachen brachten.

Doch plötzlich hielt sein Kollege mitten im Satz inne und schaute an Hans vorbei. Auch Gerd war verstummt. Hans drehte sich um.

Drei junge Mädchen hatten den Gastraum betreten. Sie redeten, kicherten und ignorierten die Blicke der anwesenden Männer, die ausnahmslos auf sie gerichtet waren. Hans starrte genau wie alle anderen wie gebannt zu den Damen hinüber.

Es war schon ungewöhnlich genug, Frauen ohne männliche Begleitung in einem Gasthaus anzutreffen. Aber die Selbstverständlichkeit, mit der die drei sich völlig ungezwungen unterhielten und sich an einem Tisch niederließen, anscheinend ohne die Aufmerksamkeit wahrzunehmen, die ihnen zuteilwurde, imponierte Hans. Zu alledem war eine hübscher als die andere. Schimmernde Haare, rote Lippen, Blusen, die vollendete Figuren umschmeichelten, und unter den schmalen Röcken, die bis zu den Knöcheln reichten, konnte man lange Beine erahnen.

Ein junger Soldat in preußischer Ausgehuniform pfiff anerkennend. Über den Gastraum hatte sich eine auffällige Stille gesenkt. Als der Kellner an den Tisch der Damen trat, lauschten alle gespannt. Die Mädchen bestellten Sekt.

Wie extravagant, dachte Hans halb schockiert, halb beeindruckt.

»Wat für schöne Frolleins!«, entfuhr es Achim.

Seine Begleiter nickten. Keinem gelang es, den Blick von den drei Damen abzuwenden, die sich nun ausgelassen zuprosteten.

Plötzlich stand eine von ihnen auf – eine schlanke, hochgewachsene Blondine – und kam direkt auf sie zu. Gerd lief rot an, Achim verschluckte sich an seinem Bier, und Hans sah zu Boden.

»Hat einer der Herren Feuer für uns?«, fragte die junge Dame.

Alle drei kramten eifrig in ihren Taschen. Gerd war am schnellsten. Gebannt beobachtete Hans, wie sich die roten Lippen der fremden Frau um die Zigarette schlossen, sie den Rauch tief einzog und dann genüsslich wieder ausatmete.

»Dürfen wir die Damen auf ein Glas Sekt einladen?«, ließ sich nun Achim vernehmen, dem es als Einzigem nicht die Sprache verschlagen hatte.

Hans stieß ihn in die Rippen. Bis er die Miete und das Essen bezahlt und ein wenig für schlechtere Zeiten zurückgelegt hatte – wie es ihm die Mutter ständig einbläute –, blieb kaum Geld übrig. Solch ausgefallene Extras gab sein Lohn nur schwer her.

»Gerne«, sagte die Frau mit einem herzlichen Lächeln. Sie winkte ihre zwei Begleiterinnen heran, die nach kurzem Zögern zu ihnen herüberkamen.

Als der Sekt auf dem Tresen stand, stellten sie sich einander vor. Die Blondine hieß Annalena Mertens, ihre Freundinnen Mathilda Hartmann und Jane Birchley. Letztere stammte aus London.

Die Damen tanzten in der Operette *Die lustige Witwe* im Ballett. Sie machten es Hans und seinen Arbeitskollegen leicht, mit ihnen ins Gespräch zu kommen. Nie entstanden die peinlichen Pausen, die er von seinen früheren Begegnungen mit Mädchen in unschöner Erinnerung hatte, so ungezwungen und fröhlich erzählten sie von ihrem Leben.

Am zurückhaltendsten war die dunkelhaarige Jane, die mit einem starken englischen Akzent sprach. Man sah ihr an, dass sie sich konzentrieren musste, um dem Gespräch zu folgen, vor allem, wenn die Männer in ihren rheinländischen Dialekt verfielen. Hans gefiel es, wie sie den Kopf schräg legte und genau zuhörte. Wenn sie redete, erinnerte ihr fremder Akzent ihn an die große weite Welt, von der er träumte, solange er denken konnte. Diese junge Frau war ihm einen Schritt voraus. Sie hatte ihr Heimatland verlassen.

»Sind Sie schon lange im Deutschen Reich?«, fragte er sie interessiert.

»Ich bin jetzt drei Jahre hier.«

»Warum haben Sie England verlassen?«

»Ich wollte immer tanzen. Ich war in London ein Music Hall Dancer.« Ihre Sprache war mit englischen Begriffen durchsetzt, was er sehr charmant fand. »Aber wir sind eine *working class*-Familie, es gab keine Möglichkeit für mich, eine gute Ausbildung zu bekommen. Ich habe alles bei einer Vortänzerin in der Music Hall gelernt. Bei den Ballettkompanien nehmen sie eine wie mich nicht. Die deutschen Operettentheater bilden besser aus, auch wenn sie uns die Proben nicht bezahlen. Aber leider ist in der Operette das Ballett nur *background* zur Handlung.«

»Wollen Sie denn, wenn Sie hier alles gelernt haben, zu einer englischen Ballettkompanie?«

»Nein, dafür bin ich nicht gut genug. Eine richtige Ballettausbildung beginnt, wenn man vier Jahre alt ist. Das hätten sich meine Eltern niemals leisten können«, sagte Jane mit entwaffnender Offenheit. »Aber zurück in die Music Hall will ich auch nicht.« Dann lächelte sie, aber in ihren Augen konnte Hans eine große Entschlossenheit erkennen. »Ich will nach Paris, ich will eines Tages im *Moulin Rouge* oder im *Folies Bergère* tanzen. Dort nehmen sie nur die besten Mädchen und bezahlen sie gut.«

Hans nickte. Ihm gefiel dieser Ehrgeiz. Auch Jane wollte mehr, als ihr nach ihrer Ausbildung und ihrer Herkunft zustehen sollte.

Kurz bevor der Wirt die Sperrstunde ausrief, bot Hans Jane an, sie nach Hause zu begleiten. Doch sie lachte nur.

»Ich gehe mit Mathilde und Annalena. Wir wohnen alle zusammen.«

Ungern wollte er das bildhübsche Mädchen mit dem aufregenden Akzent ziehen lassen. Es passierte selten, dass er sich so ungezwungen mit einem Fräulein unterhalten konnte. Meist interessierte er sich nicht für das, was die gleichaltrigen Mädchen ihm erzählten.

»Darf ich Sie einmal zum Essen einladen?«, fragte er unsicher.

Jane lachte wieder. Lachte sie ihn aus? »Ich tanze jeden Abend. Vor zehn habe ich nie frei. Dann gibt es in dieser kleinen deutschen Stadt nirgendwo mehr etwas zu essen.«

Da hatte sie wahrscheinlich recht. »Dann vielleicht auf ein Glas Sekt?«

Zu seiner Überraschung nickte sie. Sie verabredeten sich für den darauffolgenden Samstag.

Als die Mädchen außer Hörweite waren, schlug ihm Gerd ausgelassen auf die Schulter. »Du bist ja ein ganz Ausgebuffter, Hans! Wirkst so schüchtern und zurückhaltend, und dann kriegst du ein Rendezvous mit der schönen Engländerin.«

»Es war nur …«

»Stille Wasser gründen tief«, sagte Achim mit unverhohlener Bewunderung und bestellte eine letzte Runde.

Hans schmunzelte. Er ging von der Arbeit immer als Letzter nach Hause, achtete stets darauf, dass an seiner Station alles reibungslos lief, aber beeindruckt hatte er die beiden Kollegen, indem er ein hinreißendes Mädchen dazu brachte, mit ihm auszugehen. Er fühlte sich in seine Jugend zurückversetzt. Was ihn schon in der Schule beliebt gemacht hatte, kam ihm auch im Gespräch mit Gerd und Achim zugute: Er hatte einen trockenen Humor und nahm sich selbst nicht zu wichtig. Er versuchte nicht, sie von seinem Fleiß und seinem Ehrgeiz in der Fabrik zu überzeugen, sondern redete mit ihnen, wie er es mit seinen Freunden zu Hause getan hätte.

Dem Treffen mit Jane fieberte er regelrecht entgegen. Viel zu früh fand er sich am Samstagabend am Hintereingang des *Kleinen Schauspielhauses* hinter dem Quirinus-Münster ein. Er hätte sich ein Theater viel vornehmer vorgestellt, doch von der Fassade blätterte die Farbe ab, und der Hof mit den Mülltonnen war nur spärlich beleuchtet. Da hatte Jane bis Paris noch einen weiten Weg vor sich.

Die Schäbigkeit des Etablissements verblasste jedoch in dem Augenblick, als Jane heraustrat, Hans anlächelte und sich bei ihm unterhakte.

Nach einigen Metern fragte sie: »Wohin?«

»Wollen wir uns hier für einen Moment setzen?« Er deutete auf eine der Bänke am Münsterplatz. »Ich habe Ihnen etwas mitgebracht.«

Sie setzten sich und betrachteten schweigend die kontrastreiche Fassade aus hellem Tuff und schwarzem Basalt, den hohen Westturm und den Vierungsturm.

Hans reichte Jane die Papiertüte, die er mitgebracht hatte. Sie schaute ihn fragend an.

»Sie haben gesagt, dass Sie abends nie etwas zu essen bekommen, weil Sie so lange arbeiten müssen. Deswegen habe ich Ihnen eine Stulle geschmiert.«

Sie lachte laut, nahm die Tüte und sah hinein. »Mir hat noch nie jemand ein Brot mitgebracht.« Sie lachte wieder. »*Thank you so much*. Aber wir Ballettmädchen sollen gar nicht so viel essen.« Sie zwinkerte ihm zu und biss dann mit großem Appetit in die Stulle.

»Das war köstlich«, sagte sie, als sie den letzten Bissen genüsslich verzehrt hatte.

Während sie über den Glockhammer zum *Em Schwatte Päd* in der Sebastianusstraße gingen, plauderten sie über dies und das.

Als Jane ihm schließlich an einem Tischchen gegenübersaß, betrachtete Hans sie interessiert. Er hatte befürchtet, sie in seiner Fantasie derart ausgeschmückt zu haben, dass er Gefahr lief, bei einem erneuten Treffen enttäuscht zu werden. Doch sie war genauso schön, wie er sie in Erinnerung gehabt hatte. Ihr dunkles Haar, das sie hochgesteckt trug und in das sie ein Silberband eingebunden hatte, glänzte im Licht der Kerze, die Lippen waren dunkelrot geschminkt und verführerisch. Ihre ausdrucksvollen grünen Augen hatte sie mit Kohlestift betont. Obwohl die weiße Bluse, die mit einer schmalen Bordüre verziert war, hochgeschlossen war, konnte er unter dem fließenden Stoff ihre zarte und doch weibliche Figur erahnen.

»Zwei Gläser Sekt, bitte«, sagte er, sobald der Kellner herantrat.

Allein bei dieser Bestellung fühlte er sich wie ein Mann von Welt. Wer hätte gedacht, dass er, Hans Riegel, der Bauernbub aus Friesdorf, in der großen Stadt mit einem zauberhaften englischen Mädchen Sekt trinken würde?

»Sie hätten mich fragen sollen, was ich möchte«, sagte Jane streng und versetzte damit seiner gerade entdeckten Souveränität einen Dämpfer.

»Aber Sie haben doch das letzte Mal auch Sekt getrunken.«

»Das heißt noch lange nicht, dass ich nie etwas anderes trinken möchte.«

»Ja, aber …«

»Mir gefällt es nicht, wenn Männer voraussetzen, dass sie wissen, was ich will.«

»Ich habe es nur gut gemeint.«

»Mrs Pankhurst sagt, ganz viel Unglück beginnt damit, dass Männer glauben, sie wüssten, was gut und richtig für die Frauen ist.«

»Wer ist denn Mrs Pankhurst?«, fragte Hans verwirrt.

»Sie und ihre Tochter Christabel haben eine Bewegung gegründet, die sich in England für das Wahlrecht von Frauen einsetzt.«

»Wollen Sie wählen gehen?«

»*Of course!* Was spricht dagegen?« Jane sah ihn herausfordernd an.

»Ähm. Ich meine … Darüber habe ich noch nie nachgedacht«, antwortete er lahm.

Natürlich hatte er schon von Helene Lange gelesen, die sich im Deutschen Reich für das Frauenwahlrecht und für Bildungsgleichheit einsetzte, und er wusste auch, dass seit 1908 Frauen Vereinen beitreten durften – sogar politischen. Doch er hatte sich nie besonders dafür interessiert. Zu Hause auf dem Hof war die Frauenbewegung nie ein Thema gewesen.

»Es spricht nichts dagegen, dass wir Frauen die gleichen Rechte haben wie die Männer«, beharrte Jane. »Wir arbeiten hart, ziehen Kinder groß, sind für Familien verantwortlich. Wir sollten mitbestimmen dürfen, wie das *country*, in dem wir leben, gestaltet wird.«

Hans fühlte sich wie auf dünnem Eis, da er noch nie mit einer Frau über Politik geredet hatte. Es passte ihm nicht, dass sie sich ihrer Sache so sicher schien und weitaus besser informiert war als er. Er hatte immer Respekt vor Frauen gehabt, das hatte ihm sein Vater vorgelebt. Seine Mutter war eine starke Frau. Sie lenkte meist die Entscheidungen in der Familie aus dem Hintergrund. Doch Agnes Riegel machte das auf eine unauffällige und geschickte Weise, die den Vater in dem Glauben ließ, er habe das letzte Wort gehabt. Niemals hätte sie laut auf ihre Rechte gepocht und sie lautstark eingefordert.

Was sie wohl von Jane halten würde, schoss es Hans durch den Kopf. Eine »Tanzmaus« wäre das Letzte, was Agnes sich für ihren Sohn wünschte. Doch der Schneid, den Jane an den Tag legte, indem sie allein ins Deutsche Reich gekommen war und deutlich sagte, was sie wollte, der würde seiner Mutter wahrscheinlich imponieren – auch wenn sie es nie zugeben würde.

Um das Gespräch wieder in sicherere Bahnen zu lenken, fragte Hans: »Was hätten Sie denn lieber getrunken?«

»Ich hätte gerne eine Weinschorle gehabt, weil ich Durst habe, oder gleich ein Pils.«

»Ein Bier?«, fragte er verwundert.

»Ich mag den herben Geschmack.«

Als der Kellner mit den beiden Sektflöten an den Tisch trat, sagte Hans entschlossen: »Und bitte noch zwei Pils.«

Jane warf den Kopf zurück und lachte ihr kehliges, herzerwärmendes Lachen.

Als er sie nach der Sperrstunde nach Hause begleitete, fühlte er sich wohl in ihrer Gesellschaft. Der Abend war interessant gewesen. Dass sie sich nun wie selbstverständlich bei ihm unterhakte, gefiel ihm. Vor ihrer Haustür verabschiedete er sich von ihr. Zu gerne hätte er sie geküsst. Aber er wollte nicht zu forsch erscheinen, denn er wollte sie unbedingt wiedersehen.

»Good night!«, hauchte sie. Es kam ihm vor, als neige sie den Kopf, wie eine Einladung.

»Gute Nacht!«, sagte er rau.

Für einen Moment verharrten sie beide, ohne sich zu bewegen. Nach kurzem Zögern zog Hans sie an sich. Er senkte den Kopf, atmete ihren Veilchenduft ein und küsste sie. Ihre weichen Lippen zu spüren, war fantastisch. Was ihm aber den Atem nahm, war die Leidenschaft, mit der sie reagierte. Sie vergrub ihre Hände in seinem Haar, zog ihn noch näher zu sich heran und drängte sich an ihn. Kein verstohlener Blick, ob sie jemand sehen konnte. Sie gab sich einfach dem Kuss hin und gewährte seiner Zunge Einlass.

Als sie sich nach einigen Momenten von ihm löste, lag keine Verlegenheit in ihrem Blick.

»See you soon«, sagte sie leise, schloss die Tür auf und trat ein.

Was für eine Frau! Keine Prüderie, keine Versprechungen, keine Betonung ihrer Anständigkeit. Sie hatte ihn geküsst, als wäre es das Natürlichste der Welt. Fröhlich pfeifend machte Hans sich auf den Heimweg.

5. Kapitel

NEUSS, AUGUST 1914

An einem Sonntag saß Hans in seinem Lieblingscafé mit Blick auf das Quirinus-Münster und gönnte sich ein Stück Apfelkuchen. Einige Monate zuvor hatte der Westturm des Münsters gebrannt, und die Schäden waren noch immer deutlich zu sehen.

Zu Hause wäre er nie auf die Idee gekommen, sich irgendwo eine Torte zu kaufen oder sich in ein Kaffeehaus zu setzen. Die Mutter hätte ihn zurechtgewiesen und ihm gesagt, dass das nur was für die besseren Bürger sei, aber doch nicht »für unsereins«. Das erste Mal war er mit Jane in einem Café gewesen. Sie hatte ihn ausgelacht, als er seine Bedenken geäußert hatte, dass Leute ihres Standes dort nicht hingehörten. »Wenn du zahlen kannst, dann kannst du auch hingehen«, hatte sie ihm entgegengehalten. Hans lebte immer noch bescheiden, aber da er als Facharbeiter besser verdiente als bei *Kleutgen & Meier*, konnte er trotz der Miete, die er jeden Monat für das kleine Zimmer bei der Witwe Nolte zahlte, etwas zur Seite legen.

Mittlerweile genoss er die Sonntagvormittage im Kaffeehaus, und die Unsicherheit war verschwunden. Er nahm einen Schluck von dem tiefschwarzen Kaffee und schob sich genussvoll ein Stück des leckeren Apfelkuchens in den Mund. Vor sich hatte er einige Tageszeitungen, die im Café für die Gäste auslagen. So sparte er sich das Geld, sie zu kaufen. Neuigkeiten verbreiteten sich unter den Arbeitern sowieso schnell, und was genauer hinter den Ereignissen steckte, las er dann am Sonntag nach. Er begann immer mit der Montagszeitung und hörte mit der vom Wochenende auf. Normalerweise interessierten ihn vor allem die Artikel über das Weltgeschehen und der Wirtschaftsteil.

Die politische Lage hatte sich seit dem tödlichen Attentat eines serbischen Freischärlers auf den österreichischen Thronfolger Erzherzog Franz Ferdinand und dessen Ehefrau Sophie in Sarajevo Ende Juni immer mehr zugespitzt. Die Militärs in Wien drängten auf eine schnelle Vergeltung.

Das Deutsche Kaiserreich war durch seine Bündnistreue an Österreich-Ungarn gebunden, während Russland Serbien unterstützte und zugleich auf den Beistand Frankreichs zählen konnte. Inzwischen waren die Verhandlungen zwischen Serbien und Österreich-Ungarn gescheitert, und die Donaumonarchie hatte mit einer Kriegserklärung reagiert. Daraufhin war es zu einer Mobilmachung Serbiens und Russlands gekommen, woraufhin das Deutsche Reich Anfang August zuerst Russland und nur wenige Tage später auch Frankreich den Krieg erklärt hatte.

Wie Hans jetzt las, hatten sich die Ereignisse seitdem überschlagen: Das Deutsche Reich hatte bei einem Angriff auf Frankreich die Neutralität Belgiens und Luxemburgs verletzt, was zum Kriegseintritt Großbritanniens, der Garantiemacht Belgiens, führte. Hans kam es vor wie beim Dominospiel, früher die Lieblingsbeschäftigung seines Bruders Paul: Sobald der erste Stein gefallen war, war es unausweichlich, dass die anderen folgten. Genauso bedingte ein politisches Ereignis unweigerlich das nächste. Ein Funke hatte gereicht, um eine Explosion auszulösen.

Seine Gedanken wanderten zur Frage, was der Kriegsausbruch für ihn persönlich bedeutete. Eigentlich wollte er in vier Wochen nach Osnabrück umziehen, wo er sich um eine Stelle als Vorarbeiter in einer Fabrik beworben hatte. Anders als in Neuss war dort die Produktion mit mehr Maschinen ausgestattet, und er konnte Erfahrungen in einer führenden Position sammeln. Er hatte nicht gezögert, sondern das Angebot sofort angenommen. Dort könnte er noch einiges lernen, und es war wieder ein kleiner Schritt nach oben. So eine Chance wollte er sich trotz des Kriegsausbruchs nicht entgehen lassen.

Doch jetzt, da der Zeitpunkt seines Umzugs näher rückte, wurde Hans immer bewusster, dass sein Abschied aus Neuss auch den Abschied von Jane bedeutete. Sie trafen sich seit ihrem ersten gemeinsamen Abend vor einem guten Jahr immer, wenn es die Zeit zuließ. Bisher hatte er ihr noch nichts gesagt. Einige Male hatte er es versucht, sich dann aber dafür entschieden zu schweigen, damit sie beide die verbleibende Zeit noch genießen konnten, ohne dass die Trennung auf ihren Treffen lastete, die bisher von so einer vergnüglichen Leichtigkeit waren.

Hans hatte die Tänzerin, die dem Leben offen und positiv gegenüberstand, lieb gewonnen. Sie hatte ihm eine Welt gezeigt, die nicht durch konservative Denkweisen reglementiert war. Ihm selbst fiel es schwer, sich von den Regeln, mit denen er aufgewachsen war, zu befreien. Jane dagegen machte, wozu sie Lust hatte, lebte, wohin es sie verschlug, und träumte von einem aufregenden Leben als Tänzerin in Paris. Für das nächste Jahr hatte ihr Tanzensemble ein Engagement in einem der Londoner Theater von Charles Frohman ergattert, dem auch einige Schauspielhäuser in New York und anderen amerikanischen Städten gehörten. Jane wusste noch nicht, ob sie mit ihrer Truppe mitgehen oder ihr Glück auf eigene Faust in Frankreich versuchen sollte. Auch bei dieser Entscheidung spielte der Verlauf des Krieges eine große Rolle.

Hans hatte ihr aufmerksam zugehört, als sie begeistert von ihren Zielen erzählte. Er bewunderte ihre Selbstsicherheit. Jane zweifelte nie daran, dass man die Grenzen der Gesellschaftsschichten überwinden konnte. Seine Eltern hätten sie für ebenso größenwahnsinnig gehalten wie ihn. Doch Hans erkannte bei ihr dieselbe Zielstrebigkeit, die auch ihm zu eigen war. Diesen radikalen Ehrgeiz, sich von unten nach oben zu arbeiten.

Wie schon einige Male während des vergangenen Jahres hatte er die gestrige Nacht mit ihr verbracht. In Friesdorf wäre es für ein junges Mädchen undenkbar gewesen, sich vor der Ehe mit einem Mann einzulassen. Ihr Ruf wäre für immer ruiniert gewesen. Anders die hübsche Engländerin. Sie stand der körperlichen Liebe offen gegenüber. Anfangs hatte Hans sich kaum getraut, sie auch nur zu küssen, doch Jane hatte ihn ermutigt und ihm zu verstehen gegeben, dass es für sie in Ordnung wäre, mit ihm zu schlafen. Schmunzelnd dachte er daran, wie er ihr stammelnd erklärt hatte, dass eine Ehe mit ihr für ihn nicht infrage käme. Daraufhin hatte sie schallend gelacht und geantwortet: *»Don't worry. I don't want to marry you at all.«* Er hatte sie verständnislos angesehen. »Ich will dich keinesfalls heiraten«, übersetzte sie ihm ihre Worte. Auch wenn sie sich über ihn lustig gemacht hatte, war es ihm ein Bedürfnis gewesen, die Sache von Anfang an klarzustellen. Das gebot ihm sein Anstand. Auch wenn er sich im Nachhinein, als er sie besser kannte, deswegen dumm vorkam.

Obwohl er genau wusste, dass Jane keine Frau zum Heiraten war und dass sie nächstes Jahr sowieso weiterziehen wollte, graute ihm jetzt doch davor, sie zu verlassen. Er musste Farbe bekennen und ihr mitteilen, dass er bald aus Neuss wegzog. Wenn sie sich heute Nachmittag wie verabredet auf einen Spaziergang trafen, würde er es ihr sagen.

Er zahlte und verließ das Kaffeehaus. Draußen umfing ihn flirrende Augusthitze und nahm ihm kurz den Atem. Bevor er sich auf den Heimweg machte, zog er sein Jackett aus und krempelte die Hemdsärmel nach oben.

»Hans, warte! Bleib stehen!«, hörte er die Stimme von Gerd hinter sich.

Als er sich umdrehte, sah er seine beiden Freunde Achim und Gerd ausgelassen winkend auf ihn zukommen.

»Was seid ihr denn so übermütig?«, fragte er neugierig.

»Wir haben gerade etwas entschieden. Achim hat den Sohn seines ehemaligen Chefs getroffen. Der Jupp hat uns erzählt, dass sich alle seine Kommilitonen freiwillig zur Front melden. Er wollte noch kurz bei seinen Eltern vorbeischauen, bevor er sich morgen früh meldet. Dann hat er gefragt, ob wir nicht auch mitmachen«, sagte Gerd.

»Erst waren wir skeptisch«, ergänzte Achim. »Aber Jupp meinte, das wird ein riesiges Abenteuer. Bis Weihnachten haben wir die Franzosen geschlagen und sind wieder daheim. Der Jupp, der hat Ahnung. Der war schon immer ein ganz Gescheiter. Komm doch auch mit, Hans! Da lassen wir die Sau raus. Denk nur an die hübschen französischen Mädchen.« Mit beiden Händen zeichnete er eine weibliche Körperform in die Luft und grinste dabei anzüglich.

Hans schüttelte den Kopf. »Nein, das ist nichts für mich.«

»Sei kein Hasenfuß! Gleich morgen früh gehen wir hin. Jetzt lass dich nicht so lange bitten«, beharrte Gerd.

»Es ist nicht, dass ich Angst habe zu kämpfen. Aber ich sehe das Ganze genauso wie die Protestler, die im Juli durch die Straßen gezogen sind und ›Nieder mit dem Krieg‹ gerufen haben. Wenn man es ihnen nicht verboten hätte, wären immer noch Hunderttausende junge Leute unterwegs. Und sie haben recht.«

»Ach was! Auf zum Preisschießen nach Paris! Lass dich doch

von ein paar Protestlern nicht einwickeln. Die Begeisterung für unsere Sache ist groß. Hast du nicht gesehen, wie die Menschen Männern in Uniform zujubeln? Sogar der Pfarrer hat in der Messe für die Soldaten gebetet und gesagt, es wäre unsere Pflicht, die Heimat zu verteidigen.«

»Unsinn! Wir müssen gar nichts verteidigen, wir wurden ja gar nicht angegriffen. Das ist ein Krieg von denen da oben, aufgrund von irgendwelchen Bündnissen. Vor deren Karren lass ich mich nicht spannen!«, sagte Hans mit großer Überzeugung.

Der glühende Patriotismus, der seine Arbeitskollegen scharenweise dazu brachte, sich schnellstmöglich freiwillig zu melden, war ihm fremd. Daheim in Friesdorf hielt sich die Begeisterung ebenfalls in Grenzen. Gerade im August wurde jede Hand auf dem Feld bei der Ernte gebraucht, und jeder, der eingezogen wurde, fehlte schmerzlich.

»Du kannst uns doch nicht allein gehen lassen. Wir waren jetzt immer zu dritt unterwegs«, versuchte Achim, seinen Freund zu überreden.

»Das stimmt natürlich«, gab Hans ihm recht. »Aber ich habe doch schon beim Müller in Osnabrück zugesagt, und die rechnen fest mit mir.«

»Die warten gern auf dich. Du versetzt sie ja nicht aus einer Laune heraus, sondern weil du für unser Vaterland in den Kampf ziehst. Bis Weihnachten sind wir alle wieder da.«

Hans schüttelte erneut den Kopf. »Nein, Jungs, das müsst ihr ohne mich machen. Ich werde gehen, wenn sie mich einziehen, aber keinen Tag früher. Überlegt es euch noch mal. Aber wenn ihr wirklich fest entschlossen seid, dann viel Glück morgen für die Musterung! Und jetzt muss ich los.«

»Ah, triffst du dich wieder mit der Tänzerin?«, fragte Achim und hauchte mit spitzem Mund ein paar Küsse in die Luft.

Hans schwieg. Zuerst hatte er seinen Freunden nichts von seinen weiteren Treffen mit Jane erzählen wollen, doch irgendwann hatte er sich nach einigen Bier im *Bunten Ochsen* verplappert. Das ärgerte ihn immer noch. Vor allem, da Achim es nicht lassen konnte, ihn damit aufzuziehen. Obwohl es wahrscheinlich eher Neid war, weil er wusste, dass sein Freund mit der großen Klappe bisher noch bei keiner Frau Erfolg gehabt hatte.

»Wir sehen uns nächste Woche. Wie immer am Dienstag im *Ochsen*«, sagte er, ohne auf die Bemerkung seines Freundes einzugehen.

»Und dir jede Menge Spaß mit deiner Tänzerin!«, rief Achim ihm viel zu laut hinterher.

Hans drehte sich um und winkte seinen Freunden lässig zu.

Er wollte Jane an einer der Bänke am Münsterplatz treffen, aber sie war noch nicht da. Er setzte sich. Die Sonne schien ihm ins Gesicht, und er schloss für einen Moment die Augen. Bilder von ihrer letzten Begegnung tauchten in seinem Kopf auf.

Für ihre Schäferstündchen hatte Jane ein Zimmer in einer schäbigen Pension organisiert. An unverheiratete Paare durfte nicht vermietet werden, das war gesetzlich verboten. Doch Jane hatte einen Tipp von einer anderen Tänzerin erhalten: Die Besitzerin ließ sich das Risiko, wegen Kuppelei angezeigt zu werden, gut bezahlen. Aber Hans hatte es sich trotz knapper Kasse nie nehmen lassen, den gesamten Betrag zu übernehmen. Im Gegensatz zu Jane hatte er anfangs Skrupel gehabt, sie jedoch sah das Ganze als aufregendes Abenteuer. Nachdem es einige Male gutgegangen war, hatte er irgendwann auch keine Bedenken mehr, erwischt zu werden, und hatte die Stunden mit ihr in vollen Zügen genossen.

Die Glocke des Münsters schlug halb vier. Wo blieb Jane? Hatte sie ihr Treffen etwa vergessen? Obwohl er sein Sakko ausgezogen hatte, schwitzte Hans unangenehm. Die Sonne schien nicht mehr so stechend wie zur Mittagszeit, trotzdem lag eine drückende Hitze über der Stadt.

Erschrocken zuckte er zusammen, als ihm jemand von hinten die Hände über die Augen legte.

»*Who is it?*«, fragte die Person.

Diese zarten Hände, die so anders waren als die groben, schwieligen Hände der Bauersfrauen und Fabrikarbeiterinnen, diese melodische Stimme mit dem englischen Akzent und diesen betörenden Geruch nach Veilchen hätte er überall und jederzeit erkannt. Er nahm ihre Hand und küsste kurz ihre Finger. Am liebsten hätte er sie an sich gezogen, doch auf einem öffentlichen Platz wie hier war das undenkbar.

»Lass uns ein Stück gehen!«, schlug er vor.

»Ich muss pünktlich um fünf bei der Probe sein«, sagte sie.

Hans nickte. »Gut.«

Wie immer plauderte Jane unbekümmert drauflos und erzählte von der letzten Vorstellung und von ihren Freundinnen.

Hans hörte ihr nur mit halbem Ohr zu. Er hatte sich fest vorgenommen, ihr heute zu sagen, dass er nach Osnabrück zog. Doch jetzt, als sie neben ihm ging, wurde sein Herz schwer. Obwohl für sie beide von Anfang an klar gewesen war, dass es nur eine zeitlich begrenzte Liebelei war, stellte er immer mehr fest, dass er die Engländerin sehr gerne mochte. Hatte er sich verliebt? Doch auch wenn es so war – er musste trotzdem weiterziehen. Er wollte in seinem Beruf vorankommen und als Vorarbeiter erstmals auch Verantwortung übernehmen. Natürlich hätte er ihr vorschlagen können, sie zu heiraten und ihn nach Osnabrück zu begleiten. Seine Familie wäre allerdings nicht begeistert von einer Ehe mit einer englischen Tänzerin. Vor allem seine Mutter hätte sich in Grund und Boden geschämt. Und außerdem: Was konnte er Jane schon bieten, außer einem bescheidenen Vorarbeiterlohn und seiner Leidenschaft? Er kannte sie mittlerweile gut genug, um zu wissen, dass sie an der Seite eines Fabrikarbeiters nicht glücklich werden würde. Jane passte nicht in sein Leben – egal, was sein Herz dazu sagte.

»Hans … *darling*, hörst du mir überhaupt zu?«

Jetzt erst wurde ihm bewusst, dass er so in Gedanken gewesen war, dass er ihre letzten Sätze nicht gehört hatte. Er blieb abrupt stehen. Jetzt oder nie, dachte er und begann: »Äh … entschuldige. Jane, ich muss dir was sagen.«

Sie schaute ihn neugierig an.

»Ich gehe in zwei Wochen nach Osnabrück, weil ich dort eine interessante Stelle als Vorarbeiter bekommen habe. Es tut mir leid.«

»Was tut dir leid?«

»Na ja, dass wir uns dann nicht mehr treffen können.«

»*Oh my God!* Du hast geschaut so *seriously*. Ich dachte schon, du wolltest mir einen Heiratsantrag machen.« Sie lachte kehlig, aber in ihren grünen Augen sah er Traurigkeit. Doch sie sagte: »Alles okay. Wir wussten immer, dass es irgendwann vorbei sein würde. Du brauchst kein schlechtes Gewissen zu haben. Ich breche nicht in Tränen aus, auch wenn ich dich sehr mag, Hans. Aber bei mir ändern sich die Dinge ebenfalls. Unsere Truppe kehrt bald zurück nach *Great Britain* wegen des Krieges.«

»Wann?«, fragte er und war einerseits erleichtert, dass Jane das Ganze so leichtnahm – andererseits tat es weh, dass sie im Gegensatz zu ihm so unbekümmert schien.

»Weiß nicht genau, aber so bald wie möglich. Als *English woman* bin ich ja jetzt Feindin in Deutschland.« Sie zuckte charmant mit den Schultern. »Lass uns die Tage, die uns noch bleiben, genießen.«

Sie drehte sich um, und als sie sah, dass niemand in der Nähe war, küsste sie ihn leidenschaftlich auf den Mund. Heilfroh, reinen Tisch gemacht zu haben, und zugleich bedrückt, dass ihre gemeinsame Zeit so schnell zu Ende ging, brachte er sie wenig später zur Probe.

Die nächsten beiden Wochen waren für Hans intensiv. Er versuchte, jede freie Sekunde mit Jane zu verbringen, außerdem musste er sich von Achim und Gerd verabschieden, die in den Krieg zogen. Auch wenn sie sich bis zum Schluss heiter und siegesgewiss gaben, meinte er an ihrem letzten gemeinsamen Abend im *Bunten Ochsen* doch Sorge unter der betont fröhlichen Fassade wahrzunehmen. Hoffentlich kamen sie wohlbehalten zurück.

So oft wie möglich verbrachte er die Nächte mit Jane. Jetzt, wo sie beide um die Endlichkeit ihrer gemeinsamen Zeit wussten, schien der Liebesakt noch tiefer und leidenschaftlicher zu werden. Jane sagte zwar immer noch, dass man den Moment genießen müsse, ohne sich um die Zukunft zu sorgen, doch manchmal klammerte sie sich fast verzweifelt an ihn. Auch wenn sie es nie zugab, war Hans sich sicher, dass sie den Abschied ebenso fürchtete wie er. Er hätte ihr gerne erklärt, wie viel sie ihm bedeutete, aber was hätten Versprechen und schwülstige Liebeserklärungen für einen Sinn gehabt? Sie würden sich ja doch nie wiedersehen.

6. Kapitel

OSNABRÜCK, JANUAR 1915

Durchgefroren und todmüde kam Hans in den frühen Morgenstunden von seiner Schicht in der *Bonbonfabrik Müller* nach Hause. Trotz seiner dicken Jacke war ihm die Kälte auf dem Nachhauseweg in die Knochen gekrochen. Wie schon in Neuss bewohnte er ein kleines Zimmer mit Ofen in einer Pension. Er legte Kohle nach und schürte ein. Es dauerte nicht lange, bis der Raum behaglich warm wurde. Hans schüttete Wasser in eine große Schüssel und wusch sich gründlich.

Die ersten Wochen waren sehr anstrengend gewesen. Bis er gewusst hatte, wie die Abläufe aussahen, wo was produziert wurde und worauf Meister Heinze besonderen Wert legte, war es ein hartes Stück Arbeit gewesen. Auch die Rolle als Vorarbeiter war ungewohnt für ihn. Anfangs hatte er sich schwergetan, den Arbeitern klare Anweisungen zu geben. Doch mittlerweile funktionierte das ausgezeichnet.

Seinen Chef, Roman Müller, hatte Hans allerdings noch nie zu Gesicht bekommen. Vorgestellt hatte er sich damals bei Meister Heinze, und für alles Bürokratische waren die Sekretärinnen zuständig. Anders als Helmut Franke in Neuss ließ Müller sich nicht in den Produktionshallen sehen. Wenn allerdings Meister Heinze von ihm sprach, tat er dies mit größtem Respekt. Er beschrieb ihn als kultiviert und belesen. Anscheinend war Müller öfter länger auf Reisen und brachte dann neue Ideen mit. Doch Hans fand einen Chef wie Franke, der im Notfall selbst mit anpackte und noch für den kleinsten Arbeiter ein offenes Ohr hatte, weitaus eindrucksvoller als einen Geist, den nie jemand zu Gesicht bekam.

Seine Pause war heute wieder einmal ausgefallen, weil in der Fabrik die Arbeiter fehlten. Einige von ihnen hatten sich freiwillig zum Kriegsdienst gemeldet, andere waren eingezogen worden. Seit Wochen sprang Hans immer wieder an verschiedenen Stellen ein. Erst jetzt kam er dazu, seine Vesperdose herauszuholen und genussvoll in sein Butterbrot zu beißen.

Schmunzelnd kam ihm der Tag ins Gedächtnis, als er sich das erste Mal mit Jane getroffen und ihr ein Schmalzbrot mitgebracht hatte. Jane … Sehnsüchtig erinnerte er sich an ihren geschmeidigen Körper und ihre zärtlichen Berührungen. Beim Abschied am Bahnsteig hatte sie trotz aller Lässigkeit einige Tränen vergossen, und auch ihm war die Trennung schwergefallen. Die letzte Umarmung war innig gewesen. In diesem Moment war ihm egal gewesen, was die Leute von ihnen dachten. Es war beiden so schwergefallen, sich voneinander zu lösen.

Sie hatten einander versprochen, in Kontakt zu bleiben. Er hatte ihr einen Zettel mit seiner neuen Adresse in Osnabrück gegeben. Doch aufgrund der Nordseeblockade hatten ihn niemals Briefe vom Feindesland erreicht. Er wusste nicht einmal, ob Jane gut in England angekommen war. Täglich dachte er an die schöne Engländerin.

Als Hans sein Butterbrot aufgegessen hatte, griff er nach den beiden Briefumschlägen, die seine Vermieterin ihm heute vor die Tür gelegt hatte.

Einer der Briefe war von seinem jüngeren Bruder Peter. Er

schrieb, dass Aga krank sei, dass es in diesem harten Winter auf dem Bau wenig zu tun gab, und er fragte, wann Hans wieder einmal nach Hause käme. Hans nahm sich vor, Meister Heinze um Urlaub zu bitten, obwohl er aufgrund der angespannten personellen Situation ein Nein erwarten musste.

Auf den zweiten Brief, einen Feldpostbrief von seinem Freund Gerd, freute Hans sich besonders. Das Kuvert wirkte vergilbt und war übersät von erdigen Schmutzflecken. Anscheinend hatte die Nachricht einen langen Weg hinter sich.

Gerd und Achim waren im August eingerückt. Die ersten beiden Briefe, die Hans erhalten hatte, hatten vor Euphorie nur so gestrotzt. Seine Freunde hatten von der Kameradschaft und der Begeisterung geschwärmt, die überall im Volk verbreitet war. Einerlei, wo sie in ihren schneidigen Uniformen auftauchten, die Leute hatten ihnen freudig zugewinkt, und die schönsten Mädchen hatten sie angelächelt. Nur der Drill, der in den Kasernen herrschte, und die Essensrationen hatten ihnen nicht so ganz behagt. Beide hatten es kaum erwarten können, endlich zu kämpfen. Der Fronteinsatz sei nicht mehr fern, hatte Achim Ende August geschrieben. Sie waren zuversichtlich, dass der Krieg bald zu Ende wäre. Doch seitdem hatte Hans nichts mehr gehört – bis heute.

Er las die Zeilen mit wachsender Sorge. Gerd und Achim hatten bei der Schlacht an der Marne gekämpft. Gerd schilderte in seiner ungelenken Handschrift, dass sie erst gut vorangekommen seien, doch dann hatten die Franzosen den deutschen Vormarsch zum Erliegen gebracht. Momentan gehe nichts mehr voran. Weder die eine noch die andere Seite hatte Geländegewinne zu verzeichnen. Im letzten Absatz stand, dass es Achim erwischt hatte. Bauchschuss. Direkt neben Gerd im Schützengraben. Er selbst habe sofort die Sanitäter geholt, aber es sei zu spät gewesen. Er wisse nicht, ob sie sich jemals wiedersähen, das liege allein in Gottes Hand.

Betroffen ließ Hans das eng beschriebene Blatt auf den Schoß sinken. Der Tod seines Freundes und Gerds ungewohnt ernste Abschiedsworte trieben ihm Tränen in die Augen. Er dachte an den Abend, als sie die Ballettmädchen kennengelernt hatten, und an die vielen anderen Treffen in ihrem Stammlokal, dem *Bunten Ochsen*. Achim hatte immer einen flotten Spruch parat gehabt und für launige Stunden gesorgt. Sein liebenswerter Freund mit der großen Klappe, die jetzt auf ewig verstummt war, würde Hans sehr fehlen. Er konnte nicht glauben, dass er ihn nie mehr sehen würde – seinen Kameraden, der sein ganzes Leben noch vor sich gehabt hätte.

Hätte er sich damals auch freiwillig melden müssen? Das fragte er sich jetzt mit einem Anflug von schlechtem Gewissen. Seine Freunde und die anderen Soldaten starben für das Vaterland, und er saß bequem zu Hause in seinem Zimmer vor einem behaglich knisternden Ofen. Doch anders als seine Arbeitskollegen hatte er sich im Sommer nicht von der allgemeinen Euphorie anstecken lassen. Der Propaganda vom raschen Sieg gegen Frankreich hatte er skeptisch gegenübergestanden. Im Nachhinein hatte sich seine Einschätzung als richtig erwiesen. Mittlerweile war die allgemeine Kriegsbegeisterung im Land Ernüchterung gewichen. Die Hoffnung, Väter, Söhne, Ehemänner und Freunde nach einem erfolgreichen Feldzug bald wieder in die Arme schließen zu können, war grausam zunichtegemacht worden.

Hans war immer noch davon überzeugt, dass es ein Krieg der Oberen war. Ihm gefiel nicht, dass Männer wie er dort die niedrigste Stellung innehatten. Sie waren nichts als einfache Soldaten, die strikten Befehlsketten unterworfen waren. Die höheren Dienstgrade waren den Adligen vorbehalten.

Doch auch etwas Persönliches hatte ihn damals zögern lassen: Jane, die junge Engländerin, die er so lieb gewonnen hatte. Das Deutsche Kaiserreich und Großbritannien standen jetzt auf verfeindeten Seiten. Aber wenn Jane von zu Hause erzählt hatte, hatte Hans die gleichen Schicksale, Glücksmomente und Probleme erkannt, die auch die jungen Leute hier bewegten. Im Grunde genommen, dachte er, waren die Engländer und die Franzosen keine anderen Menschen als die Deutschen. Trotzdem standen sie sich an der Front gegenüber, kämpften und starben.

Mit diesen schwermütigen Gedanken und der Trauer um Achim ging er zu Bett. Es dauerte lange, bis er in einen unruhigen Schlaf fiel.

Als er am nächsten Abend nach der Arbeit müde heimkam, überreichte ihm die Pensionswirtin einen offiziell wirkenden Brief. Er ahnte, was er enthielt: seinen Gestellungsbefehl. Hans wurde aufgefordert, sich am 15. Januar 1915 in der Kaserne zu melden.

Nun drängte sich der Krieg mit aller Gewalt in sein Leben. Ihm blieb nichts anderes übrig, als sich zu beugen, und wie immer würde er versuchen, sein Bestes zu geben.

Er setzte sich an den Tisch und schrieb seinen Eltern, dass er bald nach Hause kommen werde und kurz darauf einrücken müsse.

7. Kapitel

DOTTENDORF, APRIL 1916

»Wo bleibst du denn, Gertrud?«, fragte Anna Weinreis vorwurfsvoll. Sie stand wartend vor dem alten, weiß gestrichenen Schulgebäude mit den grünen Fensterläden. »Die anderen sind schon alle drinnen.«

Anna trug ein neues, selbst genähtes Kleid, dessen Schnittmuster allen Empfehlungen für die deutsche Frau folgte: schlicht und gerade geschnitten. Faltige, weite Röcke, die viel Stoff verbrauchten, waren nämlich verpönt. Die dunkelblaue Farbe passte perfekt zu ihren blonden Haaren und ihren kornblumenblauen Augen. Sie hatte ihre Mutter lange um dieses Stück Stoff angebettelt, weil sie bei ihrem heutigen Auftritt ein kurzes Solo singen würde und dafür einige Schritte nach vorn treten musste. Anna wusste immer genau, was sie wollte, und fast immer bekam sie es auch. Die Familie Weinreis war finanziell bessergestellt als Gertruds Familie, ihnen gehörte der größte Hof von Dottendorf.

Die sechzehnjährige Gertrud beneidete ihre Freundin manchmal um ihre charmante Art, mit der sie immer ans Ziel gelangte. Sie selbst war auch strebsam, doch mochte sie sich nicht in den Vordergrund drängen. Niemals hätte sie darauf bestanden, dass ihr mehr zustünde als den anderen Geschwistern.

»Tut mir leid. Ich musste der Mutter helfen, das Geschirr abzuwaschen«, entschuldigte sie sich für ihre Verspätung.

Die beiden Mädchen gingen hinein. Gertrud trug ein abgetragenes graues Kleid mit einem weißen Spitzenkragen, das zuvor alle drei Schwestern getragen hatten. Stoff war genau wie Leder und Kohlen Mangelware. Unmittelbar nach Kriegsbeginn 1914 war durch die britische Blockade der Nordsee die Einfuhr von Lebensmitteln und Rohstoffen in das Deutsche Kaiserreich zum Erliegen gekommen, weshalb es in allen Bereichen zur Verknappung kam. Kürzlich war sogar dazu aufgerufen worden, Verstorbene nicht in ihrem besten Gewand zu begraben, sondern in Kleidung aus Papierstoffen, um Stoff zu sparen.

Gertrud störte es nicht, dass sie nicht das neueste Kleid trug. Einfallsreich versuchte sie – genau wie alle anderen Mädchen und Frauen –, das Beste aus der Not zu machen und sich trotzdem herauszuputzen. Deshalb hatte sie sich einen weißen Kragen aus Papiergarnen besorgt, aus denen sogar Hosen, Hemden und Schuhsohlen für die Bevölkerung gemacht wurden, und ihn an das Kleid genäht.

Dazu hatte sie ihre schwarzen Halbschuhe an, die sie zum Glück noch kurz vor dem Krieg bekommen hatte. Sie trug sie nur sonntags und zu besonderen Anlässen. Hoffentlich wuchsen ihre Füße nicht mehr, denn wirklich schlimm wäre es, keine Schuhe zu haben. Es waren einfach keine Ledersachen mehr zu bekommen. Immer wieder sah man Kinder barfuß laufen. Andere hatten Schuhe mit Holzsohlen, vor allem im Winter, da die aus Papiergarn schnell durchweichten.

Vor einigen Wochen hatte Julius Huber ein paar seiner ehemaligen Schülerinnen gebeten, einige Lieder einzustudieren. Der Chor sollte diese in verschiedenen Lazaretten vortragen und damit zur Unterhaltung und schnelleren Genesung der verwundeten Soldaten beitragen. Gertrud hatte wenig Lust dazu gehabt, doch Anna hatte sie überredet.

»Komm, das wird spannend. Vielleicht ist ein netter Bursche dabei«, hatte sie mit einem Augenzwinkern gesagt. Ihre Mutter hatte es, ohne zu zögern, erlaubt. Schließlich war es ihre Pflicht, die tapferen Männer, die für das Vaterland gekämpft hatten, so gut es ging zu unterstützen.

Herr Huber, den die Mädchen als Lehrer in der Abschlussklasse der Volksschule in Dottendorf gehabt hatten, saß am Klavier. Der ältere Mann mit dem schütteren dunklen Haar war streng gewesen, aber immer gerecht. Die Schülerinnen hatten ihn gerne gemocht. Die schönsten Schulstunden waren gewesen, wenn er ihnen abenteuerliche Geschichten aus seinem Leben erzählt hatte. Als sie jünger waren, hatten sie jedes Wort für bare Münze genommen, doch als sie älter wurden, war ihnen klar geworden, dass die meisten Erlebnisse geflunkert sein mussten.

Kurz klopfte er nun mit einem Taktstock auf das Instrument: »Ruhe, bitte Ruhe, wir beginnen.« Dann spielte er den ersten Akkord von »Nun danket alle Gott«.

Nach der kurzen abschließenden Probe im Schulhaus sollten sie heute erstmals im Vereinslazarett »Prinzessin Viktoria« in der Luisenstraße in Bonn auftreten. Die fünfzehn Mädchen gingen die knapp drei Kilometer von Dottendorf nach Bonn zu Fuß. Sie liefen in kleinen Grüppchen, und eine jede hatte etwas zu erzählen. Während der Proben waren sie kaum zum Reden gekommen, so genossen sie jetzt den Hinweg umso mehr. Die Frühlingssonne schien, und Gertrud spürte die wohltuende Wärme nach den langen Wintermonaten intensiv. Die Bäume schlugen aus, und manche blühten bereits.

Mit einigen der Mädchen hatte sie seit ihrem Abschluss vor

beinahe zwei Jahren kaum mehr Kontakt gehabt. Anna hatte sich bei ihr untergehakt und strahlte über das ganze Gesicht. »Ist doch schön, dass wir mal wieder ein bisschen Zeit haben, mit den anderen zu plaudern.«

»Und wie.« Diese unbeschwerten Momente mit Gleichaltrigen gab es in ihrem Leben viel zu selten. Sie wandte sich an das blonde Mädchen neben ihr: »Lenchen, was ist denn mit dir und Günther?« Wie jeder wusste, hatte Lene schon während der Schulzeit für den Nachbarsbuben geschwärmt.

»Er schreibt regelmäßig. Am letzten Tag, bevor er an die Front musste, hat er mir seine Liebe gestanden und mich gefragt, ob ich auf ihn warte, bis er von der Ostfront wieder zurück ist.«

»Ach, wie romantisch«, schwärmte Anna, »und was hast du ihm geantwortet?«

»Ja natürlich. Ich habe schon gedacht, der traut sich nie, mich zu fragen. Da musste erst der Krieg kommen. Ich bete jeden Tag für ihn und versuche, ihm so oft wie möglich zu schreiben, um ihm Mut zu machen. Man darf ja nichts Negatives erwähnen, damit die Soldaten nicht zusätzlich belastet werden. Obwohl es genügend gäbe. Manchmal frage ich mich, ob die an der Front auch so wenig zum Essen bekommen wie wir. Wer soll denn mit einer Tagesration von einem Pfund Kartoffeln oder dreieinhalb Pfund Brot pro Woche satt werden? Aber ich traue mich Günther gar nicht zu fragen.«

»Da hast du recht. Nur immer das ewige Gemüse. Hoffentlich geht es unseren Soldaten besser«, pflichtete Anna ihr bei.

»Mein Vater wurde vor einem Jahr eingezogen. Vorher hat er bei der Bahn gearbeitet. Die Betriebsdirektion wollte die Familien unterstützen, deren Männer an der Front sind. Deshalb haben sie den Ehefrauen Arbeit angeboten. Zum Glück hat meine Mutter eine der Stellen bekommen. Sie arbeitet als

Schaffnerin bei der Straßenbahn. Richtig mit Uniformjacke und Mütze«, erzählte Lenchen.

»Und wer kümmert sich währenddessen um deine kleinen Geschwister?«, fragte Gertrud. Ihre Schulkameradin war mit ihren sechzehn Jahren die Älteste von acht Kindern.

»Die versorge ich inzwischen. Ist eh nur vorübergehend. Die Arbeit von den Frauen ist nur so lange geduldet, bis die Soldaten wieder aus dem Krieg heimkommen. Danach sollen die Stellen wieder mit Männern besetzt werden. Spätestens um neun Uhr abends ist Mutter jeden Tag zu Hause, denn länger dürfen die Frauen gar nicht arbeiten. Anfangs war sie immer völlig fertig, weil alles so neu und ungewohnt war. Sie kümmert sich da um den Verkauf von Fahrscheinen und ist auch für das Stellen der Weichen zuständig. Nur das Rangieren ist ihr verboten, darum müssen sich die verbliebenen Männer kümmern. Aber inzwischen hat sie richtig Spaß an der Arbeit. Wenigstens kommen wir mit ihrem Verdienst besser über die Runden als viele andere Familien.« Man konnte Lenchen den Stolz auf ihre Mutter richtig anhören.

»Sich zu Hause um alles zu kümmern stelle ich mir schwierig vor«, sagte Gertrud.

Lenchen zuckte mit den Schultern. »Mit den Kleinen werde ich schon fertig. Die vierjährigen Zwillinge gehen tagsüber in den Kriegskindergarten des Vaterländischen Frauenvereins. Das hilft mir weiter. Am Vormittag bin ich meistens nur damit beschäftigt, in der Schlange zu stehen, um Lebensmittel an den zentralen Ausgabestellen zu bekommen. Trotzdem weiß ich oft nicht, was ich kochen soll. Die Rationierungen sind so knapp bemessen, und Fleisch gibt es gar keins mehr. Die Buben haben ständig Hunger und jammern. Neulich habe ich Vorträge von einer Hauswirtschaftslehrerin besucht mit den Titeln ›Was sollen wir kochen?‹ und ›Wie nutze ich bestmöglich meinen Hausgarten?‹. Die Dame hatte ein paar gute Vorschläge parat.«

Seit Kriegsbeginn war der freie Handel für beinahe alle Dinge, die man im Alltag benötigte, vom Staat immer mehr eingeschränkt worden. Mit dieser zentral gesteuerten Versorgung meinte man sowohl die Zivilbevölkerung als auch die Soldaten unter diesen schwierigen Kriegsbedingungen mit allem Lebensnotwendigen versorgen zu können. Gertrud war froh, dass sie einen Bauernhof hatten und größtenteils Selbstversorger waren. Zwar wurden auch bei ihnen, wie bei allen Bauern im Deutschen Reich, alle Vorräte beschlagnahmt. Doch durften sie eine ausreichende Menge für die Familie behalten, und manchmal verschwand eine Sau und landete – ohne Wissen der Regierung – auf den Tellern der Familie Vianden. Alle anderen Lebensmittel wurden nur noch über zentrale Stellen mit Bezugsscheinen oder gegen den Eintrag in das sogenannte Brotbuch ausgegeben.

»Ja, die Versorgung ist schwierig. Was macht denn eigentlich Hanna? Die habe ich schon ewig nicht mehr gesehen«, fragte Gertrud. Lenchen und Hanna waren während der gesamten Schulzeit – genau wie Anna und sie – beste Freundinnen gewesen.

»Sie hat beim Vaterländischen Frauenverein eine Ausbildung zur Hilfsschwester gemacht. Der betreibt zusammen mit dem Roten Kreuz auch das Lazarett in der Luisenstraße. Dort arbeitet sie dreizehn Stunden täglich, mit einer Stunde Mittagspause. An ihrem wöchentlichen freien Nachmittag besucht sie ihre Großmutter. Doch sie sagt, die Pflege der Soldaten ist eine Arbeit, die sie gerne macht. Sie denkt dabei oft an ihren Bruder Helmut und hofft, dass sich eine andere Krankenschwester liebevoll um ihn kümmert, wenn ihm im Feld was passiert. Und was ist mit euch?«

»Wir helfen zu Hause auf dem Hof. Geht ja nicht anders. Vater ist lungenkrank, und meine beiden Brüder haben sie gleich eingezogen«, antwortete Anna.

»Bei mir das Gleiche«, erzählte Gertrud. »Meine vier Brüder sind derzeit beim Infanterieregiment 160. Vater war zum Glück schon zu alt, um eingezogen zu werden. Mutter, ich und meine Schwestern Katharina und Maria helfen ihm, so viel wir können, auf dem Hof.«

»Wie geht es euch sonst?« Lenchen senkte die Stimme. »Wegen Margareta?«

Gertrud schluckte. Vor einem halben Jahr war Margareta, ihre älteste Schwester, mit erst dreiundzwanzig Jahren bei der Geburt ihres ersten Kindes verstorben. Auch der Säugling hatte nicht überlebt.

»Es war schlimm«, sagte sie mit belegter Stimme. »Besonders Mutter hat es schwer mitgenommen.«

Doch lange Trauer konnte sich eine Bäuerin nicht leisten. Schon am Tag nach der Beerdigung hatte Katharina Vianden wieder im Stall gestanden. Doch die früher fröhliche Frau war ruhiger geworden, und neue Linien hatten sich in ihr Gesicht gegraben. Die ständige Angst um ihre vier Söhne tat ein Übriges. Man hörte sie kaum mehr lachen, und in ihren Augen lag stets ein sorgenvoller Ausdruck.

Anna drückte Gertruds Hand. Über Gefühle wurde bei Gertrud zu Hause nur wenig geredet. Daher war es Anna gewesen, die sie nach dem Tod von Margareta getröstet hatte. Gertrud war die Jüngste der acht Vianden-Kinder, sodass der Altersunterschied zu Margareta mit neun Jahren groß gewesen war. Doch Margareta war ein Mädchen gewesen, das kleine Kinder gerngehabt hatte. Immer hatte sie neue Spiele erfunden, um ihre jüngeren Geschwister zu beschäftigen, wenn die Mutter wegen der

Hofarbeit keine Zeit gehabt hatte. Stets gut gelaunt, hatte sie ihnen Fahrradfahren beigebracht und Gertrud gezeigt, wie man Obst einkochte. Gertrud hatte schon bittere Tränen geweint, als die Schwester nach ihrer Hochzeit weg vom elterlichen Hof zum Ehemann gezogen war, doch der endgültige Abschied am Grab der viel zu jungen Frau hatte ihr das Herz gebrochen. Diese Tränen aber hatte sie heimlich bei Anna geweint, um ihren Eltern nicht zusätzlichen Kummer zu bereiten.

Gertrud schluckte noch einmal, dann sagte sie betont heiter: »Es gibt aber auch schöne Neuigkeiten. Grit, die Frau von meinem ältesten Bruder, ist schwanger. Wir hoffen, dass alles gutgeht und dass ein Enkel meiner Mutter neue Freude schenkt.«

»Das wünsche ich euch von ganzem Herzen«, sagte Lenchen. »Wir brauchen unbedingt mal wieder gute Nachrichten.«

»Das stimmt allerdings«, stimmte ihr Gertrud nachdrücklich zu.

Sie war froh, dass es auf dem Hof ohne ihre Brüder so viel Arbeit gab, dass sie wenig zum Nachdenken kam. Das lenkte ab von der Sorge um die Lieben an der Front und von der Trauer um Margareta. Immer war etwas zu tun, und abends fiel sie wie ein Stein ins Bett.

Sie arbeitete schon von Kindesbeinen an in der Landwirtschaft mit und tat die Arbeit gerne. Mit Freude versorgte sie täglich die Hühner, Kühe, Schweine und die verbliebenen beiden Pferde. Die anderen hatten sie gleich bei Kriegsbeginn an die Armee abliefern müssen. Bitterlich hatte sie geweint, als die Armee ihre Lieblingsstute Berta vom Hof holte. Jetzt war sie manchmal froh und hoffte, dass sie es bei den Soldaten gut getroffen hatte. Es wäre ihr schwergefallen, das Tier hungern zu sehen. Denn oft wussten sie nicht, womit sie das Vieh füttern sollten. Früher hatten sie Roggen oder Weizen verfüttert, den sie selbst anbauten, doch das durfte man schon seit einem Jahr nicht mehr. So waren nicht nur die Menschen, sondern auch die Tiere mager geworden.

Anders als ihrer Freundin Anna machte Gertrud körperliche Arbeit auf dem Feld nichts aus. Sie packten alle zusammen mit an. Erst recht, seit der Krieg ausgebrochen war. Jeder in der Familie trug seinen Teil bei, ohne zu jammern. Nur im Gemüsegarten musste keines der Kinder helfen. Der war die Leidenschaft ihrer Mutter, und da konnte es ihr auch niemand anders recht machen.

»Es gibt sowieso keine wichtigere Arbeit als die für die Volksernährung. Habt ihr nicht die Plakate gesehen, die überall hängen?« Lenchen wartete nicht auf eine Antwort, sondern sprach gleich weiter: »Mädchen und Frauen, die Ahnung von der Landwirtschaft haben, sollen auf dem Land helfen und jedes noch so kleine Stückchen Land bestellen, damit der Plan der Feinde, Deutschland auszuhungern, nicht aufgeht. Die Zuteilungen werden trotzdem immer geringer. Bald wird gar niemand mehr kämpfen, sondern alle werden vor Hunger umfallen.«

»Genau. Nicht einmal Eier zum Osterfest soll man verbrauchen. Sie werden in den Lazaretten und Krankenhäusern gebraucht und dienen als Fleischersatz für Bedürftige. An einen Osterbraten ist in diesem Jahr gar nicht zu denken«, warf Anna unglücklich ein.

»Wir sind da. In Zweierreihen aufstellen. Ruhe jetzt!«, hörten sie die tiefe Stimme des Lehrers.

Die Mädchen wurden von der Oberschwester begrüßt, die sie in einen Raum mit hohen Fenstern im Erdgeschoss führte, der früher wohl der Salon des Hauses gewesen war. Nur das Klavier erinnerte daran.

Gertrud war froh, dass sie nicht wie Anna aus der Gruppe

herausstreten musste, um einen Solopart zu singen. Sie wurde nervös, als sie jetzt in die erwartungsvollen Gesichter der Soldaten schaute. Vor Aufregung war ihr flau im Magen, und sie wusste gar nicht mehr, mit welchem Musikstück sie beginnen wollten.

»Nun danket alle Gott«, flüsterte Herr Huber und gab den Einsatz.

Während der ersten Takte war Gertruds Stimme zaghaft, doch dann fand sie sich in ihren Alt ein und sang beschwingt mit.

Nach dem ersten Lied wurde Gertrud sicherer, und sie blickte ins Publikum. Der überwiegende Teil der Männer saß in Uniform mit akkurat gekämmtem Mittelscheitel und Schnauzer vor ihnen. Sie schluckte, als sie genauer hinsah und bemerkte, dass dem einen ein Arm, dem anderen ein Bein fehlte. Doch am meisten bedauerte sie den jungen Mann in der hinteren Reihe, der einen dicken Kopfverband trug und dem darunter ein Teil seines Gesichts zu fehlen schien. Er wirkte abwesend und blickte starr vor sich hin.

Anna trat vor und begann mit fester Stimme zu singen.

Wie unterschiedlich sie beide waren, dachte Gertrud nicht zum ersten Mal. Sie selbst war eher kräftig gebaut und hatte kastanienbraunes Haar. Ihre Freundin hingegen hatte einen sehr zierlichen Körperbau, der so gar nicht zu einem Bauernmädchen passen wollte, war blond und hatte außergewöhnlich blaue Augen. Obwohl sie wie Gertrud auf dem Hof arbeitete, wirkten Annas Hände im Gegensatz zu ihren eigenen – eher derben – fein.

Gertrud bemerkte, dass die Soldaten bereits nach einigen Sekunden von ihrer Freundin hingerissen waren. So war es immer. Diese Wirkung würde sie selbst niemals auf Männer haben. Sie lachte und redete mit den Jungen im Dorf, doch hatte sie eher die Stellung eines Kameraden, den alle gut leiden konnten, während Anna umschwärmt wurde.

Nachdem sie mit »Muss i denn zum Städtele hinaus« das letzte Lied gesungen hatten, applaudierte das Publikum lange.

Dann brachte die Oberschwester persönlich einen Teewagen herein, auf dem Tassen und Kannen standen. Gertrud bot sich an, bei der Verteilung an den Chor zu helfen. Eine jede Sängerin erhielt zum Dank Pfefferminztee und ein Schnittchen. Auch die Soldaten durften sich davon nehmen.

Als Gertrud sich zu den anderen Chormitgliedern gesellte, waren alle in rege Unterhaltungen verwickelt. Lenchen sprach mit einem der Verwundeten darüber, wie gerne sie mal wieder ein richtiges Brot essen würde und nicht nur das allgegenwärtige K-Brot, das mit Kartoffelmehl gestreckt war. Gertrud schaute sich im Raum um und beobachtete, dass Anna bereits von zwei Soldaten in Beschlag genommen worden war. Sie schätzte die Männer auf Anfang zwanzig. Gertrud ging zu ihnen hinüber.

»Das ist meine beste Freundin Gertrud Vianden. Das sind Markus Müller und Georg Waldenberg«, stellte Anna sie einander vor.

Die Männer traten nach der Begrüßung einen Schritt zurück und machten dadurch den Kreis größer. Georg, der seinen linken Arm in einer Schlinge trug, stammte aus München und erzählte von Bergtouren, die er vor dem Krieg in den Alpen unternommen hatte. Anna sah den jungen Kerl so bewundernd an, dass der seine Erlebnisse immer mehr zu waghalsigen Gipfelbesteigungen ausschmückte, um sie damit zu beeindrucken.

Gertrud überlegte kurz, was sie Markus fragen konnte, der genau wie sie schweigend danebenstand. Über dem rechten Auge trug er eine Augenklappe, die ihm das Aussehen eines Piraten gab.

»Kommt hier ins Lazarett öfter jemand zur Unterhaltung?«, fragte sie schließlich.

»Ja, es gibt immer wieder Veranstaltungen. Letzte Woche waren wir in der Beethovenhalle. Dort hat Hans Eschelbach seine Gedichte vorgetragen. Aber viel wichtiger finde ich die Kurse, die zur Fortbildung angeboten werden, wie Maschineschreiben, Verfassen von Geschäftsbriefen, Stenographie und Linksschreiben. Das sind Sachen, die einem im späteren Leben, falls wir noch eines haben, weiterhelfen«, beantwortete er ihre Frage höflich, ohne seine Augen dabei von Anna abzuwenden.

Erneut versuchte sie, mit ihm ins Gespräch zu kommen: »Sind Sie auch aus München?«

»Nein, aus einem Dorf in der Nähe von Stuttgart.« Dann galt seine Aufmerksamkeit wieder der Unterhaltung der beiden anderen.

Georg erzählte Anna gerade von seinem Studium an der Akademie der Künste und versprach ihr, ein Porträt von ihr zu malen. Anna winkte lachend ab, wobei die Bewegung mit ihrer schlanken Hand elegant wirkte. Gertrud, die ihre Freundin auch auf dem Bauernhof arbeitend kannte, fand die Geste gekünstelt.

»Ich kann Ihnen leider nicht Modell sitzen. Das würde mir meine Mutter nie erlauben.«

»Das brauchen Sie auch nicht. Wenn ich die Augen schließe, dann sehe ich Sie vor mir. Ich habe mir ihr hübsches Gesicht genau eingeprägt. Geben Sie mir Ihre Adresse, und ich schicke es Ihnen zu.«

Anna holte einen Stift und schrieb ihre Anschrift auf einen Zettel, den sie Georg gab.

»Mädchen, wir müssen jetzt los«, mahnte Herr Huber in diesem Moment zum Aufbruch.

Die leeren Tassen wurden zurück auf den Teewagen gestellt, und überall im Raum hörte man Verabschiedungen und Genesungswünsche.

Auf dem Heimweg hakte sich Anna wieder bei Gertrud unter. »Ich bin gespannt, ob Georg mir tatsächlich ein Bild von mir schickt, oder ob der nur Sprüche geklopft hat.«

»Wir werden sehen. Warum sollte er flunkern? Er hat sicher Talent, sonst hätten sie ihn doch nicht an der Akademie genommen«, antwortete Gertrud.

Lenchen hatte ihr Gespräch auch mitbekommen und mischte sich jetzt ein. »Wahrscheinlich wirst du genauso berühmt wie die *Mona Lisa* von Leonardo da Vinci. Wenn das gestohlene Bild nicht vor dem Krieg wieder aufgetaucht wäre, dann wäre jetzt im Louvre Platz für deines. Schade, dass du den Münchner erst heute kennengelernt hast.«

»Jetzt hör aber auf, Lenchen. Veräppeln brauchst du mich nicht.« Gertrud merkte Anna aber an, dass sie sich geschmeichelt fühlte. »Woher weißt du denn so was überhaupt?«

»Das stand doch wochenlang in der Zeitung. 1911 wurde das Bild gestohlen und ist erst zwei Jahre später wieder aufgetaucht. Im Dezember 1913 wurde es schließlich nach Frankreich zurückgegeben und kam zurück an seinen Platz im Louvre.«

Gertrud erinnerte sich vage daran, dass sie von der Geschichte schon mal gehört hatte. Doch eifrige Zeitungsleser waren sie und Anna nie gewesen.

»Ist ja egal. Wen interessiert denn, was in der Zeitung steht?«, sagte Anna resolut. »Ich finde es vor allem nett von ihm, dass er mir das angeboten hat. Nur, dass er sich mein Gesicht so einprägen kann, dass mir das Bild dann ähnlich sieht, kann ich mir nicht vorstellen.«

»Ich mir schon. So genau, wie der dich betrachtet hat. Der hat dich doch keine Sekunde aus den Augen gelassen. Wie ein verliebter Esel«, neckte Gertrud.

Anna lachte lauthals. »Gut, dass er das nicht gehört hat.«

»Auf jeden Fall hat er jetzt eine Aufgabe und kann seinen Kopf mit was Neuem beschäftigen, anstatt mit seiner Verletzung und den Kriegserlebnissen. Das tut ihm sicher gut. Deswegen waren wir dort, um den Soldaten Zerstreuung zu bieten, und das haben wir getan«, sagte Lenchen augenzwinkernd.

Kurz darauf erreichten sie Dottendorf. Die Mädchen verabschiedeten sich fröhlich winkend und gingen – wie zu Schulzeiten – in verschiedene Richtungen nach Hause.

Gertrud hatte diesen Tag, fern der bedrückten Stimmung daheim, sehr genossen. Der Kriegsalltag zog die Heiterkeit aus ihrer Jugend. Manchmal fühlte sie sich mit ihren sechzehn Jahren wie eine Frau mittleren Alters. Doch heute war die Leichtigkeit für ein paar Stunden zurückgekehrt. Das Tuscheln, Lachen und Albernsein mit ihren Freundinnen war Balsam für ihre Seele gewesen.

8. Kapitel

FLANDERN, 1917

Hans stand knöcheltief im Schlamm. Seit Tagen regnete es ohne Unterlass, und der Nebel hing tief über dem Niemandsland, das die Verteidigungsgräben der feindlichen Alliierten und die der eigenen Truppen trennte. Die ständigen Granateinschläge hatten den Boden aufgewühlt und die Landschaft in ein graues Morastfeld voller Trichter verwandelt, auf dem nichts mehr gedieh außer Tod und Verwesung.

Obwohl er immer wieder Schutz in einem der notdürftig gegrabenen Tunnel suchte, fraß sich die Nässe durch seine Uniform. Momentan war es ruhig, die Gegner hatten das Trommelfeuer der letzten Tage eingestellt. Hans war davon überzeugt, dass die feindlichen Truppen von den jahrelangen Gefechten, oft nur um wenige Meter Landgewinn, ebenso erschöpft waren wie die Deutschen. Sie alle hatten den Krieg und das Sterben satt. Am liebsten wäre er abgehauen und hätte dieses Grauen hinter sich gelassen, doch das kam natürlich nicht infrage. Viele, die es nicht mehr aushielten, jagten sich selbst eine Kugel in den Kopf. Doch egal, wie verzweifelt er war, er hing mit jeder Faser an seiner Existenz.

Gerade hatte er den Befehl erhalten, eine Nachricht nach vorn in Frontnähe zu bringen. Wieder einmal waren die Kabel des

Feldtelefons vom Artilleriebeschuss getroffen worden und keine Kommunikation mehr möglich. Er und sein Kamerad Werner sollten versuchen, zu den vordersten Schützengräben durchzukommen, um die Befehle für den morgen geplanten Angriff zu übermitteln.

Nach einer kurzen Ausbildung war Hans an die Front versetzt worden und seitdem als Meldegänger für sein Vaterland im Einsatz. Bis jetzt war es immer gutgegangen. Das Glück, das Achim nach nur wenigen Wochen im Stich gelassen hatte, war Hans bislang treu geblieben. Er dachte oft an seinen Freund. Mit wie viel Mut und Begeisterung er sich in den Kampf geworfen hatte, nur um viel zu früh niedergemäht zu werden.

Von Gerd hatte er schon lange nichts mehr gehört, stattdessen hatte dessen Mutter auf einen seiner Briefe geantwortet. Er war als Kriegszitterer von der Schlacht an der Somme zurückgekehrt. Durch den ständigen Artilleriebeschuss und die Granatfeuer war er in einem Zustand, den Hans schon bei einigen Kameraden hatte erleben müssen. Für manche kam der eine Tag, an dem es zu viel wurde. Die verstörten Männer konnten sich dann nicht mehr auf den Beinen halten, zitterten wie Espenlaub und waren weder mit guten Worten noch mit Drohungen dazu zu bewegen, wieder eine Waffe in die Hand zu nehmen. Gerd war inzwischen in einer Anstalt bei Düsseldorf untergebracht. Laut seiner Mutter verweigerte er die Nahrungsaufnahme und wurde zwangsernährt. Sein Schätzeken Annemarie besuchte ihn aber jeden Sonntag und gab die Hoffnung nicht auf, dass er irgendwann geheilt würde. Auch Hans schrieb ihm jede Woche, ohne je eine Antwort zu erhalten.

Sein eigener Bruder Peter hatte pünktlich zu seinem achtzehnten Geburtstag im September 1915 seine Einberufung bekommen. Nach kurzer Ausbildung war er zur Infanterie an die Ostfront versetzt worden. Zuerst hatten ihn vorsichtig optimistische Briefe von Peter erreicht. Genau wie Hans war er ungern in den Krieg gezogen, hätte viel lieber die Felder bestellt.

Doch die Erfolge, mit denen die Deutschen in Russland vorrückten, schienen ihn zu beflügeln. Immer wieder gelangen den deutsch-österreichischen Armeen tiefe Einbrüche in die feindlichen Linien. Inzwischen hatten sie ganz Russisch-Polen besetzen können. Hans, der jetzt schon im zweiten Jahr die Hoffnungslosigkeit eines Stellungskrieges erlebte, wo es kaum vor oder zurück ging, konnte sich vorstellen, dass Landgewinn gegenüber dem Feind motivierend wirkte.

Ihm war es schwergefallen, sich seinen besonnenen, friedfertigen Bruder als Soldaten vorzustellen. Peter war immer der Ruhigste der fünf Riegel-Kinder gewesen. Wenn es laut herging oder gestritten wurde, hielt er sich meist heraus. Wenn Peter etwas sagte, dann mit Bedacht. Trotzdem hatte sein Wort Gewicht. Meist war er der Schlichter bei Zwistigkeiten.

Der letzte Brief, den er von Peter erhalten hatte, war kurz vor der Schlacht am Naratsch-See gekommen. Auch dort hatten die deutschen Armeen trotz Unterzahl über die zaristische Armee gesiegt und ihr hohe Verluste zufügen können. Doch da war Peter nicht mehr dabei gewesen, denn schon am ersten Tag der Offensive war er schwer verwundet worden. Von seiner Mutter hatte Hans erfahren, dass sie erst um das Leben von Peter gebangt hätten, er es aber geschafft habe. Doch sein rechtes Bein war nicht mehr zu retten gewesen.

Die Briefe, die Peter nun schrieb, waren kurz. Auch wenn er sich offensichtlich bemühte, den großen Bruder, der täglich in Lebensgefahr schwebte, nicht zu belasten, erkannte Hans die Bitterkeit zwischen den Zeilen. Das Holzbein bereitete ihm Schmerzen, die Arbeit am Hof konnte er nicht mehr leisten, und er fühlte sich als unnützer Krüppel. Die stille Verzweiflung, die aus diesen Zeilen sprach, tat Hans fast körperlich weh. Ein junges Leben komplett aus der Bahn geworfen, bevor es richtig begonnen hatte. Wie er diesen Krieg hasste!

Hans selbst hatte die Hölle von Verdun überlebt, die mit fast einer Dreiviertelmillion Opfer – vierhunderttausend Verwundete und über dreihunderttausend Tote und Vermisste – geendet hatte, und war nun in Flandern stationiert. Oft war seine Einheit beim Stab untergebracht und in relativer Sicherheit, aber wenn sie einen Auftrag bekamen, war der immer riskant, und sie hatten hohe Verluste in ihren Reihen. Er wollte lieber nicht darüber nachdenken, wann sein Glück aufgebraucht sein würde.

Er zog den Feldstecher heraus und blickte vorsichtig in Richtung der feindlichen Stellungen, wobei er darauf achtete, dass sein Kopf nicht zu weit aus dem Schützengraben herausragte. Es war niemand zu sehen. Das schlechte Wetter führte dazu, dass es dunkler war, als es der Tageszeit entsprach. Alles war gespenstisch ruhig, und doch wusste er: Sobald die Feinde auch nur die geringste Bewegung wahrnahmen, würde der Beschuss unerbittlich losgehen. Er hängte sich seine braune Ledertasche um, in der er eine Landkarte und das Befehlsschreiben verstaut hatte. Dann machte er sich zusammen mit seinem Kameraden auf den Weg.

»Viel Glück, Hans!«, wünschte ihm Werner, der schon in Verdun mit ihm in derselben Einheit gewesen war.

Seit sie das erste Mal miteinander im Einsatz gewesen waren, verabschiedeten sie sich abergläubisch immer mit dem exakt gleichen Wortlaut, denn bis jetzt waren sie beide unversehrt geblieben.

»Dir auch! Danach trinken wir einen zusammen«, antwortete Hans.

Werner nickte ihm mit ernstem Blick zu. Je öfter man das

Schicksal herausforderte, desto wahrscheinlicher wurde es, dass man den Tod fand. Das war ihnen beiden bewusst.

Dann ging es los. Ein jeder nahm einen anderen Laufgraben, der nach vorne führte.

Hans lief in gebückter Haltung, immer darauf bedacht, dem lauernden Feind kein Angriffsziel zu bieten. Die Ratten, die zuhauf in den Gräben hausten, huschten eilig zur Seite. Widerwillig beschloss er, das letzte Stück durch den Matsch zu kriechen, über manch getöteten Soldaten hinweg, den man noch nicht hatte wegschaffen können. Gut, dass es kühl war. So war der stechende, süßliche Geruch nach Verwesung, der ständig über den Schützengräben hing, nicht so stark. In den ersten Kriegswochen hatte Hans laufend mit Übelkeit zu kämpfen gehabt, doch mittlerweile roch er den Gestank kaum noch.

Das Rattern eines Maschinengewehrs ließ ihn innehalten. Hatten sie ihn entdeckt? Es folgte eine weitere Salve, woraufhin ein schriller Schrei durch die Stille hallte, der ihn bis ins Mark erschütterte. Werner, dachte er, schob den Gedanken aber schnell beiseite. Jetzt galt es einen kühlen Kopf zu bewahren. Er robbte voran, schaffte es, die erste Linie zu erreichen, und übergab den Befehl. Dann machte er sich auf den Rückweg.

Als er bereits die tieferen Laufgräben erreicht hatte, die mit groben Holzbalken stabilisiert waren, spürte er die Druckwelle einer Granate, und im nächsten Augenblick umfing ihn tiefe Dunkelheit.

Als Hans wieder zu Bewusstsein kam, spürte er die Enge um sich. Er versuchte, Arme und Beine zu bewegen, aber das Erdreich um ihn herum gab keinen Millimeter nach. Einige Zentimeter über ihm hatte sich anscheinend etwas verkeilt, was ihm eine kleine Luftblase zum Atmen verschaffte. Panik ergriff ihn. Wurde die

Luft knapp? Würde er hier elendiglich ersticken? Sein Körper fühlte sich kalt und steif an. Der Graben musste über ihm zusammengebrochen sein und ihn verschüttet haben. Wieder versuchte er, wenigstens die Finger zu rühren, aber die matschige Erde umschloss ihn wie Beton. Wie lange lag er hier schon? War er verwundet? Würde die Luft reichen?

Er hatte ein schrilles Pfeifen im Ohr, doch er konnte auch Geräusche von weiter weg hören, die dumpf und unendlich fern klangen.

Sein Atem wurde schneller. Sein Herz raste. Solange die Artillerie schoss, bestand keine Hoffnung, dass seine Kameraden versuchten, ihn zu retten. Sie würden sich damit nur selbst in Gefahr bringen.

Fand seine Glückssträhne hier und heute ein Ende? Starb er hier im Morast in Flandern? Zu seiner Verwunderung empfand er keine Angst mehr vor dem Sterben. Er hatte vor dem Krieg ein schönes Leben gehabt, obgleich es zu kurz gewesen war. Vor seinem inneren Auge tauchte Jane auf, die ihn mit ihrem verführerischen Lächeln einlud, das Bett in der schäbigen Pension mit ihr zu teilen. Er konnte den herb-süßen Geruch von Lakritze riechen. Er sah das liebe Gesicht seiner Mutter und die starke Gestalt seines Vaters vor sich.

Trotz der harten Arbeit auf dem Hof in Friesdorf waren er und seine vier Geschwister in einem guten Zuhause aufgewachsen. Den Kummer seiner Eltern, wenn sie von seinem Tod erfuhren, mochte er sich gar nicht ausmalen. Er hätte sie gerne noch einmal gesehen, die Mutter in den Arm genommen und sich mit dem Vater ausgesprochen, mit dem er in den letzten Jahren viele Auseinandersetzungen gehabt hatte. Er hätte ihm ausführlich erklärt, dass er die Arbeit in der Landwirtschaft oder im Baugewerbe nicht aus mangelndem Respekt abgelehnt hatte, sondern aus Leidenschaft: Er liebte das Bonbonkochen. Aber er und sein Vater waren beide stur. Jeder zu stolz, lange über Verletzungen und enttäuschte Hoffnungen zu reden. Wenn er noch einmal die Möglichkeit hätte, würde er das Gespräch mit dem Vater suchen.

Hoffentlich ginge dieser sinnlose Krieg zu Ende, bevor auch noch seine jüngeren Brüder Paul und Martin zum Kriegsdienst eingezogen würden. So konnten sich diese später um den Hof kümmern. Ein Sohn, der im Feld blieb, und ein Sohn, der als Krüppel zurückgekehrt war, waren wahrlich Opfer genug für das Vaterland.

Das Trommelfeuer hielt nach wie vor an. Hans konnte nur hoffen, dass der Graben keinen weiteren Treffer abbekam. Oder sollte er sich wünschen, dass es schnell vorbei war? In seinen Ohren rauschte und pfiff es. Es fiel ihm schwer, einen Gedanken zu fassen und zu Ende zu denken. Er fühlte, wie die Erde, die auf ihm lag, langsam seinen Brustkorb zusammendrückte. Das Atmen fiel ihm immer schwerer.

Er dachte an die Jahre, in denen er bei Meister Willibald so viel gelernt hatte. Hans hatte immer gewusst, dass es die richtige Profession für ihn war. Doch vielleicht hatte er die Arbeit zu wichtig genommen?

Auf einmal erinnerte er sich an einen Frühsommertag 1914, an dem er mit Jane einen Ausflug zum Rheinufer gemacht hatte. Damals war die Welt noch bunt und friedlich gewesen. Er hatte zusammen mit ihr auf einer Picknickdecke mitten auf einer sattgrünen Wiese gelegen. Vor ihnen war der breite Strom des Rheins bedächtig, aber stetig dahingeflossen. Nichts konnte ihn aufhalten.

Sie hatten Johannisbeeren gepflückt, und Jane hatte ihm die säuerlichen Früchte in den Mund gesteckt. Als er das Gesicht verzogen hatte, hatte sie schallend gelacht und ihn geküsst. Der

Kuss hatte sauer und nach Sommer geschmeckt. Dann hatten sie sich auf den Rücken gelegt und sich an den Händen gefasst. Gemeinsam hatten sie in den wolkenlosen blauen Himmel geschaut und sich gegenseitig von ihren Träumen erzählt.

Trotz der kalten Erde, die ihn nun bedeckte, glaubte Hans die Wärme der Sonne und die von Janes Körper zu spüren. Damals hatte er ihr einen Kranz aus Gänseblümchen geflochten und ihn ihr auf das dunkle, seidige Haar gelegt. Sie war so schön gewesen wie eine Prinzessin. Als er ihr das gesagt hatte, hatte sie amüsiert den Kopf geschüttelt. »*No*, ich bin keine Prinzessin, *not at all.*« Trotzdem hatte ihr sein Kompliment offenbar geschmeichelt, denn sie hatte über das ganze Gesicht gestrahlt. Hans hatte den Blick nicht von ihr wenden können.

Das waren glückliche Stunden gewesen. Warum hatte es davon nur so wenige gegeben? Er hatte sich immer durch seinen Ehrgeiz leiten lassen. Auch die Entscheidung zwischen Jane und seiner Karriere hatte er rational und schnell getroffen und sich, ohne zu zögern, in Osnabrück beworben. Er hätte mehr leben müssen. Es konnte so schnell vorbei sein.

Er wusste nicht, wie lange er hier schon lag. Sein Atem ging nun flach. Die Luft schien knapp zu werden. Ging es nun mit ihm zu Ende? Sein kleines Pensionszimmer in Osnabrück mit dem wärmenden Ofen tauchte vor ihm auf, während die Kälte sich in seinen Körper fraß. Bildete er es sich nur ein, oder schlug sein Herz langsamer als sonst? Wie schön wäre es jetzt, sich vor den Ofen zu setzen und die Wärme zu spüren! Er versuchte, sich abzulenken, indem er an den Duft dachte, den er so liebte – nach warmem Zucker und Süßholzwurzel. Mit aller Macht wehrte er sich dagegen, mit dem Denken aufzuhören und in die tiefschwarze Nacht des Todes zu gleiten.

Hans lauschte. Bis auf das Pfeifen in seinen Ohren war es still.

Artilleriebeschuss war keiner mehr zu hören. Vielleicht kamen die Kameraden jetzt, um nach ihm zu suchen? Gegen alle Vernunft keimte Hoffnung in ihm auf. Wenn er das hier überlebte, das schwor er sich, würde er nach dem Krieg nie wieder unsinnigen Befehlen Folge leisten. Er würde es eines Tages so weit bringen, sein eigener Herr zu sein und anderen Anweisungen zu geben.

Er spürte ein Kratzen an seinem Schuh. Dann hörte er leise Stimmen. Sie waren tatsächlich da und gruben!

Ein Dankgebet wollte ihm nicht über die Lippen kommen. Den Glauben an Gott hatte er auf dem Schlachtfeld verloren, auch wenn er seiner streng katholischen Mutter zuliebe weiterhin zum Feldgottesdienst ging.

Kurz darauf zogen ihn zwei Kameraden aus der Erde und stützten ihn, bis sie in die sichere Zone hinter der Front gelangten. Dort erfuhr er, dass es Werner erwischt hatte.

Er selbst war wie durch ein Wunder davongekommen mit einem lästigen Pfeifen im Ohr, das sich mit der Zeit bessern sollte, bleibender Schwerhörigkeit, einem Rippenbruch und ein paar Prellungen.

9. Kapitel

FRIESDORF, NOVEMBER 1918

»Min Jung, du bist wieder da!«

Hans' Mutter rannte den Gartenpfad entlang und schloss ihn derart heftig in die Arme, dass er kaum noch Luft bekam.

»Schön, dass du wieder zu Hause bist.« Sein Vater klopfte ihm, nachdem ihn die Mutter losgelassen hatte, kräftig auf die Schultern.

»Hans, Hans, Gott sei Dank bist du zurück!«

Seine Brüder Paul und Martin, mittlerweile sechzehn und vierzehn Jahre alt, umarmten ihn ebenfalls. Aga hielt sich schüchtern im Hintergrund, sagte kein Wort, aber nach der kurzen Umarmung konnte Hans sehen, wie ihr die Tränen über die Wangen liefen.

»Kommt ins Haus, bevor hier noch alle sentimental werden«, sagte der Vater schroff, doch Hans sah, dass seine Augen verdächtig feucht glänzten.

Es tat gut, wieder daheim zu sein. Wie durch ein Wunder hatte er die dritte Schlacht bei Ypern, die hundert Tage gedauert hatte und bei der zweihundertfünfzigtausend Männer ihr Leben verloren hatten, überlebt. Sein Glück hatte gehalten, als am 7. Juni 1917 die Alliierten Minen unter den deutschen Stellungen zur Explosion gebracht hatten und innerhalb von Sekunden zehntausend Soldaten gestorben waren. Sein Glück hatte gehalten, als die britische Armee Giftgas eingesetzt hatte. Sein Glück hatte gehalten, als sie dieses Jahr bei der Frühjahrsoffensive bei Ypern die britischen Linien durchbrochen hatten, um kurz darauf wieder von den Franzosen zurückgedrängt zu werden.

Doch jedes Empfinden von Glück war schon lange in ihm gestorben. War es in dem Graben in Flandern geblieben, als er verschüttet worden war? Aber nun, als er die überschwängliche Freude seiner Familie erlebte, spürte er zum ersten Mal seit Jahren wieder das zarte Aufkeimen eines Gefühls. Glück war es nicht, dafür war er zu leer und zu erschöpft. Aber immerhin ein bisschen Wärme.

Die nächsten Tage war er zufrieden, sein Zimmer mit Paul und Martin zu teilen – Aga hatte als einziges Mädchen inzwischen alleine das andere bekommen –, sich von der Mutter mit seinen Lieblingsspeisen bekochen zu lassen, abends mit dem Vater vor dem Kaminfeuer schweigend ein Kirschwasser zu trinken und viel zu schlafen.

Zu Hause war einerseits alles vertraut, andererseits auch einiges anders und ungewohnt. Da er, seit er vor fünf Jahren nach Neuss gegangen war, nicht mehr dort gewohnt hatte, hatte er viel von der Entwicklung seiner jüngeren Geschwister verpasst. Die Buben Paul und Martin, damals Lauser, die nichts anderes als Unsinn im Kopf gehabt hatten, arbeiteten inzwischen beide, den Wünschen des Vaters entsprechend, auf dem Bau. Aga half der Mutter auf dem Hof. Hans hatte ihr früher bei jedem Besuch Bonbons oder Zuckerstangen mitgebracht. Die jüngere Schwester hatte ihn damals angehimmelt und ohne Punkt und Komma geredet. Nun jedoch – eine junge Dame von bald neunzehn Jahren – war sie ihm gegenüber schüchtern und zurückhaltend. Die letzten Jahre war sie hoch aufgeschossen, war aber viel zu dünn, fast schon mager. Auch wenn es ihr an Weiblichkeit fehlte, war sie mit ihren vollen Lippen, den braunen Augen und den ebenmäßigen Zügen bildhübsch anzuschauen.

Der größte Unterschied jedoch war die Abwesenheit von Peter. Der hatte während seines langen Aufenthaltes im Lazarett die Ausbildung zum Schuhmacher begonnen, weil dies ein Beruf war, den man im Sitzen ausüben konnte. Dort hatte er sich in eine Krankenschwester verliebt. Die patente Frau schien kein Problem damit zu haben, dass Peter ein Bein fehlte, und hatte ihn behutsam aus dem dunklen Loch geholt, in das er nach seiner Verwundung gefallen war. Nun arbeitete er in Koblenz als Schuhmacher und sparte für die Hochzeit. Auch wenn Hans seinen Bruder vermisste, tröstete es ihn, dass dessen Briefe im letzten Jahr immer optimistischer geworden waren. Es schien, als habe Peter sich mit dem Verlust seines Beines abgefunden und freute sich auf eine gemeinsame Zukunft mit seiner Evi.

Nach zwei Wochen begann Hans eine innere Unruhe zu erfassen. Während es ihm anfangs genügt hatte, es trocken und warm zu haben und satt zu sein, so fragte er sich nun, was er mit seinem Leben anfangen sollte. Dass er Möglichkeiten hatte, schockierte ihn fast. Zu sehr hatte er sich die letzten Jahre daran gewöhnt, Befehle auszuführen, ohne sie zu hinterfragen, und nie weiter zu planen als bis zum Abend – wenn er ihn denn erlebte. Jeglicher Gedanke an eine Zukunft war im Morast in Flandern verrottet. Doch nun konnte er plötzlich wieder selbst entscheiden. Es gab niemanden mehr, der ihm das abnahm.

Unruhig tigerte er durchs Haus. Da es Anfang Dezember war, war nichts auf dem Feld zu tun. Ihm würde jetzt körperliche Arbeit guttun, die ihn von seinem inneren Aufruhr ablenkte, dachte er mürrisch. Er würde einen Spaziergang hinunter ins Dorf machen, entschied er.

»Wo gehst du denn hin?«, fragte Aga leise.

Er drehte sich um. Seine Schwester war aus ihrem Zimmer getreten und sah ihn unsicher an.

»Ins Dorf«, sagte er kurz. Mit ihren großen braunen Augen folgte sie jeder seiner Bewegungen, als er Schuhe und Mantel anzog. Anders als mit seinen Brüdern, tat er sich schwer mit ihr. Als er gegangen war, war sie ein Kind gewesen, nun war sie eine junge Frau. Sie suchte zwar seine Nähe, bekam dann aber den Mund nicht auf. Ihm fiel auch nie etwas ein, was er zu ihr sagen konnte, sodass ihr Zusammensein verkrampft war.

»Darf ich mitgehen?« Fast flehend sah sie ihn an.

Er wollte aus dem Haus, um seiner inneren Unruhe entgegenzuwirken. Seine Schwester im Schlepptau, während er nicht wusste, was er mit ihr reden sollte, passte ihm gar nicht. Andererseits brachte er es nicht übers Herz, ihr den Wunsch abzuschlagen.

»Sowieso«, brummte er.

Die ersten Meter über die Felder, die weiß vom gefrorenen Reif waren, legten sie schweigend zurück.

»Bleibst du jetzt daheim?«, fragte sie zaghaft. Sie ging wie selbstverständlich auf seiner rechten Seite, weil er links schwerhörig aus dem Krieg zurückgekommen war.

»Weiß nicht.«

Langes Schweigen, dann ein schüchternes: »Ich würde mich freuen, wenn du dableibst.«

Er sah sie überrascht an. Man konnte ihr ansehen, wie sie allen Mut zusammennehmen musste, um weiterzusprechen. »Und die Mutter auch. Wir haben jeden Abend für dich gebetet, und sie hat oft geweint.«

»Mhm.«

»Der Vater hat auch einmal geweint.«

»Der Vater?« Das konnte er sich nicht vorstellen.

»Ja. Es ist ein Brief gekommen, in dem dein Vorgesetzter von deiner Verwundung geschrieben hat, und dass du ein Held bist und die Auszeichnung für Tapferkeit bekommen hast. Er hat zwar so getan, als hätte er sich verschluckt. Aber ich habe es genau gesehen. Immer wieder hat er sich über die Augen gewischt.«

So viel hatte Hans Aga noch nie sagen hören, seit er zurück war.

»Mhm«, sagte er betont gleichmütig, obwohl es ihn tief berührte.

»Also?«

»Also, was?«

»Bleibst du da?« Sie klang ungeduldig.

»Ich weiß es noch nicht.«

Ihn, der immer so großes Fernweh gehabt hatte, zog es nun genau in die entgegengesetzte Richtung. Nach Hause. Nur ungern würde er wieder in einem Pensionszimmer in einer fremden Stadt leben. Er hatte die letzten Tage gespürt, wie ihm die Vertrautheit gutgetan hatte. Wie es ihm half, dass er hier jeden Raum, jeden Geruch und jeden Baum in- und auswendig kannte. Nein, er wollte nicht mehr weg.

Er lachte überrascht auf. Hatte er sich die letzten Tage noch wegen einer Entscheidung gequält, so schien sie nun plötzlich glasklar. Wenn er hierbliebe, könnte er sich wieder bei *Kleutgen & Meier* bewerben. Es wäre schön, wieder bei Meister Willibald zu arbeiten.

Doch dann hörte er Eduards Worte so klar in seinem Kopf, als stünde er vor ihm. *»Du wirst es nie zu etwas bringen. Irgendwann wirst du uns wieder um Arbeit anbetteln, wenn du mit eingezogenem Schwanz aus der Fremde zurückkehrst.«*

Nein, diese Genugtuung würde er dem Fatzke nicht gönnen.

Außerdem war *Kleutgen & Meier* nicht die einzige Süßwarenfabrik in Bonn. Er würde schon etwas finden.

»Ich bleib da«, sagte er daraufhin entschlossen zu seiner Schwester.

Das Strahlen, das sich über ihr hübsches Gesicht zog, bereitete ihm Freude. Es war das erste Mal, seit er wieder zu Hause war, dass er zuversichtlich in die Zukunft sah.

»Und du? Was hast du mit deinem Leben vor?«, fragte er, als sich wieder Schweigen zwischen ihnen ausbreitete.

»Weiß nicht.«

»Du bist ja lustig. Erst drängst du mich, eine Entscheidung zu treffen. Dann komme ich drauf, dass du noch keine für dich selber getroffen hast«, sage er streng.

Sie lugte zu ihm hinauf, schien unsicher, ob er wirklich böse mit ihr war. Als sie sein Grinsen sah, entspannte sie sich.

»Die Mutter will, dass ich mir eine Anstellung suche. Das will ich schon, aber …« Sie brach ab und schaute konzentriert auf den Weg vor sich.

»Aber …?«, ermutigte er sie.

»Ich würde gern einmal aus Friesdorf rauskommen. Ganz etwas anderes sehen, vielleicht in einer Stadt bei einer vornehmen Familie arbeiten …« Ihr Ton war sehnsüchtig geworden.

»Das klingt doch gut. Ich wollte auch immer raus aus Friesdorf. Ich bin auch froh, dass ich es gemacht habe.«

»Ja, aber …« Wieder brach sie mitten im Satz ab.

»Lass dir doch nicht alles aus der Nase ziehen. Was hält dich denn davon ab, in die große weite Welt hinauszuziehen?«

Die Pause, die nun folgte, zog sich in die Länge. Als Hans schon dachte, sie würde nicht antworten, sagte sie leise: »Ich trau mich nicht.«

Er legte ihr kurz den Arm um die Schultern. »Ich kann dich

verstehen. Ich möchte in nächster Zukunft auch hier in Friesdorf bleiben, weil es mir als der einzige sichere Ort auf dieser Welt erscheint.«

Ihre Augen weiteten sich vor Überraschung. »Ehrlich? Ich dachte, du hättest vor gar nichts Angst.«

Er lachte bitter. »Nur dumme Leute haben vor gar nichts Angst. Als ich jung war, war ich sicher, dass mir die ganze Welt offen steht, dass ich meinen Weg machen werde und alles bewältigen kann. Angst hatte ich wahrscheinlich nur vor Vater.«

Aga kicherte.

»Aber der Krieg hat uns alle das Fürchten gelehrt. Nichts war mehr gewiss, nie wusste man, ob man den nächsten Morgen noch erlebt. Deswegen kann ich es gut verstehen, wenn jemand Angst hat. Es wäre nur schade, wenn du etwas nicht tust, was du gerne möchtest, nur weil du dich nicht traust. Vielleicht bedauerst du das eines Tages.«

Sie nickte nachdenklich, sagte aber nichts darauf.

Den Rest des Weges legten sie schweigend zurück, aber Hans war froh, dass sie mitgekommen war.

Doch es war wie verhext. Jetzt, wo er wusste, was er wollte, war keine Stelle in der Nähe zu finden. Er war fünfundzwanzig, gut ausgebildet, gesund und kräftig, doch niemand wollte ihn. Immer wieder war er kurz davor, es bei *Kleutgen & Meier* zu versuchen. Dort hätten sie ihn sicher genommen. Doch jedes Mal hielt ihn sein Stolz davon ab.

Die Untätigkeit zu Hause machte ihm zu schaffen. Er half dem Vater abends und morgens im Stall. Diese Zusammenarbeit, während der sie beide wenig sagten, aber jeder Handgriff saß, das zufriedene Kauen der Kühe als Geräuschkulisse, waren seine Lieblingsstunden des Tages. Doch die Zeit dazwischen verging nur zäh. Er versuchte, wieder an seine Jugendfreundschaften anzuknüpfen. Einige seiner Klassenkameraden waren auf dem Schlachtfeld geblieben. Mit denjenigen, die, wie er, im Krieg gewesen waren, konnte er abends ein Bier trinken. Mit den anderen tat er sich hart.

Adolf Pütz, ein Nachbarsjunge, mit dem er jede freie Minute seiner Kindheit verbracht hatte, war wegen eines Herzfehlers freigestellt worden. Als sie sich zum ersten Mal im Dorfgasthaus trafen, fanden sie nach der anfänglichen Wiedersehensfreude keine Gemeinsamkeiten. Sein Jugendfreund erzählte von der Kartoffelfäule und dem Hungerwinter, in dem er und seine Familie über Monate nichts anderes als Steckrüben gegessen hatten. Hans kam das harmlos vor, verglichen mit dem Grauen von Flandern. Besonders weil auf dem Land die Lage wesentlich entspannter gewesen war als in den Städten. Als er dies unumwunden zum Ausdruck brachte, erzürnte er damit seinen Freund.

Der Abend wurde noch schlechter, als sie auf Politik zu sprechen kamen. Hans war froh über die Abdankung des Kaisers und die Ausrufung der Republik, deren erste Amtshandlung der Beginn von Friedensverhandlungen gewesen war. Adolf jedoch, einem glühenden Anhänger der USPD – der Unabhängigen Sozialdemokratischen Partei Deutschlands –, gingen die Veränderungen in Deutschland nicht weit genug. Er nannte die Zugeständnisse an die Arbeiter Augenwischerei. Die Oberen seien in letzter Sekunde dem Volk entgegengekommen, um einer Revolution wie in Russland zu entgehen. Grundlegender Wandel sei ausgeblieben. Ämter, Behörden und Schulen wurden noch von den gleichen antidemokratischen Kaisertreuen geleitet wie zuvor, Generalität und Offizierskorps hatten ihre Stellungen behalten. Es führten immer noch dieselben Eliten. Adolf sympathisierte mit dem Spartakusbund um Karl Liebknecht und Rosa

Luxemburg. Er malte Hans ein Bild von einer Welt, in der alle Menschen gleich seien und niemand aufgrund von Besitz Macht über jemand anderen habe.

»Niemand wird mehr Hunger leiden. Armut wird es nicht mehr geben«, endete er leidenschaftlich.

»Wem gehören dann die Fabriken?«, fragte Hans erstaunt.

»Dem Volk!«

Hans, der sich immer gegen die gesellschaftlichen Grenzen aufgelehnt hatte, gefiel der Gedanke, dass alle Menschen gleich sein sollten. Doch die Vorstellung, dass Privatbesitz aufgelöst werden sollte, widerstrebte ihm.

»Aber wenn sich jemand mit Fleiß und Arbeit etwas aufbaut, dann hat er es sich doch verdient.«

»Das ist das, was uns der Kapitalismus predigt. Aber damit wird der Arbeiter für immer kleingehalten. Wir müssen uns befreien vom Joch der Unterdrückung.«

Hans schluckte. Adolf war der Sohn vom größten Bauern im Dorf, auf seinem Hof arbeiteten Knechte. Er redete wie ein Kämpfer und hatte den Krieg zu Hause hinter dem Ofen verbracht. Wut erfasste ihn.

»Wird euer Hof dann auch Gemeineigentum, und eure Knechte dürfen dann anschaffen?«, fragte er zornig.

»Ähm. Natürlich, eventuell irgendwann. Aber jetzt geht es ja hauptsächlich um Fabriken.«

»Du bist mir ein feiner Sozialist«, schimpfte Hans. »Du bist einer von denen, die immer große Reden schwingen, und wenn es ans Handeln geht, duckst du dich weg.«

»Du meinst, nur weil du ein paar Jahre in der Fremde gewesen bist, hast du die Weisheit mit Löffeln gefressen? Die letzten Jahre waren hart hier für uns.«

»Hart«, höhnte Hans. »Du weißt doch gar nicht, wovon du

redest.« Er kramte ein paar Pfennige aus der Tasche für sein Bier und knallte sie auf den Tisch.

Draußen, an der frischen Luft, wurde er ruhiger. Das war ihm in letzter Zeit öfter passiert – dass er zornig wurde mit Leuten, die die vergangenen Jahre zu Hause hatten verbringen dürfen. Er wusste von seiner Mutter, dass im Winter von 1916/1917 Zigtausende im Deutschen Reich verhungert waren. Trotzdem fühlte er sich wie durch eine gläserne Wand von den »Daheimbleibern« getrennt. So wie er sich nicht in ihre Sorgen und Nöte hineinversetzen konnte, so konnten sie ihn nicht verstehen. Im Krieg war Friesdorf sein Sehnsuchtsort gewesen. Sein einziges Wollen und Streben war, hierher zurückzukehren. Trotzdem empfand er nun, als er da war, nicht die Freude und Leichtigkeit, die er erwartet hatte.

Er lehnte sich an eine Hausmauer und zündete sich eine Zigarette an. Gedankenverloren beobachtete er die Rauchwolken, die im Licht einer Straßenlaterne aufstiegen, verschwammen und dann verschwanden. Drei Soldaten in englischer Uniform gingen an ihm vorbei. Er konnte ein paar Wörter aufschnappen. Wie immer dachte er beim Hören der fremden Sprache an Jane. Natürlich bedeuteten die Besatzer eine Schmach, zementierten sie doch die Niederlage des deutschen Kaiserreichs in einem Krieg, der sie alle so viel gekostet hatte.

Doch jedes Mal, wenn er jemanden Englisch sprechen hörte, erinnerte ihn das an die schönste Zeit seines Lebens. Damals war alles leicht gewesen. Er war so optimistisch und verliebt gewesen. Was wohl aus Jane geworden war? Durch den Krieg war kein einziger Brief zu ihm gelangt. Vieles war zu überstürzt zu Ende gegangen. Er dachte an Achim und Gerd, einer tot, einer durch sein Kriegstrauma von der Welt abgeschnitten.

Plötzlich tat es ihm leid, seinen alten Freund Adolf so im Gasthaus sitzen gelassen zu haben. Der konnte auch nichts dafür, dass er gerade mit seinem Leben nicht klarkam.

Heute musste nichts enden. Er drehte um, spendierte Adolf noch ein Bier, und beide bemühten sich, jeglichen kontroversen Themen auszuweichen. So war der Abend zwar nicht entspannt, endete aber zumindest friedlich.

Als er zum Anfang des neuen Jahres immer noch keine Arbeit gefunden hatte, vergrößerte er seinen Suchradius. Für seinen Seelenfrieden brauchte er eine Aufgabe. In Oberhausen suchte eine kleine Fabrik einen Bonbonkocher. Halbherzig bewarb er sich und wusste nicht, ob er sich freuen sollte, als er die Stelle bekam.

Beim Abschied versprach er seiner Mutter und Aga, die herzergreifend schluchzte, dass er, sobald er eine Arbeit in Bonn fände, zurückkehren würde.

Die neue Aufgabe war einfach, die Abläufe vertraut, die Kollegen freundlich. Doch er hatte Heimweh.

Als er im Frühling eine Annonce im *General-Anzeiger* für einen Bonbonkocher las, nur vier Kilometer vom elterlichen Hof entfernt, machte sein Herz einen freudigen Sprung. Das war seine Chance.

Er entschloss sich, von seinen kärglichen Ersparnissen den ersten Anzug seines Lebens zu kaufen. Als er den Herrenausstatter in der Marktstraße betrat, fühlte er sich wie ein König. Doch der abwertende Blick des Verkäufers brachte ihn auf den Boden zurück. Auch wenn er eine saubere Hose trug, sah man ihm an, dass er ein einfacher Arbeiter war und in einem solch teuren Geschäft nichts zu suchen hatte. Er hob das Kinn, erwiderte den Blick des Angestellten stolz und nannte ihm selbstbewusst seine Größe. Als er in der Umkleidekabine das Preisschild sah, musste er schlucken. Noch nie hatte er so etwas Teures besessen.

Als er sich im Spiegel im Dreiteiler aus feiner Wolle betrachtete, glaubte er, ein Fremder sähe ihm entgegen. Er wirkte älter als seine fünfundzwanzig Jahre, und würdevoller. Wie jemand, mit dem man rechnen sollte. Das war auch dringend nötig, denn die Firma *Heinen* in Bonn suchte einen Bonbonkocher. Hans war überzeugt, dass er alles gelernt hatte, was es zu lernen gab. Es war Zeit für den nächsten Schritt. Um zu erreichen, was ihm vorschwebte, brauchte es jedes Quäntchen Selbstbewusstsein und Ausstrahlung, das er aufbringen konnte.

Nervös betrat er einige Tage später die kleine Fabrik am Rand von Kessenich. Es war ein weiß getünchtes Haus, an das eine Werkshalle anschloss. Der vertraute Duft nach Lakritze ließ ihn Mut schöpfen.

Eine Vorzimmerdame, sehr schlank in einem gut geschnittenen Kostüm, erwartete ihn. Sie wäre hübsch gewesen, hätte sie nicht einen auffälligen Überbiss gehabt. Nachdem sie seinen Namen auf einer Liste abgehakt hatte, führte sie ihn in das Büro von August Heinen, den Chef des Familienunternehmens. Der Raum war ganz in Eiche eingerichtet. Deckenhohe Bücherregale füllten drei Wände, an der vierten Wand waren Sprossenfenster, die auf den Hof und die Werkshalle hinausgingen. Es gab eine Sitzecke mit einer gemütlich aussehenden Ledercouch und zwei Sesseln.

August Heinen saß hinter einem ausladenden, reich mit Schnitzereien verzierten Schreibtisch, sah kurz auf und konzentrierte sich dann wieder auf die Papiere vor sich, ohne Hans einen Platz anzubieten. Wie ein Schulbub vor dem Direktor stand Hans da. Sekunde um Sekunde verstrich, markiert durch das Ticken der Standuhr in der Ecke.

So würde das nichts werden. Wenn Hans sich wie ein Bonbonkocher verhielt, der sich unterwürfig um eine Stelle bewarb, würde er für immer einer bleiben.

Entschlossen zog er sich einen der beiden Stühle heran, die vor dem Schreibtisch standen, und setzte sich.

Überrascht sah Heinen auf. Er war ein kleiner Mann mit schmalen Schultern in einem blütenweißen Hemd. Hans schätzte ihn auf Mitte fünfzig. Seine grauen Haare lockten sich länger, als modern war, und er versuchte damit, eine Halbglatze zu kaschieren. Ein bisschen erinnerte er Hans an seinen Großvater. Er trug eine Brille mit Goldrand, über die er nun Hans streng ansah.

»Guten Tag. Sie sind …?«

»Hans Riegel.« Mehr sagte er nicht.

»Sie bewerben sich um die Stelle als Bonbonkocher?«

»Nein.«

Nun hatte er Heinens volle Aufmerksamkeit. »Dann haben Sie keinen Termin bei mir.«

»Ich habe meine Ausbildung bei *Kleutgen & Meier* gemacht, unter Meister Willibald.«

»Willibald? Guter Mann.« Abwartend sah der ältere Mann ihn an.

»Dann habe ich in Neuss, Osnabrück und Oberhausen weiter Berufserfahrung gesammelt.«

»Das klingt nach guten Voraussetzungen für einen Bonbonkocher«, sagte Heinen milde.

»Ich bin ein exzellenter Bonbonkocher.« Er legte alles Selbstbewusstsein, dass er aufbringen konnte, in diese Worte. »Aber Sie brauchen keinen Bonbonkocher.«

»Brauche ich nicht?« Die Augen hinter den Brillengläsern funkelten amüsiert.

»*Heinen* ist ein Familienunternehmen, doch seit Ihr Sohn im Krieg gefallen ist, haben Sie keinen Nachfolger mehr.«

Die Gesichtszüge des Mannes verdunkelten sich, und ein bitterer Zug grub sich in seine Mundwinkel. Es tat Hans leid, dass er so plump den Tod des Sohnes erwähnt hatte, aber es war seine einzige Chance, Heinen zu vermitteln, dass er ihn brauchte. Daher sprach er schnell weiter: »Man sagt, dass Sie ein ausgezeichnetes Händchen für Lakritze und Bonbons haben, aber mit dem Führen des Geschäftes überfordert sind.«

»Sagt man das?«, fragte Heinen scharf.

Plötzlich erinnerte er nicht mehr an einen liebevollen Großvater, sondern wirkte hart und unnachgiebig.

»Ja.« Hans hielt dem angriffslustigen Blick stand. »Ich möchte als Partner in Ihr Unternehmen einsteigen. Ich bin jung und brenne für die Arbeit. Ich könnte Ihnen bei allem, was anfällt, zur Seite stehen. Auch habe ich viele Ideen, wie man Dinge noch besser machen …«

August Heinen stand auf. »Sie kommen hier herein, keine dreißig Jahre alt, und wollen mir sagen, wie es besser geht?« Empörung war in jedem Wort zu hören.

»Ich gebe zu, was die Erfahrung angeht, sind Sie mir meilenweit voraus«, lenkte Hans eilig ein. »Aber genau deswegen glaube ich, dass wir uns gut ergänzen könnten. Sie haben die Erfahrung, ich die Ideen für Neuerungen.«

Heinens Augen wurden schmal. Hans rechnete damit, dass er ihn nun hinauswarf. Sein Herz klopfte bis zum Hals. Er hatte alles auf diese eine Karte gesetzt. Seine Ersparnisse für einen Anzug ausgegeben, der für ihn viel zu teuer war, nur um diesen Mann zu beeindrucken. Jede freie Minute hatte er sich umgehört, alles in Erfahrung gebracht, was es über die Firma *Heinen* zu wissen gab. Wenn Heinen ihn nun rauswarf, würde sich wie ein Lauffeuer in der Zuckerbranche herumsprechen, dass Hans Riegel sich überschätzt habe.

Er hatte sich lächerlich gemacht. Er konnte das Feixen von Eduard Meier schon vor sich sehen.

Die Pause zog sich unendlich hin. Die Spannung im Raum war mit Händen greifbar. Endlich räusperte sich Heinen und deutete auf die Sitzecke.

»Was Sie mir vorschlagen, geht über ein normales Vorstellungsgespräch hinaus. Setzen wir uns hinüber.«

Erleichtert nickte Hans. Als der Firmeninhaber aufstand, sah Hans, dass er Beine wie Streichhölzer hatte, aber einen dicken Bauch.

»Cognac?« Heinen schenkte zwei Gläser ein und gab eines Hans. »Wie stellen Sie sich das vor?«, kam er dann direkt zur Sache. Er machte eine ausladende Handbewegung. »In diese Firma investiert meine Familie in der dritten Generation. Sie werden verstehen, dass Sie nicht herkommen können, wahrscheinlich ohne einen Kreuzer in der Tasche, und einfach Mitinhaber werden.«

»Das ist mir klar.«

»Ich möchte die Firma nämlich an die Kinder meines verstorbenen Sohnes vererben. Vielleicht haben die eines Tages Interesse daran.« Man konnte die Sehnsucht des Mannes deutlich hören, dass der Familienbetrieb nicht bei ihm enden möge.

»Damit habe ich kein Problem. Mir geht es nicht darum, etwas von dieser Firma besitzen zu wollen. Ich will sie zusammen mit Ihnen führen und mitbestimmen können. Mit einer Gewinnbeteiligung wäre ich zufrieden.«

»Mhm. Das könnte gehen. Da könnten wir zusammenkommen. Mir wird tatsächlich alles zu viel. Meine Frau schimpft ständig, dass ich nur so selten daheim bin. Aber bevor wir konkret werden: Sie haben von Neuerungen gesprochen. Was meinen Sie damit?«

Eine bessere Vorlage hätte er Hans nicht liefern können.

»Haben sie von Henry Ford gehört?«

»Natürlich. Aber der ist in der Automobilbranche.«

»Er hat in seinen Fabriken etwas eingeführt, das er Fließband nennt. Die Arbeiter bleiben immer an der gleichen Stelle stehen, das Produkt kommt zu ihnen. Die Arbeit wird in viele kleine Schritte unterteilt, was eine unglaubliche Produktionssteigerung möglich macht. Darum kann er viel billiger verkaufen als die Konkurrenz. Inzwischen ist jedes zweite Automobil auf Amerikas Straßen ein Ford Model T.«

Heinen hob die Hände, als würde er ein scheuendes Pferd zum Stoppen bringen wollen. »Langsam, langsam. Was für Fahrzeuge gut gehen mag, hat bei uns in der Bonbonkocherei nichts verloren. Wir haben Qualitätsstandards, die nur gehalten werden können, wenn wir uns Zeit nehmen, zu kochen und zu kühlen, zu kneten und zu ziehen. Da braucht es erfahrene Leute. Außerdem wären für so eine Produktionsstraße Investitionen nötig, für die momentan kein Geld da ist. Sie denken ein wenig zu groß für meine kleine Fabrik. Aber mir gefällt Ihre Leidenschaft. Wie hoch haben Sie sich Ihre Gewinnbeteiligung vorgestellt?«

Hans war enttäuscht, dass Heinen seine Ideen so kompromisslos abtat. Aber noch war nicht aller Tage Abend. Mit der Zeit würde er den Mann schon noch davon überzeugen, dass die Zukunft in der Automatisierung von Arbeitsabläufen lag. Jetzt war nur wichtig, dass er den Fuß in der Tür hatte. Er nannte seine Vorstellungen und musste erkennen, dass Heinen ein geschickter und knallharter Verhandler war. Schließlich einigten sie sich auf eine Summe, die nicht weit über dem Facharbeiterlohn lag. Hans tröstete sich damit, dass auch sein Einkommen wachsen würde, wenn es ihm gelang, den Gewinn zu steigern.

Mit einem festen Handschlag verabschiedeten sich die beiden Männer voneinander.

10. Kapitel

FRIESDORF, NOVEMBER 1919

»Bub, du musst aus dem Haus. Du bist jetzt sechsundzwanzig und hast immer noch keine Frau.«

Hans unterdrückte mühsam ein Seufzen. Wenn er jedes Mal, wenn die Mutter diesen Satz äußerte, eine Reichsmark bekäme, sähe seine finanzielle Lage rosiger aus. Er arbeitete täglich vierzehn Stunden in der Fabrik, und in der wenigen Freizeit half er dem Vater und den Brüdern im Stall. Fürs Ausgehen, Feiern und Trinken war keine Zeit.

»Bin müde«, sagte er daher.

So leicht jedoch ließ ihn seine Mutter nicht davonkommen. Sie baute sich vor ihm auf, stemmte ihre von der harten Arbeit auf dem Hof starken Arme in die Hüften und musterte ihn von oben bis unten. »Wenn du dich wäschst und dich ordentlich anziehst, schaust du gar nicht so übel aus. Heute ist Kathreinstanz in Dottendorf, da gehst du hin.«

»Ach, Mutter …« Er verdrehte die Augen, aber sie blieb ungerührt.

»Hopp, hopp. Die schönen Mädchen warten nicht auf dich.«

»Ich habe überhaupt keine Zeit für eine Frau«, grummelte er.

»Papperlapapp. Komm en de Jäng.«

Er wusste, eine Diskussion würde das Unvermeidliche nur

hinauszögern. Seine Mutter war eine warmherzige, vernünftige Frau, die normalerweise versuchte, das aufbrausende Temperament des Vaters auszugleichen, und die für Harmonie im Haus sorgte. Wenn sie sich allerdings etwas in den Kopf gesetzt hatte, war es einfacher, ihr ihren Willen zu lassen. Zumindest würde er so wieder für ein paar Wochen Ruhe vor dem leidigen Thema haben.

Er ging auf sein Zimmer, das er sich immer noch mit Paul und Martin teilte, und wusch sich schnell.

»Wo willst denn du heute noch hin?«, fragte Paul, der gerade vom Stall hereinkam und die würzige Luft von Kühen und Mist mit hereinbrachte. »Zum Kathreinstanz in Dottendorf. Verdammt noch eins«, machte Hans seinem Ärger Luft.

Paul lachte. »Wenn die Mutter sich etwas in den Kopf gesetzt hat, gibt man besser nach.«

»Wem sagst du das?«, brummte Hans mürrisch. »Wie ist es eigentlich bei dir gelaufen? Hattest du nicht heute ein Vorstellungsgespräch?«

Pauls Miene verdunkelte sich. »Das vierte in diesem Monat. Es waren dreißig Leute da, für eine Stelle als Maurer. Das wird wieder nichts.«

Hans nickte. Ihm fiel nichts Tröstliches ein, was er hätte sagen können. Während er selbst – damals vor dem Krieg – sich mit Händen und Füßen gegen eine Stelle auf dem Bau gewehrt hatte, die er ohne Schwierigkeiten bekommen hätte, so sah die Lage für Paul und Martin nun völlig anders aus. Sie hätten sich nur zu gerne den Wünschen des Vaters gefügt, hätten liebend gerne eine Ausbildung zum Bauzeichner gemacht, aber es gab nirgendwo Arbeit. Das Einzige, was sie fanden, waren schlecht bezahlte Hilfsarbeiten. Für die wenigen »richtigen« Stellen wurden überall Kriegsheimkehrer bevorzugt.

»Mist«, sagte Hans. »Vielleicht kann ich mit Heinen reden, dann kannst du bei uns eine Lehre machen.«

»Bloß nicht.« Paul grinste unbekümmert. »Das würde Vater nicht verkraften, wenn noch ein Sohn Bonbonkocher wird.«

»Hast recht. Die Zeiten werden sicher wieder besser, außerdem …«

Er wurde von Aga unterbrochen, die den Kopf zur Tür hereinsteckte: »Hans, hier ist dein gutes Hemd. Die Mutter hat es noch einmal aufgeplättet. Wo gehst du denn hin?«

»Zum Kathreinstanz in Dottendorf.«

Agas Augen wurden groß. »Nimmst du mich mit? Die Mädchen im Dorf haben heute darüber gesprochen. Wenn du gehst, erlaubt es mir die Mutter vielleicht auch.«

Hans schüttelte resolut den Kopf. »Nein, Aga. Auf keinen Fall. Ich bleibe eh nicht lange«, fügte er hinzu, als er die Enttäuschung in ihren großen braunen Augen las.

»Typisch«, schimpfte sie. »Nie darf ich was. Aber wartet nur, in Düsseldorf werde ich meine Schuhsohlen durchtanzen! Damit ihr's wisst!« Dann warf sie ihm das Hemd zu und knallte die Tür hinter sich zu.

Hans wechselte einen belustigten Blick mit Paul. Seit Aga endlich über ihren Schatten gesprungen war und sich um eine Stelle als Dienstmädchen in einer angesehenen Familie beworben hatte, hatte sie schlagartig an Selbstvertrauen gewonnen. Nächste Woche würde sie den elterlichen Hof verlassen und ihr Dienstverhältnis in Düsseldorf beginnen. Seine kleine Schwester, die ihm eine liebe Vertraute geworden war, würde ihm fehlen, dachte Hans wehmütig und schlüpfte in den Anzug, den er sich anlässlich des Vorstellungsgespräches bei August Heinen gekauft hatte. Damals, in der Umkleidekabine des eleganten Herrenausstatters in Oberhausen, hatte er sich ausgemalt, wie er gut gekleidet und würdevoll durch die Firma schritt, Besprechungen leitete oder neue Produkte vorstellte. Brautschau in Dottendorf hatte er jedenfalls nicht damit im Sinn gehabt.

Auch sonst war es nicht ganz so gelaufen, wie er es sich damals vorgestellt hatte. Er war jetzt seit einem halben Jahr Partner von August Heinen, aber ihre Zusammenarbeit gestaltete sich schwierig. Zwar hatte Heinen bereitwillig Hans seinen fünfundzwanzig Mitarbeitern als seinen Partner vorgestellt, hatte ihm auch gerne die Verantwortung für Bestellungen, die Einteilung der Schichten und sogar für die Qualitätskontrolle überlassen, aber er verweigerte ihm jeglichen Kundenkontakt. Der alte Sturkopf wollte nach außen das Gesicht der Firma bleiben. Da half es auch nichts, dass er im Beisein der Angestellten eine Tafel enthüllt hatte, die den neuen Namen der Fabrik trug: *Heinen & Riegel.*

Solange Hans mit seinem Partner einer Meinung war, gab sich dieser als charmanter, jovialer Mann, von dem er viel lernen konnte. Anfangs hatte Heinen ihm mit viel Geduld die Grundlagen der Buchhaltung erklärt und ihm Einblick in die Bücher gewährt. Doch sobald Hans – durch sein Verständnis für Zahlen ziemlich bald – den Überblick gehabt hatte, hatte sein Partner seinen Arbeitseifer schamlos ausgenutzt. Er verließ nun – zur großen Freude von Frau Heinen – pünktlichst um fünf Uhr die Firma, während Hans oft bis Mitternacht über den Geschäftsberichten brütete.

Wenn Hans jedoch etwas verändern wollte, schaltete Heinen auf stur. Jedes Mal spielte er die Trumpfkarte aus, dass es immer noch seine Firma sei, die schon seit Generationen im Familienbesitz war.

Manchmal meinte Hans vor Ungeduld schreien zu wollen. Noch nicht eine einzige Veränderung im Produktionsablauf hatte er erreichen können. Auch war er überzeugt, dass er manche Waren besser verkaufen könnte als Heinen. Doch dieser hielt eisern an seinen alten Preiskalkulationen fest. Hans war sicher, dass man mit Rabatten und Aktionen die Kunden an sich binden müsse. Davon wollte Heinen aber nichts hören.

In vielen Chefetagen kam es gerade zu einem Generationswechsel. Die Söhne übernahmen, und die Jahrgänge, denen Heinen angehörte, setzten sich allmählich zur Ruhe. Hans hielt es für wichtig, den persönlichen Kontakt zu den Kunden zu pflegen. Doch die nächste Generation von Unternehmern kamen mit dem ewiggestrigen Heinen nur schwer aus, sodass sich dessen Verhandlungen nur um Geschäftliches drehten, aber nichts Privates dabei ausgetauscht wurde.

Als der Seniorchef im Sommer einige Tage wegen Krankheit nicht in der Firma gewesen war, hatte Hans dies für Gespräche mit Waldemar Siebert genutzt, einem ihrer Kunden. Siebert war wie er selbst unter dreißig und hatte seine Firma nach dem plötzlichen Tod seines Vaters übernommen. Ihm gehörten zwei Lebensmittelläden in Bonn und drei weitere in Köln. Hans und Siebert waren einander sofort sympathisch gewesen und hatten über Gott und die Welt gesprochen, und natürlich auch über ihre geschäftlichen Zielsetzungen.

Hans hatte dabei erfahren, dass Siebert noch ein Geschäft in Wiesbaden eröffnen wollte und die nächsten Jahre weitere Expansionen plante. Deshalb hatte er ihm die Lakritzen zu einem zehn Prozent niedrigeren Preis angeboten, wenn *Heinen & Riegel* den Jahresbedarf sämtlicher Geschäfte Sieberts für zwei Jahre fix liefern durfte. Zwar wäre die Gewinnmarge geringer, was aber durch die garantierte Absatzmenge wettgemacht würde. Wenn Siebert weniger Lakritz verkaufte oder seine Geschäfte schließen müsste, dann würde *Heinen & Riegel* draufzahlen. Wenn es aber für Siebert wie geplant liefe, dann hätten sie einen lukrativen Kunden für zwei Jahre ohne weitere Verhandlungen fest an sich gebunden. Für Hans war das Risiko kalkulierbar. Er hatte sich während der Verhandlungen ein gutes Bild von Siebert gemacht und vertraute auf dessen Fähigkeiten. Siebert hatte nicht gezögert und sofort eingeschlagen.

Als Heinen es erfahren hatte, hatte er getobt. Er hatte Hans heftig zurechtgewiesen und ihn angeschrien, dass man solch ein Wagnis niemals eingehen dürfe. Als Hans ihm zu erklären versuchte, dass sie zum einen die Rohstoffe günstiger einkaufen könnten, da sie Siebert auf zwei Jahre gebunden hatten und sie dadurch eine größere Menge abnehmen konnten, und dass zum anderen Siebert aufgrund von den neu eröffneten Geschäften einen höheren Lakritzabsatz erwartete, hatte Heinen nur abgewunken und nicht weiter zugehört. »Es ist und bleibt ein Risiko«, hatte er gesagt und hätte die Verträge am liebsten rückgängig gemacht. Einzig, um *Heinen & Riegel* nicht als unzuverlässigen Partner für andere Kunden dastehen zu lassen, hatte er davon abgesehen.

Hans hatte er seitdem keine weiteren Verhandlungen mehr führen lassen, obwohl die Zusammenarbeit mit Siebert sich bisher als erfolgreich erwies.

****

Missmutig, weil er seiner Mutter hatte nachgeben müssen, betrat Hans in seinem feinen Zwirn das Gasthaus in Dottendorf. Seine Stimmung besserte sich erst, als er an einem der Tische im Saal drei Angestellte von *Heinen & Riegel* erkannte, zum Glück weit weg vom Tanzboden und der Kapelle. Für interessante Gesprächsthemen war also gesorgt.

Er bestellte sich ein Bier und war schon bald in eine Unterhaltung über mögliche Kräutermischungen für Komprimate vertieft, als Christian Sailer, der Buchhalter, rief: »Fräulein Weinreis, Fräulein Vianden, setzen Sie sich doch zu uns.«

Hans' Blick fiel auf zwei junge Mädchen, die zögernd auf ihren Tisch zukamen. Sie hätten nicht gegensätzlicher sein können. Die eine klein und feingliedrig mit hellblondem Haar, die andere groß und breitschultrig mit kastanienfarbener Hochsteckfrisur. Die jungen Damen nahmen Platz.

Als die blonde Schönheit mit dem fein geschwungenen roten Mund und den kornblumenblauen Augen ihm ihre zarte Hand reichte und sich leise als Anna Weinreis vorstellte, spürte er eine intensive Wärme, wo ihre weiche Haut die seine berührte. Die andere, Gertrud Vianden, hatte einen kräftigen Händedruck und einen direkten Blick. Nicht bloß äußerlich unterschieden sich die beiden. Während Gertrud mit ihrer lebhaften Art alle am Tisch launig unterhielt, konzentrierte Anna ihre Aufmerksamkeit immer nur auf eine einzige Person und gab demjenigen das Gefühl, im alleinigen Mittelpunkt ihrer Wertschätzung zu liegen.

Manchmal sah Anna auf, und ihre Blicke trafen sich. Ein kaum wahrnehmbares Lächeln spielte dann um ihre Lippen, und in diesen Momenten hatte Hans das Gefühl, nur sie beide säßen an dem Tisch. Er würde sie zum Tanz auffordern, nahm er sich vor.

Doch ein anderer war schneller. Missmutig sah Hans zu, wie sie und Arndt, ein athletischer Bursche, der an der Walze arbeitete, sich auf der Tanzfläche zu den Klängen von »Wer wird denn weinen, wenn man auseinandergeht« drehten. Sie schien Spaß am Tanzen zu haben. Er forderte Gertrud auf, um nicht länger mit ansehen zu müssen, wie sein Angestellter das schöne Mädchen im Arm hielt. Gertrud war fast so groß wie er, doch sie tanzten gut miteinander, da sie beide ein ausgeprägtes Taktgefühl hatten.

»Schauen Sie, der Herr neben uns tanzt, als hätte er eine Eisenstange verschluckt«, scherzte er, als ihm ein Mann auffiel, der sich kerzengerade bewegte und mit verkrampften Armen seine Tanzpartnerin auf Abstand hielt.

Gertrud warf den Kopf zurück und lachte tief und herzhaft. Damenhaft wirkte das nicht, aber es gefiel Hans. Es erinnerte ihn an Jane. Auch sie hatte gelacht, als wäre es völlig irrelevant, was andere von ihr dachten – völlig präsent im Hier und Jetzt, den Moment bis zur Neige auskostend. Er bemühte sich danach, Gertrud erneut zum Lachen zu bringen.

Als sie an den Tisch zurückkehrten, waren Gertrud und er in ein Gespräch über die Herstellung von Bonbons vertieft. Er fand die vielen Fragen, die ihm Gertrud zum Kochvorgang der Zuckermasse stellte, interessant und antwortete gerne. Gleichzeitig beobachtete er aus den Augenwinkeln Anna und wartete darauf, dass sie nach einem weiteren Tanz mit Christian Sailer an den Tisch zurückkehrte. Diesmal würde er der Schnellste sein.

»Darf ich bitten?«, fragte er, als das Orchester zum »Luna-Walzer« ansetzte.

Anna lächelte ihn an, und ihre blauen Augen funkelten amüsiert. »Gerne.«

Wie eine Feder schwebte sie in seinen Armen. Sie sprachen wenig, doch er meinte in ihren Augen die gleiche Freude über ihr Zusammensein lesen zu können, wie er sie empfand.

Viel zu schnell endete die Tanzrunde, und widerwillig führte er sie zum Tisch zurück. Sofort war wieder jemand zur Stelle, der sie aufforderte. Er tanzte noch ein paarmal mit Gertrud, bekam aber nicht mehr die Gelegenheit, Anna auf die Tanzfläche zu führen, da sie schon um elf zum Aufbruch mahnte. Er beobachtete, wie sie einige Einladungen der anwesenden Herren ausschlug.

Die Dame war nicht leicht zu haben. Das gefiel ihm. Er überlegte fieberhaft. Wie konnte er sie wiedersehen, ohne aufdringlich zu wirken?

»Meine Damen, dürfte ich Sie beide zu einer Führung durch unsere kleine Fabrik einladen? Ich glaube, das Fräulein Vianden hat Interesse an dem Produktionsablauf.«

Gertrud Vianden lächelte ihn erfreut an. »Das würde mir gefallen. Viel interessanter als ein Abendessen. Anna, was meinst du?«

»Gerne«, sagte Anna mit ihrem feinen Lächeln.

Sie vereinbarten einen Termin, und Hans blickte Anna versonnen nach. Er grinste in sich hinein. Da hatte seine Mutter tatsächlich recht gehabt! Er war sich sicher, dass er heute seine zukünftige Frau kennengelernt hatte.

11. Kapitel

DOTTENDORF, DEZEMBER 1919

Eine Woche später steckte Gertrud Vianden ihren kleinen schwarzen Hut fest und betrachtete sich im Spiegel. Sie hatte ihre Haare sorgsam hochgesteckt, braungrüne Augen blickten ihr unter einer hohen Stirn entgegen. Am besten gefiel ihr ihr Mund mit der vollen Oberlippe. Natürlich trug sie ihr bestes Kleid, das an der Taille eng geschnitten war und ihr bis knapp über die Knöchel reichte. Obwohl sie selbst die helleren Farben liebte, die jetzt modern waren, war ihr Kleid schwarz, damit es auch am Sonntag für die Kirche passte. Aber das war egal, denn sie hatte dem feschen Bonbonfabrikanten trotzdem gefallen.

Immer wieder hatte er sie zum Tanz geholt und ihr aufmerksam zugehört. Er war nicht wie die anderen Männer, die stets nur von sich selbst sprachen und mit ihren Erfolgen prahlten, sondern hatte sich für das interessiert, was sie zu sagen hatte. Er schien ein gutes Stück älter zu sein als sie mit ihren neunzehn Jahren. Seine besonnene, ruhige Art imponierte ihr. Ihr Herz klopfte schneller, als sie an sein verschmitztes Lächeln dachte, wenn er sie zum Lachen brachte. Dazu war er ein ausgezeichneter Tänzer und sogar ein bisschen größer als sie. Die Tage bis zum heutigen Treffen waren träge und zäh vergangen. Aber nun war es so weit: In einer Stunde würde sie ihn wiedersehen.

Sie hatte sich mit Anna an der Kirche im Nachbardorf Kessenich verabredet und fuhr mit dem Rad dorthin. Sie genoss die Fahrt an diesem fast frühlingshaft anmutenden milden Dezembertag. Anna wartete schon. Bezaubernd sah ihre Freundin heute wieder aus. Sie trug ein hellblaues Kleid, dessen Rock mit Volants geschmückt war. Wie immer kam sie sich neben ihrer zarten Freundin groß und ungelenk vor. Wie die dunkle Krähe neben der bunten Blume. Aber das machte heute nichts. Dem Hans Riegel gefiel sie.

Er wartete am Eingang der Fabrik. Sein dunkles Haar und der hochgezwirbelte Schnauzer glänzten von Brillantine. Er trug eine Weste über einem weißen Hemd und stand breitbeinig vor dem Tor.

»Herzlich willkommen, meine Damen«, begrüßte er sie mit seiner tiefen Stimme.

»Danke.« Mehr brachte sie nicht heraus, weil sie sich plötzlich in seiner Gegenwart gehemmt fühlte.

Er erschien ihr noch attraktiver als neulich beim Tanz. Hier vor der Fabrik strahlte er ein Selbstbewusstsein und eine Sicherheit aus, die sie anziehend fand. Da Anna sich wortreich für die Einladung bedankte, fiel Gertruds Schweigsamkeit nicht weiter auf.

Er führte sie an großen Bottichen vorbei, in denen Lakritze, Salmiak und Zuckerrohrmasse gekocht wurden, zeigte ihnen, wie die Bonbonmasse in die Puderkisten gefüllt wurde, brachte sie zum Lager, wo die fertigen Süßigkeiten verpackt wurden, und ließ sie schließlich einige Lakritzpastillen probieren. Sie fand die Begeisterung, die er für seine Arbeit aufbrachte, ansteckend.

Anna schien ebenfalls beeindruckt und lauschte seinen Ausführungen.

»Eines unserer größten Probleme ist der Wareneinkauf bei der momentanen Inflation«, erklärte er.

Gertrud stimmte ihm zu. Seit die Regierung unkontrolliert Papiergeld druckte, um den Reparationszahlungen nachzukommen, zu denen die Weimarer Republik verpflichtet war, stiegen die Preise fast wöchentlich. Viele Dinge waren nur noch auf dem Schwarzmarkt zu bekommen und für normale Leute unbezahlbar.

»Ja, das kenne ich. Bei uns auf dem Hof ist es deswegen auch schwierig. Man kann sich auf sein Einkommen nicht verlassen. Was man heute verdient, ist morgen kaum noch etwas wert«, erwiderte Gertrud.

Hans nickte, doch sein Blick ruhte auf Anna, die der Walze zusah.

»Mein Vater sagt immer …« Gertrud brach mitten im Satz ab. Was er nicht einmal bemerkte, so vertieft war er in den Anblick ihrer Freundin.

So war das also. Auch er war Annas Schönheit und Charme verfallen. Sie war nur als Anstandsdame eingeladen, damit er Anna treffen konnte.

Die Erkenntnis tat weh. Gertrud schluckte. Dann stellte sie sich aufrechter hin und bemühte sich um einen gleichmütigen Gesichtsausdruck. Sie würde sich nichts anmerken lassen, diesen Tag hinter sich bringen und in Zukunft einen großen Bogen um Hans Riegel machen, nahm sie sich enttäuscht vor.

Quälend lang dauerte die Führung durch die Fabrik, die sie zuvor so spannend gefunden hatte. Sie nickte, lächelte und gab sich interessiert. Wann immer möglich, hielt sie Abstand zu Hans und Anna, um ihnen Zeit für einen privaten Austausch zu geben. Auf keinen Fall wollte sie den Eindruck erwecken, dass sie eifersüchtig über die beiden wachte. Wie erniedrigend wäre es, wenn man ihr ihre Gefühle ansähe.

Erleichtert, als es endlich vorbei war, verabschiedete sie sich gleich am Tor mit der Begründung, dass sie Besorgungen für ihre

Mutter erledigen müsse. Erst als sie Abstand zwischen sich und Anna und Hans gebracht hatte, konnte sie wieder freier atmen.

Zum Glück hatte Gertrud Anna gegenüber nicht eingestanden, dass sie überzeugt war, dass Hans sich für sie erwärmte. In welcher Traumwelt lebte sie eigentlich? Kein Mann, der sie neben der bildhübschen, grazilen, modisch gekleideten Anna sah, würde sich für sie interessieren. Sie hätte es besser wissen müssen. Ja, Hans hatte sich gerne mit ihr unterhalten. Das war aber auch alles. Immer war Gertrud diejenige, der die Männer ihr Herz ausschütteten, die sie als gute, zuverlässige Freundin sahen – aber verliebt waren sie dann in andere Mädchen. Das war schon in der Schule so gewesen. Zu ihr waren die Buben gekommen, wenn sie im Rechnen nicht weiterkamen oder Liebeskummer hatten – Blumen gepflückt hatten sie jedoch für Anna. Wie dumm, dass sie gemeint hatte, Hans Riegel sei anders.

Die nächsten Wochen musste sie sich von Anna anhören, wie bemerkenswert Hans Riegel sei, wie weltgewandt, sogar in Oberhausen und in Neuss habe er schon gearbeitet, wie toll er in seinem schicken Anzug aussah, wie großzügig er sie zum Essen ausführte, was für gute Zukunftsaussichten er hatte und wie stark er seine Mitarbeiter als Chef lenkte. Gertrud lächelte und versuchte mit Mühe, Interesse und Begeisterung für Annas Liebesglück vorzutäuschen.

Da half es auch nicht, dass sie der nette Herr Sailer von der Buchhaltung von *Heinen & Riegel*, der sie beim Kathreinstanz an den Tisch gebeten hatte, zum Abendessen einlud. Sie kannte Christian Sailer schon lange, er war ein freundlicher, strebsamer Mann, der seine Arbeit und das Leben ernst nahm. Mit ihm konnte sie gut reden, denn er war ein aufmerksamer Zuhörer, immer zuvorkommend und hilfsbereit.

Nachdem sie seine Einladung zweimal ausgeschlagen hatte, nahm sie beim dritten Mal an, weil sie begonnen hatte, sich wie eine alte Jungfer zu fühlen, die jeden Abend zu Hause verbrachte.

Die Verabredung wurde angenehmer als erwartet. Die Gesprächsthemen gingen nie aus, und die Zeit verging wie im Flug. Vielleicht, dachte sie, als sie nach dem Essen noch ein Glas Wein tranken, ist es das, was ich brauche. Na gut, ihr Herz klopfte nicht schneller, wie damals beim Tanz mit Hans Riegel, aber sie hatte sich den Abend über wohlgefühlt. Christian gab ihr das Gefühl, interessant zu sein. Das tat ihrer verletzten Seele gut. Vielleicht sollte sie danach streben, einen Mann zu finden, der sie verstand und schätzte. Der sich nicht von Schönheit blenden ließ, sondern an einer Frau Tiefgründigkeit und Zuverlässigkeit würdigte. Als Christian sie am Ende des Abends um ein erneutes Treffen bat, willigte sie gerne ein.

Nach ihrer dritten Verabredung wagte er es, als er sie nach Hause begleitete, vorsichtig nach ihrer Hand zu greifen. Sie konnte spüren, wie seine Finger zitterten. Er war so schüchtern, und dieser Körperkontakt brauchte seinen ganzen Mut, dachte sie gerührt und amüsiert zugleich. Es tat ihrem Selbstbewusstsein gut, dass es einen Mann gab, den sie nervös machte. Es fiel ihr nun leichter, Annas Schilderungen über den großartigen Hans Riegel zu lauschen.

****

Anfang Februar schob sie ihr Fahrrad – beide Körbe voll bepackt mit dem Wocheneinkauf – nach Hause, weil sie einen Platten hatte. Plötzlich musste sie ausweichen, weil ein anderer Radfahrer viel zu knapp an ihr vorbeifuhr. Ärgerlich bemerkte sie, dass ihre Schuhe vom Matsch am Straßenrand nass wurden.

»Pannekopp«, rief sie ihm wütend hinterher.

Als sie umständlich ihr Rad abstellte, um ein paar Päckchen Hefe aufzuklauben, die aus dem Korb gefallen waren, hörte sie Bremsen quietschen.

»Entschuldigen Sie vielmals, gnädiges Fräulein. Ich war zu schnell und habe den Abstand falsch eingeschätzt. Warten Sie, ich helfe Ihnen.«

Gertrud sah auf und sah einen völlig zerknirschten Hans Riegel auf sich zukommen. Als er sie erkannte, breitete sich ein freudiges Lächeln in seinem Gesicht aus.

Sie konnte nicht anders und musste lachen. »Halb so schlimm«, sagte sie gutmütig. »Nichts passiert.«

»Fräulein Vianden! Wie schön, Sie wiederzusehen. Ich hatte gehofft, Sie schauen mal bei mir in der Fabrik vorbei, nachdem Sie die Produktion so interessiert hat.« Er wirkte plötzlich unsicher. »Sie wären jederzeit herzlich willkommen gewesen.«

»Danke, das mache ich vielleicht einmal«, sagte sie überrascht. Sie hätte gemeint, dass sie damals nur als Anstandswauwau eingeladen gewesen war, damit er sich mit Anna treffen konnte. Sie hob die Hand zum Gruß, aber er machte keine Anstalten weiterzufahren, sondern betrachtete ihren platten Reifen.

»Ich habe immer Flickzeug dabei. Das haben wir gleich.«

»Nein, nein, ich bin ja bald zu Hause«, wehrte sie ab.

»Ich werde doch nicht ein schönes Fräulein ihr Rad schieben lassen.«

Gertrud merkte, wie sie errötete, obwohl ihr klar war, dass das nur seine unverbindliche charmante Art war.

Sie sagte nichts darauf, sondern sah zu, wie er sorgsam seine Anzugjacke auf einen Baumstamm am Wegesrand legte, die Hemdsärmel aufkrempelte, die Körbe vom Rad nahm und es dann auf den Sattel stellte. Die Kälte in der fahlen Wintersonne schien ihm nichts auszumachen. Mit geschickten Händen baute er den Reifen aus und entfernte den Mantel.

»Wie ist es Ihnen denn die letzte Zeit ergangen?«

Gertrud erzählte zuerst zögerlich, dann aber immer offener von ihrer Arbeit auf dem Bauernhof, und dass ihr Bruder Heinrich als Kriegszitterer stark angeschlagen von der Somme zurückgekehrt war.

»Ja, der Krieg verändert die Menschen.« Plötzlich wirkte Hans älter. Ein Schatten hatte sich über seine Züge gelegt.

»Der verdammte Krieg!«, entfuhr es ihr. Hans' Augen weiteten sich überrascht, daher fuhr sie fort und konnte nicht verhindern, dass ihre Stimme rau klang: »Man muss ja schon froh sein, wenn die Menschen verändert heimkommen. Viele kommen gar nicht mehr nach Hause.«

Er sah sie abwartend an.

Sie schluckte und merkte, wie ihre Augen feucht wurden. Es war schon zwei Jahre her, aber es tat immer noch so weh. »Mein Bruder Peter ist an der Ostfront gefallen«, sagte sie schließlich.

»Das tut mir sehr leid, Fräulein Vianden. Das habe ich nicht gewusst. Wie schrecklich.« Dann zögerte er und sagte schließlich wie gegen seinen Willen: »Mein Bruder, der auch Peter heißt, hat an der Ostfront ein Bein verloren.«

»Was macht er denn jetzt?«

»Eigentlich hätte er den Hof übernehmen sollen, aber die Landwirtschaft ist mit einem Holzbein nicht zu stemmen. Er macht jetzt eine Ausbildung zum Schuhmacher.«

»Der Arme. Da ist der ganze Lebensentwurf über den Haufen geworfen. Bei uns zu Hause geht auch alles anders als geplant. Anton Sebastian hätte eigentlich den Hof übernehmen sollen, aber …«

»O nein. Ist er auch gefallen?«, fragte Hans erschrocken.

»Nein, nein«, beeilte sich Gertrud zu versichern. »Er ist wohlbehalten zurückgekommen. Doch beide Brüder seiner Frau sind gefallen. Andere Geschwister hat sie nicht. Jetzt ist er auf den Hof der Schwiegereltern gegangen, weil sie es allein nicht schaffen.« Sie seufzte. »Der Nächstältere wäre Heinrich. Aber kein Gedanke daran, dass er den Hof führen könnte. Deswegen wird jetzt Wilhelm, der Drittälteste, Vaters Nachfolger.«

Nach einer langen Pause sagte Hans inbrünstig: »Der verdammte Krieg.«

Gertrud nickt und wusste danach nichts mehr zu sagen. Sie war verlegen, dass sie über so Persönliches gesprochen hatten, obwohl sie sich kaum kannten. Auch wenn ihr seine Anteilnahme guttat, wollte sie so schnell wie möglich das Thema wechseln. Daher fragte sie nach der Firma.

»Die Arbeit macht Freude«, sagte er kurz.

»Das klingt, als gäbe es ein *Aber*«, hakte sie nach.

Er sah sie erstaunt an.

Sie wurde unsicher. »Mir ist letztes Mal aufgefallen, welche Begeisterung Sie für Ihre Aufgaben aufbringen. Dafür klingt ›Die Arbeit macht Freude‹ etwas dürftig.«

Für einen Moment meinte sie, sie sei ihm zu nahe getreten. Doch dann nickte er.

»Sie haben recht. Die Arbeit macht Freude, aber die Zusammenarbeit mit meinem Partner ist schwierig. Er steht meinen Ideen ablehnend gegenüber. Aus Prinzip, weil er nichts verändern will. Er zieht nie in Betracht, dass ich richtigliegen könnte. Das ist auf Dauer zermürbend. Man könnte in der Firma so viel mehr erreichen, es gäbe so viele Möglichkeiten, aber ich fühle mich ständig ausmanövriert.«

»Das muss frustrierend sein.«

»Ist es.« Er fuhr mit den Fingern konzentriert den Reifen entlang. »Manchmal spiele ich mit dem Gedanken …« Er hielt inne und rief dann triumphierend: »Da!« Er deutete auf ein Löchlein im Reifen, feilte die Stelle ab und klebte geübt einen Flicken darauf.

Gertrud beobachtete das Spiel seiner Muskeln unter dem Hemd, als er den Reifen aufpumpte. Er war wirklich ein attraktiver Mann. Zum Glück tat es nicht mehr so weh. Sie schickte einen dankbaren Gedanken in Richtung Christian.

Hans half ihr, die Körbe wieder zu befestigen. »Es war wirklich schön, Sie wiederzusehen, Fräulein Vianden. In der Firma heißt es, dass Sie mit unserem Herrn Sailer von der Buchhaltung ausgehen.«

Gertrud nickte verblüfft. Man sprach über sie?

»Vielleicht könnten wir nach der Feier vom Firmenjubiläum zu viert etwas trinken gehen?«

»Ähm … ja, gern«, sagte Gertrud verdattert.

Er hob die Hand zum Gruß und radelte davon.

Sie sah ihm nach und schüttelte den Kopf. Die letzten Monate hatte sie immer Zorn verspürt, wenn sie an den charismatischen Süßwarenfabrikanten gedacht hatte. Es hatte sie zutiefst gekränkt, dass er ihr Interesse für seine Arbeit ausgenutzt hatte, um an Anna heranzukommen. Doch diese Begegnung hatte sie versöhnlicher gestimmt. Er schien sich wirklich gerne mit ihr zu unterhalten, und ihm war an einem Wiedersehen gelegen, wenn auch nur auf freundschaftlicher Basis. Zumindest das hatte er ihr nicht vorgespielt.

Da es nun Christian in ihrem Leben gab, der ihr Bewunderung und Zuneigung schenkte, konnte sie nun einem zukünftigen Treffen mit Annas Verehrer entspannt entgegensehen.

12. Kapitel

KESSENICH, MAI 1920

Es war genug. Ein für alle Mal genug. Er hatte das Gefühl zu ersticken. Egal, was er August Heinen die letzten Monate vorgeschlagen hatte – seit seinem Alleingang mit Siebert hatte sich der alte Knochen in keiner Angelegenheit einen Millimeter auf ihn zubewegt. Mit seinem Vetorecht, das er sich damals im Gesellschaftervertrag ausbedungen hatte, hatte er alles an Neuerungen blockiert, was Hans vorgebracht hatte.

Wenn sich Heinen nur gegen große Investitionen gestemmt hätte, dann hätte Hans es ja noch verstanden. Der Mann war in einem Alter, in dem man kein Wagnis mehr eingehen mochte. Aber er verhinderte auch Änderungen bei Produktionsabläufen und Einkäufen. Hans hätte gerne einen Vorrat an Rohstoffen angelegt, weil die Produkte durch die stetig steigende Inflation im Lager an Wert gewannen. Es wäre gut gewesen, den Platz zu nutzen und die Depots zu füllen, doch Heinen erachtete die Kosten für einen Bestandsaufbau als zu hoch. Thema erledigt.

Heute hatte der alte Heinen es endgültig zu weit getrieben. Sie hatten eine freie Stelle für einen Bonbonkocher inseriert, die unbedingt so schnell wie möglich besetzt werden musste. Drei Bewerber waren in die engere Auswahl gekommen. Hans hatte sich Zeit genommen, die Kandidaten durch die Produktion geführt und sie Probe arbeiten lassen. Dabei hatte er sofort festgestellt, dass nur einer der Arbeiter seinen Ansprüchen genügte: ein Bursche von Anfang zwanzig, der interessiert und lernwillig war. Doch Heinen wollte unbedingt einen anderen einstellen, weil er der Sohn eines Bekannten war. Hans hatte ihm vergeblich versucht zu erklären, dass der jüngere Mann flexibler war und von schnellem Begriff.

Aber Hans' Partner hatte, als ihm die Argumente ausgingen, sein Vetorecht gezogen.

»Sie brauchen sich gar nicht so aufzuregen, Riegel. Die letzte Entscheidung liegt bei mir. Und ich habe Hartmann zugesagt, dass sein Sohn die Stelle bekommt. Ende der Diskussion!«

Hans platzte der Kragen. »Wieso haben Sie einer Partnerschaft zugestimmt, wenn Sie doch jede Entscheidung allein treffen wollen?«

»Es ist meine Firma, die seit drei Generationen in meiner Familie ist. Es war immer abgesprochen, dass ich ein Vetorecht habe.« Mit diesem Satz hatte Heinen das ganze letzte Jahr jede Meinungsverschiedenheit gewonnen.

Hans stöhnte entnervt auf. »Wir könnten voneinander profitieren. Ich von Ihrer Erfahrung, Sie von meinen Ideen. Aber in Ihrer Verbohrtheit werden Sie sich nie etwas von mir sagen lassen!«, brauste er auf. »Sie führen den Betrieb ohne Blick auf die Zukunft und ignorieren meine Meinung jedes einzelne Mal. Mir reicht's! Machen Sie Ihren Krempel doch in Zukunft alleine.«

Heinen fuhr von seinem Stuhl hoch, sein Bauch über den mageren Beinen vibrierte vor Empörung. »Wie sprechen Sie denn mit mir? Ich verbitte mir diesen Ton.«

»Sie verbitten sich gar nichts mehr. Ich kündige hiermit unsere Partnerschaft auf.«

Für einen Moment schien Heinen wie vom Blitz getroffen.

Verdattert starrte er Hans an. »Riegel, das ist doch nicht Ihr Ernst!«

Hans atmete tief durch, plötzlich unsicher. Er war an einen Scheidepunkt in seinem Leben. Wenn er aus dem Geschäft ausstieg, war er wieder dort, wo er vor gut einem Jahr gewesen war. Er würde sich wieder als Arbeiter bewerben müssen.

»Beruhigen Sie sich doch, Riegel. Wenn Ihnen die Einstellung vom Astner so wichtig ist, dann werden wir ihn nehmen«, lenkte Heinen auf einmal lammfromm ein. Anscheinend war ihm nicht daran gelegen, die Fabrik wieder allein durch die schwierigen Zeiten zu führen, die seit Kriegsende herrschten.

Hans rang mit sich, ob er dieses Friedensangebot annehmen sollte. Dann erinnerte er sich zurück an Flandern. Damals, als er verschüttet worden war, hatte er sich geschworen, niemals mehr unsinnige Befehle zu befolgen, wenn es in seiner Macht stand. Doch das zurückliegende Jahr hatte er fast ununterbrochen genau das getan. Immer wieder hatte er sich Heinen gefügt, obwohl er sich sicher gewesen war, dass dieser falschlag. Heute lag es in seinem Entscheidungsbereich, diese einengende Geschäftsbeziehung zu beenden.

Hans spürte auf einmal Erleichterung in sich aufkeimen – eine Empfindung, die ihm in den letzten Monaten abhandengekommen war. Er hatte sich die ganze Zeit wie in einem Hamsterrad gefühlt, aus dem es keinen Ausweg gab.

Nein, es gab kein Zurück mehr.

»Das ist sehr großzügig von Ihnen. Aber ich denke, wir wissen beide, dass unsere Zusammenarbeit nicht gut funktioniert. Ich möchte die Fabrik mit sofortiger Wirkung verlassen«, sagte er daher mit fester Stimme.

Als er die Enttäuschung und die Zukunftsangst in Heinens Augen lesen konnte, verspürte er Mitleid mit dem alten Mann.

Sie beide hätten so sehr von den Fähigkeiten des jeweils anderen profitieren können. Doch eine Zusammenarbeit auf Augenhöhe hatte nie stattgefunden, und Hans bezweifelte, dass sich das je ändern würde. Daher blieb er hart, obwohl es ihm schwerfiel.

Da er die Fabrik mit leeren Händen verließ, waren die Formalitäten schnell erledigt.

Nachdem er sich von den Arbeitern, die gerade Schicht hatten, verabschiedet hatte, trat Hans das letzte Mal aus der Fabrik, die ein Jahr lang sein Lebensinhalt gewesen war. Erst als er die frische Luft einatmete, beruhigte er sich. Der Himmel war grau, und es regnete. Obwohl es Mai war, war der Tag kühl und hätte eher in den März als in den Wonnemonat gepasst. Hans beschloss, sein Fahrrad zu schieben und zu Fuß zu gehen. Bevor er sich dem Verhör seiner Eltern aussetzen würde, musste er sich selbst klar darüber werden, was er wollte. Sie würden sicher nicht begeistert sein.

Mit jedem Schritt sortierten sich seine Gedanken. Die Möglichkeit, sich um eine Stelle zu bewerben, verwarf er fast sofort. Nein! Er würde sich selbstständig machen. Natürlich war es ein Risiko. Andererseits: Wann, wenn nicht jetzt? Solange er alleinstehend war und sich noch nicht um die Ernährung einer Familie kümmern musste, war das Risiko überschaubar. Er wollte nicht sein Leben lang nach der Pfeife anderer tanzen, sondern es selbst probieren.

Obwohl er in den letzten Jahren viel Erfahrung in allen Geschäftsbereichen gesammelt hatte, stand ihm ein harter Weg bevor. Dessen war er sich bewusst. Sein Erspartes würde für etwas Zucker und die nötigste Ausstattung reichen. Doch wo sollte er seine Bonbons kochen, und an wen verkaufen? Bisher waren alle Strukturen in den verschiedenen Positionen, die er in den Fabriken bekleidet hatte, vorgegeben gewesen, und er hatte sich nur um Verbesserungen und Weiterentwicklungen Gedanken machen müssen. Aber wenn er auf sich allein gestellt war, musste er die Richtung in allen Bereichen selbst vorgeben. Was konnte er sich leisten, wo herstellen, welche Geschmacksrichtungen, welche Mengen und welche Verpackung sollte er wählen? Unendlich viele Fragen kamen ihm in den Sinn. Es musste alles von Anfang an Hand und Fuß haben. Viele Fehlversuche konnte er sich mit seinem geringen Startkapital nicht leisten.

Er nahm sich vor, sobald er zu Hause war, einen Kassensturz zu machen und genaue Pläne zu schmieden.

Als er sein Fahrrad auf den Hof schob, sah er seine Mutter, die gerade aus dem Stall kam. Müde schob sie sich eine graue Haarsträhne aus dem Gesicht. Wieder einmal dachte Hans, dass seine Mutter nur dann, wenn sie sich unbeobachtet fühlte, Müdigkeit und Erschöpfung zuließ. Mit einem Seufzer bückte sie sich, zog die Stallstiefel aus und schlüpfte in die Filzpantoffeln. Dann ließ sie sich auf der Hausbank nieder. Als ihr die warme Sonne ins Gesicht schien, schloss sie die Augen. Die Erschöpfung wich aus ihren Zügen, und sie wirkte zufrieden.

»Tach, Mutter«, sagte Hans und setzte sich neben sie. Auf ihre linke Seite, weil sein rechtes Ohr das gute war.

Sie fuhr hoch. »Was tust denn du um diese Zeit zu Hause? Ist etwas passiert?«

»Ich habe bei Heinen hingeschmissen.«

»Hingeschmissen?«, entfuhr es seiner Mutter entsetzt. »Ach, min Jung. Wieso das denn? Du hast es dort so weit gebracht. Du warst der Chef, dein Name stand an der Tür. Wir waren so stolz auf dich.«

»Ich weiß, Mutter. Aber ich war nie wirklich der Chef. Heinen hatte immer das letzte Wort.«

»Das kann man doch verstehen. Dem hat schließlich alles gehört. Unsereins muss dankbar …«

»Nein, Mutter. Unsereins muss gar nichts«, unterbrach Hans sie aufgebracht. »Ich habe dort gearbeitet bis zum Umfallen. Ich hätte so viel bewirken können. Aber er hat nie auf mich gehört.«

»Du Hitzkopf. Mit der Zeit wäre das schon geworden.«

»Genau das ist das Problem. Ich habe das Gefühl, mir rennt die Zeit davon. Der elende Krieg hat mich vier verdammte Jahre gekostet. Jetzt war ich ein Jahr lang als Partner bei Heinen, und ich bin nicht einen Schritt vorwärtsgekommen. Wie lange soll ich denn noch warten?«

»Geduld ist eine Tugend, Hans. Das wäre sicher mit der Zeit besser geworden. Ich mag mir gar nicht vorstellen, was der Vater dazu zu sagen hat. Er war so froh, dass wenigstens einer seiner Buben ein sicheres Einkommen hat.«

»Ein sicheres Einkommen ist doch nicht alles.«

»Das kann nur jemand sagen, der bei seinen Eltern wohnt und jeden Abend ein warmes Essen auf dem Tisch hat.« Die Stimme seiner Mutter war ungewohnt scharf.

»Ich weiß. Dafür bin ich euch ja auch dankbar«, lenkte Hans rasch ein. »Aber ich habe es nicht mehr ausgehalten. Nie habe ich etwas allein entscheiden können.«

»Es gibt Schlimmeres«, sagte Agnes pragmatisch. »Meinst du, wenn du dich entschuldigst, nimmt er dich wieder zurück?«

»Mit Handkuss würde der mich zurücknehmen«, antwortete Hans großspurig. »Aber ich will nicht zurück. Ich will meine eigene Süßwarenfabrik haben.«

»Du bist ja lustig.« Das Lachen seiner Mutter klang bitter. »Woher willst du denn das Geld nehmen? Wir können dir nicht helfen. Weißt selber, dass es bei uns knapp ist.«

»Das weiß ich doch, Mutter.« Er tätschelte ihre schwielige

Hand. »Ich werde euch nicht auf der Tasche liegen. Ich fang ganz klein an.«

Sie schwiegen beide lange.

Dann sagte Agnes Riegel in ihrer bedächtigen Art: »Vielleicht hast du recht, Hans. Als ich jung war, haben wir nie gewagt, uns etwas zu erträumen. Ich hätte so gerne eine Ausbildung zur Schneiderin gemacht. Aber ich habe mich nicht einmal getraut, das zu meinen Eltern zu sagen. Weil einfach klar war, dass ich Bäuerin werde und einen Bauern heirate, so wie alle Frauen vor mir. Du bist anders. Du hast den Mut, etwas anzufangen, was in unserer Familie noch nie jemand gemacht hat. Ich wünsch dir Glück.«

Hans schluckte und drückte ihre Hand. Er wusste, dass sie ihn oft nicht verstehen konnte, aber er schätzte es, dass sie trotzdem immer auf seiner Seite stand. Damals, als er gegen den Willen des Vaters als Arbeitsjunge zu *Kleutgen & Meier* gegangen war, genau wie heute, wo er eine sichere Partnerschaft für eine unsichere Zukunft aufgegeben hatte. Sie fand falsch, was er tat, würde ihn aber trotzdem unterstützen.

»Danke, Mutter.«

»Wie stellst du dir deinen Start in die Selbstständigkeit vor?«

»Ich habe etwas gespart. Das würde ich für Zucker und Kräuter ausgeben.«

»Mumpitz. Geld für Kräuter ausgeben? Sag, was du brauchst. Entweder haben wir es im Garten, oder ich weiß, mit wem ich tauschen kann.«

»Das wäre wunderbar.«

»Wo willst du denn deine Kamellen herstellen?«

Hans räusperte sich. Das war der Knackpunkt. Geld, um Räume anzumieten, hatte er nicht.

»In deiner Küche«, sagte er zaghaft.

»In meiner Küche? Wo soll denn ich dann kochen?«

»Ich bräuchte sie nur ein paar Stunden am Tag.«

Seine Mutter gab einen Laut von sich, der an ein Knurren erinnerte.

»Bitte, Mutter. Nur für kurze Zeit, bis ich mir was Eigenes leisten kann.«

»Aber wirklich nur ein paar Stunden«, gab sie seinem Drängen nach. »Wenn der Vater nicht pünktlich sein Essen auf dem Tisch hat, dann ist er ungenießbar.«

»Das krieg ich hin. Kein Problem.«

»Viel Glück, min Jung. Hoffentlich ist Gott wirklich mit den Mutigen. Aber wenn es einer schafft, dann du.«

Es berührte ihn, dass seine Mutter an ihn glaubte, obwohl er nichts vorzuweisen hatte außer Geld für ein paar Säcke Zucker.

»Aber bring mir ja nicht meine Küche in Unordnung«, fügte sie noch an, erhob sich und ging ins Haus.

****

Hans radelte frühmorgens zum Großhändler Wieser. Wieser belieferte die Firma *Heinen* mit Zucker, und er erhoffte sich einen guten Preis. Zu Hause würde er nur die klassischen Bonbons herstellen können. Lakritze und Weichgummi wie bei Heinen wären zu kompliziert, es blieben nur Hartbonbons. Diese bestanden zu fünfundneunzig Prozent aus Zucker.

Schon öfter hatte er mit dem Kaufmann harte Verhandlungen geführt, doch hatte er damals immer eine Bonbonfabrik im Hintergrund gehabt. Jetzt hatte er nur zweihundertfünfundsiebzig Reichsmark in der Tasche. Der Preis für ein Kilogramm Zucker war seit letztem Jahr deutlich gestiegen. Im Vorjahr hatte man das Kilo für neunzig Pfennig bekommen, heute musste man eine Mark vierzig hinlegen. Er ärgerte sich über sich selbst, dass er nicht sparsamer gewesen war und auf das eine oder andere Glas Bier beim Ausgehen verzichtet hatte. Doch er hatte nicht damit gerechnet, Heinen so schnell zu verlassen. Jetzt musste er mit dem geringen Startkapital zurechtkommen.

»Tach, Wieser«, begrüßte er den großen, wuchtig wirkenden Mann, der um die fünfzig war, einen dicken Bauch und volles graues Haar hatte.

»Riegel, was kann ich für dich tun?«, fragte er, erstaunt über Hans' Auftauchen. »Wir haben letzte Woche ordnungsgemäß geliefert. Hat etwas nicht gepasst?«

»Doch, doch. Ich arbeite nicht mehr für Heinen. Bin jetzt selbstständig und wollte fragen, wie der Kilopreis für Zucker gerade steht?« Hans trug sein Anliegen mit fester Stimme vor. Er musste Wieser nicht gleich auf die Nase binden, dass er nur zweihundertfünfundsiebzig Reichsmark hatte.

»Eine Mark vierzig, das Kilo«, gab der Kaufmann knapp Auskunft.

»So hoch. Das ist Wucher. Was ist denn noch drin?«, hakte Hans nach, obwohl er genau wusste, dass der Händler ihm den aktuellen Preis genannt hatte, zu dem Zucker derzeit gehandelt wurde. Was Rohstoffe betraf, war er immer auf dem Laufenden.

»Wie viel brauchst du denn?«

»Ich dachte an zweihundert Kilo für den Anfang.« Das waren gerade mal zwei Säcke. Er hatte vorher schon ausgerechnet, dass er den Händler auf einen Kilopreis von eins siebenunddreißig drücken musste, sonst würde das Geld nicht reichen.

Wieser lachte. »Für zwei Säcke soll ich dir Mengenrabatt geben? Nicht dein Ernst.«

»Dafür kaufe ich die nächsten zwei Jahre nur bei dir.«

»Riegel, wer sagt mir denn, dass du überhaupt so lange Zucker brauchst?«

»Ich sag dir das. Hast du schon mal ein schlechtes Geschäft mit mir gemacht? Unsere Verhandlungen bei Heinen waren immer hart, aber fair. Ich habe noch nie mein Wort gebrochen.«

Wieser überlegte. »Eins achtunddreißig«, sagte er dann.

»Eins siebenunddreißig, und du brauchst die Säcke nicht zu liefern. Ich hole sie selber ab, so sparst du dir den Transport.«

»Riegel, Riegel … und die nächsten zwei Jahre kaufst du bei mir.«

Hans nickte und hielt ihm die rechte Hand hin.

Wieser schlug ein. »Abgemacht.«

»Abgemacht.«

Hans zahlte zweihundertvierundsiebzig Mark und holte die Säcke am Nachmittag mit einem Pferdefuhrwerk ab, das er sich von seinem Onkel lieh. Endlich konnte er mit der Bonbonkocherei beginnen. Er konnte es kaum erwarten, für sich selbst und seine eigene Zukunft zu arbeiten.

Gleich am Abend schnappte er sich den größten Topf seiner Mutter. Der war zwar wesentlich kleiner als die Kupferkessel, die er sonst immer benutzt hatte, aber besser als nichts. Er schürte den Ofen und stellte den Pott auf. Dann gab er Zucker und Wasser hinein und fügte noch etwas Pfefferminztee hinzu für den Geschmack. Unter ständigem Rühren erhitzte er die Masse, bis das Wasser fast vollständig verkocht war. Statt auf eine Steinplatte kippte er die zähe Flüssigkeit provisorisch auf ein glattes Holzbrett und ließ die Bonbons auskühlen. Jetzt war es entscheidend, den richtigen Zeitpunkt zu erkennen. Man musste die Bonbonmasse schnell verarbeiten, damit sie nicht zu hart war und sich keine Sprünge auftaten, wenn man sie schnitt. Schnitt man sie jedoch zu früh, zerliefen die Kamellen.

Nachdem er die Stücke geschnitten hatte, ließen sie sich schlecht vom Holz lösen, und so hatten sie keine schöne Form.

»Verflixt, hoffentlich schmecken sie wenigstens«, murmelte er vor sich hin. Er verzog das Gesicht und fluchte. Obwohl er das Rezept, das er für größere Mengen bei Heinen verwendet hatte, heruntergerechnet hatte, schmeckten die Bonbons nicht intensiv genug nach Pfefferminz.

Er machte alles sauber und begann erneut. So schnell gab ein Hans Riegel nicht auf.

****

»Haaans, raus! Raus aus meiner Küche!«

Seine Mutter war wütend und schrie ihn so laut an, wie er es noch nie in seinem Leben erlebt hatte. Nicht einmal in der Kindheit, wenn er etwas angestellt hatte. Einerseits konnte er sie verstehen. Seit Tagen belagerte er ihre Küche, aber wo sollte er seine Bonbons sonst herstellen?

»Du nimmst meinen größten Topf in Beschlag, in dem ich Suppe zubereite. Jetzt gibt es schon seit Tagen keine Suppe mehr. Es ist kein Millimeter Ablagefläche frei. Überall steht dein Zeug herum. Wie soll ich da die Familie versorgen? Ich verstehe ja, dass du Rezepte ausprobierst und es länger dauert, weil du nur kleine Mengen hier machen kannst, aber heute hast du das Fass endgültig zum Überlaufen gebracht. Es ist Sonntag. Seit Stunden sagst du, du bist gleich fertig und räumst alles auf. Jetzt ist Mittag, und es steht kein Sonntagsbraten auf dem Tisch.«

»Es ist schon Mittag?« Hans schaute überrascht auf die Uhr.

Tatsächlich. Er war so in seine Arbeit vertieft gewesen, die richtige Zutatenmenge für seine Kräuterbonbons zu finden, dass er die Zeit übersehen hatte.

»Es tut mir leid, Mutter. Ich entschuldige mich auch bei Vater.«

»Dem trittst du besser nicht unter die Augen. Der ist fuchsteufelswild. Ich mache ihm erst mal ein paar Schnittchen. Du räumst hier jetzt alles weg! Hans, das kann auf Dauer so nicht weitergehen! Das ist meine Küche. Überleg dir was. Ein zweites Mal darf das Essen nicht zu spät auf dem Tisch stehen, sonst spreche ich kein Wort mehr mit dir und schmeiß dich mit deinem ganzen Krempel raus.« Immer noch war Agnes' Gesicht puterrot vor Zorn.

Hans wurde klar, dass er den Bogen überspannt hatte. Schnell räumte er seine Sachen zur Seite, sodass sie für den Vater etwas zu essen machen konnte.

Gut, dass er mit seinen Freunden verabredet war. Er beschloss, erst einmal zu verschwinden, damit sich die Lage zu Hause etwas beruhigen konnte.

****

Hans war mit Anna, Christian und Gertrud verabredet. Seit sie zu viert auf dem Firmenjubiläum gefeiert und einen lustigen, feuchtfröhlichen Abend miteinander verbracht hatten, waren sie immer öfter gemeinsam unterwegs. Hans mochte Christian, der eine besonnene Art hatte und seinen Mitmenschen mit Freundlichkeit begegnete. Er tat Gertrud gut, die, seit der junge Buchhalter ihr den Hof machte, gelöster schien. Hans traf sich gerne zu viert mit den anderen, doch suchte er auch immer wieder Gelegenheit für ein wenig Zweisamkeit mit Anna, die natürlich im Rahmen des Schicklichen blieb. Manchmal wanderten sie am Rhein entlang, und eines der Pärchen ging voraus. Oder wenn sie die jungen Frauen – wie es sich gehörte – nach Hause brachten, lief Hans das letzte Stück mit Anna allein.

Hans freute sich bei jedem Treffen auf diese wenigen Momente, die er mit Anna hatte. Einmal hatte er ihre Hand genommen, und es wurde ihm ganz warm ums Herz, wenn er an das Gefühl dachte, das sich in seinem Körper ausgebreitet hatte, als er ihre zarte Hand in seiner hielt. Es war, als wäre dadurch eine unsichtbare Verbindung zwischen ihnen entstanden. Letzte Woche hatte Anna sich beim Abschied auf die Zehenspitzen gestellt und ihm einen kurzen Kuss auf die Wange gehaucht. Als er sie – von ihrer Zärtlichkeit ermutigt – an sich ziehen wollte, hatte sie ihn mit den Worten zurückgewiesen, sie sei ein anständiges Mädchen. Er hatte sich sofort wortreich bei ihr entschuldigt. Woraufhin sie ihm kokett zugezwinkert und »Angenommen!« geantwortet hatte, bevor sie in der Haustür verschwunden war. Anna wusste um ihren Wert.

Manchmal wünschte er sich die unkomplizierte Beziehung zurück, die er mit Jane gehabt hatte. Jane, die sich nicht um Anstand geschert hatte und darum, was die Leute dachten. Er verstand Anna durchaus – im Dorf, wo jeder jeden kannte, war es etwas anderes. Was aus der jungen Engländerin wohl geworden war? Er hatte nie wieder etwas von ihr gehört. Ob sie ihre Träume verwirklicht hatte? Oder stand sie wie er selbst wieder am Anfang? Er würde es nie erfahren, dachte er wehmütig.

Anna, das war Hans klar, war eine Frau zum Heiraten. Eine, die genau auswählte und nicht so dumm war, sich vorher mit einem Mann einzulassen und ihren Ruf zu ruinieren. Obwohl sie sieben Jahre jünger war als er, wusste sie ganz genau, was sie wollte. Er mochte es, dass sie sich nicht so schnell erobern ließ, doch manchmal fiel es ihm schwer, sein Verlangen nach ihr zu bändigen. Wenn er ihren zierlichen Körper beim Tanzen im Arm hielt und sie ihm tief in die Augen schaute, musste er an sich halten, sie nicht auf der Stelle leidenschaftlich zu küssen. Es blieb ihm jedoch nichts anderes übrig, als zu warten, um seine Chancen bei ihr nicht zu gefährden.

Er, Christian, Gertrud und Anna hatten sich am Rheinufer in Godesberg zu einem Picknick verabredet. Am linksrheinischen Ufer patrouillierten mehrmals verschiedene französische Truppeneinheiten in Uniform mitsamt Trikolore an ihm vorbei. Anfang März hatten die Franzosen die britischen Truppen als Besatzungsmacht in Bonn abgelöst und bauten die Stadt zu ihrem Verwaltungszentrum aus. Anders als damals die Engländer ließen die Franzosen keinen Zweifel daran, dass sie nicht vorhatten, Bonn allzu schnell wieder zu verlassen. Zahlreiche Kasernen, Hotels, aber auch private Häuser und Wohnungen waren beschlagnahmt worden. Die verheirateten Offiziere hatten obendrein ihre Familien nachgeholt, weil der Franc gegenüber der Mark stetig an Wert gewann und ihnen somit hier ein günstiges Leben ermöglichte. Deshalb entstanden in der Stadt sogar zwei französische Schulen. Als Hans kürzlich mit dem Rad unterwegs gewesen war, hatte er am Münsterplatz eine Buchhandlung namens *Hachette* entdeckt, in der man französische Tageszeitungen und Bücher kaufen konnte. Mittlerweile hatte er sich daran gewöhnt, dass man überall in Bonn die fremde Sprache hörte und dass die Fahne der Besatzer an Gebäuden wehte.

Anfänglich hatten die Stimmen in der Sprache des ehemaligen Feindes und die Uniformen bei Hans immer wieder furchtbare Erinnerungen an die morastigen Schlachtfelder des Krieges ausgelöst. Die schrecklichen Bilder, die er tief in seinem Inneren verborgen hatte, waren mit aller Macht an die Oberfläche gedrängt. Doch nach einigen Wochen hatten die Albträume und täglichen Erinnerungsblitze in seinem Gehirn wieder aufgehört. Hans hoffte, dass das auch so blieb. Denn er brauchte seine Kraft, um sich etwas für die Zukunft aufzubauen, und nicht dafür, Erinnerungen in seinem Inneren wegzuschließen.

Er radelte in schnellem Tempo den Uferweg entlang, da er

spät dran war, und sah, dass die anderen bereits da waren. Er lehnte sein Fahrrad zu denen seiner Freunde und kletterte die kleine Böschung zu den Felsbrocken der Uferbefestigung hinunter. Dort hatten sie zwei Decken direkt am Wasser ausgebreitet. Christian und Gertrud waren in ein Gespräch vertieft. Anna lag ausgestreckt auf dem Rücken und genoss die warme Frühlingssonne. Am liebsten hätte er noch eine Zeit lang so dagestanden und Anna angesehen, wie sie dort mit ihrer schlanken Gestalt in ihrem hübschen blauen Kleid, das er so an ihr mochte, dalag. Die glatten blonden Haare schimmerten im Sonnenlicht und gaben ihr etwas Feenhaftes. Ihr Anblick löste in ihm Sehnsucht aus. Er wollte diese Frau spüren, sie küssen und lieben.

Als sie ihn bemerkte, setzte sie sich auf und winkte ihm lächelnd zu. Hans ging über den steinigen Strand zu ihnen.

»Tach«, begrüßte ihn Gertrud als Erste, »wir dachten schon, du hättest unser Treffen vergessen.«

»Tach«, antwortete Hans, »würde ich doch niemals. Aber momentan arbeite ich Tag und Nacht.«

»So siehst du auch aus – käseweiß«, mischte sich jetzt Christian ein. »Hast du in einer anderen Fabrik Arbeit gefunden?«

»Nein. Ich habe mich endgültig entschieden, es selbst zu versuchen. Die letzten Jahre habe ich alles gelernt, was ich dafür brauche.«

»Bravo!«, rief Gertrud begeistert. »Wie aufregend! Du hast dich lange genug mit August Heinen rumgeärgert und dich ausbremsen lassen.«

»Ausbremsen lassen – so würde ich das nicht unbedingt nennen«, widersprach Christian. »August Heinen ist zwar ein schwieriger Mensch, aber hast du dir das auch gut überlegt? Er ist schon jahrelang im Geschäft. Sei mir nicht böse, aber ich verstehe schon, weshalb er manchen deiner Ideen skeptisch gegenüberstand. Die Investitionen dafür wären ein finanzielles Risiko. Wieso sollte er sich dem in seinem Alter noch aussetzen? Wer weiß, ob die neuen Herstellungsmethoden in der Bonbonproduktion tatsächlich funktionieren? Warum für viel Geld etwas ändern, wenn es auch so gut läuft?«

Manchmal klang er allzu sehr so, wie man sich einen Buchhalter vorstellte, dachte Hans mürrisch.

»Es ging nicht nur um monetäre Belange«, stellte er barsch klar. »Seit meinem Geschäft mit Siebert hat Heinen alles blockiert, sogar Personalentscheidungen. Es hat keine Zusammenarbeit mehr gegeben. Deswegen bin ich gegangen.«

»Aber leichtfertig eine Partnerschaft aufgeben? Du hattest doch großes Ansehen im Ort als Teilhaber in einer renommierten Fabrik. Jetzt fängst du wieder von ganz unten mit nichts an. Da gehört schon Gottvertrauen dazu, da gebe ich Christian recht«, warf Anna ein.

Hans traf es, dass Anna seinem Neuanfang so skeptisch gegenüberstand. Warum konnte sie sich nicht für ihn freuen, wie Gertrud? »Ich hab die ganze Woche gerechnet und geplant. Anfangs wird es nicht einfach. Aber das wird schon werden«, gab er sich optimistisch.

Gertrud verteilte Wurstbrote, die sie zu Hause vorbereitet hatte. Anna schenkte inzwischen aus einer großen blechernen Kanne Pfefferminztee in mitgebrachte Tassen ein.

»Ich hoffe, dass du es später nicht bereust«, sagte sie und biss genüsslich in ihr Wurstbrot. »Die schmecken aber lecker, Gertrud. Es gibt doch nichts Schöneres als ein Picknick.« Dann begann sie mit Christian ein Gespräch über den neuen Stummfilm *Das große Licht*, der momentan im Kino lief.

Hans hätte ihr gerne mehr von seinen Plänen erzählt, um ihr zu erklären, dass sie sich keine Sorgen um die Zukunft zu machen brauchte. Es würde ihm gelingen, etwas für sie beide aufzubauen. Davon war er überzeugt. Doch sie würde ihm vertrauen müssen. Aber für sie schien das Thema beendet zu sein.

»Wo kochst du denn deine Bonbons überhaupt?«, riss ihn Gertruds Nachfrage aus seinen Gedanken.

»Momentan in der Küche meiner Mutter. Ich habe für zweihundertvierundsiebzig Reichsmark Zucker gekauft. Mein ganzes Erspartes ist dafür draufgegangen.«

»Geht das denn in einer normalen Küche? Wenn ich da an die großen Kessel denke, die du uns damals gezeigt hast.«

Hans nickte. »Natürlich ist alles behelfsmäßig, und ich mache nur ganz kleine Mengen. Aber ich achte besonders darauf, dass die Qualität stimmt. Trotzdem ist in der Küche kaum mehr Platz. Das hat heute Morgen schon ordentlich Ärger mit meiner Mutter gegeben.«

»Sind deine Eltern nicht stolz auf dich, dass du versuchst, dich selbstständig zu machen?«

»Na ja, Vater steht der Bonbonkocherei schon immer skeptisch gegenüber. Erst als ich Partner bei Heinen wurde, sah er allmählich ein, dass ich es zu etwas bringen könnte. Jetzt ist er wieder enttäuscht von mir. Er empfindet mich als undankbar und unklug. Meine Mutter ist skeptisch, ob ich mit meinen Kamellen genug verdienen kann. Trotzdem hilft sie mir, wo immer es geht.« Er grinste. »Allerdings nur, wenn Vater es nicht sieht.«

Gertrud lachte schallend, und er begann sich zu entspannen. »Ich bin froh, dass ich jetzt hier bin. Heute gab es zu Hause richtig Ärger. Der Sonntagsbraten war nicht pünktlich gar, weil ich die Küche vormittags in Beschlag genommen habe. Vater hat getobt, und meine Mutter hat mir klipp und klar erklärt, sollte es nochmals vorkommen, dass das Essen zu spät auf den Tisch kommt, würde sie kein Wort mehr mit mir sprechen und mich mitsamt meinem ganzen Krempel hinauswerfen.«

Gertrud lachte kehlig. »Ich kann mir nicht vorstellen, dass eine Mutter ihr Kind rausschmeißt.«

»Oh, da hättest du meine Mutter heute mal erleben sollen. Ich war froh, dass ich schon zu alt für eine Backpfeife bin.«

»Willst du dann bald was Eigenes anmieten?«

»Wenn es läuft, wäre das der nächste Schritt. Aber momentan ist das nicht möglich. Morgen werde ich versuchen, die ersten Bonbons zu verkaufen.«

»Redet ihr immer noch über den Süßkram? Lasst uns doch Steine ins Wasser werfen. Bei wem sie am öftesten auf der Wasseroberfläche aufspringen, der hat gewonnen. Kommt schon«, sagte Anna übermütig, nahm Hans bei der Hand und zog ihn hoch.

Eine ganze Weile suchten sie flache Kiesel und warfen. Hans gewann, nachdem seiner viermal aufsprang, bevor er im Wasser versank. Er genoss die unbeschwerte Zeit mit den anderen. Sie lachten viel, und immer wieder trafen sich seine Blicke mit denen von Anna.

Am Spätnachmittag machten sich die vier mit den Rädern auf den Heimweg.

An der Weggabelung vor Dottendorf hielt Christian an, weil sich ihre Wege hier trennten. »Sehen wir uns am Sonntag? Lasst uns ins Kino gehen. *Das große Licht* läuft nur diese und nächste Woche.«

»Ja, ich bin dabei«, sagten Gertrud und Anna fast gleichzeitig.

»Ich kann es noch nicht versprechen. Mal schauen, wie es mit der Produktion ausgeht.«

»Ach, du musst dabei sein. Ohne dich ist es nur halb so schön.« Anna begleitete ihre Worte mit einem verführerischen Augenaufschlag, der Hans einen wohligen Schauer verspüren ließ.

»Viel Glück, dass du die Bonbons gut verkaufen kannst«, wünschte ihm Gertrud.

Hans hörte an ihrer Stimme, dass sie es ernst meinte und dass es nicht nur eine Höflichkeitsfloskel war. Er winkte ihr und Christian nach.

Anna und er schoben die Räder das letzte Stück, um sich besser unterhalten zu können. Sie erzählte ihm begeistert von dem neuen Film. Hans hörte gar nicht genau hin, sondern beobachtete, wie Annas hübsches Gesicht strahlte, als sie ihm die Handlung des Streifens erklärte. Wie sinnlich ihre Lippen die Worte formten. Er konnte sich nicht daran sattsehen und wartete nur auf den Augenblick, wenn sie sich voneinander verabschiedeten. Er hoffte, dass sie ihm wie beim letzten Mal einen Kuss geben würde, wenn auch nur auf die Wange.

Doch heute stand Annas Mutter im Hof. So reichten sie sich förmlich die Hand, und Anna nahm ihm das Versprechen ab, dass er nächsten Sonntag mitkam.

Bedröppelt machte er sich auf den Heimweg.

13. Kapitel

FRIESDORF, ANFANG JUNI 1920

»Tach.«

Hans drehte sich überrascht zur Tür. Er hatte die letzten beiden Wochen Tag und Nacht geschuftet. Rezepte aufgeschrieben, ausprobiert und wieder verworfen. Es war schwierig, das richtige Quantum für die Zutaten zu finden, weil er noch nie in so kleinen Mengen produziert hatte. Doch jetzt war er zufrieden, sowohl mit der Form als auch mit dem Geschmack. Er legte die Bonbons fein säuberlich in Reihen aus. Abends würde ihm seine Mutter – auch wenn sie dabei ständig wegen der Küche grummelte – helfen, sie zu verpacken.

»Gertrud, was machst du denn hier?«

»Das ist ja eine freundliche Begrüßung«, sagte sie lachend.

»Entschuldigung, so war das natürlich nicht gemeint. Ich wollte nicht unhöflich sein. Nimm doch Platz.« Hans räumte eilig einen Stuhl frei, auf dem seine handgeschriebenen Schildchen lagen, die er an die Bonbonverpackungen hängen wollte.

Gertrud setzte sich an den Tisch, auf dem verschiedene Schüsseln mit Bonbons standen. »Wir haben dich die letzten Sonntage vermisst.«

»Tut mir leid. Aber entweder stelle ich Bonbons her und verpacke sie, oder ich bin mit dem Rad unterwegs, um sie zu verkaufen.«

»Zumindest kann ich deine Mutter jetzt verstehen, dass sie dich rausschmeißen will. Ich wüsste auch nicht mehr, wo ich kochen sollte«, sagte sie grinsend und blickte in der Küche umher.

Hans zuckte mit den Schultern. »Um sechs Uhr muss der Küchentisch frei sein. Stört es dich, wenn ich nebenbei weiterarbeite?«

Gertrud schüttelte den Kopf. »Sag mir, was ich tun soll, dann helfe ich dir.«

Hans lächelte. »Ich verpacke die Bonbons, und du kannst die Schildchen dranmachen. Das hier sind Pfefferminzbonbons. Hier, probier mal.«

Gertrud nahm eins und betrachtete es genau, bevor sie es sich in den Mund steckte. »Sie haben so einen schönen Glanz und sind perfekt in der Form.«

Hans wartete gespannt auf ihr Urteil. Doch sie sagte nicht gleich etwas, sondern lutschte an der Süßigkeit.

»Die sind wirklich gut. Genau die richtige Mischung zwischen süß und pfefferminzig«, stellte sie dann fest und nickte beeindruckt.

Hans freute es, dass Gertrud seine Arbeit zu schätzen wusste. Zusammen verpackten sie die glänzenden Bonbons am Küchentisch und unterhielten sich über Gott und die Welt. Erst jetzt bemerkte er, dass er die letzten Wochen gar nichts mehr mitbekommen hatte.

»Wie geht es denn Christian Sailer?«

Gertrud blickte auf. »Gut. In letzter Zeit haben wir uns regelmäßig getroffen. Am Wochenende waren wir auf dem Frühlingstanz in Plittersdorf. Das war eine sehr gelungene Veranstaltung.«

Konnte er es wagen, sie nach Anna zu fragen? Warum nicht, schließlich war Anna Gertruds beste Freundin, und sie wusste, dass er Anna gerne sah. »War Anna auch dabei?«

Gertrud zögerte kurz mit der Antwort, und an ihrem Gesicht sah er, dass ihr die Frage unangenehm war.

»Ja, wir waren zu dritt unterwegs.« Sie zögerte erneut. »Wenn ich dir etwas raten darf: Kümmere dich mehr um Anna. Sie ist sehr enttäuscht, dass du dich in letzter Zeit so selten meldest, und … an Verehrern mangelt es ihr nicht«, fügte sie nach einer kleinen Pause hinzu.

Hans nickte. Gertrud hatte ihm zu verstehen gegeben, dass Anna keine Frau war, die wartete. »Nichts würde ich lieber tun, aber du siehst ja selbst: Ich arbeite Tag und Nacht, um mir ein Leben aufzubauen und nicht mit leeren Händen dazustehen.«

»Ja, das kann ich verstehen.«

Sie arbeiteten schweigend weiter. Nachdem Gertrud das letzte Schildchen festgebunden hatte, stand sie auf. »Ich muss heim und Mutter im Stall helfen. Soll ich die Bonbons für die Frau Hauser gleich mitnehmen? Liegt ja auf meinem Weg.«

»Das wäre großartig. Bezahlt sind sie schon. Und versprochen, ich versuche, sonntags wieder öfter dabei zu sein. Kannst du das Anna von mir ausrichten? Ist was geplant?«

»Ja. Wenn das Wetter so schön bleibt, wollten wir wieder einmal nach Godesberg zum Picknick.«

»Eine gute Idee. Ich muss hier mal raus. Übrigens: Meine Mutter wird sich freuen, dass sie den Tisch heute früher decken kann. Dank deiner Hilfe bin ich rechtzeitig fertig geworden.«

Gertrud schmunzelte. »Dann bis Sonntag.«

****

»Mist!«, fluchte Hans und schaute auf seine Taschenuhr. Es war gleich fünf Uhr nachmittags.

Wo war die Zeit geblieben? Heute war Sonntag, und er hatte

doch unbedingt mit seinen Freunden zum Picknick gehen wollen.

Doch es hatte Probleme mit der Zuckermasse gegeben. Um für den Wochenbeginn genügend Ware zum Ausfahren zu haben, hatte er erneut zu kochen beginnen müssen. Wütend putzte er die Ablageflächen. Er hatte sich so auf Anna gefreut, darauf, sie endlich wiederzusehen, ihre Stimme zu hören, sie nach Hause zu begleiten und vielleicht ihre Lippen auf den seinen spüren zu dürfen.

»Was ist dir denn über die Leber gelaufen? Wenn du das Holz weiter so schrubbst, musst du es morgen ersetzen, weil es nur noch hauchdünn ist«, sagte Martin, schnappte sich ein Bonbon und grinste ihn an.

»Lass mich in Ruhe. Das verstehst du nicht. Dafür bist du noch zu jung.«

»Von wegen«, schimpfte der sechzehnjährige Martin empört und richtete sich zu seiner vollen Größe auf. Was wenig beeindruckend war, denn er war zwar gewachsen, aber immer noch einen Kopf kleiner als seine Brüder. »Ich versteh sehr wohl, was los ist: Du wolltest dich ja heute mit den anderen treffen. Deshalb warst du die letzten Tage so gut gelaunt, und nun ist was schiefgelaufen, und du hast es nicht nach Godesberg geschafft. Wäre da nicht auch dein Anna-Schatz dabei gewesen?«, brachte es der Schlingel auf den Punkt und hauchte einige Küsse in die Luft. Dann fügte er noch hinzu: »Da wird die Anna aber richtig sauer sein auf dich, wenn du sie schon wieder versetzt hast.«

»Verschwinde endlich und nerv jemand anderen mit deiner Klugscheißerei.« Hans hob zugleich drohend die Hand, als wolle er seinem Bruder eine Backpfeife geben.

Er wusste, dass es unfair war, seine schlechte Laune an seinem jüngeren Bruder auszulassen, aber dessen neunmalkluger

Ton zerrte an seinen Nerven. Normalerweise würde er Martins Sticheleien nicht ernst nehmen, aber mit einer Sache hatte sein Bruder den Punkt getroffen: Anna würde sauer darüber sein, dass er nicht erschienen war.

Als Martin zur Tür hinausging, traf er auf seine Mutter. Er hörte, wie er raunte: »Dicke Luft da drin. Er hat seine Verabredung mit Anna verpasst.«

Seine Mutter warf nur einen kurzen Blick in die Küche. Als sie seine missmutige Miene wahrnahm, drehte sie sich um und ließ ihn allein.

Hans machte die Küche sauber und verließ das Haus. Um seiner inneren Unruhe Herr zu werden, musste er sich bewegen. Um nichts in der Welt wollte er mit seiner Familie zu Abend essen und den flapsigen Sprüchen seiner Brüder oder den ruhigen, aber treffenden Bemerkungen seiner Mutter ausgeliefert sein. Er wusste selbst am besten, dass er heute Mist gebaut hatte. Anna zu versetzen, war das Blödeste, was er hatte tun können. Vor allem nach der Warnung von Gertrud.

Planlos lief er über die Felder hinein in den Wald, ohne auch nur einen Baum, einen Grashalm oder das Gezwitscher der Vögel um ihn herum wahrzunehmen. Wie konnte er das mit Anna geradebiegen? Hans beschloss, gleich am nächsten Tag zu ihr zu fahren und sich zu entschuldigen.

Er würde ihr ruhig erklären, was passiert war, und dass ihm nichts anderes übrig geblieben war, als weiterzuarbeiten. Das musste sie doch verstehen. Dann würde er sie für den kommenden Freitagabend einladen, um die Wogen zu glätten. Da er nicht wusste, wie er ein teures Essen in einem schönen Lokal bezahlen sollte, würde er mit ihr zu einer Tanzveranstaltung in Kessenich gehen. Die Kosten für die Getränke dort konnte er eher stemmen.

Zwar würde sogar das seine knappen Finanzen belasten, aber Anna war keine Frau, die man vernachlässigen durfte. An seinen Gefühlen für sie hatte sich nichts geändert, das musste er ihr beweisen. Ohne Zweifel wusste er, dass Anna die Frau fürs Leben war. So stolz, so stark, so schön. Aber die Zeit … Immer hatte er viel zu wenig davon.

Bevor Hans sich am nächsten Abend auf den Weg nach Dottendorf zu Anna machte, schrieb er schwungvoll auf ein Schildchen »Für meine liebste Anna« und befestigte es an einer kleinen Dose, in die er ein paar seiner selbst gemachten Bonbons gelegt hatte.

Als er auf den Hof fuhr, stand Anna gerade vor dem Hühnerstall und lotste das letzte Huhn durch die Klappe, um den Stall für die Nacht zu verriegeln.

Obwohl sie nur ein schlichtes graues Kleid trug und ihre blonden Haare nicht hochgesteckt, sondern zu einem Zopf zusammengebunden hatte, strahlte sie eine Anmut aus, die ihm den Atem nahm. Sie war schöner denn je. Jetzt bereute er es noch mehr, sie gestern versetzt zu haben. So eine Frau traf man nur einmal im Leben. Ihm blieb nichts anderes übrig, als ihr seine Gründe zu erklären und zu hoffen, dass sie ihm verzieh.

»Tach, Anna«, sagte er. Seine Stimme klang fest, obwohl er schon allein bei ihrem Anblick weiche Knie hatte.

Überrascht drehte sie sich zu ihm um. »Oh, der viel beschäftigte Herr Bonbonfabrikant hat gerade einmal Zeit.«

Sein Bruder hatte recht gehabt. Anna war wütend, sehr sogar.

»Hast du einen Moment für mich? Ich muss dir was erklären.« Als sie ihn mit ihren blauen Augen unnachgiebig anschaute, fügte er ein nachdrückliches »Bitte« hinzu.

»Also gut. Aber lass uns ein Stück den Weg zu den Feldern hinuntergehen. Nicht hier mitten auf dem Hof.«

Hans nickte und wechselte auf ihre linke Seite, damit er sie besser verstand.

»Anna, es war keine böse Absicht. Ich lag gut in der Zeit gestern, doch dann ist mir die Zuckermasse zu fest geworden, und ich musste noch mal Flüssigkeit zugeben und erneut einkochen. Es tut mir wirklich leid, aber sonst wäre die Masse verdorben, und ich hätte die Bestellungen für heute nicht ausliefern können. Ich kann es mir momentan weder leisten, Rohstoffe wegzuwerfen, noch, meine ersten Kunden zu verprellen. Auch wenn ich nichts lieber getan hätte als das, nur um dich für ein paar Minuten zu sehen. Schau, was ich dir mitgebracht habe. Dann kannst du probieren, was ich gestern produziert habe.« Er gab ihr die Dose mit den Bonbons.

Sie las das Schildchen und öffnete die Dose. »Danke, das ist nett von dir«, erwiderte sie höflich, aber ohne große Begeisterung.

»Probier doch mal eines von den Pfefferminzen. Die sind mir gestern wirklich gut gelungen.«

Anna steckte das Bonbon in den Mund. »Mhm, gut.«

Hans war enttäuscht, dass sie nichts weiter dazu sagte. Er hatte ihr die Kamellen mitgebracht, weil das etwas war, was er mit Liebe gemacht hatte. War sie immer noch wütend?

»Hans, ich bin mir so dumm vorgekommen. Wie ein kleines Mädchen, dass wieder mal den ganzen Sonntag darauf gewartet hat, dass ihr Prinz vorbeikommt. Ist er aber nicht. Stattdessen habe ich mich neben Gertrud und Christian wie das fünfte Rad am Wagen gefühlt. Und eine Dose Bonbons als Entschuldigung ändert nichts mehr daran, dass der Sonntag kaputt war.«

Hans senkte betroffen den Blick. Er hatte ihren Stolz getroffen. »Sag mir, wie ich es wiedergutmachen kann.«

»Ich verstehe zwar, dass du gestern nicht alles hinwerfen konntest, aber dir muss klar sein, dass mir eine Entschuldigung am nächsten Tag auf Dauer zu wenig ist.«

Hans nickte. »Anna«, er nahm ihre Hände in seine, »ich verspreche dir, dich nicht mehr zu versetzen. Gib mir noch eine Chance.«

»Vielleicht.« Das kokette Lächeln, mit dem sie das Wort begleitete, ließ ihn Hoffnung schöpfen.

»Ich würde dich gerne am nächsten Freitag zu der Tanzveranstaltung in Kessenich ausführen. Hast du Zeit?«

Für einen Moment verschloss sich Annas Gesichtsausdruck, dann sagte sie: »Das ist eine schöne Idee, aber ich habe am Freitagabend schon etwas vor.«

»Was? Mit wem?«, fragte Hans – schärfer, als er wollte.

Sie begegnete seinem aufgebrachten Blick mit einem gelassenen Lächeln. »Hans, du kannst mich nicht ständig versetzen und dann davon ausgehen, dass ich, wenn du einmal Zeit hast, nichts Besseres zu tun habe, als wartend bereitzustehen. Ich brauche einen Mann, der für mich da ist. Dem ich etwas wert bin und der gerne seine gesamte Zeit mit mir verbringt. Ich möchte jemanden, auf den Verlass ist und der mir langfristig Sicherheit gibt.«

Obwohl ihn ihre Worte verletzten, bewunderte er die Selbstsicherheit und Würde, mit der sie sie aussprach.

»Ich verstehe«, sagt er geknickt. »Ich verspreche, dass ich mich bessern werde.«

»Wir werden sehen.« Das Lächeln, das sie ihm schenkte, war nun wieder wärmer. »Lass uns zurückgehen.«

Diesmal verabschiedete sie sich ohne Küsschen von ihm, und er sah ihr sehnsuchtsvoll nach, als sie mit ihrem anmutigen Schritt und schwingenden Hüften im Haus verschwand.

Auf dem Nachhauseweg gingen ihm ihre Worte nicht mehr aus dem Kopf. Doch je länger er darüber nachdachte, desto sicherer war er, dass sie ihm durch die Blume mitgeteilt hatte, dass sie mehr brauchte als unverbindliche Treffen hie und da. Sie wollte eine Zukunftsperspektive und Sicherheit. Ob er um ihre Hand anhalten sollte? Nur dann könnten sie die Zeit uneingeschränkt miteinander verbringen. Wenn sie verheiratet wären, würden sie gemeinsam aufstehen, essen, arbeiten und sich in den Nächten lieben, bis sie erschöpft einschliefen. Allein die Vorstellung, Annas zierlichen Körper zu berühren, sie leidenschaftlich zu küssen und mit ihr zu schlafen, erregte ihn so, dass ihm heiß wurde.

Doch bevor es so weit war, musste er sich ihr gegenüber als zuverlässiger Partner erweisen. Hans nahm sich fest vor, ihre Verabredungen in Zukunft einzuhalten oder zumindest frühzeitig abzusagen – oder erst gar nichts zu vereinbaren, wenn es knapp werden könnte. Zeit für Vergnügungen abzuknapsen, grenzte momentan schier an das Unmögliche. Aber für Anna würde er es hinkriegen.

14. Kapitel

FRIESDORF, JUNI 1920

»Was ist denn hier los?«

Paul sah sich in der Küche um. Anders als sonst, waren die Arbeitsflächen frei von Schüsseln, Löffeln und Haken. Zum ersten Mal seit Langem lagen auf dem großen Esstisch keine Bonbonutensilien und Verpackungsmaterialien, sondern er war mit dem guten Porzellan für zwei gedeckt. Sogar eine Vase mit Pfingstrosen aus Mutters Garten stand darauf.

»Ich habe Anna auf einen Kaffee eingeladen.«

Paul brach in schallendes Gelächter aus. »Sieh an! Woran die Eltern, Martin und ich gescheitert sind, nämlich dass unsere Küche wie eine Küche aussieht, hat deine Anna mühelos geschafft, und das, bevor sie auch nur einen Fuß auf unser Grundstück gesetzt hat.«

»Haha, sehr witzig.« Nervös ließ Hans einen weiteren Blick über die Küche und den Tisch gleiten.

Seine Mutter hatte für heute einen Apfelkuchen gebacken, und zur Feier des Tages gäbe es Sahne dazu. Sie hatte ihm versprochen, den Nachmittag im Stall zu verbringen, damit er mit Anna ein wenig ungestörte Zweisamkeit haben konnte.

Heute musste alles perfekt sein. Er spürte, dass er Anna nicht restlos für sich eingenommen hatte. Offen gab sie zu, auch mit anderen Männern auszugehen. Nachdem er den letzten Pfennig in seine Selbstständigkeit gesteckt hatte, konnte er es sich nicht mehr leisten, sie auszuführen, daher wollte er ihr diesen Spaß nicht verbieten. Sobald sie offiziell verlobt wären, wäre damit ohnehin Schluss. Dass dem so war, dafür wollte er heute sorgen.

Was ihn an Anna so reizte, war, dass sie sich nicht leicht beeindrucken ließ. Auf einem Bauernhof aufgewachsen wie er, war sie überzeugt, für Besseres bestimmt zu sein – auch wie er. Dass er sich vom einfachen Arbeiter zum Partner einer Firma hochgearbeitet hatte und jetzt den Schritt in die Selbstständigkeit wagte, ließ sie kalt. Für sie zählte nur greifbarer, messbarer Erfolg. Daher war er sich sicher, dass sie die richtige Frau für ihn war. Sie würde ihn fordern, sie würde ihn nicht faul und satt werden lassen. Nur manchmal – ganz selten – wäre ihm die Begeisterung und Offenheit, die ihre Freundin Gertrud seinen Unternehmungen gegenüber aufbrachte, lieber gewesen. Wenn er selbst zweifelte und ihm alles zu viel wurde, wäre es schön gewesen, diese Sorgen mit jemandem teilen zu können.

Um Punkt drei Uhr klopfte es. Anna stand in ihrem himmelblauen Volantkleid, das so wunderbar zu ihren Augen passte, vor ihm. Das blonde, sanft gewellte Haar hielten ihr zwei Perlmuttspangen aus dem Gesicht. Bezaubernd sah sie wieder aus. Wie eine zarte Elfe, die alles, was sie berührte, hübscher und heller machte. Wie er verstand auch sie, dass »Kleider Leute machten«. Sie hatte ihm anvertraut, dass sie jeden Pfennig in Stoffe steckte und oft nächtelang nähte.

»Tach, Anna! Wie schön, dass du heute Zeit gefunden hast.«

»Gerne.« Sie lächelte hinreißend, sodass ihre Grübchen sichtbar wurden.

Er führte sie in die Küche. Ihr Blick glitt prüfend über die Kaffeetafel, und sie nahm jede Kleinigkeit auf.

»Blumen, wie schön«, sagte sie fröhlich, und Hans bemerkte, dass er die Luft angehalten hatte. Es schien alles zu ihrer Zufriedenheit zu sein.

Sie setzten sich, und er schenkte ihnen Kaffee ein, während sie Kuchen und Sahne auf den Tellern verteilte. So könnte es in Zukunft öfter sein, dachte er versonnen.

»Ich war überrascht von deiner Einladung. Nachdem wir uns die letzten Wochen so selten gesehen haben, dachte ich schon, du hättest das Interesse an mir verloren«, sagte sie mit einem koketten Augenaufschlag.

»Nein, niemals«, versicherte Hans erschrocken. »Ich hatte nur wahnsinnig viel zu tun. Die Tage hatten einfach zu wenig Stunden, und …«

»Aber Gertrud hast du getroffen?«, hakte sie nach.

War Anna eifersüchtig? Das konnte ein gutes Omen für sein Vorhaben sein, dachte er hoffnungsvoll.

»Sie ist abends öfter mal vorbeigekommen, weil sie sich für die Bonbonherstellung interessiert. Netterweise hat sie dann manchmal sogar eine Lieferung mitgenommen und auf dem Heimweg mit dem Rad ausgefahren.«

»Aha!«, sagte Anna knapp, und ihr plötzlich schmaler Mund zeigte an, dass ihr das nicht gefiel.

Um auf sichereren Grund zurückzukehren, begann er, von den letzten Wochen zu berichten, erzählte von seinen ersten Kunden und der Hoffnung, bald einen Lagerraum anmieten zu können.

Anna sah ihn zweifelnd an. »Bei Heinen hattest du doch viel mehr Möglichkeiten. Auch warst du als dessen Partner in der Stadt angesehen. Warum hast du das alles aufgegeben, um daheim in der Küche Kamellen zu kochen?«

»Ich will mir was Eigenes aufbauen. Bei Heinen wäre ich keinen Schritt mehr weitergekommen.«

»Aber du hattest dort Sicherheit.«

»Sicherheit ohne Perspektiven ist für mich zu wenig. Aber mein Vater würde dir zustimmen. Er kann auch nicht verstehen, warum ich dort weggegangen bin.«

Danach sprachen sie von einem Jahrmarkt, den Anna besucht hatte, und davon, dass ihr Bruder heiraten wolle. Er begann, von den steigenden Zuckerpreisen zu erzählen, brach aber ab, weil er befürchtete, sie zu langweilen. Dann fiel ihm nichts Interessantes ein, denn momentan tat er außer arbeiten und schlafen nichts anderes. Für einen flüchtigen Moment vermisste er Gertrud. Mit ihr konnte er reden, wie ihm der Schnabel gewachsen war.

Vielleicht sollte er für klare Verhältnisse sorgen? Dann wären sie beide entspannter.

»Warum ich dich hierhergebeten habe, ist ... Ich möchte ... Eigentlich wollte ich ...« Oje, wie sollte er sich ausdrücken? Anna machte ihn immer so nervös. Doch das freundliche Lächeln, das sie ihm schenkte, ließ sein Herz schneller schlagen und ihn neuen Mut fassen. »Du bist eine wundervolle Frau. Ich weiß, dass ich dir momentan nichts bieten kann. Aber ich bin mir sicher, ich werde etwas aufbauen für uns beide. Deswegen wollte ich ...«

»Langsam, Hans«, unterbrach sie ihn. »Ich dachte, du willst mich vielleicht zu einem Abendessen einladen, aber das geht jetzt zu schnell.«

»Wieso sollen wir Zeit verlieren, wenn wir uns sicher sind?« Er griff in die Hosentasche, um den Ring herauszuholen.

Er sah, wie sich ihr Brustkorb schnell hob und senkte. Sie war genauso ergriffen wie er.

»Nein, Hans, ich bin mir nicht sicher. Ich mag dich gerne, aber ...«

Dieses *Aber* ließ ihn in der Bewegung erstarren. Er hatte gerade auf die Knie gehen wollen. Umständlich setzte er sich wieder hin und zog die Hand leer aus der Hosentasche.

»Ich dachte, die Male, die wir ausgegangen sind, hätten wir uns ausgezeichnet verstanden«, sagte er steif.

»Das haben wir auch. Aber in letzter Zeit haben wir uns selten gesehen und …«

»Gibt es einen anderen?«, fragte er brüsk.

»Ich bin ein paarmal mit Hubert Baum ausgegangen, den ich beim Frühlingstanz in Plittersdorf kennengelernt habe. Du hattest an dem Abend mal wieder keine Zeit.« Er konnte den Vorwurf in ihrer Stimme hören. »Einem Lehrer. Wenn er heiratet, bekommt er eine Dienstwohnung mit einem richtigen Badezimmer.«

Hans starrte sie an. Er konnte es nicht fassen, dass seine bezaubernde Anna ihre Entscheidung für den Mann fürs Leben von so praktischen, banalen Dingen beeinflussen ließ.

»Ein Badezimmer?«, stieß er hervor. »Anna, ich wollte dir meine Liebe gestehen und würde dir eine großartige Zukunft bieten wollen.«

»Ein Badezimmer kommt dir mit deinen großen Träumen wahrscheinlich lächerlich vor«, sagte sie mit ihrem sanften Lächeln, das ihre Grübchen zeigte, die er so liebte. »Aber mein Traum ist nur, weg vom Bauernhof zu kommen, weg vom Ackern, weg von der Unsicherheit der Landwirtschaft. Das kann mir Hubert bieten. Er ist ein guter Mann, und er hat ein sicheres Gehalt. Du träumst immer nur, Hans. Wer sagt mir denn, dass wir nicht noch nach Jahren in einem Zimmer im Haus deiner Eltern wohnen und du in der Küche deiner Mutter Bonbons kochst?«

»Du musst an mich glauben. Das hier«, er machte eine ausschweifende Handbewegung, »ist nur der Anfang. Da wird etwas Großes draus.«

Sie sah ihn mitleidig an. »Ich bewundere deine Begeisterung, aber die letzten Jahre waren hart. Wir sind manchmal hungrig ins Bett gegangen. Wenn du bei Heinen geblieben wärst, hätte ich Vertrauen in deine Zukunft gehabt. Aber das«, sie sah sich vielsagend in der Küche um, »ist mir zu unsicher.«

»Warum bist du dann heute überhaupt gekommen?«

»Ich wollte dir von Hubert erzählen. Ich wollte dir keine falschen Hoffnungen machen.« Für einen kurzen Augenblick kehrte die Wärme in ihre blauen Augen zurück, und sie lächelte ihn liebevoll an. »Weil ich dich mag.«

»Danke«, sagte er kühl.

Sie tranken beide eilig ihren Kaffee aus, dann stand Anna auf.

»Ich muss gehen.«

»Ich begleite dich zur Tür.«

Unsicher sahen sie sich vor dem Haus an. Hans räusperte sich. Er würde das ordentlich zu Ende bringen, egal, wie schwer es ihm fiel. »Alles Gute, Anna!«

»Das wünsche ich dir auch, Hans.« Sie stellte sich auf die Zehenspitzen und küsste ihn schmetterlingszart auf die Wange.

Er blieb an der Haustür stehen und sah ihr nach, bis sie hinter einer Wegbiegung verschwand.

Mit schweren Schritten und hängenden Schultern kehrte er ins Haus zurück und ließ sich auf die Küchenbank fallen. Es schien ihm, als wären Jahre vergangen und nicht zwei Stunden, seit er so hoffnungsvoll die Kaffeetafel gedeckt hatte. Er ließ den Kopf auf die Tischplatte sinken.

Wie hatte er sich so in Anna täuschen können? Wie konnte es sein, dass sie ihm und seinen Visionen nicht traute? Wieso hatte er nicht gemerkt, dass sie seiner Selbstständigkeit so ablehnend gegenüberstand? Wieso wusste er nicht, dass für sie Sicherheit am wichtigsten war? Sie nahm lieber einen Lehrer – einen Lehrer! –, als auf ihn zu vertrauen. Er dachte an ihre letzten Treffen. Es stimmte, er hatte sich zu wenig Zeit genommen, seit er sich selbstständig gemacht hatte. Aber es war immer so viel zu tun gewesen. Anscheinend hatte er nicht bemerkt, wie sie ihm entglitt. Denn am Anfang, da war er sich sicher, hatten ihrer beider Gefühle auf Gegenseitigkeit beruht.

Er spürte eine Hand auf der Schulter und fuhr hoch. Seine Mutter stand hinter ihm. Er hatte sie nicht hereinkommen gehört. Mit rotgeränderten Augen starrte er sie an.

»Hat sie Nein gesagt?«, fragte sein Mutter ohne Umschweife.

Sie hatte den Geruch nach Stall mitgebracht. Genau das war es, was Anna so störte, dachte er wütend. Der verdammte Hof. Sie sah in ihm den Bauernbuben, der es nie von hier weg schaffen würde.

Hans nickte.

»Manchmal liegt Gottes größte Güte in nicht erhörten Gebeten.«

Er sah sie fragend an.

»Min Jung, ich sehe, wie weh dir das tut. Aber ich bin froh, dass das Mädchen genug Verstand hatte zu merken, dass ihr zwei nicht zusammenpasst.«

»Unsinn! Es hätte perfekt gepasst«, brauste er auf.

»Wirklich?« Sie sah ihn prüfend an. »Ihr wollt doch ganz verschiedene Dinge vom Leben.«

»Ich hätte ihr das Leben bieten können, von dem sie träumt. Sie hätte mir nur Zeit geben müssen!«

»Kokolores!« In der Stimme seiner Mutter lag nun Strenge. »Eine Ehe funktioniert nicht, wenn es auf den Schultern von nur einem liegt, dass beide glücklich sind.«

»Du hast Anna nie leiden können«, wehrte er sich gegen die Worte seiner Mutter.

»Das stimmt nicht«, antwortete sie ruhig. »Sie ist ein nettes, hübsches Mädchen. Ihre Eltern sind anständige Leute. Aber ein Blinder mit Krückstock konnte sehen, dass du weit mehr verliebt bist als sie. Außerdem, wo war sie denn die letzten Wochen? Als du an deiner Arbeit verzweifelt bist? Sie war es nicht, die fast jeden Abend die paar Kilometer hergeradelt ist, um dir zur Hand zu gehen. Sie war es nicht, mit der ich dich herzlich lachen gehört habe.«

»Du redest von Gertrud? Die ist nur eine gute Freundin.«

»Meiner Meinung nach haben Liebe und Freundschaft viele Gemeinsamkeiten.«

»Du hast doch keine Ahnung! Du verstehst nicht, wie ich mich fühle«, schimpfte er. »Anna war die einzig Richtige!«

»Die Zeit wird zeigen, ob dem so ist«, sagte Agnes Riegel milde, und bevor er wieder aufbrausen konnte, strich sie ihm über den dunklen Schopf und verließ auf leisen Sohlen die Küche.

****

Die nächsten Wochen versuchte Hans, seinen Kummer mit Arbeit zu betäuben. Er schuftete, bis er abends todmüde ins Bett fiel. Nun war der Erfolg für ihn noch wichtiger geworden. Es hatte seinen Stolz zutiefst verletzt, dass ihm Anna nicht zutraute, dass er es zu etwas bringen würde.

Am glücklichsten war er, wenn nachmittags die Arbeitsflächen der Küche unter den Reihen glänzender Kamellen nicht mehr zu sehen waren. Er schöpfte tiefe Zufriedenheit daraus, zu sehen, was er an einem Tag mit seiner Hände Arbeit schaffte. Dann packte er sein Fahrrad voll und machte sich ans Ausliefern. Inzwischen verdiente er genug, dass er dafür einen Schüler hätte anstellen können, doch wenn er die Ware persönlich brachte, konnte er wertvolle Kontakte knüpfen. So kam er mit den Ladenbesitzern ins Gespräch, konnte in Erfahrung bringen, was sie sich wünschten und was die Konkurrenz machte. Daher fuhr er oft auch zwei oder drei Runden, bis seine Süßigkeiten am richtigen Ort waren.

Bei einer solchen Fahrt hatte ihm ein Bonner Gemischtwarenhändler erzählt, dass bei ihm im Talweg eine ehemalige Stuckateurwerkstatt leer stehe. Noch am selben Abend sah Hans sie sich an. Es war ein kleiner dunkler Raum, aber von der Lage her perfekt, um dort seine Waren zwischenlagern zu können, da er im Stadtteil Kessenich lag. Dort gab es Fabriken und Unternehmen, mehrere Arbeitersiedlungen und bürgerliche Villen. Auch aufstrebende Geschäftsleute hatten sich dort niedergelassen. Er war also umgeben von potenziellen Kunden. Zudem hatte er von seiner Zeit bei Heinen viele gute Kontakte. Der Hausbesitzer verlangte allerdings eine Miete, die Hans sich nicht leisten konnte. Daher machte er es sich zur Aufgabe, die nächsten Tage immer dann, wenn er seine Ware ausfuhr, bei dem Vermieter vorzusprechen, in der Hoffnung, den Preis drücken zu können. Doch der Mann blieb hart.

Irgendwann hatte Hans eine Idee. Er schlug dem Hausbesitzer vor, einen Mietvertrag abzuschließen, der von beiden Seiten wöchentlich kündbar war. So würde der Vermieter ihn schnell loswerden können, sollte er tatsächlich ein besseres Angebot erhalten. Zu Hans' Erleichterung schlug der Mann ein.

»Ganz ehrlich, Riegel, ich stimme nur zu, damit ich Sie nicht mehr jeden Tag bei mir auf der Matte stehen hab. Sie geben ja doch nicht auf«, sagte er mürrisch, doch Hans meinte Bewunderung in seinen Augen zu erkennen.

Nun hatte Hans endlich Platz für seine fertigen Waren, was die Lage in der heimischen Küche entspannen würde.

****

Einige Tage später kam Gertrud vorbei. Er hatte befürchtet, dass der Kontakt abbrechen würde, jetzt, nachdem es die Beziehung zwischen ihm und Anna nicht mehr gab, die bisher Grundlage ihrer Freundschaft gewesen war.

»Tach«, rief er freudig überrascht, als sie mit Schwung auf den Hof geradelt kam. »Hätte gar nicht mit dir gerechnet.«

»Warum?« Sie zuckte unbekümmert mit den Schultern. »Schade, dass das mit dir und Anna nichts geworden ist.«

Typisch Gertrud. Um den heißen Brei herumzureden war ihre Sache nicht, dachte er amüsiert. Doch er musste schlucken, als sie anfügte: »Ist vielleicht besser so.« In verletzender Offenheit wiederholte sie damit die Sentiments seiner Mutter.

»Wieso das denn?«, fragte er gereizt. Es störte ihn, dass alle seiner Entscheidung für Anna so skeptisch gegenüberstanden.

»Wenn man keine Tomaten auf den Augen hat, sieht man, dass du momentan nur für deine Kamellen brennst. Da ist grad kein Platz für eine Frau. Vor allem nicht für eine, die viel Aufmerksamkeit und Bestätigung braucht.«

»Es hätte funktionieren können«, sagte er störrisch.

Sie zuckte erneut mit den Schultern und wechselte das Thema. »Ich dachte, ich sehe mal, wie deine Apfelbonbons geworden sind.«

»Weil du mir helfen willst oder weil du Lust auf Süßes hast?«, neckte er sie.

Sie lachte fröhlich. »Beides.«

Danach half sie ihm, Kamellen zu verpacken. Wieder fiel ihm auf, dass die Bonbons, die Gertrud verpackte, viel ordentlicher und ansprechender aussahen als seine. Das Gespräch floss locker und entspannt dahin, und Anna wurde nicht mehr erwähnt.

15. Kapitel

FRIESDORF, JULI UND AUGUST 1920

Der Juli verging unter harter Arbeit. Manchmal war Hans nach der Ausfuhr so müde, dass er in der Stukkateurwerkstatt auf einem notdürftigen Lager aus alten Decken schlief. Inzwischen musste er um vier Uhr aufstehen, um alle Kundenwünsche erfüllen zu können. Die Runde, die er abends fuhr, wurde täglich länger. Oft nahm er den Leiterwagen statt des Fahrrads, weil er so viel Ware ausliefern musste. Das machte ihn langsamer.

Gestern und heute war er mit dem Rad über Land gefahren, um Kunden im weiteren Umkreis zu gewinnen. Er hatte Kostproben verteilt, über Preise gefeilscht und Lieferungen ausgefahren. Doch die ganze Zeit hatte er besorgt überlegt, wie er die Zeit, die er dadurch in der Produktion verlor, wieder aufholen konnte. Als er in Richtung Niederdollendorf unterwegs war, schnitt ihn ein Auto, sodass er mit dem Fahrrad umkippte und alle Kamellen in einer Pfütze landeten. Jetzt hatte er genug!

Was machte er hier überhaupt? Die Inflation fraß seine Gewinne auf. Was er heute einnahm, langte morgen nicht, um die Rohstoffe zu bezahlen. Er schuftete täglich über vierzehn Stunden, aber seinem Ziel, eine eigene Fabrik zu führen, war er kaum näher als vor ein paar Monaten, als er bei Heinen hingeschmissen hatte. Immer noch war er als Bittsteller unterwegs.

Erbost drehte er um und fuhr zurück zum Lager. Er öffnete das Tor zur Werkstatt so heftig, dass es gegen die Wand knallte, und pfefferte dann das verdorbene Paket Bonbons wütend auf den Boden.

Hans holte sich eine Flasche Kirschgeist, die er von seinem Vater hatte, und schenkte sich großzügig in ein Wasserglas ein. Er trank einen kräftigen Schluck und genoss das Brennen in der Kehle.

»Und? Hilft's?«, hörte er da eine Stimme.

Überrascht sah er sich um. In einer dämmrigen Ecke saß Gertrud auf dem Boden und schnitt die großen braunen Papierbögen in kleinere Stücke für die Verpackung der nächsten Bestellungen.

»Hoffentlich«, brummte er grantig.

Er nahm einen weiteren Schluck in Erwartung von Vorhaltungen. Doch er würde sich von ihr nichts sagen lassen. Wenigstens hier war er sein eigener Herr, und wenn es ihr nicht passte, konnte sie gehen, dachte er mürrisch.

Doch sie schnitt weiter das Verpackungspapier zu und schenkte ihm keine Beachtung. Die nächsten Minuten vergingen in Schweigen, während er das Glas leerte und langsam ruhiger wurde.

Schließlich stand Gertrud auf. Er bemerkte, wie graziös sie in die Höhe kam. Sie war groß, fast so groß wie er, und er konnte ihre langen Beine unter ihrem Rock erahnen. Er schüttelte sich. Seit wann machte er sich Gedanken, wie Gertruds Beine aussahen? Doch plötzlich konnte er an nichts anderes mehr denken.

»Magst du auch einen?«, fragte er schroff und deutete auf die Flasche.

»Einen kurzen für den Heimweg.«

Sie holte sich ein Glas und schenkte sich einen Fingerbreit ein. Er schenkte sich auch noch einmal nach.

»Gut.« Sie nickte anerkennend. »Ist der von Bauer Rütten?«

Er musste lachen. »Du kennst dich aus.«

Sie zuckte mit den Schultern. Sie saßen eine Weile zusammen, aber das Schweigen war kameradschaftlich, und er hatte nicht das Gefühl, er müsste es füllen, damit sie sich wohlfühlte.

»Was hat dich denn heute so geärgert?«

»Bin mit dem Fahrrad umgekippt, und alle Kamellen waren verdorben.«

»So was passiert«, sagte sie lakonisch.

Na ja, ein bisschen mehr Mitgefühl hätte er sich schon erwartet.

Sie legte ihre Hand auf seine. »Morgen wird es wieder besser«, tröstete sie ihn dann doch.

Ihre Hand war schwielig von der harten Arbeit auf dem Hof, aber er bemerkte zum ersten Mal, dass sie lange, feingliedrige Finger hatte. Was war denn heute mit ihm los? Er vermisste ihre Wärme, als sie die Hand nach einem winzigen Augenblick wieder zurückzog.

Er räusperte sich. »Ich habe das Gefühl, egal, wie ich renne, ich bin immer einen Schritt zu langsam. Täglich werden die Rohstoffe teurer. Ich habe aber nicht genug Geld, um einen ordentlichen Warenbestand aufzubauen. Durch den Ausfall heute fange ich morgen schon mit Rückstand an.«

»Dann fahren wir halt jetzt noch eine Runde und liefern noch was aus.«

»Jetzt?« Er war überrascht. Draußen dämmerte es bereits, und es nieselte.

»Wieso nicht? Zu zweit sind wir schneller.« Sie knuffte ihn aufmunternd in die Seite. »So ein bisschen Regen hält uns doch nicht auf.«

Entschlossen setzte sie sich ihren Loden-Topfhut auf die dunklen Haare, der zwar nicht besonders kleidsam war, aber sie trocken halten würde.

Er nahm sein Bestellbuch, las die einzelnen Posten vor, sie holte die verschiedenen Bonbonpackungen und bündelte sie nach Kunden. Dann bepackten sie ihre beiden Fahrräder. Das erste Stück fuhren sie zusammen.

Während er hinter ihr herradelte, betrachtete er sie. Ihr dichtes Haar fiel in einem langen Zopf auf ihren Rücken und schimmerte feucht. Er bemerkte ihre schmale Taille und ihr wohlgeformtes Hinterteil. Lag es am Alkohol, fragte er sich verwirrt. Wieso war ihm bis heute nie aufgefallen, was für eine attraktive Frau Gertrud war? Er war seit seiner ersten Begegnung mit Anna so von deren blonder Schönheit fasziniert gewesen, dass er auf kein anderes weibliches Wesen mehr geachtet hatte. Aber nun konnte er den Blick nicht von Gertrud lösen. Er war fast erleichtert, als sie kurz die Hand hob und links abbog, während er geradeaus weitermusste. Für solche Ablenkungen hatte er jetzt wirklich keine Zeit.

Es war schon elf, als er wieder in seinem Lager im Talweg in Kessenich ankam. Müde und durchnässt, wie er war, wollte er die Nacht auf seinem Deckenlager verbringen. Für heute reichte es.

Im Eingang sah er eine Gestalt kauern. Er erschrak. Hatte sich herumgesprochen, dass er Vorräte und fertige Erzeugnisse hier lagerte? In der letzten Zeit war es durch die schlechte Versorgungslage immer wieder zu Plünderungen gekommen. Die Leute waren zu allem fähig, wenn sie Hunger hatten. Er griff nach der Luftpumpe. Sein hart erarbeitetes Eigentum würde er mit aller Macht verteidigen.

»Na endlich«, hörte er Gertrud brummeln.

»Was machst denn du hier?«, fragte er erleichtert.

»Ich habe meine Tasche mit dem Hausschlüssel hier liegen lassen. Wenn ich so spät nach Hause komme, möchte ich nicht meine Eltern aus dem Bett klingeln.«

»Komm rein.«

Er schaltete die Lampe über dem Tisch an. Anders als zu Hause auf dem Hof hatte er hier einen Stromanschluss. Im schummrigen Licht der Glühbirne betrachtete er Gertrud. Sie war nass und bibberte erbärmlich.

»Setz dich für einen Moment.«

Müde ließ sie sich auf einen Stuhl fallen. Er legte ihr fürsorglich eine Decke um und füllte die beiden Wassergläser noch einmal mit Kirschgeist.

»Wenn ich es nicht besser wüsste, würde ich meinen, du wolltest mich abfüllen«, sagte sie trocken.

»Um Gottes willen, nein«, widersprach Hans erschrocken und zog das Glas von ihr weg. »Ich bringe dir einen Becher Wasser. Ich dachte nur, weil du so frierst. Ich meinte …«

Sie lachte ihr lautes herzhaftes Lachen, und die braungrünen Augen funkelten amüsiert in ihrem herzförmigen Gesicht.

»Lass es nur da.« Sie griff nach dem Glas.

Für einen Moment berührten sich ihre Finger. Hans zuckte zurück. Was war denn heute los? Das war doch nur Gertrud. Aber die kurze Berührung hatte ihn bis ins Mark elektrisiert.

»Prost!«, sagte sie.

Sie stießen an und tranken aus. Dann stand sie auf, nahm die Decke von der Schulter und gab sie Hans. Sie war ihm so nahe, dass er sie riechen konnte. Sie roch nach Puder und Seife und leicht verschwitzt. Als sie ihn ansah, blieb sein Blick an ihren vollen Lippen hängen. Sie wandte sich zur Tür, und er fasste seinen ganzen Mut zusammen, zog sie an sich und küsste sie.

Für einen herrlichen Moment konnte er ihren Mund auf seinem spüren, doch dann schob sie ihn heftig weg und trat einen Schritt zurück.

Empört stemmte sie die Hände in die Seiten und fauchte: »Spinnst du, Hans? Was fällt dir denn ein?«

»Ich wollte nur …«, stammelte er. Ihm fiel keine Entschuldigung ein, da er völlig unbedacht gehandelt hatte. Er wusste selbst nicht, was über ihn gekommen war. Bei Anna hatte er sich immer beherrschen können.

In ihren Augen blitzte Zorn, und ihre Wangen waren gerötet. »Du meinst, weil du Anna nicht bekommen hast, kannst du mich als Trostpflaster nehmen?«

»Aber nein! Ich hätte nie …« Doch sie ließ ihn nicht ausreden.

»Meinst du, ich lasse mich von dir als Lückenbüßerin benutzen? Lass mich von dir noch mal für dumm verkaufen? Spende dir ein bisschen Trost, weil der feine Herr heute vom Selbstmitleid geplagt wird und zu viel vom Kirschgeist von Bauer Rütten erwischt hat?«

»Gertrud, was denkst du denn von mir?«, fragte Hans ehrlich entsetzt.

Er konnte verstehen, dass sein Verhalten einer anständigen jungen Dame gegenüber ungebührlich gewesen war, aber dieser unbändige Zorn, der ihm nun von Gertrud entgegenschlug, kam ihm doch übertrieben vor.

»Ich bitte dich in aller Form um Entschuldigung«, sagte er steif.

»Du bist ein Holzklotz, Hans Riegel. Du siehst nie, was vor deinen Augen passiert, weil du immer mit den Gedanken bei deinen Bonbons bist. Du merkst gar nicht, wenn du jemanden verletzt«, sagte Gertrud nun ruhiger. Aber sie klang plötzlich müde und traurig.

»Es tut mir so leid. Ich wollte dich nie verletzen. Du bist mir eine großartige Kameradin. Ohne dich hätte ich die letzten Wochen gar nicht überstanden.«

»Eine großartige Kameradin«, wiederholte sie bitter. »Dann ist ja gut. Gute Nacht, Hans.« Sie drehte sich auf dem Absatz um und knallte die Tür hinter sich zu.

Minutenlang schaute er auf die geschlossene Tür. Wie hatte das nur so schiefgehen können?

Es war eine Schnapsidee gewesen – im wahrsten Sinne des Wortes –, Gertrud zu küssen. Er würde es sich nie verzeihen, wenn er sie wegen dieser Dummheit als Freundin verlieren würde. Sie war ein junges Mädchen, gerade mal zwanzig, ganze sieben Jahre jünger als er, und hatte ihm trotzdem so weit vertraut, allein herzukommen, um ihm beim Arbeiten zu helfen. Ohne Rücksicht auf ihren Ruf. Und was tat er? Er hatte dieses Vertrauen schamlos ausgenutzt.

Auf einmal wurde ihm schmerzlich bewusst, dass er nicht nur ihre Hilfe und ihre Arbeitskraft vermissen würde, sondern auch die Freundschaft, die Wärme und die Fröhlichkeit, die sie in sein Leben gebracht hatte. Er freute sich an den Tagen, an denen sie gewöhnlich kam, den ganzen Tag auf die gemeinsamen Stunden am Abend. Sie war es gewesen, die ihn immer aufgebaut hatte, wenn er zweifelte. Nicht eine Sekunde hatte sie seine Entscheidung, bei Heinen aufzuhören, infrage gestellt. Sie war einfach aufgetaucht und hatte geholfen. Von ihr hatte er die bedingungslose Unterstützung erhalten, die er sich so sehr von Anna gewünscht hätte.

Da hatte er richtig Mist gebaut.

Die nächsten Tage war Hans unruhig. Ständig wanderte sein Blick zum Fenster, in der Hoffnung, dass Gertrud vorbeikäme. Doch sie ließ sich nicht blicken.

Als eine Woche vergangen war, verwandelte sich die Unruhe in Schmerz. Die Arbeit, die ihn bisher immer hatte ablenken und erfüllen können, kam ihm auf einmal sinnlos vor. Wenn er Bonbons verpackte, dachte er an Gertrud, wie sie neben ihm gearbeitet hatte. Wenn ein Rezept gelang, wollte er ihre Meinung dazu wissen, wenn er Waren auslieferte, dachte er an ihre große, schlanke Gestalt auf dem Rad. Die Tage gingen zäh dahin.

Nach zwei Wochen hielt er es nicht mehr aus. Eine Zukunft, in der Gertrud nicht mit Schwung und guter Laune auf den Hof radelte, mochte er sich nicht ausmalen. Seltsam, Annas Abfuhr hatte er einfach hingenommen. Ja, er war danach traurig gewesen, doch keine Sekunde hatte er in Betracht gezogen, um sie zu kämpfen.

Ein Leben ohne Gertrud war für ihn jedoch nicht vorstellbar. Er musste etwas unternehmen. Während der letzten Woche war ihm klar geworden, dass er sich etwas vorgemacht hatte. Gertrud war keine gute Freundin, keine treue Kameradin. Sie war die Frau, die er in seinem Leben brauchte wie die Luft zum Atmen. Wie konnte es sein, dass er das die ganze Zeit nicht bemerkt hatte? Aber jetzt schien ihn die Sehnsucht nach ihrer Nähe schier aufzufressen.

Da er kaum Geld hatte, räuberte er in Mutters Beeten und pflückte Margeriten, Malven, Kornblumen und Gladiolen. Als er den großen farbenfrohen Strauß betrachtete, dachte er, dass Gertrud nicht das Mädchen für elegante Rosen war, sondern dass zu ihr die bunte Fröhlichkeit dieses Straußes genau passte.

Er ging bewusst zu Fuß. Er wollte seine Gedanken ganz beisammenhaben, wenn er Gertrud gegenüberstand.

Als er eine knappe halbe Stunde später am Hof der Viandens ankam, war er nervös wie ein Schulbub. Gertruds Bruder Wilhelm hackte in der heißen Augustsonne Holz. Als er ihn mit dem

Strauß entdeckte, grinste er und nickte ihm zu. Neben der Haustür saß Heinrich auf der Bank, Gertruds zweitältester Bruder, der als Kriegszitterer aus dem Krieg zurückgekehrt war, und starrte vor sich hin. Von Gertrud wusste Hans, dass sie ihn manchmal füttern mussten, da er von sich aus überhaupt nichts mehr essen wollte. Der Mann, nur drei Jahre älter als Hans, wirkte erschreckend greisenhaft. Pergamentene Haut spannte über spitzen Wangenknochen, und seine Arme waren streichholzdünn. Sein leerer Blick schien unaufhörlich Grauen zu sehen, das für andere unsichtbar war. Still dankte Hans dem Herrgott, dass ihm dieses Schicksal erspart geblieben war. Seine Gedanken wanderten zu Gerd. Viel zu lange hatte er seinem alten Freund nicht mehr geschrieben. Heute Abend würde er einen Brief schreiben, nahm er sich fest vor.

»Tach, Heinrich«, sagte Hans so sanft wie möglich, um ihn ja nicht zu erschrecken. Doch Heinrich reagierte nicht.

Mit feuchten Händen klopfte Hans an die Tür. Glücklicherweise öffnete Gertrud selbst. Sie hatte ihre Haare im Nacken festgesteckt, einige ihrer langen dunklen Locken hatten sich gelöst und umrahmten ihr Gesicht – ihr offenes, herzliches Gesicht, das er so vermisst hatte. Aber heute zeigte sie nicht ihr schelmisches Lächeln, sondern sah ihn nur kühl und abwartend an.

»Gertrud, ich wollte dich noch einmal um Entschuldigung bitten. Mein Verhalten war ungebührlich.« Er drückte ihr die Blumen in die Hand.

Für einen kurzen Augenblick wurden ihre Züge weicher, doch dann sagte sie schroff: »In Ordnung. Vergessen wir's.«

Sie machte Anstalten, die Tür wieder zu schließen. Schnell schob Hans seinen Fuß hinein. Das war das Erste, das er beim Verkaufen gelernt hatte.

»Da gibt es noch mehr.«

»Ja?« Sie machte es ihm wirklich nicht leicht.

»Ich habe dich nicht geküsst, weil ich betrunken war, sondern …«, für die nächsten Worte musste er seinen ganzen Mut zusammennehmen, »sondern weil ich mich in dich verliebt habe.«

Sie lachte hart. So hatte er sie noch nie lachen gehört. »Mach dich nicht lächerlich, Hans. Du hast dich verliebt? Plötzlich? Nur ein paar Wochen, nachdem dir deine Traumfrau einen Korb gegeben hat?« Sie klang bitter.

Seine Erklärung hörte sich wirklich seltsam an. Das sah er ein. Wenn er eine Chance haben wollte, musste er jetzt absolut ehrlich sein.

»Schau, Gertrud: Ich gebe zu, ich habe Anna gesehen und war hin und weg. Ich habe kein anderes Mädchen mehr wahrgenommen und habe von einer gemeinsamen Zukunft mit ihr geträumt. Aber das war auch alles. Eine Träumerei. Ich hatte meine Vorstellungen und habe darüber gar nicht gemerkt, dass Anna da überhaupt nicht hineinpasst. Ausgerechnet meine Mutter hat das viel klarer gesehen als ich. Es stimmt, dass ich dich in dieser Zeit nur als Kameradin wahrgenommen habe. Erst letzte Woche ist es mir wie Schuppen von den Augen gefallen, und ich habe erkannt, dass ich tiefe Gefühle für dich habe.«

»Was soll ich mit dieser Erklärung anfangen, Hans? Wenn du ein Mann bist, der sich öfter verliebt, als andere Männer ihre Unterhosen wechseln, bist du mir zu sprunghaft.«

»Gertrud, du kennst mich. Ich bin normalerweise nicht sprunghaft. Du weißt, welche Leidenschaft ich für das Bonbonkochen empfinde. Dafür habe ich mich einmal entschieden und bin nie davon abgerückt. Auch nicht, als es schwierig war. Auf mich ist Verlass.« Flehentlich sah er sie an.

»Wenn mich Hans Riegel mit seinen Bonbons vergleicht, muss

es ernst sein.« Zum ersten Mal sah er die Spur eines Lächelns auf ihren vollen Lippen.

Zu gerne hätte er sie geküsst. Wieso hatte er früher nicht gesehen, wie verführerisch ihr Mund war? Doch Gertruds nächste Worte nahmen ihm wieder die Hoffnung.

»Ich bin eine vernünftige Frau und habe klare Vorstellungen vom Leben. Trotzdem will ich einen Mann, für den ich alles bin. Ich möchte keine zweckmäßige Verbindung eingehen. Die schillernde Anna, in die du dich Hals über Kopf verliebt hast, war nicht die Richtige. Also nimmst du die bodenständige, brave Gertrud, die hart anpacken kann und deine Träume versteht.« Sie sah ihn traurig an. »Das ist mir zu wenig.«

Hans schüttelte den Kopf. »Du verstehst nicht. Anna war ein Strohfeuer. Als sie mich hat stehen lassen, hat es wehgetan. Aber es wurde täglich weniger. Die letzte Woche, als ich dich nicht gesehen habe, habe ich Höllenqualen gelitten. Täglich schlimmer ist es geworden. Ich konnte mich auf nichts anderes mehr konzentrieren.« Er sah sie treuherzig an. »Nicht mal mehr auf neue Rezepte. Mein einziger Gedanke war: Ich muss es mit Gertrud wieder in Ordnung bringen. Ohne sie habe ich an nichts Freude. Gertrud, du bist eine wunderschöne, begehrenswerte Frau, und ich war verblendet. Gib mir eine Chance, dann werde ich dir beweisen, dass es mir ernst ist. Dass es kein Strohfeuer ist, sondern dass ich dich aufrichtig liebe.«

Die Pause nach seinen Worten schien ihm endlos.

Dann sagte Gertrud leise: »Du hast mir von Anfang an gefallen. Aber du hast mich verletzt. Ich tue mir schwer, darauf zu vertrauen, dass es dir nun auf einmal ernst ist.«

»Gib mir die Möglichkeit, es zu beweisen. Wir haben Zeit. Egal, wie lange es dauert, bis du mir vertrauen kannst. Nur bitte, bitte, gib mir eine Chance.«

Sie zögerte eine ganze Weile. »*Eine* Chance werde ich dir noch geben.«

Er spürte tiefe Erleichterung. In diesem Moment hätte er die Welt umarmen mögen. Er räusperte sich. »Darf ich dich heute Abend zu einem Spaziergang abholen?«, fragte er dann förmlich.

Sie nickte.

Beschwingt machte er sich auf den Heimweg. Plötzlich genoss er die Wärme der Sonne auf der Haut, hörte die Vögel zwitschern und erfreute sich am leuchtend roten Mohn am Wegesrand. Gertrud gab ihm eine Chance! Jetzt war wieder alles möglich.

Sprunghaft hatte sie ihn genannt. Egal, wie lange es dauerte, er würde sie davon überzeugen, dass es keine flüchtige Verliebtheit war, sondern dass er tiefe Gefühle für sie hegte. Dass er nun wusste, was er wollte: Sie!

****

Als sie im Licht der Abendsonne spazieren gingen, war er angespannt. Die Natürlichkeit, mit der bisher Gespräche zwischen ihnen dahingeflossen waren, schien wie weggeblasen. Verkrampft suchte er nach Themen und stellte ihr Fragen, auf die sie einsilbig antwortete.

Hans wurde das Herz schwer. Was er am meisten an Gertrud liebte, war ihre offene Art, alles auszusprechen, was ihr durch den Kopf ging, und ihr Humor, mit dem sie das Leben und alle Schwierigkeiten annahm. Vielleicht hatte er etwas kaputtgemacht, was man nicht wieder kitten konnte?

Kampflos würde er das nicht hinnehmen.

»Gertrud, spuck es aus. Was muss ich machen, dass es zwischen uns wieder wird wie früher?«

Sie blieb stehen und sah ihn an. In ihren Augen schimmerten Tränen. »Genau das ist das Problem, Hans. Du willst, dass es wieder wird wie früher. Die nette Gertrud, die da ist, wenn man sie braucht, mit der du Späße machst, die gute Freundin, die treue Kameradin. Aber ich …« Sie brach ab.

»Aber du …?«, hakte er nach.

»Ich will mehr sein«, sagte sie leise. Die Traurigkeit in ihrem Blick schmerzte ihn.

»Ach Gertrud«, sagte er liebevoll.

Wenn sie nur wüsste, wie schön sie in ihrem schlichten Kleid inmitten des gelben Winterweizenfelds aussah. Obwohl sie sich in diesem Moment verzagt fühlte, stand sie aufrecht und stark vor ihm. Aus ihrem dunklen Zopf hatte sich eine Strähne gelöst, die in sanften Locken ihr Gesicht umrahmte.

»Du bist so viel mehr für mich als eine treue Kameradin. Ich kann nicht schlafen, wenn du böse mit mir bist. Manchmal muss ich mitten am Tag lachen, weil mir eine Bemerkung einfällt, die du gemacht hast. Wenn mir etwas Schönes passiert, will ich es immer als Erstes dir erzählen. Wenn ich dich ansehe, habe ich Herzklopfen, wie ich es noch nie zuvor verspürt habe.«

»Ja?« Sie sah ihn ungewohnt schüchtern an.

Ermutigt fuhr er fort. »Wenn ich in deine Augen schaue, vergesse ich die Welt. Wenn ich deine roten Lippen sehe, will ich nur …«

»Ja?«, hauchte sie.

Er zog sie an sich, hielt einen Moment inne und küsste sie dann entschlossen auf den Mund. Zuerst spürte er Widerstand, doch dann erwiderte sie seinen Kuss.

Um sie nicht in Verlegenheit zu bringen, löste er sich von ihr. »Glaubst du mir jetzt?«

Ihre Augen funkelten, und eine neue Weichheit lag in ihren

Zügen. Sie nickte und grinste dann. »Überzeug mich noch ein bisschen.«

Nur zu gerne kam er ihrem Wunsch nach. Sie schmiegte sich an ihn und erwiderte seinen Kuss mit einer Leidenschaft, die ihm den Atem nahm. Meine Gertrud, dachte er glücklich. Ihr war es in diesem Moment egal, ob jemand sie sah.

Es kostete ihn alle Willensstärke, den Kuss nach einiger Zeit zu beenden. Nie würde er es sich verzeihen, wenn er Gertruds Ruf im Dorf ruinierte.

Hand in Hand gingen sie über die Felder zurück. Nun konnten sie wieder miteinander reden und lachen. Er genoss jede Sekunde, konnte sich nicht sattsehen an ihr. Als er ihr von einem schwierigen Kunden erzählte, sie den Kopf zurückwarf und aus vollem Herzen lachte, fühlte er sich wie der glücklichste Mann auf Erden. Es tat ihm fast körperlich weh, ihre Hand loszulassen, als sie in die Nähe der Häuser zurückkamen.

»Ich hol dich morgen wieder ab.«

Sie hob eine Augenbraue. »Hast du keine Arbeit mehr, Hans?«, fragte sie streng.

»Natürlich, aber ich muss dich morgen unbedingt wiedersehen.«

»Dann komme ich zu dir und helfe dir, beim Verpacken und Ausliefern«, sagte sie, lächelte ihm noch einmal zu und legte die letzten Meter alleine zurück.

Er sah ihr nach, bis sie im Haus verschwand. Was für eine Frau!

16. Kapitel

DOTTENDORF, SEPTEMBER 1920

»Blödes Vieh«, fluchte Gertrud, als sie am Sonntagmorgen vom Geschrei des Hahnes aufwachte. Sie hätte gerne einmal ein bisschen länger geschlafen. Doch Hannibal war das egal. Man konnte ihn nicht wie einen Wecker dreißig Minuten später einstellen. Täglich krähte er beinahe pünktlich auf die Minute. Kurz darauf erwachte der Hof zum Leben. Türen wurden auf- und zugemacht, Geschirr klapperte, und Stimmen ertönten. Am Sonntag wurden die Tiere eine halbe Stunde später versorgt, weil am Tag des Herrn nur das Notwendigste erledigt wurde. Sobald sie mit dem Stall fertig waren, würden sie wie jede andere katholische Familie im Dorf in die Kirche gehen.

Gertrud rollte sich müde in ihrem Bett auf die Seite, zog sich die Decke über den Kopf und ließ ihren Gedanken freien Lauf.

Das »Kleeblatt« – so hatte Anna ihre Freundschaft zu viert einmal bezeichnet – war Geschichte. Als Anna Hans' Heiratsantrag abgelehnt hatte, hatten die gemeinsamen Unternehmungen ein abruptes Ende gefunden. Christian und sie hatten danach einige Male etwas zu zweit oder zusammen mit Anna und ihrem neuen Verehrer Hubert unternommen. Aber es war nicht mehr wie zuvor gewesen.

Gertrud hatte eine Zeit lang gebraucht, bis sie festgestellt hatte, woran es gelegen hatte: Hans fehlte in dieser Runde. Er hatte frischen Wind hineingebracht. Den Unterhaltungen fehlten jegliche leidenschaftliche Diskussion und jegliche visionären Gedanken. Stattdessen plätscherten sie spärlich dahin wie ein Bach, der zu wenig Wasser führte. Den Gesprächen von Christian und Hubert konnte Gertrud nichts abgewinnen. Der Lehrer erzählte von den Problemen der Schüler, und Christian hing in seiner Welt als Buchhalter fest, in der es um Zahlen, Kosten, Sparen und Sicherheit ging. Mittlerweile kamen Gertrud diese Themen banal und beengend vor.

Sogar Anna hatte sich verändert. Während sie früher vor abenteuerlichen Ideen nur so gestrotzt hatte, so schien Hubert sie dieser Leidenschaft beraubt zu haben. Früher hatte sie ihre Verehrer immer an der kurzen Leine gehalten, doch nun schien Hubert dies umgekehrt mit ihr zu tun. Bisher hatte er ihr noch keinen Antrag gemacht, worauf Anna jedoch sehnlichst wartete, wie sie Gertrud kürzlich anvertraut hatte. Anna träumte davon, als Lehrersgattin das bäuerliche Leben hinter sich zu lassen. Es war das erste Mal, dass ein Mann ihre Freundin dazu brachte, an sich selbst zu zweifeln. Brav saß sie neben ihm, als müsste sie sich vorbildlich wie eine seiner Schülerinnen verhalten. Wenn sie etwas Falsches sagte, sah er sie an, lächelte freundlich und verbesserte sie.

Gertrud vermisste die Anna von früher, die dagegengehalten hätte, ihn mit Charme und einem bezaubernden Lächeln in seine Schranken verwiesen hätte. Stattdessen ließ sie es sich schweigend gefallen.

Das Thema Christian brannte Gertrud auf der Seele. Sie wusste, dass er nicht der Richtige für sie war. Diese Entscheidung hatte sie schon längst getroffen. Das hatte nichts damit zu tun, dass Hans ihr gestern so überraschend seine Liebe gestanden hatte. Christian war für sie ein guter Freund geworden, doch er war niemand, mit dem sie ihr Leben teilen wollte. Deshalb hatte sie sich heute nach der Kirche mit ihm verabredet, um klare Verhältnisse zu schaffen und um ihn nicht weiter auf etwas hoffen zu lassen, das nicht geschehen würde. Sorgen bereitete ihr nur, wie sie das Ganze angehen sollte, denn sie wollte ihn nicht unnötig verletzen.

»Gertrud«, hörte sie ihre Mutter von unten rufen, »wo bleibst du denn? Heinrich ist noch nicht fertig. Wir wollen los zur Kirche.«

Sie hatte die Zeit völlig vergessen. Es war ihre Aufgabe, morgens Heinrich beim Waschen und Anziehen zu helfen. Schnell hüpfte sie aus dem Bett, zog ihr Sonntagsgewand an, frisierte ihre braunen Locken und steckte sie auf.

Behutsam öffnete sie die Tür zu Heinrichs Zimmer. An guten Tagen stand er selbst auf. An den schlechten musste man ihm bei jedem Handgriff behilflich sein, sonst würde er den ganzen Tag im Bett bleiben und nichts essen und nichts trinken.

»Guten Morgen, Heinrich.«

Er saß im Schlafanzug auf der Bettkante und starrte vor sich hin. Es fiel ihr jedes Mal aufs Neue schwer, ihren früher so starken, immer zu Scherzen aufgelegten Bruder so zu sehen. Liebevoll wusch sie ihm das Gesicht, kämmte sein sandblondes Haar und half ihm in Hemd und Hose. Er ließ alles mit sich geschehen, sagte aber kein Wort. Sie bemühte sich, keine abrupten Bewegungen zu machen oder Geräusche zu verursachen, die ihn erschrecken könnten. Am meisten Angst hatte er vor Helmen. Letzte Woche hatte ein Nachbar in Feuerwehruniform etwas vorbeigebracht und war unbemerkt in die Stube gegangen. Ein Blick, und Heinrich war unter der Eckbank verschwunden. Es war ein erbärmliches Bild gewesen. Der große Mann, zusammengekauert wie ein kleines Kind, vor Angst am ganzen Leibe schlotternd. Es hatte Stunden gebraucht, bis sie ihn wieder unter dem Tisch herausgebracht hatten.

Als sie Heinrich untergehakt die Treppe hinunterführte, fing sie den missmutigen Blick ihrer Mutter auf.

»Höchste Zeit, mein Fräulein. Der Pfarrer wartet nicht«, schimpfte sie.

»Es tut mir leid, Mutter.«

»Schon gut. Aber jetzt schnell.«

Nach der Kirche fuhr Gertrud mit dem Fahrrad nach Kessenich. Als Treffpunkt hatte sie mit Christian den Alten Friedhof vereinbart. Von dort aus wollten sie im nahegelegenen Kaiserpark spazieren gehen.

Als er sie sah, winkte er ihr zu. Sie bremste und hielt direkt neben ihm an.

»Tach, Gertrud. Lange nicht mehr gesehen.«

»Guten Morgen«, antwortete Gertrud, und als sie sein fröhliches Gesicht sah, verspürte sie ein Drücken in der Magengegend.

Sie stellten die Fahrräder ab und schlenderten nebeneinanderher. Gertrud überlegte, wie sie ein Gespräch beginnen sollte. Nachdem sich die Stille unangenehm in die Länge gezogen hatte, hörte sie Christians Stimme.

»Gertrud, ich denke, ich kenne dich lange genug, um dich etwas Persönliches zu fragen und eine ehrliche Antwort zu erhalten.« Er warf ihr einen Blick von der Seite zu.

»Natürlich«, sagte Gertrud und war froh, dass das Schweigen ein Ende und er die Initiative ergriffen hatte.

»Wir haben uns in den vergangenen Wochen nur wenig gesehen. Seit sich unsere Viererkonstellation aufgelöst hat, haben wir uns kaum mehr getroffen. Mir ist an deiner Freundschaft sehr gelegen, Gertrud, deshalb möchte ich dich fragen, ob du in letzter Zeit wirklich nur mehr beschäftigt warst oder ob du mir absichtlich aus dem Weg gehst?«

Mit so einer direkten Frage hatte Gertrud nicht gerechnet. Doch Christian hatte recht. Drei Verabredungen hatte sie mit fadenscheinigen Gründen abgesagt, weil sie nicht wusste, wie sie ihm erklären sollte, dass er der Falsche war. Jetzt gab er ihr die Gelegenheit, und die musste sie nutzen. Sie nahm all ihren Mut zusammen, denn er war ein netter Kerl, und er verdiente es, dass sie ehrlich zu ihm war.

»Christian, du hast mich gebeten, offen zu sein, also bin ich es auch. Ich mag dich als Freund, aber mehr kann ich mir nicht vorstellen. Ich hoffe, du respektierst das.«

Sie konnte ihm deutlich ansehen, dass ihre Worte ihn getroffen hatten.

»Ich danke dir für deine Ehrlichkeit, Gertrud. Du bist eine klasse Frau, und ich beneide den, der dich einmal zur Gattin bekommt. Ich wünsche dir, dass du einen passenden Mann findest und glücklich wirst.«

Gertrud war beeindruckt. Trotz seiner Enttäuschung war Christian ein fairer Verlierer.

»Ich bin mir sicher, dass du eine geeignete Frau finden wirst. Wir wären zusammen nicht glücklich geworden«, entgegnete sie überzeugt.

Sie hatte sich gerne mit ihm getroffen, als sie noch zu viert unterwegs gewesen waren. Er war immer der perfekte Gentleman gewesen und hatte ihrem Selbstbewusstsein gutgetan, nachdem Hans sich für Anna entschieden hatte. Doch hatte sie bei ihm von Anfang an dieses aufregende Gefühl vermisst, das sie bei Hans hatte.

»Lass uns umkehren«, sagte er, und sie liefen schweigend den Weg bis zu ihren Fahrrädern zurück.

Sie verabschiedeten sich mit einem Handschlag und fuhren in verschiedenen Richtungen davon. Gertrud wusste, dass es so richtig war. Christian wäre mit seiner peniblen Art als Ehemann niemals für sie infrage gekommen.

Sie trat wie befreit in die Pedale und genoss es, wie der Wind ihr um die Nase wehte.

****

Gertrud hatte eine Leiter an den Baum gestellt und pflückte im Obstgarten die reifen Äpfel. Sie legte die roten süßen Früchte vorsichtig in den Korb, damit sie keine Dellen bekamen. Später wurden sie im dunklen Vorratskeller in Stellagen einzeln aufgereiht, sodass sie bis in den Winter genießbar waren. Ihre Mutter erntete unterdessen die Zwetschgen. Da der Baum dieses Jahr reichlich trug, würden sie morgen einen Teil zu Zwetschgenmus einkochen. Die restlichen Früchte würden sie in Gläsern einwecken.

Die Ernte und die Weiterverarbeitung des Obstes war auf dem Hof der Viandens seit jeher die Arbeit der Frauen. In diesen Wochen ging es in der Küche hoch her. Die Mutter, Gertrud und ihre Schwestern Maria und Katharina waren von früh bis spät beschäftigt.

Gertrud kletterte mit dem vollen Korb in der Hand vorsichtig die Leiter hinunter und stellte ihn ab. Prüfend blickte sie in die Baumkrone. Sie hatte keinen Apfel übersehen.

»Ich bin fertig. Alle sind geerntet.«

Ihre Mutter stand mit dem Rücken zu ihr. »Mit dem Zwetschgenbaum bin ich auch gleich so weit. Bring alles in die Küche.

Für heute reicht es. Morgen verarbeiten wir sie weiter. Der Stall ist schon gemacht. Feierabend.«

»Ich fahr noch kurz mit dem Rad zu den Riegels.«

Die Miene ihrer Mutter verdunkelte sich. »Dein Vater sieht es nicht gern, dass du dort so oft bist und dem Riegel mit seinen Bonbons hilfst. Er hält nicht viel von dem Burschen. Du solltest dir besser wie deine Schwester einen ordentlichen Bauernbuben suchen. Du weißt, man sagt nicht umsonst: ›Liebe vergeht, Acker besteht.‹ Mit diesem Leitsatz sind wir Viandens immer gut gefahren.«

»Ich weiß. Aber ich finde es gut, was Hans macht«, sagte Gertrud genervt. »Ich bin spätestens um neun Uhr zurück.«

Gertrud wusste um die Einstellung ihrer Familie. Es zählte nur Land. Sie war jedoch überzeugt davon, dass Hans es zu etwas bringen würde.

»Guten Abend, Frau Riegel«, grüßte Gertrud höflich, als sie auf dem Hof der Riegels ankam.

Agnes Riegel saß draußen auf einer Bank vor dem Haus und strickte an einem Strumpf. »Guten Abend, Gertrud. Gut, dass du kommst. Vielleicht kannst du Hans endlich davon überzeugen, dass er die Küche freiräumt. Hier herrscht nur noch Chaos. Obwohl er schon nicht mehr alles hier lagert, sondern einen Teil in seine Stukkateurwerkstatt gebracht hat, sieht es immer noch aus wie bei Hempels unterm Sofa. So kann das nicht weitergehen. Er probiert seit heute Nachmittag an einem Rezept herum. Ach, schau selbst rein.« Sie winkte genervt ab, schien sich aber mit der Situation abgefunden zu haben.

Gertrud betrat die Küche, die wie immer mit Hans' Zeug zugestellt war.

»Stör ich?«, fragte sie.

Hans nahm sie erst wahr, als er ihre Stimme hörte. Wie immer war er ganz in seine Arbeit vertieft. Er schaute nur kurz auf, rührte dann aber konzentriert weiter in einer Masse, die auf dem Herd stand. »Du störst mich nie. Ich kann hier nur nicht weg, sonst brennt es an. Bin gleich so weit.«

»Kein Problem.«

Gertrud sah sich um und wusste, was Hans' Mutter so unglücklich machte. Auf allen Flächen stapelten sich Zutaten und fertige Bonbons, und am Boden lagen massenhaft zerknüllte Papierbögen herum. Sie räumte sich einen Stuhl frei und setzte sich.

»Ich habe was Neues ausprobiert.«

Das erklärte die zerknüllten Zettel, die auf dem Boden herumlagen. Erst wenn Hans mit einem Rezept zufrieden war, trug er es sorgfältig in ein Buch ein. Anscheinend war ihm die richtige Mischung länger nicht gelungen.

»Darf ich deine neue Kreation probieren?«

»Die ist noch nicht fertig. Aber nimm dir ruhig welche von den anderen.«

Gertruds Blick schweifte über den Tisch. Dort lagen Veilchenpastillen, Pfefferminz-, Salbei- und gemischte Kräuterbonbons. Nach kurzem Überlegen entschied sie sich für ein Salbeibonbon.

»Kann ich dir was helfen?«

»Im Moment nicht. Aber es wäre schön, wenn du trotzdem hier bleibst, um dich mit mir zu unterhalten. Ich mag es, wenn du bei mir bist.« Er nahm den Topf von der Kochstelle und ließ die Zuckermasse auf ein Holzbrett fließen, damit sie erkaltete.

»Wir haben heute auf dem Hof das Obst geerntet, und morgen wollen wir es einwecken«, erzählte Gertrud von ihrem Tag.

»Meine Mutter jammert auch schon, dass sie die Küche braucht, bevor die Äpfel verfaulen. Sie sind gestern mit der Apfelernte fertig geworden. Deshalb habe ich die letzten Tage einiges hergestellt, damit ich die nächste Woche nicht in ihre heiligen Räume muss. Morgen fahre ich sämtliche Waren ins Lager rüber. Dort werde ich sie dann auch verpacken.«

»Hans, wie stellst du dir das denn in Zukunft vor? Du kannst doch hier nicht auf ewig immer alles blockieren. Du machst deine Mutter wahnsinnig.«

Er zuckte mit den Schultern. »Ich weiß schon, dass ich dringend einen Ort brauche, wo ich kochen und die Ware lagern kann. Wenn die Absatzzahlen weiter so steigen, dann schaffe ich das nicht mehr allein. Über kurz oder lang muss ich jemanden einstellen. Am liebsten würde ich passende Räume nach meinen Vorstellungen bauen, mit ausreichend Platz für die Produktion und mit zwei angeschlossenen Lagerräumen. Dann könnte ich in größeren Mengen einkaufen und bei den Händlern Nachlässe erhalten. Perfekt wäre es, wenn ich dort auch wohnen könnte. Hier zu Hause häufen sich die Streitigkeiten. Aber ich kann es mir einfach noch nicht leisten, deswegen möchte ich, solange es möglich ist, hier produzieren, um Geld zu sparen. So bleibt mehr Gewinn, und ich komme meinem Ziel, selbst etwas zu bauen, näher. Aber im Moment sind das alles noch Träume.«

»Kein Wunder, das es Reibereien gibt. Das wird sich erst ändern, wenn du die Herstellung tatsächlich auslagerst.«

»Wahrscheinlich.«

Gertrud beobachtete Hans. Sie schaute ihm gerne beim Bonbonkochen zu. Im Gegensatz zu Christians Fingern, die schlank und feingliedrig waren, waren Hans' Hände kräftig und breit. Bauernhände. Genau wie ihre eigenen waren sie an harte Arbeit gewöhnt.

Hans hatte sein Hemd aufgekrempelt, und sie richtete ihr Augenmerk auf das Muskelspiel seiner Unterarme, als er die fertige Masse in längliche Zuckerstangen zog. Die Stangen hatten alle exakt die gleiche Stärke, was von seiner jahrelangen Übung herrührte. Dann schnitt er die Stränge in gleichmäßige kürzere Stücke.

»Wir reden nur immer über meine Zukunft. Was bewegt dich, Gertrud? Was erwartest du dir vom Leben?«

Sie antwortete nicht sofort. Bisher hatte sie noch nie jemand gefragt, wie sie sich ihr Leben vorstellte. Allerdings wusste sie, was von ihr erwartet wurde. Ihr Vater machte keinen Hehl daraus, dass es ihm am liebsten wäre, seine Töchter Katharina, Maria und Gertrud würden einen Hoferben aus dem Dorf heiraten. Nach seinen Wünschen sollte sich Gertruds Leben um den Hof ihres Mannes und um die gemeinsame Familie drehen. So wie bei ihrer Großmutter, ihrer Mutter und jetzt auch bei ihrer Schwester. Maria, die sieben Jahre älter war als Gertrud, war mit dem Sohn des größten Bauern vom Nachbardorf verlobt. Eine Verbindung, die ihre Eltern sehr schätzten.

Aber war das auch ihr Traum vom Leben? Wenn sie frei wählen könnte, was würde sie gerne machen? So eine Leidenschaft, wie Hans sie für das Bonbonkochen hatte, hatte sie für keine Sache.

»Na ja, so richtig habe ich mir das noch nie überlegt. Aber eine Familie ist mir wichtig. Ich möchte Kinder und ein Haus. Ein Hof muss es nicht sein, obwohl ich mich gerne um die Tiere kümmere. Die Feldarbeit ist nicht so meines, aber es muss auch gemacht werden, und in Kriegszeiten waren wir froh, dass wir was Eigenes anbauen konnten. In dieser Hinsicht hat mein Vater schon recht. Als Bauer ist man versorgt, während viele andere Leute, die in den Fabriken gearbeitet haben, unsäglichen Hunger gelitten haben.«

Als Hans mit dem Zuschneiden der Kamellen fertig war, ging

er zu Gertrud an den Tisch und blieb hinter ihr stehen. »Vielleicht ist beides möglich. Eine Fabrik, um seinen Lebensunterhalt zu verdienen, und genügend Land, um für sich selbst und seine Familie etwas anzubauen.«

Er streichelte ihr sanft über den Rücken. Diese zärtliche Berührung löste einen Schauer in ihr aus. Am liebsten hätte sie ihn geküsst. Seine Lippen auf den ihren gespürt. Doch hier in der Küche der Riegels kam das nicht infrage. Deshalb berührte sie nur kurz seine Hand und sagte, um sich abzulenken: »Lass uns aufräumen. Ich helfe dir, und dann bringen wir noch einen Teil mit dem Rad gleich ins Lager. Zu zweit sind wir schneller. Sonst reißt dir deine Mutter den Kopf ab – und das, Hans Riegel, will ich auf keinen Fall.«

»Das wird schon nicht passieren«, erwiderte er, und sein Blick blieb für einen Moment an ihren Lippen hängen.

»Auf geht's. Jetzt hilf schon mit«, sagte Gertrud und hob eines der zerknüllten Papiere auf, die am Boden verteilt lagen. Als er immer noch in Gedanken versunken vor ihr stand, formte sie es zu einer Kugel und schoss ihn damit ab.

»Na warte. Das zahl ich dir heim«, sagte er, aus seiner Starre erwachend. Er nahm den Papierball, der ihn im Gesicht getroffen hatte, und warf ihn auf Gertrud zurück.

Geschickt wich sie aus. »Da musst du schon früher aufstehen.« Sie brachte den Tisch zwischen sich und Hans und traf ihn erneut. »Abgeschossen!«, jubelte sie.

»Aber noch nicht gewonnen«, sagte er kämpferisch. Er fasste über den breiten Tisch hinweg und hielt sie fest. Als sie sich nach einer kurzen Rangelei gegenüberstanden, drückte er ihre Arme nach unten. »Jetzt gehörst du mir.«

Gertrud versuchte, sich zu wehren. So schnell gab sie nicht auf. Ihr war warm geworden.

Hans blickte sie voller Leidenschaft an. Er lockerte den Griff, um ihr nicht wehzutun, und küsste sie. Sie erwiderte den Kuss, und es fühlte sich an, als ob sie ein Blitz durchfuhr.

In diesem Augenblick hörten sie Schritte von draußen, und sie huschten auseinander. Gertrud richtete eilig ihre Haare.

»Da schaut es immer noch aus! Junge, willst du, dass ich an einem Herzinfarkt sterbe? Die ganzen Äpfel verderben mir, wenn ich nicht bald anfange, sie einzukochen.«

Gertrud hielt sich mit geröteten Wangen im Hintergrund. Sie war sich sicher, dass Frau Riegel etwas bemerkt hatte. Hans lächelte ihr liebevoll zu.

»Ist gut, gib mir eine Stunde. Dann bin ich für die Woche aus der Küche draußen. Versprochen.«

»Gut. Macht mir keinen Unsinn.« Agnes Riegel blickte schmunzelnd zu Gertrud, die rot anlief. Dann verschwand sie nach draußen.

Ohne weitere Unterbrechung packten sie die fertigen Bonbons notdürftig in Kartons, um sie später im Lager schön zu verpacken. Hans stellte die übrig gebliebenen Zutaten in den Keller, und Gertrud putzte inzwischen die Küchenablagen. Dann machten sie sich mit vollgepackten Fahrrädern auf den Weg.

17. Kapitel

DOTTENDORF, OKTOBER 1920

»Willst du meine Frau werden?«

Das durfte doch nicht wahr sein! Hans Riegel kniete vor ihr und hielt um ihre Hand an. Sie konnte es nicht fassen. Alles hatte Gertrud an diesem wolkenlosen Herbsttag erwartet, an dem der Sommer noch einmal für einen Moment zurückgekommen war – doch keinesfalls, dass Hans ihr einen Heiratsantrag machte.

Jetzt, da er – ungewohnt unsicher – auf eine Antwort wartete, schossen ihr alle möglichen Gedanken durch den Kopf. Seitdem sie ihn beim Tanzen in Dottendorf kennengelernt hatte, hatte sie sich nichts sehnlicher gewünscht, als dass dieser faszinierende Mann sie liebte. Mit Hans wäre das Leben aufregend, obwohl er ihr nicht viel zu bieten hatte. Von Anfang an hatte sie auf seine Leidenschaft und auf seine Fähigkeiten vertraut. Sie schmeckte den Kirschgeschmack des perfekten Bonbons in Herzform in ihrem Mund. Christian hätte ihr ein sicheres Leben mit einem guten Gehalt geboten, aber mit Hans konnte sie gemeinsam etwas aufbauen. Sie beide könnten vieles erreichen. Aber auch falls sie mit Hans für immer würde darben müssen – sie liebte ihn so sehr, dass sie mit ihm zusammen durch dick und dünn gehen wollte.

Sie las in seinem Gesicht, dass er sehnlichst auf ihre Reaktion wartete, und zögerte nicht länger.

»Ja, Hans Riegel, das will ich.«

Hans stand auf, steckte ihr den Ring an den Finger und küsste sie überschwänglich. Er umarmte sie so fest, dass sie schon Angst hatte, er würde sie erdrücken.

»Gertrud, ich kann es kaum erwarten, unser gemeinsames Leben zu beginnen.« Er küsste sie leidenschaftlich, bevor sie vom Hochsitz hinunterstiegen und Hand in Hand zurückgingen.

»Gleich morgen gehe ich zu deinen Eltern und halte bei ihnen um deine Hand an.«

»Nein, nicht morgen. Komm gleich mit. Frag Vater, wenn du mich nach Hause bringst.«

»Meinst du, das ist eine gute Idee?« Er sah an sich herab. Hans trug eine graue Hose, die an den Knien schon schäbig wirkte, und ein einfaches Hemd. Er hatte seine Ärmel hochgekrempelt. »Ich müsste doch im Anzug kommen und für deine Mutter einen Strauß Blumen und für deinen Vater ein paar Zigarren dabeihaben.«

»Genau das machst du nicht, Hans. Bei meinen Eltern wirst du Überzeugungsarbeit leisten müssen, und das schaffst du nicht im feinen Zwirn und mit teuren Geschenken, sondern mit Ehrlichkeit und Fleiß.«

Auf dem Weg nach Dottendorf pflückten sie einen Herbstblumenstrauß für ihre Mutter und holten einen Schnaps beim Bauer Rütten. Den, so wusste Gertrud, schätzte ihr Vater.

Je näher sie kamen, desto aufgeregter wurde Hans. Immer wieder sog er hörbar Luft ein und atmete geräuschvoll aus.

Gertruds Eltern saßen in der Abendsonne auf der Bank vor dem Haus und genossen die letzten warmen Strahlen.

»Mach dir nicht solche Sorgen. Die werden dich schon nicht fressen«, sagte sie und schob ihn vor.

»Guten Tach, Frau Vianden, Herr Vianden«, sagte Hans neben ihr. Trotz seiner Aufregung klang seine Stimme fest und tief. Er überreichte ihrer Mutter den Strauß mit den bunten Blumen. »Und für Sie, Herr Vianden, einen Klaren von Bauer Rütten.«

Ihr Vater nahm den Schnaps. »Womit haben wir denn das verdient?«, fragte er misstrauisch.

Gertrud sah, dass der Blick ihrer Mutter auf den Ring an ihrer Hand fiel und sie mit besorgtem Gesicht eine Augenbraue hochzog.

»Ich glaube, die zwei jungen Leute haben was mit uns zu besprechen. Lasst uns reingehen in die gute Stube.«

»So?« Ihr Vater schaute seine Frau verdutzt an, erhob sich aber und ging mit hinein.

Sie nahmen auf der Eckbank Platz, und Hans ergriff das Wort.

»Herr Vianden, ich möchte um die Hand Ihrer Tochter anhalten. Ich habe Gertrud in den letzten Monaten schätzen und lieben gelernt. Ich kann mir keine andere Frau mehr an meiner Seite vorstellen als sie. Ich habe ihr heute Nachmittag einen Antrag gemacht, und sie hat Ja gesagt. Deshalb bitte ich Sie beide um Ihren Segen.« Hans blickte erst zu ihrem Vater und dann hinüber zur Mutter.

Der Gesichtsausdruck ihres Vaters wurde ernst. »Als Vater möchte man, dass es seinem Kind auch in Zukunft gut geht. Herr Riegel, was können Sie meiner Gertrud bieten?«

»Nichts. Ich weiß, ich bin in Ihren Augen ein Habenichts, der weder eine sichere Anstellung noch Vermögen vorweisen kann. Aber ich habe meine Leidenschaft für Bonbons, eine gute Ausbildung, und ich kann hart arbeiten. Die Umsätze im Verkauf haben sich in den letzten Wochen gesteigert.«

»Umsätze, die kommen und gehen. Das ist eine unsichere …« Ihr Vater brach ab, als draußen lautes Quieken zu hören war, und schaute aus dem Fenster. »Die Erna und ihre Ferkel … Was machen die denn in unserem Gemüsegarten?«

Gertrud stürmte, dicht gefolgt von Hans, nach draußen. Das Tor zum Schweinestall stand weit offen, und die acht Sauen spazierten seelenruhig auf dem Hof und im Garten herum.

»Meine Gemüsebeete!«, schrie Mutter Vianden und versuchte, Erna samt Nachwuchs von ihren Beeten zu verjagen.

Hans und Gertrud gelang es schließlich, die Tiere – bis auf ein Ferkel – in den Stall zu treiben. Gertruds Vater schloss das Tor hinter den Schweinen.

»So ein Mist«, fluchte er, als er vergeblich versuchte, das letzte Schweinchen, das panisch durch den Gemüsegarten flitzte, in eine Ecke zu drängen.

Hans kam ihm zu Hilfe. Er breitete die Hände aus und sprach beruhigend auf das Tier ein. Blitzschnell packte er es am Hinterfuß und hob es hoch. Das ängstlich quiekende Ferkel wehrte sich heftig, doch dann wurde es ruhiger. Hans brachte es zum Stall hinüber. Erleichtert rannte das kleine Schwein zu seiner Mutter.

»Gut gemacht«, murmelte Vianden.

»Alle wieder dort, wo sie hingehören«, sagte Gertruds Mutter heilfroh. »Lasst uns wieder reingehen. Herr Riegel, Ihr Hemd und Ihre Hose sind ganz schmutzig geworden. Das tut mir leid. Morgen haben wir Waschtag. Bringen Sie die Sachen vorbei.«

»Das ist kein Problem«, winkte Hans ab. »Das sind sowieso meine Arbeitssachen. Hauptsache, die Schweine sind wieder im Stall.«

»Muss schon sagen, hast dich geschickt angestellt. Das hätte ich dir gar nicht zugetraut. Nach der ganzen Aufregung lasst uns einen Schnaps vom Rütten trinken«, sagte Gertruds Vater aufgeräumt.

Gertrud fiel sofort auf, dass ihr Vater im Gegensatz zu ihrer Mutter vom Sie zum Du gewechselt hatte. Das war ein gutes Zeichen, dachte sie erfreut.

Sie gingen hinein, Gertrud schenkte ein, und sie leerten ihre Gläser in einem Zug.

Dann seufzte ihr Vater und sagte: »Also gut, schweren Herzens – meinen Segen habt ihr. Du bist ein tatkräftiger Junge, das hab ich gesehen. Ich hoffe, du machst mir meine Gertrud glücklich.«

»Danke, Herr Vianden. Sie wissen gar nicht, was mir Ihr Vertrauen bedeutet. Ich werde Sie und auch Ihre Tochter nicht enttäuschen.« Hans nahm Gertruds Hand und drückte sie.

Am liebsten hätte Gertrud ihn hier vor allen geküsst, so froh war sie, dass ihre Eltern ihnen ihren Segen gegeben hatten. Aber sie hatte noch etwas auf dem Herzen. Jetzt, wo alle so entspannt und fröhlich waren, war ein günstiger Zeitpunkt, etwas vorzuschlagen, was ihr schon lange durch den Kopf geisterte.

»Da wäre noch was, Mutter. Der alte Grönstall steht doch leer. Könnten wir den nicht Hans geben, damit er da seine Bonbons kochen kann?«

Früher war im Grönstall Grünfutter gelagert worden, und dann hatte die Waschküche darin Platz gefunden. Doch seit einiger Zeit wurde die Wäsche in einem leeren Raum direkt im Haus gewaschen, und der Grönstall wurde nur noch als Abstellraum genutzt.

Es wäre perfekt, wenn Hans seine kleine Produktion von Mutters Herd hierher verlegen könnte, dachte Gertrud. Zum einen hätten die Streitigkeiten bei ihm zu Hause ein Ende, zum anderen war Dottendorf äußerst günstig gelegen. Es gehörte seit 1904 zu Bonn und lag nur einen Steinwurf vom Stadtteil

Kessenich entfernt. Hier gab es regen Handel, und viele von Hans' Kunden wohnten und arbeiteten dort. Zudem gab es dort nicht nur Siedlungen für Fabrikarbeiter, sondern auch mehrere Straßenzüge mit großen Villen, in denen Künstler, Industrielle, höhere Beamte und Professoren wohnten. Dort hatten sie auch schon eine funktionierende Straßenbeleuchtung, wovon sie hier auf den Dörfern nur träumen konnten. Außerdem waren sie hier näher an seinem Lager in der Stukkateurwerkstatt.

Hans schaute Gertrud überrascht von der Seite an. Sie konnte ein amüsiertes Funkeln in seinen Augen sehen.

»Nein, da ist kein Platz. Da steht doch allerhand Krempel drin. Wo sollten wir denn mit dem hin?« Ihr Vater schien wenig begeistert.

»Ich habe mir gedacht, Hans und ich räumen das Ganze in die Scheune am Wiesengrund. Die steht, bis auf ein paar Ballen Stroh, doch sowieso leer, und wenn jemand was braucht, dann bringen wir das selbstverständlich wieder her.«

»Eine Bonbonkocherei bei uns auf dem Hof? Das müssen wir nicht heute entscheiden. Nun heiratet erst mal«, warf ihr Vater skeptisch ein.

»Hans gehört doch jetzt zur Familie. So könnte ich sowohl zu Hause als auch Hans beim Arbeiten helfen. Die Küche seiner Mutter ist zu klein, und Hans möchte das Geld für eine Miete lieber sparen, damit wir uns mal was Eigenes leisten können. Hans, gib den Eltern mal ein Kirschbonbon zum Probieren.«

Hans zog die Papiertüte aus der Tasche und reichte sie den Viandens.

»Gertrud, lass gut sein. Herr Vianden, bitte glauben Sie mir, ich wusste nicht, dass Ihre Tochter diesen Vorschlag machen würde. Sie haben mir heute schon das größte Geschenk gemacht, als Sie mir die Hand Ihrer Tochter gewährt haben.«

Gertrud beobachtete ihre Mutter, wie sie das Bonbon zwischen den Fingern drehte, kritisch beäugte und dann in den Mund steckte. »Hmmm, die schmecken wirklich gut«, sagte sie überrascht, »tatsächlich nach Kirsche. Und diese glatte, glänzende Herzform. Das machst du ganz allein, Hans?«

»Ja. Wenn es Sie interessiert, können Sie gerne mal zuschauen.«

»Bitte, Mutti, gib uns den Grönstall«, bettelte Gertrud, die wusste, dass der Vater nicht mehr dagegensprach, sobald sie ihre Mutter auf ihrer Seite hatte.

Frau Vianden schaute zu ihrem Mann. »Lass uns den Kindern helfen, auf die Füße zu kommen.«

»Gut. Aber ihr müsst euch selbst um alles kümmern.«

»Natürlich. Danke! Meine Mutter wird froh sein, dass sie ihre Küche wieder für sich hat.«

»Das kann ich gut verstehen.«

Hans trank mit den Viandens noch ein Gläschen. Dann brachte Gertrud ihn zur Tür, und sie waren einen Moment allein.

»Du bist unglaublich, Gertrud«, sagte er mit einem liebevollen Lächeln. »Du bist wahrscheinlich die einzige Frau, die am Tag ihres Heiratsantrages ganz nebenbei auch noch eine Firmenumsiedlung auf die Beine stellt.«

Sie grinste ihn an. »Gern geschehen. Ich zeig dir schnell den Grönstall.«

Hans schaute sich darin um, erst skeptisch. Doch dann breitete sich ein Lächeln über seinem Gesicht aus. »Gertrud, der Raum ist ideal. Wenn man sich den ganzen Krempel wegdenkt, hat er eine gute Größe«, rief er begeistert aus.

»Ich weiß, er ist perfekt. Siehst du, heute ist doch alles gut gelaufen.«

»Ja, dank dir … und natürlich dank des Ferkels. Davor war dein Vater schon sehr zurückhaltend.«

»Unser persönliches Glücksschwein.« Gertrud lachte und küsste ihn übermütig.

****

Gleich am nächsten Morgen gingen Hans und Gertrud in den Grönstall. Sie luden alle Dinge, die in der alten Waschküche gelagert waren und bei den Viandens nicht oft gebraucht wurden, auf einen Holzkarren, der Rest wurde woanders im Hof untergebracht. Die ganze nächste Woche waren sie beschäftigt, die Wände weiß zu tünchen, Regale zu zimmern und an die Wand zu dübeln. Endlich war alles bereit, und sie schrubbten gemeinsam auf den Knien den Holzboden mit der Wurzelbürste.

»Erledigt«, sagte Gertrud erschöpft. »Jetzt müssen wir nur noch die ganzen Sachen zur Scheune am Wiesengrund bringen.« Sie lächelte Hans an. »Dann musst du morgen nur noch deine Utensilien holen und kannst loslegen.«

»Ja, wenn es bloß meine eigenen Sachen wären«, sagte er bekümmert, »hier gehört nichts mir. Der Raum und der gemauerte Herd gehören deinen Eltern. Meister Willibald hat mir eine Marmorplatte und eine ausrangierte Walze geliehen, ohne dass der Eduard was davon weiß. Aber damit kann ich mehr produzieren. Das wäre in der Küche mit den kleinen Ablageflächen gar nicht gegangen. Den alten Kupferkessel habe ich von meinem Onkel und den Hocker von deinem Vater. Mir gehört nur der Zucker.«

»Jetzt freu dich doch. Wir sind schon so weit gekommen. Schneller geht es eben nicht. Du kannst zukünftig mehr herstellen als in der Küche deiner Mutter und kaufst dir dann nach und nach die Sachen, die du für die Produktion brauchst. Ich bin mir sicher, du kannst die ausgeliehenen Dinge bald zurückgeben.«

»Danke, Gertrud. Es ist gut geworden.« Hans nahm sie liebevoll in den Arm und küsste sie.

»Lass uns die Sachen noch zum Wiesengrund bringen.«

Hans spannte den Schimmel der Viandens an, und sie setzten sich auf den Kutschbock. Gertrud schmiegte sich an ihn und genoss die kurze Strecke über die Feldwege. Der Wind wehte ihnen kühl ins Gesicht.

»Stopp. Da ist die Scheune.«

»Brrr.« Hans sprang hinunter. »Meine Herzensdame. Darf ich Ihnen behilflich sein?« Galant reichte er ihr die Hand.

»Danke, der Herr«, sagte sie und knickste förmlich. »So vornehm, das passt gar nicht zu dir«, stellte sie ausgelassen fest.

»Hast du eine Ahnung, wie charmant und vornehm ich wäre, wenn ich Zeit dafür hätte.«

»Ach, Hans Riegel, du bist unverbesserlich.«

Dann luden sie schnell alles ab und verstauten es. »Nur noch die alte Schubkarre, von der sich Vater nicht trennen kann. Dann sind wir endlich fertig.«

Hans nahm ihre Hand und zog sie an sich. Draußen war es schon dunkel. Nur die Laterne im Inneren tauchte die Scheune in ein schummriges Licht. Sein Blick ruhte auf ihr, als präge er sich jede klitzekleine Einzelheit ihres Gesichtes ins Gedächtnis ein. Dann fuhr er zärtlich mit dem Zeigefinger über ihre Wange bis hinunter zu ihrem Hals. »Du bist so schön, Gertrud. Ich begehre dich mit jeder Faser meines Körpers.«

Er küsste sie wieder. Diesmal nicht zärtlich, sondern leidenschaftlich und rau.

Nach einer Weile hielt er inne und stöhnte: »Ich würde dich jetzt so gerne lieben! Bis zur Hochzeitsnacht ist es noch so lange.«

»Lass uns nicht länger warten.« Sie wollte ihn genauso wie er sie. Für sie war es der passende Moment.

Danach wäre sie am liebsten in seinen Armen eingeschlafen, doch sie musste nach Hause.

»Gertrud, am schönsten wäre es, jetzt mit dir die ganze Nacht hier zu verbringen.«

»In ein paar Wochen sind wir verheiratet. Dann schlafen wir jede Nacht zusammen im gleichen Bett. Ich kann es kaum erwarten.« Sie zog ihre Strümpfe an und befestigte sie an den Haltern.

»Stimmt. In einem Schlafzimmer stupft es nicht so wie im Stroh, und wärmer ist es auch.« Hans zog einen Halm heraus, der sich in ihren braunen Locken verfangen hatte.

Sie grinste ihn frech an. »Aber vielleicht müssen wir ja noch öfter etwas zum Wiesengrund bringen.«

18. Kapitel

DOTTENDORF, NOVEMBER 1920

Gertrud steckte sich eine lange dunkle Locke fest. Ihre Mutter hatte ihr heute die drei Perlmuttspangen geliehen, die seit Generationen in der Familie waren. Weich schimmerten sie im Licht, das durch das Fenster in ihr Schlafzimmer hereinfiel. Sie betrachtete sich kritisch im Spiegel. Das Haar hatte sie in sanften Wellen aus dem Gesicht genommen und im Nacken festgesteckt. Da sie es normalerweise zu einem festen Zopf geflochten trug, wirkte sie mit dieser Frisur älter und weiblicher. Hoffentlich würde sie Hans gefallen. Ihr unsicherer Blick begegnete im Spiegel dem ihrer Mutter, die gerade ihr Korsett zuschnürte.

»Schön bist du.«

Gertruds Augen weiteten sich erstaunt. So gut wie nie lobte die Mutter sie, schon gar nicht wegen Äußerlichkeiten. Doch nun lächelte sie ihr aufmunternd zu und strich ihr vorsichtig übers Haar.

»Hans kann sich glücklich schätzen.«

»Ich mich auch«, sagte Gertrud bestimmt.

Es tat ihr weh, dass ihre Eltern Hans immer noch mit Skepsis begegneten. Was ihren Vater am meisten störte, war, dass Hans sich gegen das Fortführen des elterlichen Hofes entschieden hatte. Nachdem er ihm einmal beim Bonbonkochen zugeschaut hatte, nannte er ihn immer »einen Habenichts, der in der Küche Frauenarbeit macht«.

»Ich hoffe es«, sagte ihre Mutter leise. »Er ist ein anständiger Mann, seine Eltern sind rechtschaffene, fleißige Leute. Nur hätte ich dir mehr Sicherheit gewünscht.« Sie lächelte wehmütig. »Für Eltern ist es der größte Wunsch, dass es die Kinder einmal leichter und besser haben. Aber ihr habt gar nichts, außer ein paar Kamellen in unserer Waschküche im alten Grönstall.«

Gertrud drückte die Hand ihrer Mutter. Das waren zwar nicht die aufbauenden Worte, die sich eine Braut am Hochzeitstag wünschte, doch spürte sie die tiefe Liebe und die Sorge ihrer Mutter um ihr Kind.

»Du wirst schon sehen, Mutti, es wird gutgehen. Ich spüre das ganz genau. Auch wenn die nächsten Jahre schwierig sein werden, bin ich mir sicher, dass mir Hans eines Tages ein schönes Leben bieten kann.«

Ihre Mutter schluckte, sagte aber nichts darauf.

»Es wird Zeit für den Schleier.« Mit einem leisen Seufzer erhob sie sich.

Da das Geld knapp war, hatte Gertrud auf ein weißes Hochzeitskleid, wie es inzwischen viele junge Bräute vor allem in den Städten trugen, verzichten müssen. Sie heiratete in ihrem schwarzen Kirchgangskleid, mit dem starren Korsett, das Brust und Hüfte wegschnürte. Wenigstens war der Ausschnitt mit Seide unterlegt, sodass es ein bisschen festlich wirkte.

Die Kirche bestand darauf, dass Bräute als Zeichen ihrer Keuschheit einen Blumenkranz oder einen weißen Schleier trugen. Sie hätte sich aus Sparsamkeit für den Kranz entschieden, doch ihre Schwägerin Grit hatte ihr ihren Schleier geliehen.

Ihre Mutter steckte vorsichtig den zarten Stoff aus Ätzspitze und Tüllstickerei mit Haarnadeln fest. Gertruds Augen füllten sich mit Tränen. Nun war sie eine richtige Braut. Hinter dem Tüll wirkte ihr Gesicht weicher und geheimnisvoll. Noch nie hatte sie so etwas Feines und Kostbares getragen. Ihr Blick begegnete wieder dem ihrer Mutter, deren Augen ebenfalls feucht glänzten.

»Mein Mädchen, ich wünsche dir alles Glück der Welt und heute einen wunderschönen Tag im Kreis deiner Lieben.«

Gertrud nickte stumm. Sie sah, wie eine einzelne Träne die Wange ihrer Mutter hinabkullerte. War es, weil es sie rührte, dass ihre jüngste Tochter heiratete, oder dachte sie an die Lieben, die heute nicht da sein konnten? An Margareta und Peter, ihre Schwester und ihren Bruder, die beide viel zu früh gestorben waren? Sie drückte ihrer Mutter die Hand.

»Sie hätten sich für dich gefreut«, sagte diese leise, und Gertrud nickte mit einem Kloß im Hals.

Doch dann riss sich ihre Mutter sichtlich zusammen. »Jetzt wollen wir mal nicht sentimental werden, während unten dein Bräutigam ungeduldig wartet«, sagte sie betont munter und zupfte den Schleier noch einmal zurecht.

Der Rest des Tages verging in einem Kaleidoskop aus Bildern, Menschen und Gefühlen. Von der Trauung blieb ihr der Moment in Erinnerung, als ihr Vater sie vor dem Altar an Hans übergab. Der Ausdruck im geliebten alten Gesicht ihres Vaters war mürrisch gewesen, im starken Kontrast zu dem Blick voller Bewunderung und Liebe, mit dem Hans sie empfing. Gut sah er aus. Auch er trug seinen einzigen Anzug und hatte sich nichts Neues leisten können. Doch er machte eine großartige Figur mit seiner hohen Gestalt, den breiten Schultern und seiner aufrechten Haltung. Das dunkle dichte Haar hatte er gescheitelt und aus der Stirn gekämmt, sein Schnauzer war frisch gestutzt, und der warme Ausdruck in seinen braunen Augen, der nur ihr galt, ließ ihr Herz schneller schlagen.

Nach der Trauung gab es ein Fest in der Scheune. Die Nachbarn hatten in den Tagen zuvor Essen gebracht, sodass sich die für den Anlass gezimmerten Holztische unter rheinischen Köstlichkeiten bogen. Auch wenn ihr Vater mit der Wahl ihres Bräutigams nicht einverstanden gewesen war, hatte er sich nicht lumpen lassen. Er hatte zwei Schweine geschlachtet, und es gab reichlich Bier und Wein. Auch ihre Brauttruhe war bis an den Rand mit Leinen, Bettwäsche und Handtüchern gefüllt. Wie es Brauch war, trafen sich nach der Kirche die Frauen in der Küche bei Kaffee und Kuchen, um die Mitgift zu sichten, während die Männer in der Scheune das eine oder andere Bier tranken und Karten spielten.

Mit einem glücklichen Lächeln beobachtete Gertrud für einen Moment die anwesenden Frauen. Überall unterhielt man sich angeregt, es wurde gelacht und getratscht im breitesten Bönnsch, dem Dialekt der Gegend. Sie setzte sich zu ihren Schwestern Katharina und Maria und ihren Schulfreundinnen Anna und Lenchen. Sie hatte sich besonders gefreut, dass Lenchen gekommen war. Seit ihre Jugendliebe Günther im Feld gefallen war, ging sie größeren Festivitäten aus dem Weg. Verhärmt hatte sie sich zurückgezogen und sich damit abgefunden, als alte Jungfer zu enden. Doch Anna hatte ihr erzählt, dass sie seit ein paar Monaten mit dem Küster von Kessenich ausging. Das Funkeln in Lenchens Augen, dass an das freche, tatkräftige Mädchen von früher erinnerte, war zurückgekehrt.

Maria zupfte ihren Schleier zurecht. »Meinst du, dass Grit mir den auch leiht, wenn ich nächstes Jahr heirate?«

»Bestimmt«, antwortete Gertrud zuversichtlich, denn die Frau ihres ältesten Bruders war ausnehmend hilfsbereit und großzügig.

»Eigentlich eine Frechheit, dass du vor mir heiratest, obwohl ich schon seit über einem Jahr verlobt bin«, sagte Maria, wobei sie den Worten mit einem herzlichen Lächeln die Schärfe nahm.

»Ja, diese Eile hat uns überrascht. Es ist ja noch keine vier Wochen her, seit Hans dir den Antrag gemacht hat«, stimmte Katharina zu.

»Wir heiraten nur schon dieses Jahr, weil Maria nächstes Jahr mit Glanz und Gloria die Hochzeit des Jahres mit dem reichsten Bauern diesseits von Bonn feiert und ich ihr da nicht ins Gehege kommen wollte«, antwortete Gertrud, sah aber, dass ihre Schwestern einen bedeutungsschweren Blick wechselten.

Bevor sie nachfragen konnte, setzte sich Grit zu ihnen. Ihre Schwägerin war eine großgewachsene Frau mit dichten dunklen Locken und einer warmen Persönlichkeit. Als ihre beiden Brüder 1917 kurz hintereinander gefallen waren, war sie verzweifelt gewesen. Die Angst, dass sie auch noch ihren Mann verlieren könnte, hatte sie über Monate kaum schlafen lassen. Doch Anton Sebastian, der nur Sebastian gerufen wurde, war unversehrt aus dem Krieg zurückgekehrt. Gertrud hatte beobachtet, wie die Beziehung der beiden inniger geworden war, nachdem ihr Bruder, ohne zu zögern, versprochen hatte, auf den Hof von Grit zu ziehen, da ihre Eltern die Arbeit dort nicht mehr alleine schafften. Die Reaktion seiner eigenen Eltern – zuerst Bestürzung, dann Zorn – darüber, dass er wegging, hatte er, ohne je zu wanken, über sich ergehen lassen. Gertrud bewunderte ihren Bruder dafür, dass er das Glück seiner Frau und ihrer Eltern über seine eigenen Wünsche gestellt hatte.

»Wo hast du denn Sebastian gelassen?«, fragte sie Grit, denn sie konnte ihren dreijährigen Neffen nirgends entdecken.

»Der hat sicherlich schon den einen oder anderen Klaren intus und spielt Skat.«

»Äh, ich meinte eigentlich deinen Sohn.«

»Ach so, Basti. Der trinkt hoffentlich nur Milch«, sagte sie mit einem lauten Lachen. »Das aufgeweckte Kerlchen habe ich gerade bei deiner Mutter gelassen. Sie ist froh, ihren Oma-Pflichten nachkommen zu dürfen, und ich kann mich mal in Ruhe unterhalten, ohne ständig zu schauen, was Basti wieder anstellt.«

»Mit einem einzigen Enkel ist Mutter allerdings nicht ausgelastet«, kicherte Katharina und warf Gertrud einen so anzüglichen Blick zu, dass sie spürte, wie sie errötete.

Diesmal sprang ihr Lenchen zur Seite, die sich bisher kaum am Gespräch beteiligt hatte, sondern interessiert die Sachen von der Aussteuertruhe betrachtet hatte. »Deine Tischdecken sind wunderschön gestickt«, lobte sie, da sie anscheinend bemerkt hatte, dass Gertrud die Anspielungen ihrer Schwestern unangenehm waren.

»Wirklich sehr schön«, stimmte Anna zu, die in einem fliederfarbenen Kleid, dessen Ausschnitt mit elfenbeinfarbener Spitze unterlegt war, bezaubernd aussah. Doch heute fühlte sich Gertrud so sicher in Hans' Liebe, dass ihr die gefällige Anmut ihrer Freundin nicht wie sonst einen Stich gab.

Langsam begann sich ihre Freundschaft zu Anna zu erholen. Die Phase, in der sie einander aus dem Weg gegangen waren, weil es für beide wegen Hans peinlich war, war zum Glück vorbei. Gertrud hatte damals ihre quirlige Freundin vermisst. Doch eines Tages war Anna zu ihr auf den Hof gekommen und hatte Gertrud glaubhaft versichert, dass es sie nicht mehr störte, dass Hans nun Gefühle für Gertrud hatte. Von da an war ihr Umgang mit der Zeit wieder ungezwungen und vertraut geworden.

Einzig, dass Hans' Heiratsantrag viel schneller und entschlossener gekommen war als der von Hubert, der immer noch zögerte, hatte Anna pikiert. Doch heut schien sie sich aufrichtig für Gertrud zu freuen. Sie hatte sogar mehrere Kuchen für das Fest gebacken.

»Bist du enttäuscht, dass ihr im November heiratet, wenn es draußen kalt und neblig ist?«, fragte Anna unvermittelt.

Gertrud sah sie überrascht an. »Darüber habe ich gar nicht nachgedacht. Das war der erste Termin, den der Pfarrer frei hatte.«

»Gibt es einen Grund für die Eile?« Anna sah angelegentlich auf die Initialen, die fein säuberlich in ein Geschirrtuch gestickt waren.

Natürlich wusste Gertrud, worauf Anna anspielte. Genau wie ihre Schwestern trieb sie die Neugierde um, ob Gertrud schwanger sei.

»Nein, es ist kein Nachwuchs unterwegs«, sagte sie mit großer Direktheit und laut genug, dass es auch ihre Schwestern hören konnten. »Wir konnten es einfach nicht erwarten, unser gemeinsames Leben miteinander anzufangen.«

»Ach so.« Eine feine Röte zog sich Annas Hals hinauf bis in ihre Wangen. »Natürlich. Ich wollte auch nicht … Ich habe ja nur gedacht …«

»Mach dir keinen Kopf. Du bist nicht die Einzige, die so etwas vermutet.«

Anna sah erleichtert aus, doch nun wussten sie beide nicht, was sie sagen sollten.

In diesem Augenblick ging die Tür auf, und Gertrud musste zweimal hinschauen, bis sie ihre Schwägerin Aga erkannte. Bei ihren letzten Besuchen hatte sie sich bemüht, das Mädchen in Gespräche zu verwickeln. Aga war zwar fast auf den Monat genau gleich alt wie Gertrud, wirkte aber wegen ihrer Schüchternheit jünger. Doch wenn sie auftaute, zeigten sich ein feiner Humor und überraschende Schlagfertigkeit.

Doch die Dame, die nun den Raum betrat, erinnerte kaum noch an das verhuschte Mädchen.

Während Gertrud und ihre Schwestern schlichte dunkle Kleider trugen, sah man Aga nun an, dass sie das letzte Jahr in der Stadt verbracht hatte. Sie trug eine Tunika aus beigem Samt, die tief an der Taille mit einem Gürtel mit Quasten zusammengehalten wurde. Früher hatte sie einfach nur lang und dürr gewirkt, doch dieses Kleid gab ihr nun die hohe, elegante Silhouette, wie sie in den Modezeitschriften zu sehen war. Verdutzt erkannte Gertrud, dass die Schwägerin kein Korsett trug und der Saum nur bis zu den Waden reichte. Das hätte sich nicht einmal Anna getraut.

Doch ganz hatte Aga ihre Schüchternheit noch nicht abgelegt. Unsicher blieb sie stehen und wusste nicht, wohin mit sich.

»Wie schön, dich wiederzusehen«, rief Gertrud ihr freudig zu und winkte Aga an ihren Tisch.

Diese lächelte dankbar. »Tach, zusammen. Es tut mir leid, dass ich erst heute gekommen bin. Ich wollte gestern schon anreisen, aber ein anderes Hausmädchen ist krank geworden, und da musste ich einspringen.«

»Macht nichts. Hauptsache, du bist hier. Wie läuft es denn in Düsseldorf?«

»Das ist eine andere Welt als hier.« Aga zuckte mit den Schultern. Als Gertrud sie abwartend ansah, sprach sie zögernd weiter: »In dem Stadtpalais von den Goldbachs gibt es unzählige Zimmer, für Familie und Gäste. Hinter dem Haus befindet sich ein Ziergarten mit bunt blühenden Blumen ohne eine einzige Nutzpflanze. So etwas habe ich davor noch nie gesehen. Die essen gar nichts aus ihrem Garten. Wir sind zwanzig Hausmädchen und tragen alle die gleichen dunklen Kleider mit weißen Schürzen und kleinen Spitzenhäubchen.«

»Hast du gar kein Heimweh?«, fragte Anna fasziniert.

»Der Anfang war hart«, gab Aga zu. »So viele Leute, die ich nicht kannte. Aber die anderen Hausmädchen sind sehr nett. Ich unterstehe einer sehr strengen Hausdame, die uns nicht das Geringste durchgehen lässt, weil im Haus Goldbach nur Leute von Rang und Namen verkehren.«

»Erkennst du denn diese Leute überhaupt?«, fragte Katharina interessiert nach.

»Jeden Morgen bekommen wir von der Hausdame gesagt, wer sich angekündigt hat, sodass wir die Gäste mit Namen ansprechen können. Letztens war der Maler Max Liebermann da. Aber die Herrschaft möchte nicht, dass wir tratschen und erzählen, wer da ein und aus geht. Es sind Schauspieler, Musiker und Intellektuelle. Neulich hat …« Sie brach ab. Anscheinend war ihr aufgefallen, dass sie der Mittelpunkt der Aufmerksamkeit war, was sie verunsicherte. »Entschuldige, Gertrud, jetzt rede ich nur von mir.« Sie lächelte sie an. »Bin halt aufgeregt, alle wiederzusehen, und dann auch noch auf einer Hochzeit mit einer so bezaubernden Braut.«

Gertrud musste lachen. Wenn Aga ihre Schüchternheit ablegte, wickelte sie jeden um den Finger.

»Danke, liebe Schwägerin.«

Ihr fiel auf, dass auch Anna mit großen Augen das Kleid von Aga bewunderte und dass Katharina und Maria aufgeregt tuschelten. Verdienten Hausmädchen in der Stadt so viel, dass sie sich eine so extravagante Garderobe leisten konnten, fragte sich Gertrud für einen Moment.

Aga schien sich der Wirkung, die sie auf die Damen am Tisch hatte, nicht bewusst zu sein. Sie schob sich ein großes Stück von der Buttercremetorte in den Mund. Dann wandte sie sich kauend an Gertrud. »Ich habe schon beinahe nicht mehr daran geglaubt, dass mein Bruder noch einmal unter die Haube kommt.

Er hat sich ja lange Zeit gelassen. Aber anscheinend hat er nur auf die Richtige gewartet, um dann schnell Nägel mit Köpfen zu machen.«

»Kann schon sein«, sagte Gertrud ausweichend, weil ihr genau dieses Thema zu peinlich war, um es vor Anna zu besprechen.

»Ja. Du musst uns dein Geheimnis verraten, wie du Hans von seinen Kamellen weggelockt hast«, mischte sich Katharina ein, »ich bin zwei Jahr älter als du, und kein Verehrer ist in Sicht, und du bist innerhalb von ein paar Monaten verheiratet.«

Auch wenn ihre Schwester zu ihren Worten lachte, meinte Gertrud Bitterkeit herauszuhören. Sie konnte sie verstehen. Wenn sie keinen Mann fände, würde sie auf dem Hof der Eltern bleiben und wahrscheinlich für alle Zeiten Heinrich versorgen.

Glücklicherweise blieb ihr die Antwort erspart, weil in diesem Moment Gertruds Mutter resolut die Hände zusammenklatschte und mahnte, dass es an der Zeit sei, hinüber in die Scheune zum Tanz zu gehen.

Der schönste Teil ihres Festtages war für Gertrud, als die vier Musikanten den »Donauwalzer« von Johann Strauß anstimmten, und sie endlich einen Moment mit ihrem frisch angetrauten Gatten hatte. Die lachenden, glücklichen Gesichter um sie herum wurden unscharf, als sie sich immer schneller im Dreivierteltakt drehten. Sonst fühlte sie sich wegen ihrer Größe beim Tanz oft ungelenk. Doch in Hans' Armen schwebte sie wie eine Feder über den Scheunenboden. Es lag an der Selbstsicherheit, mit der er sie beim Tanz führte. Das war ihr schon beim ersten Mal positiv aufgefallen, damals auf dem Kathreinstanz in Dottendorf. Sie versank in seinen braunen Augen.

»Heute ist der glücklichste Tag meines Lebens.«

Die ungezügelte Freude in seinem Blick berührte sie tief. Sie nickte selig, zum Antworten war sie zu atemlos.

»Heute beginnt etwas Großes, Wunderbares«, fügte er mit ungewohntem Ernst hinzu.

Er zog sie noch enger an sich. Sie genoss die Nähe, die nun, da sie verheiratet waren, akzeptabel war. Sie musste ihre Gefühle nicht mehr vor neugierigen Blicken verstecken. Viel zu schnell endete der Brautwalzer, und sie mussten sich trennen, um mit den Eltern und Verwandten zu tanzen.

Nachdem sie die Pflichttänze absolviert waren, holte Adolf Pütz, Hans' Freund aus Kindertagen, Gertrud zum Tanz. Er trug einen grauen Anzug und ein weißes Hemd, das an seinem Bauch deutlich spannte. Sein blondes Haar begann bereits dünn zu werden. Er war einen halben Kopf kleiner als sie und tanzte wie ein Hackstock. Dabei starrte er konzentriert auf den Boden. Trotzdem trat er ihr ständig auf die Füße. Er entschuldigte sich jedes Mal und wurde von Sekunde zu Sekunde unsicherer, was dazu führte, dass sie sich so langsam drehten, dass sie das Gefühl hatte, auf der Tanzfläche zu stehen. Sie war froh, als das Musikstück zu Ende war und er sie zu ihrem Tisch geleitete.

Sie setzte sich neben ihren Schwager Peter, der wegen seines Holzbeins nicht tanzte. Der Platz neben ihm war leer, denn Hans hatte gerade Peters Frau Evi aufgefordert. Ihre neue Schwägerin sah blass und müde aus. Die Schwangerschaft war ihr mittlerweile deutlich anzusehen. Am Morgen hatte sie ihr erzählt, dass ihr nach wie vor ständig übel war. Aus den Augenwinkeln hatte Gertrud mitbekommen, wie sie während der Trauung zusammen mit ihrem Mann die Kirche verlassen hatte.

Da Peter seit Jahren in Koblenz wohnte, kannte sie ihn kaum. Doch der ruhige Mann war ihr auf Anhieb sympathisch gewesen. Nie jammerte oder klagte er, dass er den elterlichen Hof nicht übernehmen konnte. Als er ihr heute nach der Trauung gratuliert hatte, hatte sie aufrichtige Freude in seinem Blick lesen können.

»Gut, dass gerade ein langsamer Walzer gespielt wird«, sagte Peter mit einem besorgten Blick zu seiner Frau. »Heute früh während des Gottesdienstes war ihr sehr übel. Aber jetzt scheint es ihr besser zu gehen.«

»Wann ist es denn so weit?«

»Das Kind soll im Januar zur Welt kommen.« Das Glück, das er über den baldigen Nachwuchs empfand, war ihm so deutlich ins Gesicht geschrieben, dass Gertrud schlucken musste.

Gertrud und Peter beobachteten die Paare, die tanzten. Peter schien zufrieden damit, zuzuschauen, wie sich Evi und Hans immer schneller drehten und Evi laut über etwas lachte, das Hans sagte.

»Gott sei Dank, es geht ihr besser«, sagte er fröhlich und schenkte sich und Gertrud Wein nach.

Für einen Augenblick sah Gertrud hinüber zu Heinrich. Er saß so weit wie möglich weg von der Musik. Ihre Mutter saß neben ihm und versuchte offensichtlich, ihn dazu zu bewegen, etwas zu essen. Inmitten der fröhlichen Ausgelassenheit um ihn herum wirkte er wie der einsamste Mensch der Welt. Wie durch eine unsichtbare Mauer war er von der Außenwelt abgeschnitten und blieb in seiner Trauer und Angst gefangen.

Sie zwang sich, die trüben Gedanken aus ihrem Kopf zu verbannen. Heute war ihre Hochzeit, heute wollte sie glücklich sein. Sie wandte ihre Aufmerksamkeit wieder der Tanzfläche zu. Elli, Adolfs Frau, tanzte gerade mit Gertruds Bruder Sebastian. Die kleine quirlige Frau mit den hochgesteckten roten Haaren fegte mit ihm über den Tanzboden. Gertrud wunderte sich, dass Adolf so ein schlechter Tänzer war, während seine Gattin die Musik im Blut zu haben schien. Daneben drehte Aga sehr graziös mit Jupp, einem Nachbarsbuben der Riegels, ihre Kreise.

Hans setzte sich verschwitzt neben sie. Automatisch beugte sie sich näher zu ihrem Mann hin, damit er sie bei der Lautstärke, die in der Scheune herrschte, trotz seiner Schwerhörigkeit verstand: »Ist dir auch schon aufgefallen, Hans, dass Aga richtig erwachsen aussieht? Eine große Dame. Als wäre über Nacht aus der Raupe ein Schmetterling geworden.«

Sie sah, wie Hans seine kleine Schwester beobachtete.

»Du hast recht. Sie ist hübsch geworden. Die ungelenken Bewegungen sind anmutigen gewichen. Nur die Selbstsicherheit fehlt ihr noch. Sie hat es wahrscheinlich selbst noch nicht begriffen, wie hübsch sie ist.«

»Der Jupp schon. Der tanzt schon die dritte Runde mit ihr.«

»Wirklich? Er ist zwar ein netter Kerl, aber ich hoffe, er lässt die Finger von ihr. Sonst muss ich heute noch ein ernstes Wort mit ihm reden«, sagte Hans nachdrücklich.

»Lass sie doch ihren Spaß haben. Tanzen wir noch einmal zusammen, bevor wieder irgendein Verwandter auftaucht?«

»Nichts lieber als das, meine nagelneue Ehefrau.«

Er nahm ihre Hand und führte sie zur Tanzfläche. Immer wieder schauten sie einander tief in die Augen, und Gertrud fühlte eine Verbundenheit mit ihrem frischgebackenen Ehemann, die alle anderen Anwesenden ausschloss.

Als sie zurückkehrten, saßen ihre beiden Väter und ihr Schwager Paul zusammen am Tisch. Vor ihnen stand eine Flasche Kirschgeist von Bauer Rütten. Es freute sie, dass die beiden Männer sich so gut verstanden. Gertrud setzte sich dazu und schnappte sich ein Stück übrig gebliebenen Kuchen. Allmählich entspannte sie sich und konnte etwas essen. Heute Morgen und zum Mittagessen hatte sie vor lauter Nervosität keinen Bissen heruntergebracht.

»Wenn Maria nächstes Jahr nach der Hochzeit auch aus dem Haus ist, werde ich den Hof an meinen Sohn Wilhelm übergeben und in den Austrag gehen«, sagte ihr Vater gerade.

Gertrud hielt die Luft an. Ohne es zu wissen, hatte ihr Vater gerade einen wunden Punkt erwischt. Sie wusste, dass ihr Schwiegervater damit haderte, dass Hans nicht am Familienhof interessiert war.

»Die Nachfolge ist bei uns noch nicht geklärt«, sagte Peter Riegel auch prompt mit einem vielsagenden Blick zu Hans. »Mein Ältester will den Hof nicht, weil er nur an seine Bonbons denkt. Zum Glück wohnen Paul und Martin noch zu Hause und helfen tatkräftig mit, denn es fällt mir täglich schwerer, mich nach einem Arbeitstag am Bau abends noch um die Landwirtschaft zu kümmern. Man wird nicht jünger. Ich bin mir sicher, dass der Paul einmal ein guter Bauer und ein guter Nachfolger wird.«

»Das glaub ich auch, Peter. Lass uns noch ein Gläschen trinken. Schließlich ist heute Hochzeit«, sagte Gertruds Vater gut gelaunt und schenkte wieder großzügig ein.

Gertruds Blick fiel auf Paul, der dem Gespräch schweigend gefolgt war. Täuschte sie sich, oder legte sich ein Schatten über das Gesicht ihres Schwagers?

Doch fast sofort war der Moment verflogen, und Paul wandte sich mit seinem breiten Grinsen an sie: »So, jetzt bin ich dran. Darf ich bitten, verehrte Braut?«

»Nichts lieber als das, liebster Schwager.« Gertrud lachte ausgelassen und ging mit Paul zur Tanzfläche.

Todmüde kamen Hans und Gertrud nach Mitternacht bei Riegels Hof in Friesdorf an. Bis sie sich etwas Eigenes leisten konnten, würden sie bei Hans' Eltern wohnen – in Agas ehemaligen Zimmer. Für allen Besuch von weiter her war in der Scheune der Riegels ein Lager eingerichtet worden.

Zärtlich öffnete Hans die winzigen Knöpfe an ihrem Kirchgangskleid. Sie spürte, wie seine Finger zitterten. Plötzlich fühlte sie sich in dem schmucklosen schwarzen Kleid wie die begehrenswerteste Frau der Welt.

»Endlich darf ich dich in einem weichen Bett lieben und nicht mehr im piksenden Stroh. Als meine Frau und ohne Angst, dass ein Bauer mit der Mistgabel auf uns losgeht.«

Sie kicherte. »Ich hatte heute schon ein schlechtes Gewissen mit meinem weißen Schleier und bei den Worten des Pfarrers über die Keuschheit der Braut. Wenn die wüssten, was wir in der alten Scheune am Wiesengrund getan haben.«

Er strich ihr liebevoll über die Wange. »Das wird mir immer eine meiner liebsten Erinnerungen bleiben.«

Danach sprachen sie nicht mehr, sondern genossen es, zusammen sein zu dürfen, ohne Entdeckung fürchten zu müssen.

****

Da Hans jeden Pfennig in seine Firma stecken wollte, war kein Geld für eine Hochzeitsreise da. Immerhin hatte er Gertrud versprochen, zwei Tage lang einen Bogen um den Grönstall zu machen und nur für sie da zu sein. Den ersten Tag schliefen sie lange, packten aus den Resten vom Hochzeitsessen ein opulentes Picknick zusammen und fuhren mit den Rädern auf ihre Lieblingslichtung. Auch wenn die Novembersonne nicht mehr richtig wärmte, genossen sie das Alleinsein, die Küsse und die Vertrautheit, mit der ihre Gespräche dahinplätscherten. Zu Hause versuchten Hans' Eltern, ihnen so viel Zweisamkeit wie möglich zu gewähren und ließen sie in Ruhe. So konnten sie, kaum dass es dämmerte, ins Schlafzimmer verschwinden.

Doch am nächsten Tag bemerkte Gertrud, dass Hans unruhig wurde. Fürs Nichtstun war er nicht geschaffen. Deshalb schlug sie ihm vor, nach Bonn zu fahren, wo gerade ein Jahrmarkt stattfand. Seine Augen leuchteten auf.

»Ich liebe Jahrmärkte. Lass uns gleich losfahren.«

Gertrud genoss es, mit Hans zwischen den Buden hindurchzuschlendern. Sie war stolz, dass der große, gut aussehende Mann mit dem schelmischen Lächeln zu ihr gehörte. Als sie Zuckerwatte kaufte, sagte sie voller Stolz zur Marktfrau: »Einen Moment, das zahlt mein Mann.« Auch beim Bratwurstverkäufer brachte sie unter, dass ihr Begleiter ihr Gatte war.

Hans schmunzelte amüsiert. »Wäre es nicht einfacher, ich trage ein Schild: ›Ehemann von Gertrud Riegel‹?«

Ein wohliger Schauer überlief sie, als sie ihren neuen Nachnamen hörte, und sie musste lachen. »Ich habe halt so eine Freude dran.«

Er blieb stehen und zog sie an sich. »Ich auch. Von mir aus soll die ganze Welt wissen, dass die bezauberndste Frau vom ganzen Jahrmarkt die meine ist.« Er erhob die Stimme und rief wie ein Marktschreier: »Meine Damen und Herren, darf ich Sie unterwürfigst darauf aufmerksam machen, dass die wunderschöne Dame an meiner Seite seit vorgestern meine Gattin ist?«

»Pschscht! Spinnst du?« Kichernd hielt sie ihm die Hand vor den Mund und zog ihn weiter.

Sie liebte diese alberne, leichte Seite von Hans. Meist war er ernsthaft in seine Arbeit vertieft, mit den Gedanken bei Kunden, Zahlen oder Rezepten, doch heute gehörte er nur ihr.

Sie sahen gebannt zu, wie »der stärkste Mann der Welt« einen Amboss in die Luft hob, sie staunten über das Können einer Seiltänzerin und blieben lange bei einem Tanzbären stehen. Gertrud musste lachen, wie sich das tapsige Tier zu den Klängen einer Fiedel bewegte. Als Gertrud schließlich weitergehen wollte, blieb

Hans stehen. Seine Augen hingen wie gebannt an dem Braunbären.

»Komm, Hans. Da hinten gibt es ein Raritätenkabinett.«

»Gleich. Lass mich noch ein bisschen schauen.« Als sie nach einigen Minuten ungeduldig wurde, verharrte er trotzdem wie angewurzelt an seinem Platz.

»Das ist ja wieder das gleiche Lied wie vorhin. Lass uns weitergehen«, bat sie.

»Nur noch ein bisschen. Ich habe da eine Idee.«

Sie sahen sich noch einmal das ganze Repertoire des Bären an, bis Hans bereit war, den Stand zu verlassen.

»Jetzt bin ich aber gespannt. Was für eine Idee hattest du denn?«

»Hast du gemerkt, wie begeistert die Leute von dem Bären waren?«

»Na ja, so begeistert wie du war sonst keiner. Die meisten Leute sind nach ein oder zwei Liedern wieder weitergegangen.«

»Mag sein. Aber bei keiner Attraktion stehen so viele Menschen wie beim Tanzbären.«

»Das stimmt.«

»Deswegen habe ich mir gedacht, dass ich versuchen sollte, Bonbons in Bärenform herzustellen.«

Gertrud prustete los. »Das ist das, was du dir denkst, wenn du einem Tanzbären zuschaust? Du bist wirklich ein Getriebener. Sogar in deinen Flitterwochen denkst du an die Arbeit.«

Er sah sie überrascht an. »Natürlich. Du nicht?«

Sie schüttelte den Kopf. Es tat ihr weh, dass er nur zwei Tage nach der Hochzeit schon wieder an seine Kamellen dachte, auch wenn er mit ihr zusammen war.

Dann gab sie sich einen Ruck. Sie hatte gewusst, wie Hans war, als sie sich in ihn verliebt hatte. Auch wenn es sie Kraft kostete, lächelte sie ihn an und sagte: »Das mit den Bären ist eine gute Idee.«

Er griff nach ihrer Hand. »Komm! Lass uns zum Raritätenkabinett gehen.«

Die kleine dunkle Wolke, die sich über den Tag gelegt hatte, zog weiter.

19. Kapitel

KESSENICH, DEZEMBER 1920 BIS APRIL 1921

Pfeifend zog Hans seinen Leiterwagen durch Kessenich. Heute war ein guter Tag. Drei neue Kunden hatte er gewonnen, und sein Auftragsbuch war prall gefüllt. Auch wenn ihm nach wie vor die Inflation zu schaffen machte, blieb inzwischen nach dem Einkauf der Rohstoffe täglich etwas mehr von den Einnahmen übrig. Die Tage, an denen er in der Waschküche seiner Schwiegereltern produzierte, waren hoffentlich bald gezählt. Er spürte, dass sie es befremdlich fanden, dass ein erwachsener Mann lieber Bonbons kochte, als auf dem Hof zu arbeiten. Zudem konnte er nie das Gefühl abschütteln, nur geduldet zu sein. Ihm, der er immer davon geträumt hatte, aus der Enge seiner Gesellschaftsschicht auszubrechen, fiel es schwer, nun Bittsteller bei einer anderen Bauernfamilie zu sein. Manchmal dachte er, die Zweifel seines Vaters würden sich bewahrheiten, und er würde nie weiter als bis zum nächsten Hof kommen.

Halt, mahnte er sich selbst. Solche Gedanken führten zu nichts. Heute war ein guter Tag, und er würde bald sowohl den Hof seiner Eltern, auf dem er wohnte, als auch den Hof seiner Schwiegereltern, auf dem er arbeitete, weit hinter sich lassen.

»Wenn das nicht der Hans Riegel ist!«, hörte er hinter sich eine Stimme, die er gleich erkannte.

Unwillig drehte er sich um.

Eduard Meier stand lässig an eine Hausmauer gelehnt und musterte ihn von oben bis unten. Nur zu deutlich wurde sich Hans seiner einfachen Arbeiterkleidung bewusst, die im krassen Gegensatz zu Eduards Einreiher in elegantem Grau stand. Genau heute war er mit dem Ärmel an einem Scheunentor hängen geblieben, sodass sein Hemd dort einen großen Riss hatte.

»Guten Morgen, Eduard«, sagte er mürrisch.

»Ich sehe, du hast es weit gebracht, seit du von uns weg bist.« Eduard grinste spöttisch.

Die altvertraute Wut stieg in ihm hoch. Hier stand er wie der geborene Verlierer vor Eduard, obwohl er täglich bis zum Umfallen schuftete und seiner Zukunftsvision alles unterordnete. Wohingegen die Jahre zum Juniorchef von *Kleutgen & Meier* offensichtlich gut gewesen waren. Seine hagere Gestalt hatte sich inzwischen aufgefüllt, und er war kräftiger als früher. Sein hellblondes Haar trug er wie Hans Albers in einer kecken Welle über der hohen Stirn, die zu einem Jugendlichen nicht gepasst hatte, ihn aber nun wie einen Denker wirken ließ. Seine einstmals picklige Haut war rein, und sein früher eingefallenes Gesicht war mit den ausgeprägten Wangenknochen nun markant.

Hans straffte die Schultern. »Danke. Ich bin zufrieden. Zwar sind die Anfänge bescheiden, aber immerhin bin ich mein eigener Herr.«

»Wie? Hast du dich selbstständig gemacht?« Für einen Moment erschien Eduard überrascht. »Das hat sich in der Bonbon-Branche noch gar nicht rumgesprochen.« Wieder dieses Grinsen.

»Das wird es schon noch«, sagte Hans großspurig.

»Immer noch der gleiche Träumer.« Er musterte Hans abschätzig. »Wenn es dir schlecht geht, kannst du zu uns kommen. Wir stellen gerade Gehilfen ein.«

»Nein, danke. Es läuft.« Wie gerne hätte er Eduard das abfällige Grinsen mit einem wohlplatzierten Faustschlag aus der arroganten Visage gewischt. Aber das würde ihm nichts bringen. Was Gertrud dazu zu sagen hätte, wenn er sich wie ein Straßenjunge prügelte, mochte er sich gar nicht vorstellen. Also war es wie immer: Er musste die Faust in der Hosentasche verstecken und sich ruhig verhalten, und Eduard konnte als Sieger den Platz verlassen. Eines Tages, schwor Hans sich, würde das Blatt sich wenden. Er zog seinen Leiterwagen weiter, aber seine gute Laune war wie weggeblasen.

Zurück im Grönstall, arbeitete er wie ein Berserker. Gertrud, die Bonbons verpackte, suchte schnell das Weite, als er sie unwirsch zur Seite schob. Sie konnte nichts dafür, das wusste er selbst, aber in ihm brodelte es. Er hatte das Gefühl, dass die Stagnation ihm die Luft zum Atmen nahm. Ja, er hatte neue Kunden gewonnen, ja, seine neuen Rezepturen fanden Absatz, doch immer noch war er bloß ein »Kellerbetrieb«, wie man im Rheinischen Unternehmen nannte, in denen nur die Ehefrau und die Kinder mitarbeiteten. Keinen einzigen Angestellten konnte er sich leisten.

So hatte er sich sein Leben nicht vorgestellt, als er bei Heinen weggegangen war. Die Leute vom Dorf sahen auf ihn herab, wenn auch nicht so augenscheinlich und herablassend wie Eduard. Er war einer der wenigen, die aus Friesdorf herausgekommen waren, er hatte eine ordentliche Ausbildung gemacht und Erfahrungen in der Ferne sammeln können, den Krieg bis auf die Taubheit auf einem Ohr unversehrt überlebt. Trotzdem hatte er es nur bis zum Kellerbetrieb gebracht. Jeder Bauer war höher angesehen als er.

Beim Abendessen stocherte er lustlos im Pitter un Jupp, dem Rheinischen Wirsingeintopf, herum.

»Ist dem Herrn Fabrikanten unser Essen nicht gut genug?«, fragte sein Vater sarkastisch.

Wie immer streute sein Vater Salz in die Wunde. Verspottete Hans' in seinen Augen hochtrabende Träume, was umso bitterer war, da er nicht aufbegehren konnte. Er hatte es wirklich nicht weit gebracht.

»Doch. Doch. Hab nur keinen Hunger«, sagte er müde, weil er sich zu ausgelaugt für einen neuerlichen Streit fühlte.

»Wenn du auf dem Hof oder auf dem Bau arbeiten würdest, wärst du auch müde. Aber du hättest etwas vorzuweisen.«

Hans schluckte. Immer die alte Leier. Vielleicht hatte sein Vater recht? Wäre es gescheiter hinzuschmeißen? Arbeit würde er sicher finden. Seine Schwiegereltern wären auch froh, wenn er eine feste Anstellung hätte. Gertrud legte kurz ihre Hand auf seine.

»Schmeckt gut«, sie lächelte Hans' Vater charmant an. »Gebt ihm noch ein wenig Zeit, Vater. Ich bin mir sicher, dass er bald etwas vorweisen kann.«

»Mmmmh.« Peter Riegel klang nicht überzeugt, sagte aber nichts mehr.

»Genau«, gab Paul seinem Bruder Rückendeckung. »Ich habe erst gestern Herrn Breuer getroffen, und er hat gesagt, dass sich Hans' Kamellen viel besser verkaufen als die von der Konkurrenz.« Reinhard Breuer gehörte der Krämerladen von Friesdorf.

Hans nickte seinem Bruder dankbar zu. »Ich bin zufrieden mit der Auftragslage.«

»Ja, er macht es nicht schlecht für einen Kellerbetrieb«, lenkte sein Vater ein. Hörte Hans Mitleid in der Stimme seines Vater?

In diesem Moment fasste er einen Entschluss. Wenn er wollte, dass sich etwas änderte, musste *er* etwas ändern.

»Morgen fahre ich nach Bonn und melde ein Gewerbe an.

Dann ist das Ganze offizieller. Außerdem werde ich mir ein Pferdegespann zulegen. Inzwischen haben wir so viel Ware, dass das mit dem Fahrrad und dem Leiterwagen nicht mehr machbar ist.« Seine eigenen Worte gaben ihm Mut. Es stimmte. Die Auslieferungen waren seit dem Sommer ständig gewachsen.

»Ein Pferdegespann?« Sein Vater klang skeptisch. »Hast du so viel Geld?«

Hans rechnete schnell. Seine Ersparnisse müssten reichen, aber danach wäre er wieder auf null. Er hob stolz den Kopf und sah seinen Vater direkt an. »Natürlich.«

Er konnte widerwillige Bewunderung in dessen Augen erkennen.

»Wäre es nicht besser, du leihst es dir?«, fragte seine Mutter ruhig. »Mein Bruder nutzt seines kaum, seit sein Schwiegersohn den Hof übernommen hat und er im Austrag ist. Frag ihn doch.«

»Leihen, leihen, immer nur leihen«, brummelte sein Vater, »nur auf das, was einem gehört, ist Verlass.«

Hans war hin- und hergerissen. Er stimmte von ganzem Herzen mit seinem Vater überein. Leihen widerstrebte ihm, er wollte besitzen. Seine ganze Ausstattung im Grönstall war notgedrungen zusammengeborgt. Doch seiner angespannten finanziellen Situation würde es guttun, wenn er sein Geld nicht für ein Pferdefuhrwerk ausgeben müsste. Außerdem würde er den Wagen momentan nur ein paarmal die Woche benötigen, sodass er die meiste Zeit ungenutzt herumstehen würde.

»Danke, Mutter«, sagte er schließlich. »Das ist eine gute Idee. Ich rede gleich morgen mit Onkel Frieder.« An seinen Vater gewandt, fügte er hinzu: »Aber ich werde es bald zurückgeben können.«

»Das glaube ich sofort«, meldete sich Martin zum ersten Mal zu Wort. »Ich bin mir sicher, bald isst ganz Bonn deine Bonbons.«

Hans tat dieser Zuspruch gut. Liebevoll wuschelte er dem Bruder über die dunklen Locken, was dem Sechzehnjährigen überhaupt nicht passte. Glücklicherweise waren seine Brüder zu jung gewesen, um eingezogen zu werden. Doch die schlechte Wirtschaftslage und die hohe Arbeitslosigkeit hatten dazu geführt, dass sie immer nur schlecht bezahlte Hilfsarbeiten auf dem Bau fanden. Abends halfen sie den Eltern auf dem Hof. Auch sie hatten größere Träume gehabt.

»Sobald ich es mir leisten kann, stelle ich euch ein«, versprach er.

»Versprich nichts, was du nicht halten kannst«, mahnte der Vater.

Hans verkniff sich eine Antwort und starrte auf seinen Eintopf.

Hans' Mutter nutzte die entstandene Pause, um Gertrud in ein Gespräch über Apfelsorten zu verwickeln, sodass sich die Stimmung am Tisch wieder entspannte.

****

Am nächsten Tag zog Hans den guten Anzug an und meldete sein Gewerbe an: *Hans Riegel, Bonn.* Das Glücksgefühl, das ihn überkam, als er die Formulare unterschrieb, überraschte ihn. Seinen Namen auf einem offiziellen Dokument zu sehen gab seinen Träumen ein Fundament. Ab heute – dem 13. Dezember 1920 – gab es eine Firma mit seinem Namen. Zwar immer noch ein Kellerbetrieb, aber nicht mehr lange, schwor er sich.

Er und Gertrud führten ein ruhiges Leben: tagsüber im Grönstall, Abendessen mit seiner Familie, früh zu Bett und früh wieder raus. Doch nie klagte seine Frau, im Gegenteil: Sie war es, die laut und herzhaft lachen konnte, wenn die Nachbarsjungen

Bonbons stibitzten, die sie zum Trocknen auf dem Tisch vor dem Haus ausgelegt hatten. Gertruds unerschütterliche Heiterkeit lehrte ihn, Enttäuschungen ebenfalls mit Humor zu nehmen.

Mit den Räumlichkeiten im Grönstall kamen sie nach wie vor gut zurecht. Auf dem Herd kochte der große Waschkessel, in dem viel mehr Zuckersirup auf einmal hergestellt werden konnte als in Mutters Töpfen. Auf der gegenüberliegenden Seite unter dem Fenster hatte er eine lange Ablage gezimmert, auf der die Kamellen trockneten und geschnitten werden konnten. Am Ende standen die großen flachen Kisten mit dem Weizenpuder, in dem die Bonbons gewendet wurden, damit sie später nicht aneinanderklebten. Es gab Regale mit ordentlich beschrifteten Weckgläsern, die die Geschmackszutaten enthielten: Pfefferminze, Thymian, Salbei, Veilchen und Melisse. Zudem viele Flaschen von Obstsäften aus allem, was die Gärten seiner Mutter und der Schwiegermutter hergaben, für köstliche Apfel-, Holunder-, Kirsch-, Johannisbeer- oder Erdbeerbonbons, je nach Saison. Das Einzige, was ihm hier fehlte, war ein Trockenraum. Damit hätte er den Produktionsprozess deutlich beschleunigen können.

Ihr Tagesablauf folgte einer einfachen, aber erfolgreichen Routine. Früh kochte er Bonbons, die Gertrud fein säuberlich verpackte. Dann machte er sich auf den Weg, die Ware zu verkaufen. Oft war er viele Stunden bei Wind und Wetter mit dem Leiterwagen oder dem Fahrrad unterwegs. Der Umkreis, in dem er seine Kamellen verkaufte, wurde immer größer.

Er hatte Spaß daran, Verkaufsgespräche zu führen. Nie fühlte er sich lebendiger, als wenn er einen zweifelnden Gemischtwarenhändler oder einen geizigen Ladenbesitzer davon überzeugte, doch seine Bonbons ins Sortiment zu nehmen. Er wusste, dass es eines seiner größten Talente war, dass er einerseits charmant und offen auf Menschen zugehen konnte, andererseits das Selbstbewusstsein hatte, seine Ware nie unter Wert herzugeben. Er war stolz darauf, nie jemanden übers Ohr gehauen, sondern immer nur einen angemessenen Preis gefordert zu haben. Seine aufrichtige Begeisterung, die er für seine Bonbons hatte, tat ein Übriges, sodass sein Kundenstamm langsam, aber stetig wuchs.

Gertrud hatte die Idee gehabt, für potenzielle Kunden eine Kostprobe mit den verschiedenen Bonbons als »Kennenlern-Geschenk« zusammenzustellen. Sie hatte ein paar Bögen Seidenpapier in Hellgrün und Rosa gekauft, und da lagen ihre Kamellen in einem Schächtelchen wie feinste Pralinen: Bonbons aus Pfefferminze, aus ihrer geheimen Kräutermischung, aus Holunder und aus dem Johannisbeersaft seiner Mutter, dazu einige Veilchenpastillen. Diese Idee von Gertrud erwies sich als Türöffner. Denn sobald die Leute seine Bonbons probiert hatten, kauften sie sie auch.

Auch seine Frau verbrachte viele Nachmittage auf dem Fahrrad und fuhr Ware aus. Sie kam oft mit Informationen nach Hause, die sie von Krämersfrauen, Ladnerinnen und Angestellten aufgeschnappt hatte. So erfuhr er direkt, was die Leute von seinen Bonbons dachten.

Nach zähen Verhandlungen mit Onkel Frieder konnte er sich an drei Tagen der Woche das Pferdegespann ausleihen. Er fühlte sich wie ein Herr, als er hoch zu Wagen durch die Straßen von Kessenich fuhr. Nun sah er auf die Menschen mit Leiterwagen oder auf Fahrrädern hinunter. Er merkte, dass die Ladenbesitzer, die er an diesem Tag anfuhr, ihm anders begegneten. Da er sich nun ein Pferdegespann leisten konnte – er würde niemanden auf die Nase binden, dass es nur geliehen war –, brachten sie ihm mehr Respekt entgegen. Er war wieder eine kleine Stufe aufgestiegen, dachte er zufrieden.

Am letzten Tag des Jahres 1920 kaufte er auf dem Heimweg eine Flasche Riesling, um mit Gertrud auf das neue Jahr anzustoßen – doch sie schliefen vor Erschöpfung ein, lange bevor die Kirchturmuhr Mitternacht schlug.

Als er am nächsten Morgen wach wurde, betrachtete er seine Frau. Ihr langes lockiges Haar umrahmte ihr herzförmiges Gesicht. So mochte er sie am liebsten. Er fand, dass das wilde Haar viel besser ihren Charakter widerspiegelte als die strengen Frisuren, die sie untertags trug. Ihr Züge waren völlig entspannt, und sie hatte sich irgendwann in der Nacht an ihn geschmiegt. Noch nie war ihm ein anderer Mensch so nahe wie sie gewesen.

Als hätte sie seinen Blick gespürt, schlug sie die Augen auf. Erst sah sie sich verdattert um.

»Haben wir Silvester verpasst?«

Er nickte. »Wir könnten das neue Jahr trotzdem noch angemessen begrüßen.«

Sie lächelte ihn verschlafen an, und er zog sie an sich. Warm und weich schmiegte sie sich an ihn. In diesem Moment hätte er mit niemandem auf der Welt tauschen mögen.

Auch die nächsten Monate vergingen mit harter Arbeit, doch die Produktion wurde größer. Nie würde er den Tag vergessen, als sie das erste Mal dreißig Kilo Ware produziert hatten. Es war schon dämmrig, als er an einem Tag im Mai mit dem Pferdegespann seines Onkels – leer bis auf die letzte Kamelle – auf den Hof fuhr.

»Gertrud, Gertrud!«, rief er, noch bevor die Pferde standen.

Sie kam aus dem Grönstall gelaufen. »O Gott, ist was passiert?«

»Nein, nein. Im Gegenteil. Heute haben wir zum ersten Mal dreißig Kilo an einem Tag produziert und ausgefahren.«

»Dreißig Kilogramm!«, rief sie freudig aus.

Er nahm sie in den Arm, hob sie hoch und drehte sich mit ihr im Kreis. Als er sie atemlos wieder absetzte, konnte er in ihren Augen die gleiche Begeisterung lesen, wie er selbst sie verspürte.

»Das muss gefeiert werden. Heute gehen wir aus«, entschied er spontan.

Schnell zogen sie ihr Sonntagsgewand an, radelten zusammen nach Kessenich und gingen in ein gehobenes Restaurant in der Nähe der St.-Nikolaus-Kirche. Hans genoss es, an dem mit einer Tischdecke und edlem Porzellan eingedeckten Tisch zu sitzen. Er hatte sich schon lange nichts mehr gegönnt. Als der livrierte Kellner ihnen Wein einschenkte, erinnerte sich Hans an den Moment vor Jahren, als er wie ein feiner Herr mit einer anderen schönen Frau in einem Gasthaus gesessen hatte.

»Die fragen sich sicher alle, was wir hier verloren haben«, riss Gertrud ihn aus seinen Gedanken und sah sich unsicher um.

»Ach was! Wir haben das gleiche Recht, hier zu sein, wie jeder andere auch.«

»Hast ja recht, aber das sind schon feine Leut'.« Sie zupfte verlegen an ihrem einfachen Kleid herum.

»Wir auch«, sagte Hans im Brustton der Überzeugung. »Wir haben vielleicht nicht so viel Geld wie sie, aber wir sind nicht weniger wert.«

Sie lachte. »Wo du dein Selbstbewusstsein hernimmst, wüsste ich gerne.«

»Das hat doch nichts mit Selbstbewusstsein zu tun. Wir arbeiten hart, wir sind anständige Leute – warum sollten wir weniger wert sein als irgendjemand anders?« Er sah sie aufrichtig überrascht an.

Sie schien nicht überzeugt.

»Außerdem …« – er schenkte ihr vom Rotwein nach – »… wird der Tag kommen, wo wir auch vornehme Leute sind. Wo jeder den Hut vor uns zieht, weil wir es weit gebracht haben.«

Sie lachte ihr lautes, ungezügeltes Lachen, sodass die Menschen an den Nachbartischen herübersahen. Wenn Gertrud nur wüsste, wie bezaubernd sie in diesem Moment aussah! Ohne Schmuck und Firlefanz, mit diesem einzigartigen Lachen, das nicht vornehm und damenhaft war, dafür aber ansteckend und mitreißend. Er griff nach ihrer Hand.

»Egal, was für Kleider sich die anderen leisten können, du bist die schönste Frau hier.«

Ihre Augen funkelten amüsiert. »Dir ist wohl schon der Wein in den Kopf gestiegen, Hans Riegel.« Doch er konnte sehen, wie sehr sie sich über sein Kompliment freute.

Gertrud wurde entspannter, und er nahm sich fest vor, sie öfter auszuführen. Es musste ja nicht jedes Mal ein vornehmes Restaurant sein, aber es tat ihnen schon gut, nur für ein paar Stunden zu zweit weg vom Hof zu sein. Sie plauderten angeregt und lachten viel. Beide hatten sie sich für Rinderrouladen entschieden und genossen es, unter der Woche Fleisch zu essen.

»Wenn wir täglich mindestens einen halben Zentner Bonbons produzieren, können wir vielleicht jemanden einstellen.«

»Nu' mach ma' halblang, Hans. Täglich fünfundzwanzig Kilo? Werd nicht größenwahnsinnig. Wir haben gerade mal für einen Tag einen Rekord aufgestellt. Da sollten wir nicht gleich übertreiben.«

Er grinste sie an. »Oh, du Zweiflerin. So geht es jetzt weiter.«

»Hoffentlich, aber lass uns erst abwarten. Es kann ja auch eine Ausnahme gewesen sein.«

»Lass uns wetten. Wenn wir fünf Tage in Folge einen halben Zentner produzieren und verkaufen, stellen wir meine Brüder

Paul und Martin als Arbeitsjungen ein.« Er hielt ihr die Hand hin.

Sie zögerte einen Moment, dann schlug sie ein. »Abgemacht.«

****

Hans gewann seine Wette. Martin lehnte allerdings sein Angebot ab. Er wollte weiterhin sein Glück auf dem Bau versuchen. Doch Paul nahm mit Begeisterung an.

Am ersten Arbeitstag von Paul war Hans schon um fünf im Grönstall. Heute war der Tag, an dem sie kein »Kellerbetrieb« mehr waren. Paul würde nur der erste Angestellte von vielen sein, da war sich Hans sicher. Vor seinem geistigen Auge zogen die Männer, für die er selbst gearbeitet hatte, vorbei. Meister Willibald, der ihm alles beigebracht hatte, streng, aber fair. Eduard, der harter Arbeit konsequent aus dem Weg ging. Helmut Franke aus Neuss, ohne dessen Überprüfung keine einzige Kamelle die Fabrik verlassen und der im Notfall selbst mit Hand angelegt hatte. Roman Müller aus Osnabrück, der sich, unzugänglich für seine Arbeiter im Büro, hinter Büchern verschanzt hatte. Und August Heinen, der ihm eine große Chance gegeben, sich aber jeder Entwicklung verweigert hatte.

Von manchen hatte er viel gelernt, andere waren ihm ein Beispiel, was er selbst anders – besser – machen musste.

20. Kapitel

IN DER GRONAU, MAI 1921

»Auf, ab und noch einmal, meine Damen, auf und ab«, die Leiterin der neuen Damenriege des Bonner Turnvereins BTV, deren Stimme die eines jeden Generals in den Schatten gestellt hätte, ließ gerade Kniebeugen machen.

Auf der sogenannten Spielwiese in der Gronau, die schon 1908 für die »Vaterländischen Spiele« genutzt worden war, stellte sich Gertrud – mit hochrotem Kopf, weil sie schon wieder zu spät war – neben Anna. Hier fanden auch die Reichsjugendwettkämpfe der Bonner Schulen statt. Daher hatte Anna von ihrem Mann Hubert erfahren, dass sich dort jeden Dienstagabend die Damenriege traf. Sie hatte Gertrud überredet, sie zum Turnen zu begleiten. Hubert befürwortete nämlich die körperliche Ertüchtigung für Männer und Frauen. Auch er ging regelmäßig zu den Turnstunden der Herrenriege.

Die fünfzehn Damen standen in drei Reihen hintereinander und turnten in ihren Alltagskleidern mit langen Röcken.

»Wo bleibst du denn?«, fragte Anna leise nach, ohne die vorgegebene Übung zu vernachlässigen.

»Ich musste noch eine Lieferung fertig machen und abgeben, weil der Kunde auf dem Weg hierher lag.«

»Frau Riegel, wenn Sie schon zu spät dran sind, dann stören

Sie bitte die anderen Damen nicht. Nächste Übung. Wir recken die Arme in den Himmel, und dann berühren wir die Zehenspitzen. In den Himmel … und hinab … dann wieder hinauf. Greifen Sie nach den Wolken, meine Damen.«

Es war ein sonniger Tag Ende Mai, und obwohl es schon Abend war, war es noch angenehm warm. Einige strahlend weiße Wolken hingen wie Wattetupfen am blauen Himmel. Gertrud schwitzte, allerdings weniger von der Gymnastik, als von ihrer rasanten Radfahrt hierher.

Wieder einmal hatte sie sich von Anna zu etwas überreden lassen, dem sie zuerst skeptisch gegenübergestanden hatte. Sie hatte zwar – genau wie ihre Freundin – die Turnstunden in der Schule gemocht, aber für Gymnastik war in ihrem Leben kein Platz, denn Gertrud hatte das Gefühl, dass ihr Tag zu wenig Stunden hatte. Ihr Bruder Wilhelm hatte inzwischen den Hof übernommen, war aber immer noch nicht verheiratet, deswegen halfen Gertrud und ihre Schwester Katharina ihm jeden Morgen im Stall beim Melken. Maria hatte Anfang Mai nach einer üppigen Bauernhochzeit, über die die Leute noch in Monaten sprechen würden, den elterlichen Hof verlassen und war zu ihrem Mann gezogen. So blieb es an Katharina, sich untertags zusammen mit ihrer Mutter um Heinrich zu kümmern.

Gertrud selbst verbrachte ihre Vormittage im Grönstall, um Bonbons zu verpacken und die Bestellungen zusammenzustellen, die Hans dann auslieferte. Das Pferdefuhrwerk erleichterte dabei einiges. Doch da die Fahrten damit von den französischen Besatzern genehmigungspflichtig waren, fuhren sie nur noch zweimal pro Woche. Diese Einschränkung sollte zwar bald wegfallen, aber bis dahin übernahm Gertrud Kunden in der Nähe oder spontane Bestellungen selbst und brachte die Ware nach wie vor mit dem Rad hin. Am Abend putzte sie den Grönstall, damit am nächsten Tag mit der Produktion ohne Verzögerung begonnen werden konnte. Anschließend fuhr sie mit Hans auf den Hof der Riegels, wo sie noch immer ein Zimmer bewohnten. So waren die Tage ausgefüllt und oftmals anstrengend.

Doch Anna hatte nicht lockergelassen. Seit ihr Hubert zu Ostern endlich den lang ersehnten Heiratsantrag gemacht hatte, war sie wieder öfter beim Grönstall vorbeigekommen. Bis dahin war sie Gertrud mit fadenscheinigen Ausreden aus dem Weg gegangen. Es war das erste Mal in ihrer Freundschaft gewesen, dass Gertrud etwas hatte, was Anna wollte, aber nicht bekam. Gertrud war klar gewesen, dass die Missgunst ihrer Freundin ihr gegenüber sich nicht um Hans gedreht hatte, sondern um den Status des Verheiratetseins. Seit Jahren war es Annas größtes Bestreben gewesen, einen guten Mann zu finden und ein angenehmes Leben weit weg vom elterlichen Hof zu führen.

Vor wenigen Wochen hatte sie schließlich Hubert Baum geheiratet – in einem richtigen Gasthaus, was ihre Eltern sicher eine große Stange Geld gekostet hatte. Aber wie immer hatten sie ihrer einzigen Tochter nichts abschlagen können. Seitdem war es ihr wieder wichtig, so viel Zeit wie möglich mit Gertrud zu verbringen. Sie meinte, es wäre eine gute Gelegenheit, wöchentlich einmal zum Turnen zu gehen, damit sie als verheiratete Frauen nicht den Kontakt zueinander verloren. Gertrud hatte sich mit diesem Argument breitschlagen lassen, denn ihr lag die Freundschaft zu Anna am Herzen. Sie hatte Hans gefragt, der ihr als Ehemann seine Einwilligung geben musste. Auch er fand es eine gute Idee und hatte nichts dagegen. Jetzt, wo sie Paul als Arbeitsjungen eingestellt hatten, würde dieser es übernehmen, am Dienstagabend den Grönstall zu reinigen.

»Wie war es denn in München?«, flüsterte Gertrud Anna zu,

während sie Hüftkreisen machten. Sie hatten sich seit Annas Rückkehr aus den Flitterwochen noch nicht gesehen.

»Ach, es war so schön. Sieben Tage nur wir beide. Nach den anstrengenden letzten Wochen, in denen wir die neue Wohnung eingerichtet haben, davor noch die große Hochzeitsfeier mit der ganzen Verwandtschaft. Wir haben die Zweisamkeit genossen. Hubert ist so belesen. Er hat mir die Stadt gezeigt und wusste überall was zu erzählen. Wir haben uns das Glockenspiel am Marienplatz angehört und sind durch den Englischen Garten mit dem Chinesischen Turm spaziert«, schwärmte Anna.

»Klingt schön«, sagte Gertrud sehnsüchtig. »Schade, dass Hans und ich nach der Hochzeit nur so wenig Zeit hatten. Aber er hat mir versprochen, dass wir die Flitterwochen irgendwann nachholen. Im Winter wäre sowieso überall schlechtes Wetter gewesen.«

Sie erwähnte Anna gegenüber nicht, dass sie einen Tag auf einem Jahrmarkt verbracht hatten und dass dort Hans' Gedanken bald wieder zur Bonbonkocherei abgeschweift waren. Für andere Menschen war das schwer nachvollziehbar.

Stattdessen sagte sie: »München oder Heidelberg, das gefiele mir auch. Im September soll das Oktoberfest in München auf der Theresienwiese nach acht Jahren Pause wieder so stattfinden wie vor dem Krieg. Das wäre was für den Hans. Der mag die Atmosphäre mit den Schaustellern, den erleuchteten Buden und den Bierzelten mit Blasmusik. Vielleicht holen wir unsere Hochzeitsreise in Bayern nach. Dieses Jahr geht es sicher nicht, aber aufgeschoben ist ja nicht aufgehoben.«

Sie wechselten vom Hüft- zum Armkreisen, so wie die Leiterin es ihnen vormachte.

Anna zog eine Augenbraue hoch. »München ist wirklich eine sehenswerte Stadt, aber an einem Volksfest wäre mir und meinem Hubert nichts gelegen. Außerdem wäre ich mir nicht sicher, dass dieses Fest an die Zeiten von vor dem Krieg anschließen kann. Dort ist die Wirtschaftskrise, genauso wie bei uns, nicht zu übersehen. Kriegsversehrte, Arbeitslose und Hunger sind auch in Bayern überall zu finden. Wir haben uns davon aber nicht die Laune verderben lassen.«

»Frau Baum, wir sind hier nicht zum Plaudern«, unterbrach sie die Turngeneralin streng. »Jetzt noch den Hampelmann, meine Damen.«

Anna verdrehte die Augen, doch dann konzentrierten sich die beiden Freundinnen bis zum Ende der Stunde.

Nachdem sie sich von den anderen Frauen, die allesamt der bürgerlichen Schicht angehörten, verabschiedet hatten, machten sie sich gemeinsam auf den Heimweg. Sie schoben ihre Räder nebeneinanderher, um sich besser unterhalten zu können.

»Auf der Hochzeit sind wir gar nicht zum Reden gekommen. Wie läuft es bei dir und Hans? Wohnt ihr noch bei seinen Eltern, oder hat sich schon was anderes ergeben?«, fragte Anna.

Gertrud merkte genau, dass ihre Freundin beiläufig klingen wollte, doch konnte sie Mitleid heraushören. Wieder einmal hatte sie das Gefühl, Hans verteidigen zu müssen. »Nein, hat es nicht. Und es wird sich auch noch eine Zeit lang nichts ändern, obwohl das Geschäft gut läuft. Neulich haben wir dreißig Kilo an einem Tag produziert und verkauft, aber durch die Inflation bleibt die Situation angespannt. Hans steckt jeden Pfennig in den Aufbau der Herstellung. Alles andere muss erst mal warten. Übrigens haben wir einen Arbeitsjungen eingestellt – Hans' Bruder Paul. Er hat heute auch das Putzen übernommen, sodass ich früher gehen konnte.«

»Ärgert es dich nicht, dass du wieder so hart arbeiten musst? Das Bonbonkochen ist ja fast so anstrengend wie die Arbeit auf dem Hof.«

Gertrud lachte überrascht. »Ach was! Außerdem koche ich nicht, sondern verpacke nur. Das macht mir wirklich Spaß. Vor allem, weil wir zu dritt viel zu lachen haben. Und abends sieht man, was man geleistet hat.«

»Mhm«, sagte Anna. Sie schien wenig beeindruckt. Dann kicherte sie und erinnerte Gertrud wieder an das hübsche, oft alberne Schulmädchen, dass sie gewesen war. »Stört es dich nicht, dass ihr nur ein Zimmer bei den Schwiegereltern habt? Da seid ihr ja nie allein. Also ich meine … Du weißt schon … Wie macht ihr das denn in der Nacht?« Anna zwinkerte ihr anzüglich zu.

Während sie als Backfische oft gerätselt hatten, was sich in der Hochzeitsnacht zutrug oder ob man von einem Kuss schwanger werden konnte, fühlte sich Gertrud jetzt von Annas direkter Frage in die Enge getrieben. »Anna«, sagte sie verlegen, »das funktioniert schon. Du brauchst dir keine Sorgen zu machen, dass das zu kurz kommt. Am Anfang war es komisch zu wissen, dass die Schwiegereltern nur ein paar Türen weiter schlafen. Aber sie gehen meist nach dem gemeinsamen Abendessen zu Bett und schnarchen beide schon laut, wenn wir raufgehen.«

»Ich würde ständig dran denken und könnte mich nicht entspannen. Gesetzt den Fall, ich müsste mit Huberts Mutter in einer Wohnung leben, gäbe das eine Katastrophe.«

Gertrud nickte. Das konnte sie sich gut vorstellen. Sie hatte Huberts Mutter bei der Hochzeit kennengelernt. Es war eine kleine, zierliche Frau mit blondem Haar, fast ohne Grau, dass sie in einer mädchenhaften Welle mit Spangen festgesteckt trug. Obwohl sie immer mit leiser Stimme sprach, war den Eingeladenen klar geworden, dass das, was Ilse Baum sagte, galt. Auch ihr Sohn hatte sich mit allen Fragen an sie gewandt. Dass das Anna, die es gewohnt war, immer der Mittelpunkt zu sein, nicht passte, war klar. Es würde interessant werden, wie diese beiden

Frauen, die sich sehr ähnlich waren, auf Dauer miteinander auskommen würden.

Sie wusste, dass sie selbst Glück mit ihren Schwiegereltern hatte. Mit Agnes hatte sie ein warmes, herzliches Verhältnis. Hans' Mutter hatte aufrichtig versucht, ihr nicht das Gefühl zu geben, nur Gast auf dem Hof zu sein. Doch wann immer Entscheidungen zu treffen waren, hatte natürlich Agnes das letzte Wort. Hans' Vater war am Anfang wortkarg und verschlossen gewesen, doch mit der Zeit hatten sie sich angenähert. Er war für ihren Charme und ihre Fröhlichkeit empfänglich und begegnete ihr inzwischen mit einer unbeholfenen Freundlichkeit. Wann immer sie schwer zu tragen hatte, tauchte er auf, um ihr zu helfen. Wenn Hans harsch mit ihr war, weil ihn die Arbeit belastete, tätschelte ihr Vater ihr tröstend die Hand. Manchmal ergriff er sogar Partei für sie, wenn sie mit Agnes unterschiedlicher Meinung war. Das war allerdings wenig förderlich, weil es ihre Schwiegermutter verstimmte.

»Ja, ganz einfach ist es nicht, mit den Schwiegereltern zusammenzuwohnen«, sagte sie daher ausweichend.

»Na ja, Hans' Eltern sind sicher unkomplizierter. Aber Huberts Mutter ist seit zwanzig Jahren verwitwet. Ihr Sohn ist ihr Ein und Alles, und sie ist sehr vereinnahmend. Mir hat es schon gereicht, dass sie während der Hochzeit einige Tage zu Besuch war und ständig gesagt hat: ›Mein Kind, achte darauf, Hubert mag das so am liebsten‹ oder ›Mach das auf jeden Fall so, so ist er es gewohnt‹. Als könnte er mir nicht selbst sagen, was er möchte. Die alte Krähe würde wahrscheinlich nachts an unserer Schlafzimmertür lauschen. Nein, ist schon gut, dass sie in Köln wohnt.«

»Auf eurer Hochzeit habe ich mir auch gedacht, dass sie bestimmend ist, aber ich habe mich nicht lange mit ihr unterhalten. Übrigens, hast du das Kleid von Aga an unserer Hochzeit gesehen?«

»Ja, und ob!«, sagte Anna und lachte. »Über Nacht vom zaundürren Backfisch zu einer jungen hübschen Frau. Nicht einmal ein Mieder hat sie getragen. Seltsam, dass sie sich das traut, wo sie sonst so schüchtern ist.«

»Das ist aber auch besser geworden. Wahrscheinlich dauert es nur ein bisschen, bis sie erkennt, wie hübsch sie ist.«

»Wahrscheinlich. Wie kommst du denn mit Hans' Brüdern aus? Da bist du ja außer seiner Mutter die einzige Frau auf dem Hof.«

»Gott sei Dank komme ich mit den Riegels gut aus, sowohl mit meinen Schwiegereltern als auch mit Hans' Brüdern. Vor allem Paul mag ich. Er ist so ein fleißiger Kerl, und es ist angenehm, mit ihm zu arbeiten. Er bewundert seinen Bruder, und seit er im Grönstall schafft, blüht er auf.«

»Aber ihr seid nie allein, oder? Ich genieße es zum Beispiel, dass wir beim Essen nur zu zweit sind. Die Tischgespräche mit Hubert sind immer so interessant. Ganz andere Themen als früher zu Hause. Nicht, welche Kuh kalbt, welche Henne als Nächstes in den Suppentopf kommt oder welches Feld bestellt werden muss, sondern er erzählt mir von seinen Schülern oder von Büchern, die er gelesen hat. Er hat schon einige Titel ausgewählt, die ich lesen soll, damit ich darüber Bescheid weiß, falls wir bei seinen Kollegen eingeladen sind und das Gespräch darauf kommt.«

»Das klingt schön, Anna«, sagte sie, obwohl sie Hubert und seine ausschweifenden Ausführungen über irgendein Buch immer langweilig gefunden hatte. »Du hast recht, wir sind selten allein. Aber das stört mich nicht. Ich mag die Familie um mich rum. Da rührt sich was. Mittags essen wir zusammen mit meinen Eltern und abends bei seinen.«

»Ach, du Glückliche. Das heißt, du musst gar nicht kochen?«

»Nein. Bei meiner Mutter helfe ich natürlich, falls Zeit ist. Schließlich essen jetzt auch Paul und Hans mit. Aber bei den Riegels ist die Mahlzeit fertig, wenn wir aus Dottendorf kommen, und ehrlich gesagt bin ich froh, dass wir uns nur noch an den gedeckten Tisch setzen müssen. Dafür mache ich meistens den Abwasch, und Hans liest währenddessen die Zeitung, damit er über die politische und wirtschaftliche Lage im Land informiert ist. Manchmal hilft er oder Paul mir beim Abtrocknen, damit es schneller geht.«

»Das würde Hubert nicht machen, und das würde ich auch gar nicht wollen. Er verdient das Geld und muss sich auf seine Arbeit konzentrieren. Ich hingegen sehe zu, dass er sich zu Hause wohlfühlt. Er ist kritisch, was den Haushalt und die Mahlzeiten angeht. Es muss alles seine Ordnung haben. Anfangs hat er mich schon das eine oder andere Mal zurechtgewiesen. Aber jetzt weiß ich, wie er es mag, und versuche, es ihm recht zu machen. Am Morgen stehe ich extra eine halbe Stunde früher auf, um das Frühstück zu richten. Warme Milch, ein Stück Brot und ein Spiegelei. Dann geht er zur Schule. Die Zeit nutze ich, um die Wohnung in Ordnung zu bringen, zu waschen und zu bügeln. Er benötigt täglich ein frisch gewaschenes und faltenlos geplättetes weißes Hemd. Wenn er am Nachmittag kommt, möchte er nur eine leichte Suppe mit Gemüse. Später zieht er sich zum Korrigieren in sein Arbeitszimmer zurück. Da gehe ich dann meist zum Einkaufen, weil er da seine Ruhe braucht und ich keinen Lärm machen soll.«

Gertrud konnte sich lebhaft vorstellen, wie Hubert jede Störung mit säuerlicher Miene zur Kenntnis nahm. Doch Anna schien es nicht zu stören, aufgeräumt sprach sie weiter. »In den Läden kennen sie mich schon. Überall werde ich mit ›Guten

Tach, Frau Lehrer‹ begrüßt. Stell dir vor, wenn er mal Direktor wird. ›Frau Direktor‹ – das klingt doch gut!«

»Sehr gut«, pflichtete Gertrud der Freundin bei. Sie selbst legte auf solchen Schnickschnack keinen Wert. »Wie hast du dich denn in deiner neuen Wohnung eingelebt?«

»Unser erstes gemeinsames Heim einzurichten, war zwar anstrengend, hat mir aber Spaß gemacht. Die Stube ist in Blau gehalten. Eine Wand ist mit geometrischen Mustern gestrichen, so wie es jetzt modern ist. Ich habe farblich passende Vorhänge und Kissenbezüge genäht. Du musst unbedingt mal vorbeischauen. Es ist so, wie ich es mir immer vorgestellt habe. Keine Tiere, kein Bauernhof, keine schlammigen Schuhe. Es läuft alles in festen Bahnen.«

Für Gertrud klang das eintönig, aber sie und Anna waren immer verschieden gewesen. Anna dachte anscheinend gerade das Gleiche, denn sie sagte: »Es ist schon anders als bei dir und Hans. Du weißt gar nicht, wo euch euer Weg hinführt. Hoffentlich verrechnet sich dein Mann nicht mit seiner Selbstständigkeit.«

»Das glaube ich nicht. Ich vertraue ihm«, sagte Gertrud bestimmt. »Er weiß, was er macht. Natürlich ist es nicht wie bei euch. Hubert ist in einer festen Laufbahn. Je älter er wird, umso mehr wird er verdienen. Das ist eine sichere Sache. Wir jedoch bauen gemeinsam etwas auf.«

»Sei mir nicht böse, aber für mich war Hans immer ein Träumer.« Als Anna sah, dass Gertrud erzürnt aufbegehren wollte, tätschelte sie ihr gönnerhaft die Hand und fügte hinzu: »Vielleicht täusche ich mich ja auch. Natürlich wünsche ich euch alles Glück auf dieser Welt.«

»Ja, da täuschst du dich«, sagte Gertrud scharf, denn sie fühlte sich schon wieder angegriffen. »Hans ist kein Fantast. Er ist ein

Visionär. Auch wenn es einige Zeit dauern wird und mit mehr Risiko verbunden ist, wird er es weit bringen.«

»Ich hoffe, du bist nicht vor lauter Liebe blind. Hubert sagt auch immer, dass in der heutigen Zeit, wo die wirtschaftliche Lage so unsicher ist, nur auf ein Gehalt, das vom Staat kommt, Verlass ist. Seit er verbeamtet worden ist, hat er …«

Gertrud stöhnte innerlich auf. Nun war Anna wieder bei ihrem Lieblingsthema. Aber sie verkniff sich jede Bemerkung und nickte regelmäßig. Doch als Anna mit den Worten endete »Ich mein es ja nicht böse, ich wünsche dir nur die gleiche Zufriedenheit und Sicherheit, wie ich sie erleben darf«, entfuhr es Gertrud: »Sicherheit kann auch ganz schön langweilig sein.«

»Langweilig würde ich mein Leben mit den vielen Aufgaben, die ich als Lehrersgattin erfüllen muss, nicht nennen. Die Abende mit Huberts Kollegen sind immer sehr kurzweilig.« Anna sprach schneller, wie immer, wenn sie aufgebracht war.

»Natürlich. So habe ich es ja auch gar nicht gemeint«, versuchte Gertrud, ihre Freundin zu beschwichtigen. Doch nun war Anna in Fahrt.

»Ich war in München, lese regelmäßig und treffe interessante Menschen. Langweilig würde ich das wirklich nicht nennen!«, wiederholte sie mit Nachdruck.

Oje, da hatte Gertrud anscheinend einen wunden Punkt getroffen. »Nein, Anna, natürlich nicht«, beeilte sich Gertrud zu sagen. »Das klingt ganz wunderbar. Ich habe mich blöd ausgedrückt. Ich wollte damit sagen, dass Sicherheit nicht das Einzige ist, das Menschen glücklich macht. Ja, Hans und ich können uns noch keine schöne Wohnung leisten. Finanziell stehen wir auf wackligen Füßen. Und trotzdem bin ich glücklich. Seltsamerweise habe ich keine Angst vor der Zukunft, weil ich darauf vertraue, dass Hans' Vorhaben Erfolg haben werden.«

Manchmal hatte sie es satt, ihren Mann ständig für seine Pläne verteidigen zu müssen. Ihr Schwiegervater hatte Hans nicht verziehen, dass er die Partnerschaft bei Heinen gekündigt und eine sichere Zukunft leichtfertig aufgegeben hatte. Ihre eigenen Eltern sahen es immer noch nicht gerne, dass er im Grönstall Bonbons kochte und dass Gertrud nicht einen anständigen Ackerer geheiratet hatte. Anna, ihre beste Freundin, hatte ihn – damals, als er noch Partner bei Heinen gewesen war – für einen außergewöhnlichen Mann gehalten, doch inzwischen sah sie in ihm nur noch einen Träumer.

Der Einzige, der wusste, was ihr Mann leistete, und der ihm deshalb genau wie sie selbst vertraute, war ihr Schwager Paul. Seit er bei ihnen arbeitete und Einblick in die Bonbonkocherei bekommen hatte, war er fasziniert davon. Er bewunderte seinen älteren Bruder und sog regelrecht jedes Wort auf, wenn Hans ihm etwas erklärte. Ihr Mann nahm sich Zeit, ihm die Arbeitsschritte so zu erklären, dass Paul die ihm übertragenen Aufgaben schnell selbstständig ausführen konnte. Gertrud war froh, dass Hans ihn eingestellt hatte. Sein ausgeglichener Charakter und seine fröhliche, legere Art bereicherten die Atmosphäre im Grönstall. Wenn sie gemeinsam am Tisch saßen und Bonbons verpackten, berichtete er ihr vom neuesten Tratsch aus dem Dorf oder erzählte unterhaltsame Witze, die er irgendwo aufgeschnappt hatte. Diese Leichtigkeit, die Paul mitbrachte, taten ihr und Hans gut.

Hans war zwar, ähnlich wie sein Bruder, eine rheinische Frohnatur und konnte mit seinen Kunden und Geschäftspartnern sorglos plaudern und scherzen. Doch war er, was seine Arbeit betraf, akribisch und ambitioniert. Er wurde nicht müde, Dinge immer wieder auszuprobieren, bis sie ihm perfekt gelangen. Erst dann gab er sich damit zufrieden. Wenn in der Produktion etwas schiefging oder bei Kunden oder Händlern etwas nicht so lief, wie er sich das vorgestellt hatte, konnte er lautstark lospoltern.

Gertrud konnte seine Stimmungen nachvollziehen. Auf den Schultern ihres Mannes lag die ganze Last ihrer Zukunft, und er stand ständig unter Druck. Er wollte sich selbst – und vor allem allen anderen – beweisen, dass er es zu einem Fabrikanten bringen würde.

Obwohl es steil bergauf ging, war immer noch alles knapp kalkuliert, sodass es nur einer Fehlentscheidung oder eines unglücklichen Umstands bedurfte, um die ganze Firma ins Wanken zu bringen und vor dem Nichts zu stehen.

Ein Scheitern würde Hans nur schwer überstehen. Irgendwo wieder als Arbeiter in einer Fabrik eines anderen anzufangen oder doch auf dem Bau zu werkeln, wie es sein Vater von Anfang an gewollt hatte, würde ihn innerlich zerstören.

Gertrud war fast erleichtert, dass sie und Anna nun an der Abzweigung ankamen, wo sich ihre Wege trennten. Sosehr sie Anna mochte, fand sie deren Skepsis Hans gegenüber anstrengend. Egal, das Turnen hatte Spaß gemacht, sie würde sich ihre Laune nicht verderben lassen. Außerdem meinte es Anna nicht böse. Hinter deren ständiger Kritik an Hans verbarg sich aufrichtige Sorge um die Freundin.

»Bis nächste Woche«, sagte Gertrud daher herzlich.

»Bis nächste Woche.« Auch in der Stimme ihrer Freundin lag nicht mehr die Schärfe von zuvor. So hatten sie beide es immer gehalten: aussprechen, abhaken und vergessen.

21. Kapitel

DOTTENDORF, JUNI 1921 BIS JANUAR 1922

Hans saß zusammen mit Gertrud über den Büchern. Er hatte ihr beigebracht, was er von Heinen gelernt hatte. Zu seiner Freude hatte sie sich geschickt im Umgang mit Zahlen erwiesen. Sie erkannte Muster in den langen Zahlenreihen und konnte sich bis auf die letzte Kommastelle merken, wie viel sie wann für einen Sack Zucker bezahlt hatten. Hatte der Zucker bei seiner Unternehmensgründung vor knapp einem Jahr noch eine Mark vierzig das Kilo gekostet, so stand er nun bei einer Mark siebenundfünfzig.

Um die unvorstellbaren hundertzweiunddreißig Milliarden Goldmark an Reparationszahlungen zu erfüllen, die das Deutsche Reich als Kriegsverlierer an die Sieger Frankreich, England, Italien und Belgien zahlen musste, sah sich die Regierung gezwungen, immer mehr Geld nachzudrucken oder Ersatzleistungen in Form von Wirtschaftsgütern abzugeben. Das Deutsche Reich hatte sich seit dem Krieg kaum erholt. Es waren schwere Jahre gewesen. Die Spanische Grippe hatte mehr Menschen dahingerafft als der Krieg. Die Versorgungslage hatte sich nur langsam entspannt. Erst seit dem letzten Herbst waren Fleisch, Milch und Kartoffeln wieder für den normalen Handel freigegeben worden.

Zudem gärte es in Deutschland politisch. Viele der Kaisertreuen mochten sich mit dem »Diktatfrieden« und den strengen Auflagen des »Versailler Vertrags« nicht abfinden und glaubten an die Propaganda, dass die Deutschen »im Felde unbesiegt« geblieben waren und erst durch die Absetzung des Kaisers bei der Novemberrevolution den tödlichen »Dolchstoß von hinten« erhalten hatten.

Trotzdem waren die letzten Monate gut zu Hans gewesen. Endlich hatten sie sich Vorräte sowohl an Zucker als auch an Bonbons aufbauen können, sodass die stetig weiter steigende Inflation nicht mehr ihre Einkünfte auffraß.

»Wir müssen unbedingt etwas Eigenes kaufen. Die Inflation wäre dann für uns günstig. Die Schulden sind fast wöchentlich weniger wert. Das würde uns in die Karten spielen«, sagte Hans nachdenklich, als er die Gewinne der letzten Wochen addierte.

Gertrud sah überrascht von den Büchern auf. »Ich dachte, du willst dir nichts mehr leihen.« Ihre Augen funkelten neckisch. »Hast du mir nicht erst vorgestern einen langen Vortrag darüber gehalten, dass anständige Leut' sich nichts borgen?«

»Ja, aber da ging es um eine Marmorplatte«, sagte er ungerührt. »So etwas muss man sich als aufstrebender Unternehmer schon leisten können.«

Sie lachte. »Du drehst es dir schon so, wie es dir gefällt.«

Er zwinkerte ihr zu. »Ich versuche nur, das große Ganze zu sehen.«

Sie schüttelte den Kopf und konzentrierte sich wieder auf die Zahlen.

Hans mochte diese Abende, wo sie am Küchentisch im schwachen Licht der Petroleumlampe miteinander rechneten, planten und arbeiteten. Es war eine stille Kameradschaft zwischen ihnen beiden, die ihn eine tiefe Zufriedenheit spüren ließ. Er würde dieser Frau, die ohne zu klagen bei ihren Schwiegereltern wohnte, ein schönes Haus bauen, nahm er sich vor. Er dachte an seinen missglückten Heiratsantragsversuch bei Anna, die einen Lehrer ihm vorgezogen hatte, weil dieser ihr eine Dienstwohnung mit Badezimmer bieten konnte. Seine Gertrud würde auch ein Badezimmer bekommen!

Die nächsten Wochen ließ er bei Kunden immer wieder die Bemerkung fallen, dass er sich nach einem Baugrundstück umsah.

Endlich hörte er, dass ein Bauer am Ortsrand von Kessenich Grünfläche verkaufte, die man zum Bauland umwidmen konnte. Noch am selben Tag radelte er hin. Es handelte sich um ein brachliegendes Feld zwischen Dottendorf und Kessenich. Mitten im Grünen. Falls er sich einmal vergrößern würde, wäre rundherum Platz. Diesen Gedanken würde er aber nicht mit Gertrud teilen, da sie ihm immer vorwarf, sich zu überschätzen.

Nach zähen Verhandlungen wurde er sich mit dem Besitzer einig. Noch am selben Tag reichte er seinen Bauantrag für ein kleines Wohnhaus und eine Zuckerwarenfabrik mit Produktionsfläche für circa vier bis fünf Arbeiter ein.

»Wie?«, fragte Gertrud, als er ihr mit einer Verbeugung die Abschrift überreichte. »Vier bis fünf Angestellte? Du bist ja größenwahnsinnig!« Doch sie lachte über das ganze Gesicht. Auch wenn sie nie etwas gesagt hatte, war sie sichtlich froh, aus der Enge seines Elternhauses herauszukommen.

»Wahrscheinlich ist das zu wenig«, sagte er übermütig. »Vielleicht haben wir irgendwann sogar einmal zehn Leute, die für uns arbeiten.«

»Zehn!«, rief sie mit großen Augen.

Er zog sie an sich und küsste sie. Für einen Moment vergaßen sie die Welt um sich. Erst als seine Mutter geräuschvoll hüstelte, stoben sie auseinander. Obwohl er ein verheirateter Mann war, wurde er rot. Zum Glück war es nicht der Vater gewesen, der sie beim Schmusen erwischt hatte.

Er räusperte sich. »Mutter, es gibt Neuigkeiten. Ich habe heute einen Bauantrag eingereicht. Wir werden in der Bergstraße in Kessenich ein Haus mit Produktionsstätte bauen.«

Ihre Augen wurden feucht. »Ach mein Junge. Ich habe immer gewusst, dass du es schaffst.«

Er drückte ihre Hand. Ein stilles »Danke« für die vielen Male, die seine Mutter ihn gegenüber dem Vater verteidigt oder durch geschickte Gesprächsführung Spannungen abgeleitet hatte.

****

Täglich fuhr er mit dem Fahrrad zur Baustelle, oft gemeinsam mit Gertrud. Als das Fundament gegossen wurde, warteten sie ungeduldig, bis es trocken genug war, um es zu betreten. Am nächsten Tag schritten sie es mit dem Plan in der Hand ab. Hier würde ihre gute Stube sein, dort die Küche und hier das Bad.

»Schau, Hans, hier richten wir das Kinderzimmer ein. Dann kann das Bettchen beim Fenster stehen.«

Hans sah hinüber zu seiner Frau, die mit einem seligen Lächeln an der Ostseite stand. Er selbst befand sich da, wo einmal die Bonbons produziert werden sollten. Hier wäre sogar Platz für einen Trockenraum. Er könnte endlich auch andere Produkte herstellen und sein Sortiment erweitern. Lakritze wäre zu aufwendig, aber Weichgummis sollten gehen. Nur, wo würde er Gummi arabicum herbekommen, fragte er sich.

»Hans, jetzt komm doch!«, riss ihn die Stimme seiner Frau aus den Gedanken.

Er sah zu ihr hinüber und musste lachen. Sie stand in der »Küche«, wo später einmal die Spüle sein würde, und machte mit den Händen Bewegungen, als würde sie Geschirr abwaschen. Dabei sah sie aus dem »Fenster«.

»Ich kann mir das richtig vorstellen«, sagte sie fröhlich. »Ich stehe hier, und du sitzt dort« – sie zeigte auf das Fundament – »und liest mir aus der Zeitung vor.«

Er kniff die Augen zusammen. »Jetzt sehe ich es auch. Aber …« – er zog sie ein Stück weiter – »… dann sind wir endlich ungestört, keine Eltern und Geschwister mehr im gleichen Haus. Deswegen würden wir nach dem Abendbrot sofort zu Bett gehen.« Er zog sie an sich und küsste sie. »Hier wäre nämlich unser Schlafzimmer.«

Sie überraschte ihn mit der Leidenschaft, mit der sie reagierte. Sie schmiegte sich an ihn, und ihre Zunge spielte verführerisch mit seiner. »Lass uns in den ›Garten‹ gehen«, sagte er heiser.

Zum ersten Mal, seit sie verheiratet waren, liebten sie sich außerhalb des Ehebetts – auf dem stoppligen Gras des Grundstücks, auf dem einmal ihr Zuhause stehen würde.

Als sie sich danach verschwitzt ihre Kleider richteten, flüsterte er leise ins Ohr: »Ich sehe das als gutes Omen, dass wir in der Bergstraße sehr glücklich werden.«

Dass sie sich beide in der kühlen Herbstnacht erkälteten, tat der fröhlichen Aufbruchstimmung, die im Grönstall herrschte, keinen Abbruch.

Als Gertrud am nächsten Tag ständig hustete und Hans seine Anweisungen heiser krächzte, grinste Paul sie anzüglich an und fragte: »Wo seid ihr beide denn gestern gewesen?«

Gertrud wurde rot, und Hans bemühte sich um einen beiläufigen Ton, als er sagte: »Wir haben auf der Baustelle nach dem Rechten gesehen.« Dann wechselte er schnell das Thema: »Paul, weißt du, was ich mir gestern gedacht habe? Drüben in der Bergstraße ist ein Trockenraum geplant. Wir können also unsere Produktpalette erweitern. Ich habe an Weichgummis gedacht. Bis wir umziehen, könnten wir hier schon an Rezepten arbeiten, sodass wir in den neuen Räumen gleich mit voller Kraft durchstarten können.«

»Wie wird Weichgummi gemacht?«, fragte Paul interessiert.

»Ähnlich wie Bonbons aus Zuckersirup. Man fügt nur zusätzlich Gummi arabicum als Verdickungsmittel hinzu. Damit bekommen sie eine weiche, biegsame Konsistenz. Geschmack und Farbe bekommen sie durch die verschiedenen Fruchtzusätze.«

»Was ist denn Gummi arabicum?«

»Es wird aus dem Wundsaft von Akazien in Afrika gewonnen. Neunzig Prozent kommen aus dem Sudan.«

»Kann man das einfach so kaufen?«, fragte Paul wissbegierig.

»Na ja, ich war ja bei Heinen auch für den Einkauf zuständig. Da habe ich schon noch Kontakte, auch wenn es nicht leicht zu beschaffen ist. Noch schwieriger ist es, Formen zu bauen, in die die Masse eingefüllt wird. Bis jetzt waren unsere Bonbons nur rechteckig. Weichgummis sollten aber eine Form haben. Wir werden zuerst runde und ovale herstellen, weil das am einfachsten ist. Zusätzlich möchte ich aber noch Teufelchen machen, wie es sie zurzeit überall zu kaufen gibt.«

»Woraus macht man denn die Formen?«

»Man schnitzt den Rohling aus Holz und umgießt ihn mit Gips, sodass wir Schablonen haben, in die später die Zuckermasse gepresst wird.«

»Klingt spannend.«

»Ist aber auch viel Arbeit. Also, lass uns jetzt rapp, zapp anfangen. Ich besorge das Gummi arabicum, und heute Abend gehe ich zu Adolf, der hilft mir mit dem Rohling.«

Hans verbrachte einen lustigen Abend mit seinem Jugendfreund. Es dauerte viele Versuche und eine halbe Flasche Schnaps, bis sie einen Rohling hatten, mit dem sie zufrieden waren. Trotz seiner Einfachheit war deutlich ein Teufel mit Hörnern und böser Fratze zu erkennen.

Seit sie beide geheiratet hatten, hatte ihre Freundschaft zu ihrer alten Entspanntheit zurückgefunden. Auch wenn sie politisch immer noch konträrer Meinung waren, waren sie beide damit beschäftigt, hart zu arbeiten, um ihren Frauen ein gutes Leben zu ermöglichen. Adolf war an technischen Neuerungen genauso brennend interessiert wie Hans. Sein Hof war einer der wenigen, der elektrisches Licht hatte. Er wollte als erster Bauer im Landkreis eine Melkmaschine beschaffen, wogegen sich sein Vater heftig sträubte. Jetzt hatten die beiden Männer wieder Gemeinsamkeiten und vergaßen oft die Zeit, während sie über ihre Träume und Visionen sprachen. Adolf verstand wie er, dass das, was Henry Ford seit 1913 in Amerika machte, nämlich die Autoproduktion auf ein Fließband zu legen, die Zukunft war. Sie waren beide der Meinung, dass man viel schneller und billiger produzieren konnte, wenn man Arbeitsschritte aufteilte und bestimmte Schritte von Maschinen machen ließ.

Das waren Ideen, die bei der älteren Generation der Bauern – oder in Hans' Fall bei Zuckerproduzenten wie Heinen – keinerlei Anklang fanden. Doch die beiden Männer planten, zeichneten und klönten mit Begeisterung.

****

Als der Rohstofflieferant Fritz Eisner drei Tage später das Gummi arabicum brachte, begann Hans, an seinem ersten eigenen Rezept für Weichgummi-Süßigkeiten zu arbeiten. Von niemandem ließ er sich in die Töpfe schauen, denn er wollte sich von keiner anderen Meinung beeinflussen lassen. Er hatte genau im Kopf, wie die Masse schmecken musste. Es sollten Kirschgummis werden, weil seine süßen Teufel rot werden sollten. Immer wieder veränderte er die Rezeptur, doch das Endergebnis überzeugte ihn nicht.

Die nächste Woche sah er seine Frau kaum, weil er bis spät in der Nacht kochte, probierte und wieder verwarf. Einmal waren die Weichgummis zu süß, einmal zu klebrig, dann wieder zu säuerlich, dann hatte die Farbe einen Gelbstich. Erschöpft füllte er mit einer Kanne die zähe Masse in die Teufelform ein, bevor er sich lange nach Mitternacht auf den Heimweg machte.

Am nächsten Abend nahm er die getrockneten Süßigkeiten aus der Puderkiste, blies sie sorgsam mit einem Handapparat ab und probierte seine neueste Kreation. Dann jubelte er laut. Es war richtig. Genau so sollten seine süßen Teufelchen schmecken! Süß, aber nicht zu süß, mit einer feinen säuerlichen Note. Sie zergingen auf der Zunge.

Endlich war er zufrieden. Für einen Moment atmete er tief durch und genoss das Gefühl, dass ihm etwas gelungen war, das sich ihm lange entzogen hatte. Dann rief er Paul und Gertrud herein. Er reichte jedem ein Teufelchen.

Gespannt wartete er auf ihre Reaktion. Als er den genießerischen Ausdruck auf dem Gesicht seiner Frau sah, wusste er, dass er richtiglag.

»Schmeckt lecker«, lobte sein Bruder und schob das Weichgummi im Mund langsam hin und her, wie es ihm Hans beigebracht hatte.

»Ausgezeichnet!«, schwärmte Gertrud und griff nach einem weiteren.

Auch Paul schob sich noch ein Teufelchen in den Mund. »Was hast du denn am Rezept geändert?«, fragte er neugierig.

»Betriebsgeheimnis«, sagte Hans mit einem Augenzwinkern. Auch wenn er seinem Bruder blind vertraute, würde er es halten wie Meister Willibald: Sein Rezeptbuch blieb geheim.

****

Plötzlich ging es Schlag auf Schlag. Die Süßen Teufel ließen ihren Absatz in die Höhe schnellen. Er, Paul und Gertrud kamen mit der Produktion nicht mehr nach. Er stellte noch zwei Männer aus dem Dorf ein, junge Burschen von Nachbarhöfen, die sich in der angespannten Wirtschaftslage nur mit Gelegenheitsarbeiten über Wasser gehalten hatten. Man konnte sich im Grönstall kaum mehr umdrehen, doch die Stimmung war gut. Die Männer brachten Willen und Ausdauer mit und konnten zupacken. Einer, Markus Strickling, erinnerte Hans an sich selbst, damals bei *Kleutgen & Meier*. Er fragte ihm Löcher in den Bauch und hinterfragte jeden Arbeitsschritt. Nachträglich bewunderte er die Nerven von Meister Willibald, der ihm damals mit so viel Geduld Rede und Antwort gestanden hatte.

An einem kalten Dezembertag klopfte ein Herr an die Tür des Grönstalls.

Gertrud wischte sich die Hände an der Schürze ab und führte den Mann herein, der in seinem feinen Wollmantel so gar nicht auf ihren Hof passen wollte. Sie warf Hans einen fragenden Blick zu.

Hans sah von der Arbeit auf und erkannte erst auf den zweiten Blick Waldemar Siebert, den Ladenbesitzer aus Bonn. Ein freudiges Lächeln breitete sich über sein Gesicht aus. Siebert war einen Kopf kleiner als Hans, von drahtiger Statur und mit welligem blondem Haar, das bis auf seinen Mantelkragen reichte –

der Mann, dessentwegen er damals seinen größten Streit mit Heinen gehabt hatte, als er mit ihm einen Exklusivvertrag abgeschlossen hatte. Hans' Meinung nach war das eine seiner besten Verhandlungen gewesen. Doch nachdem August Heinen Hans jeden Kundenkontakt untersagt hatte, hatten er und Siebert sich aus den Augen verloren.

»Das ist ja eine Überraschung! Schön, dich wiederzusehen, Waldemar.« Nach einer durchzechten Nacht, mit der sie damals ihren Vertragsabschluss gefeiert hatten, waren sie per Du.

»Viel zu lange ist es her!«

»Ich habe von Machert gehört, dass deine neuen Läden in Wiesbaden ein voller Erfolg geworden sind. Das hat mich sehr gefreut.«

»Bin zufrieden«, sagte Waldemar mit einem breiten Lächeln. »Aber jetzt erzähl du mal. Ein ehemaliger Kollege von dir bei Heinen hat mir erzählt, dass du dich selbstständig gemacht hast.«

»Ja, ich bin vor eineinhalb Jahren bei Heinen weg.«

»Mich hat es eh überrascht, dass eure Partnerschaft überhaupt so lange gehalten hat.« Waldemar Siebert musterte Hans mit einem direkten Blick aus seinen leuchtend blauen Augen, denen nichts entging.

Hans zuckte ausweichend mit den Schultern. Er wollte kein schlechtes Wort über Heinen verlieren, mit dem Siebert seit langen Jahren immer noch geschäftlich verbunden war.

Nachdem sich die Pause dehnte, ergriff Siebert wieder das Wort: »Jetzt sind die zwei Jahre um, und der Vertrag, den ich seinerzeit mit dir abgeschlossen habe, ist ausgelaufen. Das heißt, ich kann meine Süßwaren wieder kaufen, wo es mir passt.«

»Und du willst weg von Heinen?« Innerlich fühlte sich Hans hin- und hergerissen zwischen alter Loyalität, die er noch zu seinem ehemaligen Partner empfand, und seinem Geschäftssinn, der einen lukrativen Kunden witterte.

»Heinen war ein Kumpel meines Vaters. Ich bin mit ihm nie richtig warm geworden. Wenn du damals nicht die Verhandlungen geführt hättest, hätte ich da schon die Geschäftsbeziehung beendet. In letzter Zeit gab es bei ihm immer wieder Lieferverzögerungen. Man hat schon gemerkt, dass er ohne dich den Laden nicht im Griff hat. Jetzt habe ich in Bonn gehört, dass du ihm Konkurrenz machst. Da wollte ich mal schauen, was du zu bieten hast.« Er sah sich um, schien aber wenig beeindruckt.

»Wir bauen gerade eine kleine Zuckerwarenfabrik in Kessenich, weil es uns hier zu eng wird. Der Rohbau ist schon abgenommen«, beeilte sich Hans zu sagen.

»Wie viele Leute hast du?«

»Momentan sind wir zu viert. Aber ich werde noch mal so viele brauchen, wenn wir in Kessenich anfangen.«

»Das heißt, die Produktion wächst?« Wieder dieser bohrende Blick, dem nichts entging.

»Sagen wir mal so: Als ich im Oktober den Bauantrag gestellt habe, habe ich hineingeschrieben: Arbeitsraum für vier bis fünf Arbeiter. Die habe ich schon jetzt, bei Abnahme des Rohbaus. Bis zum Umzug im Januar werden es aber acht sein. Ich würde sagen, es läuft.«

Siebert lachte schallend. »Ich sehe, du hast dir dein gesundes Selbstbewusstsein auch in der Selbstständigkeit bewahren können.«

Hans nickte. Sein Licht unter den Scheffel zu stellen, war seine Sache nicht. Auch das verband ihn mit Siebert. Als er ihn als Kunden von Heinen kennengelernt hatte, waren sie beide optimistisch und erfolgshungrig gewesen und felsenfest davon überzeugt, es einmal weiter zu bringen als ihre Väter vor ihnen.

Wenn man ihnen das nicht zutraute, sahen sie dies eher als Ansporn denn als Hindernis.

»In Ordnung, Riegel. Dein alter Stall hier beeindruckt mich zwar nicht besonders, aber wenn deine Produktion so schnell wächst, wie du es behauptest, werde ich dir das gleiche Vertrauen entgegenbringen, wie du mir damals. Zeig mal her, was du hier fabrizierst.«

Die nächste Stunde verbrachten die Männer damit, Bonbons und Weichgummis zu probieren und über Preise zu verhandeln. Hans schaffte es zwar nicht, Siebert zu überzeugen, alle seine Süßwaren exklusiv bei ihm zu kaufen, doch er konnte einen großen Auftrag in seinem Buch notieren, dem sicher weitere folgen würden. Besonders von den Süßen Teufeln war Siebert angetan.

Als sie den Abschluss mit einem Schnaps von Bauer Rütten begossen, merkte Hans, wie gut es ihm tat, mit jemandem zu sprechen, in dem das gleiche Feuer brannte wie in ihm. Mit einem, der seine Träume nicht belächelte oder ständig zur Vorsicht mahnte.

Es war weit nach Mitternacht, als er sich lautstark von Siebert verabschiedete und auf unsicheren Beinen zu Bett ging.

22. Kapitel

KESSENICH, JANUAR 1922

»Endlich im eigenen Haus, endlich im eigenen Haus!«, jubelte Gertrud und drehte sich schwungvoll um die eigene Achse, sodass ihr der Rock nur so um die Waden schwang.

Sie nahm Hans an der Hand und zog ihn von Zimmer zu Zimmer. Die Einrichtung war kärglich: ein alter Tisch aus der Scheune ihrer Eltern, das Ehebett von den verstorbenen Großeltern Riegel, eine Anrichte von Tante Agatha und die Regale in der Küche selbst zusammengetischlert. Doch Gertrud strahlte über das ganze Gesicht – ein Palast hätte sie nicht glücklicher machen können. Ihre Schwiegereltern waren gute Menschen, aber ihr Herz schlug vor Freude, wenn sie daran dachte, dass sie nun die Herrin im eigenen Hause war.

Als sie ins Badezimmer kamen, zeigte Hans stolz auf die große Wanne. Daneben war ein Badeofen installiert, damit man warmes Wasser bekam. Dies war die einzige Extravaganz in ihrer neuen Wohnung, aber Hans hatte darauf bestanden.

Sie lachte. »Was du immer hast mit deinem Badezimmer! Ich hätte kein Problem damit gehabt, wie auf dem Hof am Wochenende den Badezuber in der Küche zu füllen.«

Er küsste sie kurz auf den Mund und sagte dann: »Du, meine geliebte Gertrud, sollst nie mehr Wasser zum Zuber schleppen.«

Sie lachte, weil sie es mochte, wenn er so entspannt und fröhlich war. Die Momente, wo er auch innerlich hundertprozentig bei ihr war, waren rar. Meist war er in Gedanken bei den Zahlen der Woche, bei Rohstoffpreisen oder strategischen Überlegungen. Ihre härteste Konkurrentin war ein Bonbon, dachte sie oft.

Sie zog ihn wieder zurück in die Küche und deutete auf zwei Kartons mit einem Sammelsurium aus Töpfen und Küchenutensilien, die ihre Mutter und ihre Schwiegermutter entbehren konnten. Daneben die Kiste mit dem Tafelservice, das sie zur Hochzeit bekommen hatten. Außerdem zwei Körbe voll mit Äpfeln, Kartoffeln und Einmachgläsern vom Hof. »Damit ihr was Ordentliches zum Essen habt«, hatte ihr Schwiegervater knapp gesagt, als er die Sachen auf das Pferdegespann geladen hatte.

»Ich möchte gleich anfangen, die Küche einzuräumen. Später bringt mir Wilhelm noch meine Aussteuertruhe, sodass wir Bettwäsche, Geschirrtücher und Handtücher haben. Ich freue mich schon so darauf, sie endlich zu benutzen. Dann gehe ich zum Markt und kaufe ein. Heute koche ich uns was Gutes.« Sie musste wieder vor Freude lachen. »In unserer eigenen Küche!«

»Dann bist du ja beschäftigt. Macht es dir etwas aus, wenn ich inzwischen hinüber in den Arbeitsraum gehe und dort nach dem Rechten sehe?«

Für einen Moment verspürte sie Verdruss, dass er auch heute, am ersten Tag im neuen Haus, nicht mit ihr Schränke einräumte und Möbel hin und her schob, sondern dass seine erste Priorität wieder bei seinen ollen Kamellen lag. Dann dachte sie jedoch, dass es wahrscheinlich viel mehr Spaß machen würde, diese Aufgaben allein zu erledigen. Sie könnte es genau so machen, wie sie es wollte. Sie müsste sich nicht nach den Vorstellungen ihrer Mutter, der Schwiegermutter – oder denen von Hans – richten.

Zum ersten Mal in ihrem Leben war sie diejenige, die die Entscheidungen in ihrem Heim traf.

****

Hans ging hinüber in den direkt anschließenden Arbeitsraum. Für einen Moment betrachtete er das Chaos vor sich. Zwei Männer waren damit beschäftigt, Regale an der Wand zu befestigen, Paul suchte irgendetwas in den unzähligen Kisten, die herumstanden, und Markus Strickling fegte den Boden, was wenig brachte, weil ein anderer Arbeiter Regalbretter hobelte.

Nach der Enge im Grönstall kam Hans der zehn mal sechzehn Meter große Raum riesig vor. Hier würde morgen die Produktion seiner Bonbons und Weichgummis beginnen. Mit acht Angestellten! Als er am 29. Oktober letzten Jahres den Bauantrag gestellt hatte, hatte er mit vier bis fünf Mitarbeitern geplant. Und Gertrud hatte noch gemeint, dass sei zu hoch gegriffen. Er lachte auf.

Paul sah von seiner Suche auf und trat zu ihm. »Da ist aber einer zufrieden!«

»Ach Paul. Ich kann dir gar nicht sagen, was der heutige Tag für mich bedeutet. Ein eigenes Haus, ein eigener Arbeitsraum. Kein Bittsteller mehr unter anderer Leute Dach. Auf diesen Tag habe ich sehr lange gewartet.«

Paul nickte und sagte mit ungewohntem Ernst: »Ich habe nie daran gezweifelt, dass dieser Tag kommt. Mich hat immer beeindruckt, wie du dich nie hast beirren lassen. Ich erinnere mich noch an die Diskussionen, die du mit Vater hattest. Schon vor dem Krieg. Aber egal, wie er getobt hat, du warst dir sicher, dass dein Weg der richtige ist. Ich habe es nie geschafft, Vater gegenüber Farbe zu bekennen. Nie hätte ich es gewagt, woanders zu arbeiten als auf dem Bau.«

Hans haute seinem Bruder so kräftig auf die Schultern, dass der zusammenzuckte. »Damit ist jetzt für alle Zeiten Schluss. Bei mir wirst du es weit bringen.« Plötzlich wurde er unsicher. War er wie der Vater? Drückte er gerade seinem Bruder seine Lebensvorstellungen auf? »Oder willst du etwas anderes machen?«, fügte er daher hinzu, ungewohnt vorsichtig. In diesem Moment wurde ihm bewusst, dass ihm Paul fehlen würde, falls er nicht mehr für ihn arbeiten wollte. Auf seinen Bruder war Verlass. Wenn er Waren ausfuhr oder Verkaufsgespräche führte, konnte er dies mit ruhigem Gewissen tun, weil Paul in der Werkstatt nach dem Rechten sah.

»Nein, nein. Mir passt es in der Produktion. Verkaufen wäre nichts für mich, aber die Herstellung macht mir Spaß. Ich mag es, dafür zu sorgen, dass die Kamellen schnell und sauber hergestellt werden. Die anderen Männer sind auch in Ordnung. Mit denen arbeite ich gern zusammen.«

»Das hör ich gern.« Hans atmete erleichtert auf. »Aber was ist mit dem Hof?«

Paul stieß einen tiefen Seufzer aus. »Es hat Vater, auch wenn er es nie zugeben würde, das Herz gebrochen, dass du dich keinen Pfifferling dafür interessierst. Er geht jetzt davon aus, dass ich den Hof eines Tages übernehme. Ich bringe es nicht fertig, ihm zu sagen, dass ich auch wegwill vom Ackern.«

Hans seufzte. Er wusste, wie Paul sich fühlte. Es war schwer, ihren Vater zu enttäuschen. Auch er hatte lange damit gehadert. In Gedanken versunken, begannen die beiden Brüder, die Geschmacksstoffe aus den Kisten zu packen und sorgfältig auf den neuen Regalen zu verstauen – in der gleichen Anordnung wie im Grönstall, damit sich jeder schnell zurechtfand. Als er die Flaschen mit Kirschsirup verstaute, dachte Hans an Gertrud. Heute war ein großer Tag für ihn, aber die schönste Erinnerung würde für ihn die unbändige Freude über die neue Wohnung in Gertruds Gesicht bleiben.

****

Eine Woche später lief Hans aufgeregt hinüber zu seiner Frau, die in der Wohnung Wäsche plättete. »Gertrud, wir haben es geschafft!«

»Was?«, fragte sie verdutzt.

»Jetzt sind wir erst eine Woche hier, aber wir haben heute das erste Mal einen Zentner produziert. Ich habe alles noch einmal nachgewogen.«

»Der Trockenraum macht sich bezahlt«, stellte Gertrud fest.

»Nicht nur der. Auch, dass wir ständig genügend Rohstoffe auf Lager haben und an mehreren Kesseln gleichzeitig kochen können.«

»Einen Zentner! Ich hätte nicht gedacht, dass wir so schnell so weit kommen.«

»Ich schon. Ich wusste, sobald die Rahmenbedingungen stimmen, ist das kein Problem. Die Arbeiter sind tüchtig, und alle packen mit an.«

»Dann habe ich ja morgen genug zu tun, bis die fünfzig Kilo verpackt sind.«

Hans küsste seine Frau, die ihm immer vertraut hatte. Er war froh, dass er sie nicht enttäuschen musste. Allmählich ging es bergauf.

23. Kapitel

KESSENICH, AUGUST 1922

Gertrud spülte das Geschirr vom Abendessen ab, und Hans las am Küchentisch die Tageszeitung. Obwohl sie jetzt in ihrem eigenen Haus in der Bergstraße wohnten, hatten sie diese lieb gewonnene Tradition fortgesetzt, die sie zunächst gezwungenermaßen bei den Riegels eingeführt hatten, um die Zweisamkeit zu genießen und abzuwarten, bis die Eltern tief und fest schliefen.

»Hier steht schon wieder eine Meldung, dass französische Soldaten ein paar Frauen in der Straßenbahn belästigt haben. Letzte Woche wurde gar von einer Vergewaltigung berichtet«, sagte Hans unvermittelt. »Du kannst nicht mehr zu deinen Turnstunden gehen.«

»Ach Hans, ich habe dabei so viel Freude. Außerdem bin ich ja immer mit Anna zusammen unterwegs. Wir sind noch nie angesprochen oder belästigt worden. Mir macht es so viel Spaß.«

»Nein. Das ist zu gefährlich«, sagte Hans bestimmt. Er war froh, dass es für solche Unternehmungen das Einverständnis des Ehemannes benötigte. Gertrud war oft zu leichtsinnig. »Die Soldaten sind oft alleinstehende Männer, die ihre Bedürfnisse haben. An so etwas haben wir damals nicht einmal gedacht, als wir Tag und Nacht im Schützengraben lagen. Aber die Franzosen hier haben den lieben langen Tag nichts zu tun, außer durch die Stadt zu patrouillieren und unseren Frauen nachzuschauen.«

Gertrud wollte erneut widersprechen, nickte dann aber resigniert. Er konnte sehen, dass sie enttäuscht war.

»Anscheinend haben sie jetzt ein drittes Bordell am Obersten Höhenweg eingerichtet, um dem Ganzen entgegenzuwirken. Es liegt nahe bei den Kasernen. Doch es hat Beschwerden von den Anwohnern gegeben, dass die Soldaten das Haus im Dunkeln nicht finden und bei ihnen nachts anklopfen und nach dem Weg fragen. Die Lösung ist jetzt eine ständig brennende rote Laterne an diesem Etablissement. Wie lange wir die Franzosen wohl noch werden ertragen müssen?«

»Ich kann mir nicht vorstellen, dass die so schnell abziehen. Wir können nur hoffen, dass das nicht irgendwann eskaliert.«

Hans blätterte um und murmelte: »Der sozialdemokratische Reichspräsident Ebert hat ›Das Lied der Deutschen‹ zur offiziellen Nationalhymne des Deutschen Reiches bestimmt.«

»Das finde ich gut. Darüber hat der *General-Anzeiger* neulich auch was gebracht. Hoffmann von Fallersleben hat den Liedtext 1841 geschrieben, auf eine Melodie von Haydn. Im Krieg hat es durch junge Soldaten, die es spontan bei einem Gefecht in Belgien angestimmt haben, an Popularität gewonnen.«

»Was für eine kluge Frau ich habe!«, sagte Hans, von Gertruds Ausführungen beeindruckt.

»Habe ich zufällig gelesen.«

»Wir haben heute Abend noch eine große Bestellung von Süßen Teufeln bekommen«, wechselte er – wie so oft, wenn ihm etwas von der Arbeit einfiel – das Thema. »Die verkaufen sich gut. Da müssen wir morgen wieder welche herstellen.«

»Ja, ich habe bemerkt, dass die Kunden es mögen, wenn die Weichgummis nicht nur eine runde oder ovale Form haben. Teufelchen zusammen zu essen oder an jemanden zu verschenken, ist natürlich witziger.«

Hans schlug die Zeitung zu. »Lass uns zu Bett gehen. Es war ein langer Tag.«

Doch der Schlaf wollte sich nicht einstellen. Hans hörte Gertruds regelmäßige Atemzüge, aber ihm gelang es nicht einzuschlafen. Noch drei Stunden, dann würde der Morgen die Nacht verdrängen, und ein neuer anstrengender Arbeitstag würde beginnen. Ihm ging nicht aus dem Kopf, was Gertrud vorher gesagt hatte, nämlich, dass nicht nur die Qualität, sondern auch die Form entscheidend sei. Was würden seine Kunden gerne essen und verschenken? Immer wieder kreisten seine Gedanken um Gertruds Worte, doch eine Idee hatte er nicht.

Als Hans am nächsten Morgen unausgeschlafen erwachte, strahlte die Sonne vom wolkenlosen Himmel. Die Bettseite neben ihm war leer. Gertrud stand meistens kurz vor ihm auf und machte das Frühstück. Wieder kehrten seine Gedanken zu denen der Nacht zurück, aber dafür war jetzt keine Zeit. Er zwang sich, schwungvoll aus dem Bett zu steigen, obwohl er sich wie gerädert fühlte.

»Guten Morgen«, sagte Gertrud, während sie den Tisch deckte.

»Guten Morgen, mein Schatz.« Er kaute müde an seinem Stück Brot und trank einen Schluck Tee.

»Was ist denn heute mit dir los? Du bist so schweigsam und schaust todmüde aus.«

»Entschuldige, ich konnte nicht schlafen. Es war trotz des geöffneten Fensters so warm im Zimmer. Und dann habe ich mir noch ein paar Gedanken gemacht, die mich nicht losgelassen haben.«

»Was hat dich denn so beschäftigt?«

»Lass uns heute Abend darüber reden. Ich muss jetzt rüber.«

Nachmittags herrschte in der Fabrik eine brütende Hitze. Trotz der geöffneten Fenster meinte man zu ersticken. Die Feuer unter den Kesseln brannten. Hans konnte es sich nicht erlauben, auch nur einen Tag nicht zu produzieren. Er sah die Anstrengung in den Gesichtern seiner Arbeiter. Er half mit, wo er konnte. Niemals würde er sich an so einem Tag zurückziehen. Im Gegenteil: Er ging mit Elan voran und sorgte dafür, dass die Bonbonkocher regelmäßig Pausen machten, um zu trinken.

»Hans, komm schnell«, rief sein Bruder Paul plötzlich.

»Was ist los? Ich kann gerade nicht.« Hans hatte für einen der Arbeiter, der in die Pause gegangen war, übernommen und rührte in einem der großen Kessel. Das Feuer strahlte gnadenlos ab und verstärkte die Sommerhitze.

»Schnell! Gertrud ist ohnmächtig geworden. Sie sitzt im Lagerraum.«

»Übernimm!«, befahl Hans seinem Bruder. Er machte Paul Platz, der sofort weiterrührte, damit die Masse nicht am Kesselboden anlegte. So schnell er konnte, lief er hinüber ins Lager.

»Was ist mit dir?«

Seine Frau saß auf einem Stuhl. Ihr Gesicht war kreidebleich.

»Ich denke, es ist die Hitze«, antwortete sie, »mir geht es nicht gut. Auf einmal hat sich alles gedreht, und dann wurde mir schwarz vor Augen. Gut, dass Paul neben mir stand und mich aufgefangen hat, sonst wäre ich auf den Boden geknallt.«

»Ich bring dich ins Haus und rufe einen Arzt.« Hans stützte Gertrud, weil ihr immer noch schwindlig war und weil er Angst hatte, dass sie ein weiteres Mal bewusstlos würde.

Gertrud legte sich auf das Kanapee im Wohnzimmer. Hans brachte ihr ein Glas Wasser. Sie trank einen Schluck, doch dann hielt sie sich auf einmal die Hand vor den Mund, sprang auf, lief zur Toilette und erbrach sich.

Hans ließ nach Dr. Ernst Wagner schicken, der seine Praxis nur einige Häuser weiter hatte. Seit sie in Kessenich wohnten, hatten weder er noch Gertrud je einen Arzt gebraucht, aber Adele Wagner war eine Kundin der ersten Stunde. Ihre Schwäche waren Veilchenpastillen, und seit sie Weichgummi produzierten, kaufte sie davon mehrmals im Monat eine Dose.

»Tach, wo ist denn die Patientin?«

Doktor Wagner war ein hoch aufgeschossener hagerer Mann mit dunklen Haaren, die an den Schläfen zu ergrauen begannen. Auf der schmalen Nase des Arztes saß eine runde Brille. In der Linken trug er eine große braune Ledertasche. Hans fiel auf, dass er hinkte.

»Kommen Sie, sie ist in der Stube. Meine Frau ist vorhin umgekippt, ihr ist schwindlig, und sie hat sich erbrochen. Ich mache mir Sorgen. Gertrud ist sonst nie krank.«

Der Arzt zog einen Stuhl zum Sofa und setzte sich. Warum begann er nicht mit der Untersuchung? Hans stand hinter seinem Rücken und wollte deswegen gerade nachfragen, als Wagner sich umdrehte.

»Herr Riegel, lassen Sie uns doch einen Moment allein, solange ich Ihre Frau mit dem Stethoskop abhöre. Ich kann sonst nichts hören.«

Nervös ging Hans hinaus in den Flur.

»Einatmen und ausatmen … jetzt die Luft anhalten.«

Was wäre, wenn Gertrud ernsthaft krank war? Die Schwindsucht? Wie oft hatte der Arzt Gertrud jetzt schon den Atem anhalten, atmen und husten lassen?

»Haben Sie ein Rasseln in der Lunge?« hörte er den Arzt fragen, dann wurde die Tür geschlossen, und es drangen nur mehr gedämpfte Stimmen aus dem Raum.

Nach einer Weile kam Dr. Wagner mit todernster Miene aus der Stube.

»O Gott, sagen Sie es mir: Was ist mit Gertrud?« Hans' Stimme klang brüchig.

Der Arzt verzog keine Miene. »Das wird länger dauern, aber sie beide schaffen das schon.«

»Wie meinen Sie das? Muss sie ins Krankenhaus oder auf Kur?« Wenn dieser Mann nur Klartext reden würde.

»Gehen Sie zu Ihrer Frau. Sie möchte mit Ihnen sprechen.«

Leise ging Hans hinein und setzte sich zu Gertrud. »Was ist mit dir?« Er spürte Angstschweiß auf der Stirn.

Immer noch war sie weiß wie die Wand. Sie presste die Lippen zusammen und konnte ihm nicht in die Augen sehen. »Also …«

»Jetzt sag endlich! Der Arzt wollte mir keine Auskunft geben.«

»Hans, ich … Ich bin schwanger.«

»Schwanger?« Hans fiel aus allen Wolken.

»Ja, wir werden Eltern. Erst als er mich nach meiner Monatsblutung gefragt hat, wurde mir klar, dass ich sie schon länger nicht mehr hatte. Es ist immer so viel los, dass ich gar nicht mehr daran gedacht habe.«

Für einen Moment war er sprachlos. Dann spürte er ungezügelte Freude und Aufregung in sich aufsteigen. Ein Kind! Bald würden sie eine Familie sein. »Du könntest mich nicht glücklicher machen.« Er zog sie fest an sich.

»Zerdrück uns nicht«, sagte Gertrud.

Erschrocken löste Hans seine stramme Umarmung.

»Entschuldigen Sie, ich würde mich dann verabschieden«, rief der Arzt dem glücklichen Paar vom Flur aus zu. »Gratulation, Herr Riegel!«

»Moment, warten Sie! Da haben Sie mich ja ganz schön reingelegt. Ich dachte schon, es wäre die Schwindsucht.«

»Normalerweise mache ich so etwas nicht. Aber Ihre Frau hat mich darum gebeten.« Das sonst so ernste Gesicht des Doktors nahm einen spitzbübischen Ausdruck an. »Obwohl ich daran Gefallen finden könnte.«

»Unterstehen Sie sich, Herr Dr. Wagner. Ich hoffe, Sie werden in Zukunft unser Hausarzt …« – er grinste den Doktor breit an – »… außer Sie machen noch öfter gemeinsame Sache mit meiner Gattin.«

»Keine Sorge. Ich bin Arzt und kein Schauspieler. Außerdem würde meine Frau mich verfluchen, wenn ich bei Ihnen in Ungnade fiele. Sie liebt Ihre Süßwaren.«

»Ich lass Ihnen später noch ein paar Weichgummis hinüberbringen. Zum Dank für Ihr schnelles Eintreffen.«

»Das ist nett von Ihnen. Damit machen Sie meiner Frau eine besondere Freude. Achten Sie darauf, dass Ihre Gattin an so heißen Tagen wie heute ausreichend trinkt. Ansonsten ist sie kerngesund. Das mit der Übelkeit gibt sich mit der Zeit. Übrigens wird das Kind im März kommen.«

24. Kapitel

KESSENICH, OKTOBER 1922

Der heiße Sommer war einem goldenen Herbst gewichen. Die Tage waren bereits kühler, und die ersten Vorboten des nahenden Winters waren zu erahnen. Hans kehrte von einer Verhandlung mit einem Rohstofflieferanten zurück, als ihm das Schaufenster des Spielwarenhauses *Puppenkönig* ins Auge fiel. Interessiert betrachtete er es. Wie immer beschäftigte ihn die Frage, wie er seine Produktpalette erweitern könnte. Was faszinierte Kinder und Erwachsene zugleich?

In der Auslage gab es das Brettspiel *Mensch ärgere dich nicht*. Daneben standen teure Zinnsoldaten, ein Stück weiter welche aus Pappmaché für die Kinder, deren Eltern nicht so begütert waren. Es gab Eisenbahnwaggons, Dampfmaschinen für die Jungen und Puppen mit Porzellanköpfen sowie Puppenhäuser für Mädchen. Das eignete sich alles nicht.

Auf einmal richtete sich sein Augenmerk auf ein schmales Nebenfenster. Dort waren Tiere der Firma *Steiff* ausgestellt. Er hatte in der Zeitung von diesem Unternehmen gelesen. Sein Blick fiel auf einen kleinen Elefanten mit dunkelblauer Satteldecke und einen Bären mit einem zotteligen Fell aus Mohair. Diese Stofftiere wurden in Anlehnung an den amerikanischen Präsidenten Theodore »Teddy« Roosevelt, der sich angeblich auf einer Jagd geweigert hatte, auf einen jungen Grizzlybären zu schießen, Teddybären genannt. Dieses Plüschtier erfreute sich großer Beliebtheit und durfte in keinem deutschen Kinderzimmer mehr fehlen.

Als Hans das putzige Tierchen betrachtete, kam ihm der tollpatschige Tanzbär in Erinnerung, dem er auf dem Jahrmarkt so lange zugeschaut hatte. Jung und Alt waren damals gleichermaßen fasziniert stehen geblieben. Man musste diese starken Tiere, die trotzdem etwas Tapsiges und Drolliges an sich hatten, einfach mögen. Damals hatte er sich gedacht, dass so ein liebenswertes Tier wie gemacht für süße Weichgummis war. Recht hatte er gehabt! Doch die Idee war ihm im hektischen Alltag wieder entglitten.

Aber nun schien es glasklar auf der Hand zu liegen: Einen Bären mochten Jungen und Mädchen und sogar Erwachsene. Er wusste nun, welche Form seine neueste Kreation haben musste.

Als er nach Hause kam, wartete Gertrud schon mit dem Mittagessen und mürrischer Miene. »Du bist zwei Stunden zu spät. Jetzt musst du warten, bis ich alles wieder aufgewärmt habe, und ob es noch schmeckt, weiß ich auch nicht.« Sie feuerte den Herd erneut an und schob die große Pfanne mit den Bratkartoffeln auf die Platte.

Hans sah auf die Uhr. »Es tut mir leid. Aber die Verhandlung hat länger gedauert, und dann bin ich noch zu Fuß durch die Stadt gegangen. Verzeihst du mir?«, fragte er mit seinem treuherzigsten Blick, dem sie normalerweise nicht widerstehen konnte. »Ich schwöre, ich komme nie wieder zu spät zum Essen nach Hause.« Er hob die Hand und streckte drei Finger aus.

»Hans Riegel, versprich nichts, was du eh nicht halten wirst«, rügte sie ihn.

»Sei nicht so streng mit mir.«

Er wartete, bis sie die Pfanne aufgestellt hatte, und legte dann seine Arme von hinten um ihre Taille. Er drehte sie zu sich um und küsste sie. Die Schwangerschaft machte sie noch schöner. Ihr Gesicht wirkte rosig und ihre Züge weicher. Zärtlich strich er ihr eine glänzende dunkelbraune Locke, die sich aus ihren hochgesteckten Haaren gelöst hatte, hinter das Ohr. Ihr Busen war größer geworden, und ihr Bauch wölbte sich deutlich unter dem Kleid. Für ihn war sie mit ihren üppigen Rundungen noch anziehender als zuvor. Am liebsten wollte er sie gar nicht mehr loslassen. Einen Moment genossen sie die innige Umarmung, in der so viel Verbundenheit lag. Dann lösten sie sich voneinander.

»Hans, die Bratkartoffeln werden schwarz, wenn du mich noch länger vom Kochen ablenkst.«

Gertrud stellte ihm seinen Teller mit dem aufgewärmten Essen auf den Tisch und setzte sich dazu.

»Isst du nichts?«, fragte er.

Sie schüttelte den Kopf. »Nein, ich habe schon vor Stunden gegessen. Wie sind die Verhandlungen mit Jan Becker gelaufen?«

Hans schob sich einen Bissen in den Mund. Erst als er hinuntergeschluckt hatte, antwortete er.

»Die Kartoffeln schmecken ausgezeichnet. Das Gespräch war gut, sogar sehr gut. Es ist immer besser, wenn man sich persönlich trifft, als schriftlich zu verhandeln. Es war eine gute Gelegenheit, Becker zu treffen, weil er wegen einer Hochzeit in der Stadt war. Ich bin froh, dass ich deswegen nicht extra zu ihm nach Hamburg fahren musste. Er liefert die Kräuter für die Kamellen jetzt direkt an uns und nicht mehr über den Großhändler Oliver Weigand. Ihm war schon zu Ohren gekommen, dass Weigand unzuverlässig ist und das eine oder andere Mal zu tief ins Glas schaut. Um direkt von der Hansestadt aus beliefert zu werden, müssen wir eine größere Menge abnehmen, sonst sind die Transportkosten zu hoch. Deshalb beziehen wir die Ware jetzt nur noch einmal im Monat und nicht, wie von Weigand, wöchentlich.«

»Wo willst du denn solche Mengen lagern? Das ganze Depot ist doch schon voll mit Rohstoffen.«

»Stimmt schon, Gertrud. Aber dafür werde ich die Kräuter fünfzehn Prozent günstiger bekommen. Das ist das, was der Großhändler sonst draufgeschlagen hat, und wir müssen den Lieferungen nicht mehr nachlaufen, wenn Weigand mal wieder besoffen ist.«

»Oje, ich sehe schon kommen, dass unsere Wohnung als Abstellraum herhalten muss.«

»Gute Idee! Im Wohnzimmer wäre genug Platz«, ärgerte Hans sie.

Gertrud zog die Augenbrauen zusammen, und ihre Augen wurden schmal. »Das kommt überhaupt nicht infrage. Denk nicht einmal daran, mir die Stube mit Kisten vollzustellen!«

Hans sah ihr an, dass sie die Verärgerung nur spielte. Wenn Not am Mann beziehungsweise zu wenig Platz war, würde er sich auf sie verlassen können. Bevor die Ware verdarb oder nass wurde, würde sie die Kartons eigenhändig im Schlafzimmer auftürmen, da war Hans sich sicher. Sollte das zum Dauerzustand werden, wäre Gertrud allerdings genauso ungehalten wie seine Mutter früher. Das wollte er keinesfalls riskieren. Er würde sich rechtzeitig über die Lagerung Gedanken machen müssen.

Nachdem er aufgegessen hatte, trug Gertrud seinen Teller zum Spülbecken und setzte sich dann wieder zu ihm.

»Übrigens: Als ich auf dem Rückweg von dem Termin mit Becker war, bin ich beim *Puppenkönig* am Schaufenster vorbeigekommen. Was hältst du davon, unsere Produktpalette um einen Tanzbären zu erweitern?«

»Um einen Tanzbären?«, fragte sie erstaunt.

»Ja, genau. Von diesen Tieren sind Jung und Alt gleichermaßen begeistert.«

Gertrud überlegte, dann lächelte sie. »Plüschbären sind modern. Die findet man beinahe in jedem Kinderzimmer. Sie werden sowohl von Jungen als auch von Mädchen gemocht. Warum nicht einen Tanzbären aus Weichgummi? Ja, ich denke, das könnte etwas werden. Nur die Form, die kann ich mir nicht vorstellen. Sie müsste so sein, dass man den Bären auch erkennt.«

»Das macht mir auch noch Sorgen«, sagte er gedankenverloren. »Aber das nehme ich gleich heute Abend in Angriff. Mir wird schon eine Lösung einfallen.«

Gertruds Meinung war Hans wichtig. Natürlich traf er die endgültige Entscheidung allein, aber vieles besprach er vorher zu Hause am Esstisch mit seiner Frau. Wenn sie – wie dieses Mal – übereinstimmten, bestärkte es ihn zusätzlich. Falls sie Kritisches zu seinen Ideen äußerte, nahm er sich das durchaus zu Herzen und ging noch einmal alles Punkt für Punkt durch, bevor er letztendlich entschied.

Nach dem Abendessen setzte er sich an den Schreibtisch und zeichnete. Ärgerlich verwarf er einen Entwurf nach dem anderen. Erst weit nach Mitternacht hatte er die richtigen Proportionen gefunden. Zwei Ohren, eine hervorstehende schmale Schnauze, vier Tatzen, ein kleiner Bogen für den Mund und zwei Punkte für die Augen. Das Fell deutete er mit kurzen Strichen vom Hals bis hinunter zum Bauch an. Das Ergebnis gefiel ihm. Gleich morgen früh würde er zu Adolf gehen und ihn bitten, Formen zu bauen. Hans konnte es kaum erwarten, die ersten Bären zu gießen.

****

Zwei Wochen später brachte Adolf die fertigen Platten für den Tanzbären vorbei. Sie waren genau so geworden, wie Hans sie sich vorgestellt hatte. Es juckte ihn in den Fingern, sofort anzufangen, doch er hielt sich zurück und legte die Platten schweren Herzens ins Lager. Er würde den Samstagabend abwarten. Für ein neues Rezept brauchte er Muße, das wusste er. Die hatte er nur, wenn er seine Ruhe hatte und allein in der Produktionshalle war.

Über den Geschmack hatte er sich vorab schon Gedanken gemacht. Er wollte zwei verschiedene Sorten Bären machen, rote und gelbe. Die roten Tanzbären sollten aber nicht wie die Süßen Teufel nach Kirsche schmecken, sondern nach Himbeere. Für die gelben hatte er sich Zitronen besorgt. Als es endlich Samstag war, nahm er die Waage und wog die Zutaten ab. Daneben lag ein Zettel, auf dem er die Mengen notierte, die er dann in den Kessel schüttete. Er schürte den darunter stehenden Ofen an und begann, die Zuckermasse zu rühren. Hans hatte sich entschieden, zunächst eine geringere Anzahl herzustellen. Aus Erfahrung wusste er, dass es länger dauern konnte, bis ein Rezept perfekt war, und er wollte nicht zu viele Rohstoffe verschwenden.

Vorsichtig goss er die zähe gelbe Flüssigkeit in die Puderkisten. Am liebsten hätte er sie gleich probiert. Aber er musste warten, bis sie getrocknet waren. Währenddessen reinigte er den Kessel und begann damit, die Masse für die zweite Farbe herzustellen.

Als die Morgendämmerung anbrach, nahm er die ersten Bären aus der Form. Erwartungsvoll biss er hinein und verzog angewidert das Gesicht.

»Verflucht! Viel zu viel Zitrone.«

Die roten, die nach Himbeer schmeckten, waren ihm um Welten besser gelungen, aber sie ließen sich nicht aus der Form lösen.

Statt eines schmalen Tanzbären hatte er einen Klumpen in der Hand. Seufzend begann er von Neuem.

Am Sonntagmorgen brachte Gertrud ihm ein paar Brote hinüber. Sie setzte sich kurz, und er berichtete ihr von den Fehlschlägen der Nacht. Doch als er dann schweigend weiterarbeitete, verschwand sie wieder nach drüben. Sie verstand, dass er gerade komplett auf die neue Süßigkeit konzentriert war, und ließ ihn in Ruhe. Dafür war er ihr dankbar. Sie nahm es ihm nicht krumm, dass er gerade keine Zeit für sie hatte. Wenn er auf der Suche nach einem neuen Rezept war, konnte ihn nichts bremsen. Hans war dann wie ein Bluthund, der eine Fährte verfolgte. Es war wie ein innerer Zwang, der ihn so lange weitermachen ließ, bis das Produkt seinen Vorstellungen entsprach.

Immer wieder begann er von Neuem. Wenn die Masse in den Puderkisten trocknete, nutzte er die Zeit, um zu schlafen oder zu essen. Doch jedes Mal tauchte ein anderes Problem auf.

Am Montag kam Adolf vorbei, und Hans bat ihn, die Formen nachzuarbeiten. Im Bereich der Tatzen waren sie nicht tief genug, sodass diese nicht richtig zur Geltung kamen. Die gesamte nächste Woche arbeitete er nachts an den Rezepten weiter.

Erst am darauffolgenden Wochenende hielt er nach vielen Fehlversuchen seine Tanzbären in der Hand. Stolz nahm er seine Kreationen mit zu Gertrud, um sie probieren zu lassen.

»Schau, jetzt sind sie gut«, sagte er aufgekratzt zu seiner Frau. Er konnte es kaum erwarten, ihr Urteil zu hören.

»Sie sehen tatsächlich wie Tanzbären aus. Sogar das Fell und ein schmales Gesicht mit hängendem Mundwinkel sind zu erkennen. Aber der Kerl wirkt ein bisschen traurig.«

»Na ja, er wird auch gleich von dir aufgegessen«, sagte Hans lachend.

»Stimmt.« Gertrud schob sich den gelben Bären in den Mund. »Oh, er schmeckt nach Zitrone.« Sie kaute. Wie immer ließ sie sich Zeit.

An ihrem Gesicht konnte Hans nicht ablesen, wie ihr Urteil ausfiel. »Und, was sagst du?«, fragte er ungeduldig.

»Er ist gut, richtig gut. Die Kombination aus Süße und Säure ist ausgewogen. Genau passend.«

»Und der rote?«

»Von der Optik sehen sie aus wie zwei Tanzbärenbrüder«, sagte sie schmunzelnd, bevor sie probierte.

Hans sah ihr gespannt zu.

»Ich dachte, das wäre Kirsche wie bei den Teufelchen – aber das ist ja Himbeere«, rief sie begeistert aus. »Ich kann bei den Bären mit dem Himbeeraroma den Sommer schmecken. Also, ich würde sagen: produzieren!«

Er lachte zufrieden. »Dann werden wir in Zukunft Tanzbären im Sortiment haben.«

25. Kapitel

KESSENICH, DEZEMBER 1922 BIS JANUAR 1923

Im November und Dezember kamen sie kaum mit der Produktion und der Auslieferung nach. Gertrud war auf die Idee gekommen, an die Dosen, die verschiedene Sorten Weichgummis oder Bonbons enthielten, ein rotes Band mit einem kleinen Anhänger zu befestigen, auf dem »Fröhliche Weihnachten« oder »Gesegnetes Fest« stand. Die kleinen Präsente fanden in den Wochen vor dem Christfest reißenden Absatz. Gertrud schrieb bis tief in die Nacht hinein mit ihrer akkuraten Handschrift die kleinen Schildchen, die Paul und sie am nächsten Tag an den Dosen anbrachten. Bis zum Spätnachmittag des Heiligabend fuhren sie Lieferungen aus.

Es war nach fünf, als Hans abschloss. Mit Freude sah er, dass ihre Lagerbestände bis auf wenige Schachteln verkauft waren.

Als er mit Gertrud unter dem kleinen Bäumchen stand, sie mit gewölbtem Bauch, er mit einem Glas Rheinriesling in der Hand, verspürte er tiefe Zufriedenheit.

Nachdem sie damit so gute Erfahrungen gemacht hatten, wechselten sie zwischen den Jahren die Schildchen zu »Ein gutes neues Jahr« aus. So bekam mancher Bonner zum Start ins neue Jahr Weichgummis oder Bonbons geschenkt.

Trotz ihrer fortgeschrittenen Schwangerschaft war Gertrud

täglich in der Fabrik gewesen und hatte genau wie alle anderen Arbeiter Überstunden gemacht. Keiner hatte gemurrt, sondern alle hatten am selben Strang gezogen. Hans war stolz auf seine Frau, seinen Bruder und seine ganze Belegschaft, was er damit zeigte, dass er jedem zum Jahresende ein Stück Schinken vom elterlichen Hof und eine Flasche Schnaps mitgab.

****

Nachdem die hektische Weihnachtszeit und der Jahreswechsel hinter den Riegels lagen, kehrte ein wenig Ruhe ein. In den ersten Tagen des Jahres 1923 schaute sich Hans die Zahlen des Geschäftsabschlusses an, den Gertrud am Nachmittag fertiggestellt hatte. Sie hatten ordentlich Gewinn gemacht. Vor allem in den letzten beiden Monaten hatte es noch einmal einen großen Sprung nach oben gegeben. Nur der Absatz der Tanzbären war deutlich hinter seinen Erwartungen zurückgeblieben.

»Hans, Abendessen ist fertig.«

»Was gibt es denn Leckeres?«

»Heute habe ich nur Brote und Tee vorbereitet.«

Hans setzte sich. »Die schauen gut aus und schmecken köstlich«, sagte er nach dem ersten Bissen, »besser wären sie im *Hotel Königshof* auch nicht.«

Gertrud schaute ihn belustigt an. »Wenn es bei denen überhaupt noch etwas zum Essen gibt. Momentan ist nicht die Zeit für Luxushotels.«

Das Hotel am Rheinufer hatte früher zahlreiche vermögende und teils adlige Gäste aus dem In- und Ausland beherbergt. Durch den Krieg und die stetige Abwertung des Geldes allerdings war es in finanzielle Schieflage geraten.

»Da hast du recht. Aber irgendwann werden die Zeiten wieder

besser, und dann fahren wir auch mal in ein so schönes Hotel und lassen es uns gut gehen. Schließlich müssen wir noch irgendwann unsere Flitterwochen nachholen.«

»Ach Hans, es muss gar kein exquisites Haus sein. Da würden wir zwei uns gar nicht wohlfühlen. Mit einer Pension wäre ich zufrieden. Das läge eher in unserem Budget. Hauptsache, ich komme mal bis München.«

»Eines Tages bleibt genug übrig, und ich löse mein Versprechen ein. Wir können stolz auf uns sein, denn wir haben dieses Jahr einiges erwirtschaftet. Nur die Inflation frisst nach wie vor fast alles auf. Es geht immer schneller. Seit Juli steigt sie noch rasanter an. Lass uns das Geld sinnvoll investieren, bevor gar nichts mehr übrig ist.«

»An was hast du gedacht?«

»An ein Automobil. Einen Lieferwagen.«

»Ein Auto?«

»Ja, damit könnten wir die Ware schneller ausliefern. Mit dem Pferdegespann funktioniert es auch, aber ein Auto ist wendiger, und es wäre unser eigenes. Wir müssten nicht mehr darauf Rücksicht nehmen, wann Onkel Frieder sein Gespann selber braucht.«

»Du hast recht. Das hat uns im November und Dezember bei den Lieferungen viel Zeit gekostet. So könnten wir täglich liefern. Das Fahrrad ist für die Kunden in der Nähe gut geeignet, aber wenn es viel Schnee hat, wie in diesem Winter, kommt man zu langsam vorwärts.«

»Also abgemacht, dann kaufen wir uns eins!«

****

Als Hans eine Woche später, an einem klirrend kalten Januartag, mit einem schwarzen Ford T mit weißer Aufschrift in der

Bergstraße in Kessenich vorfuhr, kamen alle Arbeiter, die abkömmlich waren, aus der Halle gelaufen, um das Automobil zu bewundern. Er stieg aus und ging hinüber zu seiner Frau und seinem Vater, den Paul zur Feier des Tages zur Firma mitgenommen hatte.

»Sieht das Auto nicht schön aus?«, fragte Gertrud mit leuchtenden Augen ihren Schwiegervater und strich dabei liebevoll über die glänzende schwarze Kühlerhaube. Den Ford T gab es nur in Schwarz, da der schwarze Lack am schnellsten trocknete.

»Da steht HA … RI … BO«, las Riegel die weiße Aufschrift langsam vor. »Ich dachte, ihr habt das Auto gekauft und nicht geliehen? Aber von ›Riegel‹ ist da nichts zu lesen«, stellte er skeptisch fest.

Hans grinste ihn an. »Das ist wirklich mein Auto, Vater. Nur: ›Hans Riegel‹ kann man sich beim Vorbeifahren schlecht merken. Deshalb habe ich mich für das kurze Wort HARIBO entschieden. HA für Hans, RI für Riegel und BO für Bonn.«

Peter Riegel nickte, schien aber nicht überzeugt. »Ob das einer versteht, dass sich hinter diesen paar Buchstaben deine Firma verbirgt?«

»Ich glaube schon«, sagte Hans. »Es gibt mehrere Firmen, die das so machen. Wir werden das zukünftig auch auf unsere Verpackungen schreiben. HARIBO ist kürzer und prägt sich leichter ein als ›Hans Riegel, Bonn‹. Die Leute werden sich schnell daran gewöhnen.« Dann wandte er sich an seine Frau: »Komm, Gertrud, steig ein. Wir fahren eine kleine Runde.«

Sie stiegen in die »Tin Lizzie«, wie die Amerikaner das Modell nannten, die »Blechliesel«. Als Hans losfuhr, klatschten und winkten die Arbeiter ihnen zu. Gertrud hob fröhlich lächelnd die Hand. Lange hatte er sie schon nicht mehr so gelöst gesehen wie in diesem Moment. Sie sah oft müde aus, weil sie in letzter

Zeit schlecht schlief, da das Kind in ihrem Bauch unruhig war. Doch heute war davon nichts zu sehen. Er war stolz, seiner Frau endlich etwas bieten zu können – etwas, was in Deutschland noch die wenigsten besaßen: ein eigenes Automobil.

Zuerst fuhr er vorsichtig, da er sich an die drei Fußhebel für die Kupplung, den Rückwärtsgang und die Bremse gewöhnen musste. Doch mit jedem Meter wurde er sicherer. Er kam sich sehr lässig vor, eine Hand auf dem Handbremshebel, die andere auf dem großen Holzlenkrad, während die Felder an ihm vorbeiglitten.

»Das Automobil hat sogar elektrisches Licht und einen Anlasser, sodass man nicht kurbeln muss«, schwärmte er seiner Frau vor, die versonnen auf die winterliche Landschaft blickte.

Als sie nach der kleinen Runde zurückkehrten, ließ er seinen Vater einsteigen. Peter Riegel war kritisch gewesen, als Hans ihm letzte Woche erzählte hatte, dass er ein Auto kaufen wolle. Trotz steigender Gewinne war sein Vater weiterhin nicht davon überzeugt, dass man in der Süßwarenbranche mehr verdienen konnte als in der Landwirtschaft. Erst als ihn Hans' Mutter in die Seite gestoßen hatte, hatte er mürrisch gebrummt: »Ein eigenes Auto. Schön, schön.« Deshalb war Hans nun froh, dass er heute da war. So konnte er ihm beweisen, dass er nicht nur Sprüche klopfte.

Hans bemerkte, dass sein Vater wegen seiner Rückenprobleme nur schwerfällig in die hohe Fahrerkabine steigen konnte. Oben angekommen, knurrte er: »Kann losgehen.«

Dann fuhr er mit ihm die gleiche Runde, die er zuvor mit seiner Frau gefahren war. Peter Riegel klappte fröstelnd den Mantelkragen nach oben, und Hans war froh, dass sein Ford T, anders als die Vorgängermodelle, Türen hatte. So war es im Inneren zwar eisig kalt, aber es zog wenigstens nicht so stark.

»Und? Was sagst du?«

»Für die Stadt ist so ein Auto schon gut. Aber auf dem Feld kämst du damit nicht weit. Da sind mir die Pferde lieber.«

Trotz des lauten Motorengeräuschs fiel es Hans leicht, sich mit seinem Beifahrer zu unterhalten, da er ihm sein rechtes Ohr zuwandte. Hans lächelte in sich hinein. Das war typisch für seinen Vater – Begeisterung und überschwängliches Lob waren von ihm nicht zu erwarten. Er würde niemals zugeben, dass er stolz darauf war, dass Hans sich ein eigenes Auto leisten konnte. Aber wenigstens sah er ein, dass es für Hans' Branche in der Stadt der richtige Weg war.

»Was machst du denn, wenn das Auto kaputt geht? Die amerikanischen Dinger werden doch in Deutschland nicht hergestellt.«

»Ford hat bei der Konstruktion darauf geachtet, dass die Teile ohne Spezialwerkzeuge zu reparieren sind. Die Ersatzteile gibt es bei jedem Eisenwarenhändler.«

»Ach so. Mein Kutschbock ist mir trotzdem lieber. Vor allem im Sommer, wenn der Wind um meine Nase weht.«

Hans gab Gas und nahm die nächste Kurve rasant, um seinem Vater zu zeigen, was in dem Wagen steckte. Allmählich bekam er ein Gefühl für das Auto und fuhr die Runde immer schneller. Zum Glück lag derzeit kein Schnee, und die Straßen waren trocken. Beeindruckt sah Hans, dass der kleine Tachometer inzwischen fast fünfundfünfzig Stundenkilometer anzeigte. Unglaublich, diese Geschwindigkeit! Sein Vater hielt sich inzwischen am Türgriff fest.

Als sie zurück auf den Hof kamen, stieg er auf sichtlich wackligen Beinen aus und ging auf Gertrud zu.

»Hat es dir gefallen, Vater?«

»Ich habe dem Hans schon gesagt, hier in der Stadt ist es gut. Auf dem Hof könnte ich das Teil nicht gebrauchen.«

Gertrud zwinkerte Hans zu, und sie lächelten einander an. Der alte Riegel würde nie zugeben, dass er die Fahrt genossen hatte.

Die nächste Runde fuhr Hans mit Paul. Er nutzte die Gelegenheit, Paul eine Frage zu stellen, die ihm schon lange auf der Seele brannte: »Hast du Vater schon gesagt, dass du kein Interesse am Hof hast?«

»Ich bringe es nicht übers Herz. Die Eltern brauchen mich«, sagte Paul mit einem Schulterzucken. »Mutter wird die Arbeit zu viel, Peter kommt nicht mehr zurück, und Martin kommt nie vor acht Uhr abends heim, weil sein Chef eine Baustelle in Bad Honnef übernommen hat. Vaters Rückenschmerzen sind schlimmer geworden. Aber ich kann mir nicht vorstellen, mein Leben lang untertags zu arbeiten und abends noch den Hof zu machen, so wie unser Vater. Von der Landwirtschaft allein kann man nicht leben. Das reicht einfach nicht.«

Hans bekam ein schlechtes Gewissen. Dass es der Vater wegen der jahrelangen Schinderei auf dem Bau im Kreuz hatte, hatte er natürlich gewusst. Aber er war immer so mit dem Aufbau der Firma und seinen Kamellen beschäftigt gewesen, dass er sich keinerlei Gedanken darum gemacht hatte, wie sie daheim in Friesdorf klarkamen, jetzt, wo er weg war. Da seine Eltern niemals jammerten, hatte er nicht weiter darüber nachgedacht. Es beschämte ihn, dass es sein kleiner Bruder war, der einsprang, wo Not am Mann war – nicht er. Er nahm sich vor, an den Wochenenden öfter nach Friesdorf zu fahren, um zu helfen. Wenigstens bei der Ernte könnte er sie unterstützen.

»Bist ein feiner Kerl, Paul«, sagte er mit belegter Stimme. Sie schwiegen den Rest der Runde.

Dann stellte er den Wagen auf dem Hof ab und gab seinem Bruder den Auftrag, das Automobil mit einem Lappen zu polieren und vom Staub zu befreien. Paul war von dem Vehikel fasziniert und sprach seit Tagen über nichts anderes mehr als über dessen technische Details.

Als Hans zurück zu Gertrud ging, sah er, wie sein Vater den umstehenden Arbeitern mit ausschweifenden Armbewegungen seine Fahrt mit dem neuen Automobil schilderte.

»Es ruckelt ein wenig, wenn geschaltet wird, aber Mann, geht die Blechliesel in die Kurven!«, hörte Hans seinen Vater schwärmen.

Hans trat zu Gertrud, die ihn verschmitzt anlächelte. »Er ist stolz auf dich, Hans, auch wenn er es nicht zugibt«, sagte sie milde.

»Ich weiß schon. So war er immer. Und du? Hast du auch Freude mit unserem neuen Auto?«

»Und wie!« Sie strahlte ihn an. »Ich hätte nicht gedacht, dass es so viel Spaß macht, in einem Automobil zu fahren. Es war eine gute Idee, es anzuschaffen. Auch wenn unsere ganzen Ersparnisse dafür draufgegangen sind.«

»Das stimmt. Als ich heute morgen das Pferdefuhrwerk an Onkel Frieder zurückgeben konnte, war ich richtig erleichtert. Das Auto gehört uns, und wir müssen uns nach niemandem mehr richten und sind keinem zu Dank verpflichtet. Wir sind keine Bittsteller mehr und nicht länger auf Almosen der Verwandtschaft angewiesen.«

Gertrud nickte und zog ihren Mantel enger zu.

»Du frierst. Geh doch hinein. Nicht dass ihr zwei mir noch krank werdet.«

»Mir ist wirklich kalt. Kommst du mit rauf? Ich habe Kuchen für dich und deinen Vater gebacken.«

»Ich komme gleich. Jetzt schau ich erst mal, dass alle wieder an die Arbeit gehen.«

Er sah Gertrud nach. Auch wenn er sich ihr gegenüber optimistisch gegeben hatte, zweifelte Hans inzwischen selbst, ob es eine gute Entscheidung gewesen war, seine ganzen Ersparnisse in die »Tin Lizzie« zu stecken. Aber er wollte seine schwangere Frau nicht beunruhigen.

Das Jahr hatte nämlich nicht sehr erfolgversprechend begonnen. Am 9. Januar hatten französische und belgische Truppen das Ruhrgebiet besetzt, weil die Deutschen mit den Reparationszahlungen in Rückstand waren. Eins Komma sechs Prozent ihrer vertraglichen Leistungen hatten sie nicht erfüllt. Dass hunderttausend Soldaten wegen lächerlicher eins Komma sechs Prozent einmarschierten, hatte im ganzen Land Empörung ausgelöst. Entrüstet hatte der Reichskanzler Wilhelm Cuno zum passiven Widerstand aufgerufen. Seitdem wurde nun überall gestreikt, die Zahlungen an die Siegermächte waren eingestellt worden, und Beamte durften Befehle von Besatzungsoffizieren nicht mehr Folge leisten.

Es gab immer wieder gewalttätige Auseinandersetzungen zwischen Bürgern und Besatzungssoldaten. Einwohner des Ruhrgebietes hatten begonnen, Straßenschilder und Wegweiser abzumontieren, und Lokführer fuhren ihre Waggons heimlich in unbesetzte Gebiete.

In Bonn-sur-le-Rhin, wie es die Franzosen nannten, hatte man sich bisher mit den Besatzern arrangiert. Schließlich waren sie bereits das vierte Jahr vor Ort. Viele der zehntausend Soldaten hatten ihre Familienangehörigen nachgeholt und gehörten inzwischen zum Bonner Alltag. Auch wenn es eigene Versorgungseinrichtungen für sie gab, sah man sie in deutschen Geschäften einkaufen oder in den örtlichen Kirchen die Messe besuchen. Ob sich die Proteste und Streiks auf Bonn ausweiten würden, war nicht abzusehen, genauso wenig, wie schwerwiegend dann die wirtschaftlichen Folgen wären.

Hans unterdrückte einen Seufzer. Augen zu und durch. Jetzt konnte er den Kauf nicht mehr rückgängig machen.

Er sah, wie eine Horde Kinder um das Auto herumstand, wo Paul bereitwillig deren neugierige Fragen beantwortete.

Trotz der Kälte hatten alle Arbeiter draußen ausgeharrt, um dem Spektakel beizuwohnen. Jetzt schickte Hans sie wieder hinein an die Arbeit. Doch es war ihm wichtig, dass seine Belegschaft die ersten kleinen Erfolge mitbekam. Auch sie sollte sehen, dass sich ihr Einsatz lohnte und dass es mit der Firma bergauf ging, was in dieser Zeit, wo das Geld durch die schnelle Abwertung beinahe zu Spielgeld geworden war, durchaus nicht selbstverständlich war.

Als Hans ein wenig später mit seinem Vater über den Hof zur Wohnung ging, um sich bei Kaffee und Kuchen aufzuwärmen, sagte Peter Riegel plötzlich: »Vielleicht war ich zu hart zu dir, Hans. Ich habe deine Ideen immer als Unfug abgetan. Aber es sieht wirklich so aus, als würdest du es zu etwas bringen.«

Hans schluckte. So nahe an ein Lob war sein Vater noch nie gekommen. Da er nicht wusste, wie er darauf reagieren sollte, sagte er nichts.

Peter Riegel seufzte. »Ich habe mir eben gewünscht, dass du in meine Fußstapfen trittst. Früher hat man nicht gefragt, was ein Sohn will. Er hat einfach das gemacht, was der Vater vor ihm gemacht hat.«

»Es war halt nicht das Richtige für mich.«

»Für deinen Bruder auch nicht.«

Hans sah seinen Vater überrascht an.

»Ich bin doch nicht blöd«, knurrte der. »Paul arbeitet nur aus Pflichtgefühl auf dem Hof. Er ist nicht mit Herzblut dabei. Der wird sicher nicht mein Nachfolger. Zuerst du, dann Peter, jetzt Paul. Alle wollt ihr was anderes machen.«

»Bei Peter war das keine freie Entscheidung. Dem ist der Krieg dazwischengekommen«, verteidigte er seinen Bruder.

»Stimmt«, brummte sein Vater widerwillig.

»Aber Martins Herz schlägt doch für den Hof«, versuchte Hans, seinen Vater zu trösten.

»Die Hoffnung stirbt zuletzt. Bei Martin merkt man zumindest, dass er die Kühe und die Feldarbeit mag.«

»Genau.« Er klopfte seinem Vater aufmunternd auf die Schulter.

Jetzt, wo der Vater nicht schimpfte und polterte, konnte Hans zum ersten Mal verstehen, wie schwer es für ihn sein musste, dass seine Söhne den Hof – das Ein und Alles von Peter Riegel – nicht wollten.

Als sein Vater vor ihm in den Hausflur trat, gebeugt von vielen Jahren harter Arbeit, dachte Hans an sein eigenes Kind, das in zwei Monaten zur Welt kommen würde. Ob es einmal in seine Fußstapfen treten würde? Plötzlich konnte er den Schmerz des Vaters nachempfinden. Auch für Hans wäre es bitter, wenn sich sein Nachwuchs nicht für seine Bonbons interessieren würde.

26. Kapitel

KESSENICH, MÄRZ 1923

Gertrud wälzte sich behäbig aus dem Bett. Ihre Hebamme hatte gesagt, dass die Geburt kurz bevorstand, weil sich das Kind in ihrem Bauch gesenkt habe. Doch diese Nacht war wieder nichts passiert. Sie hatte so gehofft, dass es endlich losging und die Warterei ein Ende hatte. Sie hatte ein Ziehen im Rücken verspürt und gespannt darauf gewartet, ob es stärker würde oder ob weitere Anzeichen hinzukämen, doch nach einigen Minuten hatte es aufgehört. Es hatte Stunden gedauert, bis sie danach eingeschlafen war. Mittlerweile genoss sie die Schwangerschaft nicht mehr, sondern sie fühlte sich mit ihrem riesigen Bauch und den schweren Beinen wie ein großer Elefant. Sogar ihre Umstandskleider spannten jetzt um den Busen und am Bauch.

»Geht es dir nicht gut?«, fragte Hans besorgt.

»Ich habe gedacht, es geht los, aber dann hat es wieder aufgehört. Einerseits war ich sogar froh, weil ich so unendlich müde war heute Nacht, andererseits kann ich es nicht mehr erwarten. Mir fällt alles schwer.« Sie seufzte. »Ich kann mich kaum mehr bücken, muss ständig auf die Toilette, und ich fühle mich so unförmig wie ein Knödel. Mutter war sich sicher, dass es zum Mondwechsel auf die Welt kommt, aber den hatten wir vorgestern, und es rührt sich immer noch nichts. Diese Warterei macht mich wahnsinnig! Ich möchte die Geburt hinter mich bringen und unser Kind endlich in meinen Armen halten!«

Hans ging zu ihr hin und nahm sie kurz in den Arm. Sie genoss diese Zärtlichkeit. In seiner Umarmung lag so viel Kraft und Liebe. Am Anfang ihrer Schwangerschaft hatten sie sich noch einige Male geliebt, doch als ihr Bauch deutlich zu sehen war, hatte Hans sich zurückgezogen. Ihr fehlten diese Momente der Zweisamkeit mit ihm.

»Die letzten Tage übersteht ihr zwei jetzt auch noch. Außerdem bist du für mich der schönste Knödel der Welt.«

Sie schlug ihm in gespieltem Ärger auf die Schulter. »Hans Riegel, das sind nicht die Komplimente, die eine Frau gerne hört. Auch wenn es stimmt, könntest du dir wenigstens ein bisschen Mühe geben, dir eine andere Liebeserklärung einfallen zu lassen.«

Er grinste sie schelmisch an. »Versprochen. Beim nächsten Mal bemühe ich mich mehr. Übrigens treffe ich mich heute mit Siebert in Köln. Ich nehme die Bahn. Dann kann Paul mit dem Automobil Waren ausfahren. Aber ich bin am Spätnachmittag zurück.«

»Ich gehe inzwischen hinüber und verpacke die Bestellungen für morgen. Das lenkt mich wenigstens ab.«

****

Gertrud saß nach dem Mittagessen am Tisch und verpackte die gestrige Produktion Teufelchen in kleine Schachteln. Ihr Rücken tat weh, und die Blase drückte, obwohl sie erst auf der Toilette gewesen war. Sie streckte die Arme nach oben, um ihre verspannten Muskeln zu lockern, so wie sie es in der Gymnastikstunde gelernt hatten.

Plötzlich spürte sie ein *Plopp* in ihrem Körper, und kurz darauf rann etwas Warmes ihre Beine hinunter. Erschrocken sah sie, wie sich auf ihrem Kleid ein großer dunkler Fleck ausbreitete und eine klare Flüssigkeit auf den Boden tropfte. Sie hatte sich nicht angepinkelt, wie sie im ersten Moment gedacht hatte, sondern ihre Fruchtblase musste geplatzt sein. Die Hebamme hatte ihr erklärt, dass dies kurz vor der Geburt passieren könnte.

Jetzt war es so weit. Sie musste hinüber in die Wohnung. Doch ihr Kleid sah aus, als hätte sie sich in die Hosen gemacht. So wollte sie nicht an den Arbeitern vorbeigehen. Sie sah sich um, konnte aber nichts entdecken. Mist! Hier lag keine Decke, keine Jacke oder sonst etwas herum, was sie um sich hätte wickeln können. Sie setzte sich wieder. Fieberhaft überlegte sie, was sie tun sollte, als sie Schritte kommen hörte.

»Gertrud, hast du die Teufelchen fertig, damit ich sie gleich ausfahren kann?«, fragte Paul und stellte eine leere Kiste auf den Tisch.

»Gut, dass du da bist. Bitte kannst du hinüberlaufen und mir meinen Mantel bringen? Der hängt an der Garderobe in der Wohnung.«

»Friert dich? Du wirst doch nicht krank werden?«, fragte ihr Schwager mit besorgter Stimme.

»Bitte bring ihn mir und frag nicht lange.«

Paul nickte. »Ist gut. Ich geh ja schon.«

Kurz darauf kam er mit ihrem dunklen Wintermantel wieder. Er hielt ihn ihr galant hin, und sie stand auf und ließ sich von ihm in den Mantel helfen.

Als sein Blick den feuchten Fleck auf ihrem Kleid entdeckte, fragte er erschrocken: »O Gott, Gertrud, was ist passiert? Ist alles in Ordnung? Ist das Blut? Soll ich den Arzt rufen?«

»Nein, das ist kein Blut. Es ist alles gut«, erklärte sie Paul kurz, um ihn zu beruhigen. Genaueres zum Ablauf einer Geburt wollte sie mit einem Mann nicht besprechen, und schon gar nicht mit ihrem Schwager. Außerdem wusste sie es selbst nicht so genau. »Schick jemanden zu Frau Schmitz, der Hebamme. Ruf Hans bei Siebert an und sag ihm, dass es losgeht.« Als er losrennen wollte, hielt sie ihn noch einmal zurück. »Paul – sonst braucht es noch niemand zu wissen«, sagte sie eindringlich. »Es reicht, wenn wir allen anderen Bescheid geben, sobald das Kind da ist.«

Sie wollte ihre Mutter nicht beunruhigen. Denn obwohl diese es nicht zugab, wusste Gertrud, dass ihre Mutter, seit sie von Gertruds Schwangerschaft erfahren hatte, vor Sorge kaum mehr schlief, weil sie immerzu an den Tod ihrer Erstgeborenen Margareta im Kindbett denken musste.

»Gertrud, viel Glück!«

»Danke, Paul. Wird schon schiefgehen.« Ihre Stimme klang zuversichtlicher, als ihr zumute war.

Gertrud zog den Mantel eng um sich und ging hinüber in die Wohnung. Sie streifte das nasse Kleid ab, wusch sich und zog ein trockenes an. Doch sie spürte nichts. Kein Ziehen, weder im Rücken noch im Bauch. Sie hatte keinerlei Schmerzen. War das normal, oder war etwas nicht in Ordnung? Sorgenvolle Gedanken beschlichen sie. Sie dachte an Margareta. Ihre Mutter hatte alles auf die Mangelernährung geschoben, die ihre Schwester während des Krieges so geschwächt hatte, dass sie dem Fieber nichts entgegenzusetzen gehabt hatte. Gertrud hatte sie immer wieder beruhigt und gemeint, dass sie selbst stark und gesund sei und nichts zu befürchten habe und dass es die Pflicht der Frau sei zu gebären. Sobald das Kleine da wäre, wäre alles vergessen. Ihre Mutter hatte doch schließlich auch acht Kinder bekommen.

Gertruds Gefühle waren zwiegespalten. Einerseits freute sie sich darauf, schon bald ihr Kind in den Armen zu halten, andererseits hatte sie Angst davor, wie Margareta zu sterben. Aber da musste sie jetzt durch.

»Tach, Frau Riegel«, grüßte die Hebamme, »ich sehe schon, da haben wir noch viel Zeit. Gehen wir erst mal ins Schlafzimmer und bereiten alles vor. Dann untersuche ich Sie.«

Die Geburtshelferin tastete Gertruds Bauch ab, suchte die Herztöne des Kindes mit dem Hörrohr und kontrollierte die Öffnung des Muttermundes.

»Alles in Ordnung, Frau Riegel. Am besten stehen Sie noch einmal auf und gehen auf und ab. Das regt die Wehentätigkeit an. Auch wenn die Fruchtblase geplatzt ist, kann es noch einige Zeit dauern. Zum Hinlegen ist es noch zu früh.«

Gertrud zeigte der Hebamme, wo sie in der Küche Töpfe fand, um alles abzukochen, dann ging sie nervös in ihrer Wohnung umher. Auf einmal bemerkte sie ein Ziehen im Rücken, das kurz anhielt und wieder verschwand. Nach einiger Zeit begann es erneut, dieses Mal spürte sie es intensiver. Doch eine Regelmäßigkeit stellte sie nicht fest. Nur, dass es immer stärker wurde.

Die Hebamme erklärte ihr, wie sie atmen sollte, sobald eine neue Welle des Schmerzes sie erfasste. Gertrud schwitzte bereits, obwohl es im Schlafzimmer angenehm kühl war.

Elvira Schmitz kam herein und brachte ihr ein Glas Wasser. »Hier, trinken Sie einen Schluck. Übrigens, Ihr Schwager war gerade da. Ihr Mann ist auf dem Weg zurück aus Köln.«

»Gut. Hoffentlich schafft er es rechtzeitig.«

»Keine Sorge, Frau Riegel. Beim ersten dauert es meist länger. Das ist ganz normal. Zuerst muss sich der Muttermund öffnen, bevor das Kind hinausdrängt. Gertrud, Sie machen das gut.«

Es fühlte sich wie eine Ewigkeit an.

Nach drei Stunden kamen die Wehen in kürzeren Abständen. Aber wo blieb Hans? Er müsste doch schon längst zurück sein!

Es dauerte noch eine halbe Stunde, bevor sie ein Klopfen an der Zimmertür hörte. Die Hebamme öffnete. »Tach, Herr Riegel. Sie werden schon sehnsüchtig erwartet.«

Gertrud stand im Nachthemd am Bettpfosten und hielt sich daran fest. »Hans. Endlich.«

»Es tut mir leid. Ich habe mich gleich auf den Weg gemacht, als Paul bei Siebert angerufen hat. Aber der Zug hat unterwegs angehalten, weil es wieder einen Unfall an einem Bahnübergang gegeben hat. Seit keiner mehr für die Franzosen arbeiten will, funktioniert gar nichts mehr«, entschuldigte sich ihr Mann wortreich. »Ich bin dann von Roisdorf zu Fuß weitergegangen. Zum Glück bin ich jetzt da.« Er nahm sie fest in den Arm.

Gertrud fühlte sich geborgen. Am liebsten wäre ihr gewesen, ihr Mann hätte sie nie mehr losgelassen. Doch schon rollte eine neue Woge des Schmerzes heran. Unwillig löste sie sich aus seiner Umarmung und hielt sich wieder am Bettpfosten fest.

»So, Herr Riegel. Die nächste Wehe kommt. Ihre Frau muss sich jetzt auf ihr Kind konzentrieren. Das ist nichts für Männer. Raus mit Ihnen! Ich hole Sie, wenn das Kleine da ist.«

Gertrud stöhnte auf. Sie war froh, dass Hans das Zimmer verließ, obwohl sie seine Umarmung als tröstlich empfunden hatte. So konnte sie sich auf die Stimme der Hebamme konzentrieren und hatte nicht das Gefühl, sich vor jemandem zusammenreißen zu müssen.

Die nächsten Stunden erlebte sie wie in Trance. Manchmal dachte sie, sie würde es nicht schaffen, doch die Hebamme sprach ihr Mut zu. Sie war froh, als sie fast drei Stunden später endlich mitpressen durfte.

»Das Köpfchen ist durch. Einmal noch!«

Gertrud wartete auf die Kontraktion und presste mit aller Kraft. Sie spürte, wie das Kind aus ihrem Körper glitt. Erschöpft legte sie sich zurück auf die Kissen. Für einen Moment schloss sie die Augen. Sie hatte es geschafft.

»Ein Junge. So ein Prachtkerl!«, sagte Frau Schmitz, durchtrennte die Nabelschnur und säuberte das Kind. Anschließend wickelte sie den schreienden Säugling in ein Tuch und legte ihn Gertrud auf die Brust.

Zärtlich betrachtete die frischgebackene Mutter den Buben. »Du hast dir ganz schön Zeit gelassen. Aber hübsch bist du. Ich habe so lange darauf gewartet, dich endlich kennenzulernen.«

Die Hebamme zeigte ihr, wie sie ihn anlegen musste. Der Säugling trank mit kräftigem Zug, beruhigte sich und schlief ein. Währenddessen räumte die Geburtshelferin die blutigen Tücher weg.

»Bitte holen Sie doch meinen Mann herein.«

»Mache ich gleich. Lassen Sie mich nur vorher aufräumen. Das ganze Chaos müssen die Männer nicht sehen.«

Dann öffnete sie die Tür. »Herr Riegel, Sie können jetzt zu Ihrer Frau. Ich gratuliere! Ein Stammhalter.«

Hans ging auf sie zu. »Gertrud, es hat so ewig gedauert. Ich hatte schon Sorge um dich und den Kleinen.«

»Schau mal, das ist er, unser Johannes Peter. Er hat deine Nase und die vielen dunklen Haare.« Zum ersten Mal hatte Gertrud den Namen ihres Kindes ausgesprochen. Sollte es ein Junge werden, war klar, dass er nach Hans heißen sollte und nach dem Opa väterlicherseits.

»Er ist das schönste Kind der Welt.« Hans klang ergriffen.

»Willst du ihn mal halten?«

Er nickte. Sie legte ihm den Säugling in die Arme und hatte das Gefühl, dass der Kleine darin verschwand. Ungelenk hielt Hans ihn fest.

»Er ist so winzig.« Hans sah seinen Sohn gerührt an. »Ich

werde dich immer beschützen. Ich werde für dich da sein, so gut es mir möglich ist.«

Gertrud sah den stolzen Blick, mit dem er seinen Sohn betrachtete, und meinte sogar, Tränen in seinen Augen schimmern zu sehen.

»Familie Riegel, ich gehe. Es war eine lange Geburt. Ich schaue Morgen wieder vorbei. Hier habe ich Ihnen aufgeschrieben, wann Ihr Sohn das Licht der Welt erblickt hat: 10. März 1923, um 3 Uhr 30 morgens. Herr Riegel, Sie müssen das Kind bald beim Standesamt anmelden. Auf Wiedersehen.«

»Vielen Dank, Frau Schmitz. Ohne Sie hätte ich das nicht geschafft«, sagte Gertrud.

»Ach was. Sie haben sich gut geschlagen. Ich gebe Ihnen noch einen Rat: Wenn Ihr Johannes schläft, sollten Sie zusehen, dass Sie sich auch hinlegen. Es wird noch einige Tage dauern, bis Sie wieder bei Kräften sind.«

Gertrud fühlte auf einmal eine bleischwere Müdigkeit. Erst jetzt, als die Hebamme es erwähnte, wich ihre Euphorie einer bleiernen Kraftlosigkeit.

Hans legte ihren Sohn in die Wiege, die neben Gertruds Bettseite stand. »Frau Schmitz hat recht. Versuch, ein wenig zu schlafen.« Er gähnte. »Paul soll zum Arbeitsbeginn für alle Bier und Würste beim Metzger holen. Schließlich müssen wir den Stammhalter gebührend feiern.«

Gertrud hörte Hans' Stimme noch entfernt, nahm seine Worte schon nicht mehr wahr, und im nächsten Augenblick schlief sie tief und fest.

****

Zwei Wochen später schloss Hans die Haustür zur Wohnung auf und hielt sie auf. »Alle eintreten, bitte.« Gut gelaunt winkte er dabei mit einem Arm wie ein Zirkusdirektor, der die Zuschauer ins Zelt einlässt.

Gertrud ging mit Hänschen auf dem Arm lachend voran, gefolgt von der Verwandtschaft. »Setzt euch, wohin ihr wollt.« Dann ging sie in die Küche, kochte Kaffee und stellte die von den Omas mitgebrachten Kuchen auf den Tisch, bevor sie sich dazusetzte.

»So eine schöne Taufe. Der Pfarrer hat genau die richtigen Worte gefunden, und der Pate hat sich auch ordentlich geschlagen«, schwärmte Katharina Vianden mit einem vielsagenden Blick zu ihrem Sohn Wilhelm, bevor sie sich ein Stück Apfelkuchen nahm.

»So ein Kind steht dir wirklich gut, Wilhelm«, sagte Hans mit einem breiten Grinsen.

Sein Schwager bekam rote Ohren. »Mir fehlt noch die richtige Frau, aber dann … Als ich Hänschen über das Taufbecken gehalten habe, hatte ich Angst, ich könnte ihn zerdrücken. Als Junggeselle macht man das ja nicht alle Tage.«

»Du wärst ein guter Vater. Wie sieht es denn mit der Liebe aus bei dir? Noch keine Kandidatin in Sicht?«

»Nein, bis jetzt hat sich keine Frau gefunden, die bei mir bleiben will«, sagte Wilhelm lachend.

»Warte nicht zu lange, sonst sind die guten vergeben«, mahnte Hans mit einem Augenzwinkern.

»Da redet der Richtige«, schaltete sich Agnes Riegel ins Gespräch ein, »bei dir hat es auch ewig gedauert, Hans. Wenn ich dich damals nicht zum Kathreinstanz geschickt hätte, würdest du heute noch einsam zu Hause sitzen.« Sie wandte sich an Wilhelm und sah ihn streng an. »Man muss schon was dazutun, denn von alleine finden die Frauen die Männer auch nicht.«

Wilhelms Ohren wurden dank dieser klaren Worte noch röter, und Gertrud sprang ihm bei, indem sie wieder auf die Taufe zu sprechen kam: »Nicht einmal geweint hat unser Hänschen, als der Pfarrer ihm das Weihwasser über die Stirn gegossen hat. Das wird bestimmt einmal ein rechter Draufgänger.«

»Genau wie sein Vater«, sagte Hans und zwinkerte seiner Frau zu.

»Vielleicht eher wie die Gertrud. Du, mein Junge, hast geschrien wie am Spieß, als das kalte Weihwasser kam.« Agnes lachte trocken.

»Das hättest du jetzt nicht verraten müssen, Mutter«, sagte Hans mit gespielter Empörung, und die ganze Gesellschaft brach in Gelächter aus.

Schmunzelnd stand Gertrud auf und zog sich kurz ins Schlafzimmer zurück, um Hänschen zu stillen. Anschließend legte sie das müde Kind in die Wiege zum Schlafen. Wie gerne hätte sie sich auch ausgeruht. Hänschen war jetzt vierzehn Tage alt, und obwohl sie den Rat der Hebamme befolgt und sich gelegentlich tagsüber hingelegt hatte, war sie schrecklich müde. Ihr Sohn wollte nachts alle zwei Stunden gestillt werden. Danach wickelte sie ihn, und bis sie zurück ins Bett kam und endlich einschlafen konnte, waren die beiden Stunden schon beinahe wieder um.

Widerwillig stand sie von der Bettkante auf, um wieder zu den Gästen hinüberzugehen.

Als sie in die Stube kam, saßen alle am Tisch und lachten ausgelassen. Ihre Mutter und die Schwiegermutter hatten angekündigt, Apfelkuchen und Marmorkuchen mitzubringen, sodass sie vorher nur die weiße Damasttischdecke auflegen und das Geschirr hatte eindecken müssen. Dafür war sie dankbar gewesen. Jeder Handgriff kostete sie momentan zusätzliche Energie, die sie noch nicht wieder hatte.

»Hm, richtiger Bohnenkaffee«, schwärmte Agnes Riegel, »den hatten wir lange nicht mehr.«

»Hans, wie bist du denn an den gekommen?«, fragte Anton Vianden.

»Ich habe ihn vor ein paar Wochen gegen Kamellen eingetauscht. Ich versuche, so viel zu tauschen wie möglich. Naturalien sind noch immer das Beste.«

»Die Zeiten sind schon verrückt. Im Januar habe ich für ein Ei auf dem Markt zweihundertfünfzig Mark verlangt. Jetzt sind wir schon bei dreihundertfünfzig«, mischte sich Gertruds Mutter Katharina ins Gespräch ein.

»Die Rohstoffpreise steigen auch rasant. Das Kilo Zucker liegt derzeit bei sechzehnhundert Mark. Vor zwei Monaten habe ich noch sechshundert dafür gezahlt«, berichtete Hans.

Peter Riegel schüttelte den Kopf. »Das Geld zerrinnt uns zwischen den Fingern. Wenn das so weitergeht, dann können wir die Geldbörsen zukünftig zu Hause lassen und mit Schubkarren voll Scheinen einkaufen gehen.«

»So weit wird es hoffentlich nicht kommen, Peter. Ich wüsste ja gar nicht, wie ich da vom Markt wieder nach Hause kommen sollte. Wenn ich mir das vorstelle …« Katharina lachte lauthals.

»Gestern hat einer im Wirtshaus gesagt, wenn ein Dieb eine Schubkarre voll Geld stehen sieht, nimmt er die Schubkarre mit und kippt das Geld aus, weil sie mehr wert ist als das Geld darin«, erzählte Peter.

»Wenn es nicht so traurig wäre, wäre es lustig«, seufzte Agnes.

»Die Regierung wird sich schon rechtzeitig etwas einfallen lassen. Aber jetzt lasst uns auf unseren Täufling anstoßen. Ich habe extra einen Kirschgeist von Bauer Rütten mitgebracht. Gertrud, bring den doch mal«, sagte Peter.

»Halt, Gertrud! Erst möchte ich dir noch das Geschenk für

Hänschen geben. Ich hoffe, es gefällt euch«, sagte Wilhelm mit einem schüchternen Lächeln, stand auf und holte etwas Großes aus dem Flur.

»Ein Schaukelpferd! Wie schön! Danke, Wilhelm! Hast du das selbst gemacht?« Gertrud strahlte ihren Bruder gerührt an. Unter seinem großen, etwas grobschlächtigen Äußeren verbarg sich ein weiches Herz.

»Ja. Im Winter. Da hatte ich Zeit.«

Gertrud umarmte ihren Bruder und stellte das hölzerne Schaukelpferd neben das Sofa, sodass alle es sehen konnten.

Dann schenkte sie die Gläser voll. Anton erhob sich feierlich: »Auf dass unser Hänschen ein langes, glückliches Leben hat. Prost!«

27. Kapitel

KESSENICH, NOVEMBER 1923

Gleich würde sie anfangen zu schreien und nicht mehr aufhören, dachte Gertrud. Normalerweise kam sie gut mit ihrem Mann aus, doch seit einer geschlagenen Stunde machte er sie wahnsinnig. Endlich hatte er sich bereit erklärt, ihr das Autofahren beizubringen. Doch bevor sie auf der Fahrerseite einsteigen durfte, hatte er ihr einen zehnminütigen Vortrag gehalten über die Verantwortung im Straßenverkehr. Was albern war, denn in ganz Kessenich gab es keine dreißig Autos, sodass die Gefahren überschaubar waren.

Nun saß sie zwar hinter dem Steuer, aber weiter als drei Meter waren sie nicht gekommen. Ständig rief Hans: »Stopp!«, »Falsch!« oder »Vorsicht!«, bis sie ganz nervös geworden war. Wenn man bedachte, dass er selbst erst vor einem knappen Jahr nach einer kurzen Einweisung vom Autohändler ohne jegliche Belehrungen oder gar Unterricht mit dem Autofahren begonnen hatte, fand sie die Überheblichkeit, mit der er ihr nun Ratschläge gab, unerträglich.

»Linkes Pedal durchtreten, dann ist der erste Gang eingelegt.«

Sie trat links durch. Bevor sie aber an dem Hebel neben dem knorrigen Holzlenkrad Gas geben konnte, rief er schon wieder: »Vorsicht! Pass auf, dass du nicht auf das mittlere Pedal kommst. Das ist der Rückwärtsgang!«

Das sagte er jetzt zum dritten Mal. Deswegen kamen sie nicht vorwärts.

»Hans, so geht das nicht.« Sie trat auf das rechte Pedal, die Bremse.

Er sah sie erstaunt an. »Mach dir nichts draus. So schlecht stellst du dich gar nicht an.«

Gertrud gab einen Laut von sich, der sie selbst an das zornige Knurren ihres alten Hofhundes erinnerte. »Wenn du nicht ständig etwas zu mäkeln hättest und mich einfach mal machen lassen würdest, ginge es leichter.«

»Ich meine es ja nur gut. Das Auto war sehr teuer. Stell dir vor, du fährst es in einen Graben.«

Sie stöhnte. »Wenn wir so weitermachen, geht die Sonne unter, bevor ich auch nur in die Nähe eines Grabens komme.«

Verletzt sah er sie an. »Nun gut. Wenn du meinst, dann sage ich jetzt gar nichts mehr.«

»Du wirst sehen, dann klappt es auch«, sagte sie selbstbewusster, als sie sich fühlte.

Oje, hoffentlich hatte sie da den Mund nicht zu voll genommen. Sie spürte Schweiß auf der Stirn, als sie erneut das linke Pedal durchtrat. Erster Gang war drin. Vorsichtig gab sie Gas. Jetzt kam der kniffligste Teil. Für den zweiten Gang durfte man das Pedal nicht zu weit durchtreten. Bei ihrem ersten Versuch war ihr das sofort gelungen, aber jetzt, nachdem sie so große Töne gespuckt hatte, war sie angespannt. Mist! Zu weit durchgetreten, nun war der Leerlauf drinnen. Sie wurde feuerrot. Sie sah verstohlen hinüber zu Hans. Seine Mundwinkel zuckten, aber er sagte nichts.

Sie versuchte es noch einmal. Erster Gang, Gashebel am Lenkrad, zweiter Gang, mehr Gas. Und endlich, endlich rollte sie vom Hof vor der Werkhalle. Schaltete wieder in den ersten Gang und jubelte, als sie auf die Bergstraße einbog.

Sie fühlte sich unbesiegbar, als sie mit fast dreißig Stundenkilometern aus Kessenich hinausfuhren. Es gab kaum Gegenverkehr, nur manchmal ein Pferdefuhrwerk, vom dem mitfahrende Kinder ihnen begeistert zuwinkten.

»Gut gemacht, Gertrud.«

Sie grinste über das ganze Gesicht. Sie hatte gewusst, dass sie es konnte! Für einen kurzen Moment schaute sie hinüber zu Hans. Die Missstimmung von vorhin war ihm nicht mehr anzumerken, sondern er sah sie vergnügt an.

»Dann kann ich in Zukunft die Kunden mit dem Auto beliefern. Da spare ich viel Zeit. Vielleicht kann meine Mutter so lange auf Hänschen aufpassen?«

Hans' Miene verdunkelte sich. »Momentan ist es besser, ich mache das selber, weil die Kunden ständig versuchen, das Bezahlen aufzuschieben. Mit allen Tricks kommen sie daher.«

Gertrud nickte. Zurzeit war es schwierig. Zwar hatte der neue Reichskanzler Gustav Stresemann im September dazu aufgerufen, den »passiven Widerstand« gegen die Besatzer des Ruhrgebietes aufzugeben, da er die deutsche Wirtschaft lahmlegte. Ununterbrochen hatten alle Bewohner des Ruhr- und Rheingebietes gestreikt. Wie versprochen, hatte der Staat einen Großteil des Lohnes der Dauerstreikenden übernommen. Doch dafür hatte er unvorstellbare Summen an Geld nachdrucken müssen. Hatte die Reichsmark beim Beginn des Ruhrkampfes noch ein Tausendstel ihres Wertes von 1914 gehabt, so war es nun ein Milliardstel.

Die Buchhaltung war für Gertrud mittlerweile ein Gräuel. Ständig kam sie mit den vielen Nullen durcheinander. Was diese Woche ein angemessener Preis für einen Sack Zucker war, war innerhalb von Tagen zu wenig für einen Teelöffel davon. Deswegen war es inzwischen Chefsache bei HARIBO, bei den Kunden zu kassieren. Es war ein Problem aller Selbstständigen, dass bei verspäteter Zahlung der vereinbarte Betrag nichts mehr wert war. Da mancher Lehrjunge mit leeren Händen zurückgekommen war, kassierte nun Hans Riegel selbst. Er gab seine Kamellen und Weichgummis nur noch gegen Sofortzahlung ab oder tauschte sie ein gegen Konserven, Mehl oder andere brauchbare Dinge.

»Schade«, seufzte Gertrud. Sie mochte diese Fahrten über Land, wo sie mit den Kunden ins Gespräch kam. Genau wie Hans war sie davon überzeugt, dass diese Kontakte die Basis für langjährige Geschäftsbeziehungen waren. Für die Produktion war es hilfreich, direkte Rückmeldungen zu bekommen. So erfuhren sie, was die Leute an ihren Produkten schätzten, aber auch, was sie störte. So wussten sie, welche Farben und Formen gut hielten, wenn sie länger gelagert wurden, was die Kinder gerade am liebsten mochten oder welche Süßigkeiten die Franzosen einkauften.

»Meinst du nicht, wenn jetzt die Währungsreform kommt, dass alles besser wird? Dann ist das Geld wieder was wert. Dann kann ich doch fahren.«

»Langsam, langsam. Bevor du alleine mit dem Auto unterwegs bist, muss ich dir zeigen, wie man mit dem Benzinstab abmisst, wie viel Benzin noch im Tank ist, und dann muss ich dir noch erklären, wie man das Öl …«

Gertrud hörte nicht mehr zu. Sie konzentrierte sich, nicht zu viel und nicht zu wenig Gas zu geben, rechtzeitig Hindernisse zu erkennen, denn der Bremsweg war lang, und sie genoss die Fahrt durch die Felder, auf denen silbriger Reif im fahlen Licht der Novembersonne funkelte.

Die ersten Monate mit Hänschen waren anstrengend gewesen – die Nächte kurz und die Tage lang. Für Dinge, die ihr Freude machten, wie das Ausfahren der Ware, blieb oft keine Zeit. Natürlich, wenn sie in die großen blauen Augen von Klein Hans schaute, er zufrieden an ihrer Brust nuckelte oder in ihren

Armen selig schlummerte, mochte sie mit niemandem auf der Welt tauschen.

Doch es gab auch andere Momente. Ständig roch es in ihrer Wohnung nach dreckigen Windeln, sodass die »große Wäsche« in der Zinkblechwanne alle zwei Wochen nicht ausreichte. Täglich musste sie die stinkenden Windeln einweichen und auf dem Herd auskochen. Dazu blieb die »normale Hausarbeit«, die ihr viel schwerer von der Hand ging als zuvor, denn sobald sie Hänschen in die Wiege legte, begann er jämmerlich zu weinen.

Wenn Hans am Abend endlich heimkam – der Moment, auf den sie sich den ganzen Tag freute, weil sie wissen wollte, was außerhalb ihrer vier Wände vor sich ging –, war sie meistens so müde, dass ihr eine Unterhaltung zu anstrengend war. Todmüde fiel sie nach dem Abwasch ins Bett und schlief wie ein Stein, bis Klein Hans sie gegen zehn das erste Mal weckte.

Viel zu selten kam sie dazu, ihren Sohn in dem Kinderwagen mit den großen Speichenrädern und dem Porzellangriff auszufahren. Meist schob sie ihn nach Dottendorf und besuchte ihre Eltern. Dort wurde sie nach Strich und Faden verwöhnt. Ihre Mutter schmierte ihr Brote dick mit Butter und Johannisbeermarmelade und gab ihr dazu frische Milch mit ganz viel Rahm. Auch wenn sie zu Hause kaum zum Essen kam und sich oft appetitlos fühlte, aß sie bei Muttern alles bis zum letzten Krümel auf, während Klein Hans plötzlich ganz entspannt in Omas Armen schlummerte.

Manchmal bedauerte sie, nicht zu Hause auf dem Hof geblieben zu sein. In einer Bauernfamilie war immer jemand zur Stelle, um ein Kind zu wiegen oder kurzfristig einzuspringen.

Auch ihre Schwiegermutter war ganz vernarrt in ihren Enkel, kam aber nur selten vom Hof weg, sodass Stunden wie heute, wo Agnes auf Hänschen aufpasste, kostbar waren.

»Ich liebe dieses Gefühl, ohne Ziel über die Landstraße zu fahren«, sagte Gertrud jetzt versonnen. »Man hat das Gefühl, man könnte überall hin, wo einen die Sehnsucht gerade hintreibt.«

Hans legte ihr die Hand auf das Knie.

»Sobald unser Geld wieder etwas wert ist, holen wir unsere Hochzeitsreise nach. Nur wir zwei.«

Er strich ihr über das Bein, und sie erschauerte. Auch das war im letzten halben Jahr zu kurz gekommen. Aber sie war immer so müde.

Hans schien Ähnliches zu denken, denn als sie den Blick für einen Moment von der Straße löste, um zu ihm hinüberzusehen, betrachtete er sie mit solcher Intensität, dass ihr Herz schneller schlug.

Sie zwinkerte ihm zu. »Nach Hause, bevor wir Hänschen holen?«

»Nach Hause.«

****

Zwei Wochen später kam Hans aufgeregt herein.

»Ich hab einen, ich hab einen!«, jubelte er. Er hielt ihr ein Stück Papier entgegen, das ihr auf den ersten Blick nichts sagte. Es sah aus wie ein Geldschein.

»Zehn Rentenmark«, verkündete er stolz. »Umgetauscht gegen unsere wertlose Papiermark mit einem Kurs von eins zu einer Billion.«

Er reichte Gertrud den Schein. Sie betrachtete ihn neugierig. Laut den Politikern sollte dieses Geld das Deutsche Reich wieder auf die Füße bringen.

Auf die eine Seite war ein rot-grüner Kranz gedruckt, der an Weihnachten erinnerte, und sie erkannte ein Wasserzeichen.

Gertrud hatte in der Zeitung gelesen, dass das Deutsche Reich nicht über genug Gold verfügte und daher den Grundbesitz von Landwirtschaft und Industrie mit einer Hypothek von drei Komma zwei Milliarden Rentenmark belastet hatte.

»Und das soll jetzt etwas wert sein?«, fragte sie skeptisch.

»Warte nur!«, sagte Hans zuversichtlich. »Jetzt geht es aufwärts mit der Republik.«

Sie wollte ihrem Mann nicht widersprechen, aber sie hatte in diesem Jahr jegliches Vertrauen in das Geld verloren. Zwar hatten sie selbst von der Krise profitiert, da ihre Schulden leicht zu tilgen gewesen waren. Sie hatten den Kredit, den sie aufgenommen hatten, als die Mark noch etwas wert gewesen war, mit wertlosem Geld zurückgezahlt. Auch hatte es nie an Lebensmitteln gefehlt, denn die hatte Hans gegen Weichgummi, Kamellen, Veilchenpastillen und Eukalyptusbonbons ertauscht. Doch sie hatte Leid mit ansehen müssen. Auch wer arbeitete, musste zusehen, wie seine Kinder Hunger litten, da die Preise für Lebensmittel viel schneller anstiegen als die Löhne. Menschen, die ein Leben lang eisern gespart hatten, hatten erleben müssen, dass das ganze Geld hinterher für ein Abendessen zu wenig war. Viele waren verarmt. Betriebe, die nicht rechtzeitig für ihre Leistungen bezahlt worden waren, waren pleitegegangen.

Sie wollte gerne die Zuversicht ihres Mannes teilen, doch gerade schien alles so fragil. Jede Sekunde konnte ihre Welt in sich zusammenbrechen. Vor einer Woche hatte ein Mann namens Hitler in Bayern versucht, zusammen mit dem General Erich Ludendorf einen Putsch zu verüben, weil er die Beendigung des Ruhrkampfes als Verrat am deutschen Volk sah. Er war zwar gescheitert, doch die Lage im Deutschen Reich war alles andere als stabil.

»Schau nicht so besorgt«, sagte Hans heiter. »Das Geld ist ein Neuanfang. Jetzt geht es bergauf.«

»Hoffentlich. Aber ich bin ja schon zufrieden, wenn ich mich bei der Buchführung nicht mehr mit den ganzen Nullen rumärgern muss.« Sie sah auf die Uhr. »Jetzt muss ich los. Ich bin mit Anna und Lenchen verabredet. Wir treffen uns bei den Unkels.«

Sie zog ihren Wintermantel an und machte sich auf den Weg zum Küsterhaus von Kessenich. Es öffnete ihr Helmut Unkel, Lenchens Mann. Der Küster war hochgewachsen mit einem Bäuchlein, das zeigte, dass ihn gutes Essen und geselliges Beisammensein glücklich machten. Lange hatte er um das zehn Jahre jüngere Lenchen geworben. Er war so anders gewesen als Günther, der draufgängerische Bauernbub, den Lenchen schon in der Grundschule angehimmelt hatte. Doch irgendwann hatte er sie mit seinem feinen Humor, seiner Gutmütigkeit und der Gelassenheit, mit der er alle Schicksalsschläge des Lebens annahm, überzeugt. Jetzt hätte Lenchen glücklicher nicht sein können. Mit ihrer quirligen Art hatte sie die Gemeinde schnell für sich eingenommen und organisierte unermüdlich Treffen für Veteranen, Wohltätigkeitsveranstaltungen und Kirchenfeste.

Lenchen und Anna saßen schon am Küchentisch und begrüßten Gertrud freudig. Wieder einmal dachte sie, dass die Zeit mit ihren Freundinnen oft zu kurz kam.

Sie holte aus der Tasche eine Papiertüte Kaffee und gab sie Lenchen, deren Augen groß wurden.

»Echter Bohnenkaffee? Oh, wie schön. Den hatten wir schon lange nicht mehr. Den brühe ich uns gleich auf.«

»Ja, den hat Hans gestern gegen seine Süßen Teufel eingetauscht.«

»Na ja, wenn man was zum Tauschen hat, ist man uns normalen Leuten gegenüber schon im Vorteil«, sagte Anna spitz.

Gertrud bedauerte die Wahl ihres Mitbringsels sofort. Sie hatte ihren Freundinnen eine Freude machen wollen. Aber anscheinend wirkte sie großspurig. Sie hätte es wissen müssen, schimpfte sie innerlich mit sich selbst. Vor allem das letzte Jahr war schwierig für Anna und ihren Mann gewesen. Da die Beamtengehälter nicht schnell genug gestiegen waren, hatten sie sich sehr einschränken müssen. Anna, die ein ordentliches Haushaltsgeld gewohnt gewesen war, hatte plötzlich an allen Ecken und Enden sparen müssen. Auf einmal war sie es gewesen, die ihre Kleider aufhübschen musste, wohingegen Gertrud sich neue leisten konnte. Das hatte immer wieder zu Spannungen geführt.

»So gut läuft es gar nicht. Unser Vertreter Strickling hat gestern telegrafiert, dass er seit achtzehn Tagen nichts verkauft hat«, sagte Gertrud eilig. Das stimmte zwar, war aber darauf zurückzuführen, dass jeder mit dem Einkaufen auf das neue Geld wartete. Bis Weihnachten waren die Auftragsbücher randvoll.

»Ah, das tut mir leid«, sagte Anna.

Gertrud hörte ihrer Freundin an, dass es ihr aufrichtig leidtat, weil sie den Riegels nichts Schlechtes wünschte. Andererseits kam Gertrud nicht umhin zu bemerken, dass der verkniffene Zug um Annas Lippen jetzt verschwunden war.

Lenchen tat so, als würde sie die Missstimmung nicht bemerken, und erzählte, dass ihr Sohn Gerhard gestern den ersten Schritt gemacht hatte. Das brachte Anna dazu, von ihrer Tochter Liesel zu berichten, die bald ein Jahr alt werden würde. Gertrud erzählte sodann von Hänschen, der während der Nacht immer nur wenige Stunden am Stück schlief. Und plötzlich waren sie wieder Freundinnen, verbunden durch ähnliche Erlebnisse, die sie als junge Mütter hatten, und Gertrud genoss den Rest des Nachmittags entspannt.

28. Kapitel

KESSENICH, AUGUST 1924

»Schau mal. Der Plan ist fertig.« Hans, inzwischen einunddreißig, schwenkte eine große Papprolle in der Hand.

Seine Frau wischte dem eineinhalbjährigen Hänschen gerade mit einem feuchten Tuch Finger und Mund ab, was dieser nur widerwillig geschehen ließ. Er zog sein Kindergesicht so in Falten, dass Hans lachen musste.

»Papa … Papa … raus«, brabbelte der Kleine und streckte ihm die Ärmchen entgegen, als würde er Hans um Hilfe anflehen, dem Hochstuhl und der Nötigung seiner Mutter zu entkommen.

»Was sein muss, muss sein«, sagte er und hob ihn, nachdem Gertrud fertig war, aus seinem Stühlchen, um ihn auf den Arm zu nehmen.

Hänschen kuschelte sich an seinen Vater, während Gertrud den Tisch abwischte, damit sie die Pläne dort ausrollen konnten.

»Ich lege ihn zum Mittagsschlaf hin, sonst haben wir keine Ruhe.«

Gertrud ging mit Hänschen in sein Zimmer, wo sein Kinderbett stand, das er zu Weihnachten bekommen hatte. Für die Wiege war er längst zu groß geworden. Seit seinem ersten Geburtstag schlief Hänschen nebenan, und Gertrud musste kaum mehr nachts aufstehen. Seit sie ausgeruhter war, interessierte sie sich wieder mehr für die Firma und auch für Hans. Am Abend nickte sie nicht sofort todmüde auf dem Sofa ein, sondern sie hatten seit einiger Zeit ihr lieb gewonnenes Ritual wieder aufgenommen, dass er ihr aus der Zeitung vorlas, während sie die Küche sauber machte. Ihre Beziehung hatte zu der alten Innigkeit zurückgefunden. Dies hatte zu seiner Freude auch dazu geführt, dass in Gertrud die Leidenschaft von früher wiedererwacht war.

Allerdings nicht ohne Folgen: Sie war wieder schwanger, im fünften Monat. Einerseits hatte Hans sich gefreut. Kinder waren ein Geschenk Gottes. Seine eigenen Geschwister standen ihm sehr nahe. Auf seinen Bruder Paul konnte er sich stets verlassen und ihm Sachen anvertrauen, die er anderen niemals hätte sagen können.

Andererseits war ihm bewusst, dass Gertrud vom Nachwuchs komplett in Beschlag genommen werden würde, sobald ein zweites Kind auf der Welt war. Die erste Zeit mit Hänschen war für seine Frau anstrengend gewesen. Ein zweites Kind würde den Alltag wieder durcheinanderwirbeln.

Es würde turbulent bleiben, dachte er und lächelte dabei. Er mochte sein Leben. Langeweile und Stillstand waren seine Sache nicht. Doch bis zum Geburtstermin im Januar war noch Zeit, mit dem Bau des neuen Fabrikgebäudes mit einer neuen, größeren Wohnung zu beginnen.

Er legte die Pläne auf den Tisch. Gertrud setzte sich neben ihn, und er begann zu erklären.

»Das ist der Grundriss, und hier die verschiedenen Ansichten.«

Wie immer hörte sie ihm aufmerksam zu, fragte nach und betrachtete die Zeichnungen akribisch.

»Was hältst du davon?«

»Meinst du nicht, das wird alles zu groß?«

»Der Inflationsirrsinn ist vorbei. Die Wirtschaft zieht an, und das erst recht, wenn der Dawes-Plan in London endlich unterzeichnet wird. Die Reparationszahlungen an die Siegermächte werden dann an unsere Wirtschaftskraft angepasst, und Deutschlands Wirtschaft kann sich erholen. Je besser es den Leuten geht, desto mehr Kamellen können wir verkaufen. Die Auftragslage ist gut. Glaub mir, unser Umsatz wird noch weiter steigen.«

»Das stimmt natürlich. Außerdem wäre es schlecht, wenn wir nicht pünktlich liefern könnten, weil wir die Aufträge nicht mehr abarbeiten können. Wenn sich das in der Branche rumspricht …« Sie zögerte noch einen Moment und sagte dann entschieden: »Risiken sind wir bisher immer eingegangen, aber nie schlecht damit gefahren. Lass es uns machen.«

»Ganz genau.« Er lachte übermütig. Damit hatte sie den Nagel auf den Kopf getroffen.

Bereits am Nachmittag reichte er einen Antrag auf den Bau eines Fabrikgebäudes mit Wohnung bei der Baubehörde ein. Sein Architekt erwartete keinerlei Probleme bei der Genehmigung, sodass Hans in den nächsten Tagen Gespräche mit Bauunternehmern führte und Angebote einholte, damit sie sofort beginnen könnten. Vor dem Winter sollten der Aushub und die Fundamente unbedingt noch fertig werden.

Bis in die Nacht hinein rechneten Gertrud und er die verschiedenen Offerten durch. Immer wieder nahmen sie Positionen heraus, die sie selbst ausführen konnten, damit es günstiger wurde, bis Gertrud schließlich sagte: »Hans, ich muss jetzt ins Bett. Mir fallen die Augen zu. Am günstigsten ist und bleibt der Zellner.«

»Der Krüger wäre mir lieber, der kann sofort anfangen. Die drei Prozent, die er teurer ist, muss er noch nachlassen.«

»Gut, dann der Krüger.«

Gertrud stand auf und streckte sich. Der gewölbte Bauch unter ihrer Schürze war deutlich zu sehen. Hans überfiel ein schlechtes Gewissen, dass er seine Frau in ihrem Zustand bis in die Nacht hinein mit Geschäftlichem behelligt hatte.

»Komm. Lass uns ins Bett gehen. Es ist spät.«

»Wohl eher früh«, antwortete Gertrud.

Er nickte mit einem herzhaften Gähnen. Die Nacht würde kurz werden. Er wollte schon in drei Stunden wieder aufstehen, um vor der Arbeit auf die Jagd zu gehen. Er hatte sich einen lang gehegten Traum erfüllt und vor einigen Monaten den Jagdschein beantragt. Ihm tat der Abstand zur Firma gut. Er liebte es, frühmorgens zusammen mit den anderen Jägern in den Wald zu gehen, in Ruhe auf dem Hochsitz zu warten, bis das Wild im Morgengrauen auftauchte, sich auf den Abschuss zu konzentrieren und das Tier zu erlegen. Obwohl er früh aufstehen musste, begann er solche Tage mit mehr Energie und innerer Ruhe.

****

»Himmel, wie konnte das passieren?« Hans raufte sich die Haare. »Ich dachte, das wäre eine reine Formsache laut Ihren Worten, Bissinger«, schnauzte er den Architekten an.

»Es tut mir leid, Herr Riegel. Ihr Baugesuch wurde von der Baubehörde nicht grundsätzlich abgelehnt. Die Herren stehen dem Bau positiv gegenüber, allerdings gibt es einige Dinge, die abgeändert werden müssen. Meine Zeichner sitzen schon dran. Wir haben im Genehmigungsplan die Geschossflächen exakt eingehalten, aber es hat eine Änderung in den allgemeinen Bauvorschriften gegeben, sodass wir zehn Quadratmeter darüber liegen. Es steht der Baubehörde frei, ob sie bereits eingereichte Bauvorhaben nach der neuen oder nach der alten Vorschrift berechnet. Bei Ihnen haben sie die geänderte Fassung verwendet. Deshalb wurde es vorläufig abgelehnt.«

»Hier steht das Bauunternehmen Krüger mit voller Mannschaft parat, und wir dürfen nicht anfangen? Habe ich das richtig verstanden?«

»Ja. Zuerst muss eine Genehmigung vorliegen. Ansonsten bekommen Sie eine Strafe, und der Bau wird eingestellt. Bis das aufgehoben wird, dauert es länger, als wenn wir stattdessen einen geänderten Plan einreichen.«

»Also kann ich die Leute jetzt heimschicken, bis das geregelt ist?«

»Ja. Leider.« Der Architekt zog ein bedauerndes Gesicht und zuckte mit den Schultern. »Übrigens gibt es dabei folgendes Problem: Das Gebäude wird durch die Änderung kürzer, was die Auswirkung hat, dass ein Kessel weniger aufgestellt werden kann.«

»Das ist nicht Ihr Ernst! Ich brauche alle Kessel, damit wir auch in die Lakritzherstellung einsteigen können.«

Bissinger nickte. »Ich weiß. Da ist noch was, Herr Riegel. Kann es sein, dass Ihnen jemand nicht gut gesonnen ist?« Der Architekt nahm seine Brille ab und putzte nervös die Gläser. Dann setzte er sie wieder auf.

Hans blickte ihn direkt an. »Was soll das denn heißen? Jetzt reden Sie schon, Bissinger«, drängte er ungeduldig.

»Ich hatte zeitgleich mit Ihrem ein weiteres Bauvorhaben zur Genehmigung in der Sitzung. Das wurde nach der alten Vorschrift berechnet. Ich fand das komisch. Deshalb habe ich mich umgehört. Ich habe einige Kontakte in der Baubehörde. Der zuständige Sachbearbeiter hat alle anderen Gesuche nach der alten Fassung berechnet. Nur für Ihren Plan wurde die neue herangezogen, sodass sich selbst Mitarbeiter darüber gewundert haben. Mir sind die Hände gebunden, weil ich natürlich auch in Zukunft mit den Leuten im Amt gut zusammenarbeiten möchte. Aber Sie können versuchen, die Behörde zu überzeugen, ihren Spielraum zu nutzen und einzulenken. Suchen Sie das Gespräch mit dem zuständigen Sachbearbeiter. Wir zeichnen inzwischen an der Tektur, um sie auf jeden Fall bei der nächsten Sitzung einreichen zu können, falls Sie keinen Erfolg haben«, sagte Bissinger.

»Wer ist für die Genehmigung verantwortlich? Ich hatte bisher noch nie Ärger mit den Behörden.«

»Friedrich Abels. Hat der etwas gegen Sie?«

»Abels, Abels. Irgendetwas sagt mir der Name, aber ich komme nicht drauf.«

Hans stürmte aufgebracht in die Wohnung und ließ Bissinger draußen stehen. »Gertrud, sagt dir der Name Abels etwas, Friedrich Abels?«

Seine Frau schaute ihn fragend an. »Ist das nicht der, der die Tochter vom Meier geheiratet hat? Die Schwester vom Eduard? Das hat ganz groß im *General-Anzeiger* gestanden.«

»Meiers Schwager«, fluchte Hans. »Immerhin weiß ich jetzt, woher der Wind weht. Eduard, dieses Schwein. Ich hätte nicht gedacht, dass der so weit geht. Na warte!«

Hans lief schnellen Schrittes zurück zu Bissinger. »Ich kümmere mich persönlich um das Problem. Vielleicht kann ich die Behörde davon überzeugen, die Genehmigung doch noch auszustellen.« Dann ging er hinüber zum ungeduldig wartenden Bauunternehmer. »Geht nach Hause. Wir können nicht anfangen.«

»Riegel, den Tag muss ich dir aber berechnen. Morgen kann ich die Arbeiter dann auf einer Baustelle in Poppelsdorf einsetzen.« Krüger hob bedauernd die Hände. »Auch unsereins muss leben. Das verstehst du doch?«

»Ja. Da wird mir nichts anderes übrig bleiben«, sagte Hans zähneknirschend.

Meier, immer wieder Meier. Letztens hatte er ihm die restlichen Vorräte an Gummi arabicum vor der Nase weggekauft, obwohl er laut dem Großhändler zuvor eine große Menge geliefert bekommen hatte. Einfach nur, um Hans eins auszuwischen. HARIBO hatte dadurch einen Tag lang keine neue Ware produzieren können. Hans kochte. Seit er sich selbstständig gemacht hatte, hatte Eduard immer wieder seine Verbindungen spielen lassen, um ihm einen Knüppel zwischen die Füße zu werfen. Je erfolgreicher Hans wurde, desto häufiger waren die Attacken geworden. Doch seinen Bauplan zu blockieren und dafür seinen Schwager zu benutzen, war hinterhältig. Wenn die neue Vorschrift für alle Bauherren gegolten hätte und ein jeder gleich behandelt worden wäre, hätte Hans damit leben können. Aber Ungerechtigkeit konnte er auf den Tod nicht ausstehen. Irgendwann, schwor er sich, würde er Meier alles heimzahlen.

Jetzt aber brauchte er eine schnelle Lösung. Das jetzige Gebäude wurde immer mehr zum Problem. Überall mangelte es an Platz, und sie hatten zu wenige Kessel, um genügend zu produzieren. Wenn er an die gefüllten Auftragsbücher für Weihnachten dachte, lag ihm das schwer im Magen.

Hans beschloss, einige Schritte zu gehen und dabei zu überlegen, was zu tun war. Die Bewegung ließ ihn ruhiger werden. Seinem ersten Impuls nachgebend, wäre er am liebsten zu Eduard gefahren und hätte diesen angeschrien und so lange geschüttelt, bis er alles zugegeben und seinen Schwager vor Hans' Augen zurückgepfiffen hätte. Aber das hätte nicht funktioniert. Eine offene Konfrontation wäre ihm zwar lieber gewesen, doch dazu würde es dieses Mal nicht kommen.

Er schmiedete einen Plan.

Hans rief seinen Geschäftsfreund Waldemar Siebert an. Sie waren sich einig, dass sich Deutschlands Wirtschaft stabilisierte und dass es wieder eine aussichtsreiche Zukunft gab. Deshalb hatte auch Waldemar in weitere Geschäfte im Rheinland investiert. Hans schilderte ihm die Situation und sagte, dass er Meier hinter der Aktion vermutete.

»Wie kann ich dir helfen?«

»Du hast mir erzählt, dass du bei Meier einen Einjahresbedarf deiner Läden an Lakritz bestellen möchtest. Hast du den Vertrag schon ausgehandelt?« Es wurmte Hans, dass er Meier im Lakritzsegment keine Konkurrenz machen konnte. Auch dafür war die neue Fabrik dringend nötig, damit er seine Produktion auf die Süßholzwurzelverarbeitung ausweiten konnte.

»Ja, der liegt unterschriftsreif auf dem Tisch.«

»Ich will mit Meiers Schwager in der Behörde sprechen und ihn zur Rede stellen. Ich möchte von ihm wissen, warum mein Antrag anders behandelt wurde als alle anderen, obwohl diese später eingereicht worden sind. Ich werde ihm Druck machen und auf seine familiäre Verbindung zu meiner Konkurrenz hinweisen. Zusätzlich soll er Eduard wissen lassen, dass auch ich Kontakte habe und nicht zögere, sie zu nutzen. Da würde ich gerne deinen Namen ins Spiel bringen. Könntest du den Kontrakt ein wenig auf Eis legen? Diesen Auftrag zu verlieren, würde Meier richtig wehtun. So viele Großaufträge gibt es nicht.«

»Kein Problem, Hans. Eduard Meier wird sicherlich prüfen wollen, ob du pokerst. Wenn er anruft und wissen möchte, warum der Vertrag noch nicht unterschrieben ist, werde ich mich von meiner Sekretärin einige Tage verleugnen lassen. Dann brauche ich ihn nicht anzulügen und gerate nicht zwischen eure Fronten.«

»Wenn es dir nicht recht ist, dass ich dich da mit reinziehe, musst du es nur sagen. Dann überlege ich mir eine andere Strategie.«

»Geht schon in Ordnung. Außerdem habe ich auch etwas davon. Ich mag den Eduard Meier ebenfalls nicht, aber es gibt momentan nur wenige größere Lakritzhersteller. Ich hoffe, dass HARIBO Lakritzen produziert, sobald das neue Gebäude steht.«

»Das ist das Ziel, Waldemar, und ich werde dir diesen Gefallen nicht vergessen.«

»Gilt das auch für die nächsten Preisverhandlungen?«, fragte Siebert spaßhaft.

»Du bist ein Fuchs. Es wird sich eine Gelegenheit ergeben, mein Freund. Ich danke dir. Bis bald.«

Zufrieden erhob sich Hans vom Schreibtisch und machte sich auf den Weg zu Friedrich Abels.

****

Einige Tage später traf die Baugenehmigung für das Fabrikgebäude mit Wohnung in Kessenich ein. Nach erneuter Prüfung waren die Flächen nach der alten Vorschrift berechnet worden. Abels hatte Angst bekommen, wegen der Klüngelei mit seinem Schwager seine Stelle zu verlieren. Natürlich hatte er Hans gegenüber nichts zugegeben, aber am Ende eingelenkt und zugesagt, alles nochmals zu überprüfen.

Hans schaute zufrieden auf die Baustelle. Das Baugeschäft Krüger war mit seiner vollen Mannschaft anwesend, und überall wurde tatkräftig gearbeitet. Trotzdem hatte ihn Eduards Finte einige Zeit und vor allem Nerven gekostet. Doch dieses Mal hatte er nicht mehr nur die Fäuste in den Hosentaschen geballt und stillgehalten, sondern er hatte mit seinen Mitteln zurückgeschlagen. Diesen arroganten Pinkel würde er in seine Schranken weisen. Irgendwann würden sich die Machtverhältnisse endgültig zu seinen Gunsten drehen, schwor er sich.

29. Kapitel

KESSENICH, WEIHNACHTEN 1924

»Aaah!« Gertrud spürte einen Stich im unteren Rücken.

Sie saß am Küchentisch und brachte gerade die letzten Etiketten mit der Aufschrift »Frohe Weihnachten« an den Veilchenpastillen an. Morgen an Heiligabend war noch eine große Auslieferung geplant, und dann sollte für ein paar Tage Ruhe herrschen. Sie freute sich auf die gemeinsamen Feiertage mit Hans und Hänschen ohne HARIBO. Ihr Mann hatte die letzten Wochen kaum Zeit für die Familie gehabt, weil ihre Produktionshalle aus allen Nähten platzte, und weil es beim Bau immer wieder Probleme gegeben hatte.

Die nächsten Tage würde sie jedes Gespräch über die Arbeit und die Frage, ob sie Lakritze produzieren sollten oder nicht, im Keim ersticken. Sie hatten eine Pause dringend nötig, in der es nur um gutes Essen, Weihnachtsgebäck und leuchtende Kinderaugen gehen sollte, denn Mitte Januar war der Geburtstermin für ihr zweites Kind.

Hans steckte den Kopf zur Tür herein. »Ach Schatz. Das kann doch morgen Luisa in der Firma machen. Du sollst dich doch schonen.«

»Bin gleich fertig. Außerdem ist das wirklich keine anstrengende Arbeit.«

»Trotzdem.« Er trat hinter sie und küsste ihren Scheitel.

Sie lächelte. Das schätzte sie ganz besonders an Hans: Auch wenn er nicht viel Zeit hatte, gab es immer wieder diese Momente, wo sie seine Fürsorge und seine Zuneigung deutlich spürte.

»Ich gehe noch schnell in die Firma und helfe beim Verladen. Damit morgen ja nichts vergessen wird.«

»Hans, denk bitte …«

»Jaja, ich weiß«, sagte er lachend. »Ab morgen Nachmittag um vier gehöre ich nur noch dir. Versprochen ist versprochen.«

Sie nickte und warf ihm einen gespielt strengen Blick zu, denn sie wusste, wie schwer es ihm fiel, sich von der Firma fernzuhalten.

Doch Hans hielt Wort. Sie verlebten einen zauberhaften Weihnachtsabend. Egal, wie alt sie werden würde, nie würde sie die großen Augen von Hänschen vergessen, als er auf tapsigen Beinchen, nachdem das Glöckchen geklingelt hatte, die gute Stube betreten hatte. Aufgeregt hatte er auf den Tannenbaum mit den Kerzen gedeutet. »Mama da, Mama da!«, hatte er immer wieder gerufen und auf den Baum gezeigt. Hans hatte den Buben hochgehoben und sehr geduldig mit ihm die glänzenden Kugeln und die reich verzierten Lebkuchen bewundert, die die Tanne schmückten.

****

Am nächsten Morgen stand Gertrud schon in aller Frühe auf. Für heute hatte sie ihre Schwiegereltern, Paul, Martin und Aga, die bis Silvester freihatte, zum Mittagessen eingeladen. Alles musste perfekt sein. Es half nichts, dass ihr mit ihrem großen Bauch jede Bewegung schwerfiel. Ihre Schwiegermutter hatte angeboten, dass Weihnachtsessen auszurichten, doch Gertrud hatte darauf bestanden, es dieses Jahr bei sich zu machen. Als es sie wieder schmerzhaft in den Rücken stach, kamen Zweifel auf, ob ihr hausfraulicher Stolz sie zu einer unklugen Entscheidung verleitet hatte.

Schon vor einer Woche hatte sie das Rindfleisch nach dem Rezept ihrer Oma mit Wurzelgemüsen, Nelken, Lorbeer, Pfefferkörner und Wacholder in Wein und Weinessig eingelegt. Da sie bisher Weihnachten immer bei Agnes gegessen hatte, war es für sie äußerst wichtig, dass es heute – bei ihr – allen schmeckte.

Als sie die Klöße formte, begann ihr Rücken zu schmerzen. Genau jetzt, wo sie gar keine Zeit hatte. Sorgfältig deckte sie den Tisch und ignorierte das Ziehen im Unterbauch. Während sie bei Hänschen sehnsüchtig auf Zeichen gewartet hatte, dass die Geburt bevorstand, so bekam sie es nun mit der Angst zu tun. Es war noch zu früh. Sobald die Schwiegerleute weg waren, würde sie sich hinlegen und sich dann bis Neujahr richtig schonen, nahm sie sich vor.

Als es um Punkt zwölf läutete, beeilte sich Hans, die Tür zu öffnen. Gertrud ließ noch einmal einen prüfenden Blick über den Tisch schweifen. Die Tischdecke von ihrer Aussteuer lag faltenfrei, das Geschirr mit den blassblauen Blümchen wirkte festlich, und ihr versilbertes Besteck war auf Hochglanz poliert.

»Herein, herein in die gute Stube«, hörte sie Hans im Flur.

Schnell nahm sie die Schürze ab und setze ihr freundlichstes Lächeln auf. Wenn sie bloß nicht so müde wäre.

Zuerst betraten Martin und Paul das Zimmer.

»Tach, Schwägerin! Du siehst aus wie ein Medizinball in einem sehr hübschen Kleid.« Paul grinste sie an, und sie musste lachen. Mit seiner frechen Art schaffte er es jedes Mal in Sekunden, dass sich ihre Anspannung in Luft auflöste.

»Tach!« Martin lächelte sie freundlich an.

Er und Paul hatten zur Feier des Tages die Haare gescheitelt und mit Pomade streng nach hinten gekämmt. Wieder einmal dachte sie sich, wie ähnlich sich die Brüder sahen. Sie hätten als Zwillinge durchgehen können. Charakterlich unterschieden sie sich allerdings deutlich. Paul redete gerne und viel, blühte in der Fabrik auf und war bei der Organisation der Produktion wegen seiner Strukturiertheit unverzichtbar. Martin hingegen war ein ruhiger Zeitgenosse, der Gesprächen aufmerksam, aber schweigsam folgte. Am glücklichsten war er auf dem Hof bei den Kühen und Kälbern.

Nun betraten ihre Schwiegereltern zusammen mit Aga den Raum. Wieder verspürte Gertrud ein schmerzhaftes Ziehen im Bauch, ließ sich jedoch nichts anmerken, sondern nahm ihrer Schwiegermutter den Mantel ab.

»Wo ist denn mein Neffe?«, fragte Aga als Erstes, noch bevor sie Gertrud begrüßte.

Gertrud deutete sprachlos auf den Laufstall. Ihre Schwägerin sah aus, als würde sie aus einer anderen Welt kommen als der Rest der Familie. Ihr einst langes, dickes Haar hatte sie zu einem Bubikopf geschnitten. Es war unglaublich, wie eine Frisur einen Menschen verändern konnte, dachte Gertrud. Während Agas Gesicht zuvor unter der dichten Mähne mager gewirkt hatte, so hatte sie nun feine Züge, und ihre mit Kohlestift betonten Augen waren riesig. Sie trug ein Kleid in Altrosa mit tiefer Taille, und darunter weiße Seidenstrümpfe.

»Oh, bist du aber groß geworden! So ein hübscher Bursche. Schau, was dir die Tante mitgebracht hat.« Sie hob den glucksenden Junior aus dem Laufstall und reichte ihm ein in rotes Papier eingeschlagenes Päckchen.

Mit unbeholfenen Händchen riss er es auf, und eine Pappschachtel kam zum Vorschein. Gertrud half ihm, sie zu öffnen. Drinnen, gebettet auf Seidenpapier, lag ein Pferd, das man an einer Schnur hinter sich herziehen konnte. Gertrud und ihre Schwiegermutter bewunderten den fein gearbeiteten Schimmel, der ein leuchtend blaues Zaumzeug trug. Hänschen jauchzte vor Freude und begann sogleich, das Holztier durch die Stube zu führen. Wieder fragte sich Gertrud, wie sich ihre Schwägerin solche Extravaganzen vom Lohn eines Hausmädchens leisten konnte.

Das Essen verging in gelöster Atmosphäre. Sie hatte sich vorsichtshalber zwischen ihren Schwiegervater und Hans platziert, um notfalls bei Zwistigkeiten eingreifen zu können, doch die Herren politisierten überraschend harmonisch.

Anfang Dezember waren Wahlen gewesen. Wilhelm Marx von der Zentrumspartei, der bisher Reichskanzler gewesen war, hatte den Auftrag zur Regierungsbildung bekommen. Er hatte zwei Möglichkeiten: eine große Koalition unter Einschluss der SPD oder einen Zusammenschluss mit den rechten Parteien. Marx hatte deutlich gemacht, dass er lieber mit den Sozialdemokraten zusammenarbeiten würde als mit den Rechten, was zu hartem Widerstand aus den eigenen Reihen geführt hatte.

Nun wurde gemunkelt, dass er die Regierungsbildung an Reichspräsident Friedrich Ebert zurückgeben wolle. Hans und sein Vater hielten große Stücke auf Wilhelm Marx, der es in der letzten Amtszeit geschafft hatte, mit der Anerkennung der Reparationszahlungen, Sparmaßnahmen und ausländischen Krediten die deutsche Wirtschaft und die neue Währung zu stabilisieren. Nach den Jahren der Inflation hatten Opfer gebracht werden müssen, damit das Land wieder auf die Füße kam, doch nun erholte sich die Wirtschaft sichtlich. Die Löhne stiegen, und die Arbeitslosigkeit sank.

Hans unterstützte die Zentrumspartei seit dem Krieg, weil sie sich damals für den Verständigungsfrieden und den Waffenstillstand eingesetzt hatte. Da sie den Aufbau eines Sozialstaats anstrebte und für die durch die Inflation Verarmten eine staatlich organisierte Sozialfürsorge eingeführt hatte, fand er in diesem Punkt Übereinstimmung mit seinem Vater, der seit Jahrzehnten SPD-Mitglied war.

Gertrud entspannte sich. Als dann auch noch ihre Schwiegermutter ihren Sauerbraten in höchsten Tönen lobte und sich ihr Schwiegervater einen dritten Nachschlag nahm, begann sie das Essen zu genießen. Sie lehnte sich in ihrem Stuhl zurück, legte die Hand auf den Bauch und ließ die vertrauten Stimmen über sich hinwegrieseln, ohne genau zuzuhören. Es war schön, ihre Lieben um sich zu haben, sie lachen und debattieren zu hören.

»Wer mag einen Schnaps zur Verdauung?«, hörte sie Hans fragen, als sie wieder dieses Ziehen im Unterbauch verspürte.

Diesmal war es so heftig, dass ihr ein kleiner Schmerzenslaut entfuhr. Zum Glück waren alle so in ihre Gespräche vertieft, dass es niemandem auffiel. Nur Aga, die ihr gegenübersaß, sah sie besorgt an. Gertrud schüttelte den Kopf. Sie könnte sich nichts Schlimmeres vorstellen, als die Aufmerksamkeit auf sich und ihr Befinden zu lenken. Hans würde sich sorgen, ihre Schwiegermutter würde sie betüdeln, ihre Schwager und ihr Schwiegervater wären peinlich berührt. Bis zum Aufbruch der Verwandtschaft würde sie sich zusammenreißen, nahm sie sich vor.

Aga nickte und begann, den Tisch abzuräumen. Gertrud war ihrer Schwägerin dankbar, dass sie ihr so unauffällig half. Kurz darauf kam Aga mit einer Kanne Kaffee und Weihnachtsplätzchen zurück.

Die Männer verzichteten zugunsten des Kirschgeistes auf

Kaffee und wurden immer fröhlicher. Als Hänschen allmählich die Augen zufielen, bot Agnes an, ihn zum Nachmittagsschlaf ins Bett zu bringen.

»Geht es dir nicht gut?«, fragte Aga leise, nachdem sie sich vergewissert hatte, dass ihnen niemand zuhörte.

»In den letzten Wochen ziept es ständig irgendwo«, antwortete Gertrud ausweichend.

»Möchtest du dich hinlegen?«

»Nein, nein. Es geht schon«, wehrte Gertrud schnell ab und wechselte eilig das Thema.

»Wunderschön, dein Kleid.«

»Vielen Dank.« Agas Augen leuchteten, und sie strich zärtlich über den seidig schimmernden Stoff.

Wieder fiel Gertrud auf, wie apart ihre Schwägerin aussah. Die Augen wirkten geheimnisvoll in dem schmalen Gesicht, und ihre zarte Figur kam in dem raffinierten Kleid vornehm zur Geltung. Nichts erinnerte mehr an die linkische Bohnenstange, die sie in ihrer Jugend gewesen war, dachte Gertrud amüsiert.

»Gibt es einen Mann in deinen Leben?«, fragte sie dann direkt. Vielleicht lag hier der Grund für die Verwandlung ihrer Schwägerin? Und lange um den heißen Brei herumzureden, bevor sie auf den Punkt kam, war Gertruds Sache nicht.

Agas Augen weiteten sich überrascht, und dann errötete sie.

»Also?«, hakte Gertrud nach, als Aga keinerlei Anstalten machte, sich zu äußern.

»Ähm. Ich … Also, eigentlich … Nein, wie … Es gibt da schon jemanden«, brachte sie stotternd hervor.

Gertrud hob fragend eine Augenbraue.

Eine tiefe Röte zog sich über Agas Gesicht hinunter bis zum Hals.

»Es ist schwierig«, sagte sie schließlich.

»Magst du ihn uns mal vorstellen? Wenn ich ihn kenne, kann ich dir vielleicht helfen«, bot Gertrud an.

»Wir sind nicht richtig zusammen. Wir können uns nur heimlich treffen.«

»Oje«, entfuhr es Gertrud. »Ist er verheiratet?«

»Nein, nein. Das würde ich nie … Er ist … Seine Eltern hätten was dagegen. Es ist der Sohn der Goldbachs.«

»Von deinen Dienstherren?«, fragte Gertrud entsetzt.

»Ja. Er wird es seinen Eltern bald sagen. Aber jetzt ist noch nicht der richtige Zeitpunkt. Er studiert noch. Aber wenn er auf eigenen Füßen steht, wird er mich heiraten.« Sie sah Gertrud aus ihren großen braunen Augen an. »Du darfst Hans aber nichts erzählen.«

Gertrud nickte, aber innerlich kochte sie. Sie konnte es sich lebhaft vorstellen, wie so ein weltgewandter Mann der schüchternen Aga den Kopf verdrehte. Da hatte der Sohn des Hauses seinen Spaß mit einem der Hausmädchen. Zwischendrin ein paar teure Geschenke und ein paar Versprechungen, und das unbedarfte Mädchen schmolz dahin.

»O Aga«, sagte sie leise. Anscheinend konnte man das Mitleid in ihrer Stimme hören, denn Agas volle Lippen begannen zu zittern, und ihre Augen funkelten zornig.

»Es ist nicht, wie du denkst. Er liebt mich. Sobald er von seinen Eltern unabhängig ist, wird er zu mir stehen.«

Wie vielen Hausmädchen er das wohl schon versprochen hatte, fragte sich Gertrud zynisch, aber zu Aga sagte sie nur: »Bestimmt. Du kannst jederzeit mit mir reden. Hat er …« Sie brach ab, weil es wieder so schmerzhaft in ihrem Bauch zog.

»Du hast Wehen«, stellte Aga fest.

»Mein Termin ist erst in gut zwei Wochen.«

»Ob das das Kindlein auch weiß?« Aga grinste sie an. Dann

stand sie auf. »Ich würde gerne gehen. Nach diesem Festmahl könnte ich auch einen Nachmittagsschlaf wie Hänschen vertragen«, sagte sie laut und sah ihre Brüder auffordernd an.

Martin und Paul erhoben sich gleich, nur Peter Riegel brummte: »Immer müssen einem die Frauen die Ruhe raustragen. Ich hätte hier gerne noch ein bisschen gesessen.«

Agnes, die gerade aus Hänschens Zimmer kam, bemerkte die Aufbruchsstimmung und hakte sich bei ihrem Mann unter.

»Ach was. Wir machen es uns daheim jetzt richtig gemütlich. Ich habe noch ein paar von den Pfeffernüssen versteckt, die du so magst, damit nicht wieder Paul und Martin alle wegfressen.« Sie warf ihren jüngsten Söhnen einen strengen Blick zu, und die jungen Männer zogen den Kopf ein.

»Dann lass uns gehen.« Der Anflug von schlechter Laune war bei ihrem Schwiegervater so schnell wieder verflogen, wie er gekommen war.

Nach einer langen Verabschiedung – die Männer waren dank des Kirschschnaps viel beredter als normalerweise – waren Hans und Gertrud endlich allein.

Sobald Hans die Tür hinter der Verwandtschaft schloss, sagte Gertrud: »Sag schon mal der Hebamme Bescheid. Die Wehen haben eingesetzt.«

Er starrte sie entsetzt an. »Was? Heute schon? Es ist doch noch zu früh! Wieso hast du denn nichts gesagt? Soll ich meine Mutter zurückholen?«

»Um Gottes willen, nein! Es dauert sicher noch viele Stunden. Noch kommen sie mit großem Abstand. Ich mache mir auch Sorgen, weil es zu früh ist.«

Hans nahm sie in den Arm und zog sie so eng an sich, wie es ihr großer Bauch zuließ. »Ich freu mich schon auf den nächsten Riegel«, flüsterte er ihr ins Ohr.

»Ich mich auch.«

»Komm, mach es dir auf dem Sofa bequem.« Er half ihr, sich auszustrecken, und breitete behutsam eine Wolldecke über sie.

Doch die Ruhe währte nicht lange. Noch bevor es draußen dämmerte, kamen die Wehen so schnell und heftig, dass Hans eilends die Hebamme holte.

Während es bei Hänschen eine lange Geburt gewesen war, hatte es seine kleine Schwester eilig. Schon um neun Uhr hielt die erschöpfte Gertrud ihre winzige Tochter im Arm.

Hans strich ihr über das Köpfchen und sah Gertrud mit einem seligen Lächeln an.

»Da hast du mir das schönste Weihnachtsgeschenk meines Lebens gemacht.« Seine Stimme klang heiser, und die Rührung war ihm deutlich anzumerken. »Wie soll sie heißen?«

Gertrud dachte an die faszinierende Frau, mit der sie heute Nachmittag gesprochen hatte. Einerseits mondän und wunderschön, andererseits unsicher und naiv. Sie dachte auch an das Einfühlungsvermögen, mit dem ihr heute ihre Schwägerin unauffällig beigestanden hatte.

»Agnes«, sagte sie daher, ohne zu zögern.

Hans' Augen leuchteten auf. »Das wird meine Mutter aber freuen!« Dann wurde er nachdenklich. »Meinst du nicht, dass es kompliziert wird, wenn meine Mutter, meine Schwester und meine Tochter alle den gleichen Namen haben? Wir sollten ihr einen Zweitnamen geben, damit es klarer ist.«

»Was hältst du von Agnes Anita?«

Hans dachte einen Moment nach. »Das gefällt mir.«

Die Welt schien für sie stillzustehen, als sie den schlafenden Säugling betrachteten und über die tiefe Liebe staunten, die sie für dieses Menschlein verspürten, das sie erst seit wenigen Minuten kannten.

30. Kapitel

KESSENICH, OKTOBER 1925

»Stell die Rohlakritzblöcke hier neben den Kessel, Paul«, sagte Hans. Seit der Fertigstellung des neuen Fabrikgebäudes im September simmerten an einer der Kochstellen ständig Süßholzwurzeln, um die Rohlakritze auf Vorrat herzustellen. Sobald genügend vorhanden war, würden sie bei HARIBO beginnen Lakritz zu produzieren.

Hans war stolz auf das neue Gebäude mit dem großen Schild »HARIBO – pharmazeutische Präparate«, das für jeden gut sichtbar an der Fassade prangte. Jetzt boten sich ihm so viel mehr Möglichkeiten als zuvor in dem Arbeitsraum. Endlich konnte er sich ein zweites Standbein schaffen. Die Bonbons und Weichgummis liefen zwar nach wie vor gut, aber mit der Lakritze war das Sortiment breiter aufgestellt. Man wusste nie, was kam.

In Locarno hatte kürzlich eine Konferenz über europäische Sicherheitsfragen mit internationaler Beteiligung stattgefunden. Deutschland, Frankreich und Belgien hatten sich darauf geeinigt, auf eine gewaltsame Veränderung ihrer Grenzen zu verzichten, und das Deutsche Reich hatte die im Versailler Vertrag festgelegte Westgrenze anerkannt und die Entmilitarisierung des Rheinlandes versprochen. Allerdings mussten noch die jeweiligen Parlamente der Länder zustimmen.

Doch Hans hatte keinen Zweifel daran, dass alle den Kontrakten zustimmen würden. Er hielt viel von Außenminister Gustav Stresemann, der mit seiner Politik und seiner guten Beziehung zu seinem französischen Pendant, Aristide Briand, dafür sorgte, dass das Deutsche Reich außenpolitisch nicht mehr isoliert war. Es sah so aus, als würden sie die Besatzer im Rheinland bald loswerden.

Hans hatte im Krieg so viel Leid erlebt, dass es für zwei Leben reichte. Auch wenn er die Franzosen nicht mochte, wollte er keinesfalls mehr einen Krieg erleben. Irgendwie musste doch eine gute Nachbarschaft mit allen Ländern Europas möglich sein. Alles, was er wollte, war, in Ruhe seine Firma aufzubauen und mit seiner Familie glücklich zu leben.

In Gedanken versunken schüttete er Wasser in den Kessel und legte die Blöcke hinein, um sie darin einzuweichen.

Paul stand mit interessiertem Blick neben ihm. »Auf wie viel Grad wird das jetzt erhitzt?«

Hans schmunzelte. Sein Bruder erinnerte ihn manchmal an sich selbst. Auch er hatte damals Meister Willibald ein Loch in den Bauch gefragt. Paul wollte immer verstehen, warum Hans etwas machte.

»Die Temperatur soll nicht wie bei der Rohlakritzherstellung knapp unter dem Siedepunkt liegen, sondern circa hundertzwanzig Grad hoch sein«, erklärte Hans.

Die Brüder standen einige Zeit lang schweigend nebeneinander und blickten in den Kessel.

»Das sieht aus wie eine dunkle Suppe«, sagte Paul. »Man will gar nicht meinen, dass dabei so etwas Leckeres herauskommt. Aber jetzt versteh ich, warum manche Leute behaupten, da sei Esel- oder Pferdeblut drin.«

Hans lachte. »Das ist Quatsch. Wenn ich die Kocherei nicht

verlernt habe, schmecken sie auch ohne Blut.« Er zwinkerte seinem Bruder zu.

»Jetzt geben wir den Zucker, dann noch Traubenzucker und Stärke hinzu. Dann kann man noch verschiedene Aromen beimischen. Wir nehmen zum Probieren mal ein wenig Anis.« Paul schaute aufmerksam zu und verfolgte jeden seiner Handgriffe. »Man braucht Erfahrung und Gefühl, um die Masse zur richtigen Zeit in die Puderkisten zu füllen.«

Dann entnahm Hans mit einem Schöpfer etwas von dem köchelnden Inhalt. Er tauchte ein hölzernes Stäbchen ein und ließ die Flüssigkeit abtropfen. »Siehst du, es muss die richtige Konsistenz haben. Nicht zu flüssig und nicht zu zäh. So ist es passend. Stehen die Puderkisten bereit?«

»Natürlich.«

»Gut, dann können wir umfüllen.« Als Form hatten sie sich für Stäbchen entschieden.

»Ah, man riecht schon von Weitem, dass HARIBO jetzt Lakritz herstellt. Im ganzen Viertel liegt dieser Geruch in der Luft.«

Hans sah erstaunt auf, als er die Stimme hörte, und hätte beinahe etwas danebengegossen. Vor ihm standen sein Vater und Gertrud mit Anita auf dem Arm und Hänschen an der Hand.

»Das ist eine Überraschung«, begrüßte Paul ihren Vater und brachte Hans' Gefühl damit zum Ausdruck. Normalerweise ließ Peter Riegel sich nie in der Fabrik sehen.

»Moment. Ich bin gleich fertig«, sagte Hans und konzentrierte sich darauf, die letzte Kiste mit der schwarzen Flüssigkeit zu befüllen.

Dann legte er alles zur Seite und ging auf seinen Vater zu. Erst jetzt fiel ihm auf, dass dieser seine gute Hose und ein sauberes Hemd trug. Ungewöhnlich für einen Werktag.

»Was machst du denn hier?«, fragte Paul direkt.

»Ach, mich plagt schon länger ein Husten, und nachdem die Hausmittel eurer Mutter nicht geholfen haben, hat sie nicht aufgehört zu nörgeln, bis ich einen Termin beim Doktor gemacht habe. Ich war bei Dr. Wagner, mit dem Hans befreundet ist. Der ist ganz sympathisch. Die Weißkittel mag ich nicht, aber der ist anders. Bei dem kann man reden, wie einem der Schnabel gewachsen ist.«

»Das stimmt. Und was hat er herausgefunden?«, fragte Hans besorgt.

»Nur eine hartnäckige Erkältung. Zum Glück keine Lungenentzündung. Ich habe ja gleich gesagt, dass das nichts Ernstes ist. Aber du kennst ja deine Mutter.«

Hans schwieg, denn Agnes war nicht übertrieben ängstlich. Wenn sie ihren Mann zu einem Besuch beim Doktor nötigte, musste es ein heftiger Husten gewesen sein.

»Dr. Wagner hat mir ein Rezept für Tropfen gegeben und meinte, die soll ich regelmäßig nehmen, dann wird es besser. Der Apotheker mischt sie mir gerade zusammen. In zwei Stunden kann ich sie abholen. Ich bin froh, dass ich nicht mehr ständig den bitteren Salbeitee von eurer Mutter trinken muss.«

»Wer weiß, wie die Tropfen schmecken«, meinte Paul grinsend.

»Lasst uns doch rübergehen«, schlug Hans vor. »Keine Angst, bei uns gibt es Kaffee und keinen Tee.«

»Gott sei Dank, mein Junge.«

»Paul, hältst du hier inzwischen die Stellung?«

»Klar, mache ich. Wir sehen uns am Wochenende, Vater.«

Paul hatte seit einiger Zeit ein kleines Zimmer in Kessenich bezogen, um näher an der Fabrik zu sein, aber am Wochenende war er oft zu Hause in Friesdorf bei den Eltern.

Hans beobachtete, wie Gertrud kritisch die langen Reihen Stäbchen betrachtete, die auf einem Regal vor ihr zum Trocknen lagen.

»Papa, haben«, bettelte Hänschen seinen Vater an.

Hans nahm seinen Sohn auf den Arm. »Das geht nicht, die müssen erst noch fünf Tage trocknen, bevor wir sie probieren können. Aber hier hast du einen Bären.«

»Hmm!« Hänschen steckte die Süßigkeit in den Mund und kaute selig darauf herum.

»Hänschen, wie heißt es, wenn man etwas bekommt?«, fragte Gertrud streng.

»Danke«, antwortete der Kleine schuldbewusst, während er zufrieden an dem Tanzbären schmatzte.

»Möchtest du auch einen?«, fragte Hans seinen Vater.

»Ja, warum nicht?«

Hans gab ihm einen gelben.

»Danke. Das schmeckt nach Zitrone. Wirklich gut.«

»Gertrud, hast du Kuchen da?«, fragte Hans seine Frau.

»Leider nur den vom Sonntag. Ich habe nicht damit gerechnet, dass du kommst, sonst hätte ich gebacken«, sagte sie, an ihren Schwiegervater gewandt.

»Mach dir keinen Kopf. Das konntest du ja auch nicht wissen.« Interessiert blieb sein Vater an einem der Kessel stehen. Gertrud lief mit Anita voraus.

»Hier werden gerade Eucalyptus-Menthol-Drops hergestellt.«

»Schon beeindruckend, was du dir hier alles aufgebaut hast, mein Junge«, sagte er beiläufig, bevor er weiterging.

Hans schluckte. Ein Lob aus dem Mund seines Vaters war selten und bedeutete ihm unendlich viel.

Als er seinem Vater folgte, fiel ihm auf, dass dieser müde wirkte. Sein Gang war nicht mehr so aufrecht, und sein dunkles Haar war in den letzten Monaten grau geworden. War das Alter der Grund, dass er milde wurde? Dass er ihm endgültig verziehen hatte, dass er den Hof nicht übernommen hatte?

»Wie viele Leute arbeiten jetzt für dich?«

»Über hundert. Leider sind das noch nicht genug. Die Auftragsbücher für Weihnachten sind randvoll. Ohne zusätzliche Leute schaffen wir das nicht, und schon gar nicht, wenn wir im nächsten Jahr Lakritze für meinen Freund Waldemar Siebert und all seine Läden produzieren sollen.«

Gemeinsam gingen sie über den Hof und betraten die neue Wohnung der Riegels. Gertrud hatte den Kaffeetisch im Esszimmer gedeckt. Anita saß im Hochstuhl und klopfte mit einem Löffel auf den Tisch. Zwar hatten sie alle Möbel mitgenommen, doch stand ihnen jetzt mehr Platz zur Verfügung, sodass die Räume recht leer wirkten. Sie hatten ein Schlafzimmer, zwei Kinderzimmer, eine Küche, ein separates Speisezimmer und eine Stube. Dort gab es allerdings außer einem Sofa und einer Stehlampe nichts, sodass das Familienleben hauptsächlich zwischen Küche und Esszimmer stattfand.

»Hans, lässt du die Kisten, die angeliefert wurden, draußen stehen?«, fragte sein Vater, der am Fenster stand und auf den Hof blickte.

»Nein, natürlich nicht. Die Arbeitsjungen sind nur gerade anderweitig beschäftigt. Wir räumen das später ins Lager.«

»Wie machst du das im Winter, wenn es schneit oder regnet? Da wäre es gut, wenn du da noch ein Stück überdachst«, schlug sein Vater vor und setzte sich.

»Da hat dein Vater recht«, sagte Gertrud, die mit einem Sandkuchen aus der Küche kam. »Dann könnte man auch das Auto beladen, ohne nass zu werden, wenn es regnet.«

Hans nickte. »Das ist eine gute Idee. Ich spreche mit dem Architekten Bissinger wegen einer Hofraumüberdachung. Vielleicht wäre sogar ein Schuppen an der Anlieferzone praktisch. Platz genug wäre noch.«

Nach einer Stunde verabschiedete sich sein Vater, um seine Medizin in der Apotheke abzuholen und anschließend zurück nach Friesdorf zu fahren.

Gertrud räumte das Geschirr in die Küche.

»Du hast vorhin in der Fabrik so kritisch auf die Lakritzstangen geschaut. Ist etwas nicht in Ordnung damit?«, fragte Hans.

»Nein, die Form ist schön geworden, nur …«

»Nur was …?«

»Ich hatte da so eine Idee. Sie hätten genau die richtige Länge, um unseren Schriftzug draufzumachen. Dann wüsste jeder, dass er gerade eine Lakritzstange von HARIBO isst. Allerdings müsste man die Formen ändern, und ich weiß nicht, ob das den ganzen Aufwand wert ist.«

Hans antwortete nicht sofort, sondern überlegte kurz.

»Das ist eine großartige Idee, Gertrud. Das ist kein Problem, man muss sie nur nachbearbeiten. Wir haben heute eh nur probegegossen, um das Rezept auszuprobieren. Wir haben noch nicht für den Markt produziert. Wenn sie geschmacklich passen, können wir welche mit Schriftzug herstellen. In den fünf Tagen, in denen sie trocknen, haben wir genug Zeit, um die Formen anzupassen.« Er nahm sie in die Arme und schaute sie liebevoll an. »Was habe ich nur für eine kluge Frau geheiratet.« Dann küsste er sie.

Doch ein lautes Klirren und anschließendes Kindergeschrei aus dem Esszimmer holte sie in den Alltag zurück. Anita hatte den Löffel so geschickt als Verlängerung eingesetzt, dass sie das Glas auf dem Tisch erreicht hatte und es zu Boden gefallen war.

****

Hans hatte einen Bärenhunger. Es war so viel zu tun gewesen, dass er es nicht geschafft hatte, zum Mittagessen hinüber in die Wohnung zu gehen, und jetzt war es schon nach acht Uhr abends. Er blieb kurz draußen auf dem Hof stehen und atmete die frische, kalte Novemberluft ein. Es würde nicht mehr lange dauern, und der Winter wäre da. Schnee lag bereits in der Luft.

»Ich bin fix und fertig«, sagte Hans, als er Gertrud in der Küche sah.

»Setz dich. Du hast heute noch gar nichts gegessen. Ich wärme dir das Essen auf.«

Er setzte sich müde an den Esstisch.

Sie stellte ihm einen Teller mit Würstchen, Kartoffelpüree und Sauerkraut hin. »Was war denn los? Ist etwas schiefgelaufen?«

Hans schüttelte den Kopf und schluckte einen Löffel Püree hinunter. »Wir kochen jetzt mit einem zweiten Kessel Lakritze, sonst können wir die Aufträge nicht abarbeiten. Die Probepackungen sind bei den Kunden so gut angekommen, dass alle nachbestellt haben. Zudem hat sich Siebert gemeldet. Er braucht für Weihnachten für einen Kunden Lakritzsternchen. Ob wir so etwas machen können? Das konnte ich nicht ablehnen und habe ihm zugesagt.«

»Sterne? Für Heiligabend eine gute Idee, Hans. Die können wir gleich ins Sortiment aufnehmen. Jede Geschmacksrichtung eine eigene Form. Das schaut auch in den gemischten Schächtelchen hübscher aus.«

»Das war auch mein Gedanke. Deshalb habe ich verschiedene Formen anfertigen lassen. Sterne, Stangen und Bären. Paul wollte unbedingt auch seinen Teil dazu beitragen und hat in den letzten Tagen experimentiert. Er hat lange dünne Stäbchen kreiert. Doch hätten die dann nicht gut in unsere Verpackungen gepasst. Deshalb sind wir auf die Idee gekommen, sie wie eine Spirale aufzurollen. Schau mal!« Hans zog ein Schächtelchen mit dunklen Tanzbären und flachen Spiralen aus der Hosentasche und zeigte sie seiner Frau.

»Die sind gut geworden.« Gertrud drehte den Bären zwischen den Fingern. »Dann können wir in die Bärenpackungen nicht nur rote und gelbe, sondern auch immer einen schwarzen hineintun.«

»Was hältst du von der Spirale?«

»Erinnert mich an eine Schnecke.«

»Schnecke«, wiederholte Hans. »Du hast recht.«

»Lakritzschnecke – das klingt auch besser als Lakritzspirale. Bären, Schnecken, Sternchen. Eine gute Mischung. Aber jetzt ab ins Bett mit dir, bevor du mir hier am Tisch einschläfst. Morgen ist auch noch ein Tag«, sagte Gertrud rigoros, als würde sie mit ihrem Nachwuchs und nicht mit ihrem Ehemann sprechen.

Er stand auf, küsste sie zärtlich und ging nach oben. Als er seinen Schlafanzug anzog, hörte er, wie sie unten den Abwasch machte. Hans tat es gut, ihr über seinen Tag zu berichten und Entscheidungen mit ihr zu besprechen. Sie verstand ihn wie keine andere Person. Egal, wie anstrengend und nervenaufreibend sein Tag war, in Gertruds Nähe fühlte er eine innere Ruhe in sich aufkeimen. Nur noch selten kam es vor, dass er nachts wach lag, weil seine Gedanken unaufhörlich um Geschäftliches kreisten.

Welches Glück ich mit meiner Frau habe, dachte er und fiel in einen tiefen, traumlosen Schlaf.

31. Kapitel

KESSENICH, SILVESTER 1925

Mist, ausgerechnet jetzt, dachte Gertrud, als es an der Tür klingelte. Sie hatte es so genossen, sich ein ausgiebiges Bad zu gönnen. Normalerweise war es ein schnelles wöchentliches Ritual, um sauber zu werden. Doch heute hatte sie Hänschens und Anitas Nachmittagsschlaf genutzt, um in Vorbereitung auf den außergewöhnlichen Abend, der sie erwartete, ein langes Bad zu nehmen. Unwillig stieg sie aus der Wanne mit dem wohlriechenden Schaum und schlüpfte in ihren Morgenmantel. Ein schneller Blick aus dem Fenster zeigte an, dass Anna an der Tür stand.

»Habe ich dich aus der Wanne geholt?«, fragte ihre Freundin statt einer Begrüßung und schob den Kinderwagen mit dem schlafenden Carl Josef zur Tür herein.

»Ja.«

»Du hast ja ein feines Leben, wenn du am helllichten Nachmittag in die Wanne kannst.«

»Die Kinder schlafen, und Hans und ich sind heute Abend eingeladen«, beeilte sich Gertrud zu erklären und ärgerte sich, dass sie immer das Gefühl hatte, sich verteidigen zu müssen. Sie hatte wirklich genug zu tun! Hänschen war fast drei, und Anita war gerade ein Jahr alt geworden. Gertrud kochte, putzte, mangelte, wickelte und wischte, was das Zeug hielt, und wann immer die beiden abends brav schliefen, saß sie über der Buchhaltung. Wenn sie einmal – ein einziges Mal! – nachmittags in die Wanne ging, ohne dass davor die Kinder und Hans darin gebadet hatten, sollte sie sich nicht vor ihrer Freundin rechtfertigen müssen.

Annas Miene hellte sich auf. »Oh, wie schön. Seid ihr heute Abend auch bei den Unkels? Lenchen hat gar nichts gesagt.«

»Ähm, nein. Also, wir … Dieses Jahr sind Hans und ich …« Schon wieder fühlte sich Gertrud in die Enge getrieben. Sie versuchte, Anna gegenüber den Erfolg von Hans herunterzuspielen, um Missstimmungen aus dem Weg zu gehen. Daher hatte sie es bisher tunlichst vermieden, näher auf ihre Silvesterpläne einzugehen. Sie fasste ihren Mut zusammen. »Hans und ich sind heute zu der Silvestergala in Godesberg eingeladen.«

Anna starrte sie mit offenem Mund an. »Zu dem Ball in der Redoute?«, fragte sie dann fast ehrfürchtig.

Gertrud nickte.

»Da seid ihr eingeladen?«

Gertrud nickte erneut mit einem Gefühl der Beklommenheit, doch Anna überraschte sie. Ein Strahlen breitete sich auf dem Gesicht ihrer Freundin aus.

»Ihr geht wirklich dahin? Was ziehst du an? Hast du ein neues Kleid? Was trägt Hans? Ich mach dir die Haare.«

Gertrud musste lachen. Das war die Anna von früher. Begeisterungsfähig und spontan.

»Gerne. Du bist in so was viel geschickter als ich.«

»Los! Lass uns die Zeit nutzen, solange die Kleinen noch schlafen«, sagte Anna und warf einen letzten Blick in den Kinderwagen, bevor sie Gertrud ins Schlafzimmer folgte.

Auf dem Bett lag die vornehme Pappschachtel, in der das Kleid heute nach letzten Änderungen geliefert worden war. Anna stieß hörbar die Luft aus.

»*Atelier Savon*«, hauchte sie, als sie den Schriftzug auf dem Karton las.

Gertrud hätte sich fast nicht in diese äußerst elegante Schneiderei von Bonn hineingetraut, aber Hans hatte darauf bestanden. »Wir sind jetzt wer. Wir brauchen uns vor niemandem mehr zu verstecken. Wenn wir auf den Ball gehen, soll jeder sehen, dass du die Frau von einem erfolgreichen Unternehmer bist.« Ihren Einwand, dass das Kleid, das sie letztes Jahr für die Hochzeit einer Freundin gekauft hatte, gut genug sei, hatte er entschieden beiseitegewischt.

Zaghaft hatte sie vor einigen Wochen die Schneiderei in der Bonner Friedrichstraße betreten. Die große, schlanke Frau mit makelloser Haut in einem Hemdkleid mit Bubikragen, die sie begrüßte, hatte sie mit einem einschüchternden Blick von oben bis unten gemustert. Als die elegante Kreatur, die sich *assistante* – mit französischer Betonung – nannte, begonnen hatte, Maß zu nehmen, wäre Gertrud in ihrem verwaschenen Unterhemdchen und Höschen am liebsten im Erdboden versunken. Doch das Ergebnis war diese Unannehmlichkeiten wert gewesen. Sie nannte nun ein Kleid, Accessoires und sogar Schuhe ihr Eigen, die Welten von allem entfernt waren, was sie je zuvor besessen hatte.

»Darf ich schauen?«, fragte Anna ungewohnt schüchtern.

»Natürlich.«

Anna öffnete vorsichtig die große Schachtel und holte das Kleid aus feinstem smaragdgrünem Seidenchiffon heraus. »Wunderschön.« Bewundernd hielt sie das Kleid hoch. »Zieh an!«, sagte sie dann ungeduldig.

Gertrud nickte und ging ins Badezimmer. Sie hatte sich für heute Abend den ersten Büstenhalter ihres Lebens gekauft, außerdem ein seidenes Hemdchen. »Camisole«, hatte das die *assistante* genannt.

Als sich Gertrud das Kleid überstreifte, musste sie zugeben, dass es sich anders anfühlte als alles, was sie in ihren fünfundzwanzig Lebensjahren bisher getragen hatte. Der seidige Stoff glitt an ihrem Körper entlang und schmiegte sich weich an ihre Kurven. Sie genoss es, kein Korsett zu tragen, sondern die feinen Materialien direkt auf der Haut zu spüren.

Sie wischte den von ihrem langen Bad beschlagenen Spiegel ab und betrachtete sich. Das Kleid wurde von schmalen Trägern gehalten und hatte ein viereckiges, gerades Dekolletee, das den Ansatz ihrer vollen Brüste erahnen ließ. Der Ausschnitt, das Oberteil und der Rocksaum waren mit feinen Blumenstickereien verziert, in die unzählige schwarze Strasssteinchen eingearbeitet waren. Wenn sie sich bewegte, glitzerte es überall im Licht der Badezimmerlampe.

Gertrud hätte sich für einen schwarzen Stoff entschieden, doch die *assistante* hatte sie zu einer mutigeren Wahl überredet. Jetzt musste sie ihr recht geben. Ihre im Winter helle Haut wirkte durch das warme Grün cremig weiß und schimmernd klar. Da sie nach den Geburten durch ihre Appetitlosigkeit und die viele Arbeit immer schnell die Babypfunde verloren hatte, schmeichelte ihr der moderne Schnitt des Kleides. Ohne Taille floss der edle Stoff an ihrem großen, schlanken Körper entlang und endete an den Waden. Für einen Moment musste sie an Aga denken. Für wie skandalös hatte sie vor einigen Jahren deren Kleid gehalten, und nun trug sie selbst so eines. Sie schlüpfte in die neuen schwarzen Seidenstrümpfe und legte die lange Perlenkette an, die ihr Hans zur Geburt von Anita geschenkt hatte.

Als sie das Schlafzimmer betrat, pfiff Anna anerkennend. Gertrud grinste. Ihre Mutter hatte immer gesagt: »Mädchen, die pfeifen, und Hähnen, die krähen, sollte man beizeiten die Hälse umdrehen.« Doch sie und Anna hatten auf dem Schulweg so lange geübt, bis sie genauso gut pfiffen wie ihre Brüder.

Gertrud drehte sich einmal im Kreis, damit Anna sie von allen Seiten bewundern konnte.

»Wunderschön schaust du aus. Leihst du mir das Kleid einmal?«, fragte Anna sehnsüchtig.

»Sowieso«, antwortete Gertrud, ohne sich ihre Zweifel anmerken zu lassen. Obwohl sie beide schlank waren, würde die zartgliedrige Anna, die fast einen Kopf kleiner war als Gertrud, in dieser Robe versinken.

Wie sehr sich die Zeiten geändert hatten. Früher war immer sie es gewesen, die ihre Freundin um ihre schmucke Garderobe beneidet hatte. Anscheinend gingen Annas Gedanken in eine ähnliche Richtung, denn sie sagte: »Echt beeindruckend, wie weit Hans es gebracht hat.«

Gertrud nickte. Ob ihre Freundin es manchmal bedauerte, sich damals für Hubert Baum entschieden zu haben? Diese Frage hatte sie sich nie getraut zu stellen.

»Hilfst du mir mit den Haaren?«, fragte sie, um schnell das Thema zu wechseln.

»Wie willst du sie denn tragen?«

»Offen, mit einem Stirnband.«

Anna betrachtet das schlichte schwarze Samtband mit der silbernen Brosche an der Seite. »Keine Federn?«

»Nein. Das wollte mir die *assistante* im Geschäft zwar aufschwatzen, aber das ist mir zu viel.«

Nach Anitas Geburt hatte Gertrud ihr langes Haar auf Schulterlänge gekürzt, weil es zeitsparender beim Waschen, Kämmen und Trocknen war. Anna scheitelte das Haar akkurat und steckte geschickt das Band fest. Gertrud hatte sich das Haar am Morgen beim Friseur mit dem Welleneisen in eine Wasserwelle legen lassen.

Als sie nun ihr Gesicht im Spiegel betrachtete, kam sie sich wie verwandelt vor. Ihr normalerweise wild lockiges braunes Haar fiel gebändigt und glänzend in sanften Wellen auf die Schultern. Nicht ein Härchen war am falschen Ort. So ordentlich und perfekt gepflegt sah sie normalerweise nicht aus. Ihr gefiel diese Frau mit dem herzförmigen Gesicht und den vollen Lippen, deren Augen vor Aufregung auf den kommenden Abend funkelten.

Gertrud trug Puder auf und umrahmte ihre Augen mit Kajal. Dann trug sie ihren neuen zartrosa Lippenstift auf.

Anna betrachtete sie kritisch. »Großartig schaust du aus. Nur der Lippenstift passt nicht. Zu diesem Kleid brauchst du etwas Auffälligeres.«

Gertrud musste ihrer Freundin recht geben. »Ich habe keinen anderen«, sagte sie kleinlaut.

»Warte.« Anna kramte in ihrer Handtasche. »Ich habe einmal der Versuchung nachgegeben und mir einen gekauft. Aber Hubert meint, rote Lippen haben immer so etwas Halbseidenes an sich und passen nicht zu einer anständigen Lehrersfrau, daher habe ich ihn nur ein einziges Mal benutzt. Probier den.«

Sie gab Gertrud ihren Lippenstift in einer Schiebehülse aus Metall. Gertrud sah überrascht den dunklen Beerenton. So eine auffällige Farbe hätte sie sich selbst nie gekauft. Sie wischte ihren Lippenstift ab und trug den von Anna auf. Ihre vollen Lippen glänzten in Himbeermarmeladenrot und gaben ihr etwas Sinnliches und Verführerisches. Sie lächelte ihrem Spiegelbild unsicher zu. Die Frau darin schien ihr fremd.

»Wenn man dich so sieht, würde man nie glauben, dass du vor ein paar Jahren noch ein einfaches Bauernmädchen warst.«

Das stimmte. In diesem Kleid wirkte sie wie eine elegante Frau, die es gewohnt war, das Beste zu bekommen. Sie lächelte Anna an. »Danke, dass du mir geholfen hast.«

Anna erwiderte ihr Lächeln, doch Gertrud meinte Traurigkeit in ihren Augen zu erkennen. Für einen Moment entstand ein peinliches Schweigen, dann verabschiedete Anna sich eilig.

»Ich muss los. Carl Josef wacht sicher jeden Moment auf. Viel Spaß! Ich komme nächste Woche wieder vorbei, dann musst du mir alles erzählen«, rief sie im Hinausgehen und war schon verschwunden.

Gertrud blieb auf dem Stuhl vor dem Kosmetikspiegel sitzen und betrachtete sich versonnen. Wer hätte je geahnt, dass sie, Gertrud Riegel, geborene Vianden, Bauerntochter aus Dottendorf, eines Tages in eleganter Robe zu einem richtigen Ball gehen würde?

Die Schlafzimmertür öffnete sich, und Hans trat ein. Sie stand auf. Nie würde sie den Blick vergessen, mit dem er sie betrachtete. Überraschung, fast ehrfürchtiges Staunen und tiefe Liebe konnte sie in seinen Augen lesen.

»Du bist wunderschön.« Seine Stimme klang belegt.

Sie drehte sich einmal und lachte laut auf vor reiner Freude über seine Bewunderung.

Er zog sie an sich und wollte sie küssen, doch sie stoppte ihn. »Erst nach dem Fest, mein lieber Mann«, sagte sie mit erhobenem Zeigefinger. »Sonst verwischt mein Lippenstift.«

****

Gertrud fühlte sich wie eine Märchenprinzessin, als sie mit dem Auto vor der Redoute vorfuhren, einem Palais aus dem achtzehnten Jahrhundert, das heute für Bälle genutzt wurde. Die Zufahrt zu dem kurfürstlichen Gebäude im klassizistischen Stil war hell mit Fackeln erleuchtet. Da sie noch immer kein Privatfahrzeug hatten, weil Hans am liebsten jeden verdienten Pfennig in die

Firma steckte, reihte sich der HARIBO-Lieferwagen unter die eleganten Limousinen. Als ihr ein Bediensteter, ohne mit der Wimper zu zucken, die Tür der uneleganten Blechliesel aufhielt, musste Gertrud nervös kichern.

»Du verdienst, dass man dich wie eine Königin behandelt«, flüsterte ihr Hans, der ihre Unsicherheit bemerkt hatte, ins Ohr.

Sie lächelte ihn dankbar an. Auch Hans sah aus, als würde er in diese feinen Kreise gehören. Sogar am Steuer eines Lieferwagens gab er in seinem schwarzen Frack mit der weißen Weste und der Fliege eine eindrucksvolle Gestalt ab.

Als sie an seinem Arm die Stufen zu den drei Glastüren hinaufstieg, die hoch wie zwei Etagen waren, konnte sie sich nicht sattsehen an den Damen in feinen Kleidern in Begleitung distinguierter Herren. Wieder musste sie den Impuls unterdrücken, hysterisch zu kichern. Wenn die wüssten, dass sie noch vor wenigen Jahren Ställe ausgemistet hatte!

Das Dinner fand im Beethovensaal statt. Mit großen Augen bewunderte sie die reich verzierten Stuckornamente, die leuchtend blaue Decke und den schwarz-weißen Mosaik-Marmorboden. Unter großen Kristallleuchtern waren runde Tische mit feinstem weißem Damast und schwerem Silberbesteck eingedeckt. Ein livrierter Kellner führte sie zu ihrem Platz, an dem Stühle für sechs weitere Personen standen.

Das Abendessen verlief vergnüglich. Hans hätte aufmerksamer nicht sein können. Links neben ihr saß ein älterer Herr aus der Stadtverwaltung, der ihr reizende Komplimente machte und ihr ausschweifend erzählte, wie viele Hürden es zu überwinden gegolten hatte, damit Godesberg ab dem neuen Jahr den Titel »Bad« im Namen führen durfte.

Nach dem Abendessen spielte eine Tanzkapelle im Gartensaal, von dem an einer geschwungenen Wand sieben Flügeltüren den Blick auf die halbrunde, beleuchtete Terrasse freigaben. Es war ein bezaubernder Anblick. Die Herren im Frack oder im Smoking, die Damen in extravaganten Kleidern. Überall glitzerte und schimmerte es – Strasssteine, Glasperlen, Gagat oder in Stoffe eingearbeitete Gold- und Silberfäden. Boas waren elegant über schmale Schultern drapiert, schicke Kurzhaarfrisuren wurden mit Stirnbändern gehalten, die mit Straußenfedern herausgeputzt waren. Andere Frisuren verschwanden unter engen Pailletten-Cloches. Nachdem Gertrud sich wegen ihrer gewagten Rocklänge gesorgt hatte, wurde sie nun eines Besseren belehrt: Manche Kleider endeten tatsächlich schon kurz unter dem Knie. In diesem Saal schien es, als hätte es den Krieg, die Streiks, die Einschränkungen und Engpässe der letzten Jahre nie gegeben.

Als sie mit Hans einen Foxtrott tanzte, machte er sie immer wieder auf Bekannte aus der Geschäftswelt und auf Lokalgrößen aufmerksam. Dort drüben war der Bürgermeister von Godesberg, dahinten die berühmte Opernsängerin Mizi Oppenheimer, hier gegenüber der Besitzer einer Schokoladenmanufaktur. Gertrud hörte ihm zu und lächelte still in sich hinein. Sie wusste, was es für Hans bedeutete, heute eingeladen worden zu sein. Sie hatte es an dem glücklichen Funkeln in seinen Augen gesehen, nachdem er das cremefarbene Kuvert geöffnet und das Billett mit der Einladung gelesen hatte. Es hatte ihn sein Leben lang immer wieder verletzt, dass er aufgrund seiner Herkunft von Leuten wie August Heinen oder Eduard Meier nicht ernst genommen worden war. Nun war er angekommen. Er war dort, wo er seines Erachtens schon lange hingehörte. Unter seinesgleichen. Unter Leuten, die es zu etwas gebracht hatten. Dass er es aufgrund seiner Leidenschaft und seines Fleißes geschafft hatte – ohne einen ererbten Vorteil –, war unerheblich. Wichtig war, dass er endlich die gesellschaftliche Anerkennung fand, auf die er so lange gewartet hatte.

Plötzlich hörte er mitten im Satz auf zu sprechen und sah sie durchdringend an. Sie erschauerte unter seinem Blick.

»Was bin ich bloß für ein Idiot! Ich tanze mit der schönsten Frau im ganzen Saal und rede über irgendwelche alten Fatzkes.«

Sie strahlte ihn an. Er zog sie enger an sich, und sie gaben sich der Musik hin.

Als sie sich schließlich mit erhitzten Wangen setzte, wurde sie von einem Herrn angesprochen, der sich als Professor der Hochschule vorstellte. Sie war besorgt, ob sie mit ihm ein Gesprächsthema finden würde. Doch er erzählte kurzweilig von einer Forschungsreise nach Ägypten. Als er sie zu ihrem Tisch zurückbrachte, tanzte Hans gerade mit Adele Wagner, der Gattin ihres Arztes. Doch sie blieb nicht lange allein – schon forderte sie ein Kaufmann aus Bonn auf.

Die Stunden verflogen mit Tanz, launigen Unterhaltungen und charmanten Komplimenten. Gertrud lernte sogar einige interessante Menschen kennen.

In einer Tanzpause bot sich Hans, der den Abend ebenfalls sichtlich genoss, an, ihnen kühlen Sekt an der Bar zu holen. Sie sah ihm nach, wie er sich einen Weg durch die Leute bahnte und immer wieder angesprochen wurde.

»Darf ich bitten?«

Sie sah erstaunt auf. Vor ihr stand ein hochgewachsener, höchst attraktiver blonder Mann mit vornehmen Zügen und einem markanten Kinn.

»Gerne.«

Der Fremde mit seinen strahlend blauen Augen führte sie sicher zu »Nobody's Sweetheart Now« über den Marmorboden. Sie fand es prickelnd, dass er sich nicht vorgestellt und sie nicht nach ihrem Namen gefragt hatte. Das gab diesem Tanz etwas Gewagtes.

»Mögen Sie Jazz?«

»Ja«, schwindelte sie. Denn eigentlich kannte sie nur die Musik, die die Musikanten beim Scheunentanz spielten, oder Stücke der Kirchenmusik, denn ihre Familie hatte nie ein Grammophon besessen. Aber sie musste zugeben, dass ihr diese beschwingte und trotzdem sehnsüchtige Musik in englischer Sprache gefiel. Vielleicht konnte sie Hans bitten, eines dieser neumodischen Radiogeräte für zu Hause zu kaufen? Er war technischen Neuerungen gegenüber immer aufgeschlossen.

»Sie tanzen wundervoll«, riss die tiefe Stimme ihres Tanzpartners sie aus den Gedanken. Bildete sie sich das nur ein, oder zog er sie näher – zu nah – an sich? »Gefällt es Ihnen hier?«

»Es ist einfach großartig. Die vielen schön gekleideten Menschen, diese eleganten Räume, die herrliche Musik ... Ich fühle mich wie in einem Traum«, platzte sie heraus.

»Ihre Begeisterung ist erfrischend.«

Gertrud fühlte sich auf einmal unsicher. Wahrscheinlich drückte man sich in dieser Gesellschaft verhaltener und gewählter aus.

»Sie sehen bezaubernd aus. Das Grün ihres Kleides unterstreicht ihre natürliche Schönheit. Sie sind eine Dame, die man sich im Wald auf einer geheimen Lichtung vorstellt, wie eine Elfe.«

Das war für Gertruds Geschmack zu dick aufgetragen. Auch hielt er sie tatsächlich zu eng. Sie versuchte, etwas mehr Abstand zwischen sich und ihn zu bringen. Er schien es zu bemerken, denn seine Augen verengten sich für einen Moment.

»Am zweiten Weihnachtsfeiertag habe ich die *Gräfin Mariza* gesehen.« Er schien auf einen Kommentar von ihr zu warten. Wollte er sie damit beeindrucken, dass er adlige Freunde hatte?

»Die Dame kenne ich leider nicht«, sagte sie daher kühl.

Er lachte schallend. »Das ist eine Operette von Emmerich Kálmán.«

Gertrud wurde rot. Die peinliche Pause füllte er dann mit Erzählungen von einem Theaterstück, das er kürzlich besucht hatte. Gertrud gab nur noch einsilbige Antworten, um nichts Falsches zu sagen. Sie hatte die Freude am Tanz verloren. Auf einmal fühlte sie sich wie Aschenputtel nach Mitternacht: Jeder konnte sehen, dass sie nicht hierhergehörte.

Als der Tanz endete, verbeugte er sich formvollendet. »Es war mir ein Vergnügen, Frau Riegel.«

»Sie kennen mich?«, fragte sie erstaunt.

»Ja, ich habe Sie zusammen mit Ihrem Mann ankommen sehen.« Seine Augen funkelten spöttisch. »Im Lieferwagen.« Er zwinkerte ihr vertraulich zu. »Darf ich mich vorstellen?« Er verbeugte sich erneut. »Eduard Meier.«

Gertruds Augen weiteten sich erstaunt, dann wurde sie wütend. Dieser elende Kerl hatte Hans erniedrigt, als dieser noch ein Arbeitsjunge gewesen war. Und seit ihr Mann erfolgreich war, hatte dieser Meier immer wieder versucht, ihnen Steine in den Weg zu legen. Und jetzt hatte er ihr den bis dahin traumhaften Abend verdorben, indem er ihr das Gefühl gegeben hatte, linkisch und ungebildet zu sein. Aber damit würde sie ihn nicht durchkommen lassen.

Sie straffte die Schultern, sah ihm direkt in die Augen und sagte: »Leider kann ich nicht behaupten, dass das Vergnügen ganz meinerseits war. Sie mögen die neuesten Theaterstücke kennen, doch leider muss ich sagen, von allen Herren, mit denen ich heute getanzt habe, war die Konversation mit Ihnen am langweiligsten, und ihre Komplimente waren die plumpsten.«

Sie war zufrieden, dass ihre Stimme beherrscht und gleichgültig klang. Dann drehte sie sich auf dem Absatz um und ging stolzen Schrittes – als wäre ihr Stirnband eine Krone – hinüber, wo Hans mit zwei Sektgläsern wartete. Sie konnte förmlich spüren, wie die Blicke von Eduard Meier Löcher in ihren Rücken brannten.

»Ein Tänzchen mit dem Meier?«, fragte Hans und zog eine Augenbraue hoch.

»So ein Idiot!«, sagte Gertrud voller Inbrunst.

Hans lachte. »Da hast du recht. Aber von dem lassen wir uns den Abend nicht verderben.«

Gertrud nickte, grinste ihren Mann an, trank durstig einen Schluck vom Sekt und nahm sich vor, jede weitere Sekunde dieses unvergesslichen Abends zu genießen und zu tanzen, was das Zeug hielt.

Später traten alle auf die Terrasse, um das Feuerwerk über dem Park mit den jahrhundertealten Bäumen zu bewundern. Sie schmiegte sich in der kalten Winternacht fest an ihren Mann. Als der letzte Schlag der Kirchturmuhr verklungen war, küsste er sie zart auf den Mund und flüsterte ihr ins Ohr: »Auf ein gutes 1926, liebste Gertrud.«

Sie lächelte ihn an. »Möge es uns Glück bringen.«

Er beugte sich noch näher zu ihr. Sein Gesicht war beleuchtet von den farbigen Lichtern der Feuerwerkskörper. »Du bist die schönste Frau heute Abend. Wollen wir bald nach Hause gehen?«

Vorfreude erfüllte sie, und sie versank für einen Moment in seinem direkten Blick. Dann nahm sie seine Hand, und sie verließen unauffällig das Fest.

32. Kapitel

KESSENICH, NOVEMBER 1926

»Musst du morgen unbedingt wieder auf die Jagd, Hans? Kannst du nicht einmal am Sonntag zu Hause bleiben? Du bist dann morgen den ganzen Tag unterwegs. Du hast doch gesagt, du gehst mit Hänschen und Anita Oma und Opa in Friesdorf besuchen. Ich wollte die Lohntüten fertig machen und einen Kuchen backen, weil Anna und Lenchen morgen Nachmittag zu uns kommen.« Gertrud konnte sich nicht mehr zurückhalten. Sie schäumte vor Wut und rührte aufgebracht in dem großen Topf, der in der Küche auf dem Herd stand und in dem sie gerade die Windeln auskochte.

Seit am 28. September ihr drittes Kind, Paulchen, geboren worden war, hatte sie zwei Wickelkinder. Zwar setzte sie Anita untertags immer wieder auf das Töpfchen, und die Kleine hatte schon verstanden, was zu tun war. Aber nachts brauchte sie noch eine Windel. Schließlich war sie noch keine zwei Jahre alt.

Gertrud hatte das Gefühl, dass Hans seit Paulchens Geburt kaum mehr zu Hause war. Er war entweder in der Fabrik, geschäftlich unterwegs oder auf der Jagd. Seit ihn der Architekt Bissinger einmal in sein Jagdrevier zum Morgenansitz mitgenommen hatte, war ihr Mann vom Jagdfieber wie besessen. Am liebsten hätte er jede freie Minute im Wald verbracht. Sie selbst versuchte, die Kinder, den Haushalt und die Buchhaltung unter einen Hut zu bekommen, so gut es ging. Zwar hatten sie Hermine Sander eingestellt, die sie bei der alltäglichen Büroarbeit unterstützte, doch die wöchentlichen Lohntüten, das Kassenbuch, den Monatsabschluss und die private Buchhaltung wollte sie nicht aus der Hand geben. Zum einen, um den Überblick nicht zu verlieren, und zum anderen wollten Hans und sie nicht einer fremden Person zu viel Einblick in ihre Geschäftszahlen gewähren. Sie waren sich einig gewesen, dass Gertrud sich weiter darum kümmern sollte. Je mehr Leute wussten, wie viel Gewinn ihre aufstrebende Firma mittlerweile abwarf, desto größer wurden der mögliche Kreis von Neidern und die Gefahr, dass interne Informationen an Konkurrenten weitergegeben werden würden. Hans fürchtete nach wie vor, dass sein Erzfeind Eduard ihm wieder schaden wollte, und schirmte deshalb Rezepte und Zahlen penibel vor fremden Augen ab. Er vertraute nur Gertrud. Manches ließ er nicht einmal seinen Bruder Paul wissen.

»Ach Gertrud, wann soll ich denn sonst auf die Jagd gehen, wenn nicht am Sonntag? Die nächste Woche ist jeder Tag randvoll mit Terminen. Siebert ist am Montag und Dienstag in der Stadt, am Mittwoch habe ich ein Geschäftsessen mit einem Rohstofflieferanten, und Donnerstag und Freitag treffe ich mich mit zwei potenziellen neuen Kunden aus Hamburg. Ich arbeite für uns, damit es dir und den Kindern gut geht. Aber hin und wieder muss ich mal was für mich machen. Hinaus in die Natur mit meinen Freunden. Den Kopf frei bekommen. Du triffst dich doch auch mit Anna und Lenchen.«

Hans trat einen Schritt auf sie zu und wollte sie küssen. Sie drehte den Kopf weg, sodass sein Kuss ins Leere ging, und schob zugleich seine Arme zur Seite.

»Nur, dass ich meine beiden Freundinnen seit September

nicht mehr gesehen habe und nicht jeden Sonntag weg bin«, fauchte sie aufgebracht.

»Was zeterst du jetzt so herum?«, fragte er verärgert. Er atmete tief durch und schlug in ruhigerem Ton vor: »Ich will nicht mit dir streiten. Ist dir geholfen, wenn ich heute Nacht im Wohnzimmer auf dem Kanapee schlafe? Dann hörst du es nicht, wenn ich frühmorgens aufstehe.«

»Nein, das nützt mir nichts. Du verstehst mich nicht! Oder willst du mich nicht verstehen? Kannst du mir sagen, wie ich morgen mit den drei Kindern die Lohntüten für nächste Woche herrichten soll? Den Monatsabschluss für den Oktober habe ich auch noch nicht. Hänschen und Anita streiten sich ständig, und ich kann sie nicht aus den Augen lassen. Untertags komme ich dann nicht dazu. Erst wenn die beiden Großen im Bett sind, bleibt mir ein wenig Zeit. Aber dann fordert Paulchen meistens meine Aufmerksamkeit.«

Sie hatte es sich angewöhnt, die Umschläge frühzeitig vorzubereiten, am liebsten eine Woche vorher, sodass sie am Samstag, wenn ausgezahlt wurde, nur noch wenige Korrekturen vornehmen musste. Änderungen gab es dann nur, falls einer der Arbeiter krank geworden war, überraschend kündigte oder zusätzliche Stunden arbeitete. Mit drei Kindern war ihr Leben nicht mehr planbar, und alles, was sie im Büro zu erledigen hatte, wurde aufgeschoben, sobald der Nachwuchs sie brauchte.

Sie schüttete den Topf mit dem heißen Wasser im Spülbecken aus.

»Dafür esse ich am Sonntagmittag auswärts, und du brauchst keinen Braten zu machen. Da sparst du dir doch enorm viel Zeit.«

»Das würdest du auch, wenn du deine Eltern besuchst, und da könntest du sogar die Kinder mitnehmen.«

»Nein. Ende der Diskussion«, sagte Hans in striktem Ton. »Ich habe mit Bissinger und Doktor Wagner ausgemacht, dass wir uns morgen um vier Uhr dreißig bei Bissinger treffen und ich die beiden abhole. Das halte ich ein.«

»Dann geh doch.« Wütend packte sie die dampfenden Windeln in einen Korb, warf die Wäscheklammern hörbar hinein und drängte sich an ihm vorbei. Sie würdigte ihren Mann keines weiteren Blickes.

Gertrud schluckte, und Tränen des Zorns rannen ihr die Wangen hinunter, während sie die Windeln zum Trocknen aufhängte. Immer richtete sich alles nur nach Hans. Wenn der feine Herr auf die Jagd wollte, dann ging er. Sie konnte schauen, wie sie zu Hause zurechtkam. Die viele Arbeit in der Wohnung machte ihr nichts aus, und die schaffte sie auch mit den drei Kleinen. Problematisch waren nur die Buchhaltung und andere Dinge, bei denen sie sich konzentrieren musste. Solange die Kinder wach waren, konnte sie nicht ruhig am Esstisch sitzen und rechnen. Ständig schrie eines, oder sie stritten, und sie musste aufstehen und ihre Arbeit unterbrechen. Ein paarmal war es ihr in letzter Zeit passiert, dass sie falsche Zahlen ins Kassenbuch eingetragen hatte und der Tagesabschluss nicht passte, was doppelter Aufwand war.

Kurz nach Paulchens Geburt war sie einmal nicht rechtzeitig dazugekommen, die Lohntüten für die Arbeiter fertig zu machen, weil Hänschen tagelang Fieber gehabt hatte und sie die Nächte bei ihm am Bett gesessen hatte. Zu Hans' Unmut konnte deshalb ein Teil der Löhne erst am Montagmorgen ausgezahlt werden statt wie üblich am Samstag. Die einen Arbeiter hatten Verständnis gezeigt, andere vermuteten Zahlungsschwierigkeiten. Das hatte Hans gar nicht gepasst, weil er immer um seinen Ruf in der Branche besorgt war. Er wollte keinesfalls, dass es hieß, bei HARIBO komme der Lohn zu spät. Auch ihr war es peinlich gewesen. Schließlich hatten ihre Arbeiter und deren Familien selbst Verpflichtungen. Deshalb stellte sie die Tüten jetzt schon früher fertig, um nicht mehr in so eine prekäre Situation zu geraten.

Sie wischte sich die Tränen mit dem Handrücken ab. Dann ging sie zurück in die Küche, um für Hänschen und Anita Griesbrei zum Abendessen zu kochen.

»Ich habe schnell ein Brot gegessen. Ich brauche nichts mehr. Ich bin noch mal drüben«, sagte Hans kurz angebunden und verschwand.

Gertrud brachte die Kinder zu Bett, holte die Bürosachen hervor und setzte sich dann an den Küchentisch. Mit ihrer akkuraten Schrift schrieb sie bis spätnachts Namen, Auszahlungstage und Beträge auf die Lohntüten, steckte das Geld hinein und verschloss sie.

Kurz vor Mitternacht wickelte und stillte sie Paulchen und fiel danach todmüde ins Bett. Hans war noch immer nicht da. Doch sie bereute den Streit nicht. Ihre Mutter hätte sie zwar ermahnt, dass man einen Konflikt nie über Nacht beibehielt, aber darüber konnte sie nicht mehr nachdenken, denn sie schlief gleich ein.

Als Paulchen gegen drei Uhr erneut gestillt werden wollte, war die Bettseite neben ihr immer noch leer.

****

»Kommt rein. Schön, dass ihr da seid«, begrüßte Gertrud ihre Freundinnen Lenchen und Anna.

»Ich bin so neugierig auf den kleinen Paul. Jetzt ist er schon sechs Wochen alt, und wir haben ihn noch nicht zu Gesicht bekommen.« Anna umarmte Gertrud.

»Wir nennen ihn übrigens Paulchen, damit wir ihn nicht mit seinem Taufpaten verwechseln.«

Anna nickte, und ihre Tochter Liesel, mittlerweile fast vier Jahre alt, trat auf Gertrud zu. Sie hatte langes blondes Haar und die gleichen ausdrucksvollen blauen Augen wie ihre Mutter. Im Gegensatz zu ihrem eineinhalbjährigen Bruder Carl Josef, der sich scheu hinter Annas Rock versteckte, ging sie selbstbewusst einige Schritte auf Gertrud zu, streckte ihre Hand aus und sagte: »Guten Tag, Frau Riegel.« Dabei deutete sie einen Knicks an.

»Guten Tach, Liesel«, antwortete Gertrud.

»Schön gemacht, Liesel«, lobte Anna ihre Tochter für die gelungene Begrüßung.

»Jetzt mach Platz, Anna. Ich will Gertrud auch mal drücken.« Lenchen umarmte Gertrud herzlich.

Ihr kleiner Sohn Gerhard lief wortlos an den beiden Frauen vorbei und ging zu Hänschen, der mit Bauklötzen auf dem Boden saß und einen Turm baute.

»Gut siehst du aus. Dein Schwangerschaftsbauch ist nicht zu übersehen.«, sagte Gertrud, glücklich für ihre Freundin Lene.

»Allmählich traue ich mich auch, mich auf das Kind zu freuen. Die beiden Abgänge waren immer am Ende des dritten. Aber diesmal ist der fünfte Monat rum, und das Kleine turnt regelrecht in meinem Bauch.«

»Das freut mich so für dich.«

»Es war wirklich eine schwierige Zeit.« Lenchens Züge verdunkelten sich bei der Erinnerung. »Nach der zweiten Fehlgeburt hat sich Helmut von mir zurückgezogen. Gerade in dieser Phase hätte ich mir gewünscht, dass er mehr für mich da gewesen wäre. Stattdessen hat er sich in die Arbeit gestürzt. Mich hat es getroffen, dass er sich lieber um die Probleme der Gemeindemitglieder gekümmert hat als um mich. Irgendwann habe ich mit ihm darüber gesprochen. Danach habe ich verstanden, dass er genauso traurig war wie ich, doch er konnte nicht anders damit umgehen. Als ich jetzt wieder schwanger war, haben wir uns regelrecht verboten, uns darauf zu freuen, weil es die beiden Male so unendlich wehtat, das Kind zu verlieren.«

Gertrud schluckte, und Anna griff nach Lenchens Hand.

»Ach Lenchen …«

»Das muss wirklich schlimm gewesen sein.«

»Aber diesmal klappt es«, sagte Lenchen bestimmt und stand auf. »Jetzt lasst uns zum neuen Erdenbürger hinübergehen.«

Die drei Frauen schauten in den Stubenwagen, der im Wohnzimmer stand. Paulchen war im Vergleich zu Hänschen ein zierliches Kind.

»Der lächelt jetzt schon so charmant wie sein Vater«, schmunzelte Lenchen.

»Er ist ein zufriedener Säugling, zumindest wenn er satt und frisch gewickelt ist. Manchmal habe ich ein schlechtes Gewissen, weil ich das Gefühl habe, dass er im Gegensatz zu seinen temperamentvollen Geschwistern zu kurz kommt.«

»Ein hübsches Kerlchen, und schon so viele dunkle Haare.«

»Wir haben Paulchen natürlich auch was mitgebracht.« Lenchen kramte in ihrer Handtasche und zog ein kleines Päckchen mit roter Schleife heraus.

»Danke. Aber das wäre doch nicht nötig gewesen«, sagte Gertrud aufrichtig gerührt. »Lasst uns zum Kaffeetisch hinübergehen und die Zeit nutzen, solange alle noch friedlich miteinander spielen.«

Gertrud packte das Geschenk aus. Eine hellblaue Mütze und die dazu passenden Söckchen. »Die können wir gut gebrauchen. Die letzten Tage ist es kalt geworden. Der Winter kommt mit großen Schritten.«

»Ich habe das Mützchen gestrickt und Anna die Söckchen.«

»Danke! Zum Stricken komme ich gar nicht mehr, und die Mützen vom Hänschen rutschen ihm immer ins Gesicht.« Gertrud schnitt den Apfelkuchen an, gab jeder ein Stück und schenkte Kaffee ein.

»Du klingst niedergeschlagen. Ist alles in Ordnung?«, fragte Lenchen nach.

Sie hatte schon immer feine Antennen dafür, wie es ihrem Gegenüber gerade ging. Gertrud dachte, dass bei ihrer Freundin diese Gabe noch ausgeprägter geworden war, seit sie ihren Mann bei dessen Aufgaben als Küster unterstützte. Vor Lenchen ließ sich nichts verbergen.

Sie rang mit sich. Sie hatte das Bedürfnis, sich alles von der Seele zu reden, was sie in der letzten Zeit so an ihrem Mann ärgerte. Ihre Mutter würde das nicht verstehen und ihr die Kritik als Verrat gegenüber Hans auslegen. Sie hätte niemals über zu viel Arbeit gejammert oder sich beschwert, wenn der Vater hin und wieder zu lange im Gasthaus gewesen war und zu tief ins Glas geschaut hatte.

Aber mit wem konnte sie sprechen, wenn nicht mit ihren Freundinnen? Hans, ihr engster Vertrauter, schien sie in letzter Zeit zu übersehen und verstand ihre Lage nicht.

»Die drei, der Haushalt und die Buchhaltung nehmen mich voll in Beschlag«, sagte sie zunächst zögerlich, doch nachdem der Anfang gemacht war, sprudelte es nur so aus ihr heraus. Sie fiel ins Bönnsch, die Sprache ihrer gemeinsamen Kindheit. »Hinzu kommt, dass Hans seit Paulchens Geburt kaum mehr daheim ist. Er ist ständig bei Geschäftsterminen oder auf der Jagd. Heute war er den ganzen Tag nicht zu Hause. Er versteht nicht, dass ich die Buchhaltung nicht zwischendurch machen kann. Neulich war Hänschen ein paar Tage krank, und ich habe die Lohntüten nicht rechtzeitig fertig bekommen. Da war er stinksauer.«

»Wir drei haben, glaube ich, alle gute Männer geheiratet. Und trotzdem ist es normal, dass es in der Ehe bessere und schlechtere Zeiten gibt«, sagte Lenchen verständnisvoll.

Gertrud seufzte. »Ich habe Hans gestern gebeten, nicht auf die Jagd zu gehen. Aber er hat es trotzdem getan. Ich verstehe, dass er mal eine Pause von der Fabrik braucht, doch meine Arbeit muss auch fertig werden, und abends bin ich immer so müde, dass ich mich oft nicht gut konzentrieren kann.«

»Gibt es nicht zwischendurch Gelegenheit, einiges zu erledigen?«, fragte Anna.

»Das ist schwierig. Natürlich habe ich immer wieder ein halbes Stündchen, aber ich kann die Unterlagen nicht auf dem Esstisch liegen lassen. Kürzlich bin ich nur kurz zur Tür gegangen, und den Moment hat Anita genutzt, mir die ganze Seite im Kassenbuch zu verkritzeln.«

»Ich verstehe«, sagte Lenchen. »Du bräuchtest etwas, wo du die Kinder beaufsichtigen, gleichzeitig arbeiten und vor allem abschließen kannst. Hast du nicht noch irgendwo Platz hier in der Wohnung?«

Gertrud überlegte. »Vielleicht wäre das eine Lösung. Dann müsste ich zumindest nicht ständig alles wegräumen und die Dinge sortieren. Warum bin ich da nicht schon vorher draufgekommen? Neben der Küche haben wir einen Abstellraum. Die Sachen, die darin sind, könnte ich woanders aufbewahren. Hans könnte mir einen Riegel an die Tür machen, sodass die Kinder nicht an die Geschäftspapiere rankommen.« In Gertruds Stimme mischte sich Zuversicht. »Lenchen, du hast recht: Reden hilft. Und wenn die Männer nicht mit uns sprechen, dann wenigstens wir Freundinnen.«

»Wenn wir schon dabei sind, bei mir läuft auch nicht immer alles gut«, warf Anna ein und nahm einen Schluck Kaffee.

Gertrud schaute sie überrascht an. Nie hätte sie vermutet, dass auch Anna Probleme mit Hubert hatte. Normalerweise schilderte sie ihren Mann und ihr Eheleben in den höchsten Tönen.

»Seit meine Schwiegermutter nach Bonn gezogen ist und nur einige Minuten entfernt wohnt, sitzt sie ständig bei uns rum und lässt sich von mir bedienen. Ich habe noch nie einen so schlecht gelaunten Menschen kennengelernt. Deshalb habe ich mir gedacht, ich könnte arbeiten. Ich habe ja immer schon gerne geschneidert, und Frau Kelch hat mich gefragt, ob ich mir vorstellen könnte, bei ihr mitzuarbeiten. Sie wird allmählich alt und ist nicht mehr so schnell.«

»Deine Schwiegermutter könnte dann doch nach den Kindern schauen. Das wären zwei Fliegen mit einer Klappe. Eigentlich sogar drei. Ihr hättet mehr Geld zur Verfügung, Huberts Mutter hätte eine Aufgabe, und ihr würdet nicht ständig aufeinandersitzen.«

»So habe ich mir das auch gedacht, Lenchen. Ich habe Frau Kelch schon zugesagt. Aber Hubert hat es kategorisch verboten. Egal, was ich dazu gesagt habe, er meinte nur, eine Lehrersfrau bräuchte nicht zu arbeiten, das gehöre sich nicht. Er versteht nicht, dass mir das Schneidern Spaß macht. Frau Kelch war sehr verständnisvoll, als ich abgesagt habe. Sie bot mir an, mir ab und zu Ausbesserungsarbeiten mitzugeben, die ich erledigen kann, wenn keiner daheim ist. Hubert und seine Mutter wissen nichts davon.«

Gertrud schmunzelte. »Du hast immer schon durchgesetzt, was du wolltest. Ich finde das klasse, Anna.«

»Na ja, ›durchgesetzt‹ ist das falsche Wort. Ich mache es heimlich und habe ein schlechtes Gewissen dabei. Wenn er rausfindet, dass ich ihn hintergehe, dann gnade mir Gott … Das wird er mir nie verzeihen.«

»O Anna, das ist nicht gut. Versuch doch noch mal, in Ruhe mit ihm zu reden«, mahnte Lenchen.

»Das habe ich – glaub mir.«

»Hmm, vielleicht solltest du deine Schwiegermutter auf deine Seite ziehen. Nicht zu offensichtlich natürlich. Sondern mit dem Kompliment, dass sie die perfekte Oma sei und sich so ab und zu um ihre Enkel kümmern könnte.«

Anna wollte gerade etwas erwidern, als Liesel mit energischem Gesichtsausdruck zu ihrer Mutter kam. »Gerhard und Hänschen lassen Anita und mich nicht mitspielen.«

»Hänschen, lass die Mädels doch mit den Bauklötzen spielen«, rief Gertrud ihrem Sohn zu.

»Nein. Die werfen jedes Mal absichtlich unseren Turm um.«

»Das stimmt gar nicht«, erwiderte Liesel.

»Hänschen, sei nett zu den Mädchen.«

Hänschen verzog das Gesicht und stampfte wütend mit dem Fuß auf. Dann warf er den Turm selbst um und räumte die Klötze in die Spielkiste. »Dann spielt eben gar keiner damit.«

»Hänschen, so geht das nicht!«, schimpfte Gertrud mit dem Kleinen.

Er verschränkte die Arme vor sich und setzte sich auf den Deckel der Holzkiste, damit niemand sie öffnen konnte.

»Steh sofort auf und lass unseren Besuch mitspielen.« Gertrud wollte ihn gerade hochziehen, als sie Liesels Stimme hinter sich hörte.

»Frau Riegel, Anita und ich spielen mit dem Puppenhaus. Hänschen kann die Bauklötze behalten.«

Gertrud war das Verhalten ihres Sohnes peinlich. Aber sie wusste, dass sich ihr Erstgeborener nicht ohne großes Drama umstimmen lassen würde, und nahm den Vorschlag von Annas Tochter dankend an.

»Das ist eine gute Idee, Liesel. Du bist ein kluges Kind. Entschuldigt, aber er hat gerade eine Trotzphase. Ständig versucht er, seinen Kopf durchzusetzen«, wandte sie sich an ihre Freundinnen und setzte sich wieder zu ihnen.

»Auch wenn du wenig Zeit für die Kleinen hast, musst du so einem Verhalten Einhalt gebieten, sonst tanzen sie dir später auf der Nase herum. Teilen ist eine wichtige Eigenschaft, die Kinder früh lernen müssen«, sagte Anna belehrend.

Die Bemerkung ihrer Freundin traf Gertrud. Ihr Nachwuchs und deren Erziehung standen bei ihr immer an erster Stelle. Anna hatte mit Liesel unheimliches Glück, dachte sie. Die Kleine war von Auftreten und Ausdrucksweise wie eine Erwachsene. Doch das war nicht allein der guten Kinderstube geschuldet, sondern dem Charakter des Mädchens zuzuschreiben. Ihr Sohn trotzte nun mal und war ein richtiger Rabauke. Aber Gertrud war dieses Verhalten, wenn es auch anstrengender war, lieber als ein Kind, das naseweis war. Gertrud überlegte, was sie zu Anna sagen konnte, um ihren Sohn zu verteidigen, ohne dabei einen Streit vom Zaun zu brechen.

»Hänschen hat einen starken Willen. Das kann er später als Chef einer Fabrik einmal gut gebrauchen«, beschwichtigte Lenchen und kam Gertruds Antwort zuvor.

»Hoffentlich hast du recht damit«, sagte Anna zweifelnd.

Gertrud biss sich auf die Zunge und beschloss, es dabei bewenden zu lassen.

Die offene Stimmung zwischen den Freundinnen hatte sich gedreht, und sie unterhielten sich nur noch über Belangloses.

33. Kapitel

KESSENICH, JUNI 1929

Gertrud saß in dem kleinen Arbeitszimmer, das sie sich damals – auf Anraten ihrer Freundinnen – in einem Abstellraum neben der Küche schlicht, aber zweckmäßig eingerichtet hatte. Es gab einen dunklen Holzschreibtisch aus Eiche, einen breiten Stuhl mit geschwungenen Armlehnen und grüner Lederpolsterung, außerdem raumhohe Regale, die mit Mappen und Ordnern gefüllt waren. Von ihrem Arbeitsplatz aus konnte sie in den kleinen Garten neben der Halle blicken, wo es einige Gemüsebeete und eine kleine Rasenfläche gab. Am Zaun entlang wuchsen Sträucher mit Himbeeren, Brombeeren und Stachelbeeren und ein Kirschbaum. Sie freute sich schon auf die erste Kirschernte. Gertrud hatte dieselbe Sorte pflanzen lassen, die auch auf dem Bauernhof ihrer Eltern in Dottendorf wuchs. Im nächsten Sommer müsste es so weit sein, dachte sie mit Vorfreude. Sie hatte Kirschen seit jeher geliebt.

Manchmal, wenn sie hinüber auf das geschäftige Treiben bei der Halle schaute – immer wurde irgendetwas ein- oder ausgeladen, oder Arbeiter eilten zielstrebig hin und her –, wurde sie wehmütig. Seit der Geburt von Paulchen ging sie kaum mehr in die Fabrik. Natürlich, sie wurde jetzt zu Hause gebraucht, aber oft dachte sie fast sehnsüchtig an die Zeit vom Grönstall, wo sie lange Stunden Seite an Seite mit ihrem Mann gearbeitet hatte. Nun leitete Hans die Fabrik allein, die seine ganze Aufmerksamkeit beanspruchte, und die gemeinsame Zeit war auf den Abend beschränkt – wenn er denn kein Geschäftsessen hatte. Er gab ihr monatlich ein großzügiges Budget für den Haushalt, den sie geschäftsmäßig führte, um den Überblick zu behalten. In ihren Büchern notierte sie die Ausgaben akribisch, und ihr Ziel war es, mit dem vorhandenen Geld auszukommen. Natürlich hätte ihr Mann ihr jederzeit einen zusätzlichen Betrag hinzugegeben, wenn etwas Unvorhergesehenes kam. Doch Gertrud lag jegliche Art von Verschwendung fern. Im Gegenteil, sie versuchte, jeden Monat zu sparen, um nicht um weiteres Geld bitten zu müssen. Außerdem war sie der Meinung, dass jede Reichsmark, die ihr Mann in die Fabrik investieren konnte, dort besser angelegt war.

Sie horchte auf, als sie Hans' tiefes Gemurmel im Garten vernahm. Seine angenehm klingende Stimme, die ihr bereits bei ihrem ersten Zusammentreffen an ihm aufgefallen war, liebte sie immer noch. Er hatte ihr den Rücken zugewandt, der durch die harte körperliche Arbeit, die er seit Kindertagen hatte leisten müssen, breit und kräftig war. Wie immer trug er seinen grauen Dreireiher und ein weißes Hemd. Mit wem unterhielt er sich denn da? Normalerweise war ihr Mann um diese Zeit in seinem Büro oder in der Produktion. War etwas passiert? Ging es ihm nicht gut?

Gertrud erhob sich beunruhigt von ihrem Sitzplatz, um besser sehen zu können. Sie erkannte, dass Hans mit ihrem Ältesten sprach. Obwohl ihr Mann aufgrund seiner Schwerhörigkeit immer ein bisschen zu laut redete, verstand sie nicht, worum es ging. Sie vernahm nur den ruhigen Tonfall, mit dem er auf den Jungen einredete. Es hatte nichts von einer entspannten Unterhaltung, sondern klang nach einer wortreichen Erklärung.

Hänschen blickte dabei beschämt zu Boden. Wahrscheinlich hatte dieser Lausbub wieder etwas ausgefressen. In dieser Hinsicht war ihr Junior mehr als erfinderisch.

Sie atmete tief durch, klappte ihr Haushaltsbuch zu und ging nach draußen. Schließlich fiel die Kindererziehung in ihren Aufgabenbereich.

»Was macht ihr zwei denn da im Garten?«, fragte sie, als sie hinaus auf die Terrasse trat.

Erschrocken blickte Hänschen auf und versteckte etwas hinter seinem Rücken. Gertrud nahm Zigarrenrauch wahr.

»Hast du etwa geraucht?«, wollte sie von ihrem Buben wissen und zog seinen Arm hinter dem Rücken hervor. Der Sechsjährige hatte eine dicke braune Zigarre von *Rinn & Cloos* in der Hand, die noch glomm.

Entsetzt schüttelte sie den Kopf. »Hast du ihm die gegeben, Hans?«

»Nein, natürlich nicht. Ich habe ihn hier im Garten damit erwischt.«

»Dann hast du die aus Vaters Zigarrenkiste auf dem Schreibtisch geklaut? Na warte, Bürschchen, dafür wirst du mir eine Woche in der Küche helfen, den Abwasch zu machen, und nicht mit den anderen draußen spielen.«

»Aber Abspülen ist doch Mädchenkram«, maulte ihr Sohn.

»Keine Widerrede«, sagte Gertrud streng.

Der Kleine fügte sich in sein Schicksal, weil er genau wusste: Wenn seine Mutter eine Bestrafung aussprach, wurde diese nicht mehr zurückgenommen.

»Wenn Mutter das so möchte, wirst du in der Küche helfen. Aber was uns zwei betrifft, haben wir schon beschlossen, die Situation wie richtige Männer zu handhaben.«

Gertrud traute ihren Ohren nicht. Hans mischte sich normalerweise nie in die Erziehung der Kinder ein. »Das heißt?«, fragte sie mit hochgezogener Augenbraue und schaute ihren Gatten dabei direkt an.

»Wir beide gehen jetzt gemeinsam rein und rauchen die Zigarre fertig. Wie zwei richtige Männer.«

Hans nahm den Buben an der Schulter und schob ihn an seiner Mutter vorbei.

Gertrud hielt ihn zurück. »Das ist doch nicht dein Ernst. Er ist sechs.«

»Glaub mir, das wird ihm eine Lehre sein, die er sein Leben lang nicht vergisst.«

»Mag ja sein, aber ich kann mich dann die ganze Nacht um den Buben kümmern, wenn es ihm recht schlecht geht. Lass das bitte sein.«

Der Kleine stand groß aufgerichtet und mit hoch erhobenem Kopf an der Terrassentür und wartete ungeduldig auf seinen Vater. Sein stolzer Gesichtsausdruck ließ Gertrud, die innerlich vor Wut über diesen Unsinn kochte, trotzdem schmunzeln.

»Vati, kommst du jetzt?«, fragte er, und der quengelnde Ton in seiner Kinderstimme wollte nicht recht zu der stolzen und vermeintlich männlichen Haltung passen, die er angenommen hatte.

»Setz dich hierhin«, hörte Gertrud ihren Mann sagen.

Die beiden nahmen in den dunkelbraunen breiten Ledersesseln Platz, die einander im Wohnzimmer gegenüberstanden. Es nützte nichts. Wenn Hans seinem Sohn eine Lehre erteilen wollte, dann machte er das auch. Was er sich in den Kopf setzte, wurde durchgezogen.

Sie beobachtete, wie er die Zigarre seines Sohnes wieder anzündete und kräftig daran zog, bis sie ordentlich glomm. Dann gab er sie Hänschen zurück und steckte sich selbst eine an.

Mit einer betont lässigen Handbewegung führte der Junge den Stumpen zum Mund und nahm einen kurzen Zug. Er hustete, doch sobald sein Atem sich beruhigt hatte, nahm er erneut einen Zug. Der Sechsjährige saß mit übereinandergeschlagenen Beinen im Sessel und hatte seine Arme auf den Lehnen abgelegt. Angestrengt bemühte er sich, exakt die gleiche Haltung und denselben Gesichtsausdruck anzunehmen wie sein Vater. Allerdings baumelten seine Beine in der Luft, und die Zigarre wirkte in seiner Hand riesig. Trotzdem hätte man fast meinen können, es säßen sich zwei honorige Politiker oder Wirtschaftskapitäne gegenüber, die über fundamentale Dinge sprachen.

Griesgrämig lief Gertrud immer wieder an den beiden vorbei und machte keinen Hehl daraus, dass sie das Ganze nicht guthieß.

Nach einer Weile wurde das Gesicht des Jungen blass. Hoffentlich spuckte er ihr nicht gleich hier ins Wohnzimmer. Sie verschwand in der Küche und holte vorsichtshalber einen Eimer, damit der Holzboden nichts abbekam.

»Sie schmeckt dir doch?«, hörte sie Hans fragen.

Der Junge nickte zögernd, brachte aber kein Wort heraus. Er sah aus, als würde ihm der Eintopf von heute Mittag bereits bis zum Halse stehen.

»Nimm noch einen Zug, mein Bub«, forderte Hans seinen Sohn auf.

Der Kleine zögerte, wollte aber seinen Vater nicht enttäuschen. Außerdem würde ihr Junior nicht allzu schnell zugeben, dass er doch nur ein Kind war und ihm von der Zigarre schlecht wurde. Gertrud verfluchte die beiden Dickköpfe. An Sturheit stand ihr Sohn ihrem Mann in nichts nach.

Wie sie befürchtet hatte, überwand sich der Bub und nahm einen weiteren Zug, obwohl es ihm schon sichtlich übel war.

Innerhalb weniger Sekunden wechselte seine Gesichtsfarbe von blass auf kreidebleich.

»Weißt du, mein Junge, wenn man etwas beginnt, sollte man es auch zu Ende führen und nicht mittendrin aufhören.«

Gertrud sah, wie sich ihr Sohn bemühte, den Worten des Vaters Folge zu leisten. »Jetzt ist es genug. Schau, er ist ja schon ganz käsig«, schimpfte sie vorwurfsvoll.

Doch bis sie sich's versah, hopste der Knirps auf einmal vom Sessel herunter, ließ die Zigarre fallen und presste sich die Hand vor den Mund. Gut, dass sie den Eimer schon parat hatte. Sie hielt ihn ihrem Sohn hin, und er übergab sich geräuschvoll.

Hans hob seelenruhig den Stumpen auf und drückte ihn im Aschenbecher aus. »Das Thema ist erledigt. Würde mich wundern, wenn er es so schnell wieder probiert.«

»Aber ich kann mich jetzt wegen deiner Schnapsidee um den Buben kümmern. Der Arme ist immer noch weiß wie die Wand. Als hätte ich nichts anderes zu tun«, schleuderte Gertrud ihm aufgebracht entgegen. Sie hatte den Jungen auf ihren Schoß gehoben und hielt ihm erneut den Eimer hin.

Ihr Mann ging schweigend zurück in sein Büro, ohne auf ihre Vorwürfe einzugehen.

Gertrud trug den Kleinen in sein Zimmer. Er spuckte sich noch stundenlang die Seele aus dem Leib. Erst spätnachts schlief er erschöpft ein.

Todmüde leerte Gertrud den Kübel aus und brachte die schmutzige Bettwäsche in den Waschraum, bevor sie selbst schlafen ging.

34. Kapitel

KESSENICH, MAI BIS DEZEMBER 1930

Eilig ging Hans von der Wohnung über den Hof zur neuen Halle. Genießerisch zog er den Geruch von Lakritze ein, der immer über der Fabrik – und über halb Kessenich – hing. Für ihn war es der beste Duft der Welt. Als er am Fabriktor einige Männer sah, von denen einer ein Schild hochhob mit der Beschriftung »Ich suche Arbeit jeder Art«, senkte er den Blick. Wann immer möglich, stellte er einen oder mehrere von ihnen als Tagelöhner ein, aber momentan produzierte HARIBO weniger, weil Rohstoffe fehlten. Daher konnte er beim besten Willen keine zusätzlichen Arbeiter gebrauchen. Er verspürte jedes Mal Mitleid mit den armen Teufeln vor seinem Fabriktor. An der Jacke des einen konnte er ablesen, dass dieser Mann früher ein anderes Leben geführt hatte, ordentliches Geld verdient hatte und nicht auf Almosen angewiesen gewesen war.

Seit dem 25. Oktober letzten Jahres hatte der spürbare Aufschwung der letzten Jahre ein jähes Ende genommen. Am »Black Friday« war der Zusammenbruch des amerikanischen Finanzmarktes auf das Deutsche Reich hinübergeschwappt. Die Wirtschaftskrise in den USA hatte hierzulande, wo die Hälfte aller Investitionen aus Amerika kamen, tiefe Wunden gerissen. Deutsche Banken, durch viele Kredite abhängig von amerikanischem

Kapital, konnten kein Geld mehr verleihen, und unzählige Firmen gingen aufgrund mangelnder Finanzierung pleite. Andere entließen Angestellte, sodass die Arbeitslosigkeit in den letzten Monaten auf über fünfzehn Prozent gestiegen war.

Zu Hause in Friesdorf und Dottendorf war die Krise ebenfalls angekommen. Dort litten die Bauern unter den drastisch gefallenen Preisen für landwirtschaftliche Produkte. Familien, die sich nach dem Krieg und der Hyperinflation mühsam wieder aufgerappelt hatten, versanken erneut in Not.

Hans hatte zum Glück bisher niemanden entlassen müssen, denn die Auftragsbücher waren voll. Manchmal dachte er, dass die Menschen umso mehr Süßes in ihrem Leben brauchten, je turbulenter und aufreibender die Zeiten waren – jedenfalls solange sie es sich noch irgendwie leisten konnten. Er selbst durfte nicht jammern. Es war ihm gelungen, mehrere Grundstücke aufzukaufen, die an sein Fabrikgelände angrenzten. Zudem war genug Geld für einen weiteren Anbau und für eine Dampfkesselanlage – Pauls ganzer Stolz – übrig geblieben. Auch Gertrud und seiner Familie konnte Hans nun etwas bieten: Sie hatten ein Privatauto mit Chauffeur und eine Haushaltshilfe. Es erfüllte ihn mit Freude, dass seine Frau die schweren Arbeiten nicht mehr selbst ausführen musste, wie früher ihre Mütter. Täglich ging ihr eine fröhliche, tatkräftige Frau namens Berta zu Hand.

Hans wusste, dass Gertrud die Mitarbeit in der Firma vermisste, doch mit drei kleinen Kindern war nicht daran zu denken. Sie tat sich ohnehin schon schwer, die Buchhaltung nebenher zu bewältigen, und die Kinder brauchten ihre Mutter. Nie würde er dulden, dass sein Nachwuchs von Kindermädchen aufgezogen würde, wie es bei manchen Bekannten der Fall war.

Er ging in sein Büro. Seit dem letzten Erweiterungsanbau von 1929 nannte er einen großen, holzgetäfelten Raum und ein Vorzimmer für seine fähige Sekretärin Fräulein Bösch sein Eigen. Täglich löste es ein Hochgefühl in ihm aus, wenn er mit freundlichem Gruß an seiner Vorzimmerdame vorbeiging, sich an seinen schweren Eichenschreibtisch setzte und aus dem großen Fenster auf die Hallen hinübersah. Wie hatte er sich damals von August Heinen eingeschüchtert gefühlt von diesen Insignien des Erfolgs! Wie klein war er sich vorgekommen in seinem einzigen Anzug! Nun war er selbst der Chef. Er wusste, dass ihn immer noch einige Leute der besseren Gesellschaft als Parvenü betrachteten. Doch solange sein Unternehmen wuchs und wuchs, würde er Einladungen zu den richtigen und wichtigen Veranstaltungen erhalten.

Es klopfte an der Tür, und Fräulein Bösch steckte ihren wohlfrisierten Kopf herein. »Herr Hansen ist jetzt da.«

»Bringen Sie Kaffee und einen Sortimentsteller.«

Es wurde ein angenehmes Gespräch. Der hochgewachsene blonde Mann aus Kopenhagen, der sein Büro betrat, entsprach genau der Vorstellung, die sich Hans von einem Dänen machte. Hansen sprach ausgezeichnet Deutsch, kannte die HARIBO-Produkte schon und wollte sie nach Dänemark importieren und dort vertreiben. Er bestellte Anis- und Mentholpastillen sowie verschiedene Süßigkeiten aus Schaumgummi. Nur an Lakritze war er nicht interessiert, da sie sich zu sehr von der in den nordischen Ländern beliebten Salzlakritze unterschied.

Einzig die Preise waren noch zu vereinbaren. Doch da erwies sich der Däne als ebenbürtiger Verhandlungspartner. Es dauerte über eine Stunde, bis sie sich einig wurden und beide das Gefühl hatten, ein gutes Geschäft gemacht zu haben.

Als sie den Vertragsabschluss mit einem Gläschen Sherry begossen – Kirschschnaps trank Hans nur noch mit Freunden –, kam Paul, ohne zu klopfen, ins Büro gestürmt.

»Wenn das so weitergeht, steht morgen die Produktion,

weil …« Als er den großen Mann entdeckte, hielt er mitten im Satz inne. »Oh, du hast Besuch. Ich komme später noch einmal.«

Hans nickte, war aber beunruhigt. Seinen normalerweise gelassenen Bruder so aufgeregt zu sehen, bedeutete nichts Gutes.

Hansen hob fragend die Augenbrauen.

»Keine Sorge, wir werden pünktlich liefern«, beeilte sich Hans zu versichern. Hoffentlich versprach er nichts, was er nicht halten konnte.

Kurz darauf verabschiedete sich sein Gast. Als er schon an der Tür war, fiel Hans etwas ein. »Könnten Sie mir Muster von Ihrer Salzlakritze schicken? Damit ich sehe, wo es hapert?«

Der Däne lachte. »Sie wollen doch nicht versuchen, uns Skandinaviern unsere eigenen Spezialitäten zu verkaufen?«

Hans grinste. »Probieren werde ich es auf alle Fälle.«

»*Held og lykke* – viel Glück damit. Ich bin sehr gespannt.«

Kaum hatte sein nordischer Besuch das Büro verlassen, machte Hans sich auf die Suche nach seinem Bruder.

Paul stand mit Friedrich Küppers, dem Ersten Meister des Werks, zusammen. Sie waren ins Gespräch vertieft.

»Was gab es denn vorhin so Wichtiges?«, fragte Hans ohne lange Einleitung.

»Die Fabrik in Leipzig, die uns Ananas- und Mandarinen-Essenzen liefert, gibt es nicht mehr. Gummi arabicum aus dem Senegal wird momentan nicht mehr eingeschifft, weil die Reederei insolvent gegangen ist. Das Gummi arabicum aus Argentinien ist gut, aber teurer. Süßholz ist gerade auch schwer zu bekommen, und Eduard Meier hat uns ein Kontingent vor der Nase weggekauft. Der muss jemanden bestochen haben, denn eigentlich war schon alles in trockenen Tüchern.«

»Verdammter Mist.« Hans spürte Wut in sich aufkochen. »Wie voll sind die Lager? Wie lange können wir noch produzieren?«

An Pauls Miene konnte Hans ablesen, dass ihn dessen Antwort nicht glücklich machen würde. Seit sie über hundertfünfzig Mitarbeiter hatten, hatte Hans seinen Bruder, schon lange seine rechte Hand, zum Betriebsleiter ernannt. Paul leitete die Produktion mit seiner ruhigen Freundlichkeit erfolgreich. Durch sein großes technisches Interesse sorgte er dafür, dass HARIBO in Neuerungen investierte. Wenn er sich etwas in den Kopf setzte und überzeugt vom Nutzen für die Firma war, war er nicht zu bremsen. Ein ganzes Jahr lang hatte er auf Hans eingeredet, ihn Abend für Abend mit Berechnung und Datenblättern heimgesucht, bis Hans dem Kauf der Dampfmaschine zugestimmt hatte.

»Gummi arabicum reicht nur noch für diese Woche. Allerdings haben wir einen ziemlich hohen Lagerbestand an Teufelchen und Drops, sodass der Vertrieb bis Ende des Monats gesichert sein müsste. Aber danach ...« Paul zuckte mit den Schultern.

»Das darf doch nicht wahr sein«, explodierte Hans. »Wir haben Aufträge, wir könnten verkaufen – und bekommen die Rohstoffe nicht her. Verdammt noch mal.«

Anna Maria Henseler, die eine Produktionslinie der Lakritze innehatte, trat zu ihnen. »Entschuldigen Sie, dass ich mich einmische, aber ich habe gehört ...« Sie brach ab, als sich die drei Männer ihr mit finsterer Miene zuwandten.

»Ja?«, fragte Hans unwirsch, aber bereit zuzuhören.

Er hielt große Stücke auf die schlanke blonde Vierzigjährige, die sich von einer Hilfsarbeiterin zur Vorarbeiterin hochgearbeitet hatte – unbeeindruckt von männlichen Kollegen, die sie nicht ernst nahmen. Sie hatte es schon des Öfteren gewagt, ihm und Paul Paroli zu bieten. Ohne je laut zu werden, hatte sie eine Umstrukturierung ihrer Linie eingefordert. Als sie ihr endlich das Einverständnis gegeben hatten, war die Produktionsmenge deutlich erhöht worden, und alle anderen Lakritzlinien arbeiteten inzwischen nach dem »System Henseler«.

»In Wuppertal ist eine Süßwarenfabrik insolvent gegangen. Wenn wir schnell sind, könnten wir deren Rohstoffbestände aufkaufen.«

»Woher wissen Sie das?«, fragte Meister Küppers misstrauisch.

»Meine Nichte hat dort gearbeitet. Sie hat gestern ihre Kündigung erhalten.«

»Handelt es sich um Oderbusch?«, fragte Hans, der die Konkurrenz im Umkreis von ein paar hundert Kilometern kannte.

»Ganz genau.«

»Die produzieren ebenfalls Lakritze, Süßholz müssten sie also noch haben. Bei Gummi arabicum bin ich mir nicht so sicher«, sagte Hans nachdenklich.

»Wir müssen aber schnell sein«, warnte Meister Küppers. »Sonst kommt uns der Meier wieder dazwischen.«

Normalerweise erinnerte Hans der Meister mit den roten Wangen, dem weißen Bart und dem runden Bauch an einen Weihnachtsmann. Doch in diesem Moment bebten die Backen des loyalen Mannes vor Zorn. »Und diesem Mistkerl gönne ich kein Gramm Zucker.«

Hans musste lächeln. »Da stimme ich hundertprozentig mit Ihnen überein. Wir haben einen kleinen Vorteil, weil wir die Information auf inoffiziellem Weg« – er nickte Frau Henseler zu – »erhalten haben. Aber sobald die Nachricht von der Insolvenz die Vereinigung deutscher Zuckerwaren- und Schokoladenfabrikanten erreicht, wo Meier genau wie ich im Vorstand sitzt, werden sich alle auf die Vorräte von Oderbusch stürzen wie die Geier.« Entschlossen fügte er hinzu: »Ich werde ihnen sofort ein Angebot unterbreiten, dass sie nicht ausschlagen können.«

»Über dem Marktpreis?«, fragte Paul.

»Wenn es sein muss. Besser, als wenn die Produktion stillsteht.« Er sah seine Mitarbeiter ernst an. »Aber auch wenn wir die ganzen Lagerbestände von Oderbusch erwerben können, löst das das Problem mit den Rohstoffen nur kurzfristig. Wir brauchen neue Lieferanten.«

»Wir haben meist nur einen Lieferanten für ein bestimmtes Produkt. Soll das so bleiben?«, fragte Frau Henseler.

Hans dachte nach. »Das war bisher sinnvoll, weil wir dann bessere Preise und höhere Mengenrabatte bekommen haben. So ist der Einkauf günstiger geworden. Aber das ist jetzt zu riskant.«

Paul nickte. »Wir brauchen mehrere Lieferanten, sodass kein Engpass entsteht, wenn einer wegfällt. Mindestens zwei pro Produkt.«

»Machen wir drei. Sicher ist sicher. Vielleicht sollten wir uns auch im Ausland umsehen«, sagte Hans entschieden.

»Ist sicher nicht leicht mit dem derzeitigen Protektionismus. Jedes Land will sich in der Krise vor ausländischer Konkurrenz schützen«, gab Paul zu bedenken.

»Mal schauen, was geht. Heute war ein Däne da. Da ist schon was machbar«, sagte Hans zuversichtlich. »Aber jetzt kümmere ich mich sofort um Oderbusch. Das ist das Vordringlichste.«

Er nickte seinen Angestellten zu und ging zurück ins Büro – wesentlich optimistischer, als er zuvor dort weggegangen war. Sobald Hans etwas tun konnte, hatte er das Gefühl, Probleme unter Kontrolle zu haben. Hilflos fühlte er sich nur, wenn die Lösung nicht in seiner eigenen Hand lag und er auf den guten Willen anderer Menschen angewiesen war.

35. Kapitel

KESSENICH, 4. DEZEMBER 1930

Hans schloss müde die Tür zur Wohnung auf. Die Vorweihnachtszeit war anstrengend. Doch er war zufrieden. Sie hatten immer produzieren können, weil ausreichend Rohstoffe zur Verfügung standen: Metalldosen für die Weichgummis aus Schmalkalden und Erfurt, Essenzen aus Rostock und Merseburg, Gummi arabicum aus dem Senegal und Argentinien und das Süßholz aus dem Iran und der Türkei.

Als er die Küche betrat, stand Gertrud am Herd, und er konnte riechen, dass sie schon mit der Weihnachtsbäckerei angefangen hatte. Es war seltsam: Obwohl er den ganzen Tag von Süßigkeiten umgeben war, liebte er auch den Plätzchenduft.

»Was hast du denn Gutes gebacken?«

Gertrud drehte sich zu ihm um. »Spekulatius zum Ausstechen. Das macht den Kindern am meisten Spaß.«

»Wie schön«, sagte Hans und setzte sich an den Küchentisch.

»Na ja, schön ist etwas anderes. Hänschen wollte die beiden anderen herumkommandieren, Anita hat das nicht gefallen.«

Hans schmunzelte. Das konnte er sich lebhaft vorstellen. Hänschen war inzwischen sieben und gab gerne den Ton an. Die Nachbarskinder führte er mit eiserner Hand – auch Jungen, die zwei oder drei Jahre älter waren als er. Nachgeben war seine

Sache nicht. Es verging keine Woche, in der er nicht mit blauen Flecken von einer Prügelei nach Hause kam. Anita hingegen, eine kleine, aber sehr bestimmte junge Dame, die am Christtag ihren sechsten Geburtstag feiern würde, war es gewohnt, ihren Willen mit Charme durchzusetzen. Daher kam es zwischen seinen beiden Ältesten immer wieder zu heftigem Streit. Paulchen, inzwischen vier, war der Ruhigste der drei. Wann immer es lautstarke Auseinandersetzungen bei seinen Geschwistern gab, zog er sich zurück oder kuschelte sich an seine Mutter. Hans sorgte sich manchmal, ob der Bub zu weich sei.

»Oje, klingt nicht nach Vorweihnachtsfrieden.«

»Eher nicht. Wie lief es in der Firma?«

»Ausgezeichnet. Wir haben heute den Auftrag aus Nürnberg bekommen. Dieser Pödel war ein harter Brocken. Aber jetzt ist der Vertrag über Spinnlakritze, Veilchenpastillen und Teufelchen unter Dach und Fach.«

»Habt ihr genügend Rohstoffe?«

»Das müsste klappen. Stell dir vor, wir haben jetzt sogar einen Lieferanten in England gefunden, der uns Lemon Squash liefert. Trotz der Zölle und Transportkosten günstiger als der Anbieter aus Hannover.«

»Das freut mich«, sagte Gertrud ohne rechte Begeisterung.

»Was ist denn los?«

Er betrachtete sie genauer. Sie sah müde aus. Ihre dunklen Haare hatte sie einfach zusammengebunden. Eine dicke Strähne fiel ihr ins Gesicht, die sie lustlos zur Seite wischte.

»Manchmal komme ich mir richtig schlecht vor, weil es bei uns aufwärts und aufwärts geht, während es den Menschen rund um uns immer schlechter geht.«

»Wem geht es denn schlecht?«, fragte er überrascht. Sie waren am Vorabend bei Siebert eingeladen gewesen, und die Anwesenden hatten alle einen zufriedenen Eindruck gemacht, als sie bei Portwein und Zigarren über ihre Geschäfte gesprochen hatten.

»Ich war heute bei meiner Mutter. Anna ist gerade auf Besuch bei ihren Eltern. Ich habe sie auch kurz getroffen. Die Regierung hat mit einer neuen Notverordnung die Gehälter im öffentlichen Dienst gesenkt. Zusammen mit den vielen Steuererhöhungen bleibt ihnen nur wenig. Ich glaube, Anna ist auch gekommen, um Lebensmittel vom Hof mitzunehmen. Sie kann mir fast nicht mehr in die Augen schauen. Außerdem ist Hubert nach Bergheim versetzt worden. Alle seine Schüler sind jetzt aus den Braunkohlesiedlungen. Das hätten sich die beiden bestimmt anders vorgestellt. Auch Wilhelm beklagt sich. Er hat nach der Hofübernahme viel Geld in die Hand genommen und einen Traktor gekauft. Erst war auch alles gut, dank der neuen Düngemittel und der Technik konnte er die Ernte steigern. Doch im letzten Jahr sind die Preise so gefallen, dass es nicht mehr reicht.«

»Das tut mir leid. Ich kann gerne …«

»Hans, nein«, unterbrach Gertrud ihn scharf. »Es gäbe für meinen Bruder nichts Erniedrigenderes, als von dir Geld anzunehmen.«

Betroffen schwieg Hans. Er wusste, dass sie recht hatte. Letztes Jahr hatte er seinen eigenen Eltern unter die Arme greifen wollen, um ihnen einen sorgenfreien Lebensabend ohne körperliche Arbeit zu ermöglichen. Nie hatte er seinen Vater so wütend gemacht wie mit diesem Angebot. Nicht damals, als er nicht in die Maurerlehre wollte, nicht, als er den Hof endgültig abgelehnt hatte. Es hatte Monate gedauert, bis sich ihr Verhältnis wieder normalisiert hatte.

»Hast ja recht«, lenkte er daher gleich ein und wechselte schnell das Thema. »Weißt du, was ich heute in der Firma erfahren habe? Paul hat eine Freundin. Sie heißt Wilhelmine und ist die Tochter von Schmitz aus der Verpackung. Zu mir hat er nie was gesagt, der Gauner. Ich habe es über den Flurfunk erfahren.«

»Das freut mich. Höchste Zeit. Wäre schade, wenn er Junggeselle bleiben würde.« Gertrud schenkte ihm das erste echte Lächeln des Abends. »Essen ist fertig«, sagte sie und stellte den Topf auf den Tisch. Es gab Möhreneintopf mit Kassler.

»Nächste Woche bin ich zwei oder drei Abende nicht daheim.« Gertrud hob fragend den Blick. »Siebert hat mich zur Wildschweinjagd eingeladen. Wir wollen nach der Dämmerung ansitzen.«

Gertrud nickte, aber der Blick, den sie ihm zuwarf, sprach Bände. Sie war nicht sonderlich begeistert von seinen Männerabenden.

Einerseits konnte er sie verstehen – die Kinder waren anstrengend, und ihre gemeinsame Zeit war knapp, da es immer so viel in der Fabrik zu tun gab. Andererseits tat ihm die Jagd gut. Sobald er es sich leisten konnte, würde er sich ein eigenes Jagdrevier pachten. Er hatte ständig Druck und Stress. Täglich waren schwierige Entscheidungen zu treffen, da standen ihm wohl zwischendurch ein paar Abende zu, in denen er Ruhe fand.

Nach dem Essen setzte Hans sich mit der Zeitung ins Wohnzimmer. Im Hintergrund spielte das Radio eine heitere Klaviersuite von Händel. Letztes Jahr hatte er sich von Gertrud überzeugen lassen und auf dem Reichspostamt eine Genehmigung für ein Radiogerät beantragt. Er zahlte monatlich zwei Reichsmark Gebühr dafür.

Es war eine friedliche Idylle: Er konnte Gertrud aus der Küche die Melodie mitsummen hören, Paulchen baute etwas mit seinen Bauklötzen, Hänschen stellte seine Zinnfiguren für eine große

Schlacht auf, und Anna tanzte graziös zur Musik. Gertrud und er scherzten manchmal, dass ihre Tochter schon getanzt hätte, bevor sie laufen gelernt hatte. Wann immer sie Musik hörte, begann sie sich dazu zu drehen. Es machte Hans Freude, seine Tochter zu beobachten, die sich völlig der Musik hingab und instinktiv zu wissen schien, wie sie sich bewegen musste. Daher hatte er auch zugestimmt, dass sie in den teuren Ballettunterricht in Bonn gehen durfte. Seine Frau war rigoros dagegen gewesen. »Leute wie wir gehen nicht zum Ballettunterricht. Das ist doch affig«, hatte sie gesagt. Doch es fiel ihm schwer, Anita einen Wunsch abzuschlagen. Außerdem war er überzeugt, dass sie nicht mehr »Leute wie wir« waren. Sie waren aufgestiegen. Wenn seine Tochter ins Ballett wollte, gab es nichts und niemanden, das ihn davon abhalten konnte, sie dort anzumelden.

Er sah wieder hinunter auf die Zeitung und las, dass der Regierungspräsident aufgrund der Schuldenlast, der vielen Firmenbankrotte und der hohen Arbeitslosenzahl sämtliche Karnevalsveranstaltungen für das nächste Jahr abgesagt hatte. Hans konnte die Entscheidung verstehen: Große Teile der Bevölkerung litten Not. Politisch war das Land zerrissen. Bei der letzten Reichstagswahl im September hatten die extrem linken und die extrem rechten Parteien starken Zulauf erfahren, weil viele Menschen der Politik die Schuld an ihrer wirtschaftlichen Misere gaben. Die NSDAP unter Hitler hatte es auf 18,3 Prozent gebracht, und die kommunistische Partei auf 13,1. Es war wirklich nicht die richtige Zeit, um zu feiern. Er selbst, als echter Rheinländer, mochte den Karneval natürlich. Seit fast zehn Jahren verschenkte er großzügig Kamellen an verschiedene Vereine, damit sie sie von den Wagen in die Zuschauermenge werfen konnten. Das tat er nicht nur, weil es eine gute Werbung für ihn war, sondern auch, weil er großen Spaß daran fand.

Er warf einen Blick auf Anita. Wenn es ihm schon leidtat, auf die närrische Zeit zu verzichten, für seine Tochter wäre es ein Drama. Letztes Jahr hatte sie bei einer Kindertanzgruppe mitmachen dürfen. Es war der unbestrittene Höhepunkt ihres bisherigen Lebens gewesen. Er erinnerte sich noch gut, mit wie viel Stolz sie das Röckchen mit der weißen Strumpfhose getragen hatte. Sollte er es ihr erst später sagen? Oder lieber gleich, damit sie nicht umsonst Vorfreude auf etwas hatte, das nicht stattfinden würde? Er entschied sich für gleich. Er selbst hatte schlechte Nachrichten auch am liebsten schnell und schnörkellos. Dann wusste man wenigstens, woran man war.

»Anita, komm mal einen Moment zu mir.«

Sie schloss mit einer eleganten Pirouette, die ihre honigbraunen Zöpfe zum Fliegen brachte, ihren Tanz ab, kam leichtfüßig herüber und setzte sich neben ihn. Er legte seinen Arm um sie.

»In der Zeitung haben sie geschrieben, dass nächstes Jahr in Bonn keine Karnevalsveranstaltungen stattfinden werden«, kam er direkt zur Sache.

Sie schaute ihn aus großen braunen Augen an. »Kein Karnevalsumzug?«

»Leider nein.«

Ihre Augen füllten sich mit Tränen. »Keine Kinderkostümfeste.«

»Auch nicht.«

»Wer hat den Karneval kaputtgemacht?«, fragte sie mit bebender Stimme. Wenn sie nicht so traurig ausgesehen hätte, hätte er lachen müssen.

»Zurzeit geht es vielen Menschen schlecht. Deswegen sollten die anderen nicht feiern«, erklärte er ihr.

»Dumme Menschen!«, sie stampfte mit dem Fuß auf und rannte aus dem Zimmer – nicht ohne dabei mit einem unauffälligen Seitenhieb Hänschens mühselig aufgebaute Zinnschlachtreihen umzuwerfen.

Hänschen stieß einen Wutschrei aus, sprang auf und lief seiner Schwester nach. Aus dem Flur erklangen zorniges Schreien und bitterliches Weinen. Paulchen sah erschrocken auf und rannte in die Küche zu seiner Mutter.

Hans seufzte und ging in den Flur.

Sein Ältester riss Anita gerade an den Haaren, die herzzerreißend schluchzte.

»Lass sofort deine Schwester los«, sagte Hans scharf.

»Sie hat meine Soldaten mit Absicht umgeworfen«, schimpfte Hänschen empört, ließ aber los. Anita warf ihm einen triumphierenden Blick zu und schmiegte sich an ihren Vater.

»Das mag sein, aber ein Junge darf niemals grob zu einem Mädchen sein.«

»Immer, immer, immer hilfst du ihr!«, brüllte Hans, doch seine Stimme bebte, als wäre auch er kurz vorm Weinen. Er warf seinem Vater noch einen bösen Blick zu und lief dann in sein Zimmer, wo er die Tür mit einem lauten Knall zuschmetterte.

Gertrud trat mit Paulchen auf dem Arm in den Flur. Sie sah ihre Tochter an. »Hast du seine Zinnfiguren absichtlich umgeworfen?«

Anita zuckte mit den Schultern und sah trotzig zu Boden.

»Du musst strenger mit ihr sein«, sagte Gertrud zu ihrem Mann.

Am liebsten hätte er wie seine Tochter nur unverbindlich mit den Schultern gezuckt, doch unter dem direkten Blick seiner Frau nickte er vorsichtshalber. War es ein Wunder, dass er zwischendurch die Ruhe der Jagd – ohne Familie – brauchte, fragte er sich mürrisch.

36. Kapitel

KESSENICH, MÄRZ 1933

Gertrud und Hans saßen auf der Terrasse mit Blick auf die hinteren Hallen. Ein Schreiner hatte ihnen einen großen Tisch mit Eckbank angefertigt. Gertrud hatte dafür grüne Polsterkissen machen lassen, sodass die Riegels, wenn schönes Wetter war, oft draußen aßen. Letzten Sommer hatten sie manchen lauen Abend dort mit einem Glas Wein verbracht und interessante Gespräche geführt. Die Fabrik lag in der Nacht still und nur zu erahnen im Hintergrund. Gertrud hatte diese Momente im Winter vermisst. Draußen zu sitzen in der frischen Luft, die Grillen zirpen zu hören und dabei den Blick in den dunklen Nachthimmel mit den unzähligen Sternen zu richten, hatte ihren Unterhaltungen etwas Inniges gegeben, das ihnen sonst im Alltag mehr und mehr abhandenkam.

Heute war der erste warme Frühlingstag, und sie hatten beschlossen, ihre obligatorische Tasse Kaffee nach dem Mittagessen draußen in der Sonne zu trinken. Die Kinder waren mit Hausaufgaben beschäftigt oder spielten mit den anderen Kindern der Bergstraße. Ihre Nachbarn waren allesamt Arbeiter in der Fabrik, und ihre Kinder und die der anderen Familien bildeten eine eingeschworene Gemeinschaft, was sich noch vertieft hatte, als Paul letzten Sommer seine Wilhelmine geheiratet hatte. Sie hatten ein rauschendes Fest mit fast allen Angestellten gefeiert.

»Ich bin immer noch überrascht, dass die NSDAP bei den gestrigen Kommunalwahlen in Bonn 34,5 Prozent bekommen hat. So stark hätte ich sie nicht eingeschätzt«, sagte Gertrud kopfschüttelnd und blickte dabei auf die Titelseite des Bonner *General-Anzeigers*.

»Damit haben sie ihre Stimmen seit den Wahlen im letzten Herbst verdoppelt.« Hans machte eine kurze Pause, bevor er fortfuhr: »Obwohl, erstaunt bin ich eigentlich nicht über das starke Ergebnis. Wenn bei den Jagdgesellschaften oder mit Geschäftspartnern abends diskutiert wird, merkt man schon, dass sehr viele mit Hitler sympathisieren. Der Mann setzt sich durch. Das bewundern die Menschen. Als die NSDAP bei den Wahlen im letzten Juli stärkste Partei des Deutschen Reiches wurde, hat er ab der zweiten Sitzung darauf gepocht, Kanzler zu werden.«

»Ja, leider. Für meinen Geschmack war es viel zu früh, dass im Januar Reichspräsident Hindenburg dem Schleicher das Vertrauen entzogen und Hitler zum Kanzler gemacht hat«, sagte Gertrud ernst.

Hans nickte. »Das hat die Menschen aber beeindruckt. Die Leute sehen, dass er ein Macher ist und obendrein ein guter Rhetoriker, dem es gelingt, die Massen von seinen Ideen zu überzeugen. Manchmal habe ich das Gefühl, dass auf einmal jeder dabei sein will, um dazuzugehören. Sogar Architekt Bissinger trägt sich mit dem Gedanken, in die Partei einzutreten. Mich schreckt diese Euphorie eher ab.«

»Mir passt es auch nicht, mit welchen Mitteln sie sich durchsetzen. Ich habe Frau Vogel beim Einkaufen getroffen, da hat sie mir erzählt, dass sie ihren Mann, einen leidenschaftlichen Sozialdemokraten, zu Hause unter fadenscheinigen Gründen vor den Wahlen verhaftet haben. Das widerstrebt mir. Die politischen Gegner einzuschüchtern und aus dem Weg zu räumen, geht überhaupt nicht.«

»Hitler übt auf viele eine Faszination aus. Für sie ist er ein Heilsbringer in schwieriger Zeit. Ich glaube eher, sie unterschätzen ihn. Er ist ein Machtmensch und setzt Gewalt als Mittel ein – und das, obwohl er selbst im Krieg gedient hat. Man möchte meinen, wir Soldaten haben dort genug Leid erlebt, sodass es für zwei Leben reicht. Übrigens: Obwohl die NSDAP im Stadtrat von Bonn gestern nicht die Mehrheit erreicht hat, weht jetzt die Hakenkreuzfahne auf dem Rathaus, und unser Oberbürgermeister wurde beurlaubt. Ludwig Rickert hat heute die kommissarische Leitung der Stadtverwaltung in Bonn übernommen.«

»Das ist doch der Lehrer, der Kreisleiter für Bonn-Land ist und immer wieder Artikel für den *Westdeutschen Beobachter* schreibt?«, fragte Gertrud nach.

»Genau der. Der wird ziemlich sicher der neue Oberbürgermeister. Die Wahl durch den Stadtrat ist für Juni angesetzt. Ich bin gespannt, wie es sich mit einer braunen Verwaltung zusammenarbeiten lässt. Aber deshalb in die Partei eintreten, wie Bissinger, will ich keinesfalls. Siebert meint auch, wir halten uns politisch am besten aus allem raus. Mir ist nur wichtig, HARIBO voranzubringen. Für anderes bleibt eh keine Zeit.«

»Damit sind wir bis jetzt gut gefahren, und außer unseren Baugenehmigungen haben wir mit der Stadt momentan eh nichts zu tun.« Gertrud schluckte und fasste sich ein Herz. »Hans, da gibt es übrigens noch etwas Privates, worüber ich unbedingt mit dir reden muss.«

Sie hatte sich schon einige Tage darum herumgedrückt, aber sie musste das Problem mit ihrem Mann besprechen, und gerade schien ein guter Moment zu sein. Sie wusste, dass die Problematik sensibel war und es ihren Gatten in Rage bringen würde.

»Hänschen hatte vorige Woche einen Brief vom Direktor der Schule dabei. Ich hatte vor ein paar Tagen ein unerfreuliches Gespräch mit ihm.«

»Was? Warum hast du mir nicht erzählt, dass du dort hinmusst?«

»Ich wollte erst mal hören, worum es geht, und dich nicht vorab damit belasten. Du hast mit der Fabrik genug um die Ohren.« Die Kindererziehung lag in ihrem Aufgabenbereich, aber in letzter Zeit hatte es zwischen ihnen öfter Dispute wegen Hänschens Verhalten gegeben.

Er war schon von klein auf ein sturer Kerl gewesen, der stets versuchte, seinen eigenen Kopf durchzusetzen. Es kostete sie viel Kraft, ihn in seine Schranken zu weisen. Anita war nicht weniger zielstrebig, aber sie war raffinierter und setzte ihren Charme anstatt Gebrüll ein, und das sehr erfolgreich. Vor allem bei ihrem Vater. Paulchen war ruhiger, schaute jedoch zu seinem älteren Bruder auf und ließ sich zu allerlei Streichen überreden, um seine Zuwendung zu bekommen.

»Um was ging es? Hat er schlechte Zensuren?«, hakte Hans nach, als Gertrud nicht sofort weitersprach.

»Nein, das nicht. In letzter Zeit gab es öfter Schwierigkeiten mit ihm. Hänschen hat sich mehrmals im Pausenhof geprügelt. Er hat mit einem Fußball eine Scheibe eingeschossen, obwohl Ballspielen auf dem Gelände strengstens verboten ist. Darüber hätte der Direktor hinweggesehen, aber letzte Woche hat er mit zwei Freunden im Keller gezündelt. Der Hausmeister kam gerade noch rechtzeitig hinzu, weil er den Qualm am Fenster entdeckte. Der Direktor möchte ihn von der Schule verweisen. Doch bis jetzt hat er gezögert, weil der Junge recht ordentliche Zensuren hat und es nicht mehr lange bis zu den Sommerferien ist.«

»Der Bub hat keinerlei Respekt vor Regeln«, polterte Hans los.

»Er ist dauernd mit den anderen Kindern der Bergstraße unterwegs. Die machen ständig Unsinn! Ich habe ihn erst gestern erwischt, wie er wieder ins Lager hineingeschlichen ist und heimlich ein ganzes Brett Lakritzschnecken eingesackt hat.«

»Er verteilt sie an seine Freunde. Er möchte vor ihnen gut dastehen«, nahm Gertrud Hänschen in Schutz, obwohl sie wusste, dass ihr Mann ihm erst kürzlich deswegen eine lange Strafpredigt gehalten hatte.

»Du weißt genau, dass unsere Leute im Akkord arbeiten und dass er sie dadurch um ihren Lohn bringt! Sie trauen sich nichts zu sagen, weil es unser Sohn ist. Ich dachte, dass wäre neulich bei ihm angekommen. Ich bezweifle, dass du ihn noch im Griff hast!«

Dieser Satz traf Gertrud mitten ins Herz. Das war ein persönlicher Angriff. »Willst du damit sagen, dass ich die Kinder schlecht erziehe?«

»Zumindest Hänschen ist dir entglitten.«

»Mir entglitten? Du gibst mir allein die Schuld? Vielleicht hätte er ja öfter seinen Vater gebraucht. Du bist ja nie daheim. Dir ist es wichtiger, am Wochenende mit deinen Freunden auf die Jagd zu gehen, anstatt etwas mit der Familie zu unternehmen. Manchmal denke ich mir, er macht diesen ganzen Unfug nur, damit du ihn wahrnimmst, und nicht immer nur Anita.« Gertrud hatte nun auch die Stimme erhoben.

»Jedes Mal wirfst du mir vor, dass ich Anita bevorzuge. Das tue ich nicht. Aber sie und Paulchen halten sich brav an die Gepflogenheiten, und das muss belohnt werden. Ehrlich gesagt bin ich froh, dass der Direktor das genauso sieht wie ich. Ich werde mit ihm einen Termin vereinbaren und ihn darum bitten, dass er ein Auge zudrückt und den Jungen bis Ende des Schuljahres auf der Schule lässt. Danach wechselt er ohnehin aufs Gymnasium. Da gibt es einige ausgezeichnete Internate, sogar in unserer Nähe.«

»Ein Internat? Hans, was redest du da? Glaubst du, dass es besser wird, wenn du ihn wegschickst?«

»Ja, das glaube ich. Bevor er noch Schlimmeres anstellt, muss er lernen, dass es im Leben nicht nur nach seinem Kopf gehen kann, und dass es Regeln gibt, die es zu befolgen gilt. Wie soll denn unsere Gesellschaft funktionieren, wenn jeder macht, was er will?«

»Die Gesellschaft? Wir reden hier über unseren Erstgeborenen, unser Kind, und nicht über irgendjemanden. Er hat Unfug im Kopf, das gebe ich zu, aber ihn deshalb auf eine Heimschule zu schicken, finde ich übertrieben.«

»Die Söhne vieler meiner Bekannten gehen aufs Internat. Die Jungen bekommen dort Bildung und Anstand. Ehrlich gesagt, beides kann unserem Hänschen nicht schaden.«

Gertrud war fassungslos. Sie hatte damit gerechnet, dass Hans ihren Buben ins Gebet nähme und er den Hintern versohlt bekäme, aber nicht damit, dass ihr Mann ihn in ein Internat stecken wollte. »Nicht schaden? Ein Kind sollte bei seinen Eltern aufwachsen und nicht irgendwo!«

»Gertrud, ich sehe das anders. Außerdem ist es für dich eine enorme Entlastung, wenn du dich nicht mehr mit seinen Flausen auseinandersetzen musst. Ich habe mich im Frühjahr schon einmal umgehört. Ich halte die Katholische Heimschule Maria Laach für geeignet. Architekt Bissinger hatte seinen Sohn dort. Er hat die Einrichtung in den höchsten Tönen gelobt. An der Schule ist der Tagesablauf der Jungen streng durchorganisiert. Ihr Tag beginnt mit Frühsport, dann Gottesdienst und Unterricht. Nach dem Mittagessen können sie zwischen Mithilfe im Heimgarten, einer weiteren Sportstunde oder der Arbeit in einer Werkstatt wählen.«

»Nein! Das kannst du mir nicht antun. Das ist nichts für unseren Jungen. So weit weg von zu Hause. Das sind ja fast sechzig Kilometer! Ein Kind braucht doch seine Eltern.« Gertrud hörte selbst, dass ihre Stimme fast flehentlich klang. Doch eins ihrer Kinder aus dem Haus zu geben, war eine schreckliche Vorstellung.

»Er mag Sport, und sie bieten dort auch Wettbewerbe und Wettkämpfe an. Dann kann er sich mit den anderen messen und muss sich nicht mehr prügeln wie ein nichtsnutziger Flegel.«

Gertrud presste die Lippen aufeinander. Es tat ihr weh, wie ihr Mann seinen Sohn beschrieb. »Dann wird er in den nächsten Jahren nur noch in den Ferien zu Hause sein. Es wäre doch wichtig, dass du ihn als deinen zukünftigen Nachfolger schon früh mit einbindest«, gab sie zu bedenken. Sie wusste, wie sehr Hans darauf hoffte, dass sein Sohn einmal die Fabrik übernahm.

»Ich bin mir sicher, dass dafür später noch genug Zeit ist. Sobald er gelernt hat, sich zu benehmen. Glaub mir: Du wirst bald froh sein, wenn sich jemand anderes um den eigenwilligen Charakter unseres Sohnes kümmert. Dir bleiben dann wieder mehr Freiraum und vor allem Nerven für die Firma.«

»Ich habe bis jetzt immer Familie und Arbeit geschafft. Hans, bitte! Wenn er sich nächstes Schuljahr wieder danebenbenimmt, kannst du ihn immer noch aufs Internat schicken.«

»Gertrud, er geht ab Herbst nach Maria Laach, ob du einverstanden bist oder nicht. Mein Entschluss steht fest.«

»Das heißt, du überstimmst mich? In geschäftlichen Dingen habe ich das immer hingenommen. Bei den Kindern werde ich nicht einfach zuschauen.«

»Schatz, es tut mir leid, dass wir nicht einer Meinung sind, aber ich halte es für das Beste für seine Entwicklung. Ich werde über das Thema nicht mehr diskutieren. Morgen teile ich es dem Jungen mit. Von mir aus können wir in den nächsten Wochen einmal einen Ausflug dorthin unternehmen. Dann kannst du dich selbst von der Schule überzeugen, und Hänschen kann sich auch ein Bild davon machen. Aber meine Entscheidung steht fest.«

Gertrud erhob sich betont langsam von der Bank und warf ihrem Mann einen bitterbösen Blick zu. Dann ging sie ohne ein weiteres Wort hinein. Als sie an Berta, ihrer Zugehfrau, vorbeiging, die gerade den Küchenboden wischte, riss sie sich zusammen. Sie zwang sich, die Tränen, die in ihren Augen brannten, zurückzuhalten. Schnell verschwand sie in ihrem kleinen Büro. Ihr Herz pochte laut, und ihr Atem ging flach.

Nun begannen die Tränen ungehindert zu fließen. Wie konnte Hans so hart und unnachgiebig sein? Ihre Einwände hatte er einfach beiseitegewischt! Dabei war sie die Mutter! Noch nie war sie so zornig auf ihren Mann gewesen.

Langsam trank sie einen Schluck Wasser, der kühl ihre Kehle hinunterrann, und allmählich beruhigte sie sich. Selten hatte sie Hans in familiären Angelegenheiten so entschlossen gesehen wie bei ihrem heutigen Gespräch. Natürlich musste sie ihm in einigen Dingen recht geben. Hänschen war schwierig, und sie fühlte sich mit seiner Erziehung manches Mal überfordert. Aber ob der Junge sich in einer Heimschule wohlfühlen würde, so wie Hans es ihr weismachen wollte?

Ihr Herz zog sich zusammen. Sie war mit Leib und Seele Mutter und wollte ihr zehnjähriges Kind nicht in der Fremde wissen. Aber was sollte sie tun? Sie wusste, wenn Hans einmal eine Entscheidung getroffen hatte, ließ er sich von niemandem mehr umstimmen. Auch von ihr nicht. Das tat weh.

Sie nahm sich vor, Hänschen gegenüber positiv von der Schule zu reden und keine Bedenken zu äußern, auch wenn es ihr schwerfallen würde. Aber der Junge sollte mit einem guten Gefühl nach Maria Laach gehen können.

Automatisch griff sie nach einer leeren Lohntüte und begann sie zu beschriften. Mittlerweile beschäftigten sie zweihundertsechzig Mitarbeiter, und die Löhne herzurichten nahm immer mehr Zeit in Anspruch. Doch Gertrud mochte diese Aufgabe. Das routinemäßige Ausfüllen der vorgedruckten Zeilen ließ sie ruhiger werden und hielt das Gedankenkarussell an, das sich in ihrem Kopf unermüdlich um ihren Sohn drehte. Nach einigen Tüten war sie gedanklich ganz in ihrer Arbeit versunken.

37. Kapitel

KESSENICH, SEPTEMBER 1934

Hans genoss die Ruhe im Haus. Gertrud machte Besorgungen, die Kinder waren in der Schule, und er goss sich in aller Ruhe seinen zweiten Kaffee ein. Normalerweise war er schon vor dem fleißigen Fräulein Bösch im Büro. Die Stunden, bevor die Angestellten ihren Arbeitstag begannen und ihn die Hektik des laufenden Geschäftes erfasste, nutzte er normalerweise, um sich über strategische Dinge Gedanken zu machen und vertrauliche Korrespondenz zu erledigen. Auch wenn er seiner tüchtigen Büroleiterin vertraute, hielt er Preisvereinbarungen, Rezepturen und Verkaufszahlen nach wie vor unter Verschluss. Sein Erfolg hing davon ab, dass die Konkurrenz nie erfuhr, wie seine Süßwaren genau hergestellt wurden, wo er einkaufte und wo seine Preisuntergrenze lag.

Dass er heute noch am Frühstückstisch saß, lag daran, dass er am Mittwoch die *New York Times* vom Wochenende erhielt. Es hatte ihn Mühe gekostet, eine Möglichkeit zu finden, diese Zeitung einmal die Woche in Kessenich an die Haustür geliefert zu bekommen. Inzwischen verkaufte er seine Süßwaren auch nach Dänemark, Norwegen und Großbritannien. Daher lernte er seit einiger Zeit Englisch, weil es ihm nicht passte, Gesprächen mit ausländischen Geschäftspartnern nur indirekt mithilfe eines Dolmetschers folgen zu können. Er hatte einen Privatlehrer aus Brighton engagiert. Um seinen Wortschatz zu erweitern, hatte er die Zeitung abonniert. Eine britische Zeitung wäre leichter zu bekommen gewesen, doch Hans war von den Vereinigten Staaten fasziniert. Nach allem, was er wusste, war er sicher, dass die dortige Gesellschaft dem entsprach, was er für richtig hielt. Es zählte nicht, woher man kam – einzig und allein der Erfolg und das Bankkonto waren ausschlaggebend. Die Amerikaner waren – genau wie er – absolut davon überzeugt, dass man mit Fleiß und Durchhaltevermögen alles erreichen konnte. Wenn er daran dachte, wie oft er in seinem Elternhaus den Satz gehört hatte »Das steht Leuten wie uns nicht zu«, wurde er heute noch wütend. Eduard Meier hatte gemeint, etwas Besseres als er zu sein, nur weil sein Vater Fabrikant war und Hans' Vater Bauer. Seiner Meinung nach sollte man Menschen nach ihren Ideen und Visionen und nach ihrer Einsatzbereitschaft beurteilen, und nicht nach ihrer Herkunft.

Er las einen Bericht über die Senatswahlen. Die Demokraten hatten ihre Mehrheit weiter ausbauen können und zehn Sitze dazugewonnen. Der Artikel wertete das Ergebnis als breite Zustimmung für die Politik des demokratischen Präsidenten Franklin Roosevelt. Dieser hatte mit seinem »New Deal«, einer Wirtschaftspolitik zur Bekämpfung der Folgen der Weltwirtschaftskrise, ein glücklicheres Händchen gehabt als die Akteure der Weimarer Republik. Unter ihm hatte die amerikanische Regierung regulierend in den Markt eingegriffen, um die Wirtschaft wieder anzukurbeln. Außerdem hatte er eine Sozialversicherung und einen landesweiten Mindestlohn eingeführt, der den Arbeitern half.

In Deutschland waren die politischen Umstände weniger stabil. Unter Reichskanzler Adolf Hitler hatte die NSDAP im letzten Jahr mit den Stimmen der DNVP, der Zentrumspartei, der Bayerischen Volkspartei und der Deutschen Staatspartei ein Ermächtigungsgesetz verabschiedet, das das Parlament ausschaltete. Außerdem waren mit diesem »Gesetz zur Behebung der Not von Volk und Reich« vorübergehend alle Parteien außer der NSDAP verboten worden.

Hans sah diese Entwicklung mit Sorge, da er ein glühender Verfechter der Demokratie war. Er bedauerte, dass die Weimarer Republik, deren Regierung versucht hatte, Deutschland eine demokratische Verfassung zu geben, seit letztem Jahr nicht mehr existierte. Ja, die Politiker hatten Fehler gemacht, hatten zu langsam auf die Währungskrise und die hohen Arbeitslosenzahlen reagiert. Doch der Nationalsozialismus mit seinen SA-Schlägertruppen machte Hans Angst.

Aga hatte ihm geschrieben, dass sie sich um ihre Stellung sorgte – sie war inzwischen zur Hausdame aufgestiegen –, da die jüdische Familie, für die sie arbeitete, aufgrund des täglich zunehmenden Antisemitismus darüber nachdachte, nach Schweden auszuwandern. Zwischen den Zeilen konnte er herauslesen, dass es ihr vielleicht gar nicht so sehr um ihre Arbeit ging, sondern vielmehr um den Sohn des Hauses, einen gewissen Samuel Goldbach. Hans hatte schon lange den Verdacht, dass Aga in Düsseldorf eine Liebschaft hatte. Da sie nie einen Verehrer zu Hause vorstellte, ging er davon aus, dass besagter Mann verheiratet war. Daher fragte er nie nach. Er mochte Dinge geordnet und anständig. Falls seine kleine Schwester mit einem verheirateten Mann schlief, wollte er es lieber nicht wissen.

Er blätterte weiter. Plötzlich stockte ihm für einen Moment der Atem. Das war doch Jane! Seine Jane von früher. Eilig überflog er den zugehörigen Artikel. Jane Birchley war der weibliche Star in dem Broadway-Musical *Of Thee I Sing.* Er musste lächeln. Sie hatte es also tatsächlich geschafft! Immer wieder hatte er bedauert, dass sie durch den Krieg so vollständig den Kontakt verloren hatten. Er hatte nie erfahren, ob sie gut nach England zurückgekehrt war und ob sich ihre Träume von einer Karriere in Amerika je erfüllt hatten. Es freute ihn, dass auch sie das erreicht hatte, wovon sie immer geträumt hatte. Er erinnerte sich an die beschwingte, unkomplizierte gemeinsame Zeit in Neuss zurück. Janes Überraschung und die strahlenden Augen, als er ihr zu ihrer ersten Verabredung eine Stulle mitgebracht hatte, wie sich ihr roter Mund verführerisch um einen Zigarettenhalter schloss, und wie sie souverän Sekt in einem Gasthaus bestellt hatte. Auch für sie hatte es die Einschränkung »Leute wie wir« nie gegeben.

Wie waren die Jahre verflogen. Er war inzwischen einundvierzig, doch er konnte sich noch daran erinnern – als wäre es gestern gewesen –, wie sich ihre Lippen auf seinen anfühlten, wie aufgeregt er gewesen war, als er sie in der dunklen Gasse zum ersten Mal geküsst hatte. Jetzt hör aber auf, schalt er sich selbst. Solche Gedanken gehörten sich nicht für einen glücklich verheirateten Mann. Und das war er natürlich. Er hatte mit seiner Gertrud das große Los gezogen. Doch die harte Arbeit und die drei Kinder forderten ihren Tribut. Besonders dass er durchgesetzt hatte, dass Hänschen in ein Internat musste, nahm ihm Gertrud bis heute übel. Sie sagte zwar nichts mehr zu diesem Thema, aber er konnte eine Distanz zwischen ihnen spüren, die es zuvor nicht gegeben hatte. Trotzdem war er sich sicher, die richtige Entscheidung getroffen zu haben. Da er selbst so viel arbeitete und Gertrud oft zu nachgiebig mit dem Buben gewesen war, war es vernünftig, Hänschen in die Heimschule zu schicken.

Doch auch hier hatte die Politik dazwischengefunkt. Die kirchliche Schule war vor einigen Monaten zu einer nationalsozialistischen »Heimstätte für Mädchen« umgewandelt worden. Daher ging Hänschen nun in das Aloisius-Kolleg in Bad Godesberg. Zwar war er auch dort im Internat untergebracht, aber weil diese Schule nur knapp zehn Kilometer von Kessenich entfernt war, konnte er die Wochenenden zu Hause verbringen.

Hans' Meinung nach war das Jesuiten-Gymnasium gut für seinen Sohn. Zwar kämpfte Hänschen mit dem Lateinunterricht, aber in den Naturwissenschaften, in Englisch und Französisch tat er sich leicht. Doch was Hans noch wichtiger war: Die strengen Jesuiten mit ihrer ganzheitlichen Erziehung, zu der gemeinsame Freizeit mit Sport, Musik und Kreativität gehörten, ließen Hänschen reifen. Inzwischen war er fast zwölf und zwar immer noch ein Dickkopf – wahrscheinlich hatte er das von ihm, dachte Hans in einem Anflug von Selbsterkenntnis –, aber er hatte gelernt, seine Wutausbrüche besser zu kontrollieren. Das hatte sogar Gertrud zugeben müssen.

Er sah auf die Uhr. Schon neun. Auch wenn er sich an einem Tag in der Woche Zeit für die Lektüre der *New York Times* nahm, wurde er langsam unruhig. Wann immer er nicht in der Firma war, hatte er ein ungutes Gefühl. Als könnte in seiner Abwesenheit ständig etwas Unvorhergesehenes passieren und – ohne ihn – totales Chaos ausbrechen. Es war nicht so, dass er seinen Mitarbeitern nicht vertraute. Das tat er, er hatte großartige Leute, aber … er fühlte sich einfach besser, wenn er vor Ort war.

Endlich hörte er den Schlüssel im Schloss. Gertrud kam herein, nahm ihren Hut ab, fuhr sich durchs Haar und stellte den Korb ab.

»Du bist noch da?«, fragte sie.

»Ja, ich habe auf dich gewartet. Ich habe eine Überraschung für dich.«

Sie sah ihn erstaunt an.

Es stimmte, das hatte er schon lange nicht mehr gemacht, dachte er mit einem schlechten Gewissen. Es war einfach immer so viel zu tun. »Komm, wir fahren ein Stück.«

Für einen Moment zögerte sie, dann setzte sie den Hut wieder auf. »Jetzt bin ich aber neugierig.«

Er grinste sie nur an und sagte nichts. Sie stiegen ins Auto. Heute setzte er sich selbst ans Steuer.

»Fahren wir zu meinen Eltern?«, fragte sie, als sie Richtung Dottendorf fuhren.

Er schüttelte nur den Kopf.

»Zu deinen?«

Wieder schüttelte er den Kopf und ließ auch Friesdorf hinter sich.

»Wohin geht es denn dann?«

Er legte ihr die Hand aufs Knie. »Ein bisschen musst du dich noch gedulden.«

In Bad Godesberg bogen sie ab, hinauf in Richtung Wachtberg. Durch Streuobstwiesen, wo knorrige Bäume sich unter roten Äpfeln und saftigen Birnen bogen, vorbei an Pferdekoppeln und die Anhöhen hinauf.

»Gleich eine ganz andere Luft hier«, seufzte Gertrud zufrieden.

Hans lächelte in sich hinein. Seine Frau hatte ihm in letzter Zeit immer wieder vorgeworfen, sie nicht zu verstehen. Aber diesmal hatte er alles richtig gemacht.

In Pech bogen sie ab und fuhren durch das Dorf mit den schönen Fachwerkhäusern vorbei an der neoromanischen St.-Michaels-Kapelle. Als sie den Ortskern hinter sich gelassen hatten, bog er auf einen Feldweg ab, der zum Waldrand führte.

»Wo bringst du mich denn hin?« Gertruds Augen funkelten aufgeregt.

Sie war inzwischen vierunddreißig Jahre alt, doch in diesem

Moment erinnerte sie ihn an die junge Frau, die es kaum erwarten konnte, seine ersten Bonbons zu probieren.

»Nur noch ein bisschen Geduld.«

Schließlich hielt er an. Sie waren an einer großen Wiese am Waldrand angekommen, mit herrlichem Blick über die vulkanisch geprägte Hügellandschaft hinunter zum Rhein und zum gegenüberliegenden Siebengebirge.

»Wie schön es hier ist! Wollen wir ein Picknick machen?«

»Ähm … was zu essen habe ich vergessen.« Schade, dachte er. Das wäre wirklich nett gewesen.

»Einen Spaziergang?«, fragte sie nach.

Er öffnete ihr die Tür der Beifahrerseite, half ihr so galant aus dem Wagen, dass sie kicherte, und ging mit ihr ein paar Schritte.

»Ich weiß, dass die letzten Jahre ihren Tribut gefordert haben. Die Arbeit hat mich manchmal fast aufgefressen. Da habe ich mir gedacht, es wäre schön, wenn wir nicht mehr direkt neben der Fabrik wohnen würden. Der Abstand wäre sicher gut. Dann kann ich nicht so oft noch schnell hinüber in den Betrieb gehen.«

»Komm endlich auf den Punkt, Hans Riegel«, sagte sie streng, aber er sah, dass ihre Lippen ein Lächeln umspielte.

»Deswegen habe ich uns hier ein Baugrundstück gekauft.«

»Hier?« Sie sah ihn entgeistert an.

Er nickte. Jetzt wurde er doch nervös. Vielleicht hätte er sie vorher fragen sollen? Aber ihm war die Idee, sie zu überraschen, so romantisch vorgekommen.

Das Strahlen, dass sich nun in ihrem herzförmigen Gesicht ausbreitete, ließ seine Zweifel genauso schnell verschwinden, wie sie gekommen waren.

»Hier? Das sind ja zehn Kilometer von HARIBO entfernt. Das ist ja großartig! Da bist du bestimmt mehr zu Hause.« Sie drehte sich mit weit ausgestreckten Armen um die eigene Achse.

»Und für die Kinder ist es fantastisch. Sie können auf dem Land mit viel Platz drumherum aufwachsen, wie wir damals. Hänschen wird das besonders gefallen mit seinem großen Bewegungsdrang.« Für einen Moment huschte ein Schatten über ihr Gesicht. Doch dann lächelte sie. »Nach Bad Godesberg könnte er von hier aus leicht mit dem Rad fahren. Da könnte er vielleicht manchmal am Nachmittag heimkommen?«

Hans musste grinsen. Im Verhandlungsgeschick stand ihm Gertrud nicht um viel nach.

Sie schmiegte sich an ihn. »Ich freue mich schon richtig. Das Haus muss überhaupt nicht groß sein. Hauptsache im Grünen«, sie legte den Kopf schief und sah ihn direkt an, »und mit einem gewissen Abstand zu HARIBO. Wie lange meinst du, dass es dauert, bis wir umziehen können?«

»Ein bisschen Geduld braucht es noch. Das Grundstück war teuer. Ich habe mir gedacht, dass wir 1937 zu bauen anfangen. Bis dahin müssten wir genug zur Seite gelegt haben, um uns ein schönes Haus leisten zu können.«

»Ooh, das sind ja noch Jahre.« Er konnte die Enttäuschung in ihrer Stimme hören.

»Aber dafür wird es dann umso schöner«, versprach er ihr.

Sie blieben noch eine ganze Weile stehen, genossen die Aussicht und malten sich eine Zukunft hier oben aus.

Hans hatte das Gefühl, dass das gemeinsame Planen und Träumen sie einander wieder näherbrachte. Es erinnerte ihn an die Zeit, als sie in der Wiese am Rheinufer gelegen und davon geredet hatten, irgendwann einmal Bonbons in einem richtigen Arbeitsraum herzustellen. Wie sehr hatte das, was sie mit HARIBO erreicht hatten, ihre kühnsten Hoffnungen übertroffen!

38. Kapitel

KESSENICH, OKTOBER 1934

Hans sah aus dem Fenster auf den Hof der Fabrik. Er genoss es, hier zu stehen und auf das zu blicken, was er in den letzten Jahren erreicht hatte. Fast alle Grundstücke in der Umgebung gehörten ihm, und die Firma war unaufhörlich gewachsen. Zuerst hatte er einen Teil des Hofes überdacht, dann Lagerhallen gebaut. Vor fünf Jahren war die Dampfkesselanlage dazugekommen, und er hatte binnen zwei Jahren zweimal die Fabrik erweitert. Dazu kamen neue Garagen für die Lieferautos, Gebäude für größere Warendepots und Werkstätten. Inzwischen beschäftigte er zweihundertsechzig Mitarbeiter, von denen er noch niemals einen hatte entlassen müssen. Es machte ihn glücklich, dass die Firma wie ein lebendiges Wesen wuchs und gedieh. Er kannte sich selbst gut genug, um zu wissen, dass es für ihn nichts Schlimmeres gab als Stillstand.

Unten spielte Anita mit ihren Freundinnen »Himmel und Hölle«. Mit Stolz betrachtete er seine Tochter. Die knapp Zehnjährige sprang mit einer Grazie von Kästchen zu Kästchen, die sie weder von ihm noch von Gertrud geerbt haben konnte. Bei ihr sah es fast aus wie ein Tanz, mit solcher Eleganz bewegte sie sich.

Er beobachtete, wie sich eine Bande Jungs anschlich. Anführer war natürlicher sein Ältester, Hans junior, der die Herbstferien zu Hause verbrachte. Die anderen waren Söhne seiner Angestellten, doch er konnte auch Paulchen entdecken. Da die Kinder von der Bergstraße, wie sie genannt wurden, in letzter Zeit manchmal Schaden angerichtet hatten, blieb Hans auf seinem Beobachtungsposten.

Sie versteckten sich hinter Holzkisten mit fertiger Ware, die auf den Abtransport warteten. Auf ein Zeichen von Hänschen hin rannten sie mit lautem Gebrüll auf die Mädchen zu. Hans konnte sogar aus dieser Entfernung erkennen, wie sehr sich die Buben über das erschrockene Gekreische der Mädchen freuten. Er grinste. So sollte es sein. Ihm gefiel, dass seine Kinder ohne Allüren mit den Söhnen und Töchtern seiner Angestellten befreundet waren. Schließlich war er der Sohn eines Maurers und einer Bäuerin, ein hart arbeitender, bescheidener Mensch. Für ihn wäre ein Nachwuchs mit Standesdünkel unerträglich. Mit Grauen dachte er an den herablassenden Ton von Eduard Meier zurück.

Er wollte sich gerade abwenden, als ein Pferdegespann, voll beladen mit Töpfen und Pfannen, auf den Hof fuhr. Er runzelte die Stirn. Momentan waren viele der Männer, die ihre Arbeit verloren hatten, unterwegs und boten ihre Dienste in Heimarbeit oder irgendwelchen Waren an, um etwas dazuzuverdienen.

Er verstand ja, dass die fahrenden Händler es schwer hatten. Sie wurden als »Gesindel« beschimpft oder verjagt, und manchmal sogar zusammengeschlagen, ohne dass den Angreifern – meist Braunhemden – etwas passierte. Aber wenn sie während der Arbeitszeit bei ihm ihre Ware feilboten, hielten sie seine Angestellten von ihrer Arbeit ab.

Er ging hinunter, durchquerte die Produktionshalle, in der wie immer flotte Musik über Lautsprecher erklang, um seine Mitarbeiter zu motivieren. Nach seinen Erfahrungen bei *Kleutgen &*

Meier war es ihm wichtig, dass seine Angestellten niemals das Gefühl hatten, wertlos zu sein, so wie er es erlebt hatte. Er zahlte gut, versuchte zuzuhören und baute keine sozialen Barrieren zwischen ihnen und sich auf. Er war täglich in den Werkshallen, legte auch manchmal selbst Hand an, wenn Not am Mann war, und turnte beim Betriebssport mit. Er war überzeugt davon, dass Angestellte, die sich geschätzt fühlten, besser und zuverlässiger arbeiteten.

Seit Anfang des Jahres war HARIBO bei der DAF, der Deutschen Arbeitsfront, organisiert. Unternehmer und Arbeiter hatten eine Einladung zur »freiwilligen, aber erwünschten« Mitgliedschaft erhalten. Hans hatte die Botschaft verstanden. Er versuchte, so viel Distanz wie möglich zur NSDAP zu halten, und hatte sich bisher auch immer geweigert, in die Partei einzutreten. Doch wenn er im Deutschen Reich weiterhin erfolgreich wirtschaften wollte, brauchte es eine gewisse Umsichtigkeit. Offener Widerstand zur Partei wäre das Ende seines Unternehmens gewesen. Das war ihm klar.

Er selbst hatte ein sehr zwiespältiges Verhältnis zu Hitlers Regime. Ihm war es ein Gräuel, dass 1933 die Demokratie abgeschafft und alle anderen Parteien verboten worden waren. Viele seiner Händler waren Juden, sodass er die Einschränkungen und Verbote gegen sie aus erster Hand mitbekommen hatte. Rosenblum, einer der Ersten, der Hans' Süße Teufel ins Sortiment genommen hatte, hatte aufgegeben, nachdem ihm wiederholt ein Schild mit der Aufschrift »Deutsche, wehrt euch! Kauft nicht bei Juden!« an die Tür gehängt worden war. Er hatte seine zwei Läden – weit unter Wert – verkauft und Deutschland in Richtung Amerika verlassen.

Andererseits musste Hans zugeben, dass es wirtschaftlich wieder aufwärtsging. Die Arbeitslosenzahlen sanken endlich deutlich, und eine neue Aufbruchsstimmung hatte das Land ergriffen. Auch seine Arbeiter profitierten von der Organisation in der DAF und deren Freizeitorganisation »Kraft durch Freude«. Dort wurde Mitarbeitersport angeboten, bei dem auch Hans gerne mitmachte, es wurden Pausenkonzerte organisiert, und seine Angestellten bekamen die Möglichkeit, günstig in den Urlaub zu fahren. Kurzreisen waren über die KdF schon für fünf Reichsmark möglich.

Er warf noch einen prüfenden Blick durch die Halle, war zufrieden, dass offensichtlich gerade alles reibungslos lief, und trat durch die Hintertür auf den Hof.

Der hochgewachsene, dunkelhaarige Mann, den er zuvor vom Fenster aus gesehen hatte, war von den Kindern umringt und jonglierte fünf Bälle. Er grinste breit, als die Mädchen und Jungen begeistert jubelten, als er auch noch einen sechsten Ball ins Spiel brachte. Hans sah zu. Es brauchte sicher viel Disziplin und Training, um sich das beizubringen. Alles, was harte Arbeit und Fleiß erforderte, konnte er goutieren.

Schließlich holte der Fremde die Bälle aus der Luft und verbeugte sich vor seinem faszinierten Publikum.

»Zeig es mir«, bettelte Anita.

Hans war überrascht. Normalerweise war seine Tochter Fremden gegenüber sehr zurückhaltend.

Der Mann begann, mit zwei Bällen zu jonglieren, und gab zwei weitere Bälle Anita. Er zeigte ihr, wie sie sie von einer Hand zur anderen werfen musste. Ständig fielen Anita die Bälle hinunter, doch sie hob sie immer wieder auf und versuchte es aufs Neue. Die anderen Kinder trollten sich nach und nach gelangweilt. Endlich schaffte Anita es, beide Bälle für einige Sekunden in der Luft zu halten.

»Jetzt hast du es verstanden. Nun musst du üben, üben, üben.«

Sie nickte ernst und bedankte sich mit einem kleinen Knicks. Als sie ihren Vater entdeckte, der an Kisten gelehnt eine Zigarette rauchte, strahlte sie ihn an. Hans wurde es warm ums Herz. Er wusste, so lächelte sie nur ihn an. Gertrud war das auch schon aufgefallen. Das Mädchen winkte fröhlich und rannte ihren Freunden nach.

Hans schlenderte die paar Schritte hinüber zu dem Mann, der ihm mit wachsamer Neugier entgegensah.

»Sind Sie der Chef?« Er sprach laut und deutlich, sodass Hans ihn gut verstehen konnte.

Hans nickte.

»Ich hätte was für Sie.«

»Nein danke«, wehrte Hans ab. »Sie können Ihre Ware aber gerne nach fünf Uhr anbieten, wenn die Arbeiter nach Hause gehen«, versuchte er, seine Schroffheit abzumildern.

»Ich wollte Ihnen keine Töpfe verkaufen.« Der Mann lachte und schien keineswegs beleidigt. »Ich erfinde Werbesprüche«, sagte er dann großspurig.

»Sie?«, entfuhr es Hans.

»Ich habe nicht immer Töpfe verkauft.« Ein Schatten fiel über das Gesicht des Fremden, und ein bitterer Zug grub sich in seine Mundwinkel.

»Na, dann mal los.« Hans war wider Willen von dem Händler mit den vielfältigen Fähigkeiten fasziniert.

Der Mann ging hinüber zu dem kleinen Fabrikladen, wo Hans seit einigen Monaten direkt seine Erzeugnisse verkaufte, und wischte die Schiefertafel, auf der »frische Ofenware« stand, mit seinem Hemdsärmel ab. Dann nahm er ein Stück Kreide aus der Hosentasche. Nachdem er einen Moment überlegt hatte, schrieb er schwungvoll: *HARIBO macht Kinder froh.*

Nachdenklich betrachtete Hans den Spruch. Sprach ihn leise

aus. »HARIBO macht Kinder froh.« Ein erstklassiger Reim. »HARIBO macht Kinder froh.«

Dann lächelte er. »Das ist gut.«

Der Fremde schien nicht überrascht. »Ich weiß. Macht dreißig Reichsmark.«

Hans lachte. Erst wollte er handeln, weil ihm der Preis zu hoch schien, doch der Mann gefiel ihm. Er gab ihm das Geld, ging dann in den Fabrikladen und füllte eine Tasche mit Weichgummis, Spinnlakritz, Veilchenpastillen und Lakritzsternchen. Die drückte er dem fahrenden Händler in die Hand.

Der Fremde sah ihn durchdringend an. »Ich denke, wir haben heute beide ein gutes Geschäft gemacht.« Dann stieg er auf seinen Kutschbock, schnalzte mit der Zunge und fuhr davon.

39. Kapitel

KESSENICH, SEPTEMBER 1935

Gertrud klopfte kurz und öffnete die Tür zum Büro ihres Mannes. »Wo bleibst du denn, Hans? In einer Stunde müssen wir bei den Bissingers sein.«

»Schon so spät?«

Wieder einmal hatte ihr Mann über seiner Arbeit die Zeit vergessen.

»Bin gleich so weit«, sagte er und legte das Rezeptbuch in den offen stehenden Tresor hinein, den er sich vor Kurzem hatte einbauen lassen. Er verschloss ihn sorgfältig, und sie verließen gemeinsam das Büro. Damit die Tür gut verriegelt war, drehte er den Schlüssel im Zylinder zweimal um. Sein Bruder Paul hatte ihn deswegen am sonntäglichen Kaffeetisch schon ausgelacht und ihm Paranoia vorgeworfen. Hans hatte sich damit verteidigt, dass der Erfolg von HARIBO davon abhing, dass seine Rezepturen geheim blieben und die Konkurrenz weiterhin darüber im Dunkeln tappte, wie er kalkulierte.

Hans hielt Gertrud die Tür auf, und sie traten auf den Hof.

»Schau!«, rief er begeistert und deutete auf die Holzkisten, die sich bis unter die Hofraumüberdachung stapelten. »Unglaublich, wie viel die Leute gesammelt haben!«

»Da hattest du wirklich eine gute Idee. Kastanien und Eicheln gegen Süßes. Ich hätte nicht gedacht, dass da so viele mitmachen. Bestimmt probiert manch einer unsere Produkte dadurch zum ersten Mal. Wenn sie ihm schmecken, kauft er sie sich mit Sicherheit im Laden. Auch die Kinder, die ihre Körbe mit Kastanien abgeben, sind potenzielle zukünftige Kunden.«

Für Gertrud war die Tauschaktion vor allem eine gelungene Werbemaßnahme, doch die fast kindliche Freude, die sie im Gesicht ihres Mannes sah, fand sie anrührend.

»Da hast du natürlich recht«, sagte er lachend. »Aber eigentlich wollte ich nur meinen Jagdfreunden helfen, dass genug Futter da ist, damit das Wild gut durch den Winter kommt.«

Gertrud beobachtete, wie Hans' Blick über den Hof schweifte und an einigen Kindern hängen blieb, die in einer Reihe standen mit ihren Körben voll Kastanien und Eicheln. Sie lachten und scherzten in Vorfreude darauf, etwas Süßes zu erhalten. Sein Bruder Paul gab jedem von ihnen, je nach erbrachtem Gewicht, gemischte Papiertüten mit süßen Teufelchen, Bären und Lakritzschnecken. Hans sah zu, mit wie viel Freude die Kinder in ihre Tüten griffen und sich selig ein Weichgummi in den Mund steckten.

Dann fiel Gertrud Hänschen auf, der schnellen Schrittes zu den Umherstehenden ging und mit ihnen redete. Ihr zwölfjähriger Sohn kam mittlerweile jeden Freitagmittag aus dem nahe gelegenen Internat nach Hause. Sie war froh, dass er wieder öfter da war als damals, als er noch in Maria Laach im Internat gewesen war. Sie hätte ihn gerne ganz daheim gehabt. Doch ihr Mann war bei diesem Thema hart wie Stein. Immer, wenn sie ihm gegenüber das Thema »externer Besuch« ansprach, was am Aloisius-Kolleg möglich gewesen wäre, winkte er sofort ab. Aber sie würde so schnell nicht aufgeben.

»Was macht er denn da, dieser Rotzlöffel?«

Hans' empörter Aufschrei riss Gertrud aus ihren Gedanken. Sie sah, wie jedes der Jungen und Mädchen ehrfurchtsvoll zweimal in seine Tüte langte und Süßigkeiten an Hänschen abgab, der sie in seine eigene Tüte packte.

Hans lief direkt auf seinen Sohn zu. »Hänschen, warum nimmst du den Kindern die Weichgummis ab? Gib sie sofort zurück.« Wütend riss er ihm die Papiertüte aus den Händen.

Hans' Stimme klang scharf. Gertrud trat näher. So konnte sie notfalls schlichtend eingreifen, sollte der Streit zwischen ihrem Erstgeborenen und ihrem Gatten eskalieren.

»Aber die stehen mir zu«, verteidigte sich Hänschen kämpferisch, »das haben wir so vereinbart. Ich habe ihnen eine Karte mit den besten Sammelorten für Kastanien gezeichnet. Diese Bäume hätten sie selbst nie gefunden. Dafür haben sie versprochen, mir je zwei Süßigkeiten abzugeben. Sie haben sich die Zeit zum Suchen gespart, und ich mir das Sammeln. Das war ein Geschäft.«

Andere Kinder würden zu weinen beginnen und einige Worte der Entschuldigung stammeln, dachte Gertrud, doch ihr Sohn bot seinem Vater die Stirn. Obwohl er erst zwölf war, erklärte er sein Verhalten, ohne sich einschüchtern zu lassen. Das war genau das Benehmen, das Hans in Rage brachte und das er als respektlos empfand.

Doch Hans schien perplex. Als er sich wieder gefangen hatte, fragte er die danebenstehenden Kinder: »Stimmt das?«

Alle nickten zustimmend, doch sie brachten kein Wort vor dem erfolgreichen Fabrikanten heraus.

»Wenn ihr das so abgemacht habt, dann müssen beide Seiten das auch einhalten.« Damit gab er die Tüte an Hänschen zurück.

»Hans, wir müssen uns fertig machen, sonst kommen wir zu spät.« Gertrud war froh, dass es dieses Mal ohne größeren Streit abgegangen war.

Ihr Mann holte die goldene Taschenuhr aus der Westentasche und klappte sie auf. »Ja, lass uns gehen.« Er nickte Hänschen zu und ging mit ihr ins Haus.

Als Gertrud und Hans im Wagen nebeneinandersaßen, schüttelte Hans ungläubig den Kopf und sagte: »Unser Sohn ist schon ein Lump. Verlangt eine Beteiligung für seine Tipps und lässt die anderen für sich sammeln.« Doch sie hörte, wie Stolz in seiner Stimme mitschwang.

Sie lachte. »Der Apfel fällt nicht weit vom Stamm, heißt es immer.«

»Da hast du recht, mein Schatz. Diese Idee hätte von mir sein können«, pflichtete er ihr bei und grinste sie schelmisch an. Wenn er sie so anlächelte, erinnerte er sie an den jungen, draufgängerischen Mann, in den sie sich damals Hals über Kopf verliebt und der ihr Herz erobert hatte.

Nach einer kurzen Fahrt bremste Hans und parkte das Auto in einer Seitenstraße.

»Ach, ich habe heute gar keine Lust auf diesen Geburtstag. Viel lieber wäre ich zu Hause auf dem Kanapee geblieben. Ich bin jetzt schon todmüde«, sagte Gertrud und griff nach ihrer Handtasche.

»Mir geht es genauso. Wir schauen, dass wir uns gleich nach Mitternacht verabschieden können. Vorher können wir keinesfalls gehen, weil Bissinger in seinen sechzigsten Geburtstag hineinfeiert.«

Hans bot ihr den Arm, und sie gingen zu Fuß zur Villa des Architekten, die direkt am Markt lag und hell erleuchtet war. Das viergeschossige Gebäude mit den Dachgauben wirkte vergleichsweise schlicht, nur die Fenster der Fassade unterschieden sich in jedem Stockwerk und verliehen dem Haus etwas Besonderes.

»Tach, Hans, Tach, Gertrud, kommt herein«, begrüßte sie Bissinger und gab ihnen die Hand. »Es freut mich, dass ihr da seid. Geht gleich durch in den Salon.«

Hans und Gertrud legten ab und gingen durch den großzügigen Eingangsbereich hindurch. Es waren schon zahlreiche Gäste versammelt, Herren in Anzügen und Damen in schicken Kleidern. Auch einige Männer in Uniform. Das war neu, dass sie sogar zu privaten Anlässen wie heute Uniform trugen. Neben ihnen diskutierte ein Grüppchen SA-Leute die neuen Rassengesetze, die auf dem »Reichsparteitag der Freiheit« in Nürnberg beschlossen worden waren. Gertrud hatte sich noch nicht genau damit beschäftigt, nur schnell einen Artikel im Bonner *General-Anzeiger* überflogen. Aber sie fand die Vorstellung befremdlich, Leute in Arier und Nichtarier einzuteilen.

Sie entdeckte Adele, die Frau von Dr. Ernst Wagner. Adele war eine kleine, zierliche Frau mit kurzen schwarzen Haaren, die gerne über Gott und die Welt plauderte und dabei kein Blatt vor den Mund nahm. Als Tochter eines gut situierten Kaufmanns in Bonn hatte sie schon vor der Heirat mit ihrem Mann zu den besseren Bonner Kreisen gehört. Die beiden waren fester Bestandteil vieler Festivitäten, und jeder Gastgeber, der etwas auf sich hielt, lud die Wagners ein.

»Hans, lass uns zum Doktor und seiner Frau gehen.«

»Die Riegels! Euch habe ich schon lange nicht mehr gesehen. Obwohl ich euch natürlich immer dabeihabe«, begrüßte sie Adele Wagner strahlend und umarmte Gertrud herzlich. Hans schaute die Frau seines Freundes fragend an.

Adele lachte und zog aus ihrem Handtäschchen eine kleine Metalldose, auf der HARIBO stand. »Ohne eure legendären Veilchenpastillen gehe ich nirgends hin. Das ist sozusagen meine Medizin.«

Hans grinste. »Ah, jetzt verstehe ich. Wenn du wieder Nachschub brauchst, dann gib Bescheid. Ich liefere persönlich an unsere Kundin der ersten Stunde.«

»Pass auf, was du versprichst, Hans! Darauf komme ich zurück«, antwortete sie lachend.

Adele war Gertrud von Anfang an sympathisch gewesen. Sie hatte ihr geholfen, sich in der gehobeneren Bonner Gesellschaft mit ihren vielen großen und kleinen Geheimnissen zurechtzufinden, sodass sie manches Fettnäpfchen geschickt hatte umgehen können.

»Wie geht es dir denn, Gertrud?«

»Wie meistens ist es turbulent. Deshalb sind wir zurzeit nicht so viel unterwegs.« Gertrud nahm einen Schluck Sekt.

»Schade.« Adele beugte sie sich ganz nahe zu ihr. »Findest du das auch so unheimlich? Auf jedem Fest sind immer mehr NSDAP-Leute da. Bald sieht man bei Veranstaltungen mehr Uniformen als zivile Kleidung. Bin ich froh, dass unsere Männer noch nicht zur Partei gegangen sind.«

»Darf ich euch Oberbürgermeister Ludwig Rickert und seine Frau Ingeborg vorstellen?« Architekt Bissinger trat zu ihrer Gruppe hinzu.

Rickert hatte dunkles, volles Haar, eine gerade Nase und schmale Lippen. Seine Frau war fülliger, hatte hochgesteckte blonde Haare und auffallend blaue Augen.

»Heil Hitler«, begrüßte der Oberbürgermeister die Runde und streckte den rechten Arm schräg nach oben. »Herr Riegel, schön, dass wir uns mal kennenlernen. Wie ich gehört habe, teilen wir ein gemeinsames Freizeitvergnügen, die Jagd.«

»Das stimmt. Ich jage ja immer bei …«, antwortete Hans. Doch Gertrud hörte nicht mehr zu, weil Frau Rickert sie direkt ansprach.

»Ihr Mann produziert Lakritze?«

»Ja, Lakritze und andere Süßigkeiten«, gab Gertrud Auskunft.

»Die müssen Sie unbedingt einmal probieren. Die schmecken traumhaft«, warf Adele an Ingeborg Rickert gewandt ein. »Von Hans' Süßen Teufeln könnte ich mich ernähren.«

»Ich esse kaum Süßes. Ich mag es eher herzhaft«, gab Ingeborg Rickert kühl zurück.

»Ach, wie schade«, sagte Adele bedauernd. »Da verpassen Sie wirklich etwas.«

Gertrud kannte die Doktorsgattin gut genug, um festzustellen, dass Adele Frau Rickert nicht mochte. Doch sie bemerkte das nur an winzigen Kleinigkeiten in Adeles Mimik und Tonfall. Zum Beispiel daran, wenn sie ihre Augenbraue ein wenig nach oben zog, oder dass das Bedauern, das sie in ihre Stimme legte, überzogen klang.

Das Gespräch der drei Frauen wurde jäh unterbrochen, weil Bissinger den Rickerts noch weitere Gäste vorstellen wollte. Gertrud war froh darum, obwohl die Frau freundlich zu ihr gewesen war. Ob es daran lag, dass ihr ihr Mann, Ludwig Rickert, dessen Werdegang und schnellen Aufstieg sie im *General-Anzeiger* verfolgt hatte, unheimlich war? Gertrud konnte nachvollziehen, warum er wegen seiner bösartigen Artikel im *Westdeutschen Beobachter*, die sich gegen den früheren Oberbürgermeister und den Direktor der städtischen Handelsschule gerichtet hatten, vom Dienst als Lehrer suspendiert worden war. Doch er war auf die Füße gefallen und selbst Oberbürgermeister geworden. Egal, jetzt waren sie ja weg.

Dank Adele Wagner verging der Abend wie im Flug. Sie erzählte amüsant von den neuesten Affären und Heimlichkeiten der besseren Bonner Gesellschaft. Immer wieder musste sich Gertrud vor Lachen ausschütten über die skandalös ausgeschmückten Geschichten, die Adele zum Besten gab.

Um Mitternacht stießen sie auf den sechzigsten Geburtstag Bissingers an, und Rickert hielt für seinen Parteifreund eine launige Rede. Nachdem Hans und sie ihm gratuliert hatten, verabschiedeten sie sich von den Wagners und fuhren nach Hause.

Im Wagen lehnte Gertrud den Kopf an die Schulter ihres Mannes.

»Müde?«

»Eigentlich nicht. Aber ich finde solche Einladungen immer anstrengend. Gut, dass Adele da war. Sie ist die Einzige, mit der ich reden kann, ohne groß nachdenken zu müssen. Ingeborg Rickert ist da schon ein anderes Kaliber. Ich habe das Gefühl, sie schaut auf mich herab.«

»Wie kommst du darauf?«, fragte Hans überrascht. »Ludwig Rickert ist immer sehr zuvorkommend zu mir.«

»Nur ein Gefühl.« Gertrud zuckte mit den Schultern. »Ich freue mich jetzt jedenfalls auf mein Bett.«

40. Kapitel

BONN, AUGUST 1936

»Ihr habt so ein Glück mit dem Wetter, mein Kind. Die letzten Tage hat es immer geregnet. Aber wenn HARIBO eine Rheinschifffahrt geplant hat, scheint die Augustsonne, wie es sich gehört«, sagte Katharina Vianden zu ihrer Tochter Gertrud.

Ihre Mutter hatte recht. Bis jetzt lief alles wie am Schnürchen. Hans und sie hatten in den letzten Monaten viel Arbeit in die Planung des Betriebsausflugs gesteckt. Vor zwei Jahren hatten sie schon eine ähnliche Veranstaltung angeboten, von der die gesamte HARIBO-Betriebsgemeinschaft so begeistert war, dass sie noch monatelang darüber gesprochen hatten.

Dieses Mal hatten sie auch ihre und Hans' Eltern dazu eingeladen. Die Viandens kamen selten dazu, den Hof zu verlassen, weil Heinrich sie brauchte. Ihr Bruder konnte sich ohne Hilfe weder anziehen oder essen noch alltägliche Dinge verrichten. Heute war ihre Schwester Katharina bei ihm geblieben. Da sie unverheiratet geblieben war, würde sie, wenn die Eltern zu alt wurden, die Fürsorge für Heinrich übernehmen. Dafür durfte sie auf Lebenszeit bei Wilhelm und seiner Frau auf dem Hof bleiben.

Hans legte großen Wert auf ein gutes Betriebsklima und wollte deshalb den Leuten, die hart für sie arbeiteten, etwas zurückgeben. Für ihn gehörten seine Angestellten beinahe zur Familie.

Der weiße mehrstöckige Dampfer lag am Kai, bereit für die »Fahrt ins Blaue«. Die ersten Mitarbeiter waren schon an Bord gegangen und schauten vom Schiff aus auf einige junge Frauen vom Bund Deutscher Mädel, die, begleitet von einer uniformierten Fliegerkapelle, eine Tanzeinlage zum Besten gaben.

Während Anita mit großen Augen den Tanzschritten folgte, brachten Hänschen und Paulchen die Großeltern zum Tisch, der für die Familie reserviert war.

Nie hätte Gertrud gedacht, dass sie es einmal so weit bringen würden. Stolz sah sie hinüber zu ihrem Mann, der am Kai stand und fröhlich seine Mitarbeiter begrüßte. Mittlerweile war er dreiundvierzig Jahre alt. Sein Haar war dünner geworden, und der Bauch etwas dicker. Aber mit seinem schicken Dreiteiler wirkte er, als wäre er immer schon ein erfolgreicher Geschäftsmann und Fabrikant gewesen. Gerade beantwortete er selbstsicher dem Reporter des *Westdeutschen Beobachters* einige Fragen. Dann fotografierten sie ihn noch mit ein paar hübschen Mädchen aus der Verpackungsabteilung.

Gertrud ging zu ihm hinüber. »Hans, wir müssen los.«

»Metternich spricht noch ein paar Worte, bevor wir in See stechen.« Sie konnte ihm ansehen, dass es ihm nicht recht war, dass dieser in seiner Funktion als NSDAP-Ortsgruppenleiter anwesend war. Doch ablehnen hätte er nicht können, um bei den führenden Mitgliedern der Partei nicht unangenehm aufzufallen.

Nachdem der Ortsgruppenleiter Metternich seine kurzen Lobesworte über Hans und die Belegschaft der Firma HARIBO beendet hatte, grüßte er die Anwesenden mit einem zackigen Hitlergruß und einem lauten »Sieg Heil«. Zum Abschluss spielte die Fliegerkapelle das Horst-Wessel-Lied. Danach gingen alle auf das Schiff.

Gertrud setzte sich zu ihren Eltern, während Hans und sein

Bruder Paul von einem Tisch zum anderen wechselten, um sich mit allen Arbeitern persönlich zu unterhalten.

»Wie läuft es auf dem Hof?«, fragte sie ihren Vater.

»Es wird eine gute Ernte geben. Ich bin froh, dass Wilhelm sich so gut um die Bewirtschaftung kümmert. Dieser Traktor, den er nach der Hofübernahme angeschafft hat, erleichtert tatsächlich vieles. Mutter und ich versuchen, ihm zu helfen, wo es geht. Mein Kreuz spielt allerdings nicht mehr so mit.«

»Ich sage immer zu deinem Vater, er soll keine schweren Sachen heben. Aber da redet man gegen eine Wand. Abends muss ich ihn dann wieder mit Franzbranntwein einschmieren. Wer hat also mehr Arbeit durch seine Unvernunft?«, schimpfte ihre Mutter, doch gleichzeitig tätschelte sie die Hand ihres Mannes liebevoll.

»Jetzt sei nicht so streng mit ihm«, antwortete Gertrud und schmunzelte.

Gerade als ihre Mutter noch etwas hinzufügen wollte, bat der Liedermacher »Hans vom Rhein« um Ruhe. Gertrud und die anderen Gäste lauschten gebannt den selbst gedichteten Texten, die sich um Hans und die Betriebsgemeinschaft von HARIBO drehten. Danach sorgten die »Sechs Bönnsche Jungen« für ausgelassene Stimmung an Bord.

Am Abend ging es rheinabwärts zurück nach Bonn, und man hatte sogar einen Bereich zum Tanzen freigeräumt. An allen Tischen wurde gut gegessen, getrunken, gescherzt und gelacht. Genau wie es sich Hans gewünscht hatte.

»Komm, lass uns tanzen.«

Gertrud hatte ihren Mann heute kaum zu Gesicht bekommen, aber nun stand er mit einem breiten Lächeln vor ihr. Sie erhob sich von ihrem Sitzplatz, und Hans führte sie an der Hand zu der Fläche, auf der sich bereits einige Paare schwungvoll drehten.

»Du bist die hübscheste Frau auf dem Schiff. Und das Beste ist: Du bist meine Frau.« Er küsste sie.

Gerührt schmiegte sich Gertrud näher an ihn. »Hans Riegel, du bist der galanteste Charmeur auf Erden … wenn du willst.«

Auch nach fast sechzehn Jahren Ehe konnte Gertrud ihrem Mann, sobald er in dieser ausgelassenen Stimmung war, kaum widerstehen. Dann fühlte sie sich wieder wie das Mädchen, das sich in Dottendorf beim Kathreinstanz in ihn verliebt hatte. Sie mochte es, mit ihm zu tanzen, und für diesen Moment schob sie die Unstimmigkeiten, die ihre Beziehung sonst bisweilen belasteten, zur Seite. Hans umgriff sie fester, und sie drehten sich gemeinsam zur Musik. Gertrud genoss den Augenblick.

Als das Schiff zwei Stunden später am Kai anlegte, war die Stimmung ausgelassen. Von allen Seiten bedankten sich die Arbeiter für den gelungenen Ausflug bei den Riegels.

»Das haben wir gut gemacht. Es war ein voller Erfolg«, resümierte Hans, bevor sie ins Auto stiegen und nach Hause fuhren.

41. Kapitel

NEW YORK, SEPTEMBER 1936

»Schau, Papa, schau!«, Anitas Stimme überschlug sich fast vor Aufregung. »Da ist das Meer. Kannst du auch den Dampfer sehen?«

»Ja, mein Schatz, das kann ich.« Hans gab sich unbeeindruckt, obwohl auch sein Herz vor Furcht schneller pochte. Gertrud schien es ähnlich zu gehen, denn ihre Hand krallte sich in seine, so fest, dass er ihre Fingernägel einzeln spüren konnte. Seine Buben saßen einträchtig nebeneinander und schauten mit großen Augen aus dem Panoramafenster. So ruhig erlebte man sie nur selten.

Was hatte er sich dabei nur gedacht, fragte sich Hans mulmig. Auch der gereichte Sekt half nicht dabei, zu vergessen, dass zwischen ihm und dem festen Boden über fünfhundert Meter lagen. Es schien ihm so eine gute Idee gewesen zu sein: endlich einmal das Land seiner Träume sehen, Geschäftskontakte persönlich knüpfen, etwas erleben, was nach Abenteuer und großer Welt schmeckte. Beklommen sah er sich um. Die anderen der insgesamt fünfzig Passagiere wirkten entspannt – oder waren bessere Schauspieler als er. Wenn man nicht wusste, wo man war, konnte man es sich hier richtig gut gehen lassen.

Sie saßen auf bequemen Sesseln im hinteren Bereich des großen Speisesaals im Zeppelin *Hindenburg* und wurden von livrierten Kellnern bedient. Die Speisekarte brauchte sich nicht vor den feinsten Restaurants des Deutschen Reiches zu verstecken. Sie waren pünktlich in Frankfurt gestartet und würden – wenn alles gutging – nach zweiundsechzig Stunden in Lakehurst nahe New York landen. Die Nacht würden sie in Kabinen mit Klappbetten, dafür aber mit fließend warmem Wasser verbringen.

Es war beeindruckend, wie schnell sich der Mensch an vieles gewöhnen konnte, dachte Hans nur wenig später. Das flaue Gefühl in seinem Magen hatte nachgelassen. Er konnte die Terrine von der Gänseleber auf Portweingelee, angerichtet auf feinem Porzellan mit dem Emblem der deutschen Zeppelin-Reederei, schon wieder goutieren. Seine Söhne, die sich ein Wiener Schnitzel schmecken ließen, waren in eine Unterhaltung über die Technik des Zeppelins vertieft, die Anita augenscheinlich langweilte.

»Die *Hindenburg* wird von vier Dieselmotoren angetrieben und kann eine Geschwindigkeit von etwa hundertfünfundzwanzig Kilometern in der Stunde erreichen«, erzählte Hans.

Paulchen erklärte daraufhin seinen Geschwistern, wie die Geschwindigkeit zusätzlich mittels Messung der Schallausbreitung überprüft wurde. So etwas wusste sein Jüngster. Wenn der Zehnjährige nur dem Lateinunterricht genauso viel Interesse entgegenbrächte wie technischen Daten, dann müssten sie nicht jedes Jahr um seine Versetzung bangen, dachte Hans nicht zum ersten Mal.

Er nahm sein Glas mit dem schweren Bordeaux und stieß mit Gertrud an. Auch aus ihren Zügen war die Angst der Abenteuerlust gewichen.

»Auf unsere Reise.«

»Auf unsere Reise.« Sie lächelte ihn an. »Mir kommt es so unwirklich vor. So weit über dem Boden, und man fühlt sich wie in einem Bonner Restaurant.«

»Mir geht es genauso. Obwohl ich zugeben muss, am Anfang war mir ein bisschen mulmig zumute.«

»Dir auch? Ich hätte mir fast in die Hosen gemacht.« Sie warf den Kopf zurück und lachte ihr schallendes Lachen, das so gar nicht in dieses vornehme Ambiente passte, das er aber umso mehr liebte, weil es so echt und ungekünstelt war. Gertrud blieb Gertrud, auch fünfhundert Meter über dem Meer.

Nach dem Essen ging Hans in den Rauchersalon. Über die letzten Jahre hatte er sich angewöhnt, eine gute Mahlzeit mit einer kubanischen Zigarre zu krönen. Da der Zeppelin mit hochentzündlichem Wasserstoff flog, wurde der Raucherraum mit einer Schleusentür vom Rest des Luftschiffes abgetrennt. In dem wie ein herrschaftliches Wohnzimmer eingerichteten Raum saßen schon mehrere Herren auf bequemen Sofas oder in schweren Ledersesseln. Fast die Hälfte der Anwesenden trug Uniform. Da er niemanden kannte, setzte er sich zur nächstbesten Gruppe dazu. Die Unterhaltung drehte sich um Dinge, die man in New York unbedingt sehen musste. Hans hörte interessiert zu und verbrachte eine vergnügliche Stunde bei ausgezeichneten Zigarren und altem schottischem Whisky.

Als er den Rauchersalon verließ, wurde er an der Tür kontrolliert, damit er ja nicht mit einer brennenden Zigarre hinausging.

Die beiden Tage vergingen angenehm. Manchmal ging er mit Gertrud auf dem Promenadendeck spazieren, er fand Zeit, *Dreizehn bei Tisch* von Agatha Christie zu lesen, köstlich zu speisen, mit den Kindern *Mensch ärgere dich nicht* zu spielen und die eine oder andere Zigarre im Rauchersalon zu rauchen. Als nach zweieinhalb Tagen Gas abgelassen und Ballast abgeworfen wurde, damit der Zeppelin landen konnte, fühlte Hans sich so entspannt wie schon lange nicht mehr.

Als sie nach zweistündiger Taxifahrt auf der George-Washington-Bridge den Hudson-River überquerten, hörte man ein ehrfürchtiges »Oooh« von allen Riegels.

Vor ihnen lag Manhattan. Fast zweihundert Hochhäuser reckten sich dem Abendhimmel entgegen. Hans hatte schon Bilder von der Skyline gesehen, aber die Wirklichkeit übertraf alle Vorstellungen. Es schien unfassbar, dass diese Gebäude, die monumental wie Berge wirkten, menschengemacht waren.

Er erkannte das Singer Building, das Woolworth Building, das Chrysler Building und das Empire State Building, das das höchste Bauwerk der Welt war. Ihr Taxi fuhr sie den Central Park entlang.

»Dieser Park hört ja gar nicht mehr auf.« Gertrud hatte große Augen und schien genauso aufgeregt wie die Kinder.

»Der Park ist über vier Kilometer lang«, wusste Paulchen. Nachdem Hans die Passage mit dem Luftschiff gebucht hatte, hatte er einen Reiseführer von New York bestellt. Sein Jüngster hatte ihn verschlungen und sich viele Fakten und Daten gemerkt.

Das Taxi hielt vor einem sechsundzwanzigstöckigen Gebäude aus Sandstein, dem *Biltmore Hotel*, das einen ganzen Block an der Ecke Madison Avenue und 43rd Street beanspruchte. Die Fassade war im Stil der italienischen Renaissance gebaut, und die höheren Stockwerke waren in U-Form, sodass Licht von oben in die Repräsentationsbereiche fließen konnte. Ein *doorman* öffnete ihnen die Tür, und Pagen holten dienstbeflissen ihr Gepäck aus dem Wagen. Von einer riesigen Eingangshalle, mit Böden und Säulen aus Marmor und unzähligen Palmen in großen Pflanzkübeln, konnten sie mit dem Aufzug in den siebzehnten Stock fahren, wo sich ihre Suite befand.

Anita lachte auf. »Das kribbelt im Bauch.«

Der Hotelpage, der die Knöpfe bediente, verlor für einen Moment seine gleichmütige Miene und grinste Anita an. Hans bemerkte in diesem Moment, wie hübsch seine bald zwölfjährige Tochter war. Der dunkle Reisemantel ließ sie älter wirken als die mädchenhaften Kleider, die sie sonst trug. Er würde ein Auge auf sie – und die amerikanischen Männer – haben, nahm er sich vor.

Nach einer unruhigen Nacht – denn sie taten sich allesamt schwer mit der Zeitumstellung – begannen sie am nächsten Tag, New York zu erkunden. Sie fuhren auf die Aussichtsplattform der sechsundachtzigsten Etage des Empire State Buildings, bummelten durch den Central Park, aßen Hotdogs und nahmen eine Droschke hinunter zum Battery Park, um einen Blick auf die Freiheitsstatue zu erhaschen. Abends gingen sie ein Steak essen, von dem Gertrud mit genießerischem Augenaufschlag behauptete, dass es auf der Zunge zerschmolz.

Schweren Herzens ließ Hans am zweiten Tag seine Familie beim Frühstück zurück, aber schließlich war er geschäftlich hier. Wegen der Devisenverkehrsbeschränkungen, die verhindern sollten, dass deutsches Geld in ausländische Wirtschaft floss, war der Genehmigungsprozess für diese Reise schwierig gewesen. Sein Jagdkamerad Rickert hatte seine Beziehungen spielen lassen, sodass die ganze Familie Riegel nun eine vierwöchige »Studienreise« nach Amerika machen durfte.

Hans traf die nächsten Tage mehrere Importeure und einige Großhändler. Zwar war momentan kein Export seiner Produkte in die USA möglich, aber er ging davon aus, dass der Protektionismus diesseits und jenseits des Atlantiks in nächster Zeit nachlassen werde. Die Olympischen Spiele, die dieses Jahr in Berlin stattgefunden hatten, nährten durchaus die Hoffnung, dass eine politische Annäherung – auch unter Hitler – wieder möglich sei. Die Spiele hatten deutlich dazu beigetragen, das Ansehen des Deutschen Reiches in der Welt aufzuwerten. Wenn es so weit war, hätte er immerhin schon erste Kontakte geknüpft.

Die Tage vergingen wie im Flug. Ein Termin jagte den anderen. Hans war oft mehrere Tage am Stück unterwegs und besuchte Händler in Pennsylvania, Maine und Maryland. Für eine Woche fuhr er mit dem Zug nach Detroit, um Automobilfabriken zu besichtigen. Ihn hatte schon immer die Automatisierung von Arbeit interessiert. Es überraschte ihn, wie offen Amerikaner einem ausländischen Geschäftsmann Einblick in ihre Produktionsprozesse gewährten. Das wäre im Deutschen Reich zur jetzigen Zeit undenkbar gewesen.

Am letzten Abend hatte Gertrud als Überraschung für Anita Karten für *The Metropolitan Opera* am Broadway für eine Aufführung von *Giselle* erstanden.

Er hatte Gertrud gesagt, dass er noch ein letztes Geschäftsessen hätte. Doch die Wahrheit war, dass er sich mit Jane verabredet hatte. Sobald festgestanden hatte, dass sie nach Amerika reisen würden, hatte er sie über das Theater, in dem sie auftrat, angeschrieben. Sie hatte einem Treffen sofort zugestimmt. Doch irgendwie war nie der richtige Zeitpunkt gewesen, Gertrud zu erzählen, dass er seine Jugendliebe wiedersehen wollte. Immer wieder hatte er vorgehabt, es beiläufig zu erwähnen, dann aber in letzter Sekunde den Mut verloren. Was sollte er ihr heute sagen?

Er rang mit sich. Ehrlichkeit maß er hohen Wert bei. Doch die letzten Tage waren so schön und unbeschwert gewesen, da wollte er nicht mit einer »Beichte« Missstimmung riskieren. Sie würde ihn zu Recht fragen, warum er es ihr nicht schon viel früher erzählt hätte. Und es würde eine große Sache daraus werden.

Die es natürlich nicht war. Nur ein Wiedersehen unter alten Freunden, beruhigte er sein Gewissen. Nein, es wäre vernünftiger, nichts zu sagen.

Sie hatten sich in der Main Lobby des Waldorf Astoria in der Park Avenue verabredet. Als Hans die holzgetäfelte Halle mit schwarzen Marmorsäulen betrat, fühlte er sein Herz schneller schlagen. Nur ein Treffen von alten Bekannten, ermahnte er sich.

Suchend schaute er sich um. Dann sah er sie. Sie saß auf einem Sessel, die langen Beine elegant übereinandergeschlagen, ihr dunkles Haar schimmerte im Licht des drei Meter hohen Kristallleuchters über ihr. Wie früher war ihr Mund leuchtend rot geschminkt. Von hier aus könnte man meinen, seit ihrem letzten Treffen sei nur ein Tag vergangen, nicht über zwanzig Jahre. Sie wirkte noch immer wie die junge schöne Frau, in die er sich damals Hals über Kopf verliebt hatte. Wie sie ihn wohl sah? Unbewusst zog er den Bauch ein. Er war zwar sportlich, aber den Körper eines Jünglings hatte er nicht mehr. Und die Haare waren auch lichter geworden.

Er beobachtete sie kurz, bevor er zu ihr trat. Sie sah auf, und für einen Moment versank er in ihren grünen Augen.

»Hans! Was für eine Freude.«

Ihr Akzent hatte eine amerikanische Färbung angenommen, doch die Herzlichkeit, mit der sie die Hände ausstreckte, ließ sie vertraut wirken. Sie trug ein schwarzes, eng geschnittenes Cocktailkleid, das in seiner Schlichtheit elegant und exklusiv wirkte. Als einzigen Schmuck trug sie in Gold gefasste Smaragdohrringe. Sie erhob sich in einer fließenden Bewegung aus ihrem Sessel.

Hans wusste nicht, ob er ihr die Hand geben oder ihre Wangen küssen sollte. Für einen Moment stand er verlegen vor ihr. Sie lachte ihr kehliges Lachen, zog ihn an sich und küsste ihn ganz zart auf beide Wangen. Dann trat sie einen Schritt zurück und betrachtete ihn von oben bis unten.

»It's so great to see you.«

»Du hast dich gar nicht verändert, Jane«, sagte er ein wenig linkisch.

Sie lachte wieder ihr aufregendes Lachen. »Genau das will eine Frau hören.«

»Ich habe einen Tisch im Restaurant reserviert.«

»Du bist ja ein Mann von Welt geworden. Keine Stulle?«

Sie lachten gemeinsam, und das Eis war gebrochen. Während sie durch die Halle an einer riesigen Uhr aus Bronze vorbeigingen, plauderten sie – in einer Mischung aus Deutsch und Englisch – und schwelgten in Erinnerungen.

Als ein Kellner sie zu einem Tisch geleitete, sah er die bewundernden Blicke von den anderen Gästen, die Jane folgten.

Während Jane die Speisekarte studierte, hatte er Zeit, sie genauer zu betrachten. Auch wenn sie immer noch die Figur eines jungen Mädchens hatte, sah er nun im Kerzenschein feine Fältchen um Mund und Augen.

»Wenn wir schon hier sind, esse ich als Vorspeise einen Waldorf-Salat«, verkündete sie.

Sie bestellten, und Hans genoss den Abend mit ausgezeichnetem Essen – er hatte als Hauptspeise ein Filet Mignon, sie Krabben –, kurzweiliger Unterhaltung und dem Prickeln, dass er etwas Verbotenes tat.

Immer wieder traten gut gekleidete Herren an ihren Tisch, um Jane ihre Aufwartung zu machen oder sie zu einer Party an diesem oder einem der nächsten Abende einzuladen. Sie lachte, scherzte, lehnte aber alle Einladungen charmant ab. Was ihm auffiel, als er sie in diesen Momenten beobachtete: Sie war immer eine schöne Frau gewesen, doch nun hatte sie ein Selbstbewusstsein und eine Souveränität, die alle Aufmerksamkeit auf sie lenkte. Sie hatte das geschafft, wovon sie früher gesprochen hatte: Sie konnte leben, wie es ihr gefiel, finanziell unabhängig, berühmt und begehrt.

»Du hast es weit gebracht, Hans. *Your are a real selfmade man.* Ich habe immer deinen Ehrgeiz gespürt. Aber du bist einer der wenigen, die aus ihren Träumen Wirklichkeit gemacht haben.«

»Gerade der Anfang war schwer.« Für einen Moment trat Gertrud vor sein inneres Auge. Wie sie im Grönstall Seite an Seite Bonbons verpackt hatten. »Aber ich hatte immer Menschen, die mich unterstützt haben.« Sie zog fragend die Augenbrauen hoch. »Am Anfang besonders meine Mutter und meine Frau.«

»Dann bist du glücklich in deiner Ehe?«

Er überlegte einen Moment. Es war nicht mehr so aufregend wie am Anfang. Die Kinder waren anstrengend. Die viele Arbeit ließ ihnen wenig Zeit, und die Streitigkeiten wegen Hans junior waren zermürbend gewesen. Jane beugte sich vor, und ihre Lippen glänzten verführerisch. Er konnte eine Einladung in ihren Augen lesen. Er musste an Gertrud denken. Wie sie vor Freude gejauchzt hatte, als der Aufzug in großer Geschwindigkeit das Empire State Building hinaufgerast war. Ihre Geduld, wenn die Kinder stritten. Wie sie sich müde die Haare aus dem Gesicht strich, wenn sie spätabends über den Büchern saß.

»Ja«, sagte er fest. »Ich bin glücklich verheiratet.«

Der Moment voller Möglichkeiten verflog.

Jane nickte. »Das freut mich für dich.« Doch ihm schien, dass ihre Augen etwas von ihrem Glanz verloren hatten.

»Möchtest du noch einen Nachtisch?«

»Oh, nein.« Sie hob lachend die Hände in gespielter Abwehr. »Ich habe heute sowieso schon über die Stränge geschlagen. Das muss ich morgen bei den Proben büßen. Bitte nur einen Kaffee für mich, Darling.«

»Wie läuft es denn am Broadway?«

Ihre grünen Augen funkelten. »Ich habe eine Hauptrolle in einem Stück mit Musik von Gershwin bekommen. Wir sind gerade am Proben. Einfach zauberhaft. Ein toller Cast.« Sie seufzte. »Aber die Zeit wird knapp. In meiner Branche gibt es für Frauen ein Ablaufdatum.«

Darüber hatte Hans noch nie nachgedacht. »Was willst du denn danach machen?«

Sie grinste ihn an. »Einen reichen Mann heiraten.«

Er musste über ihre Unverblümtheit lachen. »Diese Antwort hätte ich jetzt nicht erwartet. Was würde Emmeline Pankhurst dazu sagen?«, fragte er in Anspielung auf ihre frühere Verehrung der britischen Suffragette.

Jane lächelte schief. »Sie war kein Broadway-Star, die damit leben musste, dass ihr Stern unweigerlich untergeht, weil jüngere, hübschere Mädchen nachkommen.« Er konnte Resignation in Janes Augen sehen. »Am Ende des Tages bin ich auch nur eine Frau, die ihr Leben nicht allein verbringen will.«

»Es scheint ja genügend Bewerber zu geben«, sagte er betont munter.

Sie seufzte wieder. »Die Männer, die mit uns Theatermädchen ausgehen, wollen gerne mit uns gesehen werden, aber selten heiraten. Die guten Männer über vierzig sind meist alle vergeben.« Sie sah ihn direkt an. »Hast du je darüber nachgedacht, was aus uns geworden wäre, wenn der Krieg nicht gekommen wäre?«

Diese Frage hatte ihn in letzter Zeit auch immer wieder beschäftigt. Er winkte den Kellner heran und bestellte zwei Kaffee, um etwas Zeit zu gewinnen. Es war schwierig, wenn Jane so betörend vor ihm saß, doch eigentlich wusste er die Antwort.

»Ich war sehr verliebt in dich. Aber ich denke, unser beider Leben hätten nicht zusammengepasst. Du wolltest in die Welt hinaus, Karriere auf der Bühne machen.« Er hob sein Glas und prostete ihr zu. »Was dir zweifellos gelungen ist.« Sie lächelte ihn an, doch ihr Lächeln erreichte ihre Augen nicht. »Und ich …« Es war Zeit, wieder auf den Boden der Realität zurückzukehren. »Ich habe eine Frau geheiratet, die mich immer bedingungslos unterstützt hat. Ohne sie wäre ich nicht da, wo ich jetzt bin.«

Jane sah ihn schweigend an, nickte und drückte seine Hand. Trotz allem, was er gerade gesagt hatte, konnte er nicht leugnen, dass sie eine begehrenswerte Frau war. Er räusperte sich und griff nach seiner Tasse.

Sie tranken noch ihren Kaffee aus, doch die letzten gemeinsamen Minuten waren von Melancholie überschattet. Beide wussten sie, dass sie damals die richtigen Entscheidungen getroffen hatten, aber das »Was wäre, wenn …« hing bleiern über ihnen.

Als sie sich voneinander verabschiedeten, schlug keiner der beiden vor, noch einen Drink in irgendeiner Bar zu nehmen. Sie wussten beide, dass es Zeit war, einander Auf Wiedersehen zu sagen.

Er ging die sieben Blocks zu seinem Hotel zu Fuß, um den Abend Revue passieren zu lassen. Jane war immer noch bezaubernd, und allem Anschein nach lag ihr die New Yorker Männerwelt zu Füßen. Doch an einem gab es für ihn nicht den geringsten Zweifel: Auch wenn der Abschied von Jane ihn damals sehr geschmerzt hatte, der Krieg ihm Jahre seines Lebens gestohlen hatte, seine Verliebtheit in Anna seinen Stolz und Gertruds Gefühle verletzt hatte – all diese Wege und Irrwege hatten ihn dahin geführt, wo er jetzt war. Genau an den richtigen Ort mit der richtigen Frau an seiner Seite.

Als er die Suite betrat, lag Gertrud auf der Chaiselongue und las in einem Buch. Sie sah auf.

»Und, wie war's?«

»Nichts Besonderes«, log er. »Aber ich bin noch ein paar Blocks zu Fuß gelaufen, um noch einmal New York bei Nacht anzusehen. Es war eine schöne Zeit hier.«

Sie nickte.

»Dabei habe ich mir Gedanken über unsere Familie gemacht. Die Kinder werden so schnell groß, und Hänschen hat sich die ganze Reise über sehr vernünftig benommen. Was hältst du davon, wenn wir ihn in Zukunft extern ins Aloisius-Kolleg gehen lassen? Die lange Radfahrt wird ihm guttun.«

Die Freude, die sich in Gertruds Gesicht ausbreitete, ließ sein schlechtes Gewissen kleiner werden.

Sie bestellten sich beim Room-Service noch einen Schlummertrunk und machten es sich auf dem Sofa bequem. Gertrud erzählte von ihrem Abend beim Ballett und von den Tieren, die sie untertags im Zoo gesehen hatten. Hans legte den Arm um sie, atmete den Duft ihres Haares ein und wusste, dass er dort war, wo er hingehörte.

42. Kapitel

PECH, MAI 1937

Es war fast sieben, als Gertrud von den Unkels nach Hause kam. Sie war zusammen mit Anna zum Kaffeeklatsch bei Lenchen eingeladen gewesen. Gemeinsam hatten sie im Garten des Pfarrhauses gesessen, hatten die Frühlingssonne, deren Wärme schon eine Ahnung von Sommer mitbrachte, genossen und ausgetauscht, was im letzten Monat in ihrem Leben passiert war. Wenn die drei Frauen zusammen waren, verging die Zeit immer viel zu schnell. Gertrud liebte diese Stunden, wo sie sich im breitesten Bönnsch alles von der Seele reden konnte, ohne ein Blatt vor den Mund nehmen zu müssen. Es gab Dinge, die konnte man nur alten Freunden anvertrauen – Menschen, für die sie die Gertrud vom Vianden-Hof blieb und nicht die wohlsituierte Unternehmersgattin war. Nur diesen beiden Frauen hatte sie ehrlich erzählen können, wie sehr es sie belastet hatte, dass Hänschen gegen ihren Willen ins Internat gemusst hatte, und von den Spannungen, die es danach zwischen ihr und ihrem Mann gegeben hatte.

Aber auch schöne Dinge konnte sie mit ihnen teilen. Wie sich ihr Verhältnis durch die Amerikareise wieder verbessert hatte, oder wie stolz sie war, als sie Anita das erste Mal ein Solo im Ballett tanzen gesehen hatte. Sogar über die ehelichen Pflichten sprachen sie. Allerdings sehr codiert, sodass ein zufälliger Zuhörer nicht gewusst hätte, worum es ging. Doch sie drei verstanden einander, fügten mit einem beredten Zwinkern belebende Zweideutigkeiten ins Gespräch ein, was oft zu schallendem Gelächter führte. Nach diesen Treffen fühlte sie sich immer leichter und voll frischer Energie.

Gertrud öffnete das Gartentor und sah auf der Treppe eine Gestalt sitzen. Als sie Aga erkannte, die sich wie ein Häuflein Elend an die Wand kauerte, riss sie erstaunt die Augen auf. Auch wenn Agas Mantel aus feinster Wolle war, wirkte sie ungepflegt. Ihr Haar war ungekämmt, und sie hatte dunkle Schatten unter den Augen.

Gertrud hatte ihre Schwägerin in den letzten Jahren nicht oft zu Gesicht bekommen – vielleicht weil sie mit ihrer Meinung über deren Liebschaft mit Samuel Goldbach, dem Sohn ihrer Arbeitgeber, nicht hinter dem Berg gehalten hatte. Sogar als dieser eine jüdische Frau aus gutem Hause geheiratet hatte, hatte Aga nicht von ihm lassen können. Es schmerzte Gertrud, dass Aga ihre besten Jahre – inzwischen war sie siebenunddreißig, wie Gertrud selbst – mit diesem Mann verschwendet hatte. Sie hatte keine eigene Familie und kein eigenes Heim, sondern hatte ihre Liebe einem Mann geschenkt, der sie mit seinen Versprechungen wieder und wieder vertröstete. Erst hatte er nicht zu ihr stehen können, weil seine Eltern dagegen waren. Dann hatte er eine andere Frau heiraten müssen. »Das ist nur eine Vernunftehe, lieben tue ich nur dich, mein Schatz«, hatte er Aga geschworen. Seitdem versprach er, seine Frau zu verlassen, sobald die Kinder aus dem Gröbsten raus wären, sobald die Schwiegermutter wieder gesund sei, sobald die Schulnoten vom Ältesten wieder besser würden, sobald … nie. Dass Aga Samuel dennoch nie aufgegeben hatte, hatte zu mancher Auseinandersetzung zwischen den beiden Frauen geführt.

Gertrud machte es wütend, dass ihre lustige, lebensfrohe Schwägerin sich wieder und wieder mit leeren Versprechungen hatte hinhalten lassen. Dabei ging es ihr nicht um die Moral. Aga sollte schlafen, mit wem sie wollte, solange sie glücklich war. Aber die letzten Jahre war Aga nicht mehr glücklich gewesen. Immer nur ein paar gestohlene Stunden, wenn es sich der feine Herr Goldbach einrichten konnte. Enttäuschung hatte in ihren schönen Zügen einen festen Platz gefunden und war später einem Ausdruck von Resignation gewichen. In ihren Augen lag eine Traurigkeit, die auch nicht verschwand, wenn sie lachte. Gertrud hatte ihre Sehnsucht gespürt, wenn Aga, als die Kinder noch klein waren, Hänschen, Paulchen oder Anita auf dem Arm gehalten hatte.

Aga sah sie unsicher an.

Gertrud öffnete weit die Arme. »Herzlich willkommen! Schön, dass du da bist.«

Erleichtert erwiderte Aga ihre Umarmung. Sie klammerte sich an Gertrud fest, als wäre sie am Ertrinken, und begann bitterlich zu weinen.

»Was ist denn passiert?«, fragte Gertrud erschrocken. »Wieso sitzt du denn hier draußen?«

»War keiner daheim.«

Das stimmte. Ihre Zugehfrau Berta ging immer schon um sechs, Hans war sicher noch in der Firma, und die Kinder waren im Zeltlager, das die Hitler-Jugend zusammen mit dem Bund Deutscher Mädel organisiert hatte.

»Jetzt komm erst mal rein.« Sie führte Aga in die Küche. »Tee oder was Stärkeres?«

»Was Stärkeres.«

Gertrud ging zur Anrichte, in der immer eine Flasche Schnaps von Bauer Rütten stand. Während sie ihren Gästen inzwischen edle Liköre, teuren Cognac, Sherry oder Champagner anboten, so gab es andererseits Situationen, in denen nur ein einfacher Klarer half.

Sie schenkte zwei Gläser ein. Bevor sie die Flasche wieder hinstellte, hatte Aga schon ausgetrunken. Gertrud zog eine Augenbraue hoch und schenkte nach.

»Also, erzähl.«

Aga stützte den Kopf in die Hände, sodass ihr ihre dichten Haare ins Gesicht fielen. In diesem Moment erinnerte sie Gertrud an das schüchterne Mädchen, dass sie vor so vielen Jahren kennengelernt hatte.

Sie drückte Agas Hand und wartete, bis ihre Schwägerin die Worte, die ihr anscheinend so schwerfielen, fand.

»Er verlässt Deutschland. Morgen«, presste Aga schließlich hervor.

»Wer?« Der Groschen fiel. »Samuel Goldbach?«

»Ja. Er hat es mir gestern Abend gesagt.«

»Wohin geht er?«

»Nach Schweden.«

Aga begann zu weinen. Heftige Schluchzer schüttelten ihren dünnen Körper durch. Gertrud stand auf, setzte sich neben sie und legte ihren Arm tröstend um sie. Doch die Schwägerin schien jenseits jeglichen Trostes. Sie weinte, als könnte sie nie wieder damit aufhören.

»Er hat die letzten Monate damit zugebracht, Dokumente zu besorgen und Wertsachen zu verkaufen. Sogar sein Haus gehört ab nächsten Monat jemand anderem. Und mir …« Sie schluchzte so heftig, dass sie nicht weitersprechen konnte. »Mir …«, setzte sie wieder an, um erneut abzubrechen, »… mir hat er kein Sterbenswörtchen davon erzählt. Noch letzte Woche haben wir ein Wochenende in einem Hotel in der Eifel verbracht. Dort hat er mir eine Brosche als Zeichen seiner Liebe geschenkt und mir versprochen, nach der Bat Mizwa seiner jüngsten Tochter seine Frau zu verlassen. Das wäre nächstes Jahr gewesen.« Wieder schluchzte sie.

Gertrud wurde das Herz schwer. Was konnte sie darauf sagen? Die Wut auf den Mann, der Aga so viele Jahre hingehalten und ihr eine Zukunft vorgegaukelt hatte, an die er selbst offensichtlich nie geglaubt hatte, schnürte ihr die Kehle zu. Es half aber nichts, dass sie ihre Schwägerin wieder und wieder gewarnt hatte. Das Schlimmste, was sie jetzt sagen könnte, wäre: *Das habe ich dir doch gleich gesagt.*

Also sagte sie ein wenig hilflos: »Du bist ohne ihn besser dran. Bleibst erst mal bei uns.« Dann zog sie ihre Schwägerin an sich und ließ sie weinen.

Es dauerte lange, bis sich Aga beruhigte.

Sie begann, von den letzten Jahren in Düsseldorf zu erzählen. Von ihren Arbeitgebern, den alten Goldbachs, die sie immer anständig und gerecht behandelt hatten. Es hatte Aga wehgetan, mit anzusehen, wie diese mehr und mehr vom öffentlichen Leben ausgeschlossen worden waren. Früher hatte die feine Gesellschaft von Düsseldorf um Einladungen bei ihnen gebuhlt. Inzwischen kamen selbst alte Freunde nicht mehr, weil sie Juden waren. Die Geschäfte liefen schlecht, aber Herr Goldbach wollte Düsseldorf partout nicht verlassen. Er war dort aufgewachsen und hoffte, dass der Nazi-Spuk bald zu Ende ginge. Vor einigen Wochen hatten Buben von der Hitler-Jugend Frau Goldbach auf offener Straße angespuckt.

Es war, als wäre ein Damm gebrochen. Nachdem Aga einmal begonnen hatte, konnte sie nicht mehr aufhören zu reden. Die sonst so zurückhaltende Schwägerin beschrieb ausführlich, wie liebevoll und leidenschaftlich Samuel sein konnte.

»Ich hatte das Gefühl, er ist der einzige Mensch auf der Welt, der mich durch und durch kennt. Er hat mir im Bett Gedichte von Brentano, Heine und Mörike vorgelesen, mich mit wertvollen Mitbringseln von seinen vielen Reisen überzeugt, dass er immer und überall an mich denkt.« Aga erzählte von gestohlenen Momenten und teuren Geschenken, die nicht halfen, die Erniedrigung zu verschmerzen, dass sie bei mancher Abendveranstaltung Samuels Frau bedienen musste. »Das Schlimmste daran war: Sie war richtig nett zu mir. Ich habe mich gefühlt wie der hinterhältigste Mensch auf Gottes Erden. Aber dann hat mir Samuel wieder erzählt, dass sie sich nur für die Kinder interessiere und dass sie keinerlei Gemeinsamkeiten hätten, dass es auch für sie nur eine Vernunftehe sei. Und ich habe ihm geglaubt.« Ihre Augen wurden wieder feucht. »Glauben *wollen*. Ein Teil von mir hat es immer gewusst. Aber ich konnte mir ein Leben ohne Samuel nicht vorstellen.« Wieder ein Schluchzer. »Und jetzt geht er mit ihr und den Kindern nach Schweden. Abschiedsgeschenk, Goethes ›Willkommen und Abschied‹ rezitiert, Kuss, und mich gibt es nicht mehr. Ich wäre mit ihm gegangen. Egal, wohin. Die letzten Jahre, seit die Rechte der Juden immer mehr eingeschränkt werden, habe ich immer zu ihm gestanden. Ich hätte mich auf die Königsallee gestellt und geschrien: ›Ich liebe Samuel Goldbach!‹ Und wenn er keinen Pfennig mehr gehabt hätte, wäre ich bei ihm geblieben. Sie hätten mich wegen Rassenschande bestrafen können, es wäre mir egal gewesen.«

Gertrud seufzte. Obwohl Aga fast zwanzig Jahre in einem jüdischen Haushalt zugebracht hatte, schien diese Äußerung naiv. Der Jude in einer Beziehung wurde nach den Nürnberger Rassengesetzen viel strenger bestraft als die Deutsche.

»Ich werde ihn nie wieder sehen.« Erneut begann Aga zu weinen. »Ich habe die ganze Nacht kein Auge zugemacht. Die Vorstellung, dass er heute mit Frau und Kindern käme, um sich von seinen Eltern zu verabschieden, während ich ihnen als Hausdame Tee serviere, war unerträglich. Ich habe daher zu den alten Goldbachs gesagt, dass Vater schwer erkrankt sei und ich deshalb sofort nach Hause müsse. Sie waren sehr verständnisvoll. Aber jetzt sehe ich ihn nie wieder.«

Dann begann es von Neuem: Schwärmen von den gemeinsamen Jahren, Zorn über das abrupte Verlassenwerden, Schmerz, den Geliebten nie wieder zu sehen.

Gertrud ließ Aga sich den Kummer von der Seele reden und schenkte zwischendurch Kirschschnaps nach.

Als sie den Schlüssel im Schloss hörten, fuhr Aga auf.

»Was wird Hans sagen?«

»Er wird sich freuen, dass seine Schwester zu Besuch ist«, sagte Gertrud bestimmt und reichte ihr ein Taschentuch.

Aga trocknete ihre Augen und setzte sich aufrechter hin.

Hans betrat den Raum, stutzte überrascht, als er seine Schwester am Tisch sah. Wenn ihm auffiel, dass Aga verweint und zerzaust aussah, ließ er es sich nicht anmerken. Er lächelte seine Schwester herzlich an.

»Das ist ja eine schöne Überraschung. Hast du endlich einmal Urlaub bekommen?«

Aga nickte.

»Bleib, so lange du willst.«

Hans setzte sich zu ihnen, Gertrud machte ein paar Spiegeleier, und sie redeten über den Schock, dass das Luftschiff *Hindenburg*, mit dem sie letztes Jahr nach Amerika gefahren waren, vor einigen Tagen bei der Landung in Lakehurst explodiert und völlig ausgebrannt war. Sechsunddreißig Menschen waren ums Leben gekommen.

Aus den Augenwinkeln beobachtete Gertrud ihren Mann.

Er überspielte gekonnt, dass Aga sich kaum am Gespräch beteiligte und dass ihre Augen feucht schimmerten. Er hielt die Konversation allgemein und vermied alles Persönliche. Gertrud kannte ihren Mann gut genug, um zu wissen, dass er nicht blind oder gefühlskalt war. Er vermutete sicher schon lange, dass seine Schwester eine unglückliche Liebesgeschichte hatte. Aber das waren Themen, mit denen er sich nicht wohlfühlte und die er daher umging. Es gab Dinge, die wollte er gar nicht wissen. Darin war er seiner Schwester nicht unähnlich.

43. Kapitel

KESSENICH, JULI 1937

»Fräulein Bösch, kommen Sie bitte ins Büro. Wir haben einige Punkte zu erledigen«, wies Hans seine Büroleiterin im Vorbeigehen an.

Die große, sehr schlanke Frau von Mitte dreißig hatte ihre blonden Haare wie immer akkurat aufgesteckt. Heute trug sie ein graues Kostüm. Sie schnappte sich Block und Bleistift, die immer bereit lagen, und nahm auf einem Stuhl gegenüber dem Schreibtisch Platz. Erwartungsvoll sah sie Hans an, parat, jedes kleinste Wort in Kurzschrift zu notieren, um es später an die Sekretärinnen im Schreibbüro weiterzuleiten. Dort wurden alle Geschäftsbriefe auf modernen Schreibmaschinen der Marke *Triumph* abgetippt. Danach sah Fräulein Bösch die Briefe durch und überprüfte Richtigkeit und Rechtschreibung, bevor sie sie ihm zum Unterzeichnen in einer Mappe vorlegte. Anschließend kümmerte sie sich um den Versand.

Hans war dankbar für die Effizienz, mit der Fräulein Bösch jede Aufgabe erledigte. Da sie unverheiratet war, machte es ihr auch nichts aus, auch mal abends, falls nötig, länger zu bleiben. Fräulein Bösch war ein Glücksfall für ihn – fleißig und freundlich, aber mit ihrer spitzen Nase nicht hübsch genug, dass Gertrud eifersüchtig werden könnte, wenn er abends erst spät nach Hause kam.

»Fräulein Bösch, als Allererstes: Die Umfirmierung ist durch. Es heißt jetzt ›HARIBO-Lakritzen, Hans Riegel, Bonn‹. Bitte ändern Sie den Briefkopf der Geschäftsschreiben.«

Hans hatte lange mit Gertrud und Paul gesprochen, wie sie das Unternehmen in Zukunft ausrichten sollten. In diesen Momenten, wenn sie zu dritt zusammensaßen und über ein wichtiges unternehmerisches Thema diskutierten, spürte er, wie sehr auch den anderen beiden die Firma am Herzen lag. Hans war froh, sich hinsichtlich Entscheidungen, die den Erfolg der Fabrik und das Wohl der Mitarbeiter betrafen, zusammen mit jemandem beratschlagen zu können. Manchmal lastete die Verantwortung schwer auf ihm, und er war dankbar, seine Familie um sich zu haben.

Sie waren bei den Gesprächen übereingekommen, dass die Zeiten im Begriff waren, sich zu ändern, und dass es klug wäre, mehr auf pharmazeutische Produkte zu setzen als auf Süßigkeiten. Auf dem letztjährigen Nürnberger Parteitag war ein Vierjahresplan verkündet worden. Bis dahin sollten die Deutschen ohne Rohstoffe und Erzeugnisse aus dem Ausland auskommen, was für HARIBO enorme Einschränkungen bedeuten würde. Sie bezogen viele Zutaten weltweit. Bereits jetzt wurde es immer schwieriger, an Grundstoffe zu kommen. Manch andere Fabrik hatten schon schließen müssen, doch er wollte dem entgegenwirken, indem er seine Produktpalette veränderte. Hans wollte vermehrt Hustenbonbons, Salmiakpastillen und Lakritze mit einem höheren Anteil an Süßholzwurzel produzieren. Er hoffte darauf, als pharmazeutisches Unternehmen dafür eher Ausnahmegenehmigungen für den Rohstoffimport zu erhalten, falls es einmal notwendig werden sollte. Denn so standen nicht der Geschmack und der Genuss von Süßem im Vordergrund, sondern die Nützlichkeit und die Heilwirkung. Es war bekannt, dass die Süßholzwurzel in der Lakritze gegen Pilze und Bakterien wirkt und dass ihr Inhaltsstoff Glycyrrhizinsäure schleimlösende Eigenschaften hat.

Dann wies er Fräulein Bösch an: »Setzen Sie bitte eine Annonce in die Zeitung, dass wir drei weitere Mitarbeiter für unsere neue pharmazeutische Abteilung suchen. Die anderen werden wir von der Bonbonproduktion abziehen.«

Fräulein Bösch sah auf ihren Block, der auf dem rechten Knie ihrer übereinandergeschlagenen Beine lag, und schrieb. »Sonst noch etwas, Herr Riegel?«

»Suchen Sie sämtliche Adressen von Drogerien und Apotheken heraus. Dann setzen Sie ein Schreiben auf, dass wir jetzt vermehrt pharmazeutische Erzeugnisse herstellen. In einem separaten Blatt fügen wir eine Liste aller momentan erhältlichen Produkte mit Menge und Preis hinzu. Paul wird Ihnen dabei helfen. Bevor es verschickt wird, möchte ich noch mal drüberschauen.«

»Wird erledigt, Herr Riegel.«

Hans lehnte sich für einen Moment zurück. Seit Anfang des Jahres hatte er eine große Jagdpacht in der Nähe seines Grundstücks in Pech. Auch wenn Gertrud es immer noch nicht gerne sah, dass er die Wochenenden auf dem Hochsitz verbrachte, war ihre Verärgerung nicht mehr ganz so groß, seit er begonnen hatte, das erlegte Wild unter seinen Arbeitern zu verteilen. So hatten alle etwas davon. Er konnte seiner liebsten Beschäftigung nachgehen, und seine Mitarbeiter hatten ab und zu Reh oder Wildschwein auf dem Tisch.

Er liebte die Jagd, den erdigen Duft des Waldes, den stillen Moment, wenn er auf dem Hochsitz auf Wild anlegte, und das anschließende gemütliche Zusammensein mit seinen Jagdkameraden. Oft feierten sie danach mit gutem Wein und vorzüglichem Essen. Die Treffen dauerten nicht selten bis spät in die Nacht. Es wurde politisiert, musiziert und gesungen. Er konnte manchen seiner dort geschlossenen Kontakte im Geschäftsleben brauchen.

»Herr Riegel, war das alles?«, die Stimme von Fräulein Bösch riss ihn aus seinen Gedanken.

»Ich habe am Wochenende zwei Rehe geschossen. Bitte sehen Sie auf der Liste nach, wer dieses Mal dran ist, das Fleisch zu bekommen, und kümmern Sie sich darum, dass die betreffenden Mitarbeiter es so schnell wie möglich erhalten.«

Die Verteilung des Fleisches erfolgte strikt nach einer Liste, sodass keiner seiner zweihundertsechzig Mitarbeiter zu kurz kam. Jeder, vom ersten Meister bis hin zum Arbeitsjungen, kam bei ihm in den Genuss eines Sonntagsbratens.

»Wird erledigt. Kann ich sonst noch etwas tun?«, fragte Fräulein Bösch.

»Ja. Der Hausmeister soll endlich die Metallplakette des Gaudiploms an der Hauswand neben dem Eingang anbringen.«

»In Ordnung. Ich gebe ihm Bescheid.«

»Liegt sonst noch was an?«, fragte Hans.

»Ja, Oberbürgermeister Rickert hat eine Einladung zu einem Konzert am Sonntagabend geschickt. Soll ich zusagen?«

Hans überlegte. Konnte er absagen? »Ich gebe Ihnen später Bescheid«, sagte er zu Fräulein Bösch.

Sie erhob sich und verließ das Büro.

Hans lehnte sich wieder in seinem Stuhl zurück und sah aus dem Fenster. Von hier überblickte er den Hof, sodass er den HARIBO-Fuhrpark immer im Blick hatte und, wenn er wollte, jede Lieferung, die die Firma verließ, sehen konnte.

Bis jetzt hat er es geschafft, dass seine Geschäfte weiterliefen, ohne in die NSDAP einzutreten. Allerdings ging es nicht ohne Kompromisse. Er versuchte, die Berührungspunkte mit der Politik so gering wie möglich zu halten. Die HARIBO-Betriebsgemeinschaft war inzwischen in die Nationalsozialistische Betriebszellenorganisation eingegliedert. Das war nicht abzuwenden gewesen.

Im Mai war HARIBO sogar von der deutschen Arbeitsfront mit dem Gaudiplom ausgezeichnet worden, und sie hatten in einem kleinen Festakt eine Urkunde und eine große Metallplakette erhalten, die für alle sichtbar am Eingang angebracht werden sollte. Sie zeigte in der Mitte das Hakenkreuz, und außen herum stand: »Gaudiplom für vorbildliche Betriebsführung«. Bisher hatte er das Schild im Büro liegen, doch falls Rickert überraschend zu Besuch kam, wäre es besser, wenn es montiert war.

Gertrud und er gingen meistens nicht zu offiziellen Anlässen und sagten viele Einladungen ab. Trotzdem war es ihm gelungen, ein gutes Verhältnis zum Oberbürgermeister aufzubauen, denn sie trafen sich immer wieder bei Jagdgesellschaften. Hans war das lieber. Da stand die Jagd im Vordergrund, und nicht das Parteiinteresse. Er würde das Konzert absagen und Rickert lieber am Samstag auf der Jagd treffen, nahm er sich vor.

44. Kapitel

KESSENICH, AUGUST 1938

»Diese Kiste muss gleich mit! Da drüben stehen auch noch welche«, sagte Gertrud zu ihrem Schwager Paul, ganz in ihrem Element. Monatelang hatte sie den Wohnortwechsel generalstabsmäßig geplant. Ihr Mann zog sie öfter damit auf, wie viel Zeit sie in die Organisation steckte, aber erstens machte ihr diese Aufgabe Spaß, und zweitens mochte sie nicht im Chaos leben. Je schneller wieder alles an seinem Platz war und der Alltag im neuen Heim beginnen konnte, desto besser. Seit Tagen hatte sie Kartons gepackt, aussortiert und beschriftet, sodass der Umzug in ihre neu gebaute Villa in Pech wie geplant an diesem einen Samstag über die Bühne gebracht werden konnte. Es war schön zu sehen, dass alle zusammen mithalfen: ihre Kinder, die Verwandtschaft, Freunde und die Arbeiter aus der Fabrik.

Im Hause herrschte reges Treiben. Sie hatten gerne hier in der Bergstraße in Kessenich gewohnt, doch allmählich wurde es zu eng, und es wurde Zeit für einen neuen Lebensabschnitt. Vor allem in den Anfangsjahren war es praktisch gewesen, direkt neben der Fabrik zu leben. Wenn Hans bis spät in die Nacht hinein schuftete, hatte er keinen weiten Nachhauseweg. Privates und Geschäftliches hatten sich auf eine gewinnbringende Weise vermischt. Dies hatte allerdings auch öfter zu Unstimmigkeiten geführt. Da es keinen räumlichen Abstand gab, hatte Gertrud oft das Gefühl gehabt, ihren Mann immer mit der Firma teilen zu müssen. Sie hoffte, dass dies in Pech besser würde. Was allerdings einen Schatten auf diese Hoffnung warf, war, dass Hans neben seinem Jagdrevier in Pech ein weiteres in der Steiermark gepachtet hatte. Ganz häuslich würde er wohl nicht mehr werden, dachte sie mit einem Seufzer.

Inzwischen waren die Kinder groß, allesamt Backfische, und würden in wenigen Jahren das Nest verlassen. Mit jedem Stück, das nach draußen getragen wurde, wurde Gertrud deutlicher bewusst, dass ein Abschnitt zu Ende ging. Hier hatte sie ihre Kinder zur Welt gebracht und viele Jahre zusammen mit ihrer Familie gelebt. Hier hatten sie und Hans sich geliebt, hier hatten sie gestritten und sich wieder versöhnt, hier hatten sie Freud und Leid geteilt.

Es gab noch viel zu tun. Sie schnappte sich tatkräftig einen Karton mit teuren Vasen, der verlassen im Wohnzimmer stand, und brachte ihn selbst hinunter. Am Eingang parkte einer der Lieferwagen mit dem weißen geschwungenen HARIBO-Schriftzug, der ansonsten ihre Produkte auslieferte.

»Geben Sie her, Frau Riegel«, sagte Dirk, der normalerweise in der Produktion arbeitete, heute aber für das Beladen der Autos zuständig war. Er kam ihr entgegen und nahm ihr die Kiste ab.

Adolf Pütz, Hans' Jugendfreund, lud gerade Paulchens Fahrrad auf. Die Lieferwagen fuhren ständig zwischen der Bergstraße in Kessenich und dem zehn Kilometer entfernten Pech hin und her. Gertrud hatte beschlossen, den gesamten Hausstand mitzunehmen und nur einige Möbel neu anfertigen zu lassen, um die Einrichtung zu ergänzen.

»Da sind teure Vasen drin, bitte Vorsicht damit.«

»Pass schon drauf auf«, murmelte Dirk und platzierte die

Kiste so auf der Pritsche, dass sie nicht verrutschen oder umfallen konnte.

Als Gertrud wieder hineingehen wollte, kam ihr Anita entgegen. Schweißperlen standen der Dreizehnjährigen auf der Stirn vom ständigen Rauf-und-runter-Laufen. »Mutti, ich fahre jetzt zum neuen Haus und helfe dort beim Ausladen und Einräumen. Hier ist fast alles fertig.«

»Gut. Ich komme dann mit dem letzten Wagen nach. Wo sind deine Brüder?«

»Hänschen und Paulchen sind vorhin schon mitgefahren«, antwortete Anita und stieg auf der Beifahrerseite des Lieferwagens ein.

Bevor das Auto abfuhr, kam Aga mit zwei großen Körben angerannt. Sie hatte sich nach ihrer überstürzten Abreise aus Düsseldorf sofort eine Anstellung in Bonn suchen wollen. Die Goldbachs hatten ihr hervorragende Referenzen mitgegeben. Hans und Gertrud hatten sie jedoch überredet, erst einmal ein paar Wochen Pause zu machen, um sich von ihrem Seelenschmerz zu erholen. Die Untätigkeit hatte die rührige Aga jedoch nicht lange ausgehalten. Sie hatte begonnen, den Haushalt der Riegels zu übernehmen, sehr zum Missfallen der Zugehfrau. Doch Gertrud wusste das Organisationstalent und den praktischen Hausverstand ihrer Schwägerin zu schätzen. Bevor die treue Berta ihre Drohung zu kündigen, wahrmachen konnte, hatte Aga dann aber eine Stelle bei einem Bonner Professor angenommen.

Gertrud vermisste sie schmerzlich. Es war schön gewesen, eine andere Frau im Haus zu haben. Eine, mit der sie reden konnte, wie ihr der Schnabel gewachsen war. Eine, die Hans, den erfolgreichen Unternehmer, nicht mit blinder Bewunderung anhimmelte, sondern die auch seine Macken und Eigenarten sah. Gerade jetzt, wo die Kinder sie immer weniger brauchten, hatte sie die Vertrautheit mit Aga genossen. Sie hatte gehofft, dass Aga, die immer noch eine sehr attraktive Frau war, einen netten Mann kennenlernen würde. Hoffnungsvoll hatte sie Junggesellen aus ihrem Bekanntenkreis eingeladen. Doch Aga schien den Männern abgeschworen zu haben. Wenn sie nicht arbeiten musste, verbrachte sie ihre Abende allein. Falls sie sich einsam fühlte, gab sie es vor niemandem zu.

Daher hatten Gertrud und Hans ihr vorgeschlagen, mit nach Pech zu ziehen. In ihrer neuen Villa gab es nun eine Einliegerwohnung für die Schwägerin. Dafür wollte sie den Haushalt der Riegels führen. Sie wollte arbeiten, etwas beitragen – alles andere hätte ihren Stolz verletzt.

»Warte, Anita. Nimm die mit nach Pech. Da sind Butterbrote und Wein drin als Stärkung für die Helfer«, erklärte Aga jetzt Gertruds Tochter.

»Danke, Aga.« Das Mädchen stellte einen der Körbe in den Fußraum, nahm den anderen auf den Schoß und winkte ihrer Mutter lächelnd zu.

Gertrud nahm bei ihrer Tochter kein Gefühl von Bedrücktheit wahr. Anita ging mit einer freudigen Erwartung von der Bergstraße weg und in ein neues Leben hinein. Anscheinend war Wehmut eine Sache, die sich erst mit dem Alter einstellte. Dass man am Gewohnten hing, weil man es schätzte, und weil man wusste, wie zerbrechlich das Glück sein konnte.

Nun also hieß es, Abschied von Kessenich zu nehmen. Gertrud sog noch einmal die von Lakritze geschwängerte Luft tief ein. Auch dieser Duft, der immer über Kessenich hing, würde ihr fehlen. Sie hoffte, dass der Name des neuen Wohnorts kein Menetekel war: Pech.

Ein letztes Mal schritt sie wehmütig von Raum zu Raum. In jedem Zimmer blitzten Erinnerungen auf – lustige, prägende, glückliche und manchmal auch schmerzliche Augenblicke, die sie tief in ihrem Inneren speicherte, bevor sie die Haustür zum letzten Mal schloss.

****

Die nächste Woche verging wie im Flug mit Auspacken und Einrichten. Inzwischen war Gertrud überzeugt, dass sie alles richtig gemacht hatten. Auf dem Areal, das Hans dort vor ein paar Jahren gekauft hatte, war eine großzügige Villa direkt am Waldrand entstanden. Das Haus auf dem Wachtberg bot genügend Platz für Kinder, Gäste und Personal, ohne protzig zu wirken.

Heute hatten sie zur Einweihung Freunde zu einer kleinen Feier eingeladen. Es war Ende August, und jetzt am frühen Abend war die Kühle des nahenden Herbstes bereits zu spüren. Es würde nicht mehr lange dauern, und die ersten Laubbäume des angrenzenden Waldes würden ihre Blätter von einem satten Grünton zu Gold, Rot und Braun wechseln.

Auf der Terrasse war eine lange Tafel eingedeckt, die Platz für die geladenen zwanzig Personen bot. Gertrud kontrollierte, ob alles an Ort und Stelle war. Kristallgläser für Wein und das gute Porzellan mit dem feinen Goldrand waren vorbereitet. Sie hatte sich bereits umgezogen und trug ein enges schwarzes Oberteil mit einer Schleife am Ausschnitt und einen dunklen Rock, der ihr bis zu den Waden reichte. Die Goldkette mit dem filigranen Anhänger, die ihr Hans zum letzten Weihnachtsfest geschenkt hatte, passte perfekt dazu. Ihre braunen Haare trug sie hochgesteckt.

Sie ging in den großzügigen, hell gehaltenen Eingangsbereich, von dem aus eine geschwungene Treppe mit schmiedeeisernem Handlauf nach oben in die privaten Räume führte, und begrüßte zusammen mit Hans die eintreffenden Gäste. Darunter die Wagners, die Bissingers, die Unkels, die Baums, die Pützens, die Rickerts, Paul mit seiner Frau Wilhelmine und mehrere Jagdfreunde ihres Mannes. Aga war ebenfalls als Gast geladen. Sie hatte heute Abend – trotz ihres Protestes – frei. Schweren Herzens hatte sie die Verantwortung an Maria, das neue Hausmädchen, übertragen. Auch Berta half heute Abend. Der langjährigen Zugehfrau war der tägliche Weg nach Pech zu weit, daher arbeitete sie nicht mehr für die Riegels. Aber wenn Not am Mann war, half sie aus.

»Schön ist es geworden. Und das Becken mit den Goldfischen, eine grandiose Idee«, schwärmte Anna.

»Hans hat das bei einem Geschäftsfreund in Dänemark gesehen und wollte unbedingt auch eines«, erklärte Gertrud.

»Ich muss mal mit den Kindern vorbeischauen, denen gefällt das ganz bestimmt.«

»Du weißt, dass du jederzeit willkommen bist.«

Sie war froh, dass an diesem Abend auch alte Freunde gekommen waren. Das gab ihr Sicherheit. Alles war neu, es gab so viele Veränderungen, da half es, Menschen um sich zu haben, zu denen sich über viele Jahre eine tiefe Vertrautheit aufgebaut hatte.

Die Gäste nahmen Platz. Sobald alle saßen, wurde das Essen aufgetragen. Zuerst gab es eine klare Brühe mit verschiedenen Gemüsesorten, dann Braten von vom Hausherrn selbst erlegten Rehen. Dazu eine kräftige Soße, Preiselbeeren und Kartoffelknödel. Bis tief in die Nacht wurde gelacht, gescherzt und getrunken. Hans hielt eine Rede, in der er die Missgeschicke während der Bauphase anekdotenreich beschrieb, womit er die Gäste glänzend unterhielt. Erst weit nach Mitternacht verabschiedeten sich die letzten Freunde.

»Ein gelungenes Fest«, freute sich Hans.

»Alle haben sich wohlgefühlt. Ich sehe es als gutes Omen für unser Leben in unserem neuen Zuhause«, sagte Gertrud.

45. Kapitel

PECH, OKTOBER 1938

»Da seid ihr ja endlich. Das Essen ist schon fertig. Aga hat heute noch einmal auf der Terrasse gedeckt. Wird eh das letzte Mal sein für dieses Jahr, dass wir draußen sitzen können«, rief Gertrud Hans zu, als er zusammen mit Paul aus dem Auto stieg.

Seit sie nach Pech gezogen waren, waren gemeinsame Mittagessen selten geworden. Doch heute hatten Hans und Paul nachmittags einen Termin in Meckenheim, sodass die Brüder sich entschieden hatten, die Mittagspause in Pech zu verbringen. Gertrud freute sich darüber, denn seit sie in Pech wohnten, sah sie Paul viel zu selten.

»Die Herbstfärbung ist traumhaft. Da habt ihr euch ein schönes Plätzchen ausgesucht«, sagte Paul, nachdem er sie begrüßt hatte.

Gertrud nickte mit einem glücklichen Lächeln. »Ich habe zwar auch gerne neben der Fabrik gewohnt, denn da war immer was los, aber hier genieße ich die Ruhe. Allerdings bedeutet ein größeres Haus auch viel mehr Arbeit im Haushalt. Ohne Angestellte würde ich das nicht schaffen.«

»Isst Aga gar nicht mit? Es ist ja nur für drei gedeckt«, fragte Paul enttäuscht.

»Nein. Sie hat sich bereit erklärt, mit Paulchen Lateinvokabeln zu lernen. Wenn Aga ihn abfragt, funktioniert es ganz gut. Ehrlich gesagt hat sie viel mehr Geduld mit dem Jungen als ich. Er hat schon wieder eine Fünf heimgebracht. Der Lehrer meint, es liegt hauptsächlich an den Vokabeln. Stillsitzen und stur auswendig lernen ist nicht sein Ding. In Physik hingegen ist er ausgezeichnet. Er baut sogar manche Versuchsanordnungen, die sie in der Schulstunde durchgenommen haben, zu Hause in seinem Zimmer nach.«

Paul lachte. »Damit hätte ich nicht gerechnet – Aga und Latein. Allerdings konnte sie sich schon immer gut in andere hineinversetzen.«

»Du hast recht. Schade, dass sie keine eigenen Kinder hat, sie wäre eine gute Mutter gewesen«, sagte Gertrud bedauernd.

Paul nickte zustimmend und rückte ein wenig zur Seite, damit sein Bruder Hans, der jetzt auch aus dem Haus trat, sich an den Tisch setzen konnte. Sogleich trug Maria das Essen auf. Es gab Forellen von einer nahegelegenen Fischzucht und Petersilienkartoffeln.

Nachdem Hans den ersten Bissen hinuntergeschluckt hatte, sagte er: »Gertrud, die Bank hat mir Grundstücke in Dottendorf zu einem äußerst günstigen Preis zum Kauf angeboten. Allerdings wollen die Verkäufer schnell abschließen. Was hältst du davon?«

Hans redete ansonsten nicht offen vor anderen über Finanzielles. Doch Paul war in die meisten geschäftlichen Belange eingeweiht.

»Wie groß sind die Grundstücke denn? Und was sollen sie kosten?«, fragte Gertrud nach.

»17 703 Hektar für dreiunddreißigtausend Reichsmark. Eine einmalige Chance. Einzige Bedingung: Es muss schnell gehen.«

»Das ist zwar günstig für die Größe, aber trotzdem ist die Summe kein Pappenstiel, Hans.«

Gertrud wusste, warum er momentan sein Geld in Sachwerte stecken wollte. Denn nach dem Anschluss Österreichs an das Deutsche Reich im März hatte Hitler mit dem Einmarsch in die Tschechoslowakei gedroht, um das Sudetenland, das nach dem Weltkrieg von Österreich abgetrennt worden war, zu besetzen. Glücklicherweise war es dem englischen Premierminister Neville Chamberlain gelungen, mit Verhandlungen und einer beschwichtigenden Politik einen Krieg abzuwenden. Der Tschechoslowakei war auferlegt worden, das Sudetenland Anfang Oktober abzutreten. Dafür hatten England und Frankreich für die Grenzen des restlichen Landes garantiert. Ein Krieg schien erst einmal abgewendet zu sein, und die englischen Zeitungen hatten die »Appeasement-Politik« von Chamberlain gefeiert.

Daher fügte Gertrud an: »Momentan sieht es nicht nach Krieg aus. Meinst du nicht, es ist besser, das Geld in der Fabrik zu lassen?«

Paul und Hans wechselten einen Blick. »Wir hoffen beide, dass es nicht zu einem Krieg kommt, aber falls doch, wäre es gut, vorbereitet zu sein. Wir haben uns die Grundstücke angeschaut. Es verkaufen zwei Eigentümer, sie grenzen jedoch aneinander. Eine einmalige Gelegenheit.«

»Trotzdem muss man so etwas gut überlegen«, warf Gertrud ein, die sich von den Brüdern mit der Angelegenheit überrumpelt fühlte.

»Wir müssen bis übermorgen zusagen«, sagte Hans bestimmend.

Gertrud hatte das Gefühl, dass Hans ihr nicht alles sagte. Auffordernd sah sie Paul an, bis dieser sich genötigt fühlte, ihr eine Erklärung zu geben.

»Die Verkäufer sind Juden. Ein Arzt und ein Kaufmann. Sie möchten ihre Grundstücke noch verkaufen, bevor sie gesetzlich enteignet werden. Deshalb verkaufen sie unter Marktwert. Die Summe können sich trotzdem nicht viele leisten, darum ist die Bank auf Hans zugekommen.«

Das schätzte Gertrud an Paul: In wenigen Sätzen hatte er ihr erklärt, worum es ging, und wo der Knackpunkt lag.

»Wann hättest du mir gesagt, dass es ein Zwangsverkauf ist?« Sie funkelte ihren Mann zornig an, der verlegen den Blick senkte.

»Der Zeitpunkt ist günstig«, verteidigte er sich dann. »Es wird ein ausgezeichnetes Jahr. Sogar wenn wir bis Jahresende keine einzige Lakritzschnecke mehr verkaufen würden, wären wir weit über dem Gewinn des letzten Jahres. Wir haben das Geld für den Kauf. Es ist eine einmalige Gelegenheit, eine so große Fläche zu erwerben.«

»Was sagst du dazu, Paul? Verstehst wenigstens du meine Bedenken?«

»Schon. Aber vielleicht hilfst du den beiden Juden auch damit. Als ich auf Studienreise in den USA war, habe ich einige deutsche Juden kennengelernt, die ausgewandert sind. Sie haben hier ihre ganzen Vermögenswerte veräußert, um dort neu anzufangen. Schon die Überfahrt ist sehr teuer. Diese beiden haben zu lange gewartet. Wenn sie es jetzt nicht schnell verkaufen können, haben sie kein Geld mehr, um irgendwo anders hinzugehen. Im Gegenteil: Bei der Zwangsenteignung verlieren sie alles.«

Gertrud nickte. »So habe ich das noch nicht gesehen.«

Obwohl das Thema nichts mit den USA zu tun hatte, hatte Paul eine Verbindung gefunden. Nachdem sie mit der Familie in Übersee gewesen waren, war es Hans gelungen, eine weitere Studienreise für seinen Bruder und den Ersten Meister zu organisieren. Die beiden waren im April für zwei Monate in die Vereinigten Staaten gereist, und besonders Paul war begeistert von der amerikanischen Lebensweise zurückgekommen. Seitdem beleuchtete er alle Fragen dahingehend, wie sie die Amerikaner lösen würden, oder stellte zumindest in irgendeiner Weise eine Verbindung zu dem Land seiner Träume her.

»Dann ist alles besprochen. Ich sage zu!«, sagte Hans und schob seinen leeren Teller zur Seite.

»Halt, nicht so schnell!«, brauste Gertrud auf. »Ich habe immer noch kein gutes Gefühl dabei.«

Hans sah sie ernst an. »Ein weiterer Grund, warum ich diese Grundstücke unbedingt kaufen möchte: Es könnte der Grundstock für dein Vermögen sein.«

Gertrud wusste, was er meinte. Bei einer ihrer letzten Diskussionen, wie der momentan unsicheren politischen Lage bestmöglich zu begegnen sei, waren sie übereingekommen, dass es von Vorteil wäre, wenn Gertrud und Hans ihren Besitz aufteilten, damit nicht alles in seiner Hand lag. Hans hatte Angst, irgendwann der Willkür der NSDAP ausgeliefert zu sein. Er hatte bei den Juden und den Gegnern des Regimes gesehen, wie schnell man alles verlieren konnte, wenn man nicht mit dem Strom schwamm. Da er sich bisher davor gedrückt hatte, in die Partei einzutreten, konnte er jederzeit in Ungnade fallen. Deswegen wollte er alles unternehmen, um seine Familie, seine Fabrik und seine Angestellten bestmöglich zu schützen.

»Gertrud, bitte. Was soll denn die Diskutiererei jetzt? Wir können uns doch so eine Gelegenheit nicht entgehen lassen. Wir müssen schauen, dass wir die Firma auch durch schwierige Zeiten manövrieren können. Schließlich haben wir Verantwortung für unsere Familie und für unsere dreihundertfünfzig Mitarbeiter. Ich finde es auch nicht gut, was Hitler mit den Juden macht. Aber Moral können wir uns nur bedingt leisten. Es ist ohnehin schon eine Gratwanderung, nicht in der Partei zu sein.«

Gertrud war immer noch skeptisch. »Ich finde es nicht richtig. Dabei bleibe ich!«

»Wenn wir es nicht machen, kauft es jemand anders. Paul hat recht, die Juden brauchen das Geld. Wenn sie nicht verkaufen können, ist ihnen nicht geholfen. Ich sage zu. Ich bin mir sicher, dass du, wenn du länger darüber nachdenkst, zum selben Schluss kommst wie Paul und ich.«

Gertrud konnte ihrem Schwager ansehen, dass er sich nicht damit wohlfühlte, bei einer Streitigkeit der Eheleute zwischen die Fronten geraten zu sein. Er sah konzentriert auf seinen Fisch.

»Ich würde einer Zwangsvollstreckung ins Fraueneigentum zustimmen, damit das Grundstück unter deinem Namen ins Grundbuch eingetragen wird. Die dreiunddreißigtausend bekommst du von mir, um es offiziell zu kaufen. Dann wäre etwas von unserem Eigentum allein auf dich transferiert.« Hans sah sie beschwörend an. »Ich könnte dann besser schlafen. Wer weiß, was die nächste Zeit bringt.«

Gertrud nickte, wusste aber nicht, was sie antworten sollte.

Sie tranken schweigend ihren Kaffee, dann brachen die beiden Brüder zu ihrem Termin in Meckenheim auf.

Den ganzen Nachmittag drehten sich Gertruds Gedanken um das Thema Zwangsverkauf. Sie fand es nach wie vor nicht in Ordnung, vom Unglück anderer Menschen zu profitieren. Doch ließ sie Hans' Argumente in ihren Überlegungen mehr und mehr zu.

Am Abend stand sie auf der Terrasse und bewunderte den Sonnenuntergang. Sie genoss den Moment der Stille. Die Sonne färbte den Himmel in verschiedene Rottöne und ließ die bunten Blätter der Bäume noch leuchtender erscheinen.

Sie hörte Schritte hinter sich. Hans war nach Hause gekommen und trat hinter sie. Er schlang die Arme fest um sie und küsste ihren Hals. Einträchtig standen sie da und schauten gebannt auf das Naturschauspiel, das sich ihnen in der Ferne bot.

»Ich überstimme dich nicht gerne. Du musst wissen, dass ich deine Einwände stets ernst nehme. Doch ich sehe, wie dunkle Wolken am Horizont aufziehen, und ich befürchte, dass sie sich über uns und Europa unheilvoll zusammenbrauen. Wir sollten nicht streiten, sondern das Leben genießen, solange es uns möglich ist. Wer weiß, was die Zukunft bringt.«

Gertrud war überrascht von Hans' pathetischen Worten. Sie meinte Angst in seiner Stimme zu hören, was untypisch für ihren furchtlosen Mann war.

Er hatte recht. Niemand wusste, ob es Krieg geben würde oder nicht. Aber sie beide hatten schon so vieles miteinander geschafft. Sie würden auch das Kommende bewältigen, versuchte sie, sich selbst Mut zuzusprechen. Die Sonne war untergegangen, und mit ihren Strahlen war auch die Wärme verschwunden. Ein kühler Wind ließ Gertrud frösteln.

»Lass uns zusagen und die Grundstücke kaufen«, sagte sie schließlich und schmiegte sich an Hans' warmen Körper. Er umarmte sie fester, und sie fühlte sich eins mit ihm.

46. Kapitel

PECH, 1. SEPTEMBER 1939

Mit einem glücklichen Lächeln schleckte sich Gertrud die Finger ab und schloss genüsslich die Augen. Auch wenn sie mit einem erfolgreichen Süßwarenfabrikanten verheiratet war, gab es für sie nichts Köstlicheres als Himbeeren direkt vom Strauch. Aber das würde sie ihm nicht sagen.

Ihr Erntekorb war schon gut gefüllt, denn in ihrem Garten wurden noch immer jeden Tag neue Früchte reif. Gestern hatte sie Quitten eingelegt, vorgestern Pflaumenmarmelade eingekocht, und heute waren die Beeren dran. Es war ein trockener und heißer Sommer gewesen, aber da sie fleißig gegossen hatte, war die Ernte dieses Jahr besonders gut.

Da hatte sie eine Idee. Sie würde Hans mit einem Picknick überraschen. Seit ihrem ersten, damals, als er um sie geworben hatte, war es eine lieb gewonnene Tradition von ihnen beiden geworden. Ihm würde eine Pause guttun. Zurzeit hatte er wieder so viel zu tun. Ihre anfängliche Produktion von einem Zentner täglich hatte sich inzwischen verzweihundertfacht, und sie beschäftigten nun dreihundertfünfzig Mitarbeiter. So gab es immer etwas zu erledigen, zu denken und zu planen. Die politische Lage verschärfte den Druck auf ihren Mann weiter. Trotz seiner Skepsis der NSDAP gegenüber war es unvermeidlich, auf gutem Fuß mit den Nazis zu stehen. Aufträge, Rohstoffe und Genehmigungen von Ämtern waren nur zu bekommen, wenn man die richtigen Kontakte hatte. Bisher hatte er es geschafft, sich mit wichtigen Funktionären gutzustellen, ohne in die Partei einzutreten.

Dazu kam die ständige Angst vor einem weiteren Krieg, die ihn umtrieb. Die allgemeine Wehrpflicht, die 1935 entgegen dem Versailler Vertrag ausgerufen worden war, hatte ihm Sorgen bereitet. Dem Münchner Abkommen, das Neville Chamberlain als »Frieden für unsere Zeit« gepriesen hatte, hatte er nie getraut. Er war überzeugt, dass die Engländer und die Franzosen Hitler unterschätzten. Erst der Nichtangriffspakt mit Stalin letzte Woche hatte ihn ein wenig beruhigt.

Ein guter Zeitpunkt für einen Ausflug zu zweit, beschloss sie. Sie machte belegte Brote, packte die Reste vom Auflauf des Vortags ein und füllte eine Blechdose mit verschiedenen Beeren. Vom Fabrikladen würde sie noch ein paar Weichgummis und Schaumzuckerstückchen mitnehmen. Denn obwohl ihr Mann täglich von Süßigkeiten umgeben war, hatte er noch immer einen süßen Zahn.

Schwungvoll radelte Gertrud von Pech hinunter nach Kessenich, den Korb sicher auf dem Gepäckträger verstaut. Verträumt dachte sie an die Zeiten, da sie täglich mit dem Fahrrad unterwegs gewesen war, um Waren auszuliefern. Wie sehr hatte sich ihr Alltag die letzten zwanzig Jahre verändert: Wagen mit Chauffeur, Hauspersonal und die wunderschöne Villa oben in Pech. Sie waren weit gekommen, seit sie in der Waschküche ihrer Eltern die ersten Bonbons gekocht hatten. Manchmal vermisste sie die alten Zeiten. Das Leben war einfacher gewesen, und sie hatte viel enger mit Hans zusammengearbeitet.

In der Fabrik war es merkwürdig still. Die Arbeiter waren alle im Pausenraum. Sie sah auf die Uhr. Kurz vor zehn. Eigentlich musste die Frühstückspause doch schon vorbei sein?

Sie eilte hinauf in die Chefetage. Zuerst würde sie Fräulein Bösch bitten, alle Termine von Hans für heute zu verschieben. Die Sekretärin hatte sich schon oft als treue Verbündete erwiesen, wenn es darum ging, ihn von seinen Pflichten loszueisen, damit er ein wenig Zeit mit der Familie verbringen konnte.

Zuerst bekam sie die Tür zum Vorzimmer gar nicht auf, weil sich anscheinend jemand dagegenlehnte. Als sie sie öffnen konnte, hielt sie erstaunt inne. Hans' Bruder Paul, Fräulein Bösch, drei weitere Sekretärinnen, der Prokurist Johann Wirtz, Meister Küppers und Frau Henseler standen dicht gedrängt um das Radiogerät. Viel zu viele Menschen für diesen Raum, dachte Gertrud zusammenhanglos.

Jetzt erkannte sie Hitlers Stimme, die sehr laut – wegen Hans' Schwerhörigkeit – aus dem Rundfunkgerät tönte: *»Seit Monaten leiden wir alle unter der Qual eines Problems, das uns auch der Versailler Vertrag, das heißt, das Versailler Diktat, einst beschert hat, eines Problems, das in seiner Ausartung und Entartung für uns unerträglich geworden war …«*

Dann erklärte der Führer, dass Danzig eine deutsche Stadt sei, und Deutschland bereit sei zu kämpfen, bis der Korridor dorthin, den Polen annektiert hätte, wieder frei sei. Er führte aus, dass Deutschland stets um friedliche Lösungen mit Polen bemüht gewesen sei.

Die pathetische, langatmige Rede ließ Gertruds Gedanken abschweifen. Sie suchte Hans' Blick. Was hatte das zu bedeuten? War etwas passiert, dass sie alle die Arbeit unterbrochen hatten? Doch der Blick ihres Mannes war starr auf den Volksempfänger gerichtet. Er schien jedes Wort aufzusaugen, das der Führer sagte.

Dann hatte Hitler wieder Gertruds volle Aufmerksamkeit: *»Polen hat heute Nacht zum ersten Mal auf unserem eigenen Territorium auch mit bereits regulären Soldaten geschossen. Seit 5 Uhr 45* *wird jetzt zurückgeschossen!«*, geiferte er. »*Und von jetzt ab wird Bombe mit Bombe vergolten! Wer mit Gift kämpft, wird mit Giftgas bekämpft. Wer sich von den Regeln einer humanen Kriegsführung entfernt, kann von uns nichts anderes erwarten, als dass wir den gleichen Schritt tun. Ich werde diesen Kampf, ganz gleich, gegen wen, so lange führen, bis die Sicherheit des Reiches und bis seine Rechte gewährleistet sind.*«

Gertrud schluckte. Das bedeutete Krieg. Sie standen im Krieg mit Polen.

Neben ihr begannen Fräulein Bösch und die Typistin Rosi zu weinen.

Gertrud verfolgte die Nachrichten zwar nicht so interessiert wie Hans, aber sie wusste, dass durch die Verträge der letzten Zeit nun auch andere Länder Position beziehen, Bündnisse schmieden und für oder gegen Deutschland kämpfen würden. *Ganz gleich, gegen wen …* hatte Hitler gerade gesagt. Wieder würden europäische Nationen gegeneinander ins Feld ziehen. Wie sicher waren sie sich nach dem letzten Krieg gewesen, dass sie so etwas nie wieder würden erleben müssen!

Dieses Mal war sie die Mutter zweier Söhne. Hänschen war sechzehn, und Paulchen würde in wenigen Wochen dreizehn werden. Wenn der Krieg andauerte, musste Hänschen sicher an die Front. Dieser Gedanke schnürte ihr die Kehle zu. Vor einigen Stunden war ihre größte Sorge gewesen, dass ihr Mann zu viel arbeitete und sie zu wenig gemeinsame Zeit miteinander hatten. Jetzt bestand Gefahr für Leib und Leben ihrer Söhne.

Sie schluchzte auf. Hans trat zu ihr, legte ihr den Arm um die Schultern und führte sie in sein Büro. Kaum hatte sich die Tür hinter ihnen geschlossen, begann Gertrud bitterlich zu weinen und klammerte sich an ihn wie eine Ertrinkende, während er ihr liebevoll über den Rücken strich.

Beide schwiegen. Es gab kein »Wird schon werden, ist nicht so schlimm«. Sie wussten beide, dass ihr relativ unbeschwertes Leben, das sie sich mit so viel harter Arbeit aufgebaut hatten, an diesem Tag unwiederbringlich zu Ende ging.

Sie blickte zu ihm auf. Er sah sie traurig an und wischte ihr sanft eine Träne von der Wange.

»Es werden schwierige Zeiten auf uns alle zukommen. Unser süßer Traum von einer friedlichen Welt ist endgültig ausgeträumt.«

Nachwort

Wie jede gute Geschichte beginnt auch diese mit einer großen Liebe. Nämlich unserer zu Gummibärchen. Deshalb waren wir sofort begeistert, als unsere Lektorin Lena Schäfer vom Goldmann Verlag uns vorgeschlagen hat, der Geschichte der Familie Riegel Leben einzuhauchen und sie in Romanform zu erzählen. Die Lebensgeschichte von Hans Riegel, der mit nichts begonnen hat, aber mit Mut und Optimismus den Grundstein zu einem Weltkonzern legte, hat uns auf Anhieb fasziniert.

Die Eckdaten, wie Hans Riegels Ausbildung bei *Kleutgen & Meier*, die Partnerschaft mit Heinen, die Anfänge in der heimischen Küche und die erste Produktion im Grönstall der Schwiegereltern entsprechen der Wahrheit. Auch die Geburtsdaten der Riegel- und Vianden-Kinder sind genau recherchiert. An dieser Stelle noch einmal ein herzliches Dankeschön an das Stadtarchiv Bonn. Auch dass Hans sich zuerst für Anna Weinreis erwärmte, bevor er erkannte, dass Gertrud die richtige Frau an seiner Seite ist, entspricht den Tatsachen. Um diese historischen Gegebenheiten haben wir eine Geschichte gewebt, um eine neue ästhetische Wirklichkeit zu schaffen. Der Roman erhebt deshalb gerade keinen Faktizitätsanspruch. Das Privatleben, manche Wegbegleiter, wie zum Beispiel Eduard Meier, und insbesondere die Lebensläufe von Angehörigen, über die wir keine Fakten finden konnten, entspringen unserer Fantasie. So haben wir insbesondere Hans' Schwester Aga mit Leben erfüllt und ihr in dem Roman eine fiktive und schicksalhafte Nebengeschichte zugeordnet, welche dazu gedacht ist, das Lebensgefühl und die Schwierigkeiten beziehungsweise Probleme der damaligen Zeit zu beschreiben. Beispielsweise ist auch Hans' Geliebte Jane Birchley rein fiktiv und dient allein der künstlerischen Gestaltung, um bewusst auf das damalige Sittengemälde und die Widrigkeiten von vorehelichen Beziehungen um das Jahr 1914 hinzuweisen. Nur durch solche kreativen, subjektiv gefärbten Elemente gelingt es, die Hauptfiguren mit all ihren charakterlichen Eigenschaften darzustellen und für den Leser nahbarer erscheinen zu lassen. Das Buch erhebt deshalb im Gesamten nicht den Anspruch einer konkreten Biografie, sondern zeichnet sich durch die erzählende Kunstform gerade als Roman aus.

Wir hoffen, liebe Leser*innen, dass euch der zielstrebige Hans, die patente Gertrud und ihre Familien genauso ans Herz wachsen werden wie uns. Wer sich genauer in die Geschichte der Firma Haribo einlesen will, dem empfehlen wir das Buch *Ein Bär geht um die Welt. Haribo – Vom Bonbonkocher zum König der Gummibärchen. Eine deutsche Familiensaga* von Bettina Grosse de Cosnac, der offiziellen Biografin der Familie Riegel.